- 희석 -

미스터 션샤인

Mr. Sunshine

포 토 에 세 이

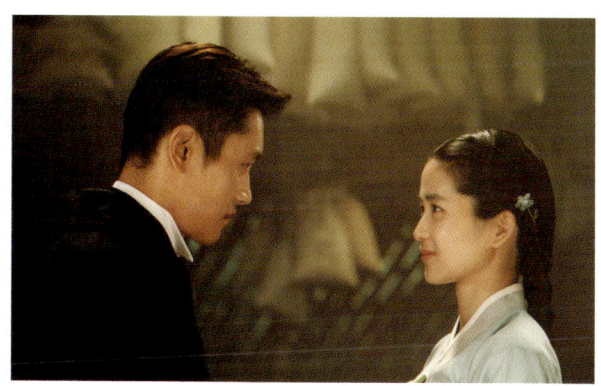

미스터 션샤인

Mr. Sunshine

화앤담픽쳐스 · 스토리컬쳐 지음

— 포토에세이 —

RHK
알에이치코리아

Prologue

"그댄 계속 나아가시오. 난 한 걸음 물러나니.
부디 살아남으시오. 오래오래 살아남아서 당신의 조선을 지키시오."

1905년 격변의 조선, 누군가는 나라와 이름을 잃고,
또 누군가는 목숨을 잃는 상실의 시대.
그런 어둠 속에서도 우리를 붙잡아주는 것이 있다면
그것은 헛된 희망과 낭만, 그리고 햇살이다.

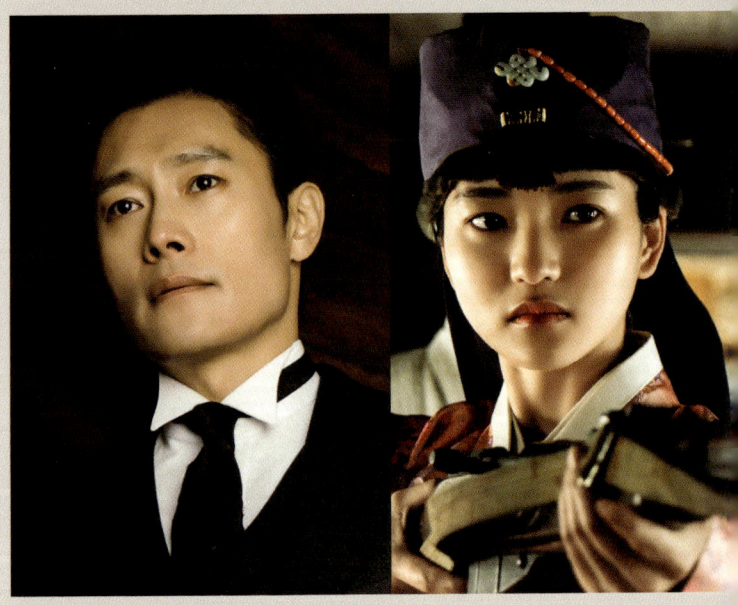

한순간 하늘을 환히 수놓았다가 아스라이 질 것을 알면서도
불꽃처럼 밝게 피어올랐던 이들의 이야기,

조선이 제 세상의 모든 것이었던 한 여인과
살기 위해 조선을 버리는 법을 배웠던 검은 머리 미국인의
결기와 사랑, 낭만과 슬픔을 〈미스터 션샤인〉 포토에세이로 만난다.

다섯 개의 애달픈 운명들이 빚어낸 대서사시!

조선에서도 미국에서도 나는 여전한 이방인이었다.
검은 머리 미국인, **유진 초이**
불꽃처럼 한순간 피었다가 지려고 하오.
낮에는 사대부가의 여인 밤에는 무명의 의병, **애신**

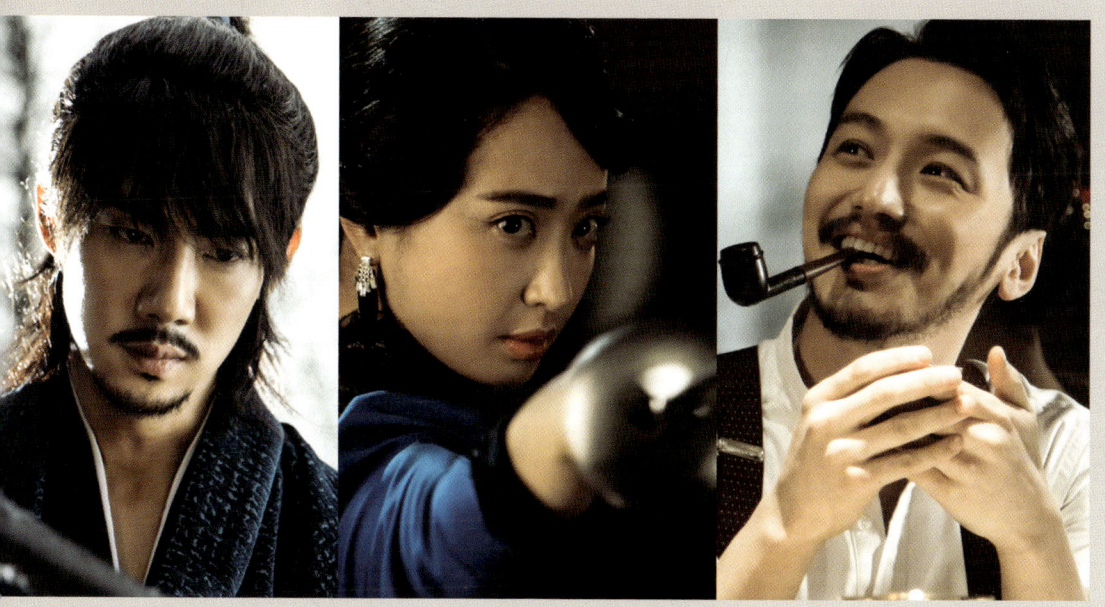

한순간도 가진 적 없는데 왜 자꾸 잃은 것 같은 기분이 드는지…
무신회 낭인들의 수장, **동매**
누군가가 부모의 죄는 자식의 죄라고 했다,
조선을 위해 무엇도 되지 않기로 한 사내, **희성**
누가 널 해하려 하면 울기보다는 물기를 택하렴.
글로리호텔의 사장, **쿠도 히나**

Contents

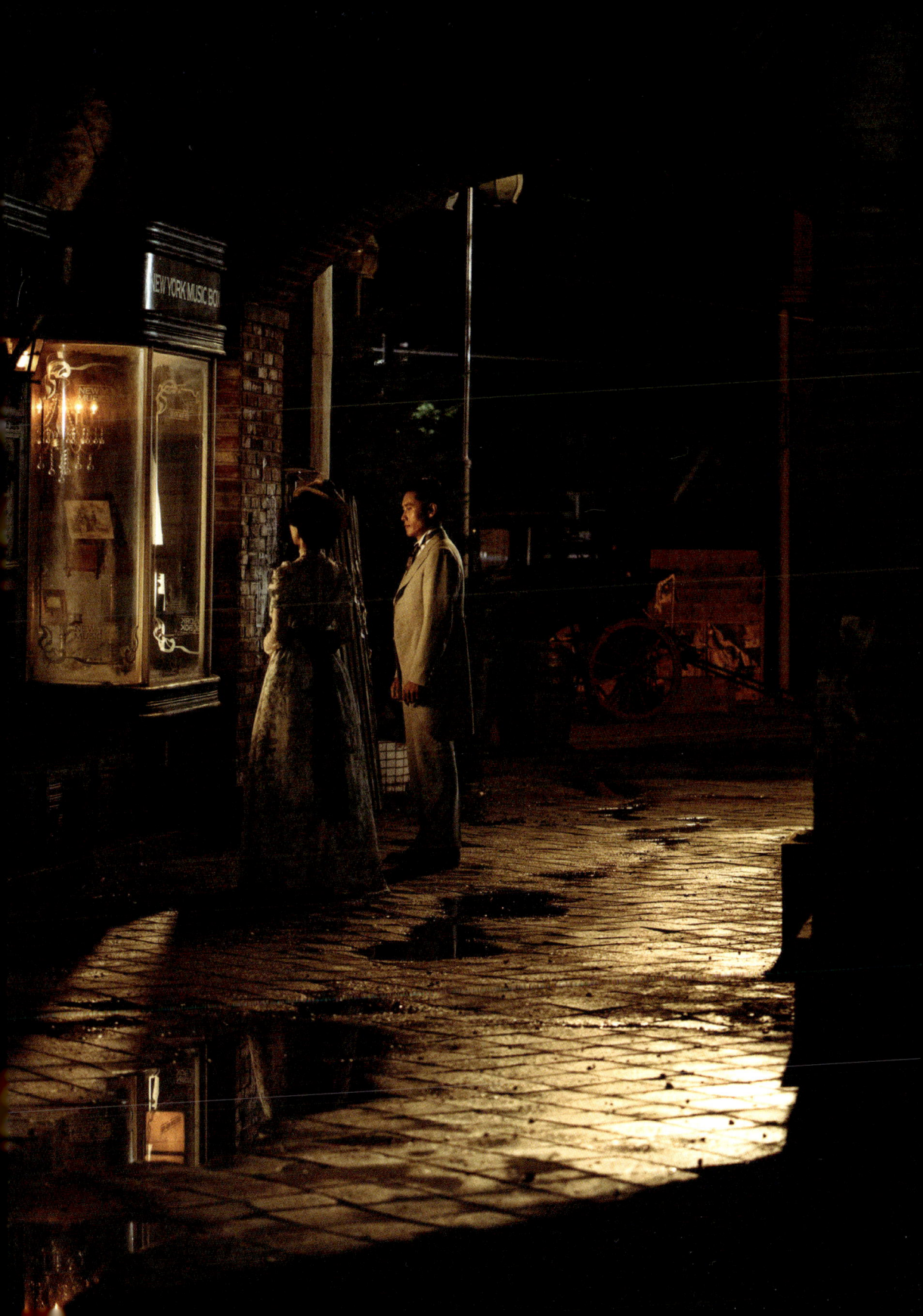

Highlight

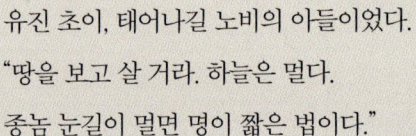

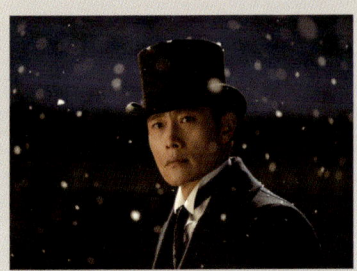

유진 초이, 태어나길 노비의 아들이었다.
"땅을 보고 살 거라. 하늘은 멀다.
종놈 눈길이 멀면 명이 짧은 법이다."

누군가는 땅을 보며 분수를 알며 살아가라 했으나,
그조차도 쉽지 않아 운명은 더 먼 곳으로,
더 척박하고 외로운 땅으로 그를 떠밀었다.

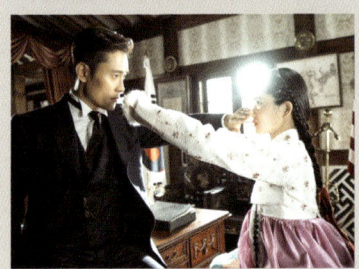

주인댁의 횡포에 아비와 어미를 한날에 잃고,
작은 나무 상자에 숨어 조선을 떠나던 날,
조선인 아이 유진은 죽었다.

"너 멋진 이름 가졌네.
이 땅에도 있어 그 이름. 유진. 고귀하고 위대한 자여."

그렇게 도착한 미국, 그는 여전히 이방인이었다.
아홉이 되던 해 조선 밖으로 달려 나온 이후로는
돌아본들 악몽뿐인 그곳을 돌아본 적 없었다.

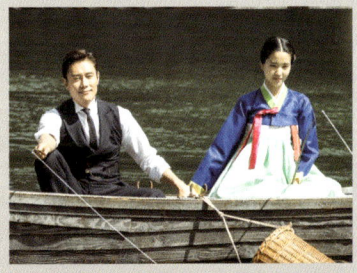

제 나라를 버리는 것이 사는 길이라 배웠고,
애달픈 운명을 이기는 법은 더 높이 올라가는 것뿐이라 여기며
그저 앞을 향해 내달렸다.

그렇게 완벽한 미국인이 되어 돌아온 조선에서
자신을 자꾸만 돌아보게 만드는 여인, 애신을 만난다.

"나도 그렇소, 나도 꽃으로 살고 있소. 다만 나는, 불꽃이요."

사대부가의 여인으로 그림처럼 살다 갈 운명을 타고 태어났지만,
무명의 의병으로 살아가는 비밀스러운 여인, 애신.
누군가에게는 낭만의 시대, 누군가에게는 비정의 시대,
그러나 그 여인의 낭만과 비정은 모두 독일제 총구 속에 있었다.

"아직 유효하오?
무엇이 말이오.
같이 하자고 했던 거. 생각이 끝났소.
합시다. 러브. 나랑. 나랑 같이."

아는 것인지, 모르는 것인지, 자꾸만 자신의 마음을 흔드는
애신에게 유진은 낯선 감정을 느끼는데….

그런 애신의 주위를 맴도는 일본인 낭인, 동매.
한때는 조선에서 가장 비천한 자의 아들이었으나,
지금은 조선인들이 가장 두려워하는 일본인이 되었다.
돈을 받으면 일본인이 되기도, 미국인이 되기도 하는
그가 조선인이 되는 순간은 진정 한순간뿐이었다.

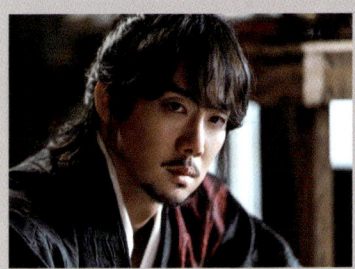

"제가 왜 조선에 돌아왔는지 아십니까?
겨우 한 번. 그 한순간 때문에,
백 번을 돌아서도 이 길 하나뿐입니다, 애기씨."

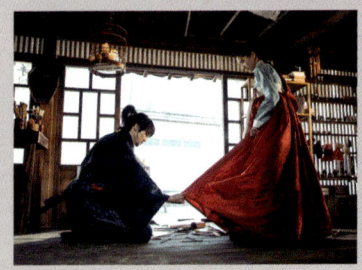

어린 시절 자신에게 손을 내밀어준 애신을
'호강에 겨운 양반 계집'이라는 말로 베어버렸다.
그 상처가 무뎌졌기를, 그러나 그로 인해
자신을 잊지 않기를 바란다.
자신이 애신에게 가닿을 길은 그 길뿐임을 알기에.

때마침 오랜 유학을 마치고 돌아온 애신의 정혼자, 희성
소문만 무성했던 정혼자를 만난 애신은 그를 차갑게 외면하고,
유진은 애신의 정혼자가 꿈에도 잊지 못할
제 부모의 목숨을 앗아간 이의 자식이라는 것을 알아보는데….
"또 누군가는 퍽 애달파지겠군요."

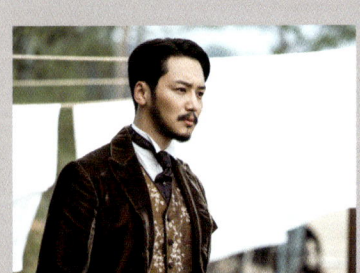

그런 희성에게 글로리호텔의 주인 쿠도 히나는
슬픈 끝맺음을 예고한다.

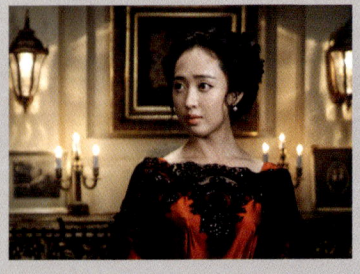

한편, 조선 침략의 야욕을 가지고 조선에 들어온 일본.
의병들은 그에 맞서 싸우지만 힘없이 부서져 내린다.
조선의 운명이 애달파질수록
시대의 낭만은, 이들의 운명은 깊게 얽혀 들어가는데….

'건(gun), 글로리(glory), 새드 엔딩(sad ending)….'

흐린 하늘에 잠시 비친 햇살(sunshine)은 헛된 희망이었을까?
적과 동지, 영광과 끝없는 추락, 총으로 꽃으로,
아슬아슬한 운명 위에 선 애신과 유진.
그들 만남의 결말은 슬픈 끝맺음일까?

헛된 희망조차 사라진 상실의 시대,
격변의 조선, 그 속에서 뜨거운 불꽃처럼 피어나는
신분을 뛰어넘어 피어나는 결기와 사랑,

아무도 막지 못했던 그들의 사랑과 선택,
한순간 하늘을 환히 밝혔다가 아스라이 질 것을 알면서도
뜨겁게 나아간 이들의 대서사시!

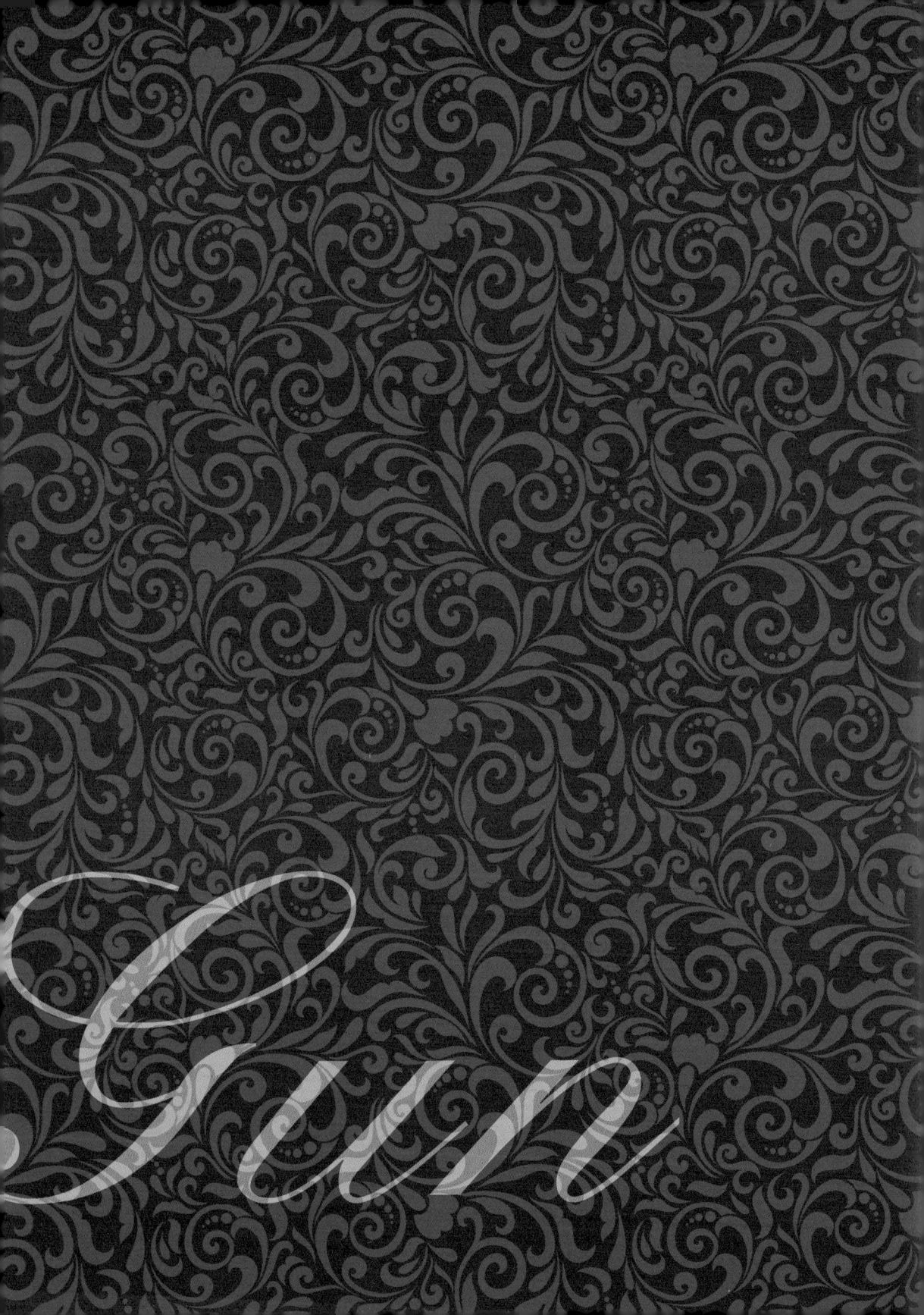

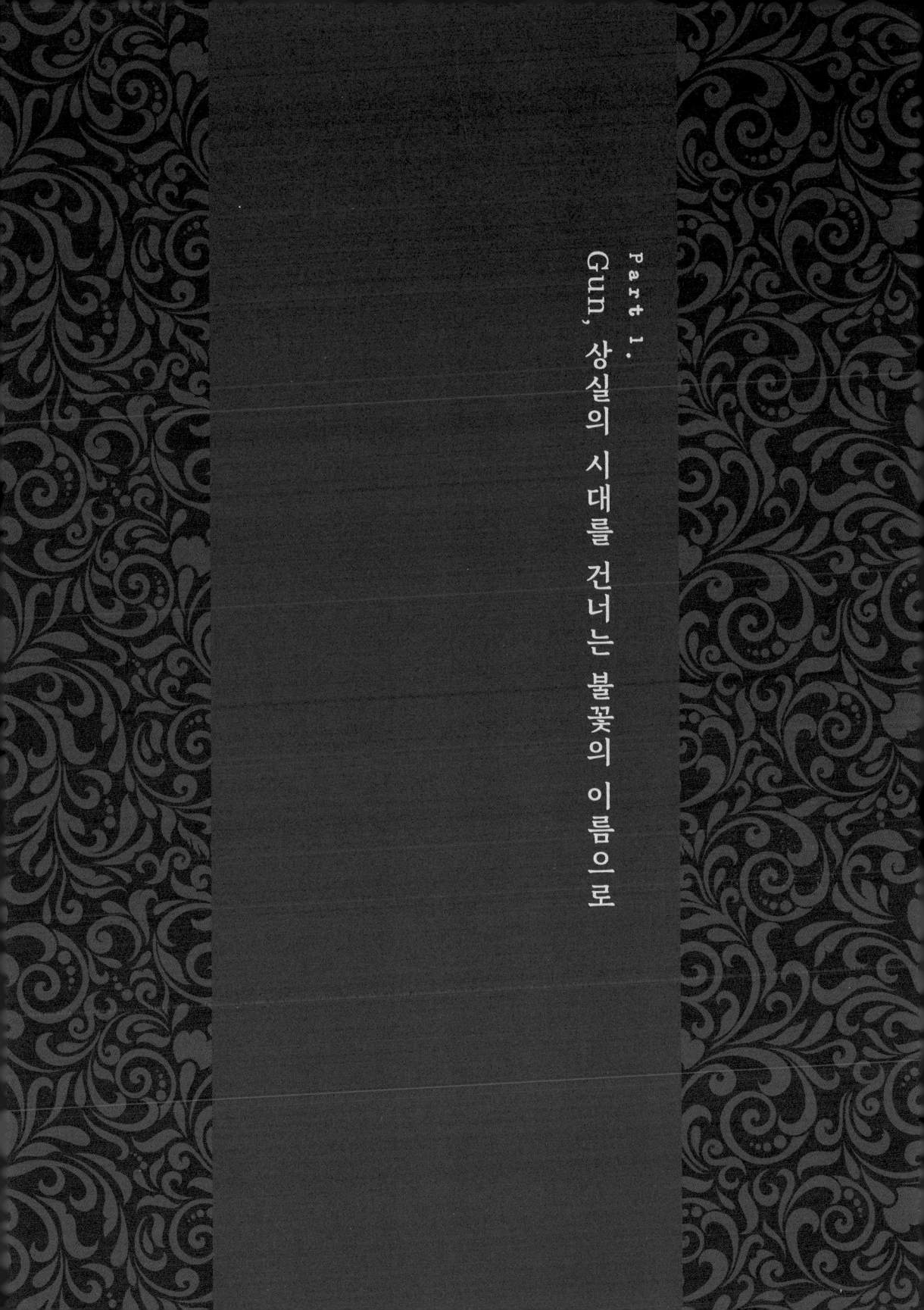

Part 1.
Gun, 상실의 시대를 건너는 불꽃의 이름으로

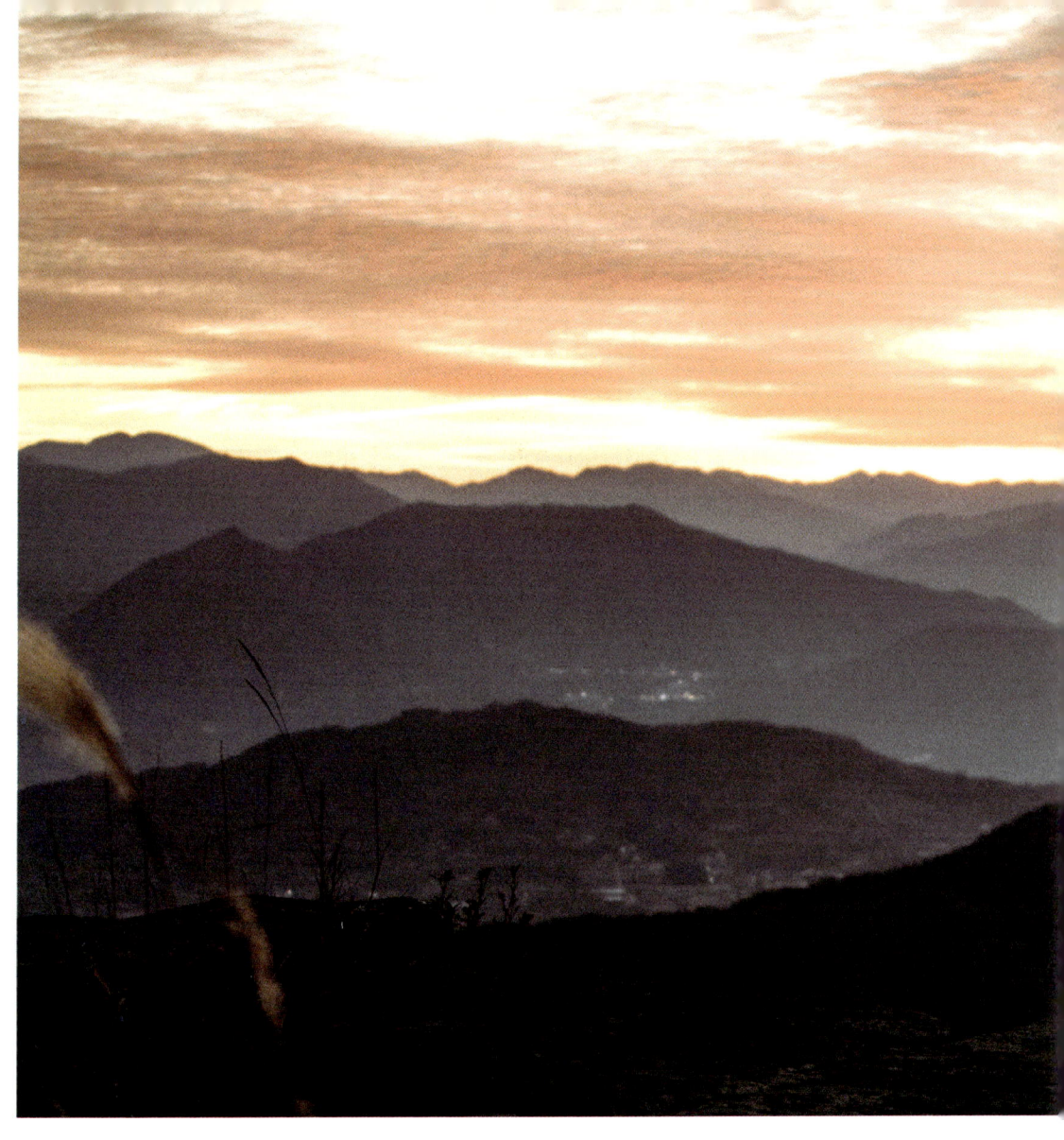

땅을 보고 살거라

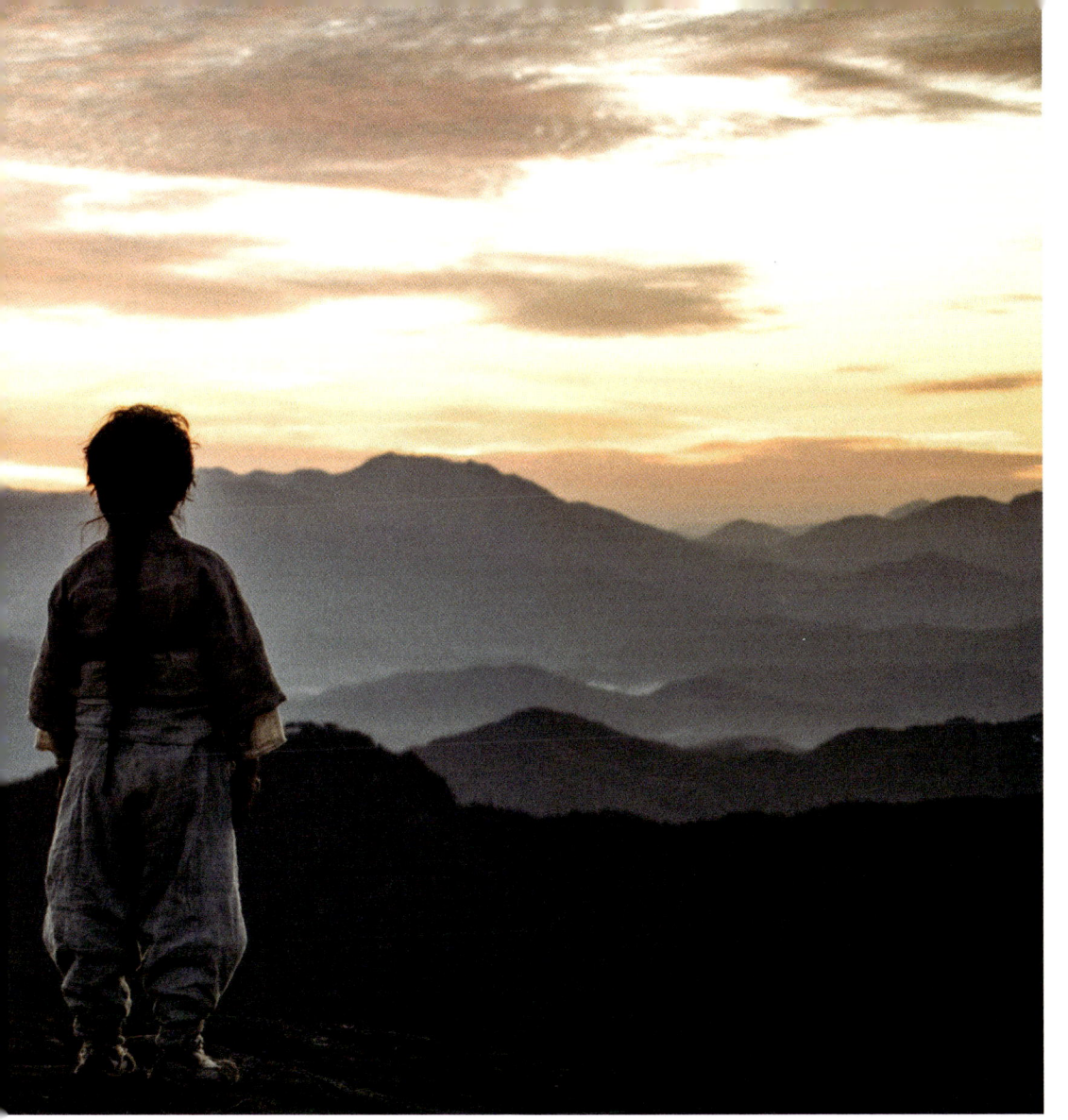

하늘을 봅니다.
검은 새 한 마리가
온 하늘을 망칠 수도 있구나 싶어서 봅니다.

어느 댁 종놈이냐.
어찌 그러십니까.
땅을 보고 살거라. 하늘은 멀다.
종놈 눈길이 멀면 명이 짧은 법이다.

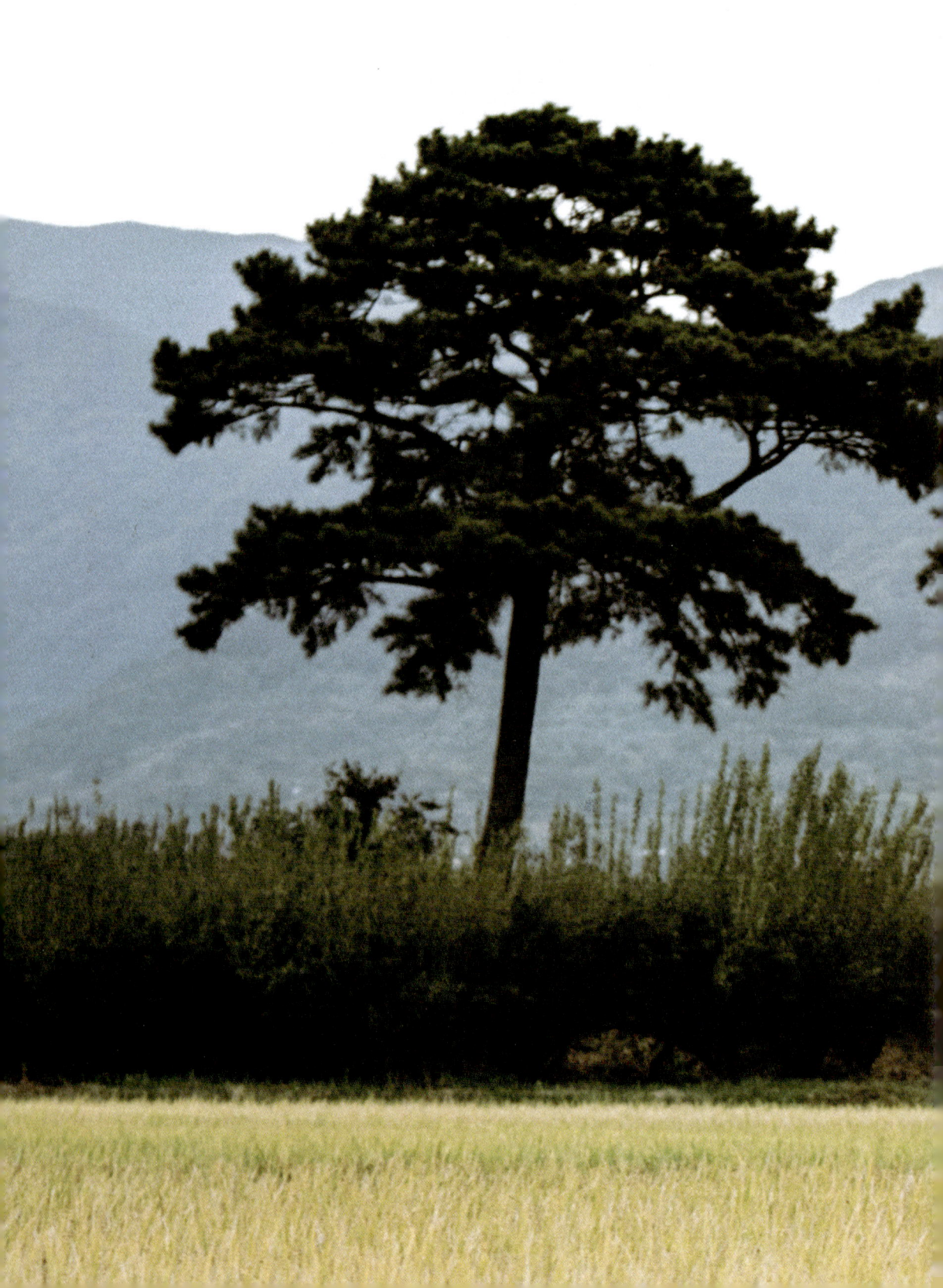

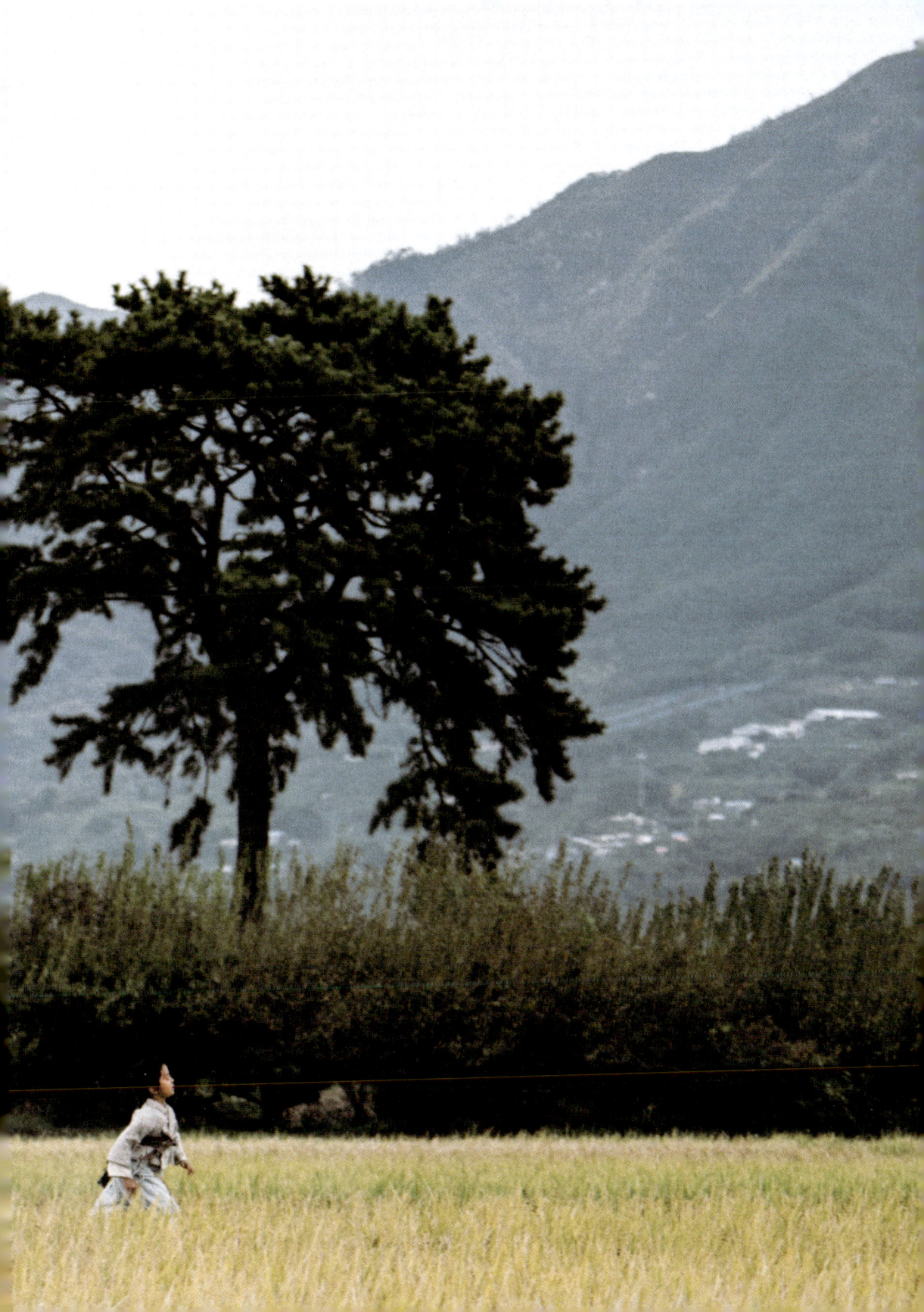

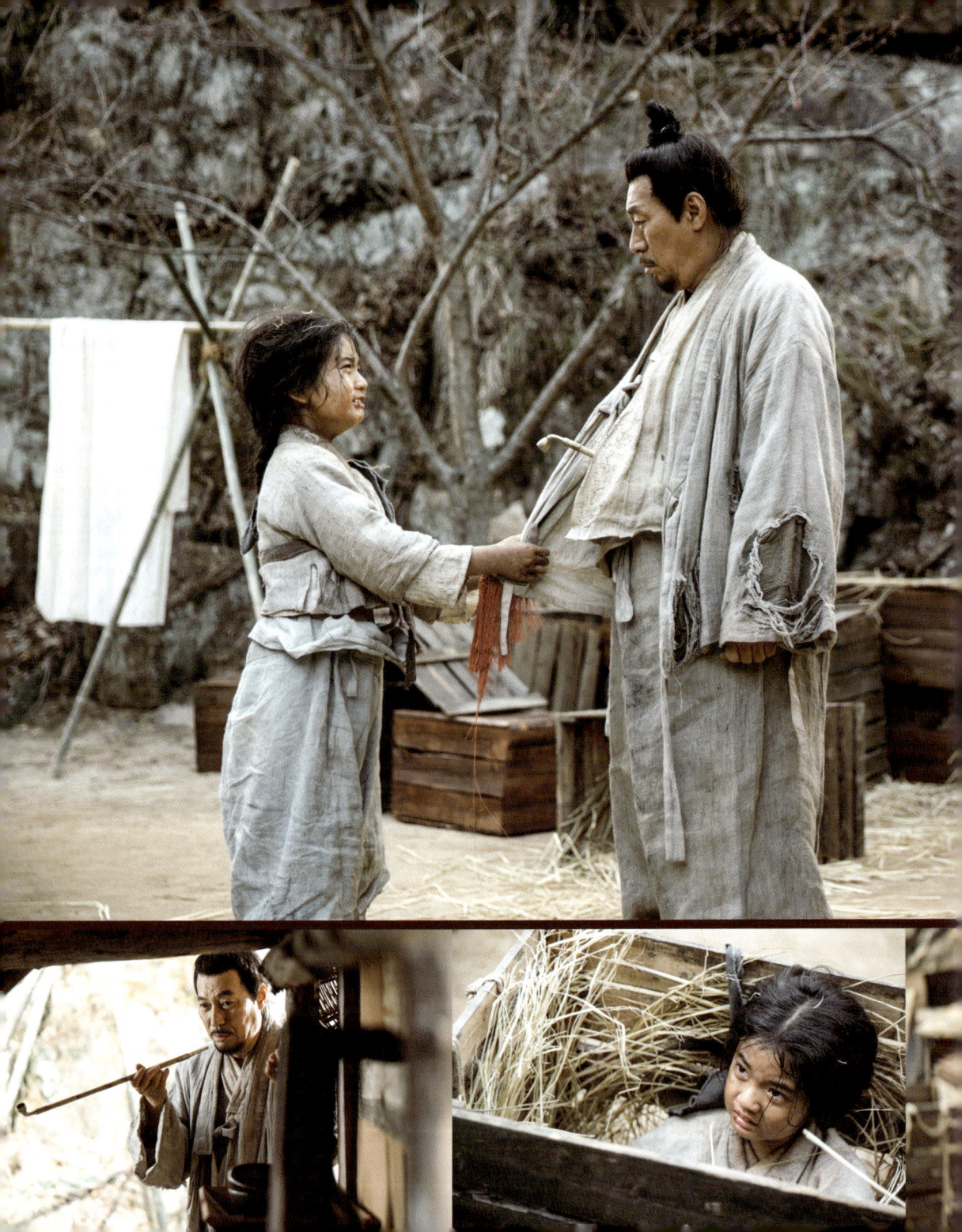

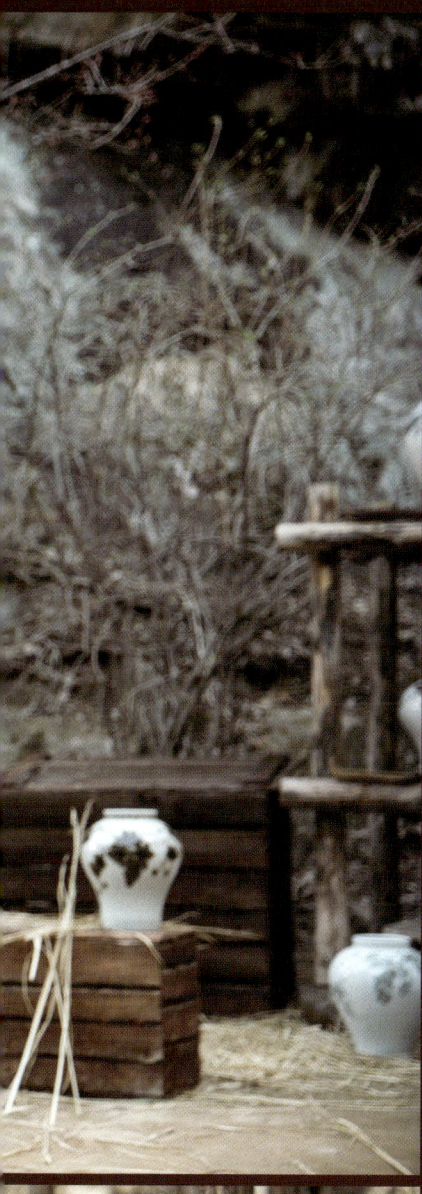

크게 기도해

아비는 매 맞아 죽고 어미는 우물에 몸을 던졌습니다.
보셨다시피 추노꾼들에게 쫓기고 있고요.
잡히면 맞아 죽고 안 잡히면 굶어 죽습니다.
이 조선 팔도엔, 제가 살 곳이 없습니다.
제발 저 좀, 살려주십시오.
도와주십시오. 미국인지 어딘지로 가겠습니다.
그저 모르는 척만 해주십시오.

니가 믿는 그 한울님이라 뭔지 하는 작자, 진짜 있어?
그 작자는 기도하면 진짜 들어?
그럼 크게 기도해.
니 놈들이 죽인 조선 백성 목숨 값으로 이놈 거두라고.
얘 데려가라고 미국인지 뭔지 니 고향에.

이 은혜는 반드시 크게 갚겠습니다.
목숨을 걸고서라도 제가 꼭….

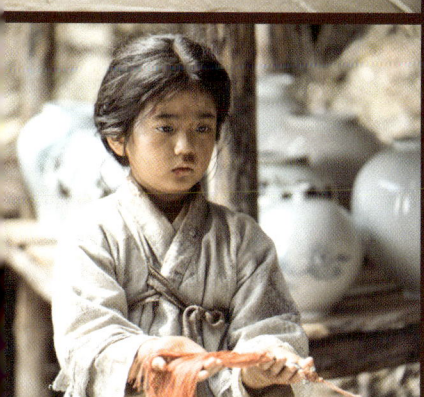

고귀하고 위대한 자여

너 이름 뭐야.
최가 유진입니다.
유진?
에우게니오스(라틴어 eugenēus)?
너 멋진 이름 가졌네.
이 땅에도 있어 그 이름.
유진. 고귀하고 위대한 자여.

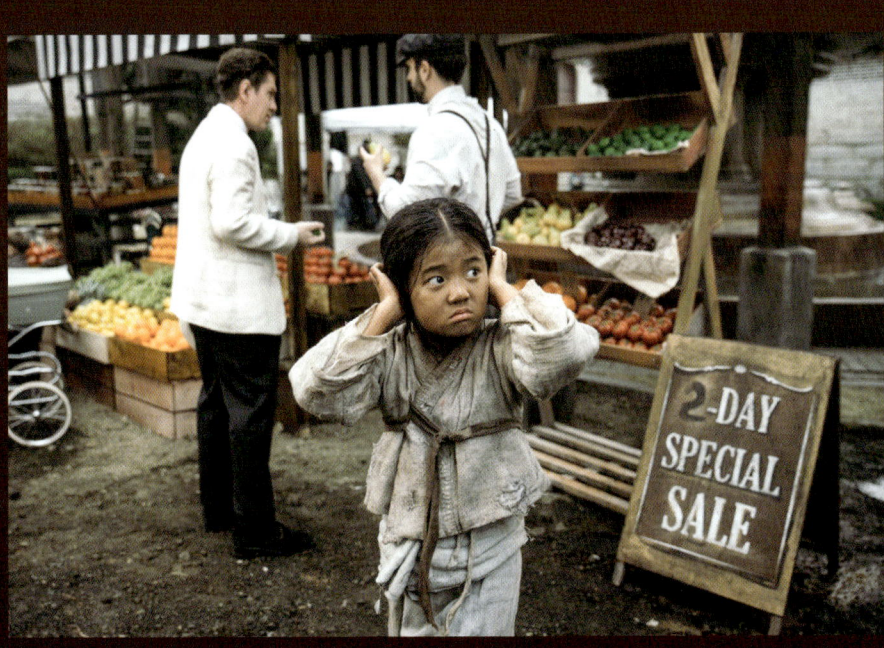

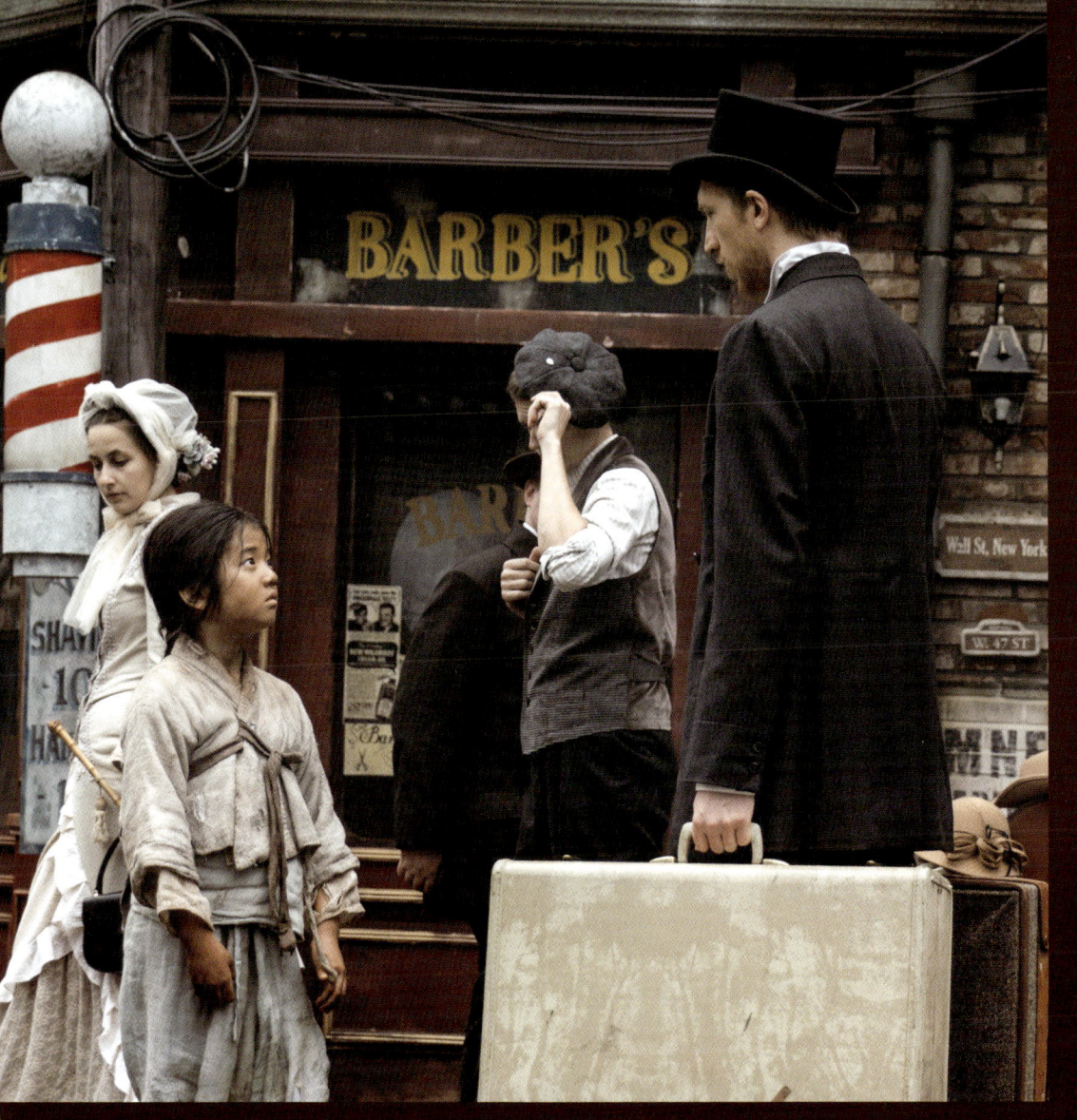

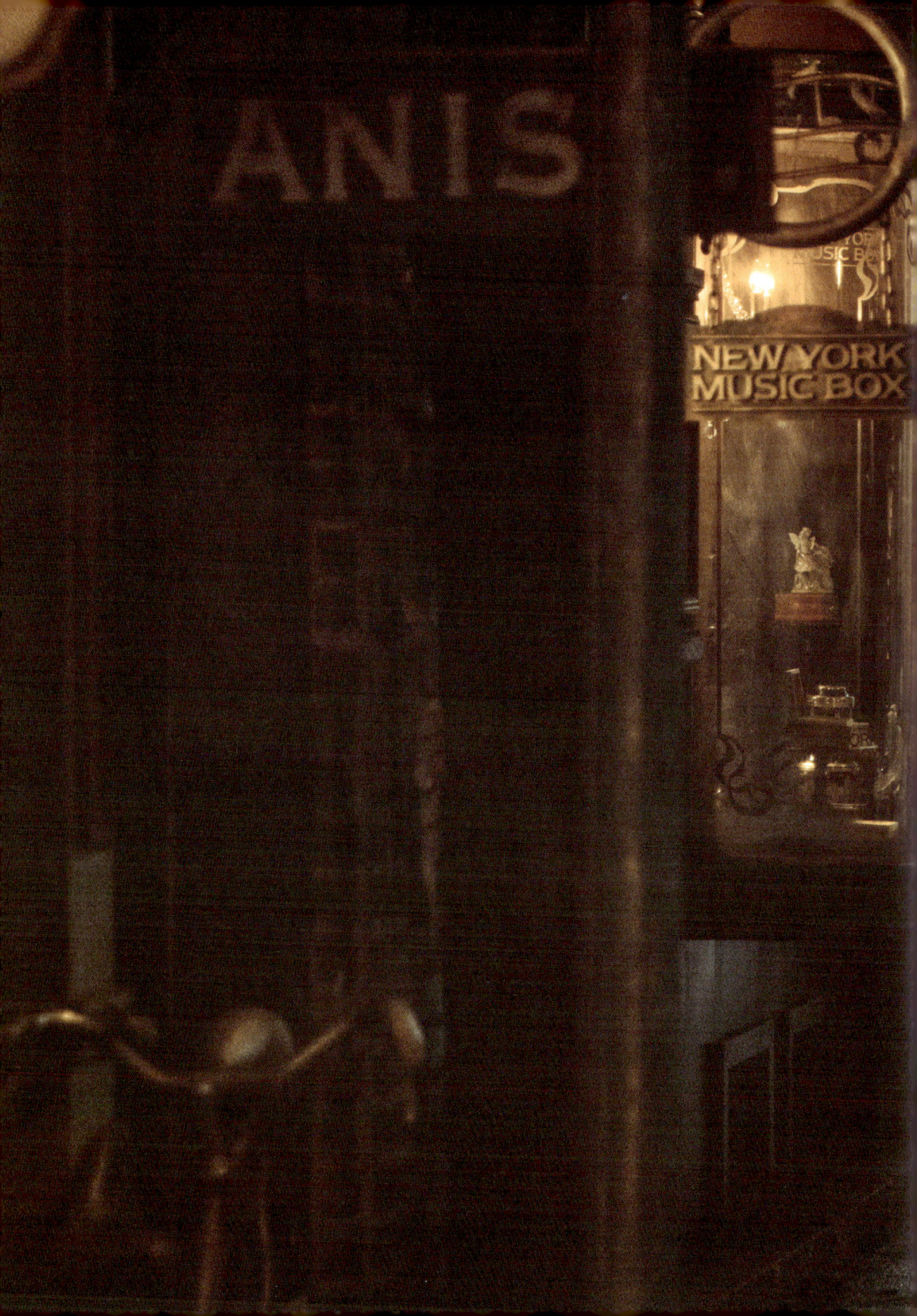

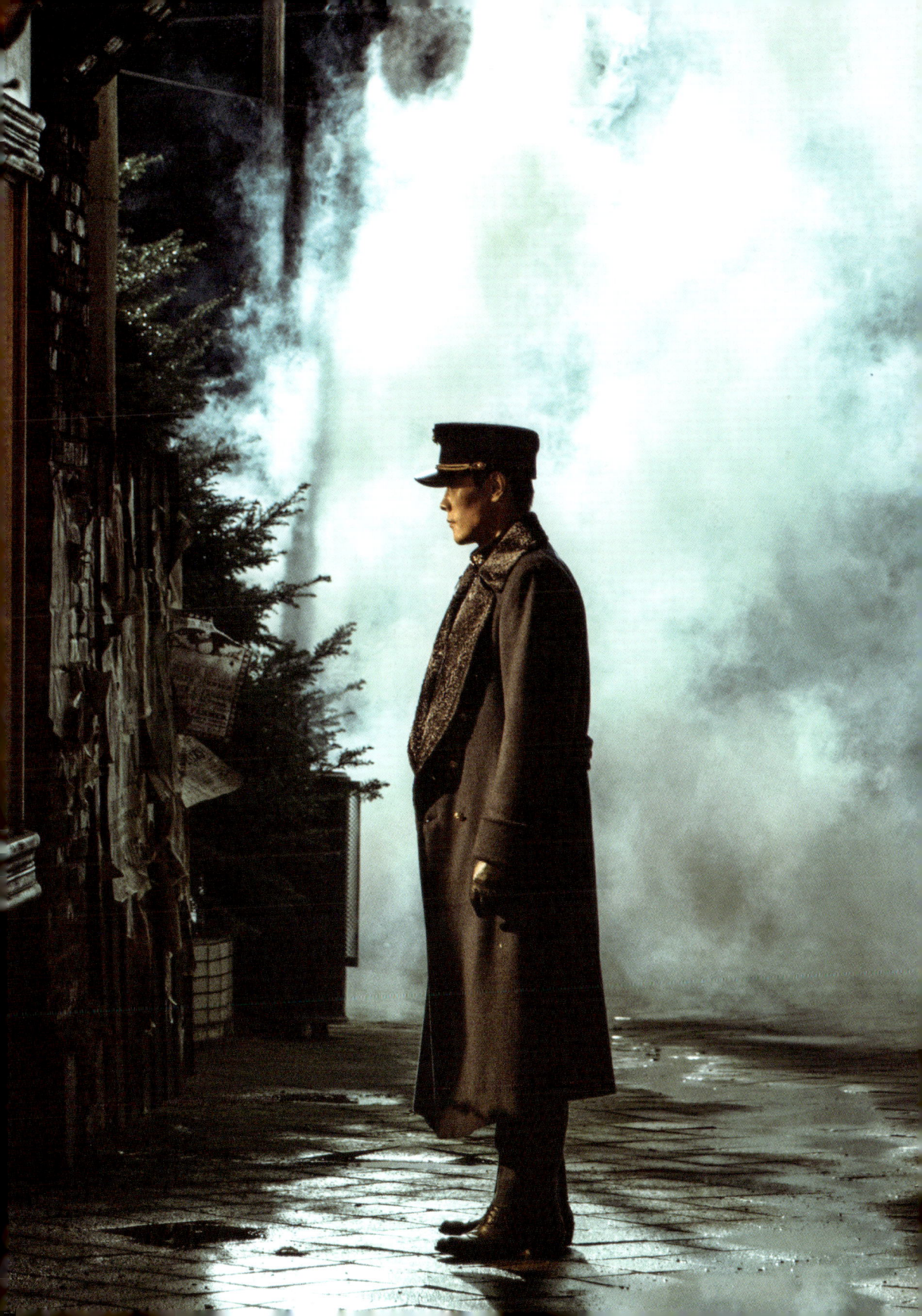

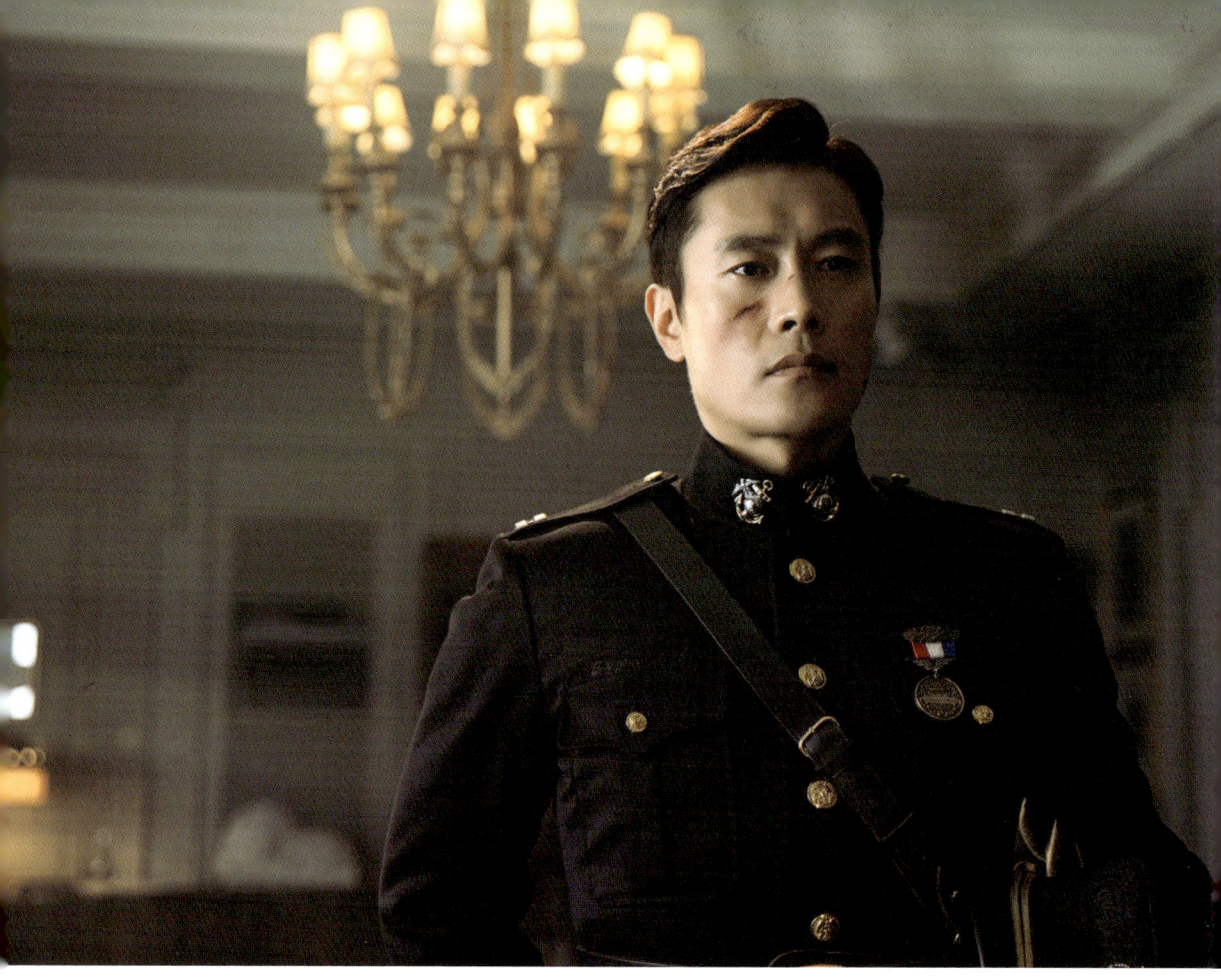

조선은 날 한 번도

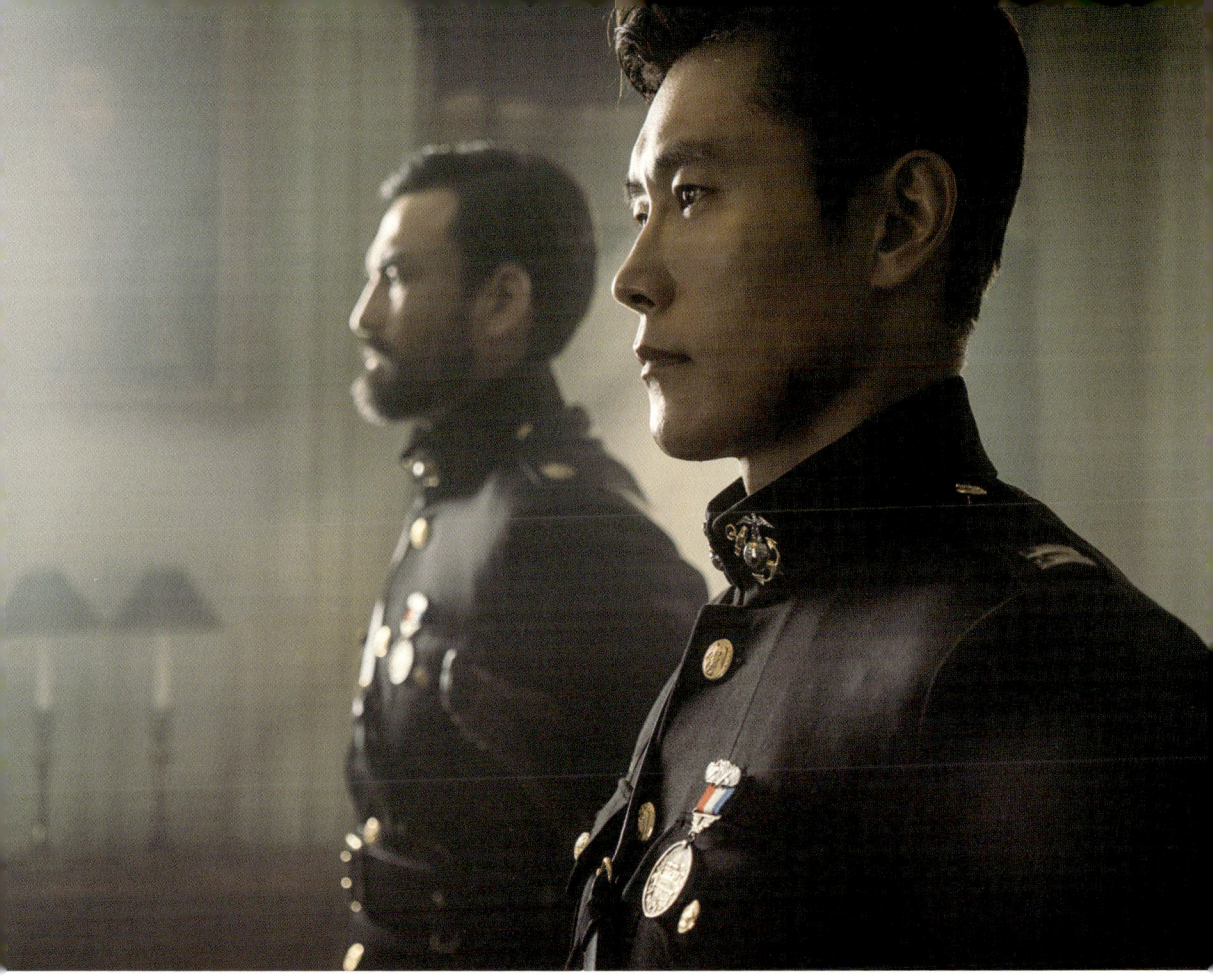

카일 무어 소령. 유진 초이 대위.
상냥한 말과 커다란 채찍을 들고, 조선으로 가게.

굿 뉴스야 배드 뉴스야?
아, 조선이 굿 뉴스인가?
이 민감한 시기에 미공사관에 자네가 있는 것만으로도
조선은 든든할 테니까.
조선은 자네의 조국이기도 하잖아.

그렇지 않을 거야.
조선에서 태어난 건 맞지만 내 조국은 미국이야.
조선은, 단 한 번도 날 가져본 적이 없거든.

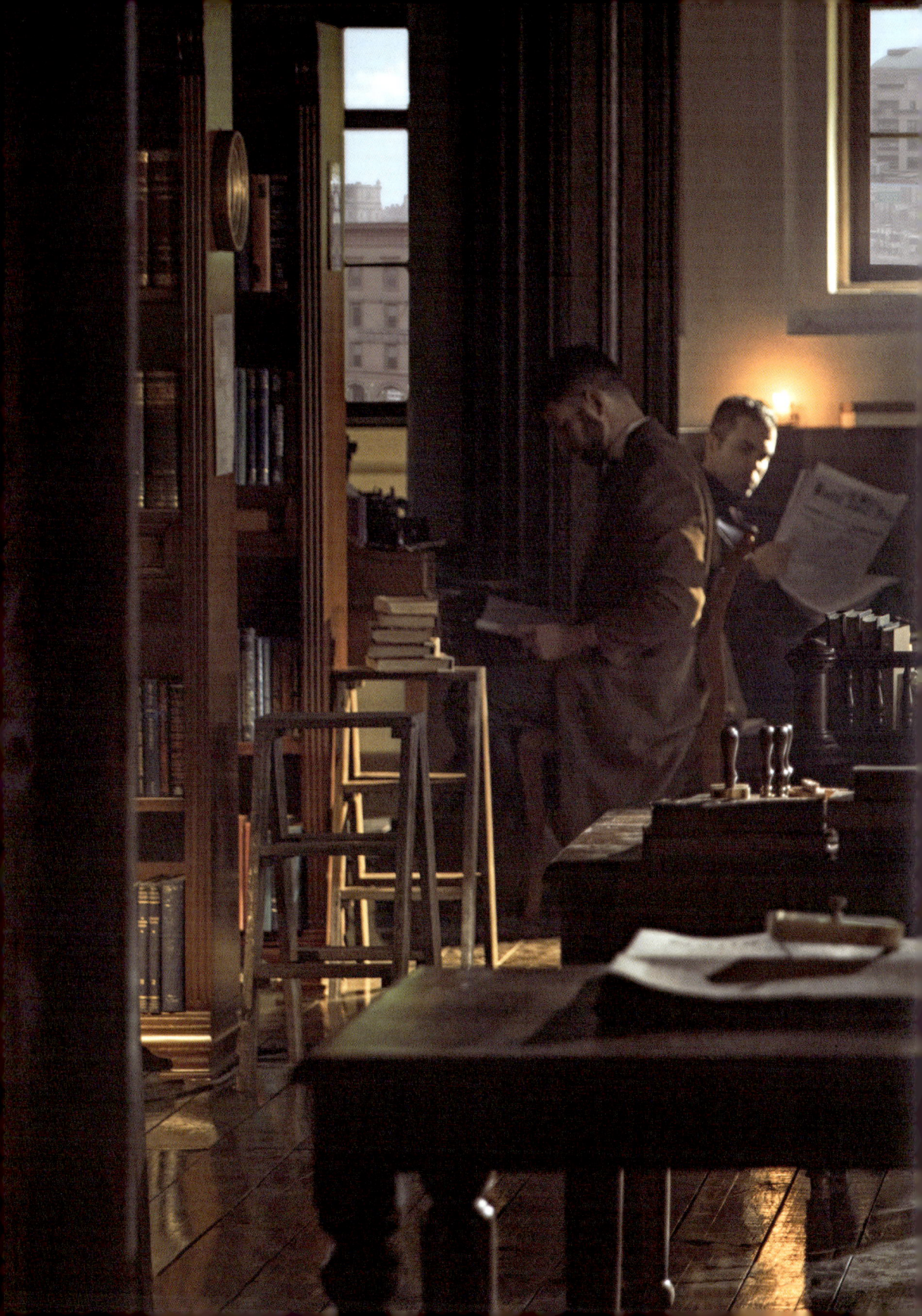

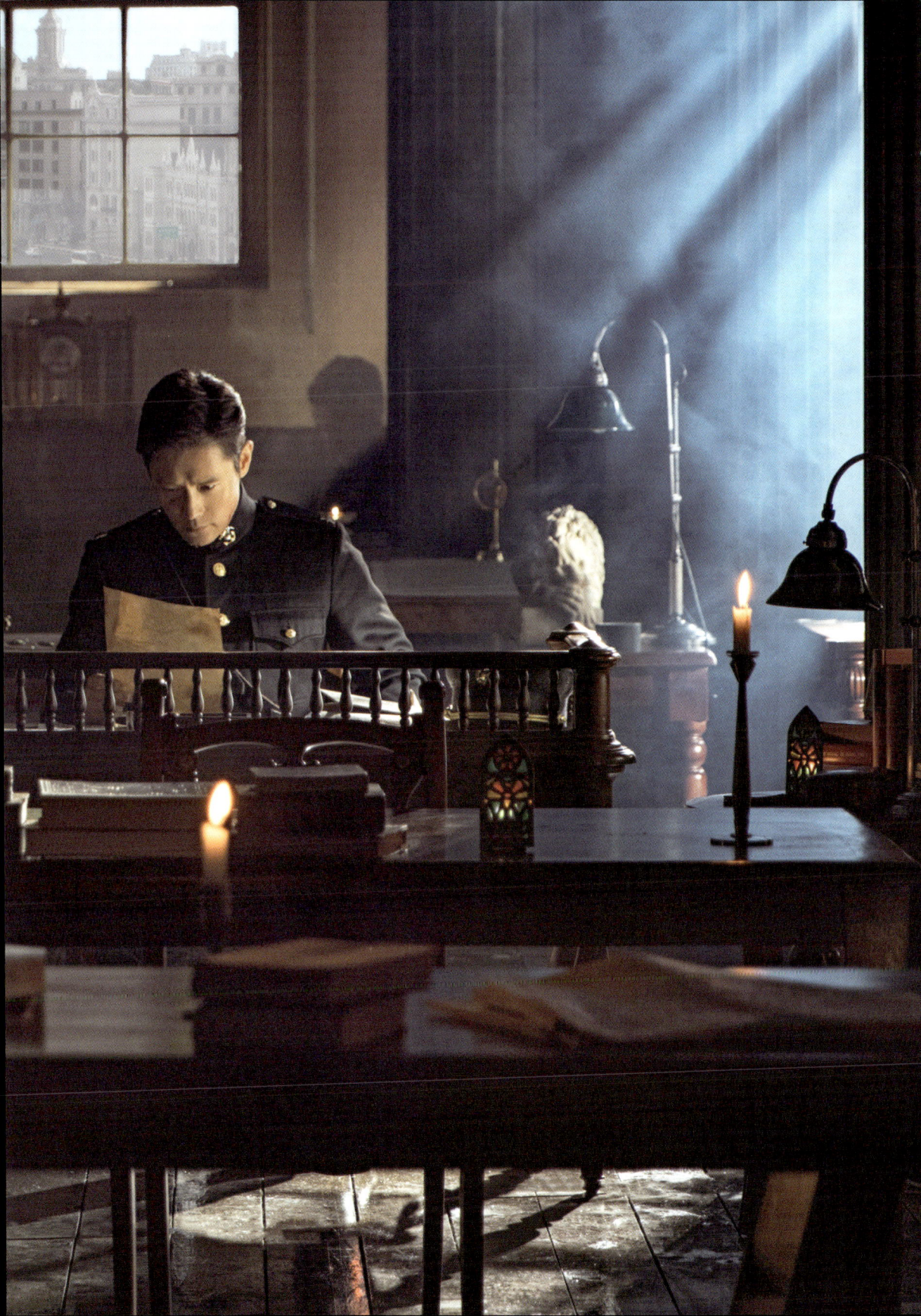

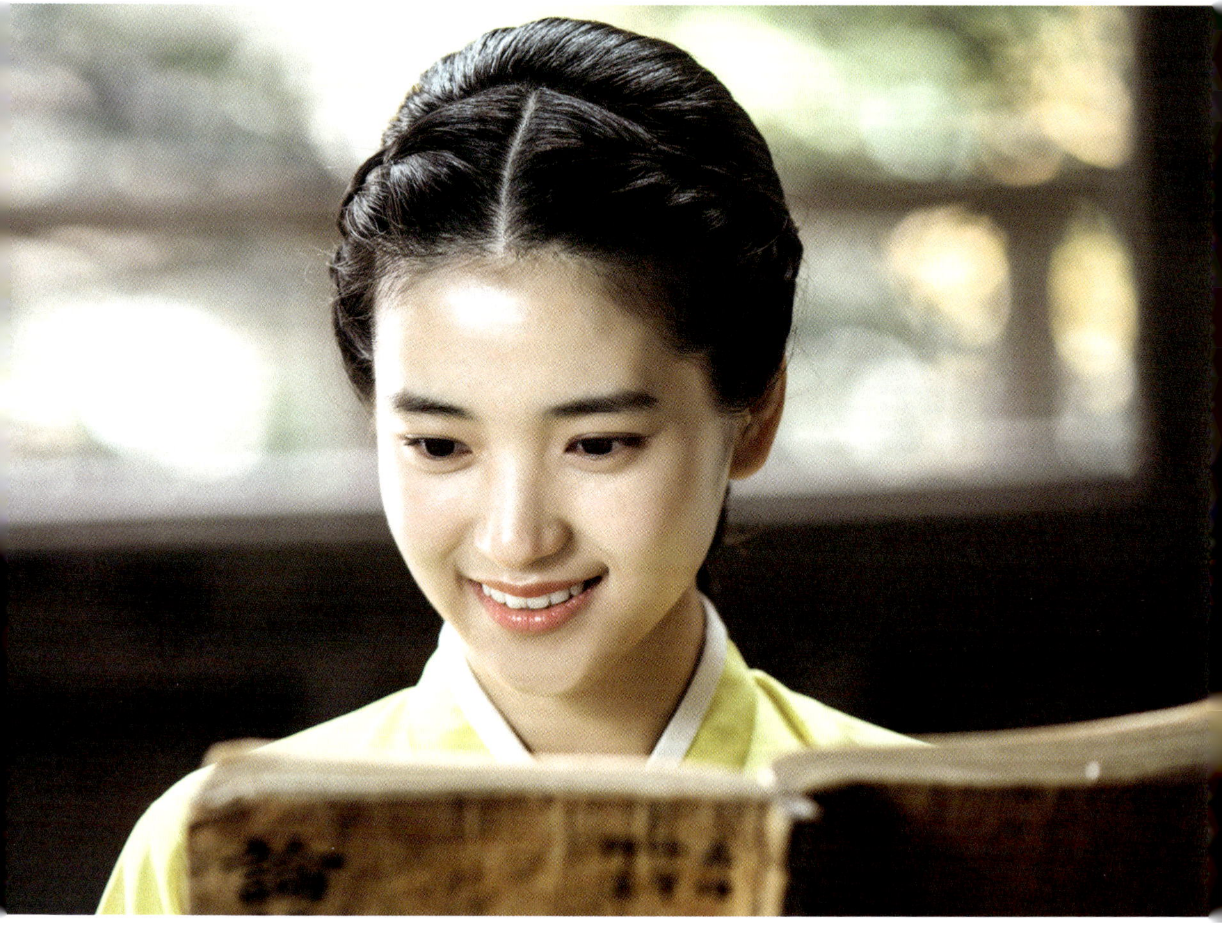

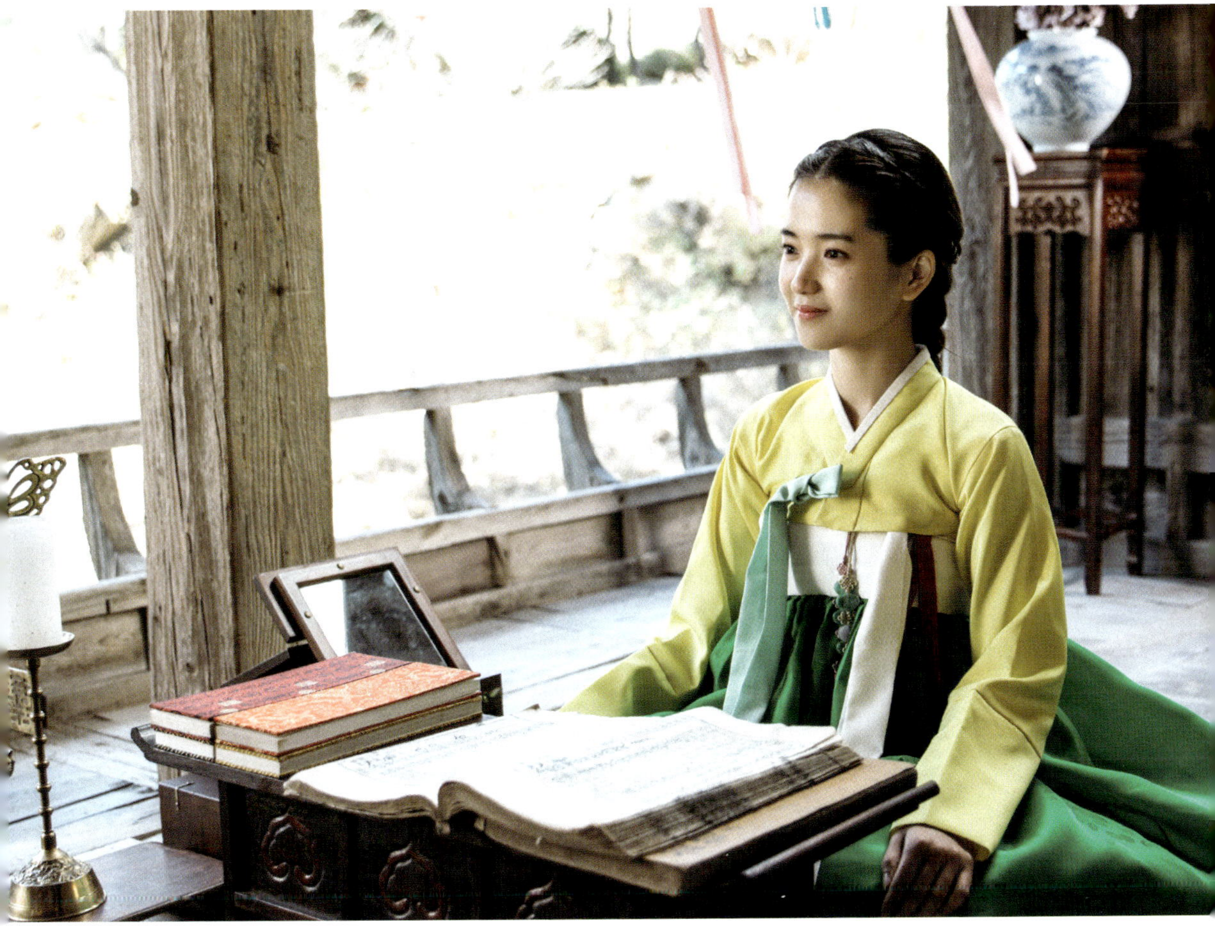

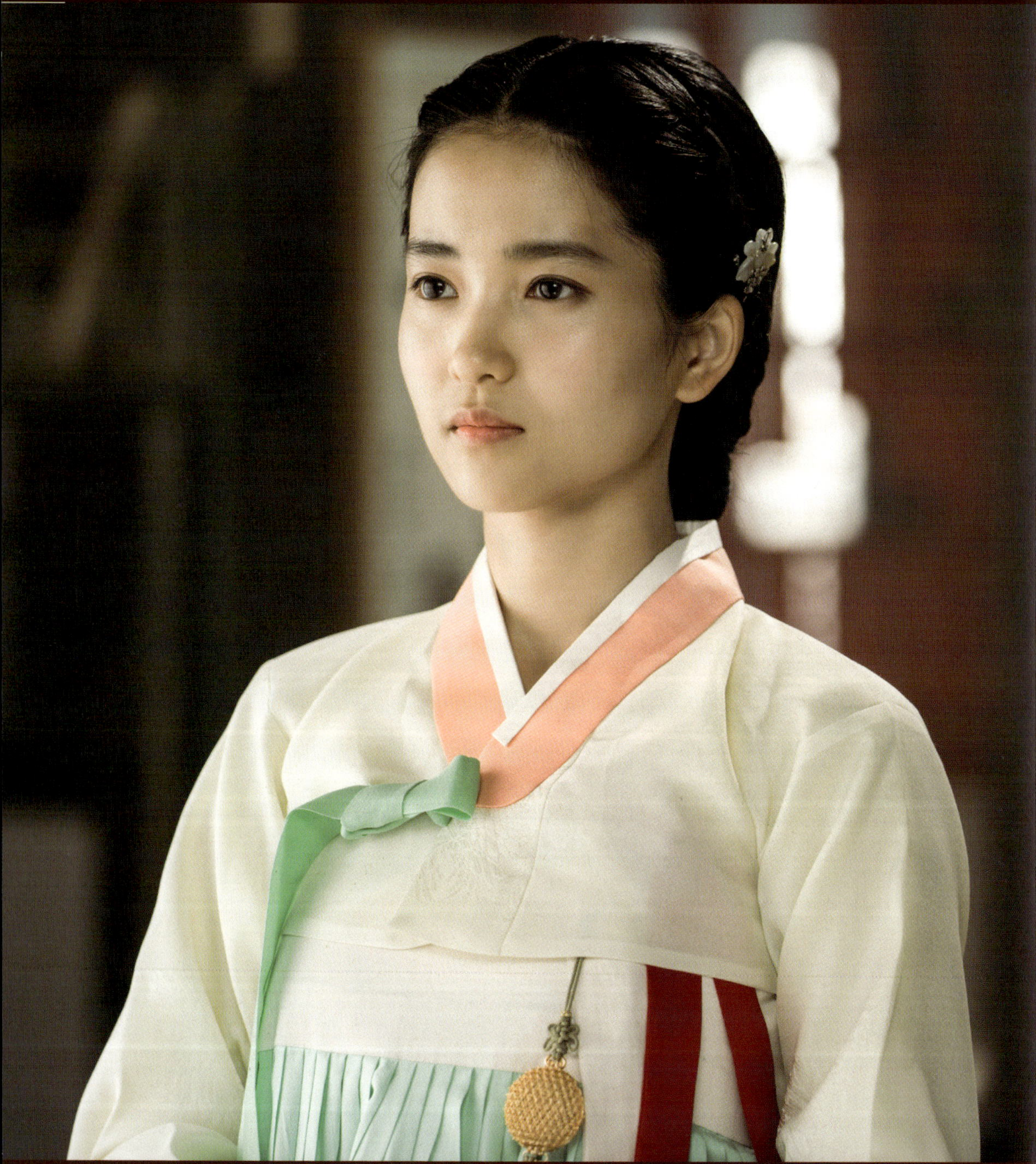

우리 모두 각자의 방법으로

상완이 사랑하는 여인에게서 난…
어린 것입니다. 계집아입니다.

그렇게 처음 할아버님을 뵈었다.
반 자 남짓 좁은 상자 속…
보드라운 내 아버지 내 어머니와 함께.

그리고 그해 가을,
누군가는 목숨을 걸고 지키려 했던 조선은
일본 수군의 상륙에 완전히 무너졌다.
병력 고작 열네 명이었다.

어제는 멀고 오늘은 낯설며
내일은 두려운 격변의 시간이었다.
우리 모두는 그렇게 각자의 방법으로
격변하는 조선을 지나는 중이었다.

잘 쓰이더라도, 자주는 말고

조선은 날로 위태로워지는데
그 아이는 지 애비처럼 몸을 숨긴 투사로
그 모든 시간을 지나갈 모양일세.
정말 지 애빌 따라갈까 봐 그토록 막았었네만,
기어코 간다면, 더는 막을 수가 없다면,
살 길을 가르쳐줘야 하는 것 아니겠는가.
난 이미 자식 둘을 잃었네.
손녀마저 잃을 수는 없네.
지켜달라곤 안 하겠네.
지 몸 하나 지킬 수만 있게 해주게.

막아서 막아지는 것이 아님을 아네.
나도 막아서지 못한 것을
자네에게 하라고는 않겠네.
그러니,
애신이가 잘 쓰이더라도,
자주는 말고…
더러는 모르게도 하고… 그래 주게.

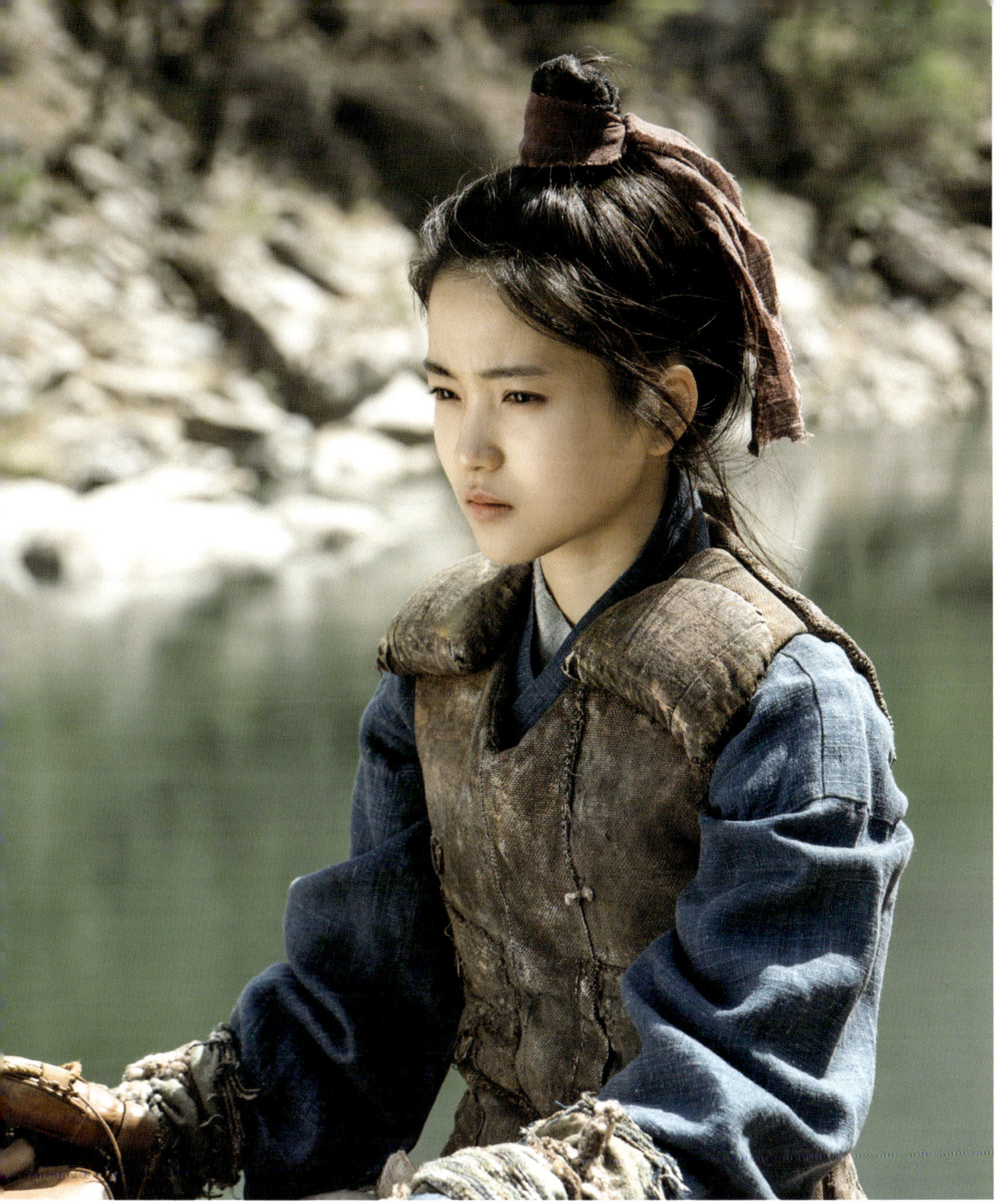

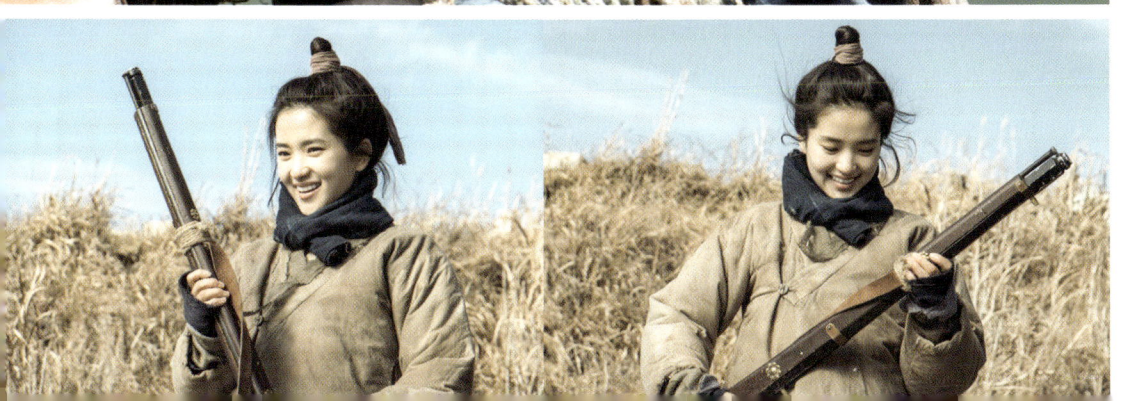

저는 총포로 할 겁니다

걱정 마십시오.
스승님이 무얼 하시든 안 물을 것입니다.
멧돼지랑 치정 싸움을 하셨대도
그런가 보다 할 것입니다.
죽지나 마십시오.
그러다 어느 날엔가,
너도 하겠느냐 하시면
예, 하겠습니다, 할 것입니다.
그래서 연습도 열심히 합니다.
사발 다섯 개 중 두세 개는 명중입니다.

다른 방법도 있다. 신문에 글을 써 알리든지
야학으로 가르침을 준다든지.

한 나라의 황후가 시해 당했습니다.
나라님은 남의 나라 공사관으로
도망을 쳐 이 나라 저 나라 황제에게 글로 손을 벌립니다.
그 덕에 서양 대국들이 줄지어 조선에 간섭합니다.

글은 힘이 없습니다.
저는 총포로 할 것입니다.

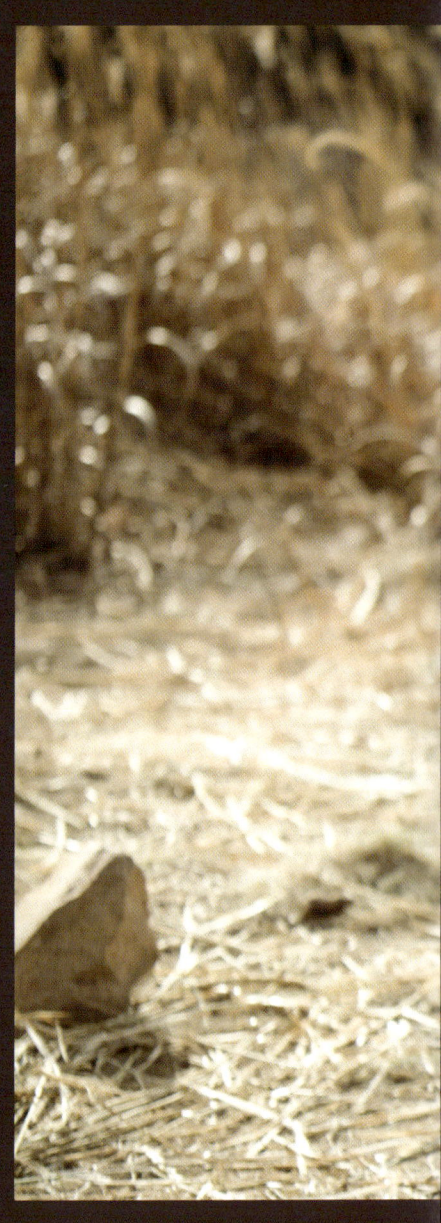

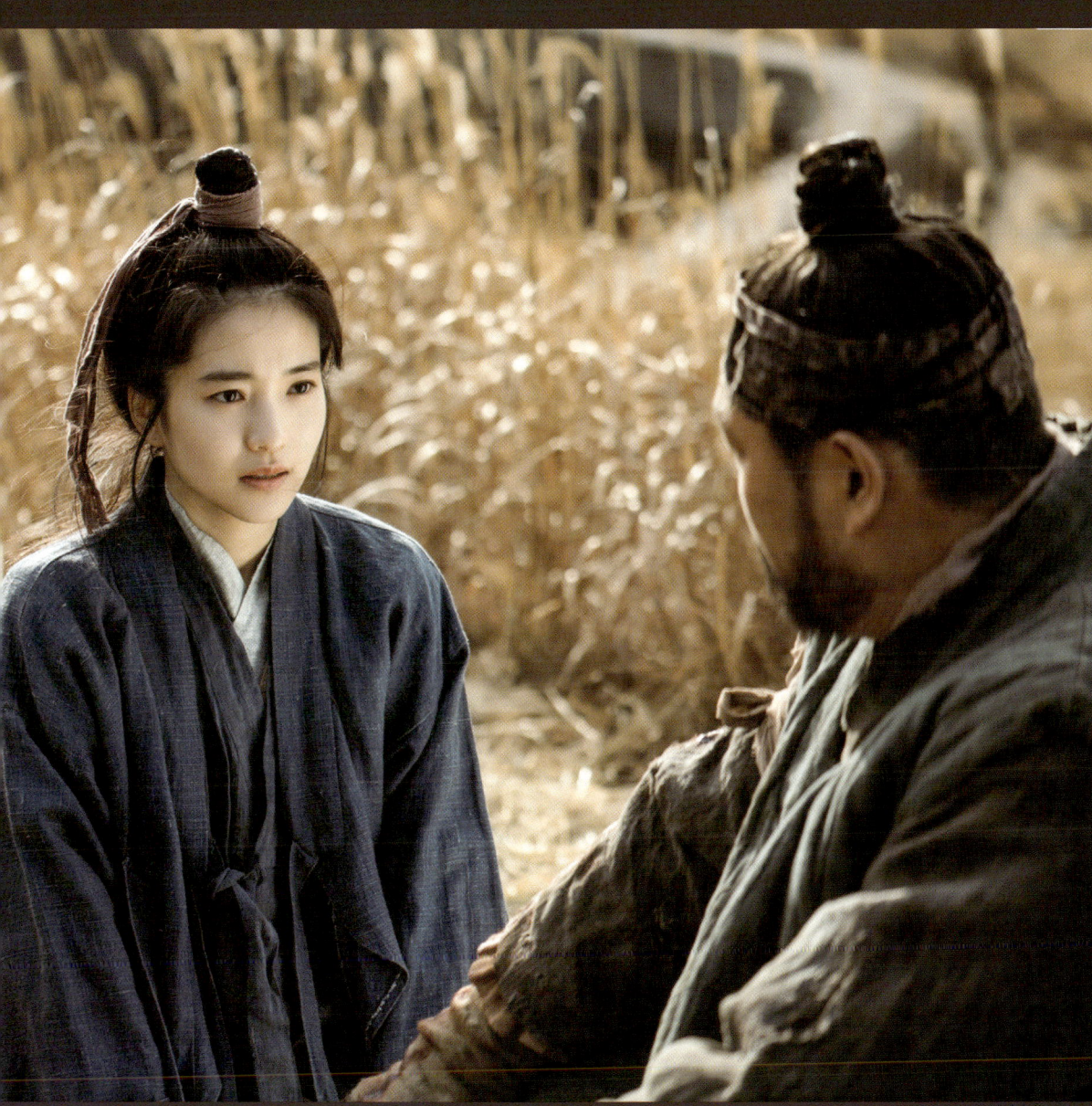

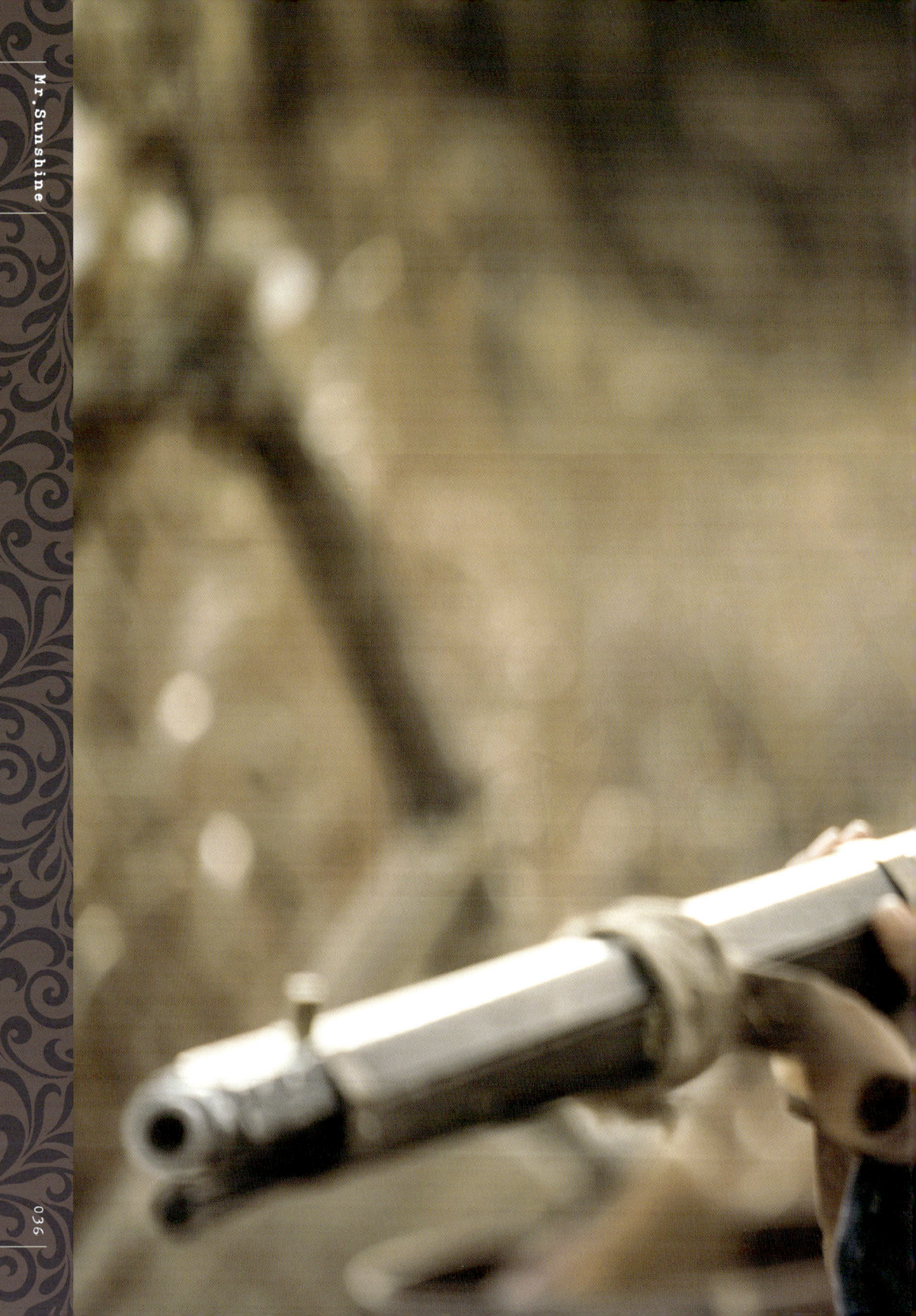

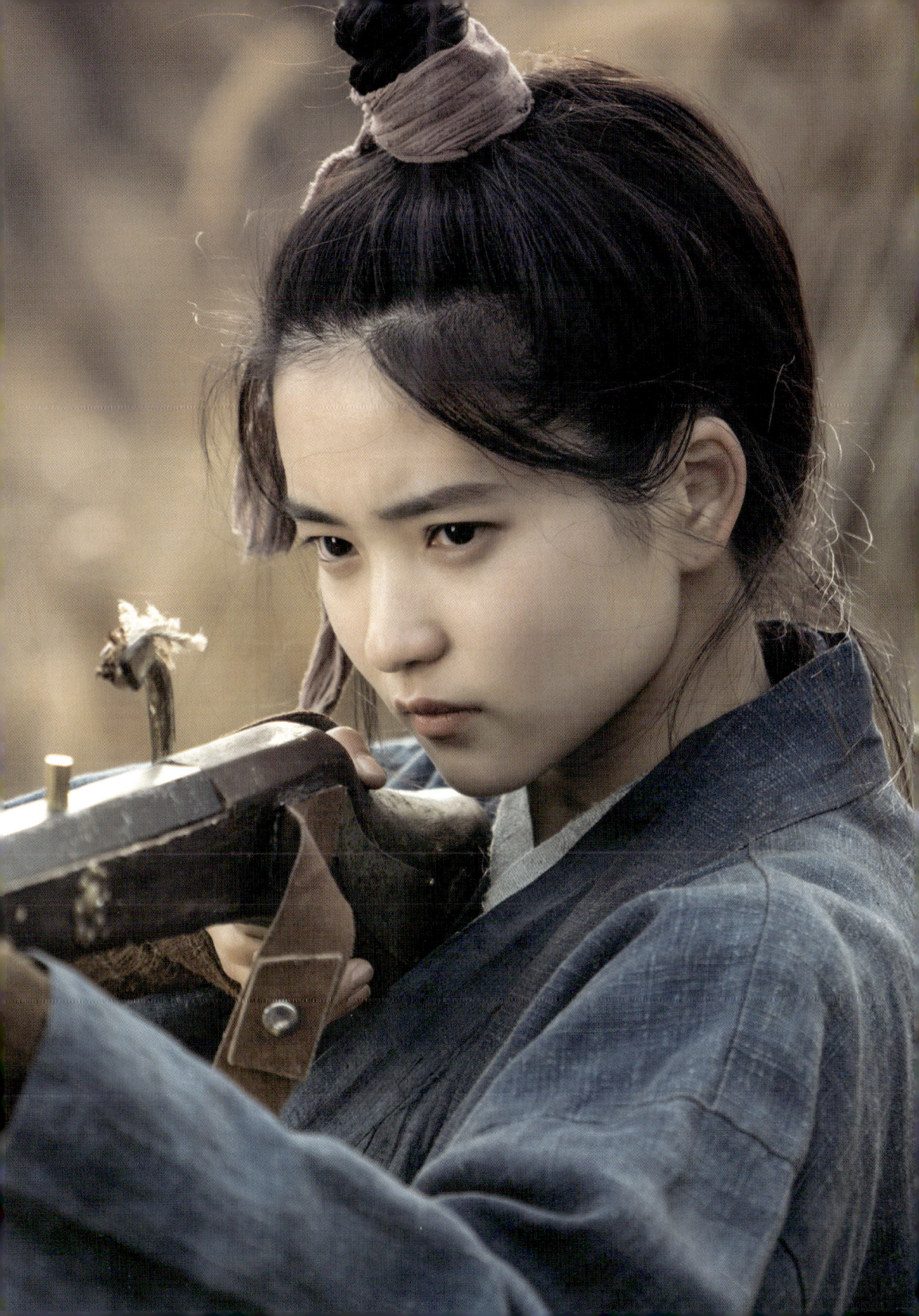

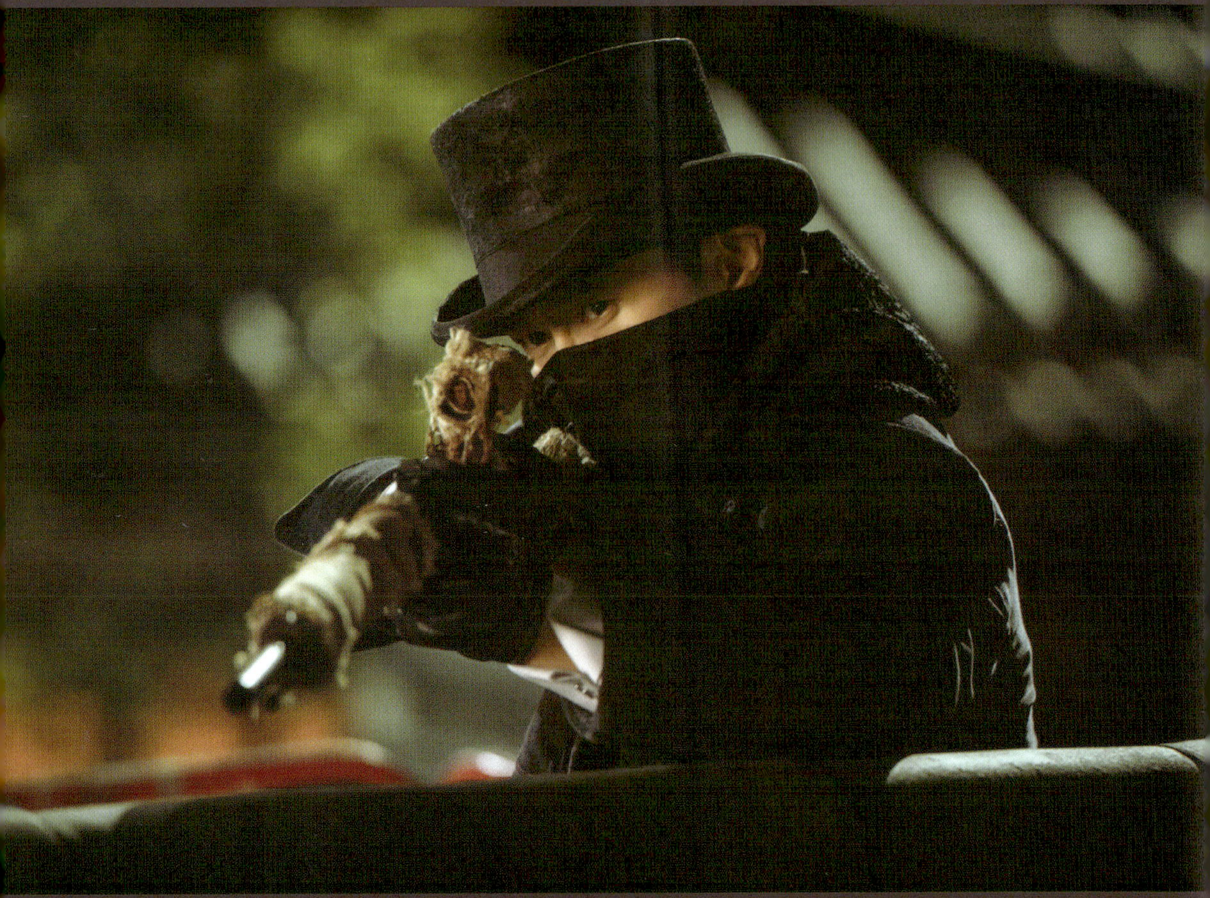

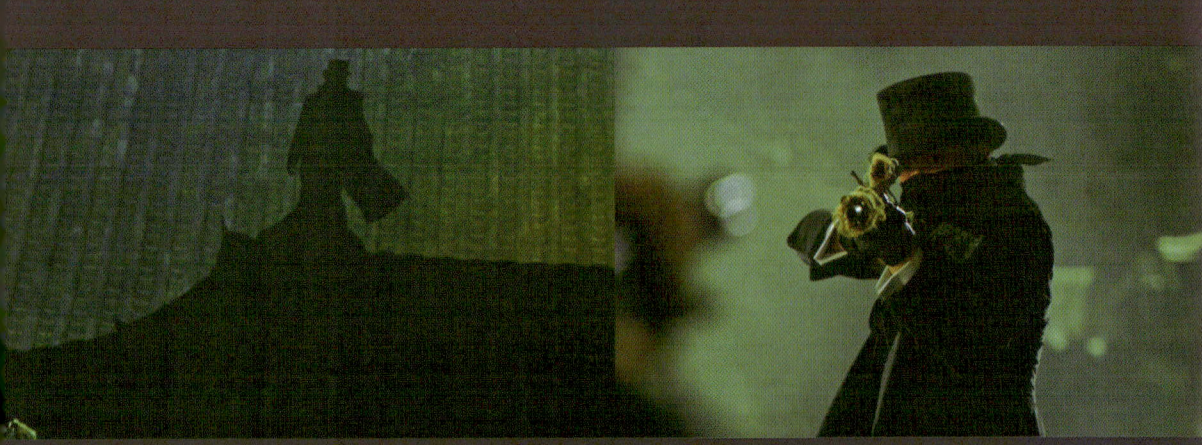

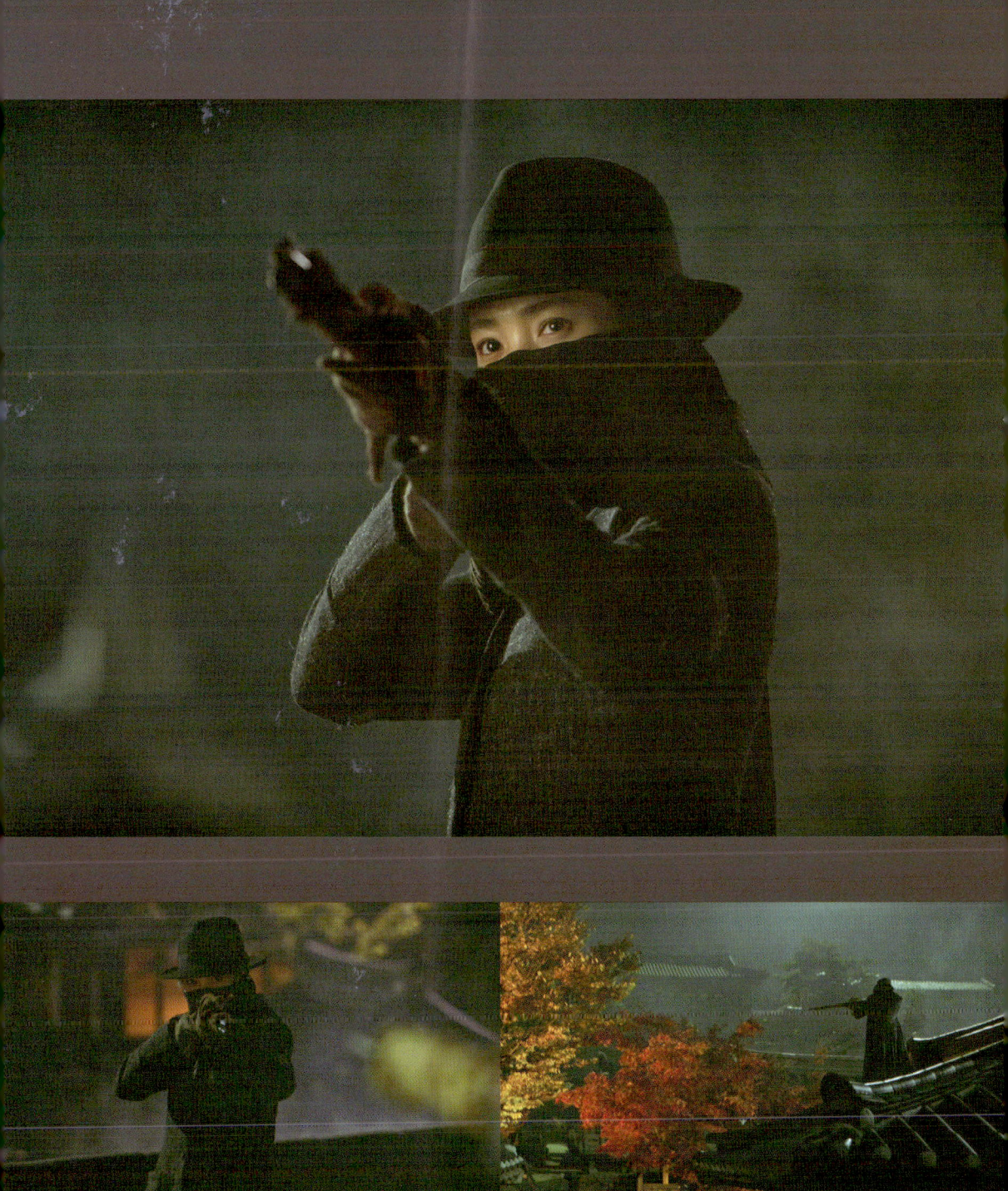

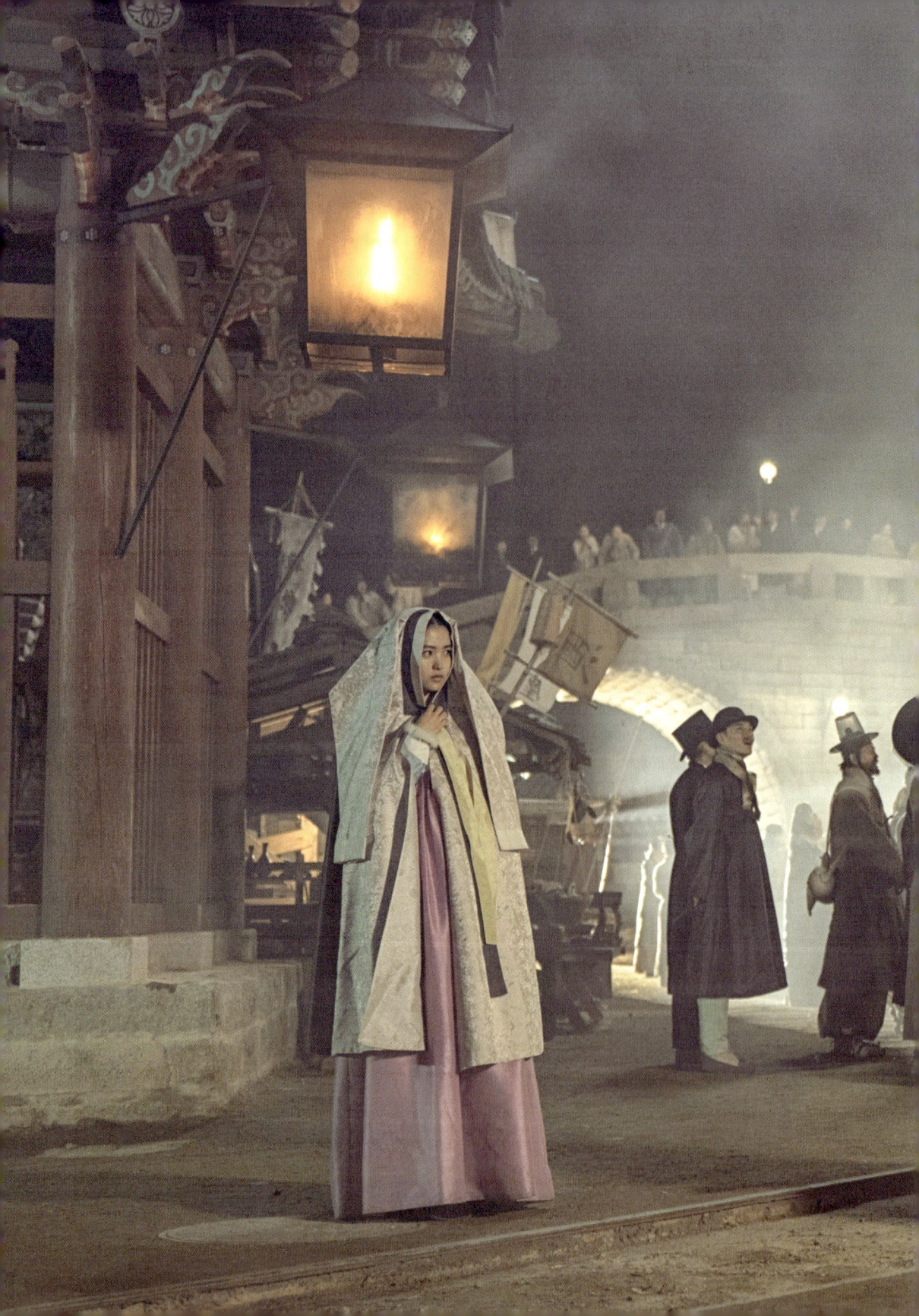

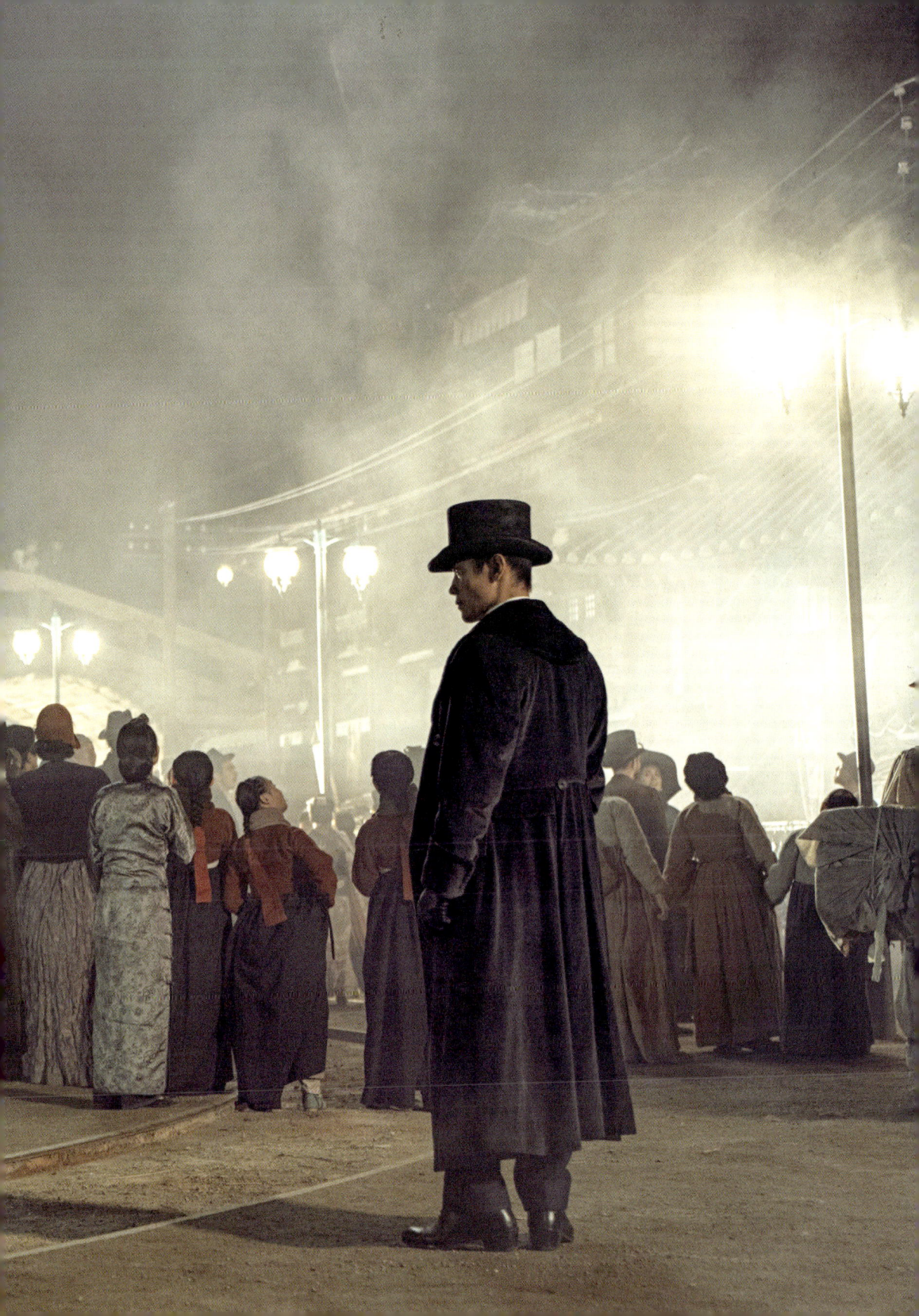

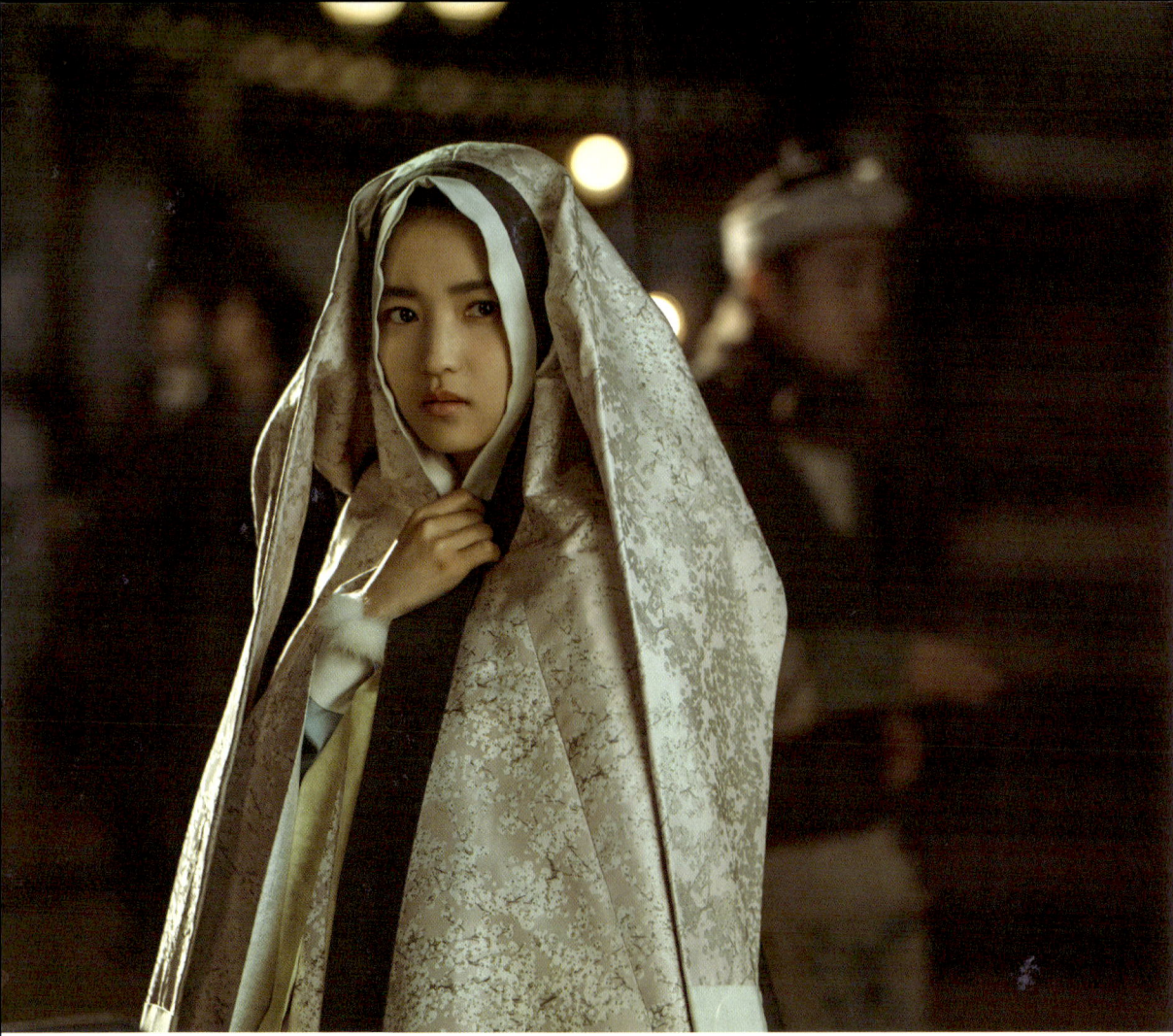

동지인가?

표적은 하나
저격수는 둘
동지인가?

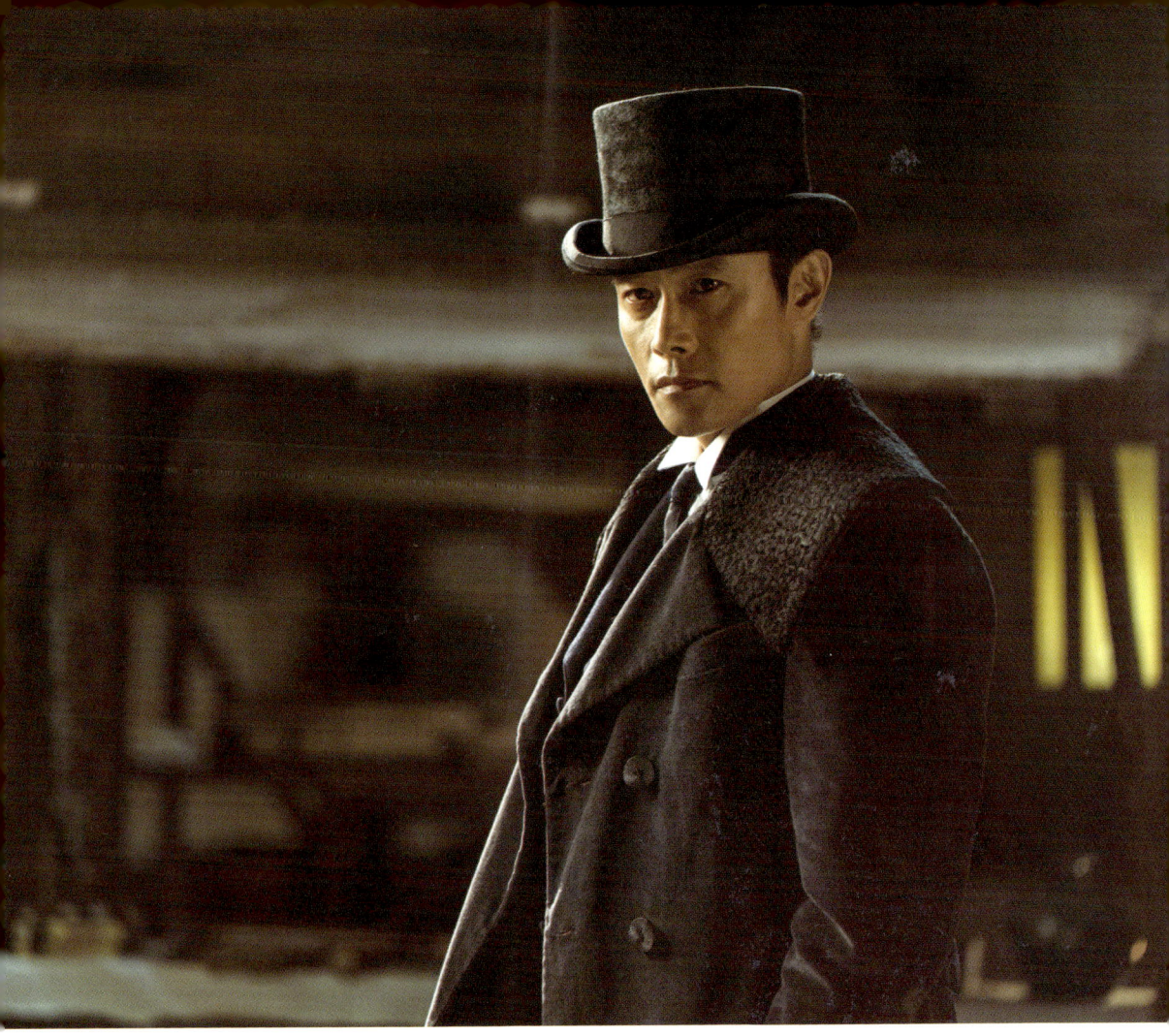

화약 냄새다.
방금,
저 사내.

저 여인.
여인?

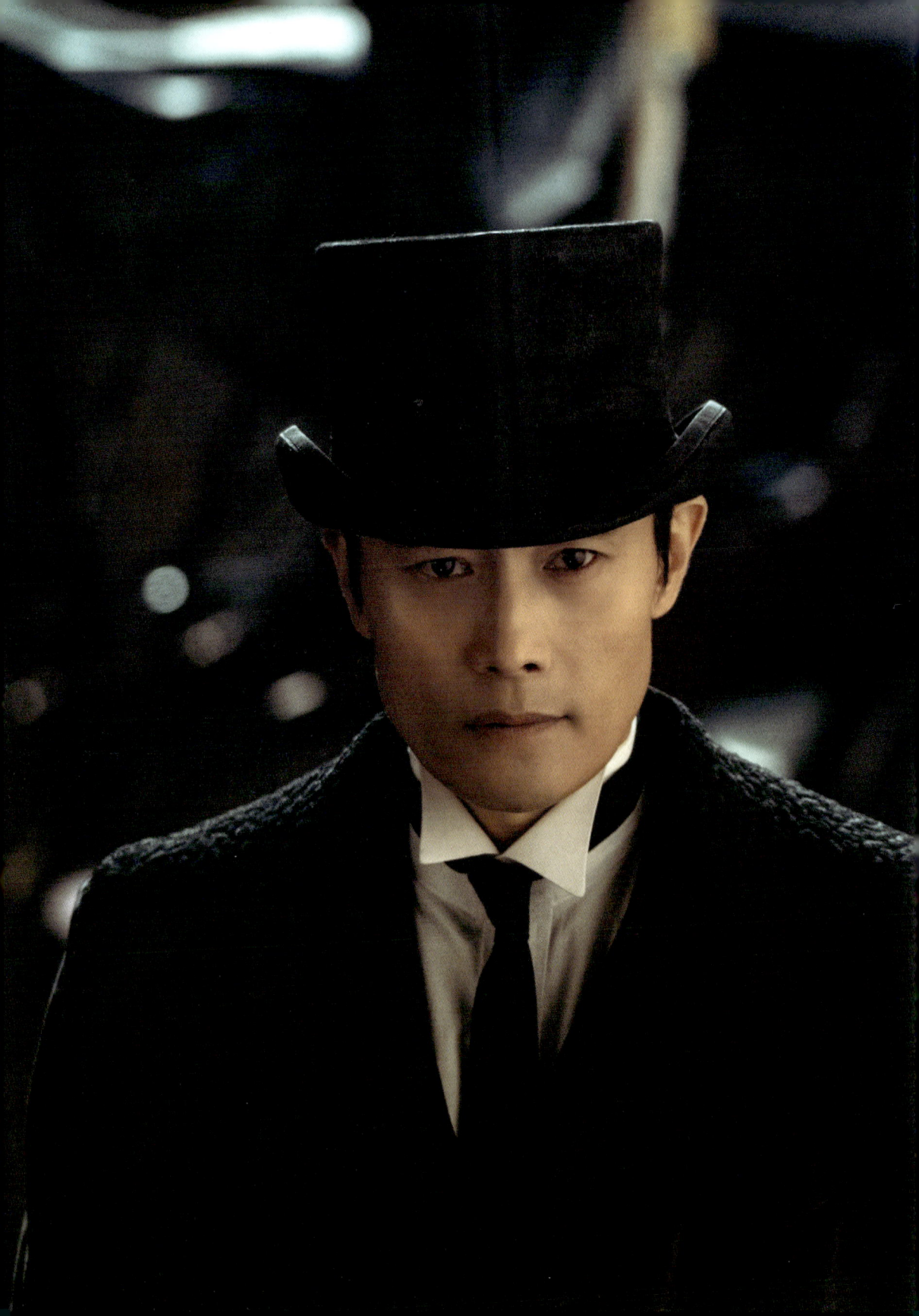

그쪽으로 걸을까 하여 1

나를 찾는 거면 이쪽이오.
귀하를 찾은 적 없소.
찾던데.
오해요.

어느 쪽으로 가시오.
그건 왜 묻소.
그쪽으로 걸을까 하여. 사방엔 낭인이고
우린 서로 뭔가 들킨 듯하니

사람을 잘못 본 모양이오.
허나 이방인이니 목숨은 구할 거요.
왜 내가 이방인이라 단정하는 거요.
희귀한 의복. 존대이나 불손한 말투.
무엇보다,
살피나 여전히 알아보지 못하는 눈빛.
귀하는 내가 누군지 모르지 않소.
조선에선 그 어떤 사내도 감히 나를
노상에 이리 세워놓을 순 없거든.

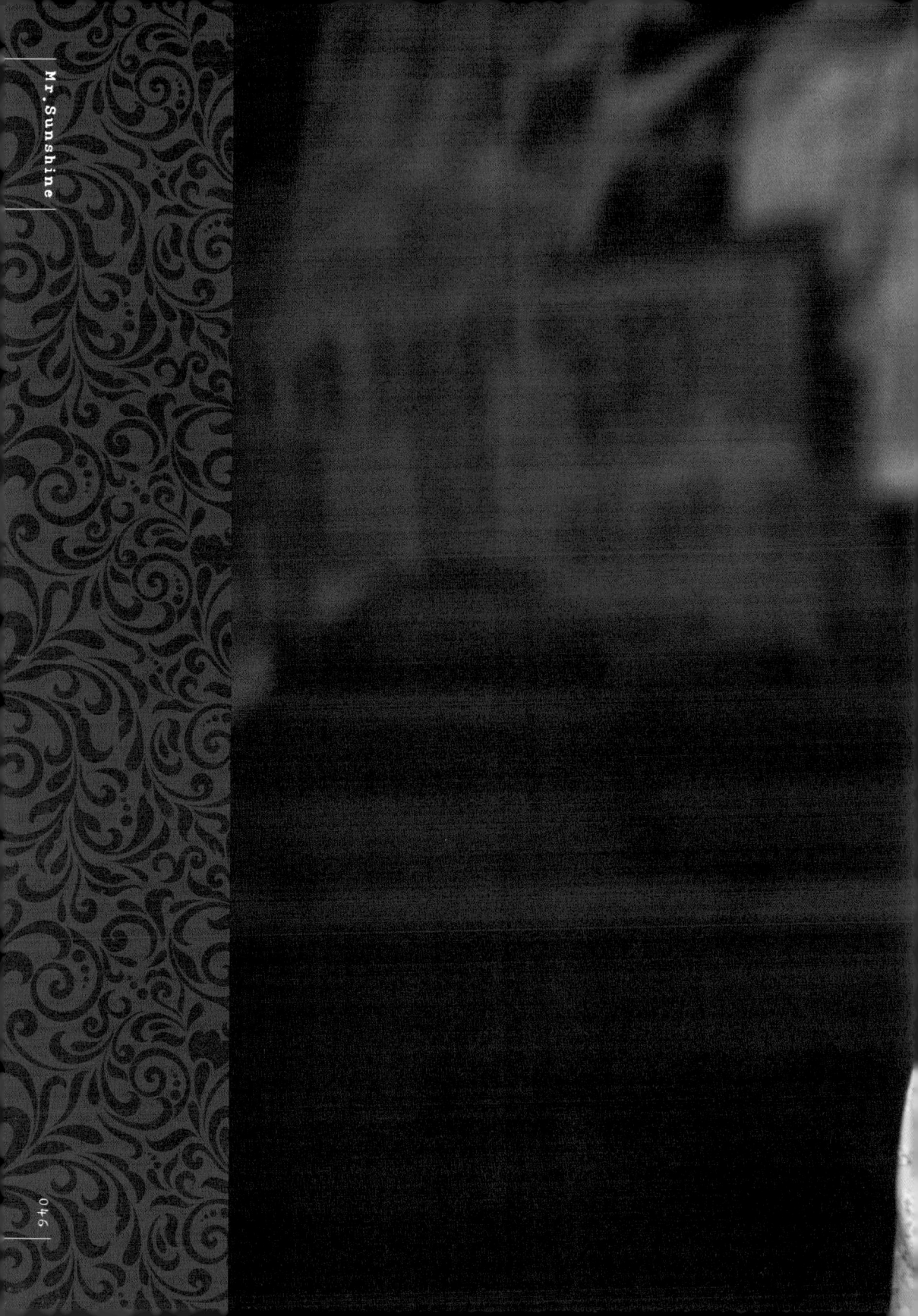

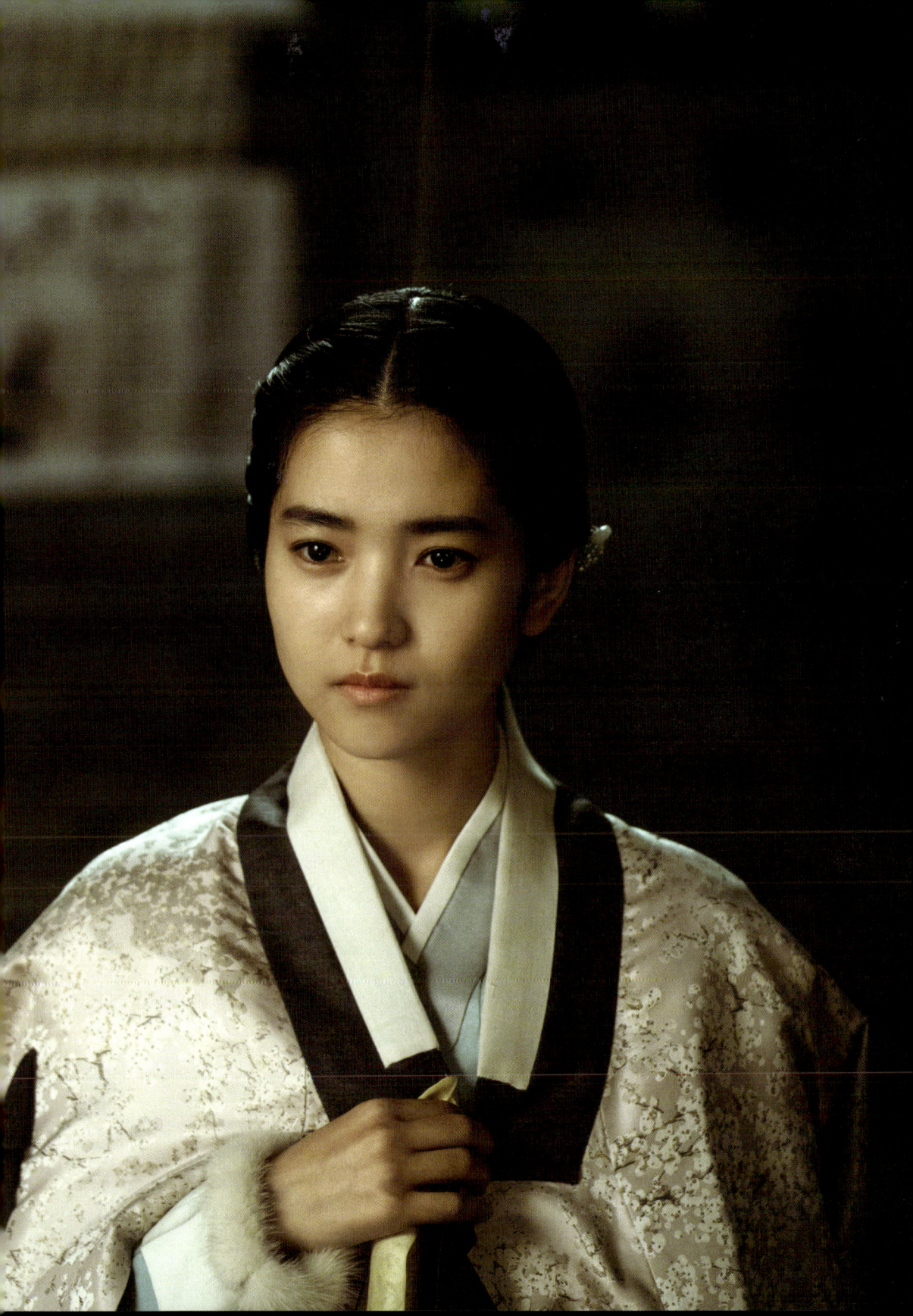

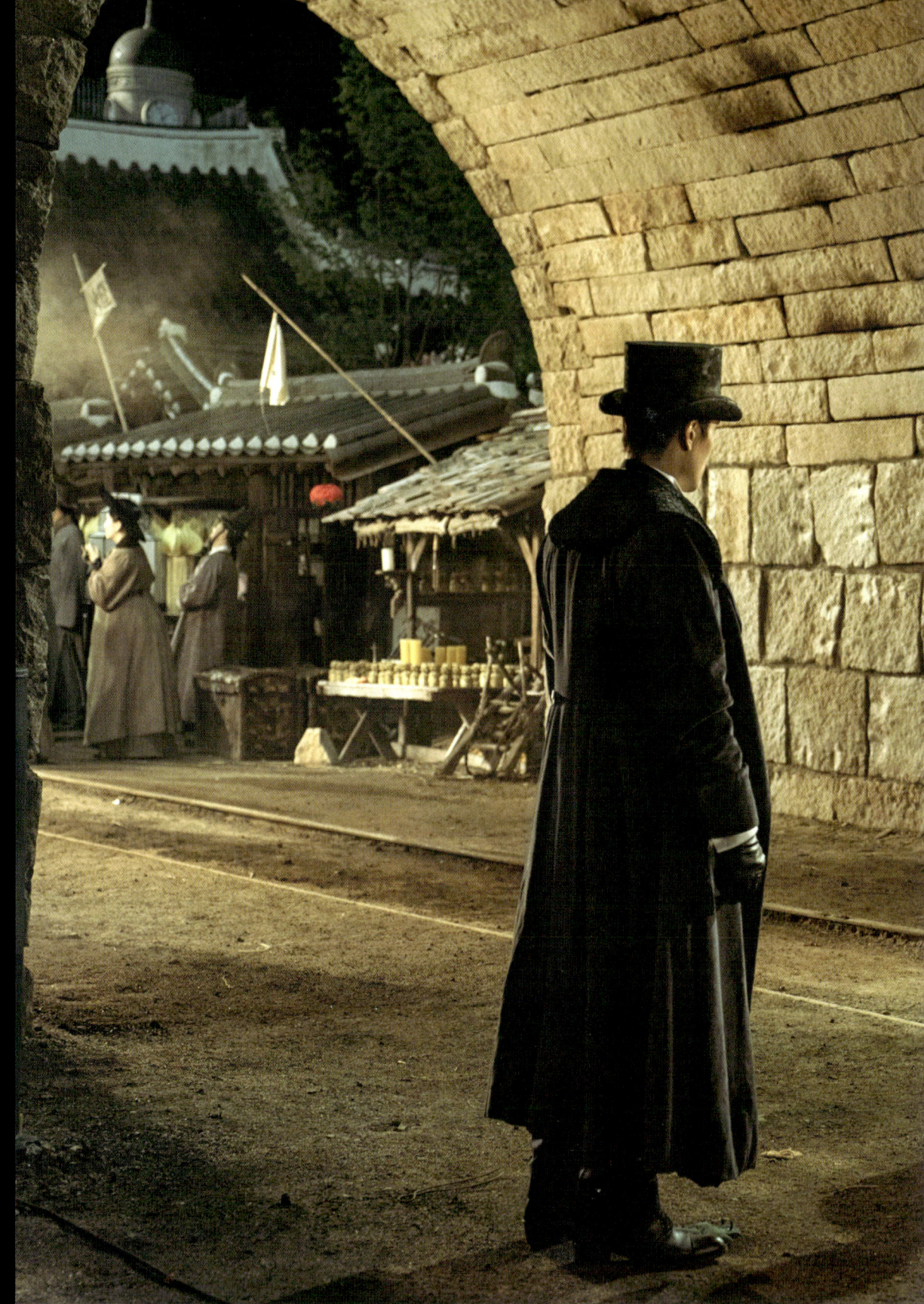

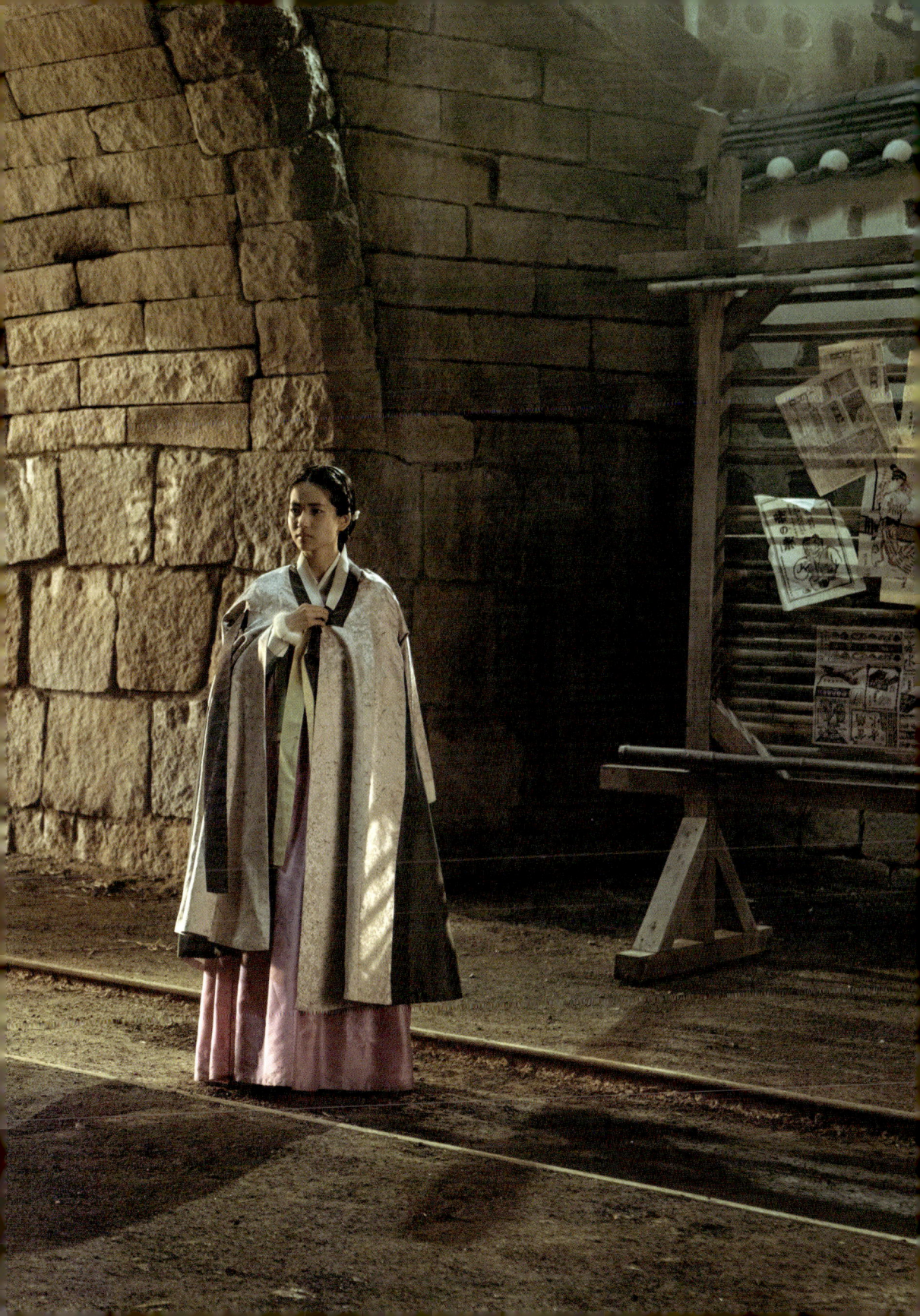

나는 누구든 벨 수 있으니

조선에는 말이다.
평민에게조차 말을 걸려면 바닥에 꿇어 엎드려 해야 하고
그마저도 먼저 말을 걸기 전까진 입을 뗄 수도 없는,
그런 자들이 있다.
조선에선 그들을, 백정이라 한다.
백정인 사내들은 칼을 들었으나 누구도 벨 수 없으니
날마다 치욕이었다.
조선의 어미들은 자식을 살리기 위해 ….
스스로 목숨을 끊거나….
살해당하거나,
그도 아니면…
… 스스로 버려진다.

내가 조선에 와서 제일 처음 한 일이 뭔 줄 아느냐.
내가 도망친 백정의 자식임을 알리는 거였다.
내 아비와는 달리 나는, 누구든 벨 수 있었으니까.

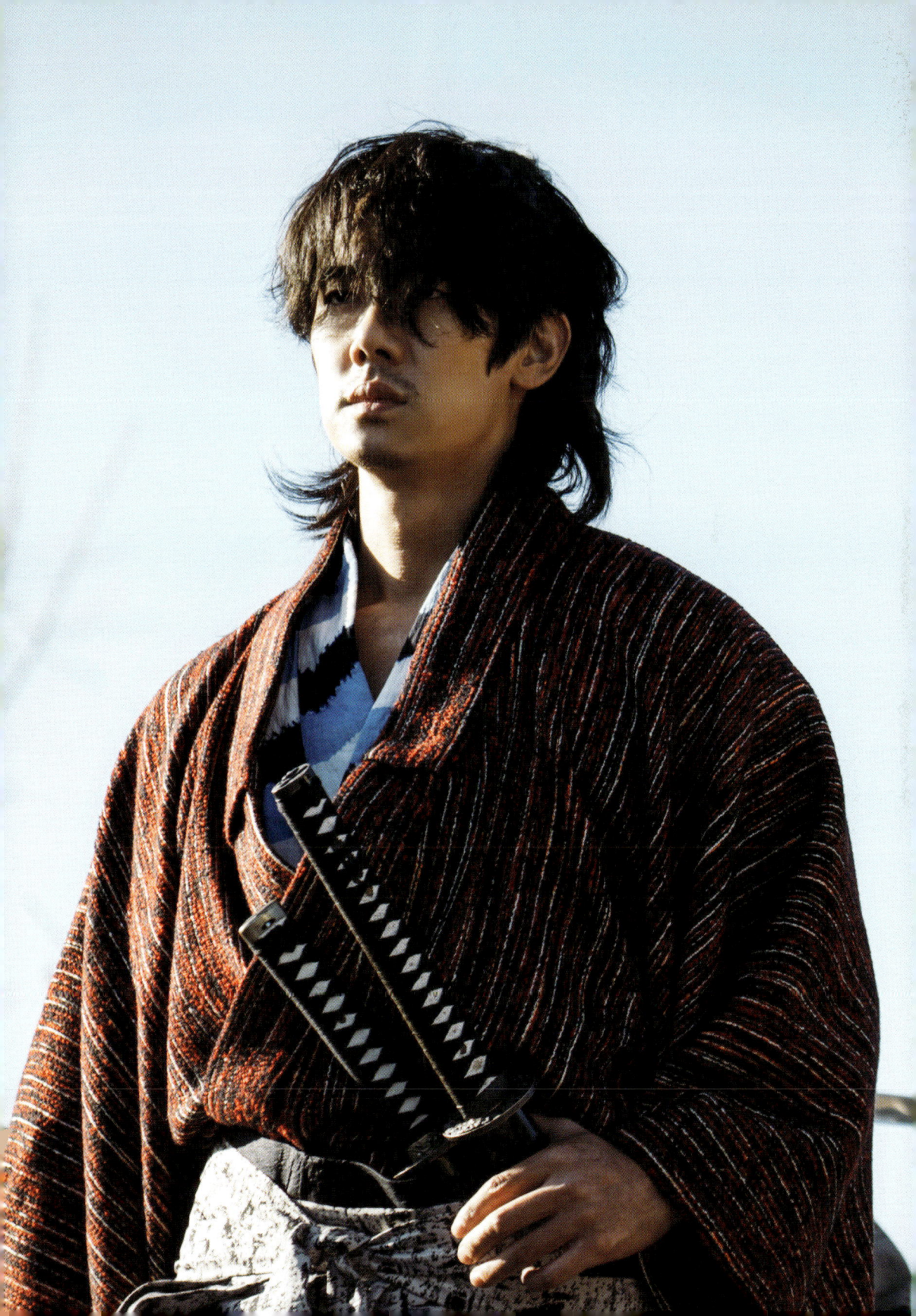

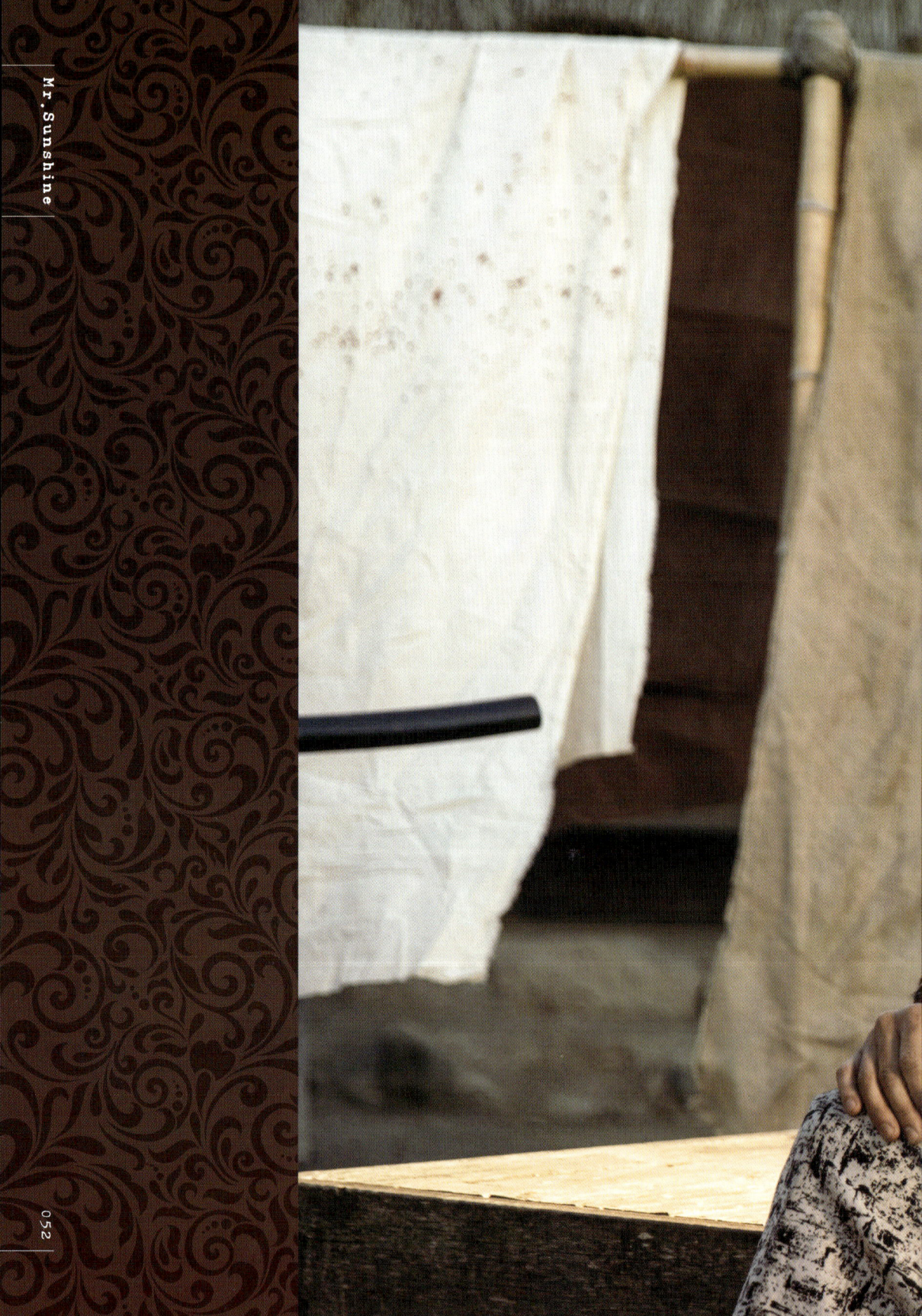

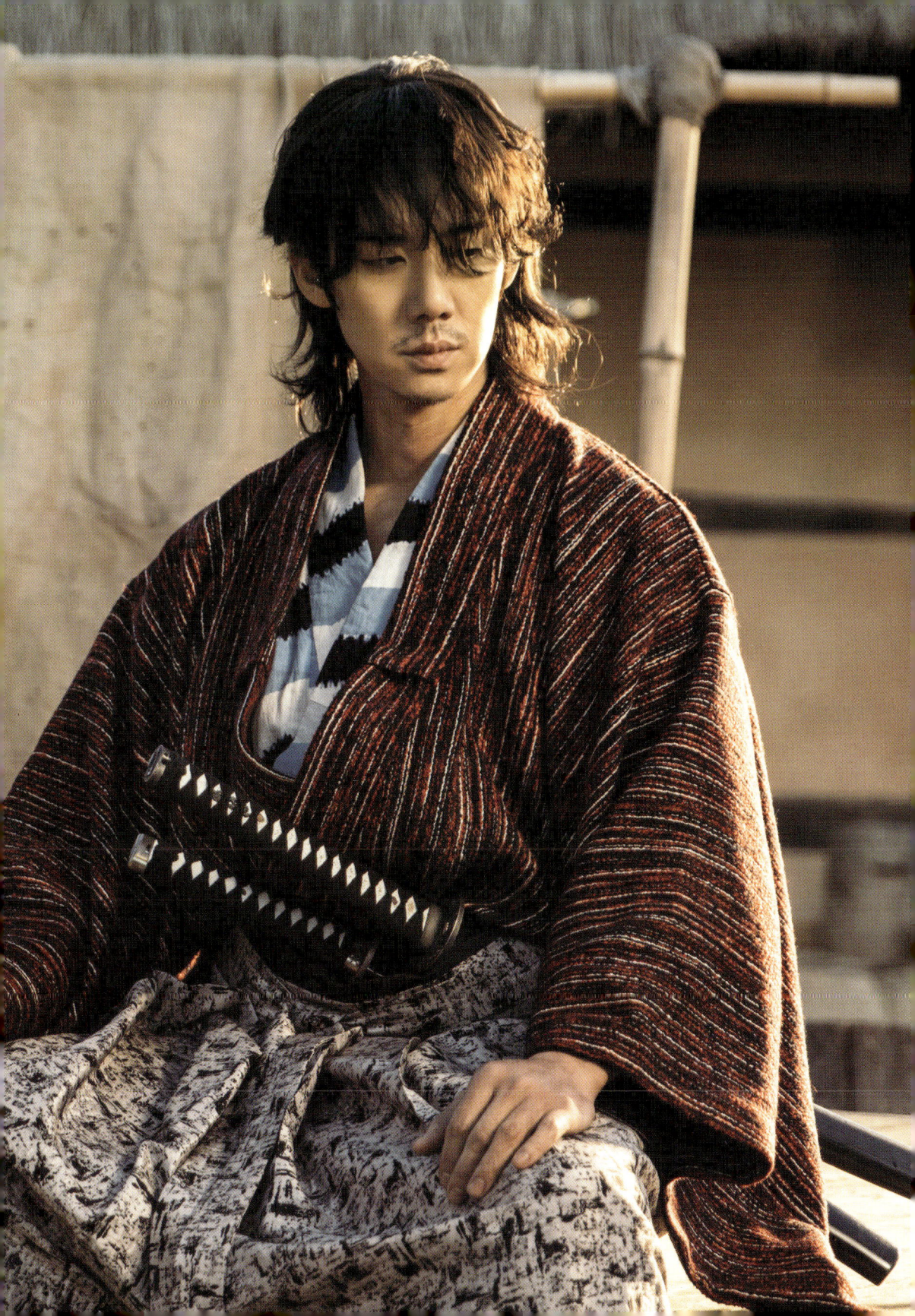

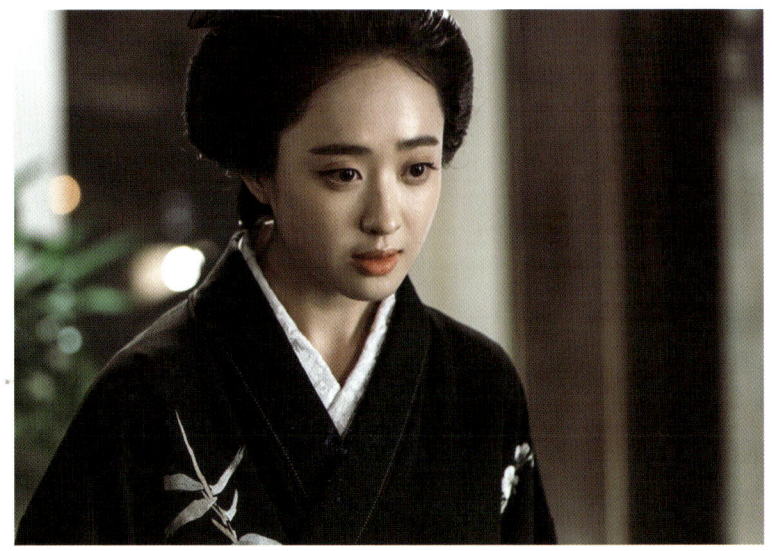

울기보단 물기를 택하렴

그깟 잔이야 다시 사면 그만. 나는 니가 더 귀하단다.
그러니 앞으로 어느 누구든 너를 해하려 하면
울기보단 물기를 택하렴.
알았니?

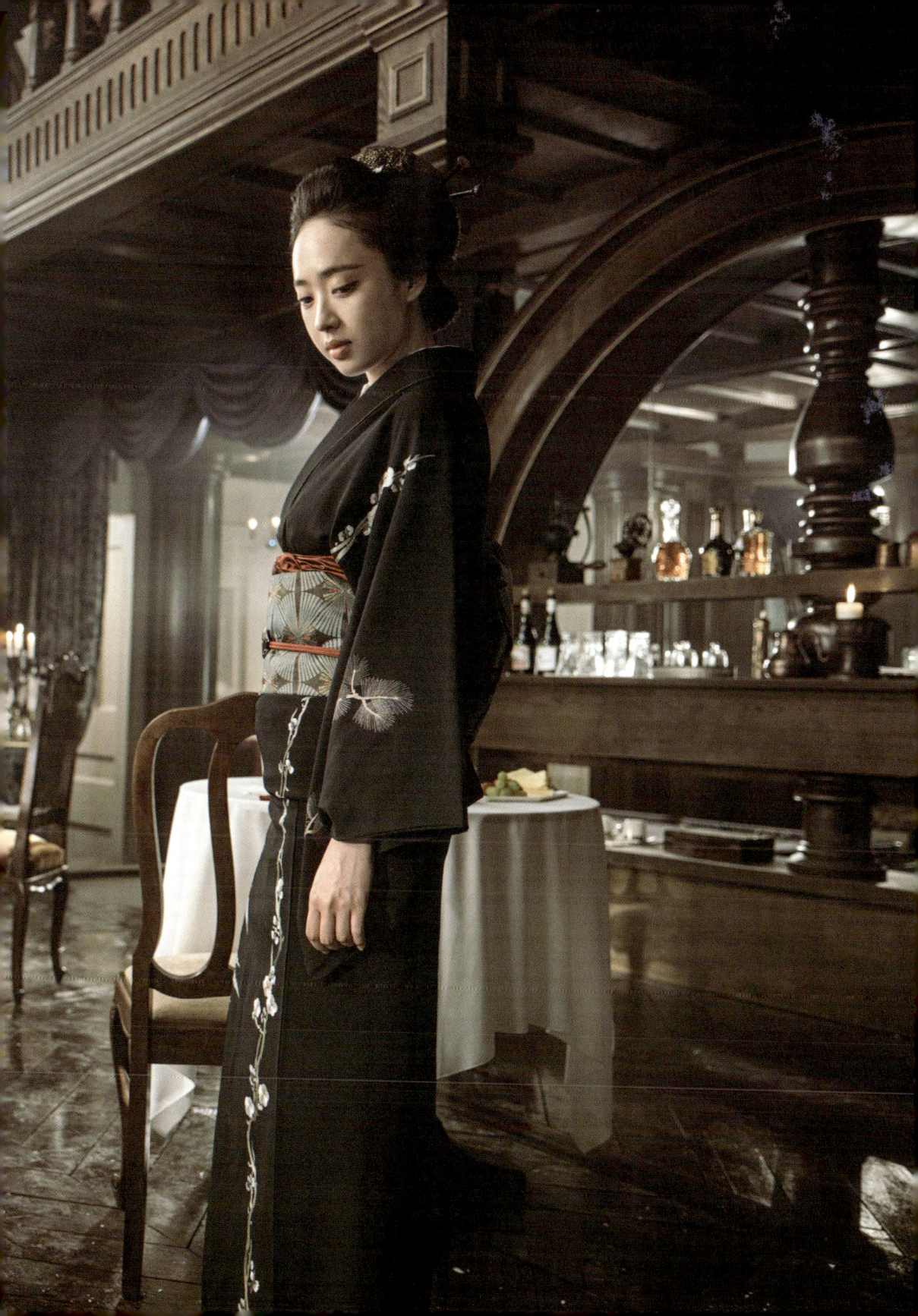

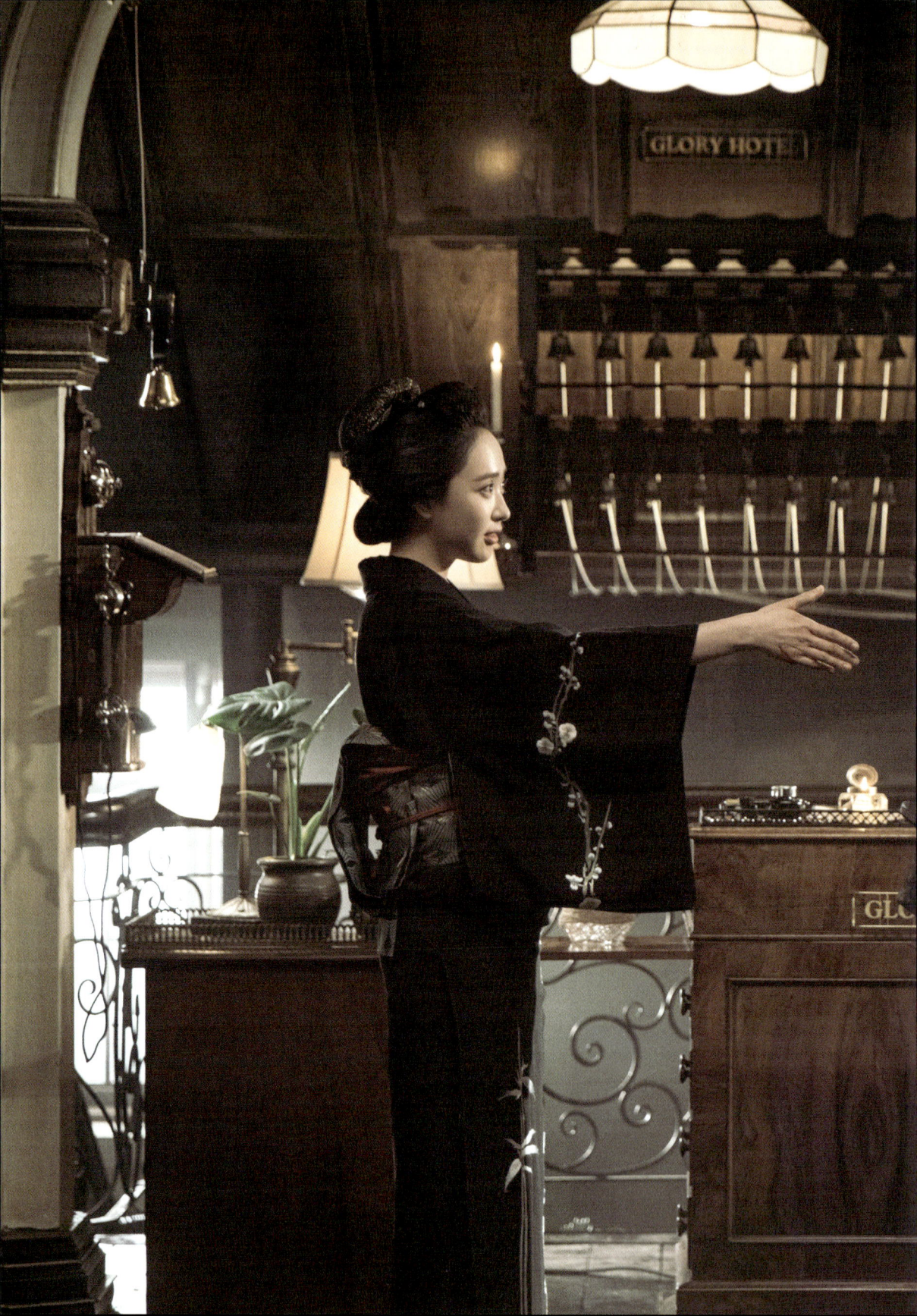

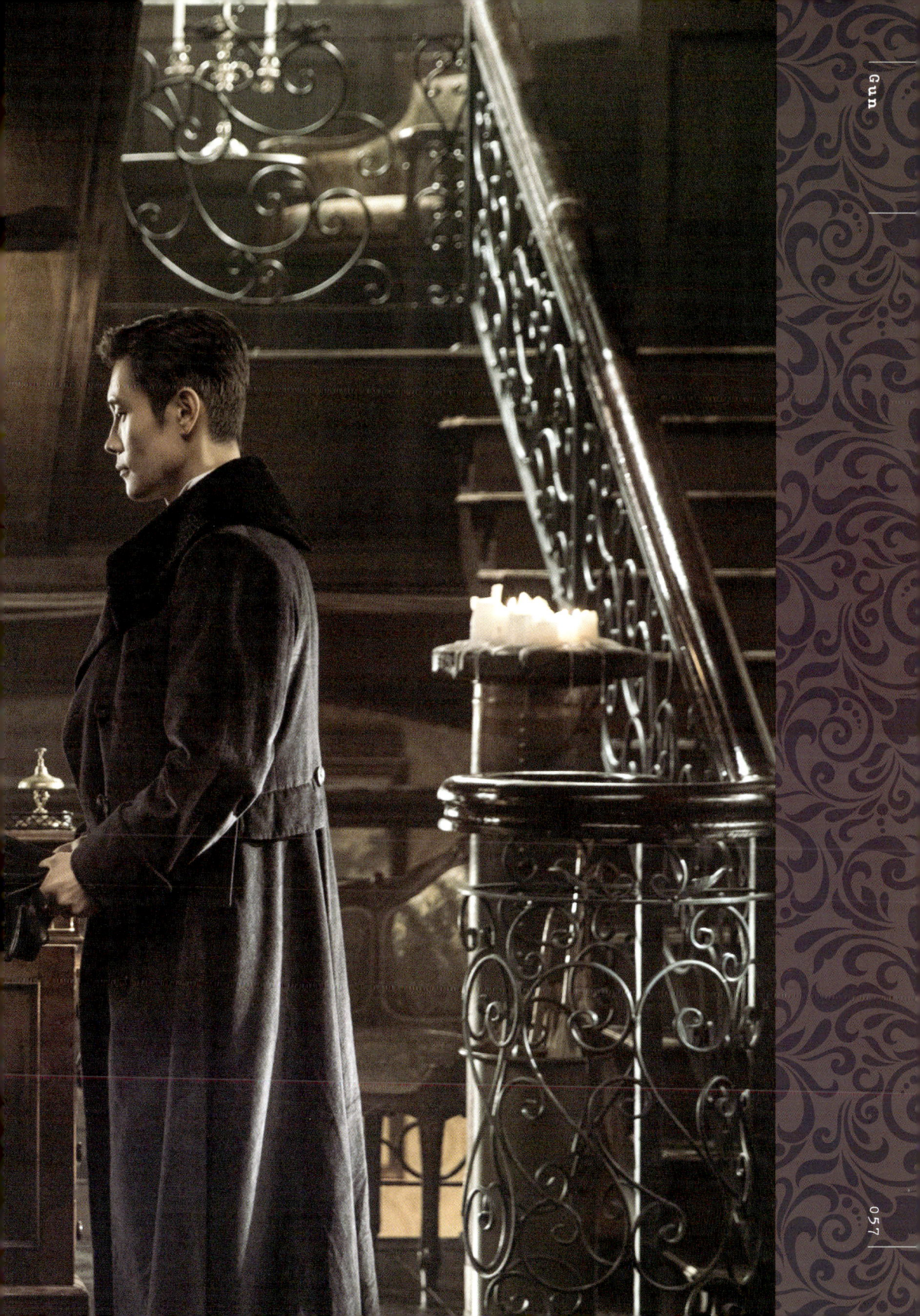

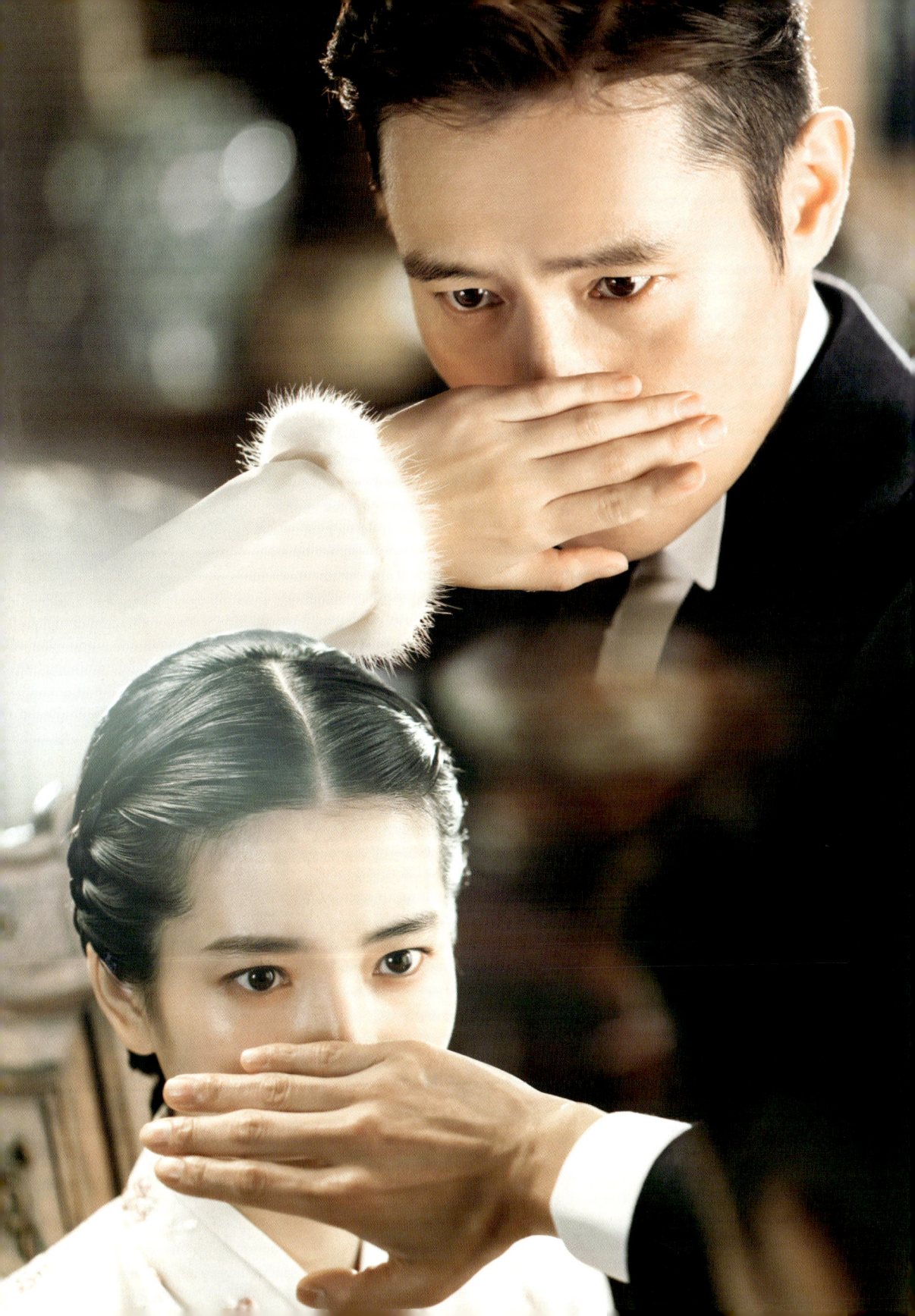

난 본 것도 같은데

범행 날엔 전등 점등식이 있었소. 발전기 소리가 커서
총소리가 묻혔고 거사 후엔 인파에 섞여 자취를 감추기도 적절했소.
그래서 일부러 그날로 정한 거요. 맞소?

그걸 왜 나한테 물으시오.
그저 도움을 청한 거요.
도울 생각 없소.

총알이 날아 온 방향은 두 방향이었소. 정말 어느 한쪽도 보지 못했소?
못 봤소.

난 본 것도 같은데.
수상한 게 그런 거라면 나도 본 것도 같소만.
정체가 뭐요.

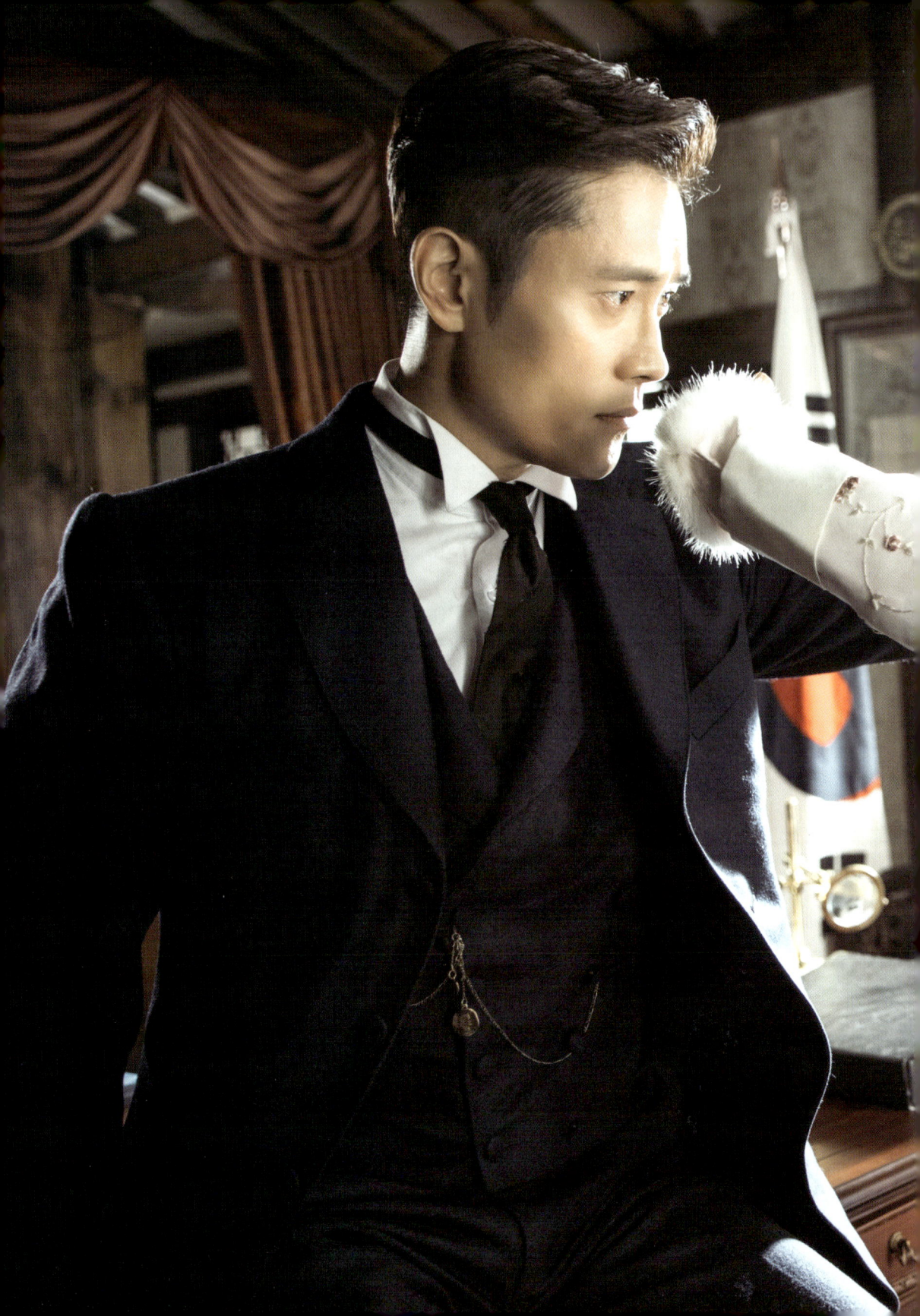

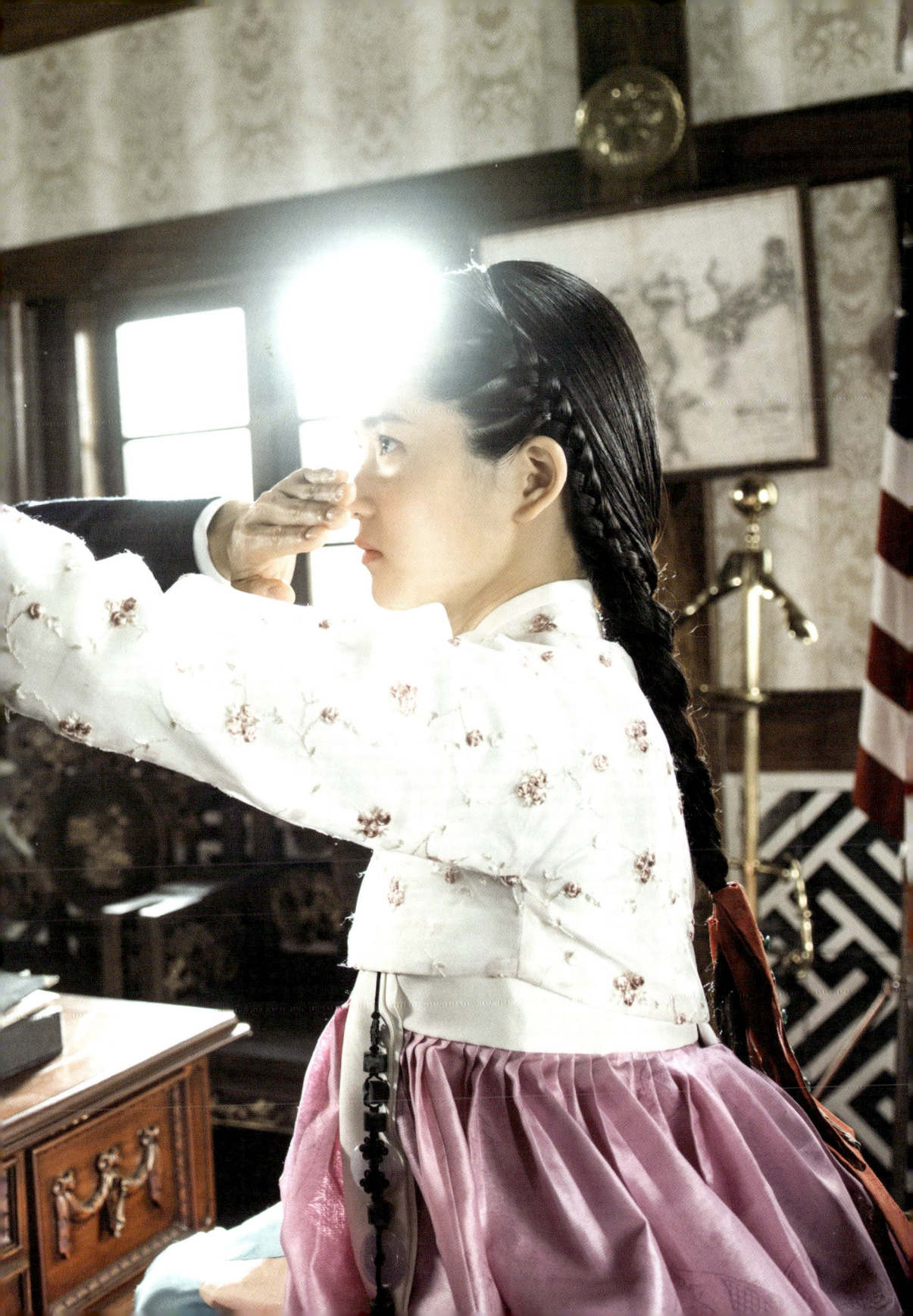

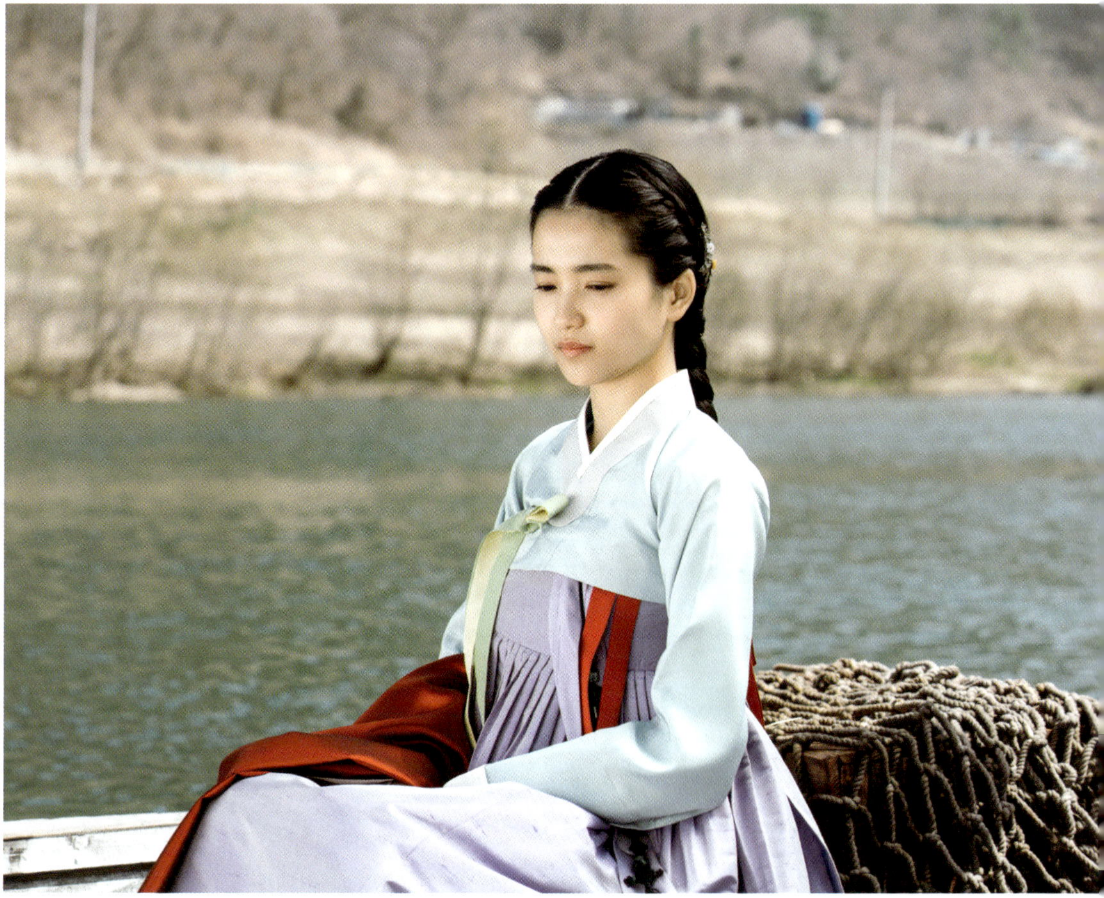

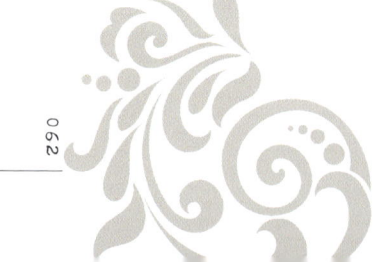

나의 낭만은…

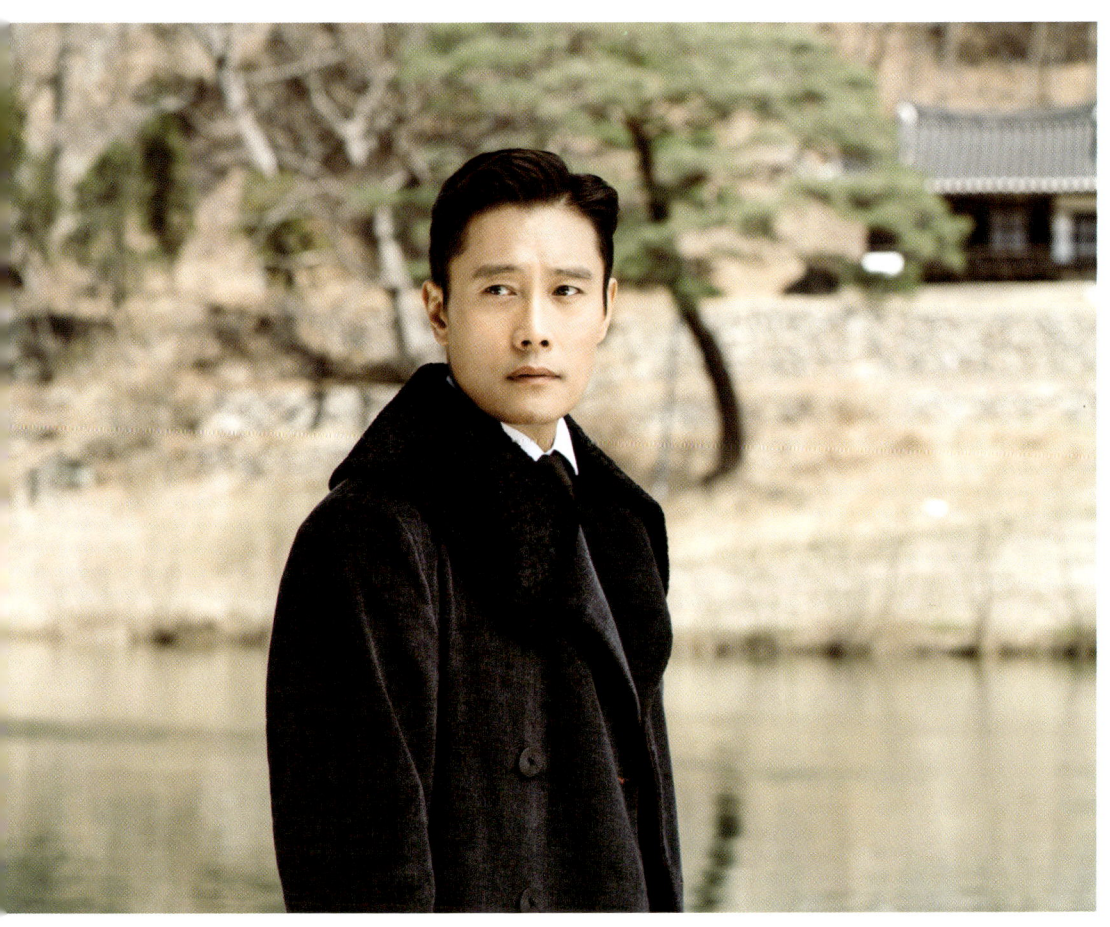

노는 안 젓기로 하는 거요?
잠시 생각이 좀 멀리 갔었소.
무슨 생각을 그리.
내 물음엔 답도 안 하면서.

변복과 차별을 두려고 평상시엔 장신구를 하는 편이오.
신문에서 작금을 낭만의 시대라고 하더이다. 그럴지도.
개화한 이들이 즐긴다는 기벡, 불란서 양장, 각국의 박래품들.
나 역시 다르지 않소. 단지 나의 낭만은 독일제 총구 안에 있을 뿐이오.
혹시 아오. 내가 그 날 밤 귀하에게 들킨 게 내 낭만이었을지.

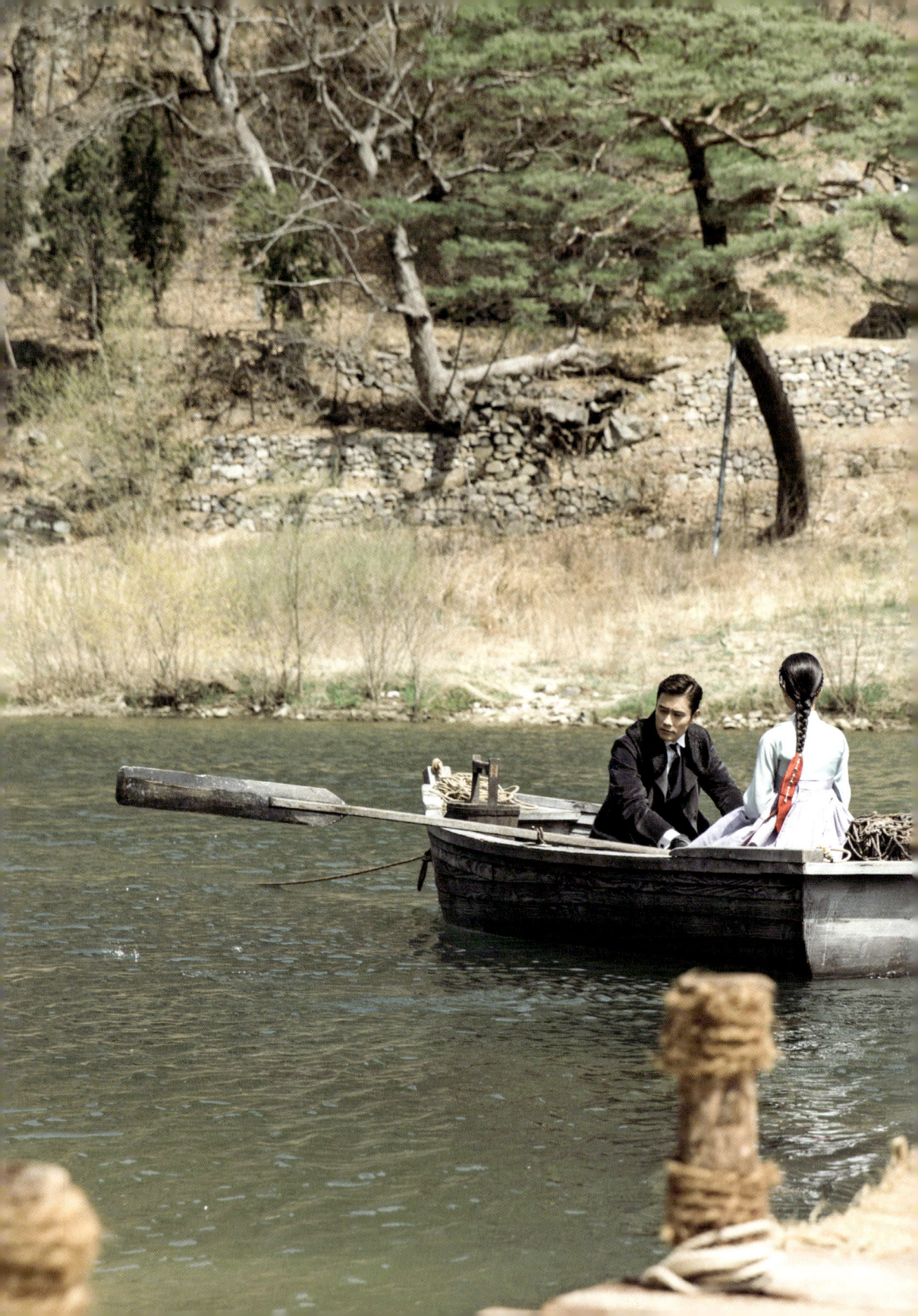

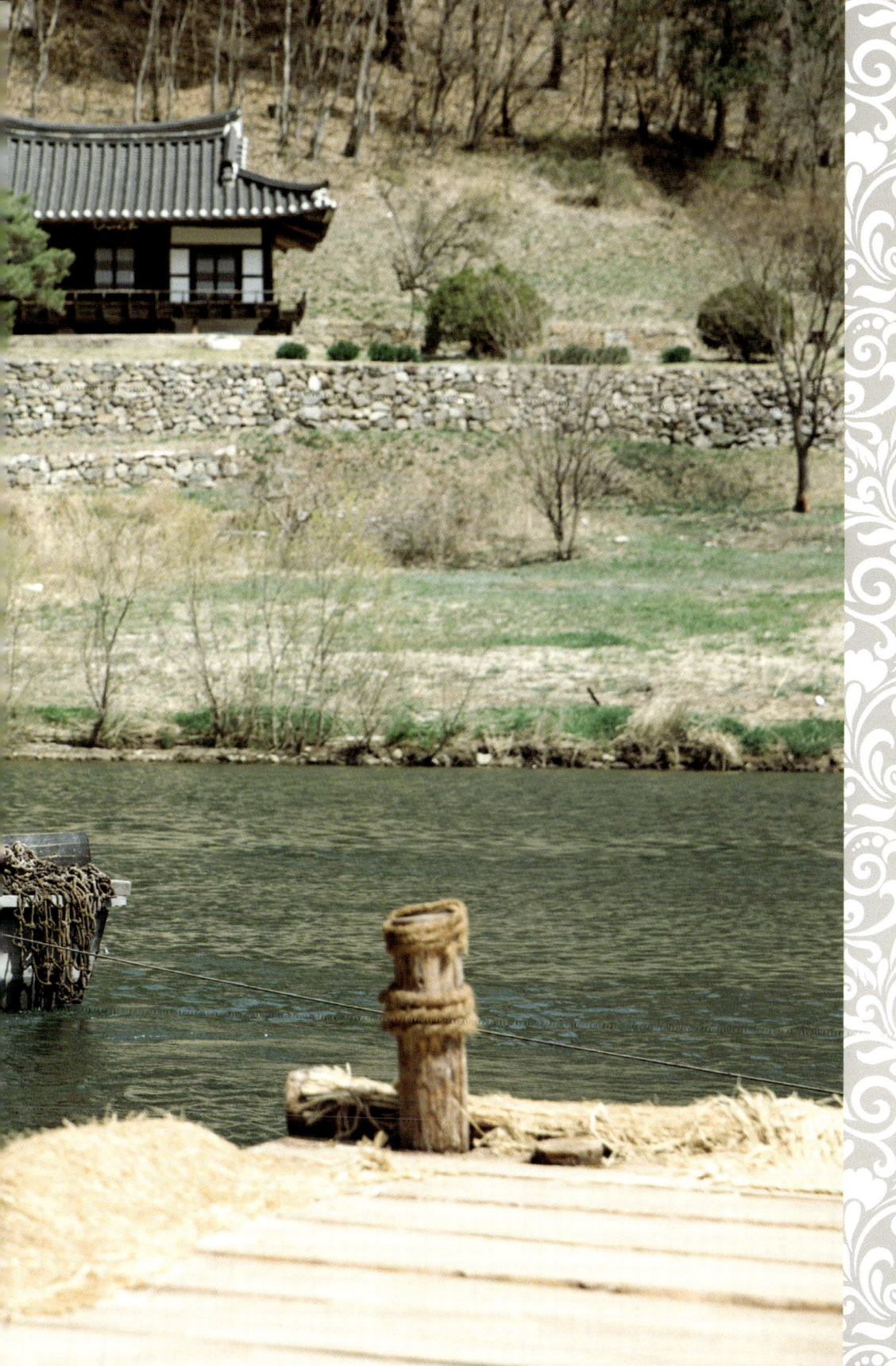

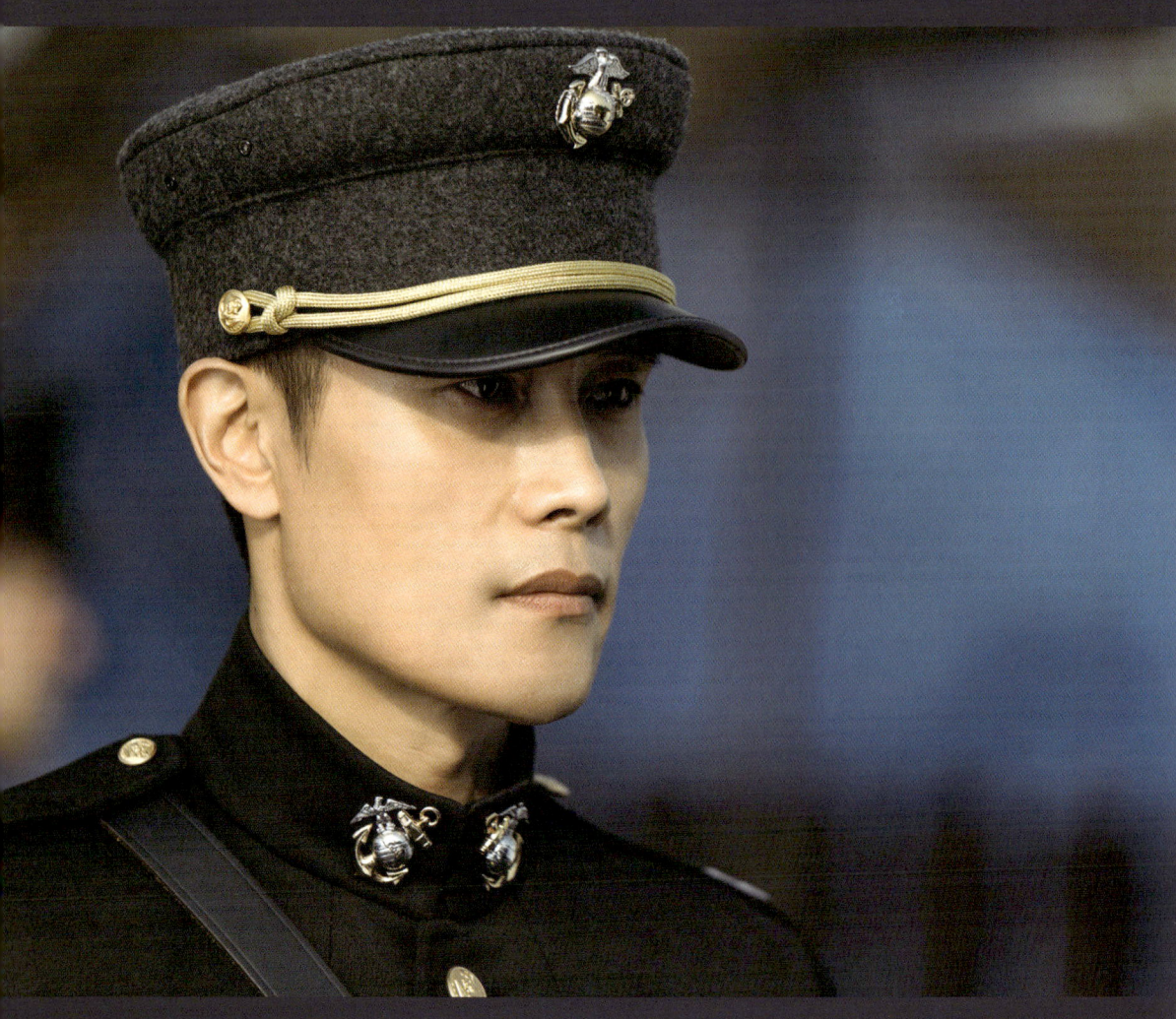

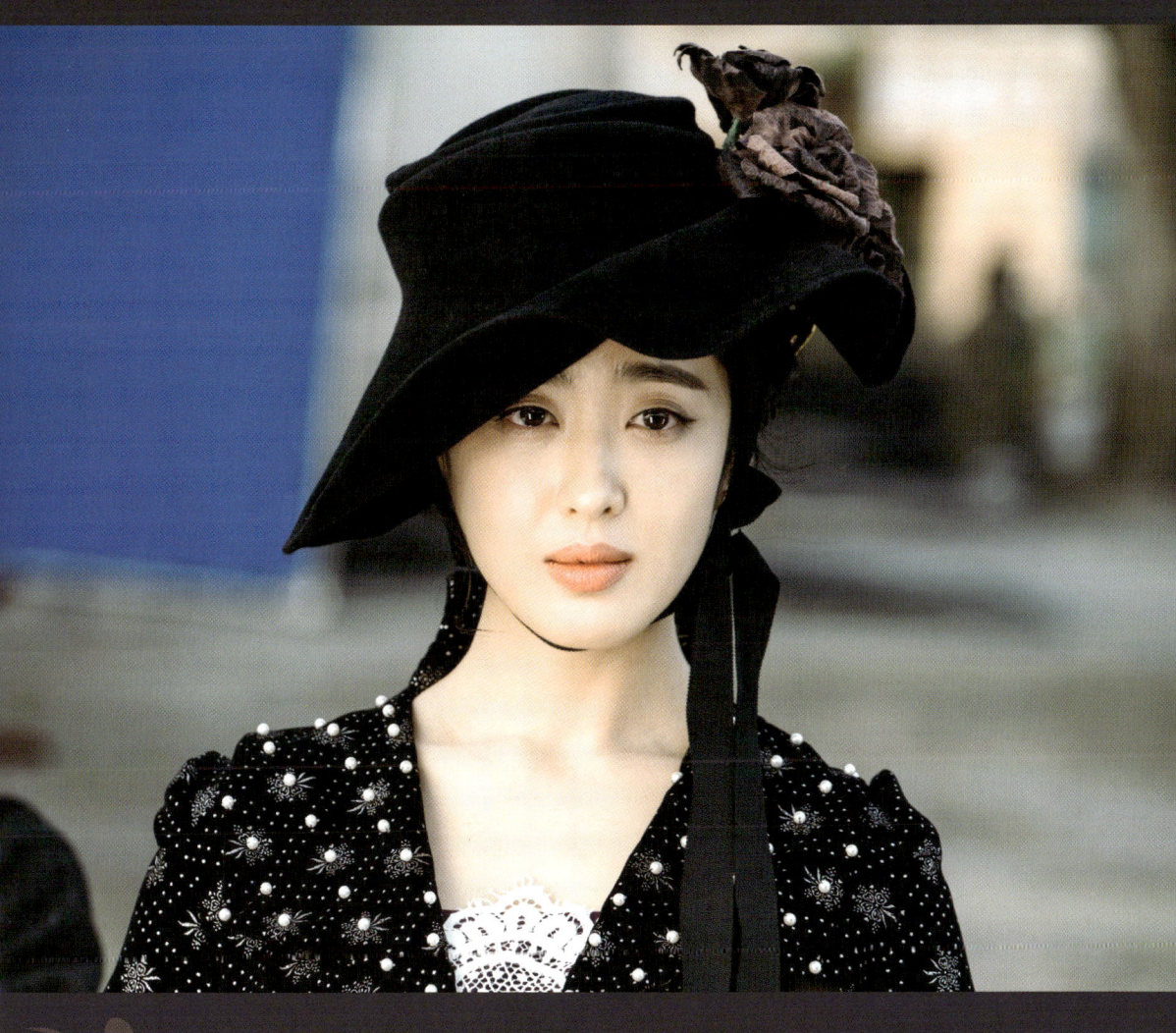

뜻을 같이 한 적이

참는 법을 배워야 할 거요.
앞으로의 조선에선.

나의 총은 힘이 없는데
귀하의 총은
군대를 주둔시키는구려.

내가 오해를 했소. 동지라고.
귀하는 내게 아니라고 말할
기회가 아주 많았을 텐데.

활빈당, 의병, 딱 둘만 동지요?
잠깐이지만 뜻이 같았던 적이
없지 않았는데.
오자마자 벌어진 일이라
두서없이 처리하는 중이요.
두서가 없으니
수색 정도로 끝날 거요.
파헤치는 게 아니라
덮고 있단 뜻이오.

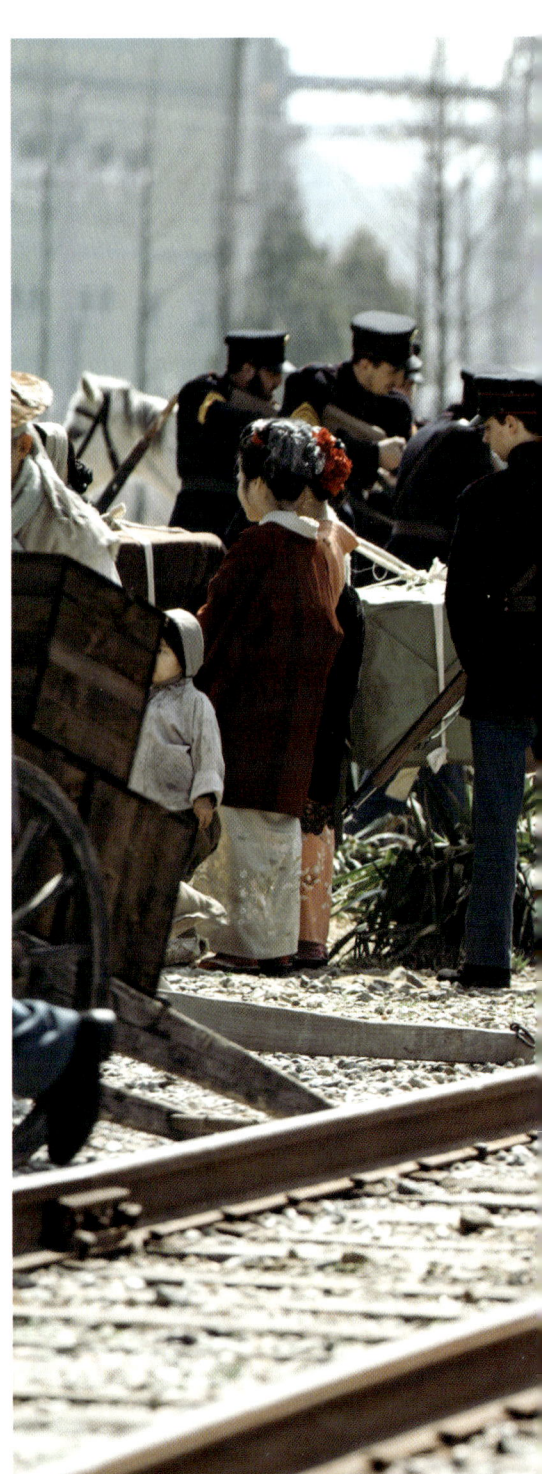

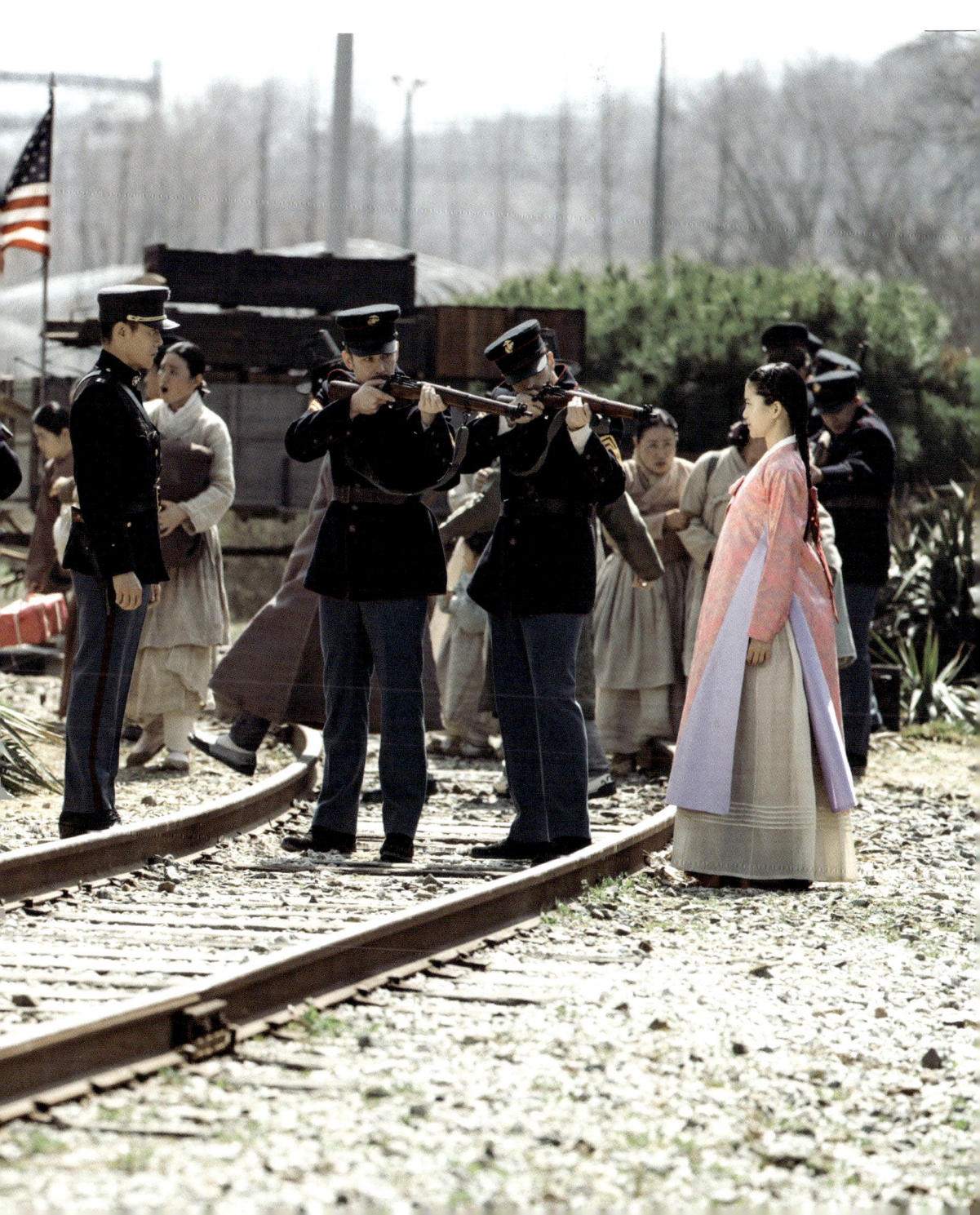

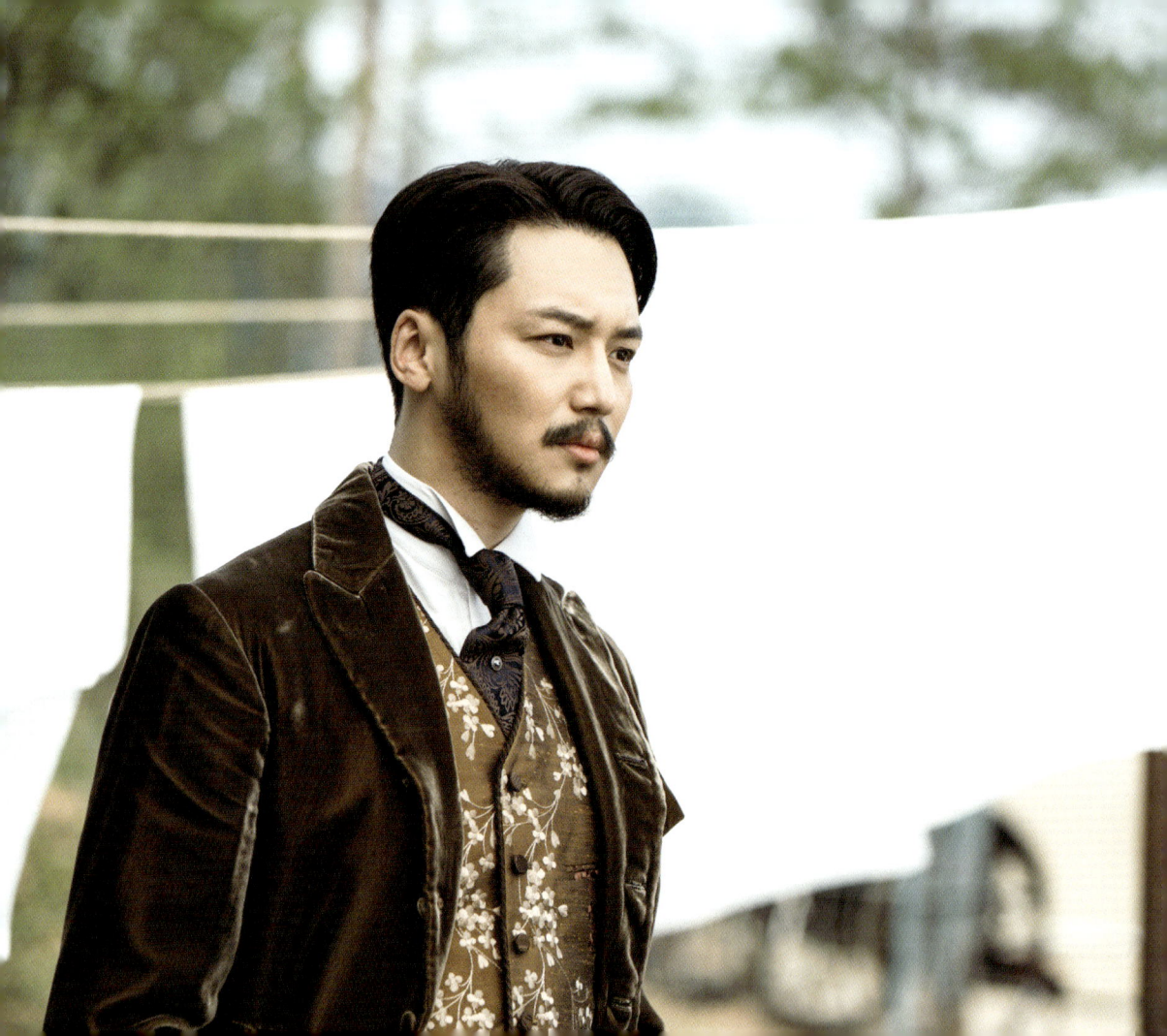

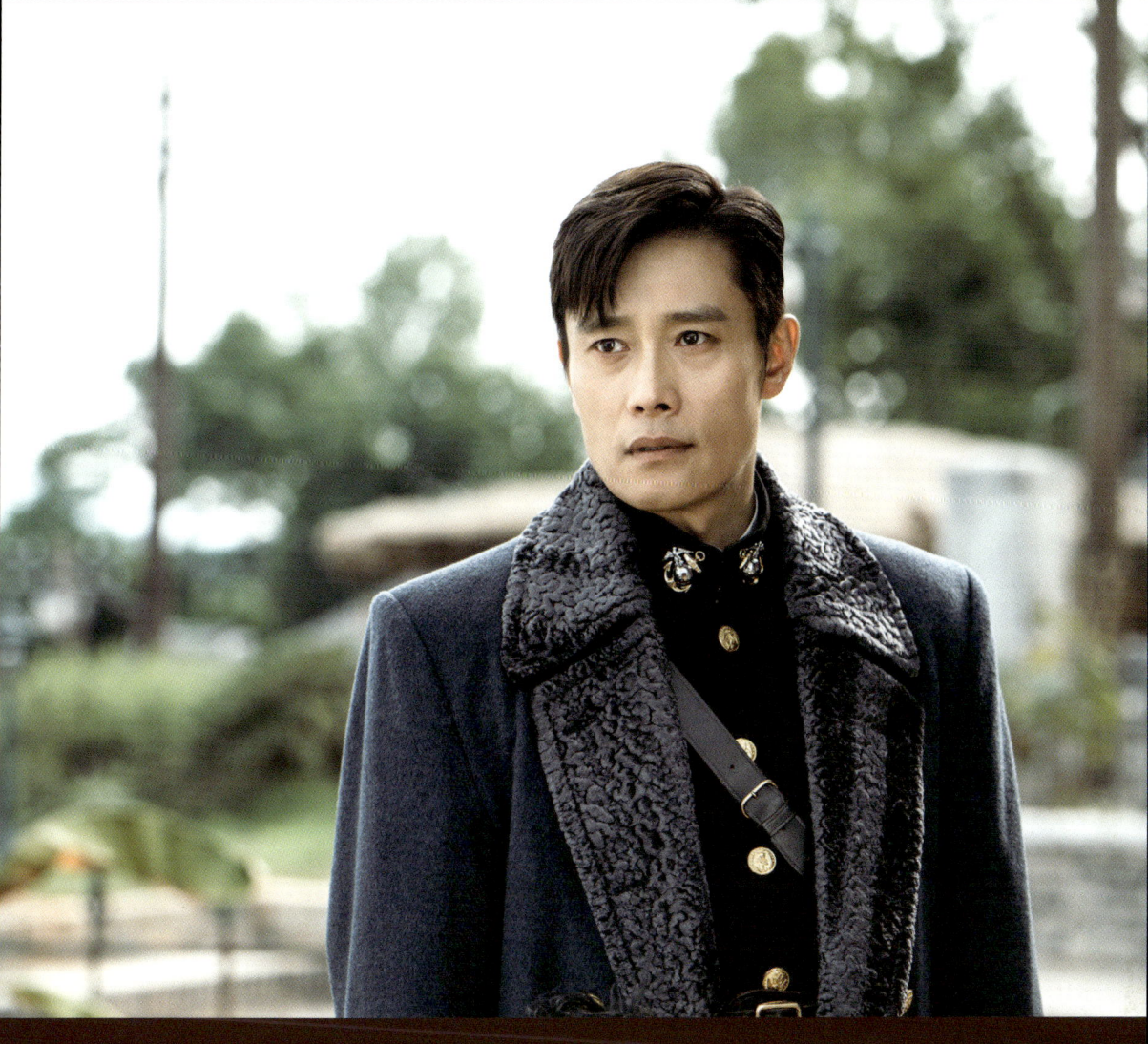

익숙하지만 익숙하지 않은 눈빛

혹시, 신미년 생이요?

내가 내 아버지의 아들이라,
내 조부의 손자라 싫은 것이오?
아, 그런 것이었구려, 그냥
처음부터 꾸준히 싫었던 거구려.
다행이오.

당신은 뭐가 그리 좋고 다행이지?
늘 왜 그렇게 웃는 건데.

안 웃는 날도 있소. 그 304호가 못 봐서 그렇지.
누군지 말해주지 않겠소?
누구의 횡포였는지. 내 조부요, 내 아버지요.

그걸 왜 나한테 물어.
그게 궁금했으면 당신 부모한테 물었어야지.
문안인사 간다고 했던 거 같은데.
나만 만만한가? 편안하시오? 그대 부모들은?

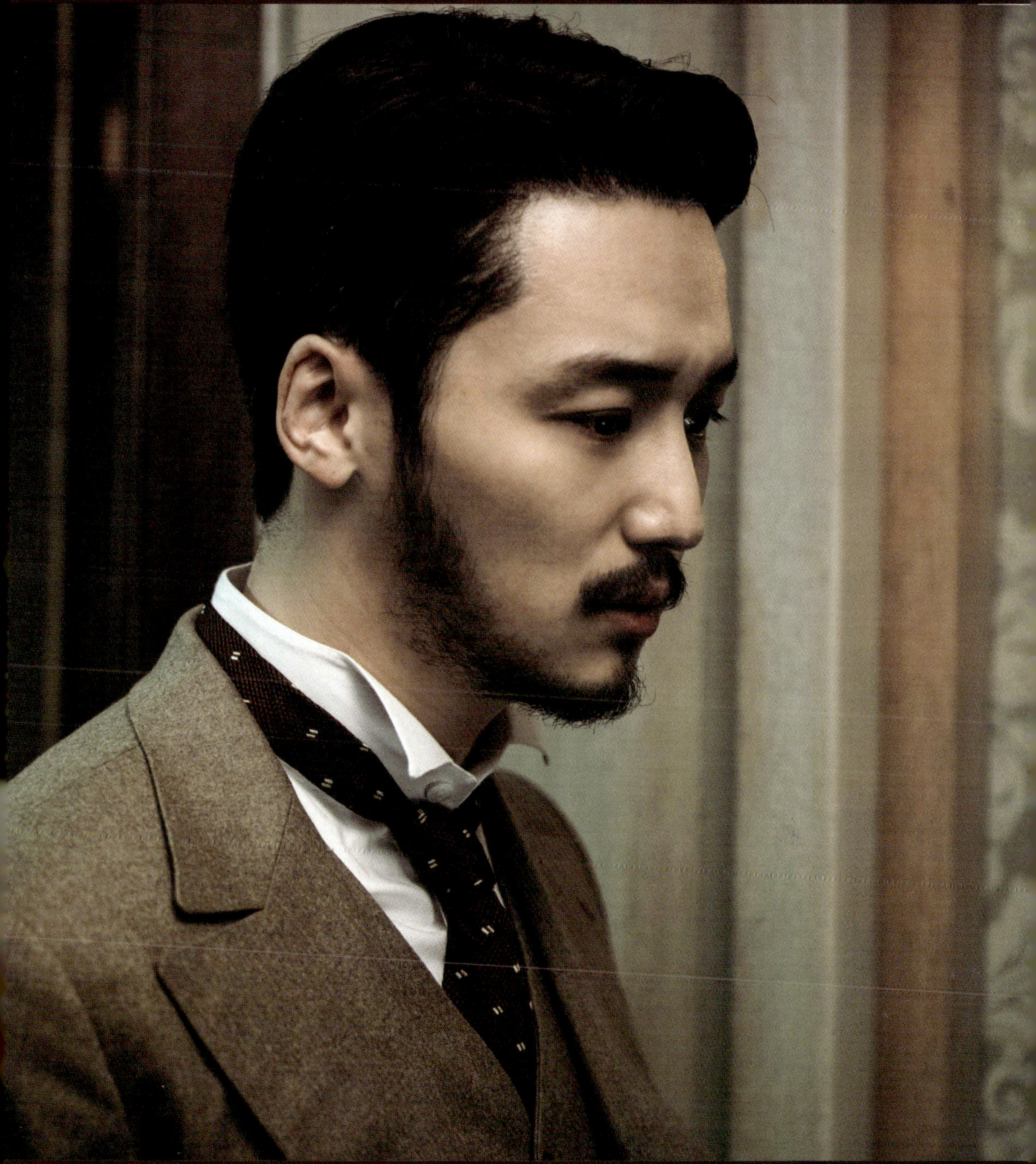

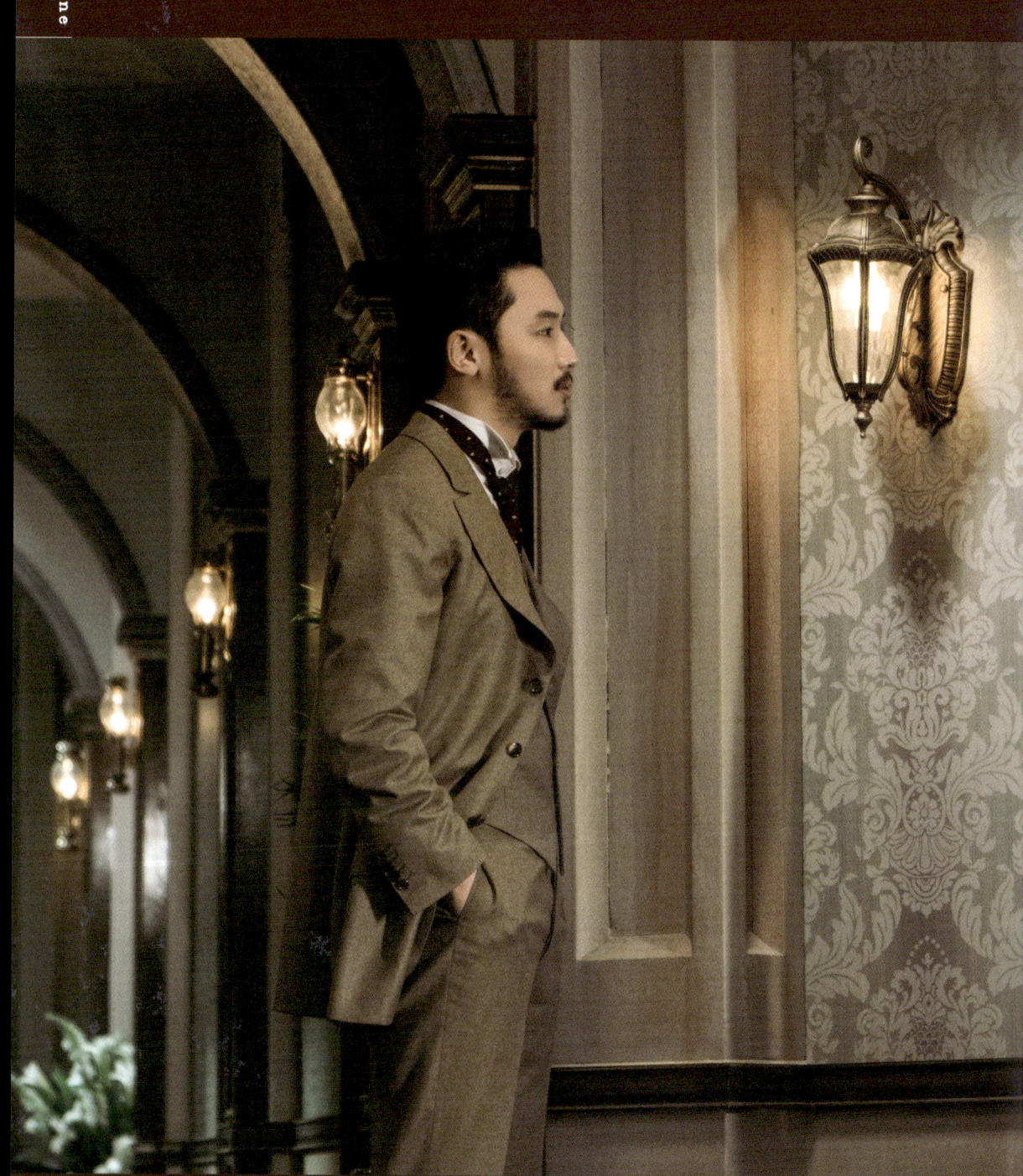

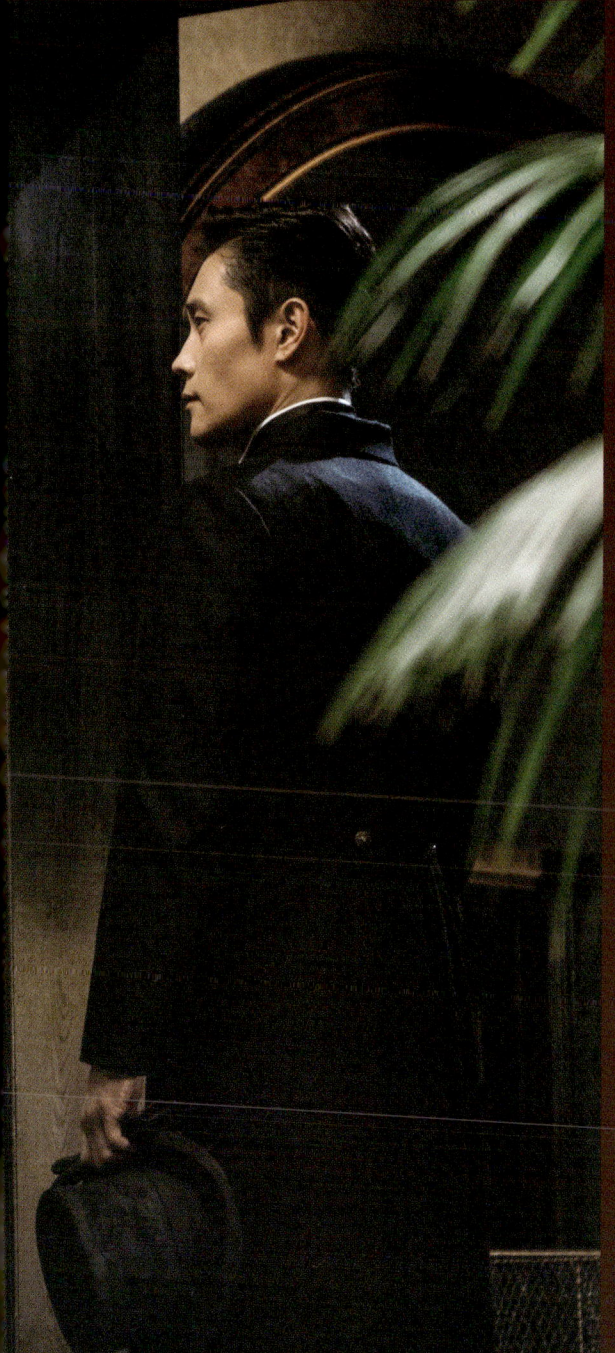

그러니까 당신 부모와 나 사이에도 서지 마.
없는 죄도 만들고 싶어지니까.

누구나 제 손톱 밑의 가시가
제일 아플 수 있어.
근데 심장이 뜯겨나가본 사람 앞에서
아프단 소린 말아야지.
그건 부끄러움의 문제거든.

러브가 무엇이오

혹시 내 뭐 하나만 물어도 되겠소?
러브가 무엇이오.

헌데 그걸 왜 묻는 거요.
하고 싶어 그러오.
벼슬보다 좋은 거라 하더이다.
생각하기에 따라선. 헌데 혼자는 못 하오.
함께 할 상대가 있어야 해서.
아. 그럼 나랑 같이 하지 않겠소?
아녀자라 그러오? 내 총도 쏘는데.

총 쏘는 거보다 더 어렵고
그보다 더 위험하고 그보다 더 뜨거워야 하오.

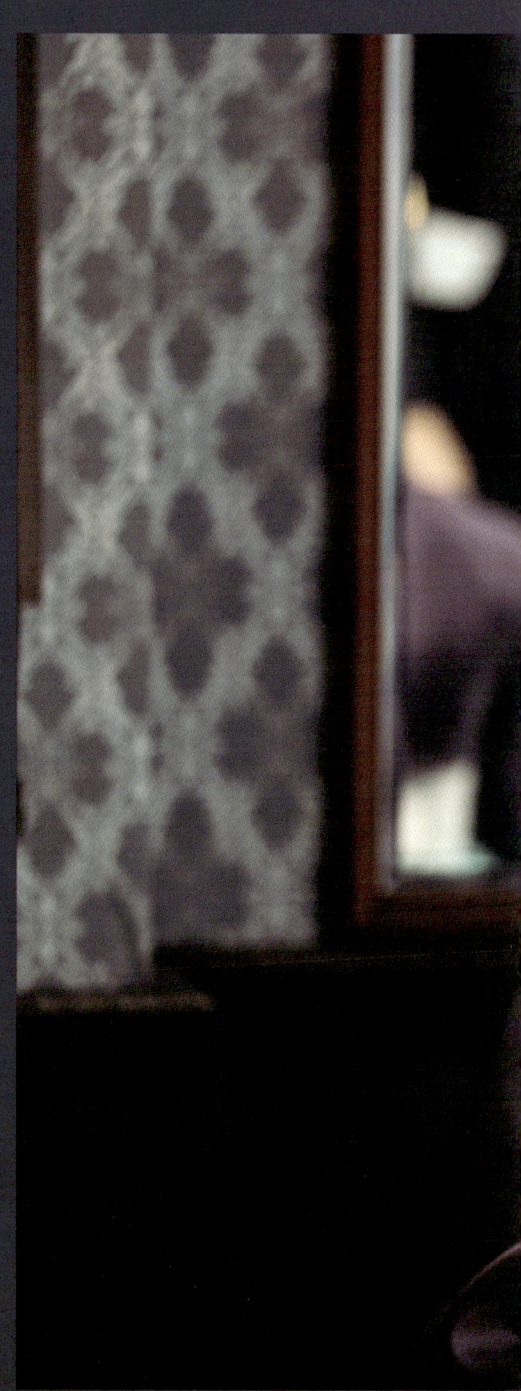

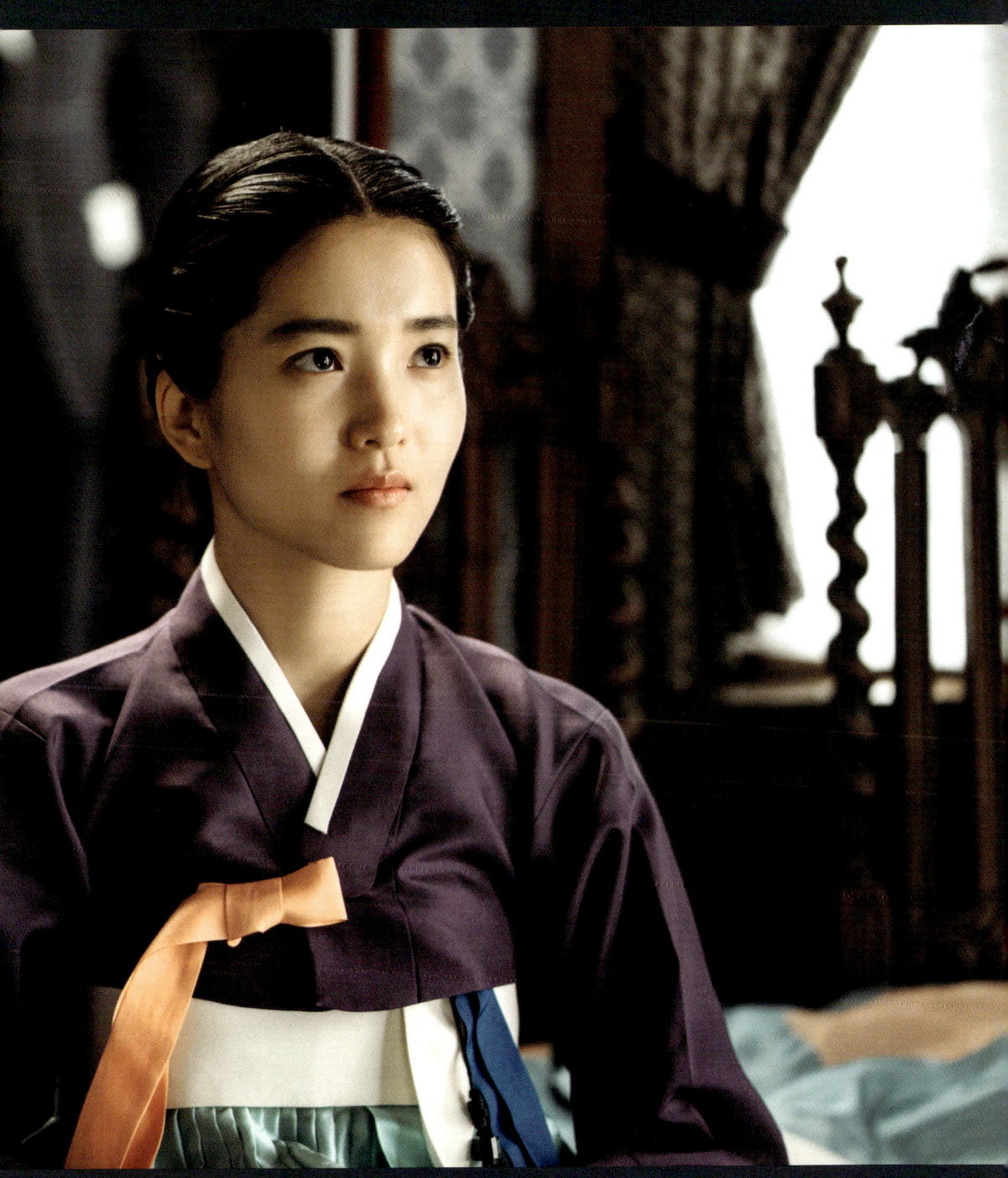

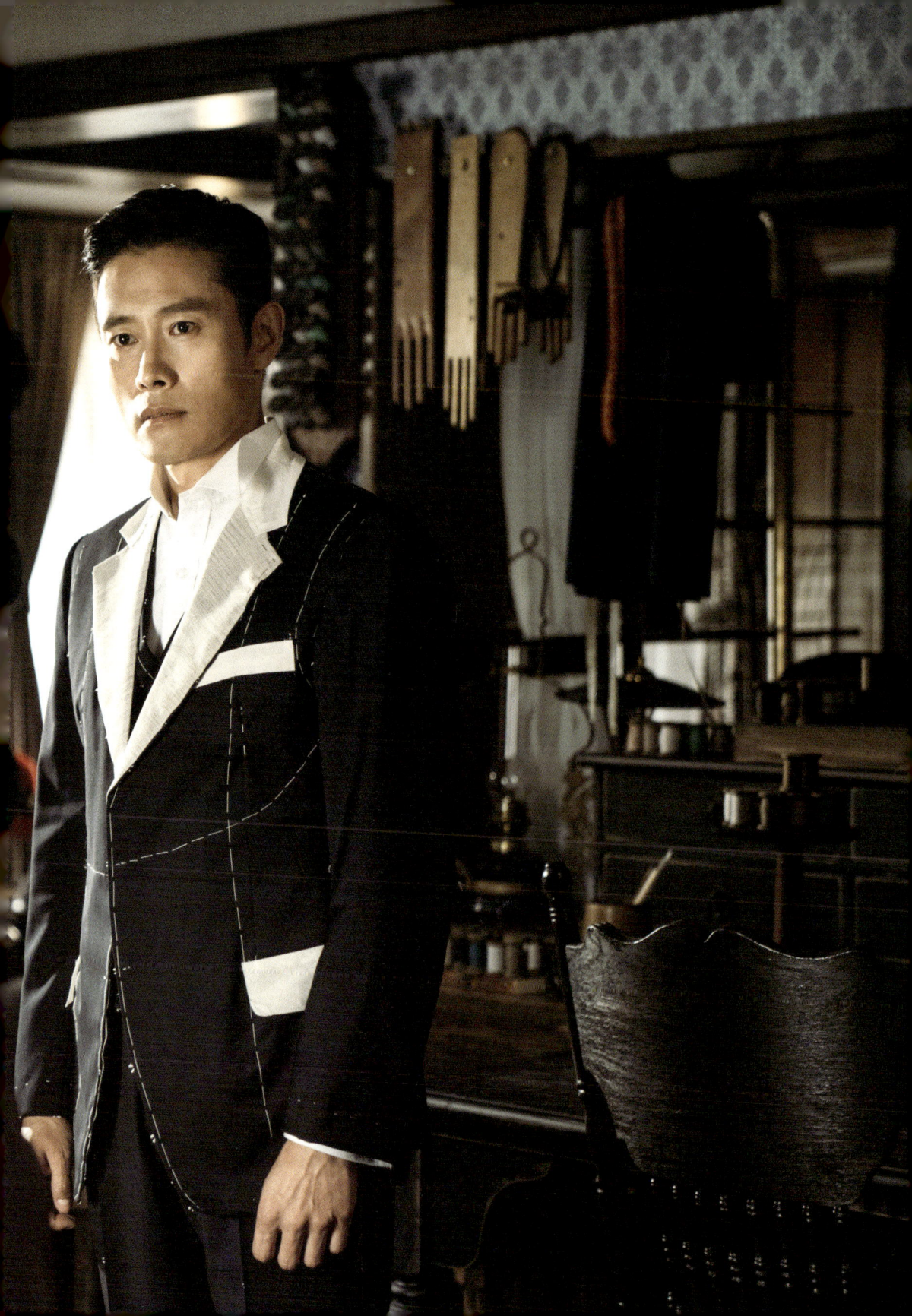

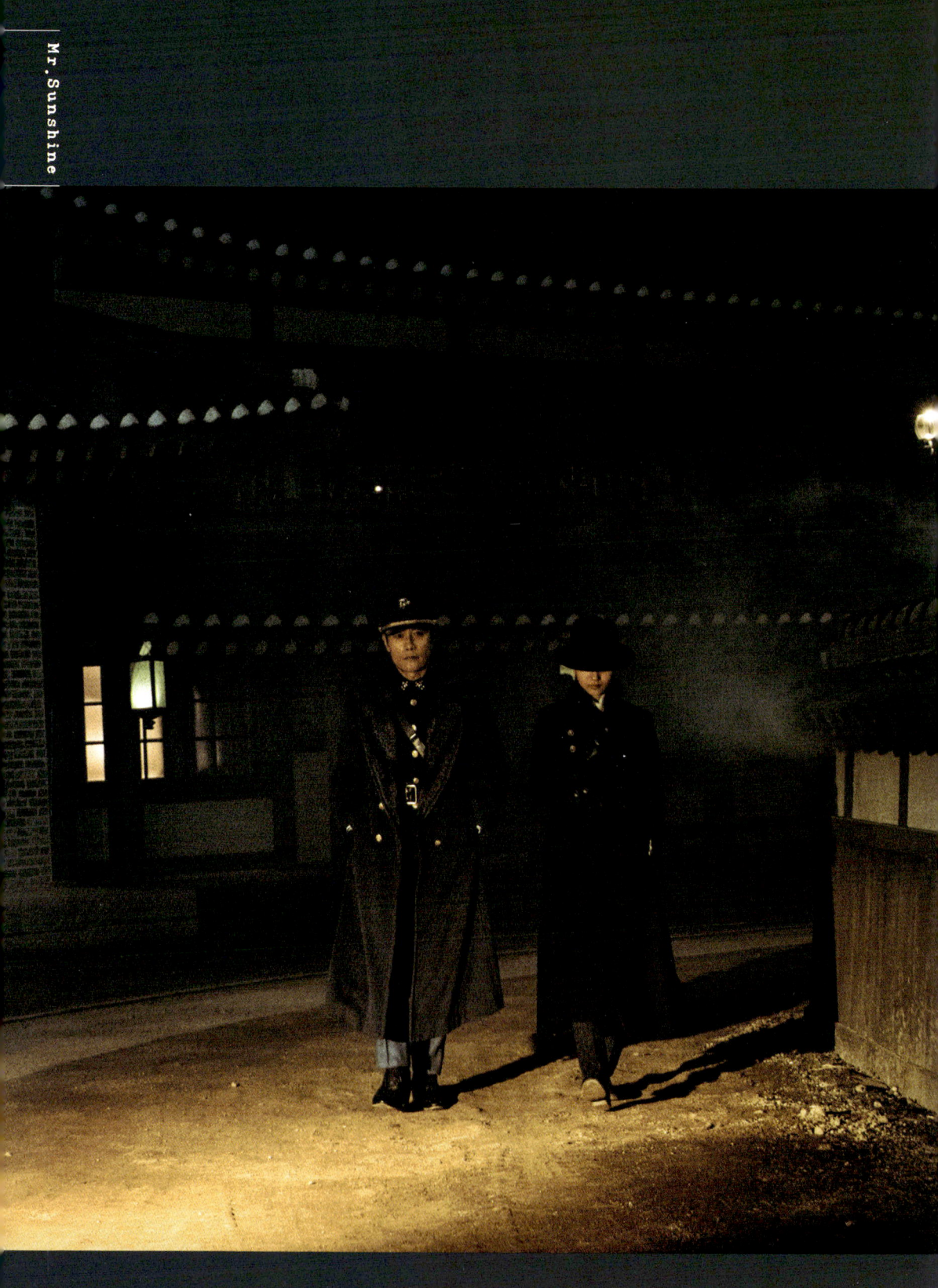

궁금한 게 있소.
러브 말이오.
아직 생각 중인 거요
보시오. 본인도 답이 없으면서.
고맙소. 나란히 걷는다는 것이,
참 좋소.
나에겐 다시 없을 순간이라 시금이.
여기서부턴 따로 갑시다.

합시다. 러브. 나랑

이리 보니 반갑소.
해 있을 때 보니 말이요.
헌데 여긴 어쩐 일로.

아직 유효하오?
같이 하자고 했던 거.
생각이 끝났소.
합시다. 러브.
나랑.
나랑 같이.

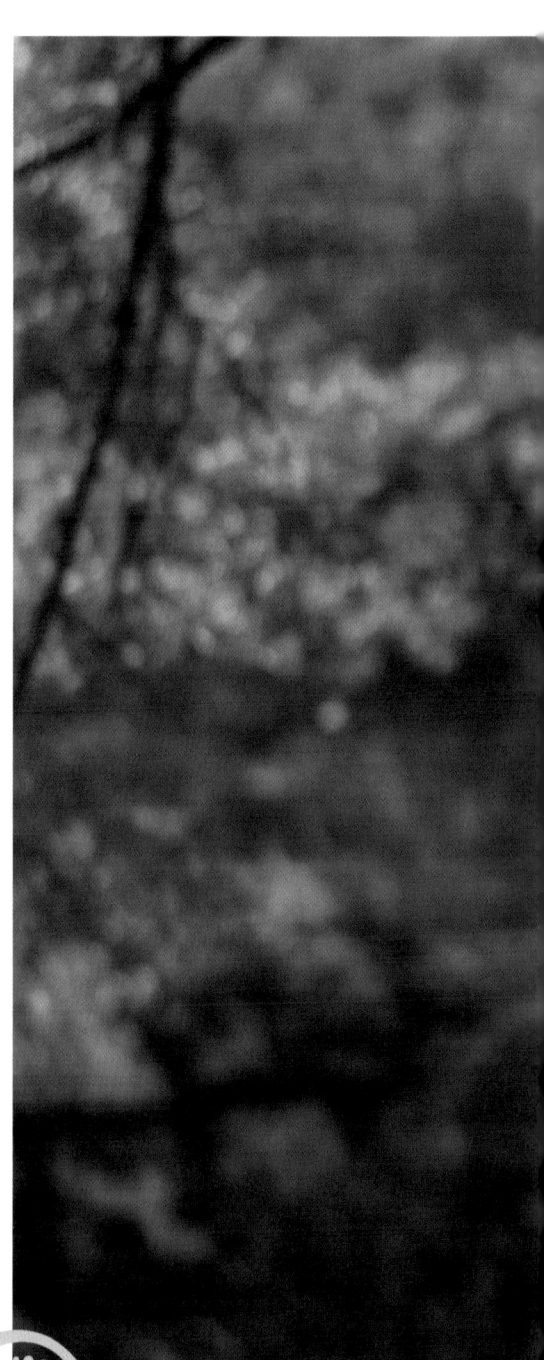

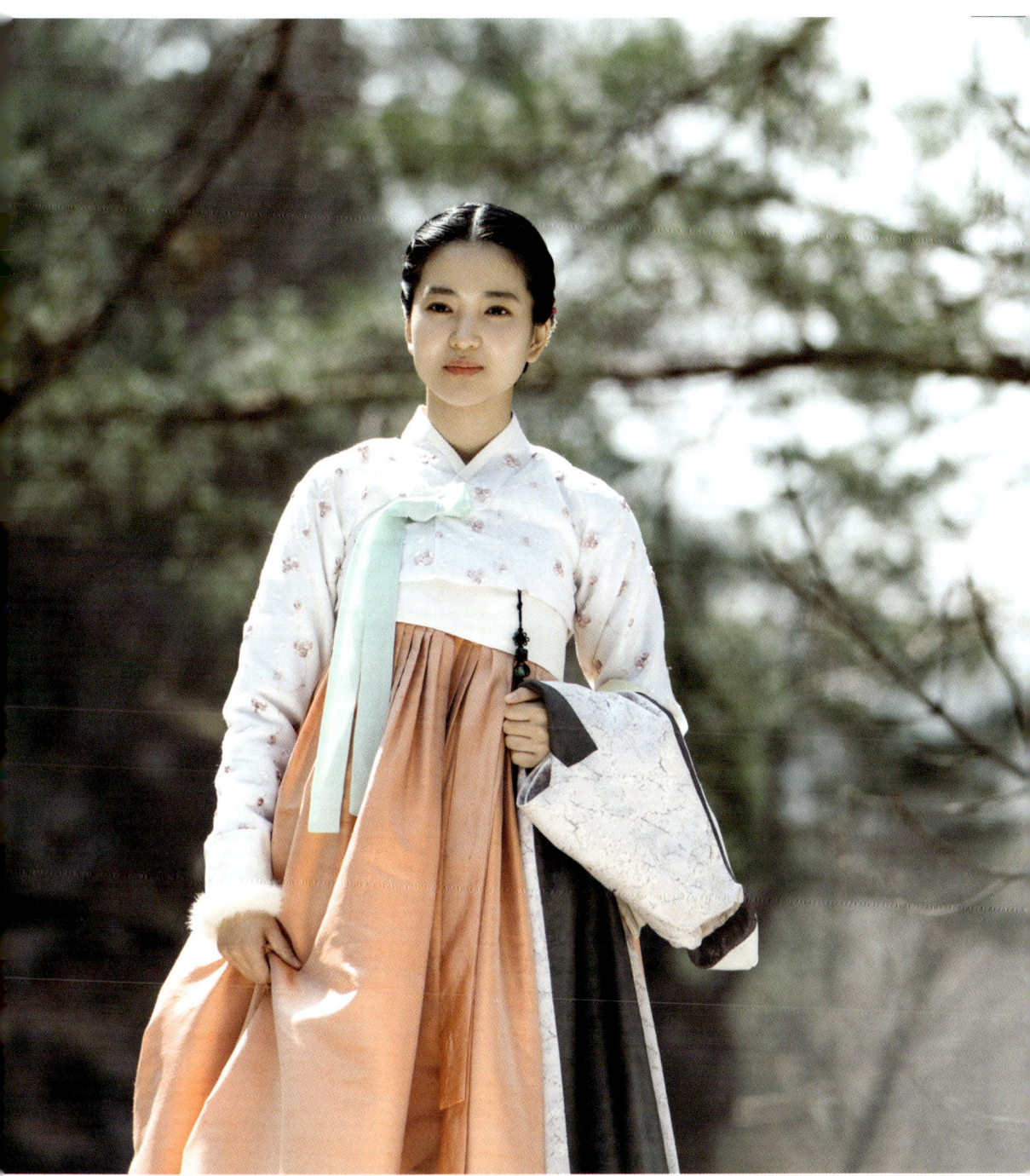

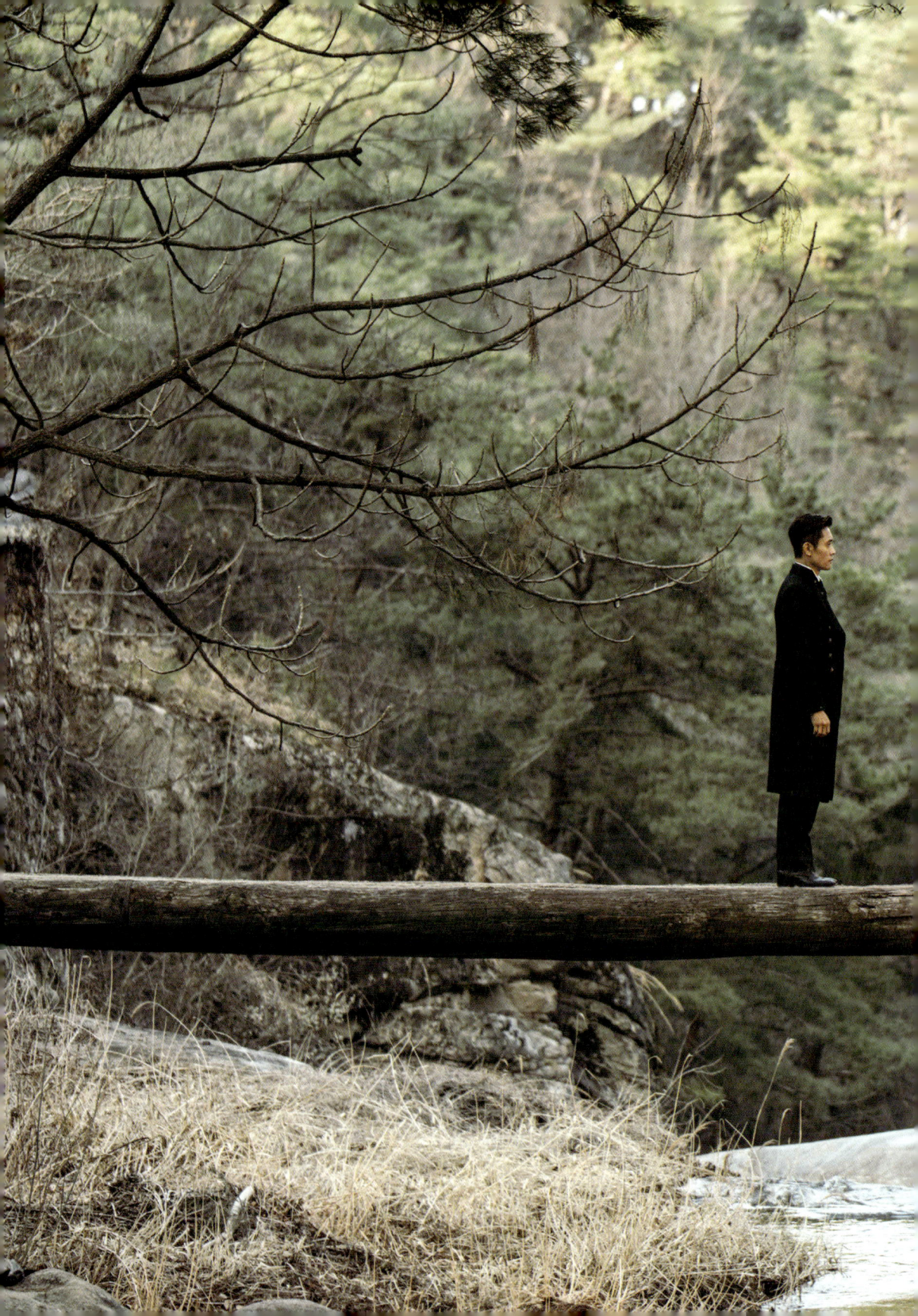

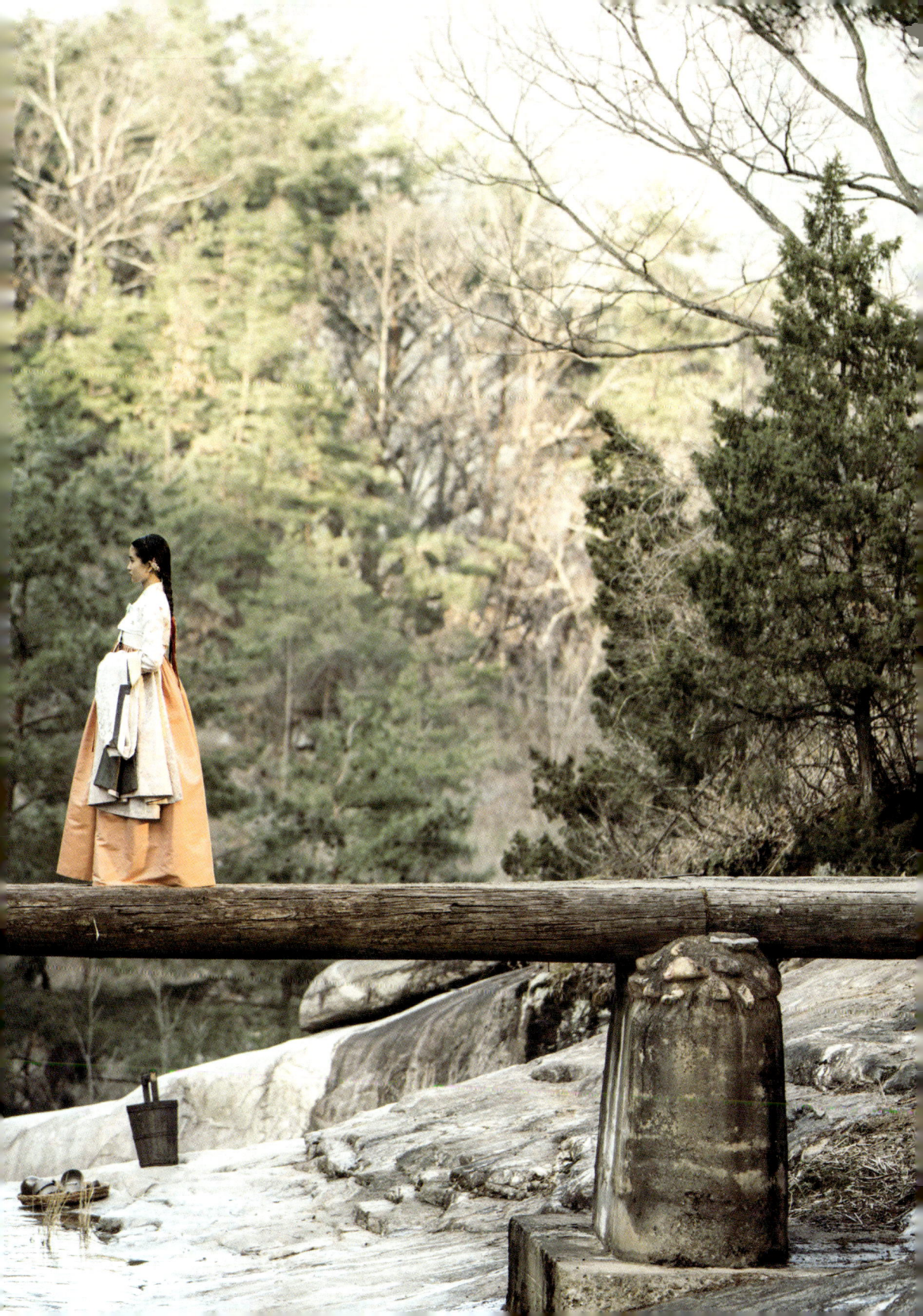

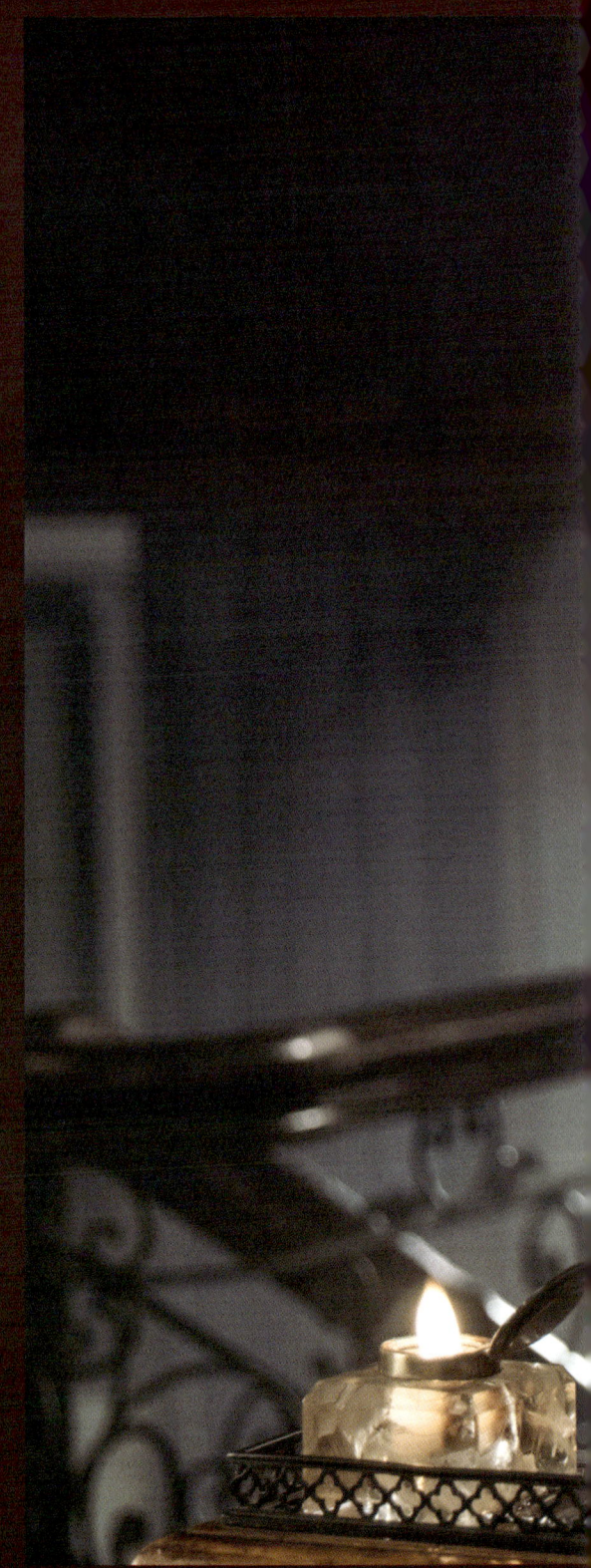

어떤 여인을 꽉 물지도

봐버렸지 뭐야.
다른 여인을 볼 때 어떤 눈빛인지.
협조를 한 게 아니라 방해를 한 건데
결국… 더 가까이 가더구나.

내가 어떤 여인을
꽉 물지도 모른단 뜻이란다.

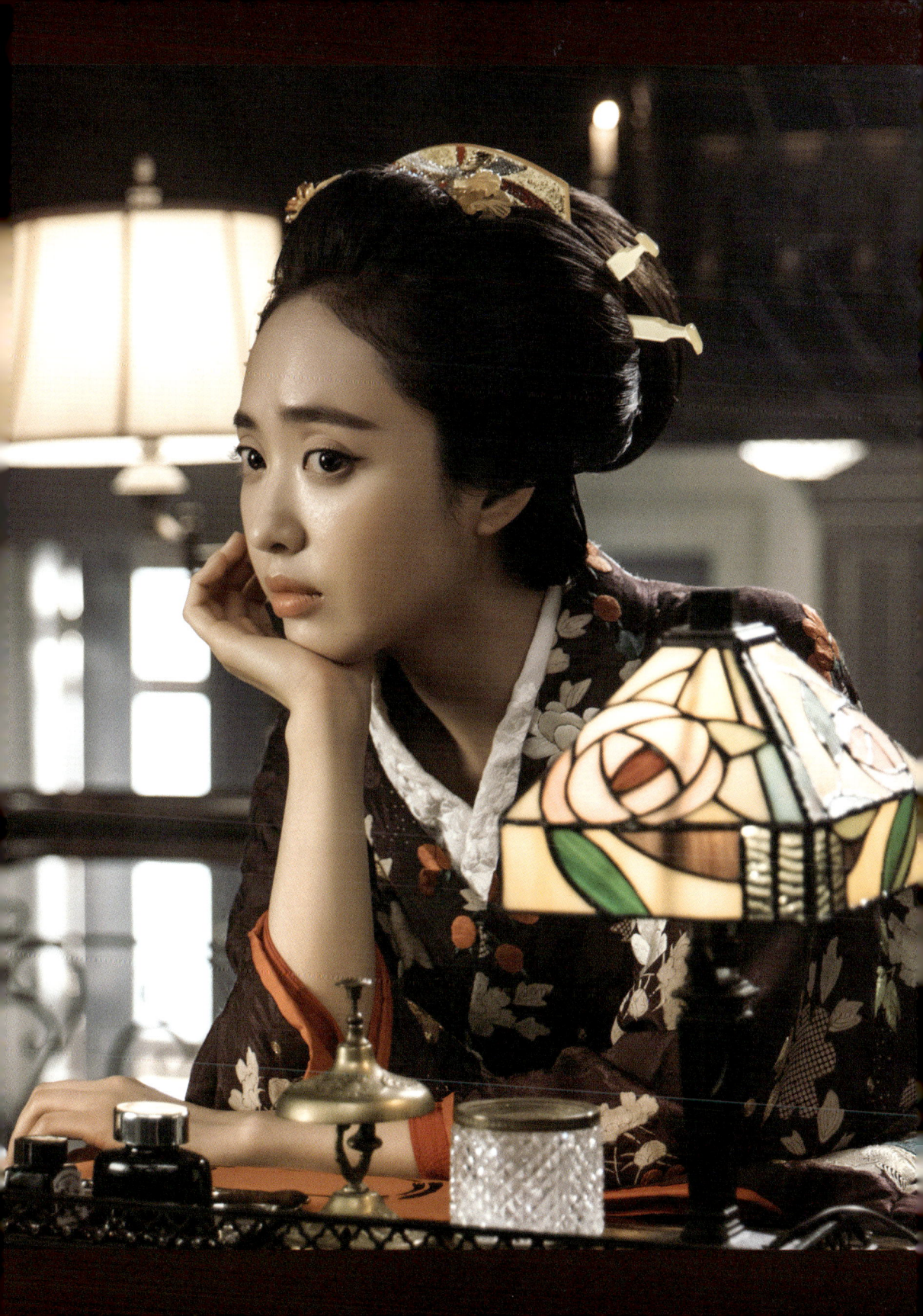

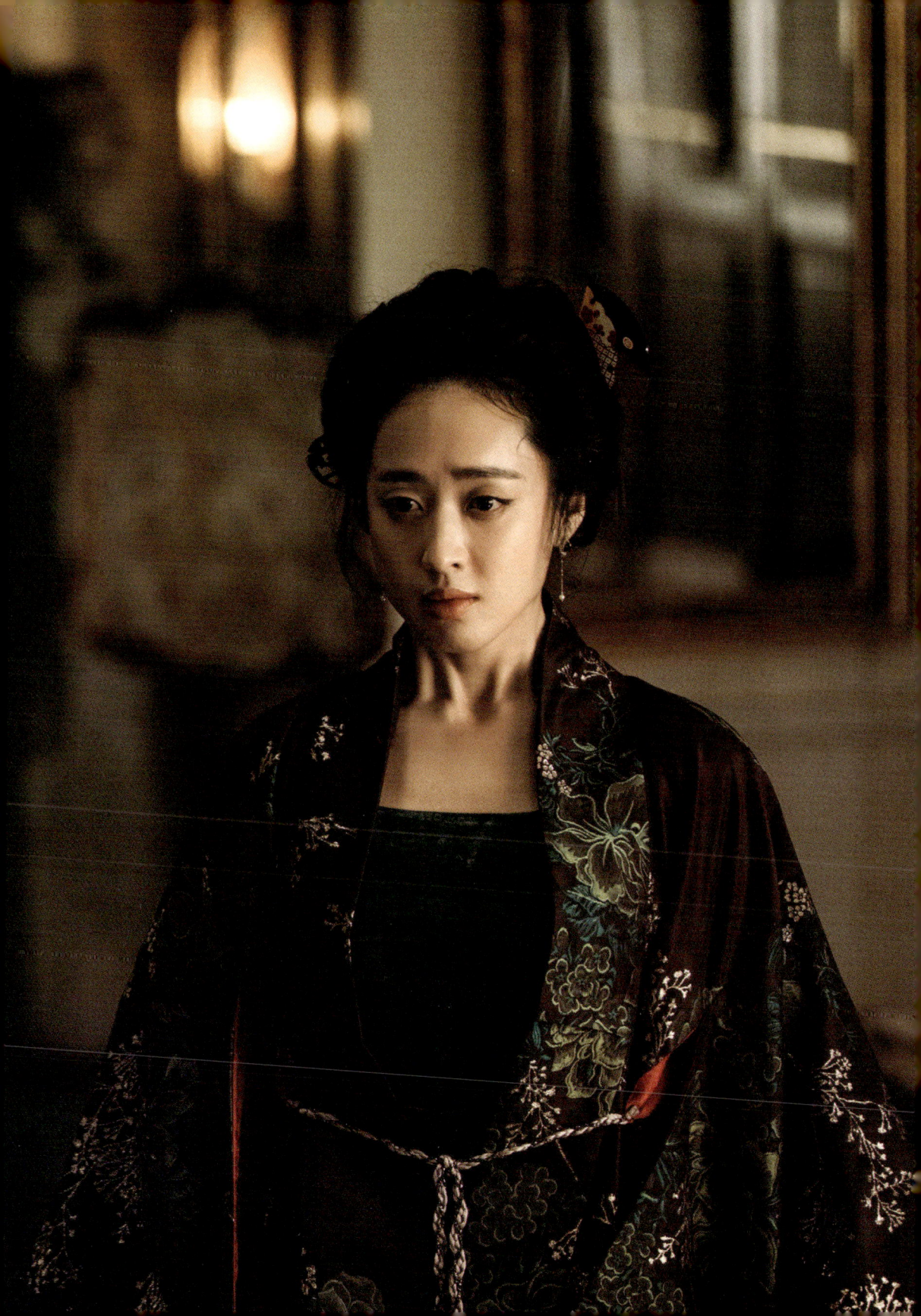

다시는 빼앗기지 않을 거야

화난다.
이 멋진 사내도…
그 무심한 사내도…
어째서일까.
내가 고애신을 묻다면
그건 그대 잘못도 있어.

이 시시껄렁한 농지거리 끝에
왜 그 이름이 나와.
다신 그러지 마.

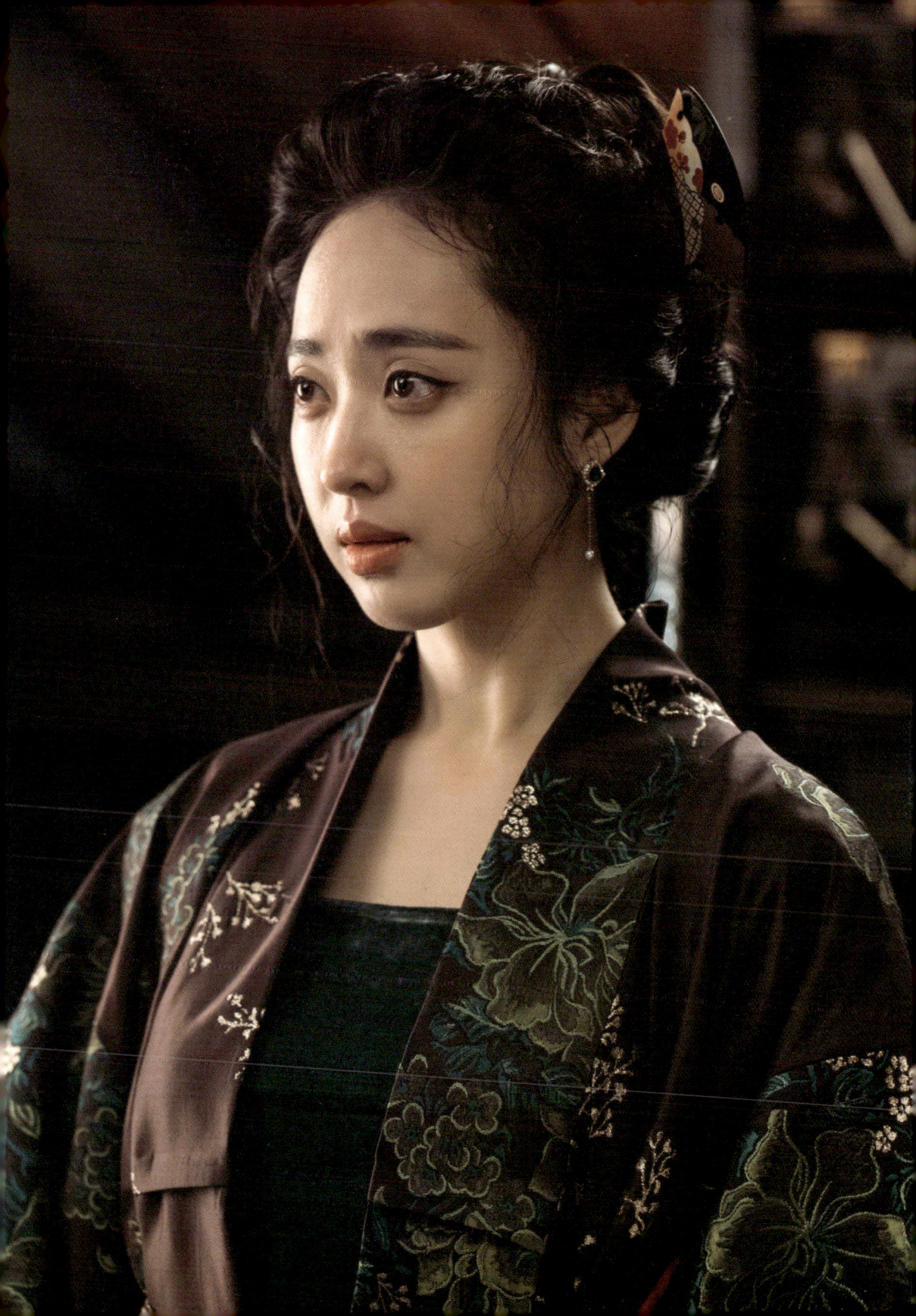

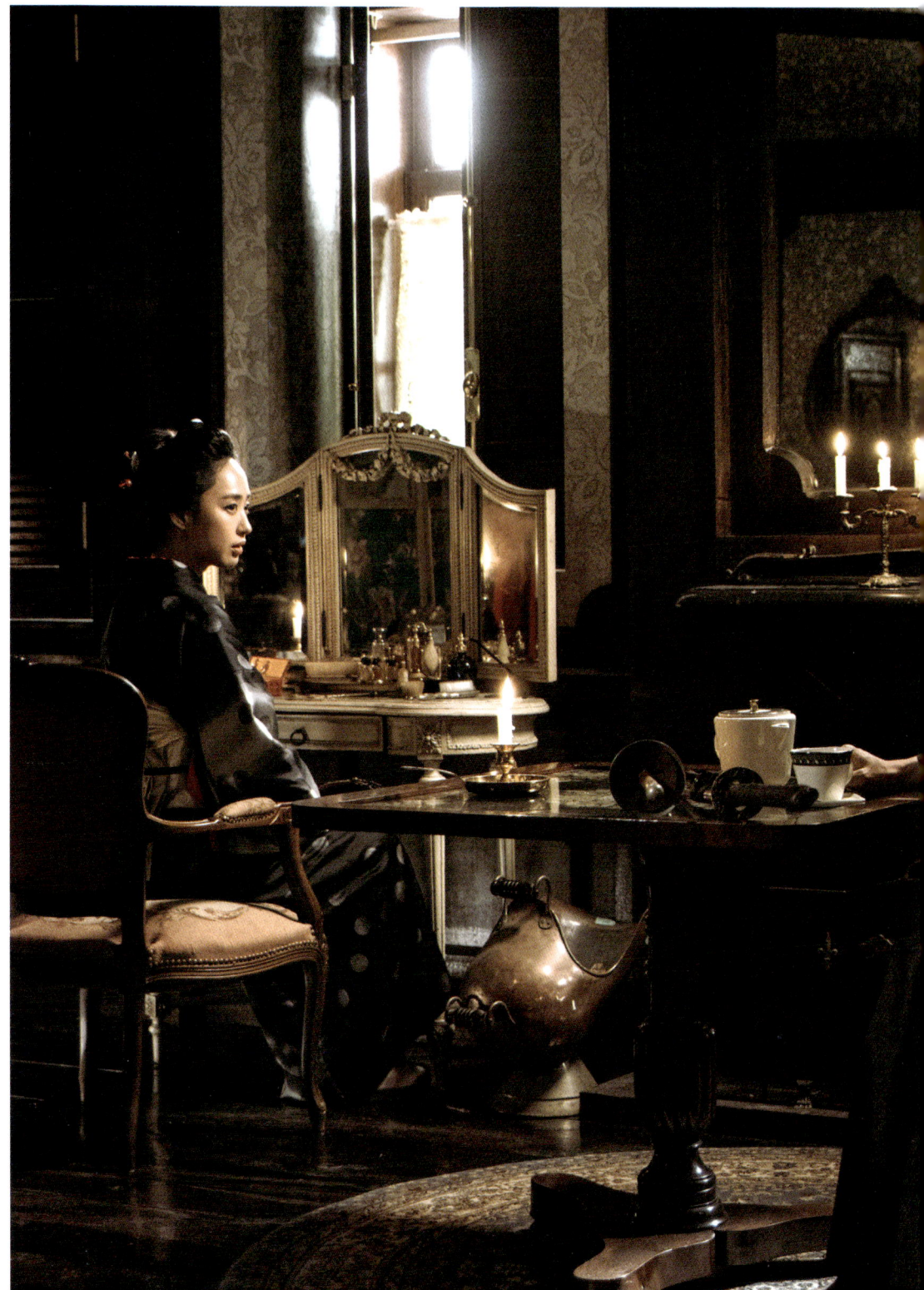

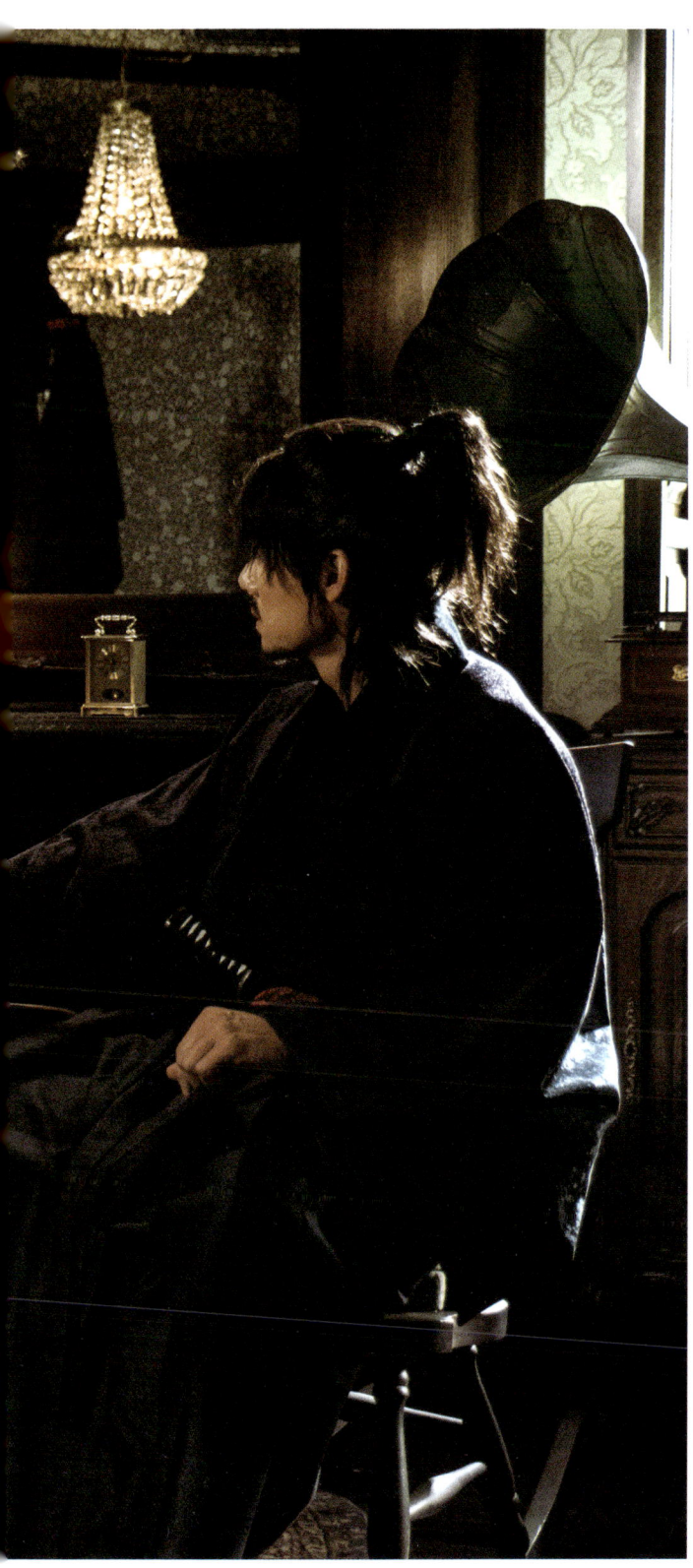

이완익 대감이랑은
어떻게 아는 사인데.
내 아버지야.
그의 딸이었어?
안 닮았지? 안 닮았다고 해줘.

그래서 나 개인 경호원이 필요해.
더는 안 뺏겨.
뭘 뺏겼는데?
내 엄마, 내 청춘, 내 이름.

빼앗긴 이름이 뭐였는데?
이양화.

예쁜 이름이네.

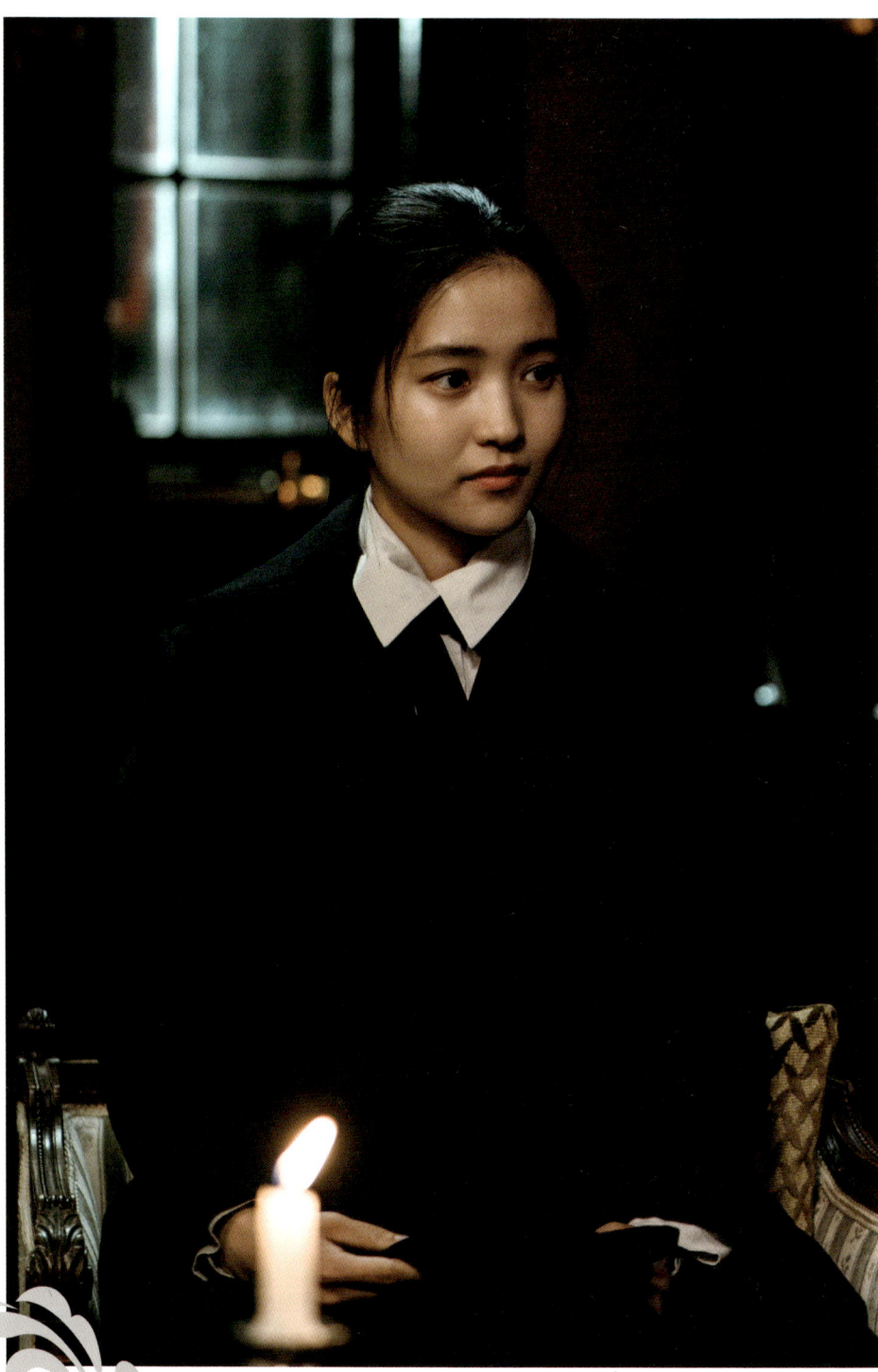

뜨거웠다가 지려하오, 불꽃으로

안 하면 될 거 아니오. 양복 입는 일을.
조선은 점점 더 위태해져 갈 거요.
귀하는 점점 더 위험해질 거고.

주목받지 마라, 당분간 움막에 오지 마라, 학당 공부 열심히 하지 마라,
왜 늘 하지 말라고만. 하나쯤은 하라고 해주면 안 되오?

러브 하자고 했잖소.
수나 놓으며 꽃으로만 살아도 될 텐데.
내 기억 속 조선의 사대부 여인들은 다들 그리 살던데.

나도 그렇소. 나도 꽃으로 살고 있소. 다만 나는, 불꽃이요.
거사에 나갈 때마다 생각하오. 죽음의 무게에 대해.
그래서 정확히 쏘고 빨리 튀지. 봐서 알 텐데.
양복을 입고 얼굴을 가리면 우린 얼굴도 이름도 없이 오직 의병이오.
그래서 우린 서로가 꼭 필요하오.
할아버님껜 잔인하나,
그렇게 환하게
뜨거웠다가 지려하오. 불꽃으로.
죽는 것은 두려우나, 난 그리 신택했소.

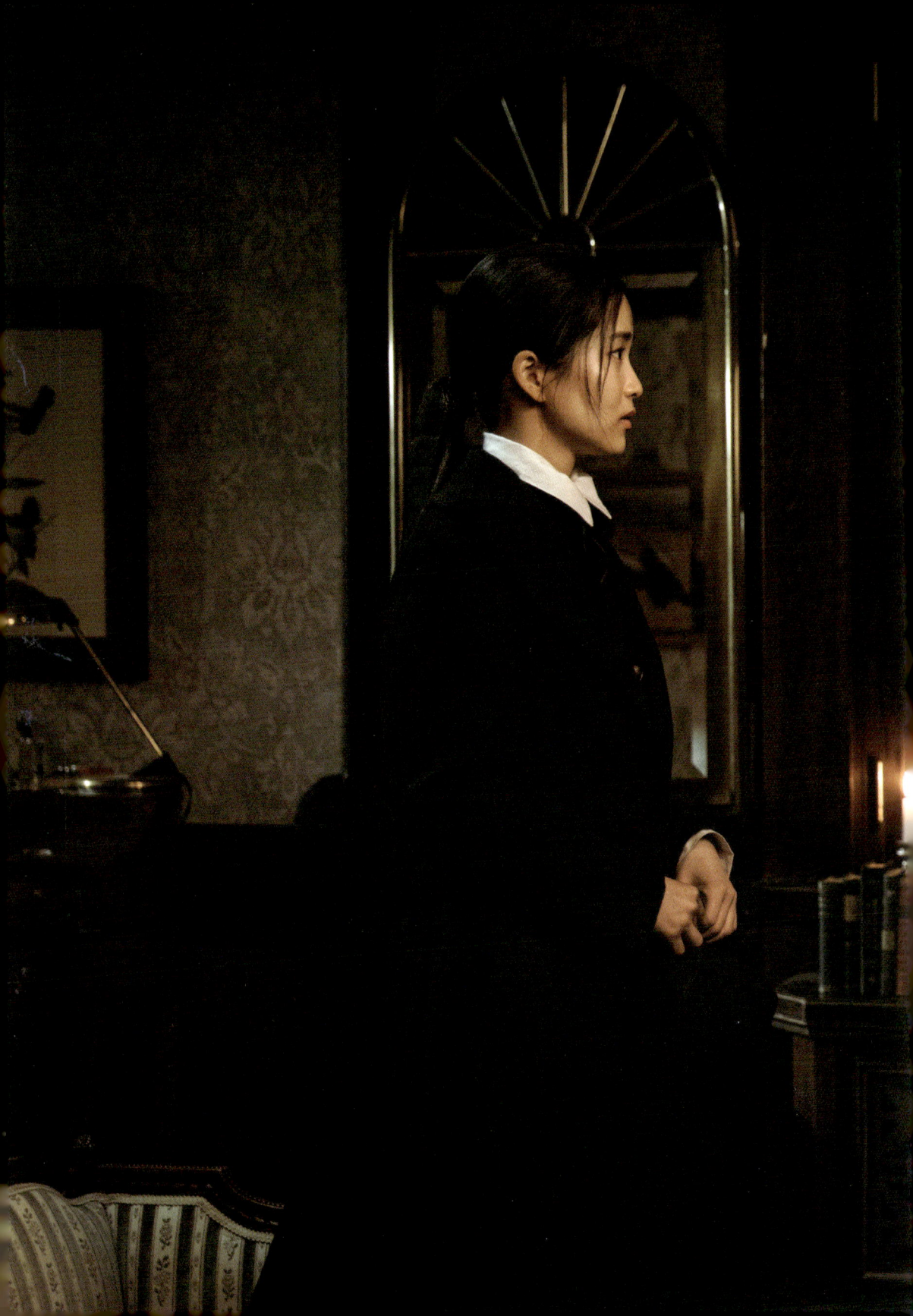

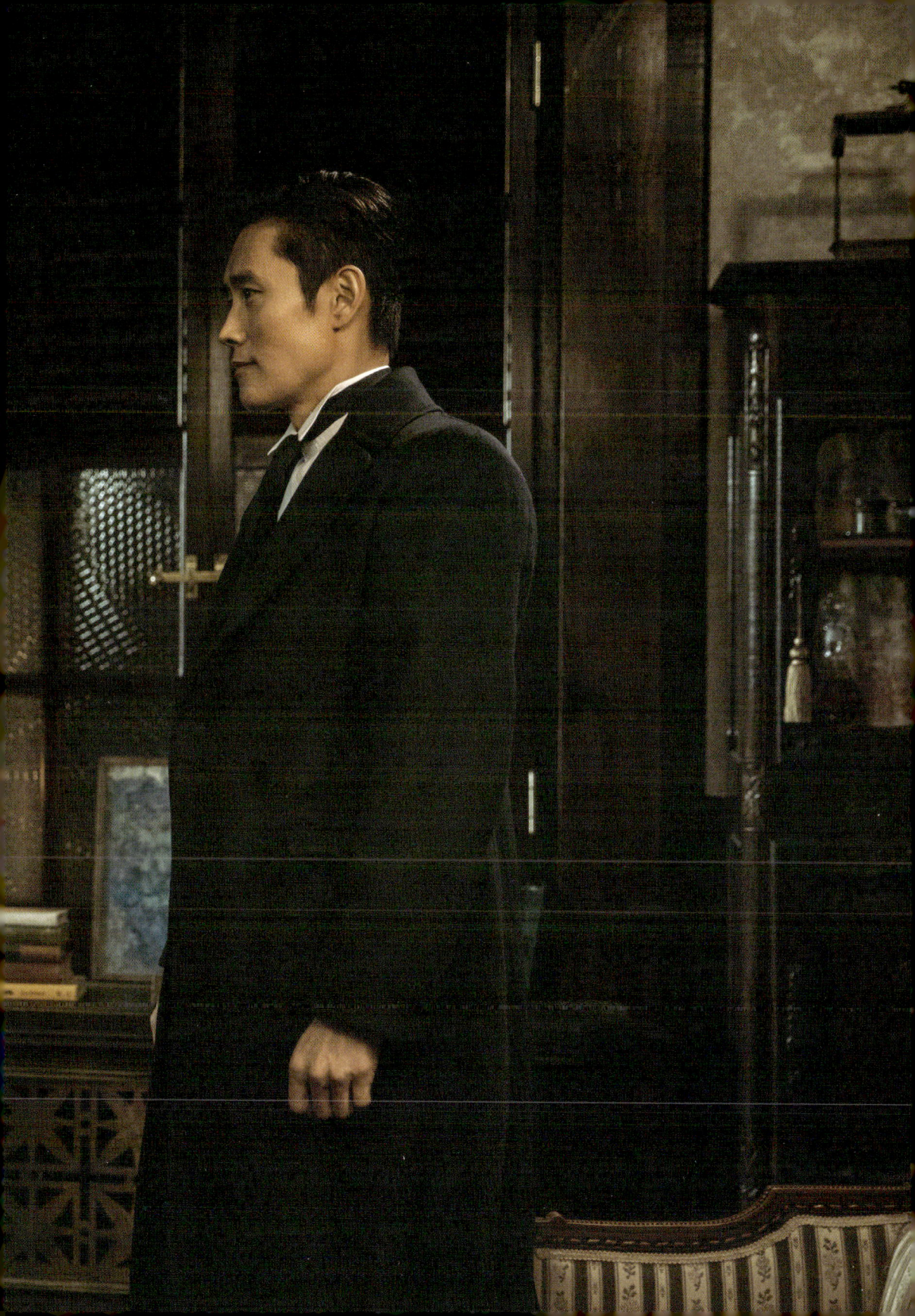

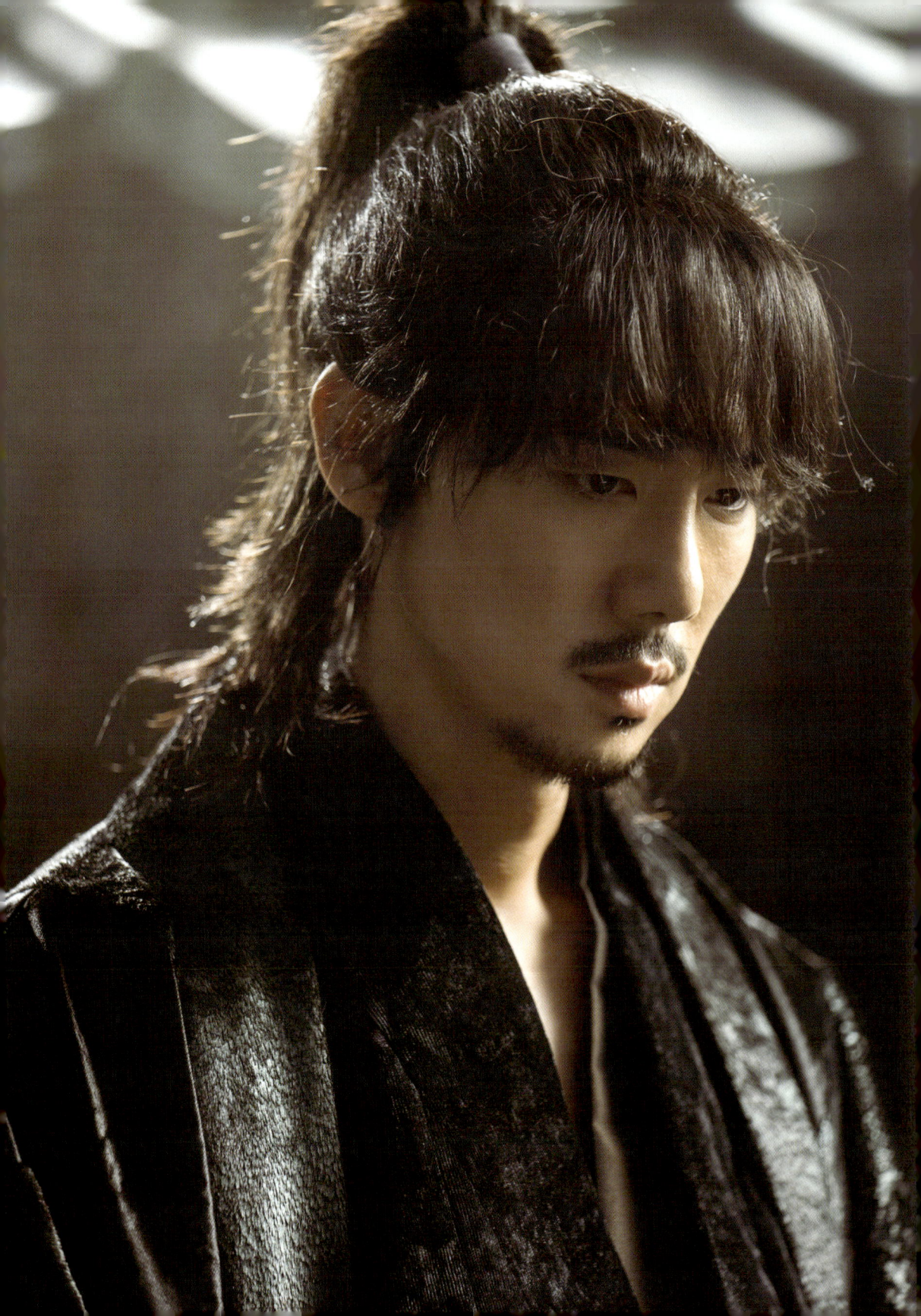

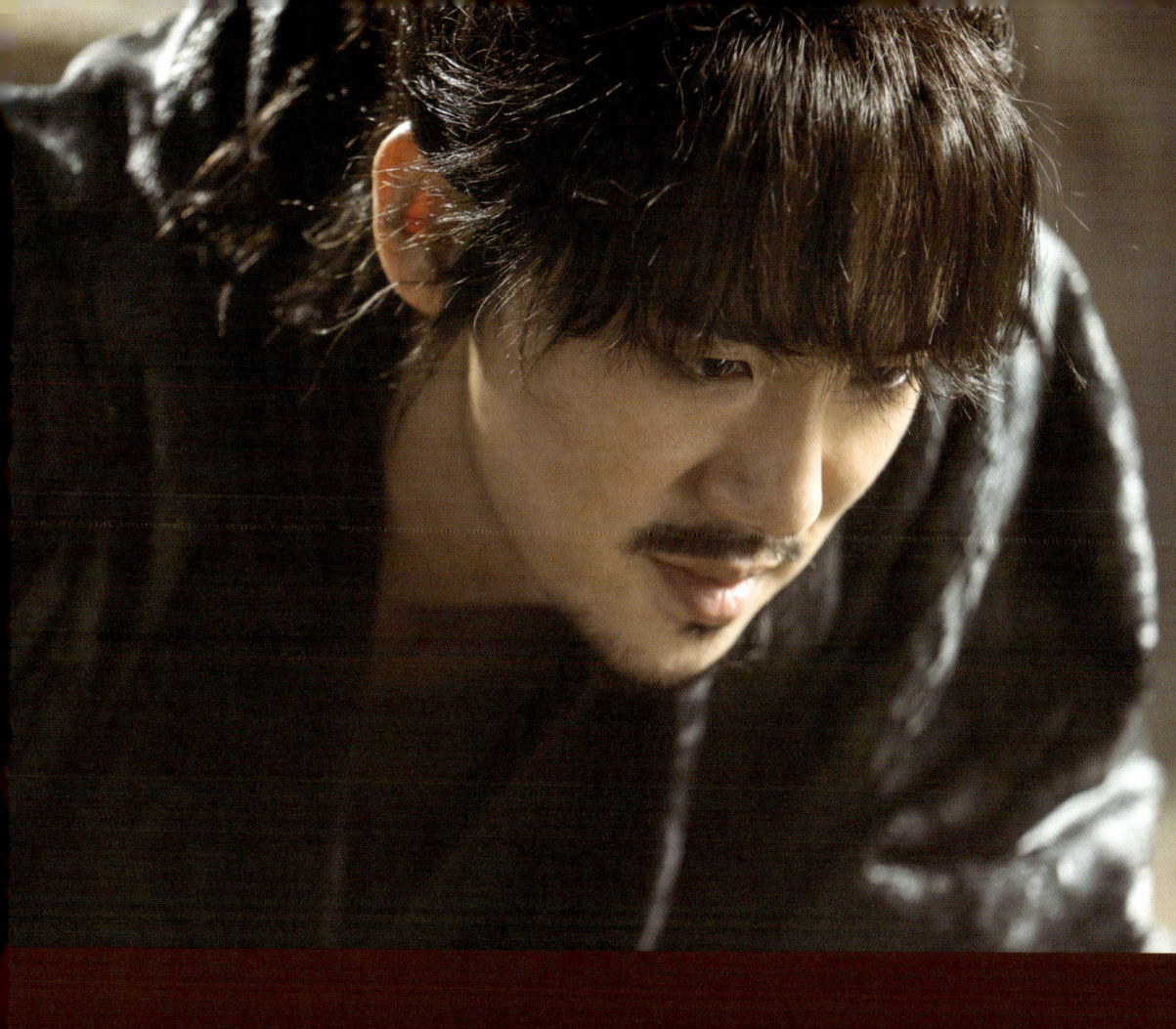

의병이 돈이 됩니까

그리 되겠지요 나으리. 헌데 그건 제일 나중 순서라.
그전에 말입니다. 제가 정말 궁금해서 그러는데,
대체 왜 하는 겁니까 그 일.
목숨 내놓고 살긴 이놈도 매한가진데
그래도 살 궁리를 먼저 하지 죽자고 덤비진 않아서.
의병 그게 돈이 많이 됩니까
돈 되는 거면 나도 좀 하게.

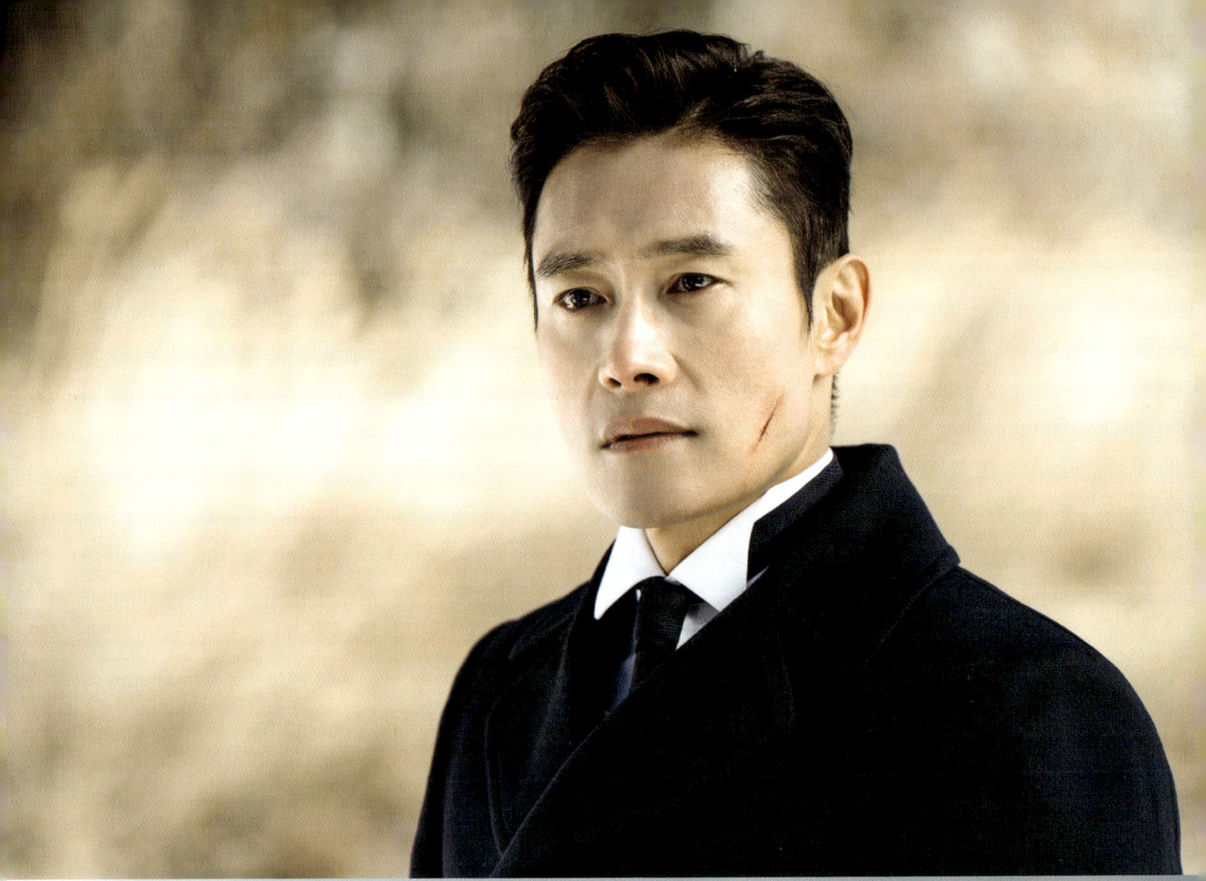
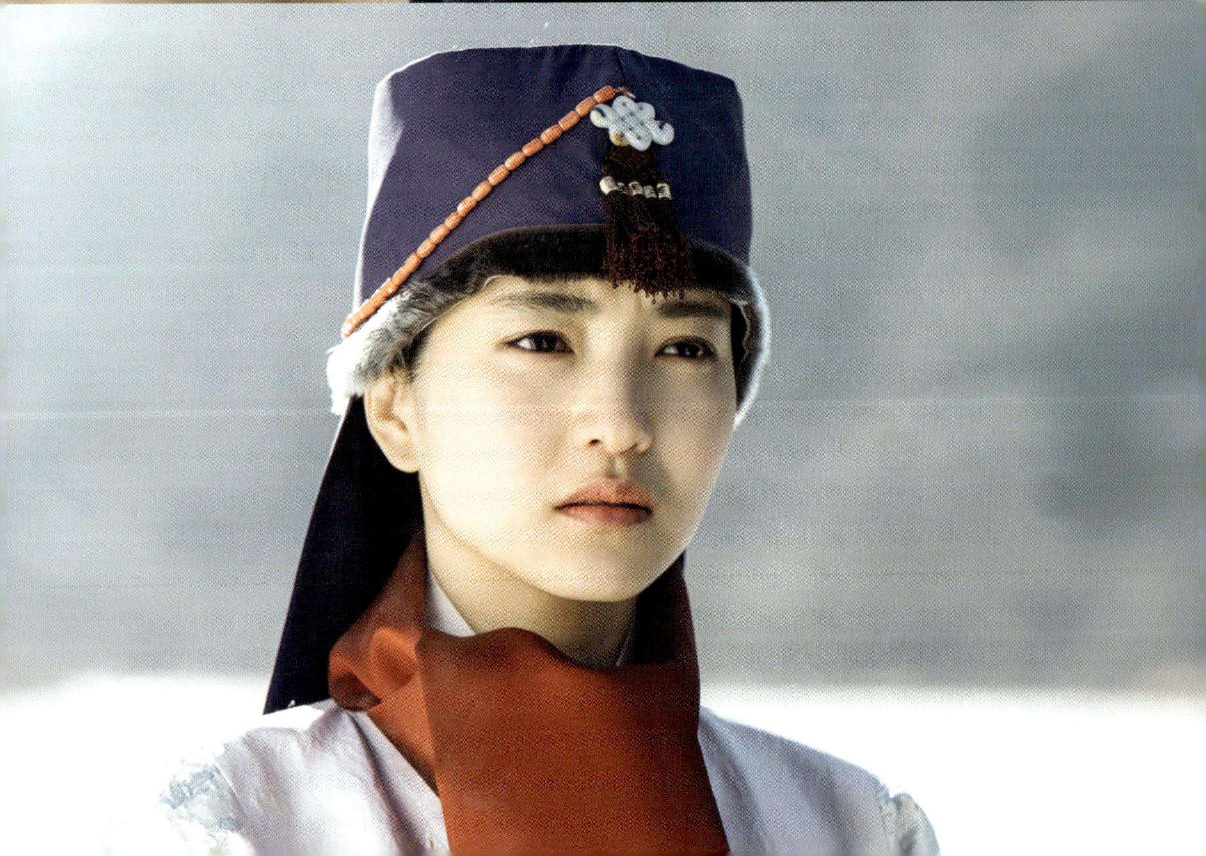

귀하가 구하려는 조선에는

죽여라. 재산이 축나는 건 아까우나
종놈들에게 좋은 본을 보이니
손해는 아닐 것이다.

그게, 내가 기억하는 마지막 조선이오.
맞소. 조선에서 나는, 노비였소.
조선은 내 부모를 죽인 나라였고,
내가 도망쳐 온 나라였소.
그래서 모질게 조선을 밟고, 조선을 건너,
내 조국 미국으로 다시 돌아갈 생각이었소.

그러다 한 여인을 만났고,
자주 흔들렸소.
내 긴 얘기 끝에,
그런 표정일 줄 알았으면서도.
알고도, 마음은 아프오.

귀하가 구하려는 조선에는 누가 사는 거요.
백정은 살 수 있소? 노비는 살 수 있소?

귀하는 먼저 가시오.
더는 나란히 걸을 수 없을 듯하니.

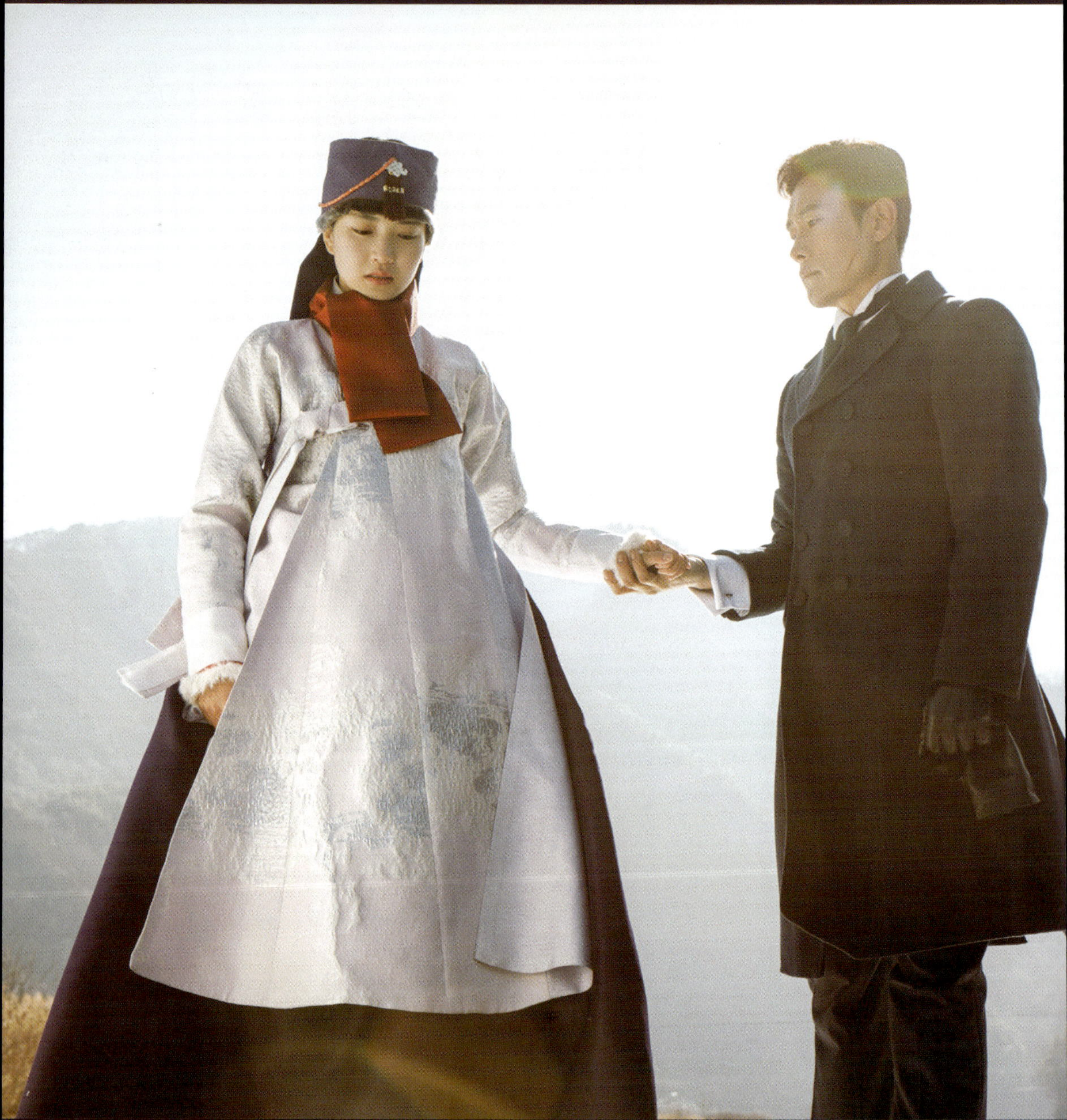

디어 요셉.

다시 조선으로 걸으며
저는 기대라는 걸 했었는지도 모르겠습니다.
내가 달라졌다는 기대.
조선이 달라졌으리란 기대.
하여 이 땅에서 만난 한 여인의 곁에 서서
나란히 걷고 싶다는 기대를 했던 것 같습니다.
처음 본 순간부터 말입니다.

허나 저는 아직도 그 작은 상자 속을
벗어나지 못한 듯싶습니다.
제 긴 이야기 끝에
그 여인의 표정이 그럴 것임을 알았음에도,
그 솔직한 진심에,
저는 다시 조선을 달려 달아납니다.
조선 밖으로 말입니다.

요셉, 못 뵙고 떠날 것 같습니다.
내내 건강하십시오.

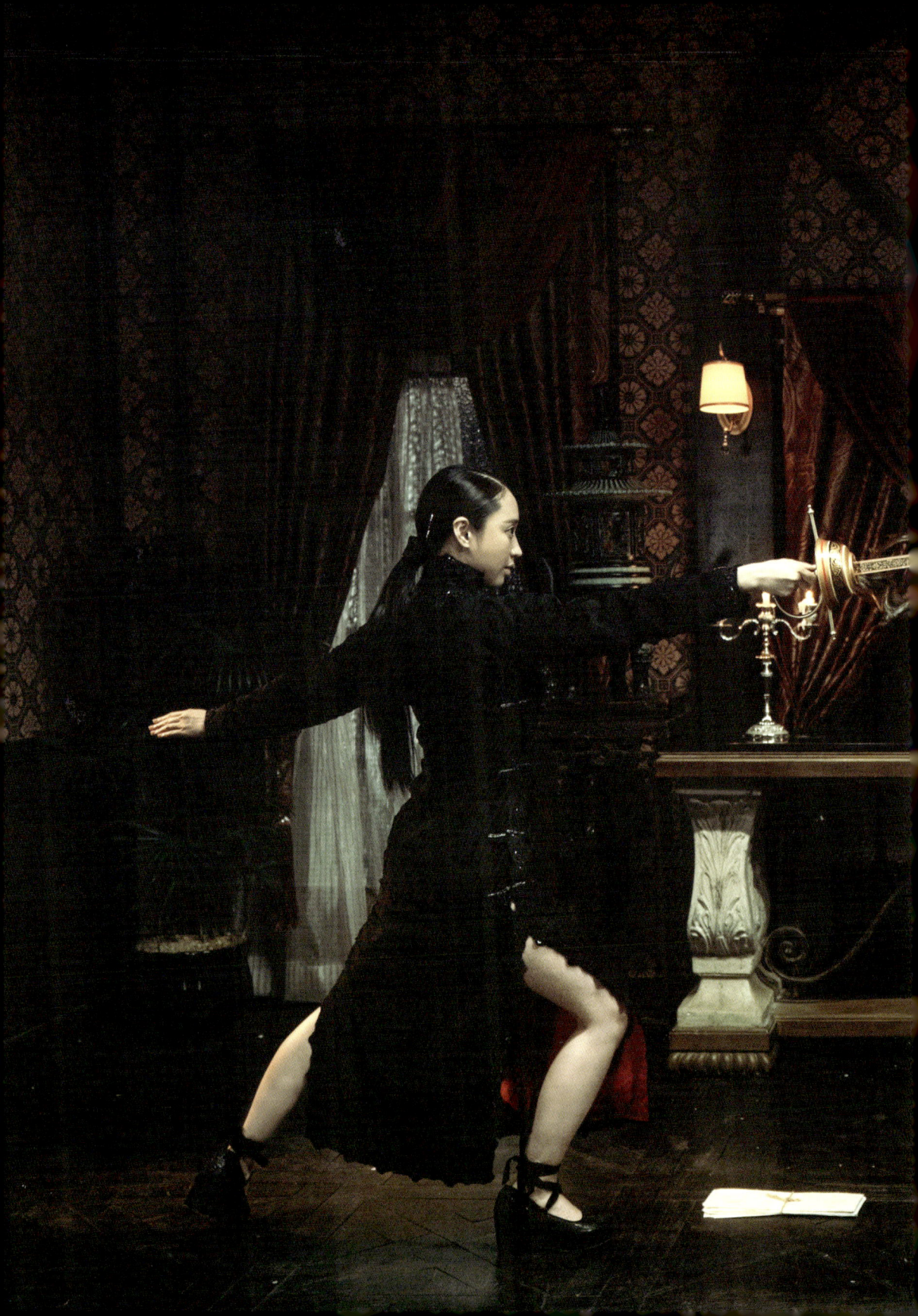

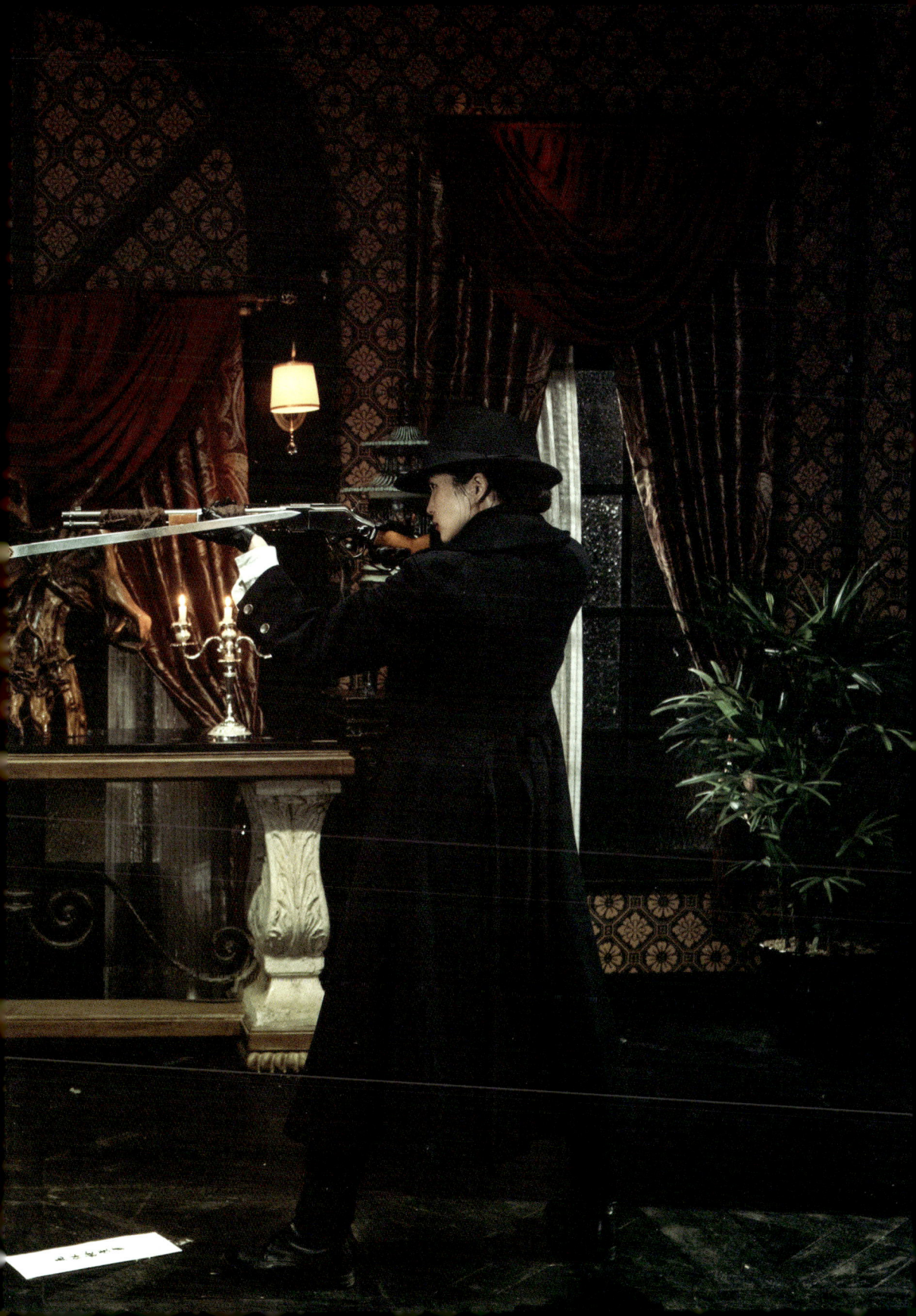

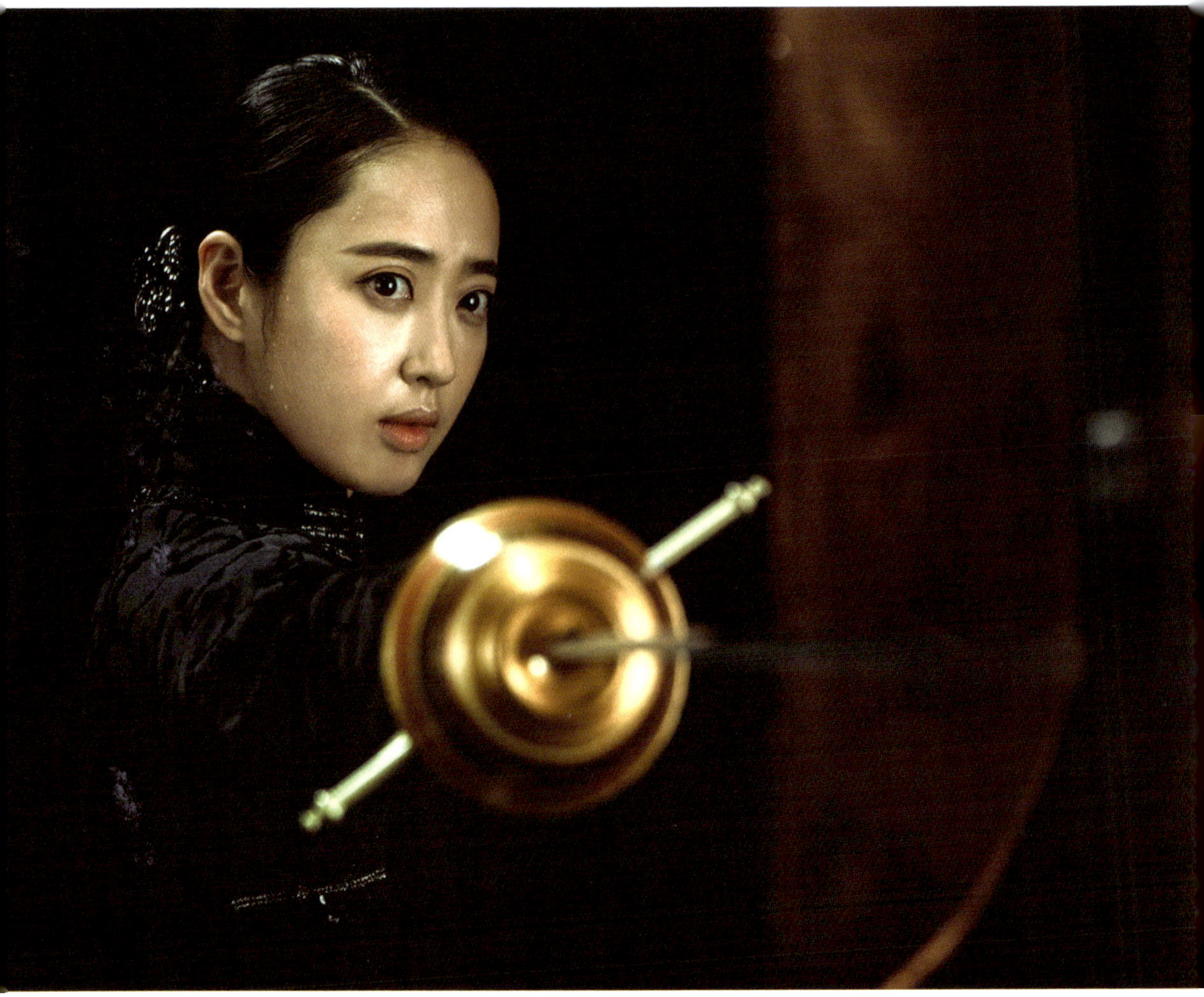

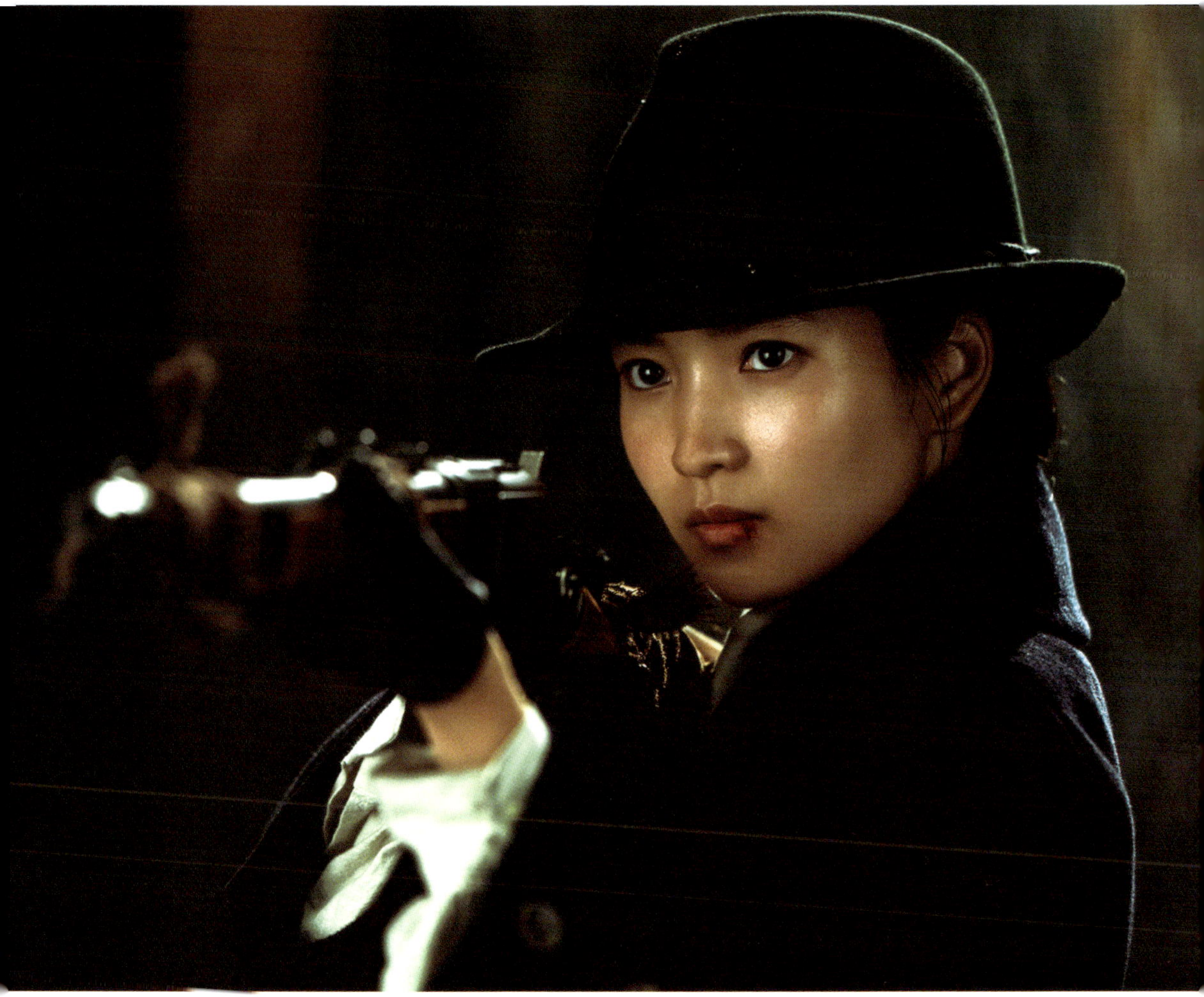

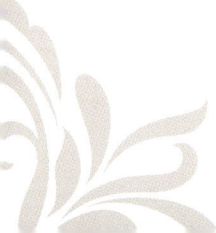

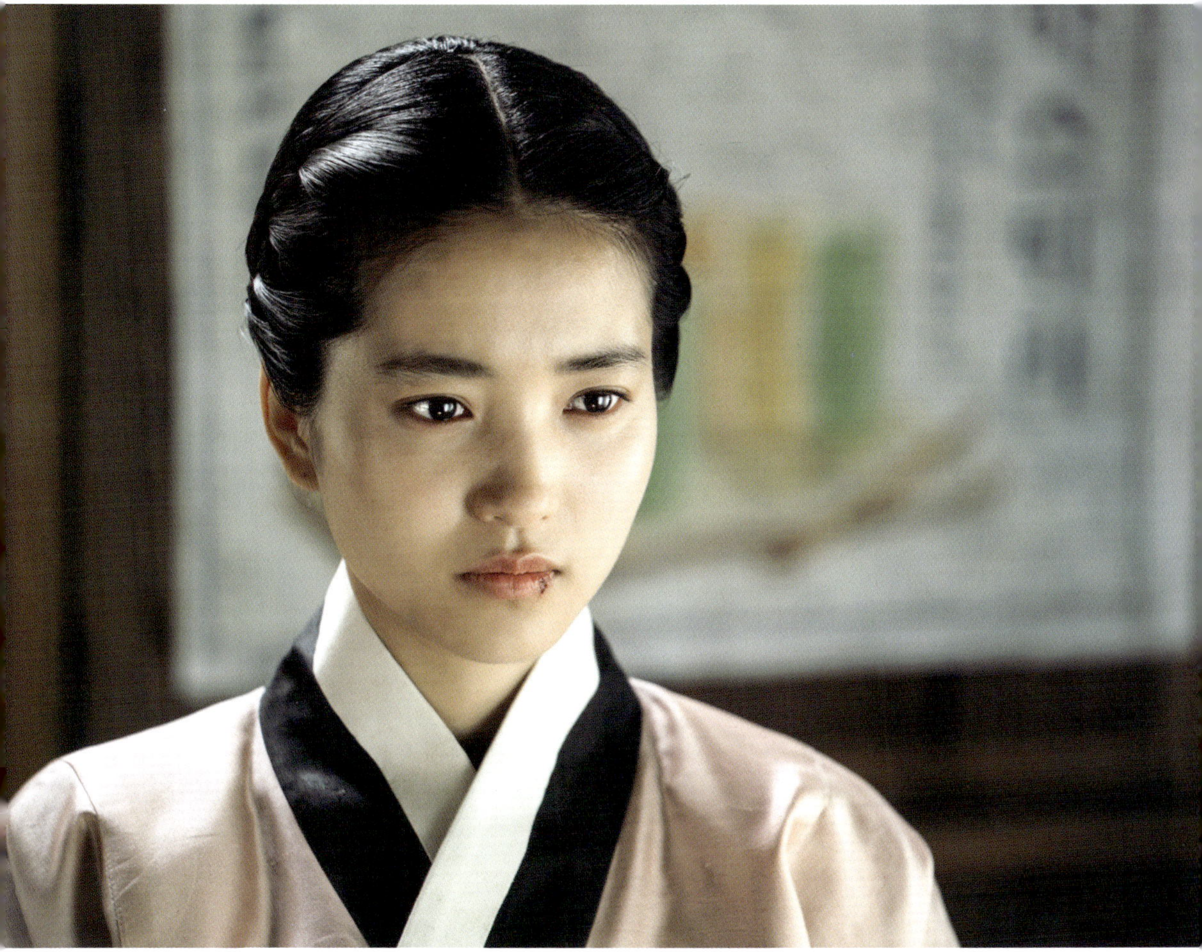

칼과
총

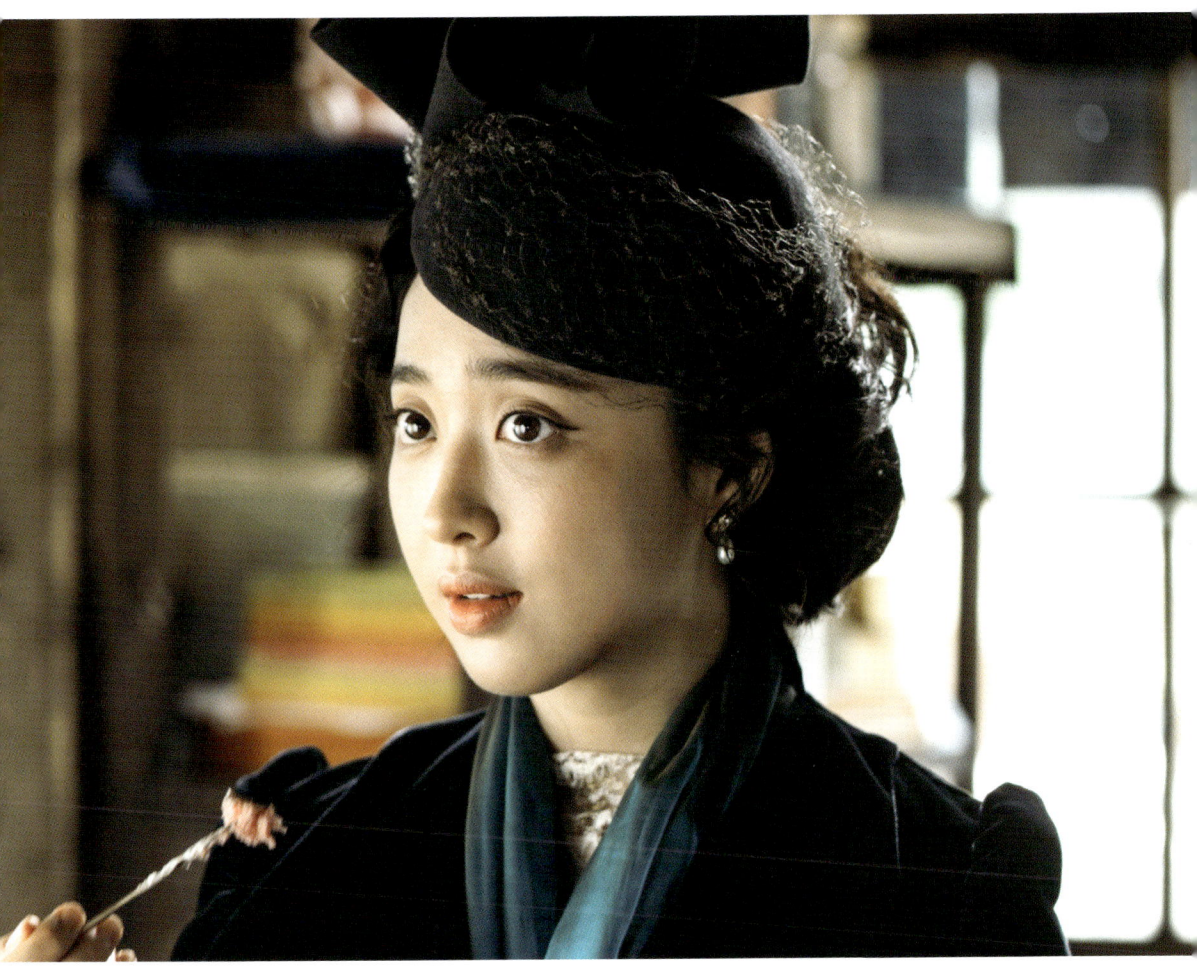

칼을 잘 쓰던데.
펜싱이란 검술을 배우고 있습니다. 총에 익숙하시던데.
가까이에 총이 있었을 뿐이오. 검술은 왜 배우는 거요.

절 지키려고요. 애기씨는 무엇을 지키십니까.
아무도 내게 묻지 않소. 감히.
제가 묻지 않습니까. 지금.

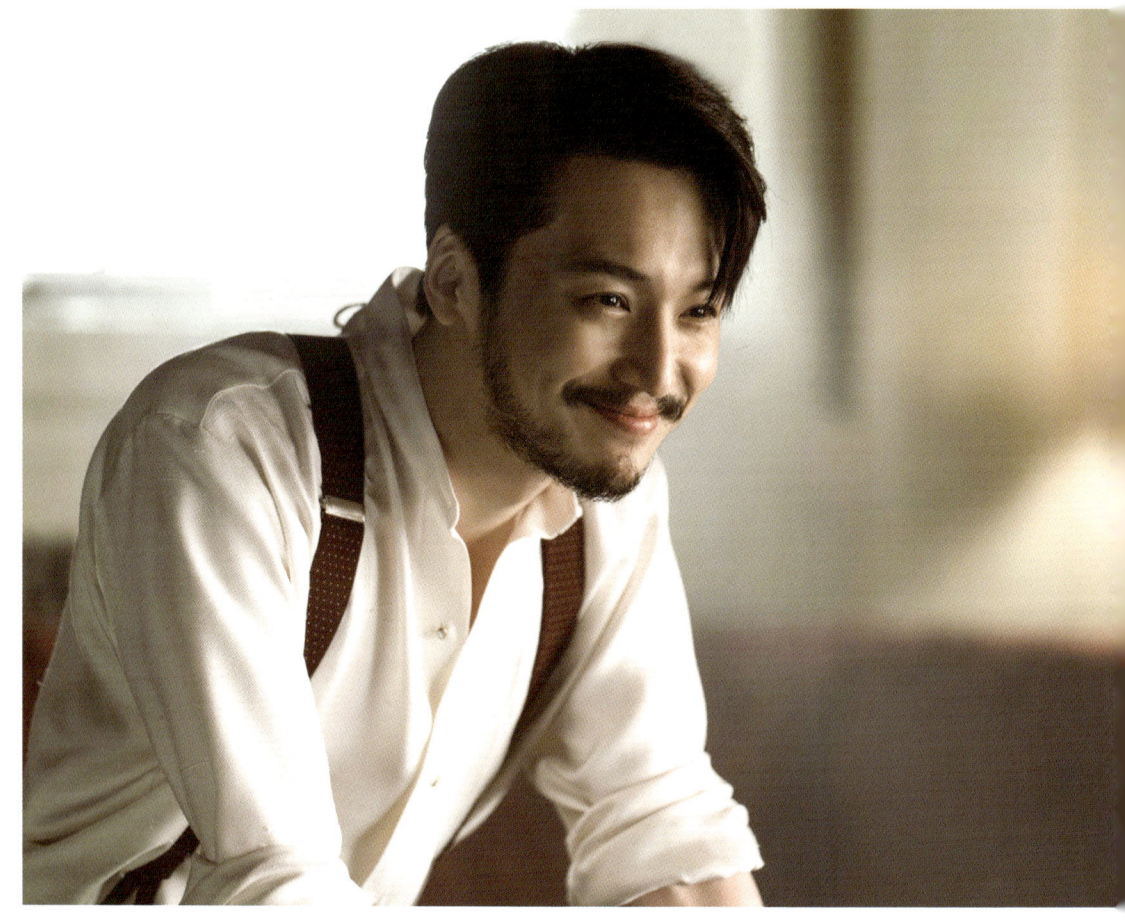

누구도 응원하지 않는 생

항일을 하자니 몸이 고단할 것 같고
친일을 하자니 마음이 고단할 것 같고.
난 원체 무용한 것들을 좋아하오.
달, 별, 꽃, 바람, 웃음, 농담, 그런 것들.
그렇게 흘러가는 대로 살다 멎는 곳에서
죽는 것이 나의 꿈이라면 꿈이요.

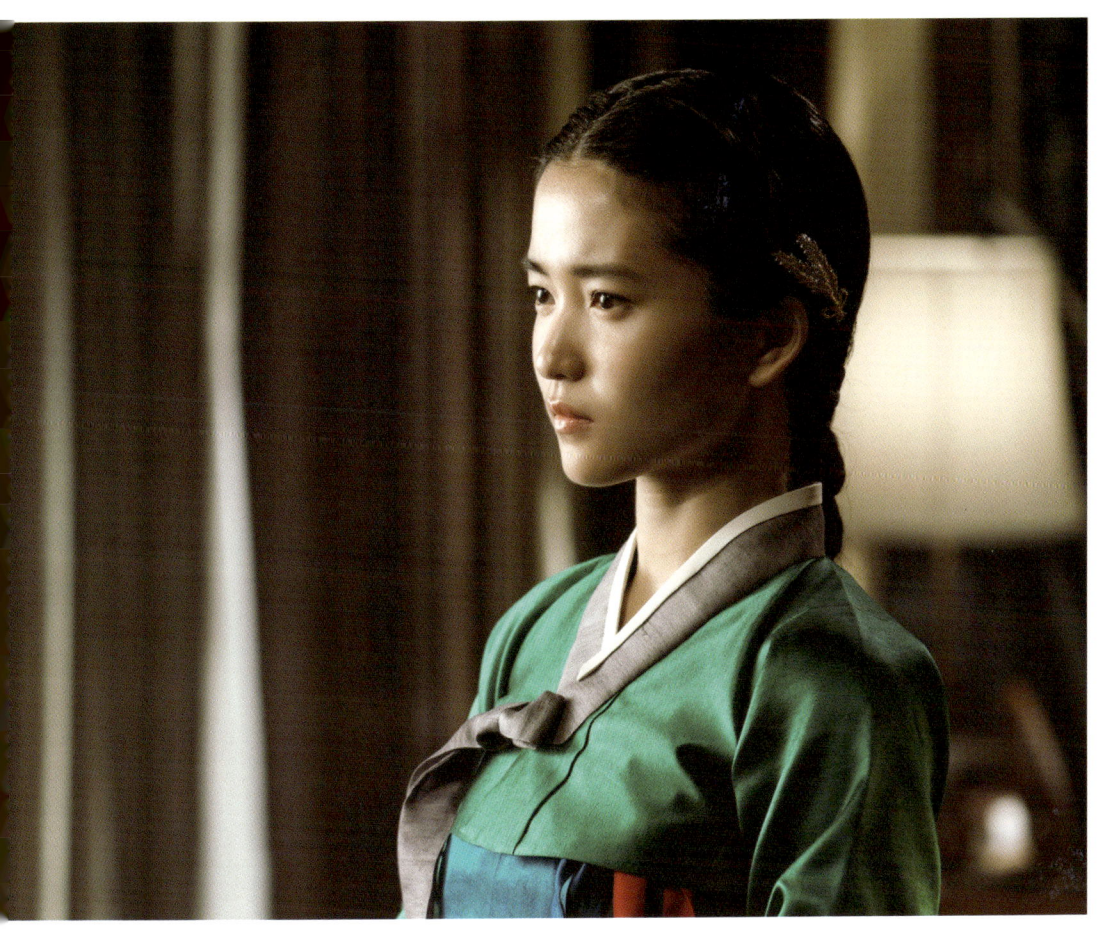

그럴 수 있을 것 같소. 허나 나는 응원할 수 없소.
서로 멎는 곳이 다를 듯하니.

이미 누구도 응원하지 않는 생이니, 괜찮소.
혼인을 할 수도 없고 성혼을 낄 수도 없으니
서로 다그치지 맙시다.

그냥 오늘은 그저 날 동무 정도로 남겨주면 안 되겠소?

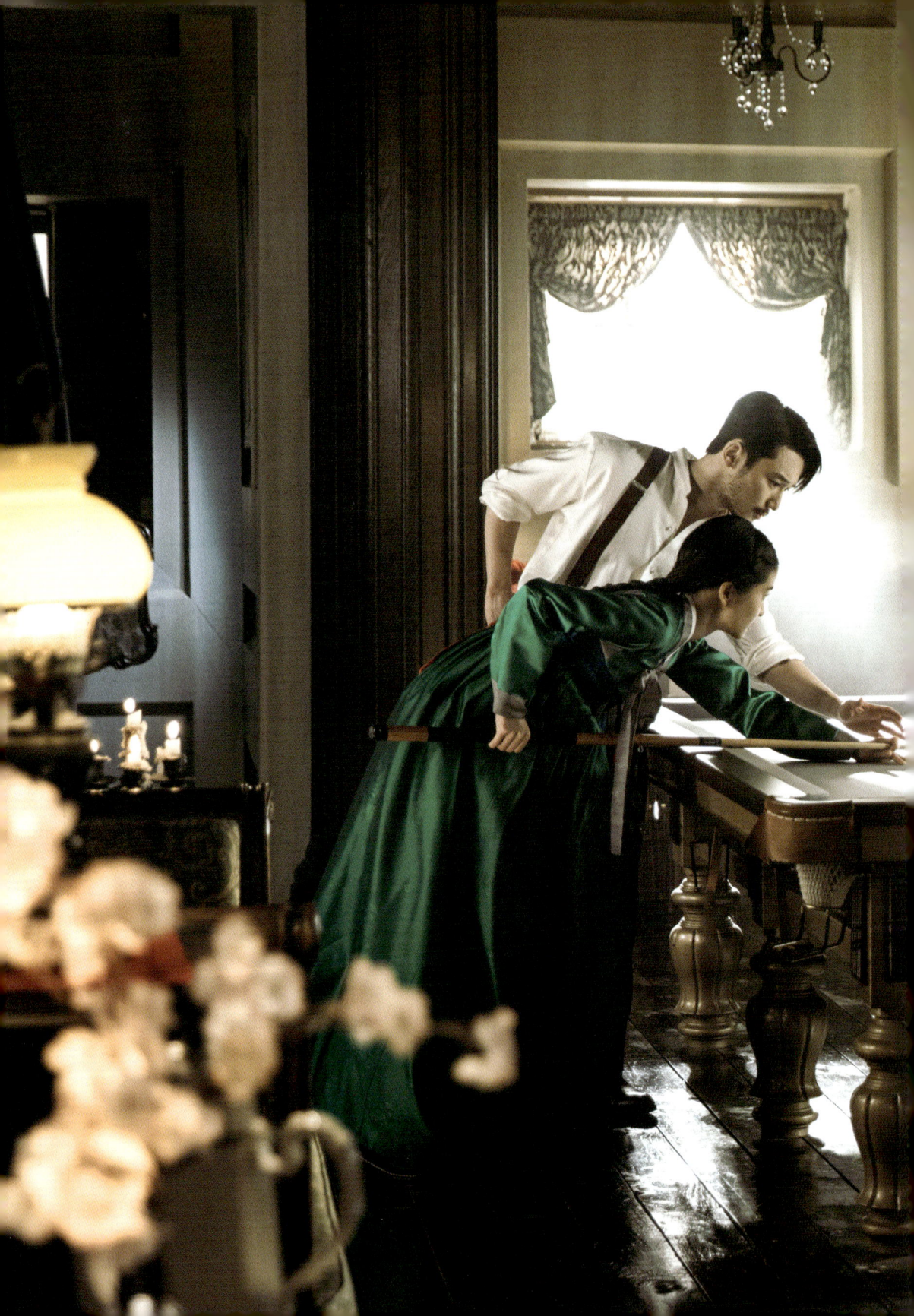

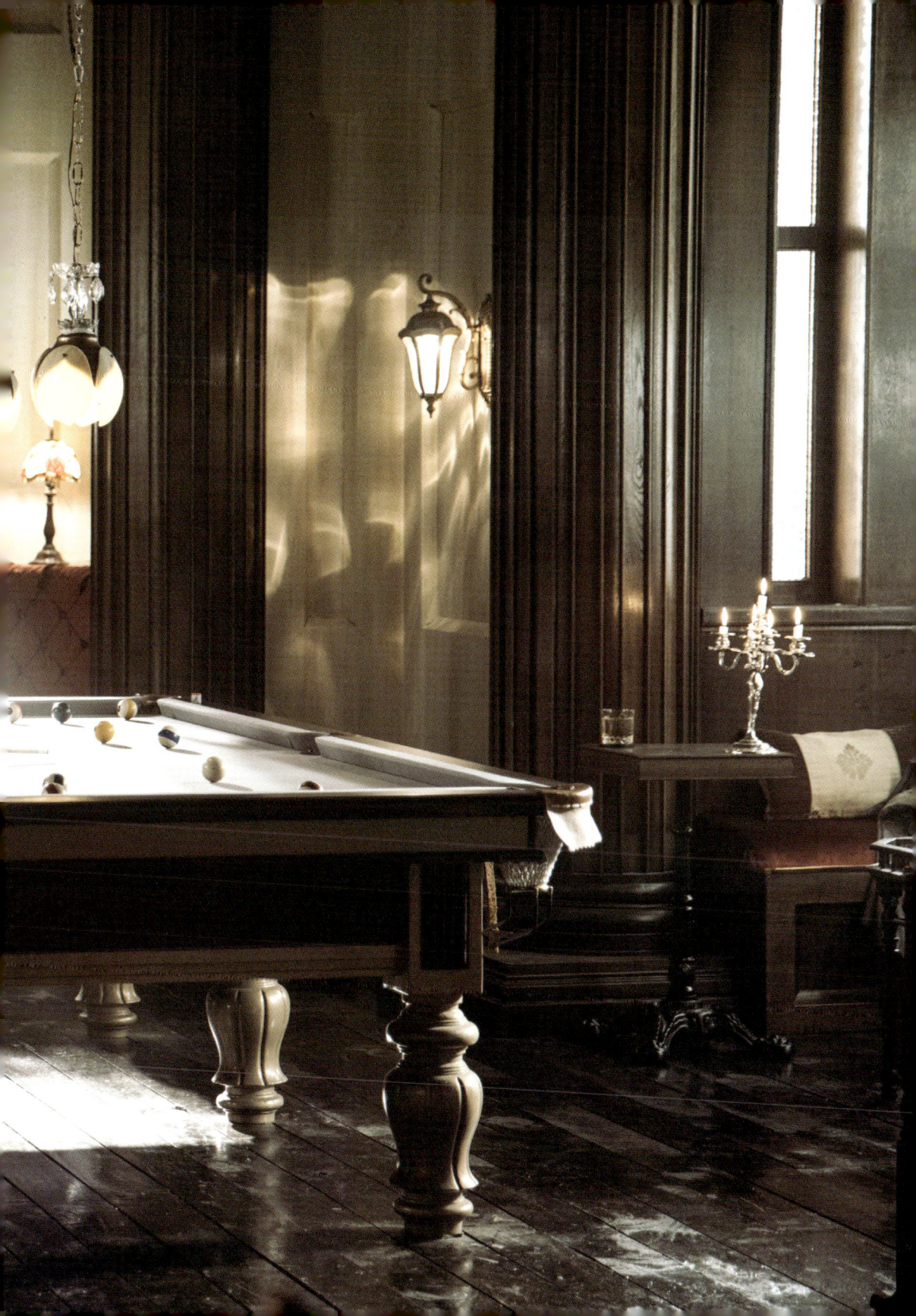

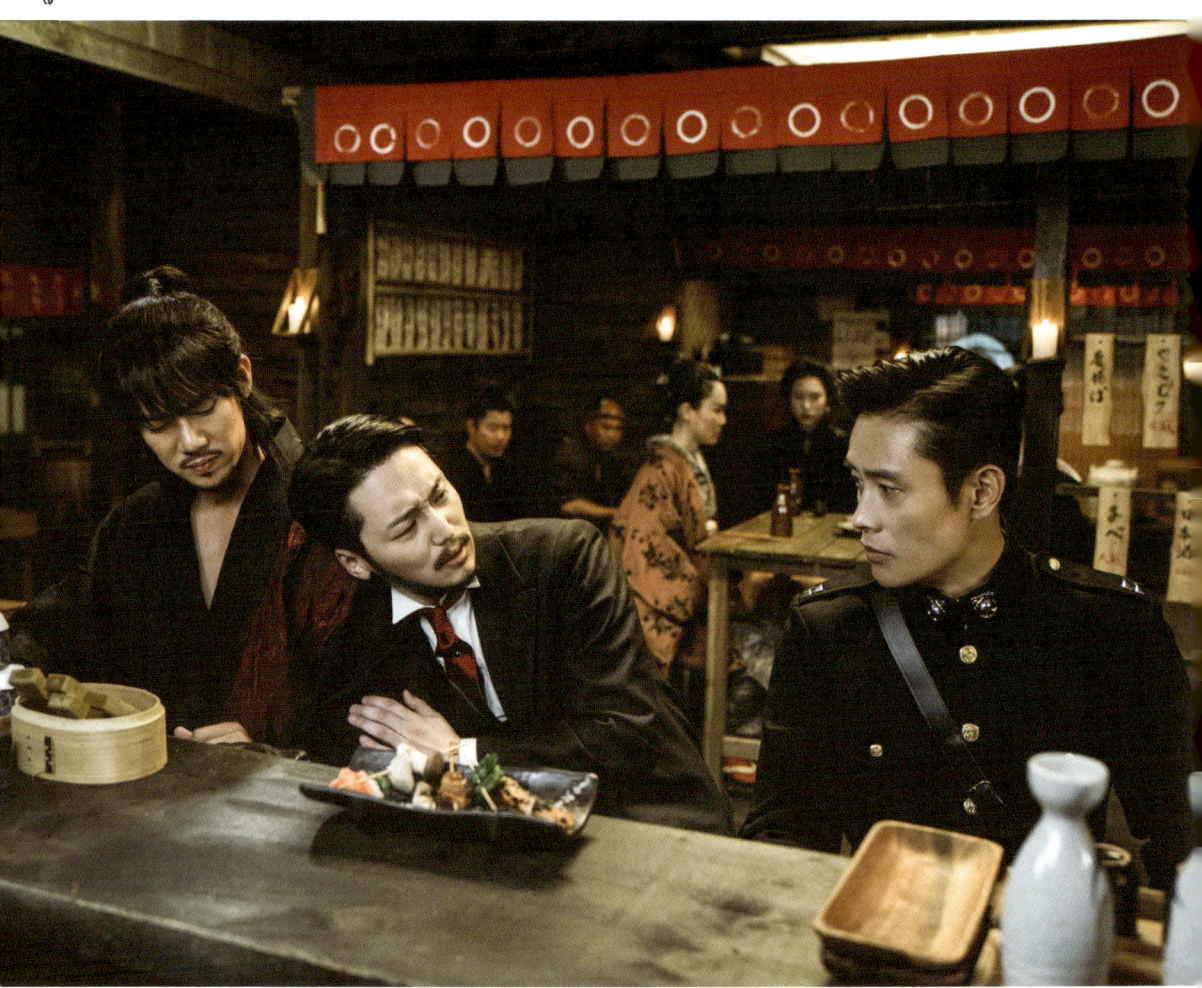

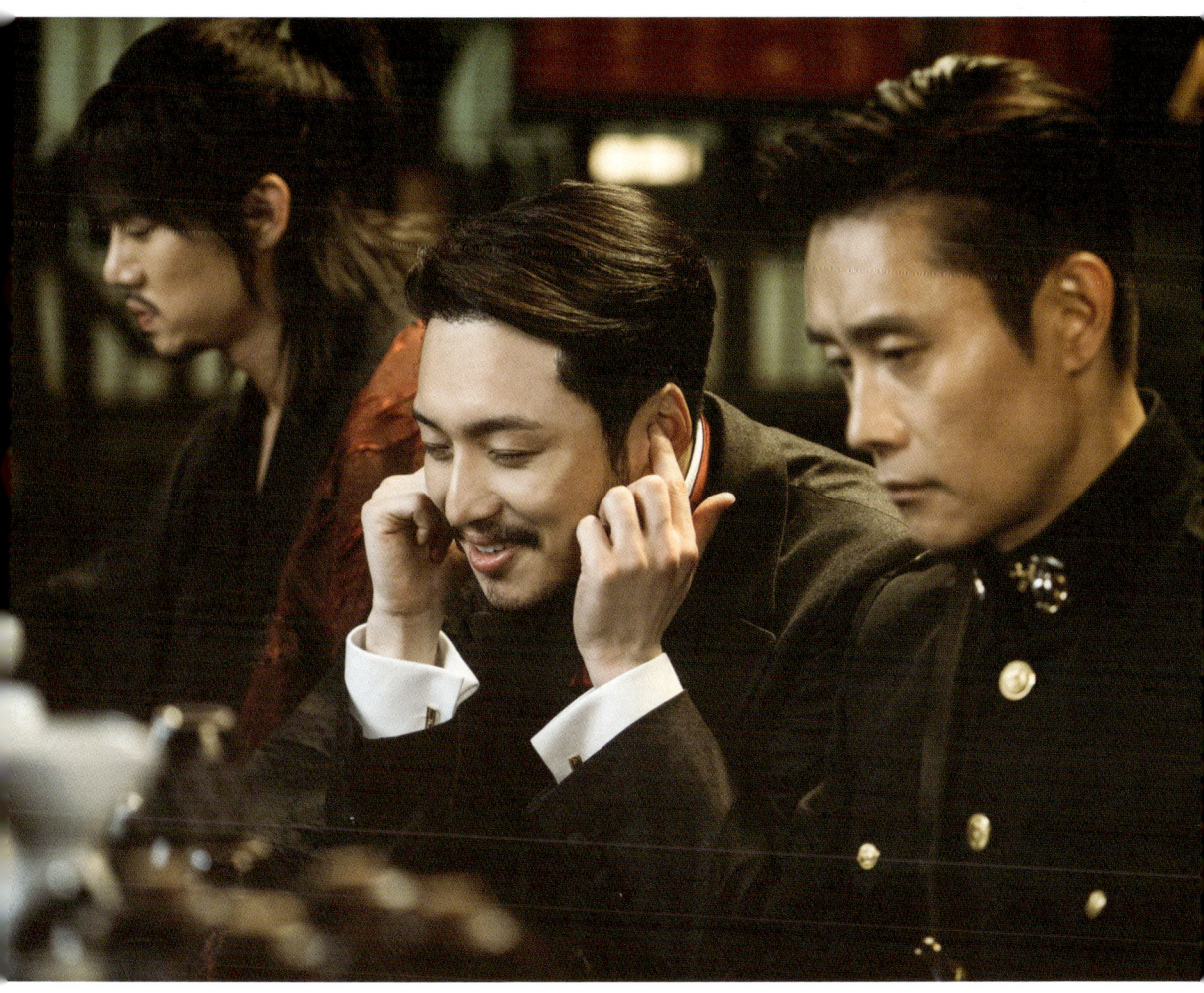

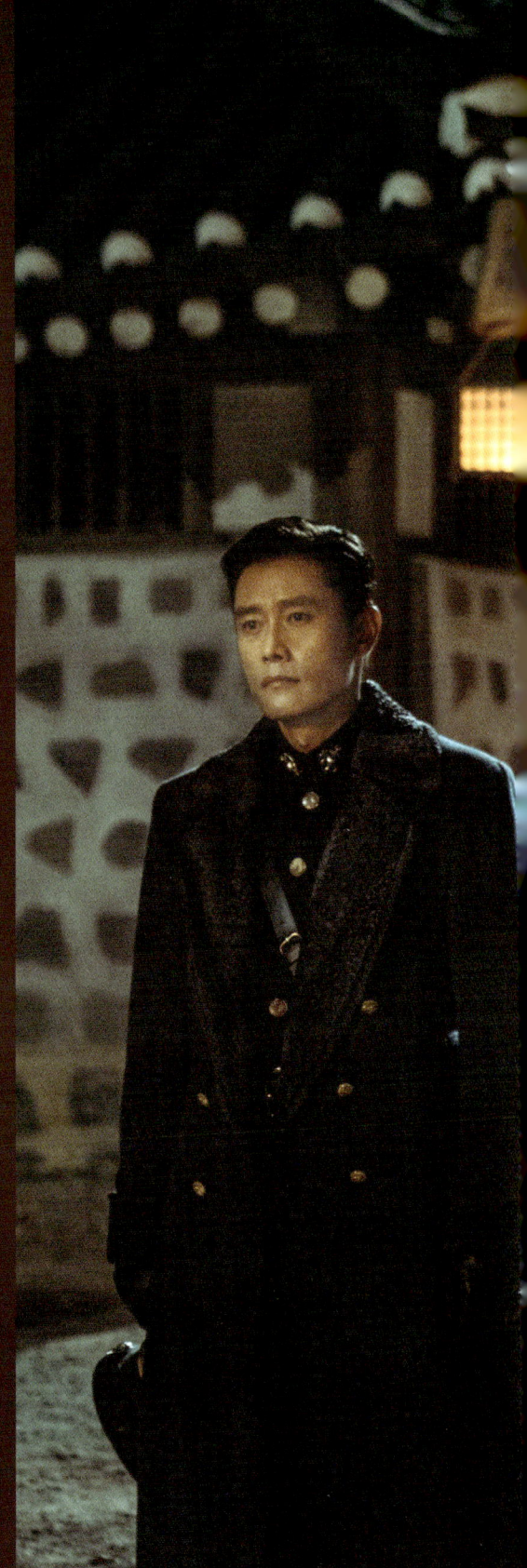

봄이 온 것인가

오늘은 달이 참 밝소.
같이 걷는 거 아니오. 오해 마시오.

여기 같이 걷는 놈 없습니다.
인생 다 각자 걷는 거지요.

봄이 왔나 보오.
오늘은 내가 좋아하는 것들이 여기 다 있구려.
난 이리 무용한 것들을 좋아하오.
봄, 꽃, 달.

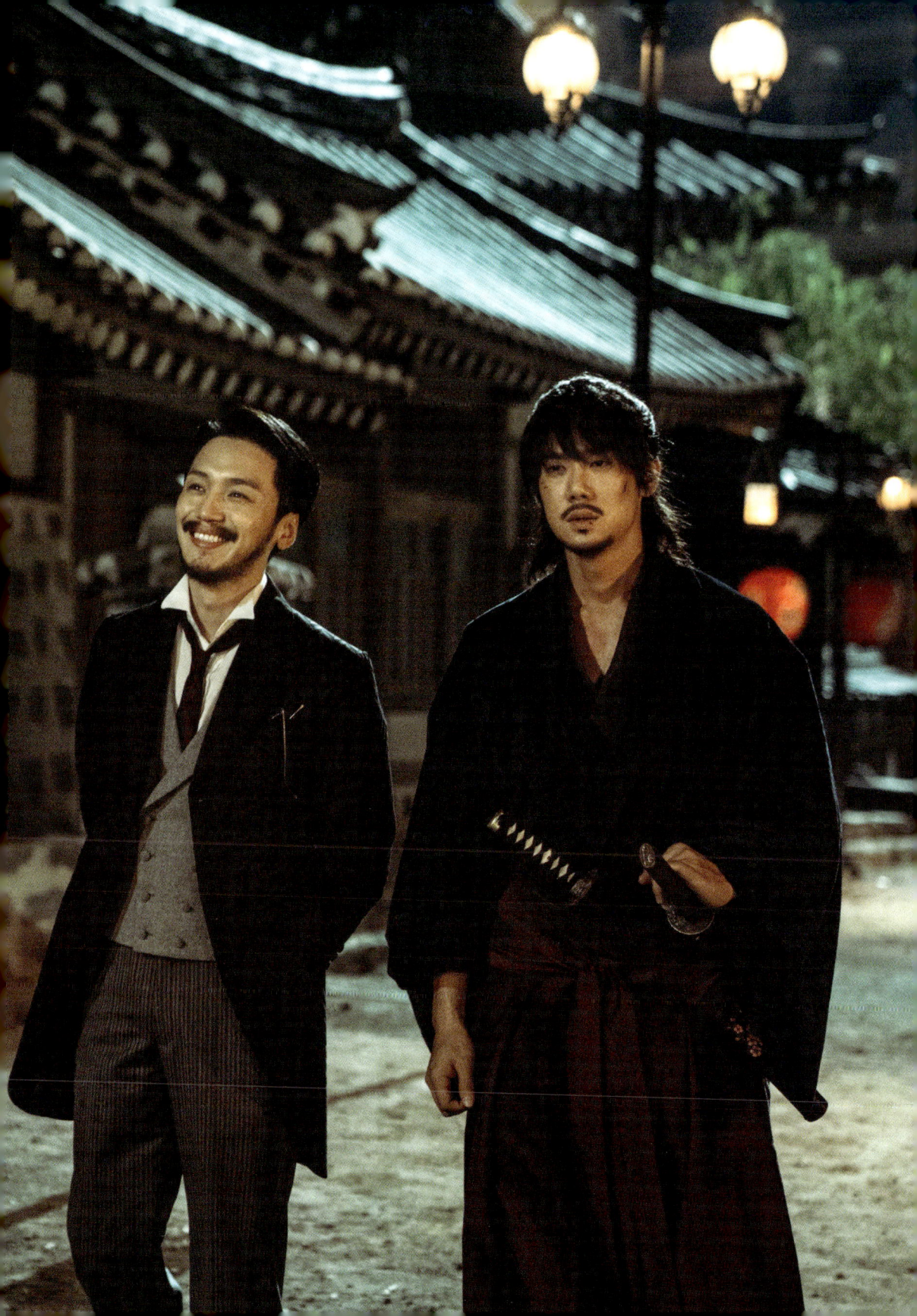

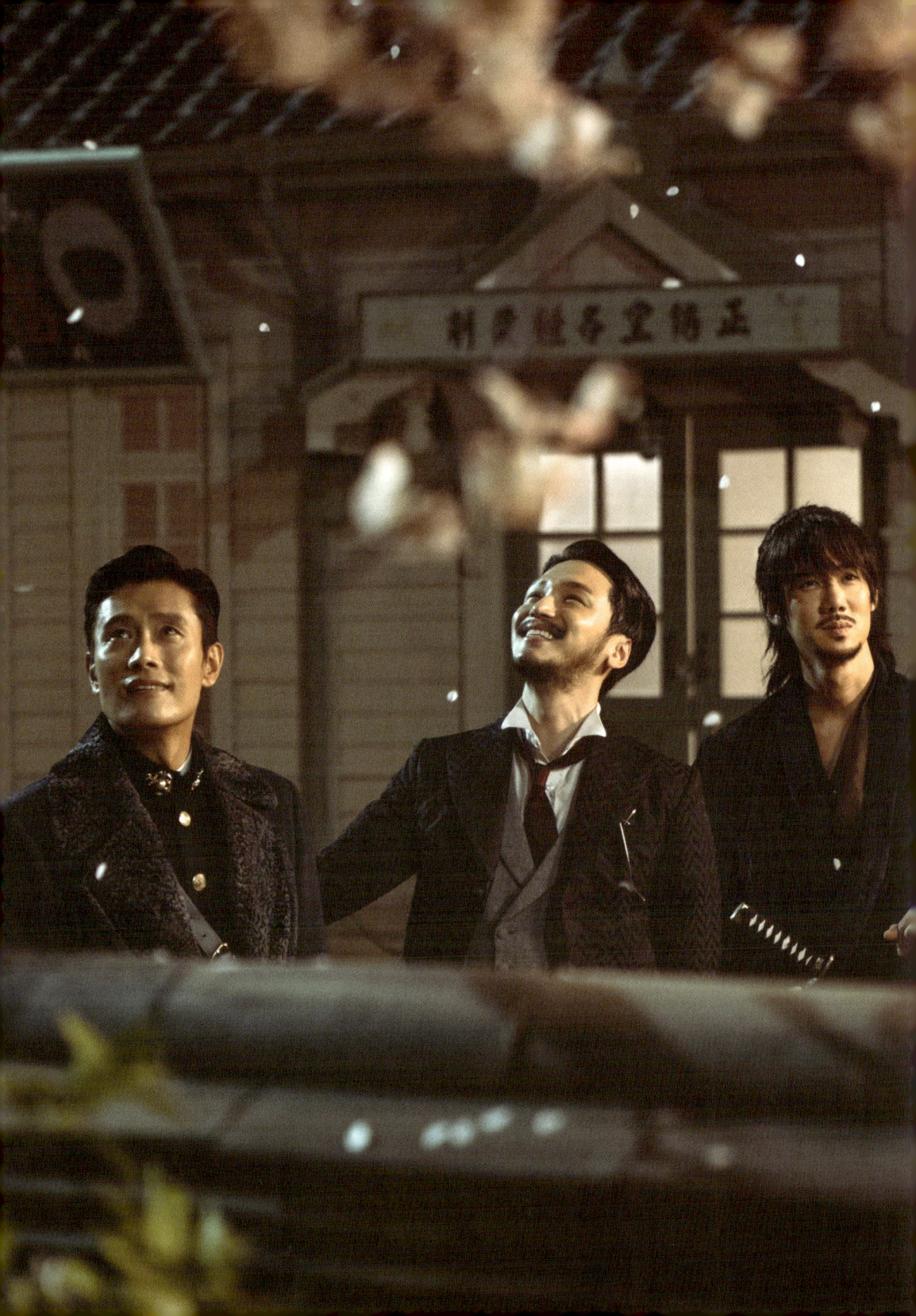

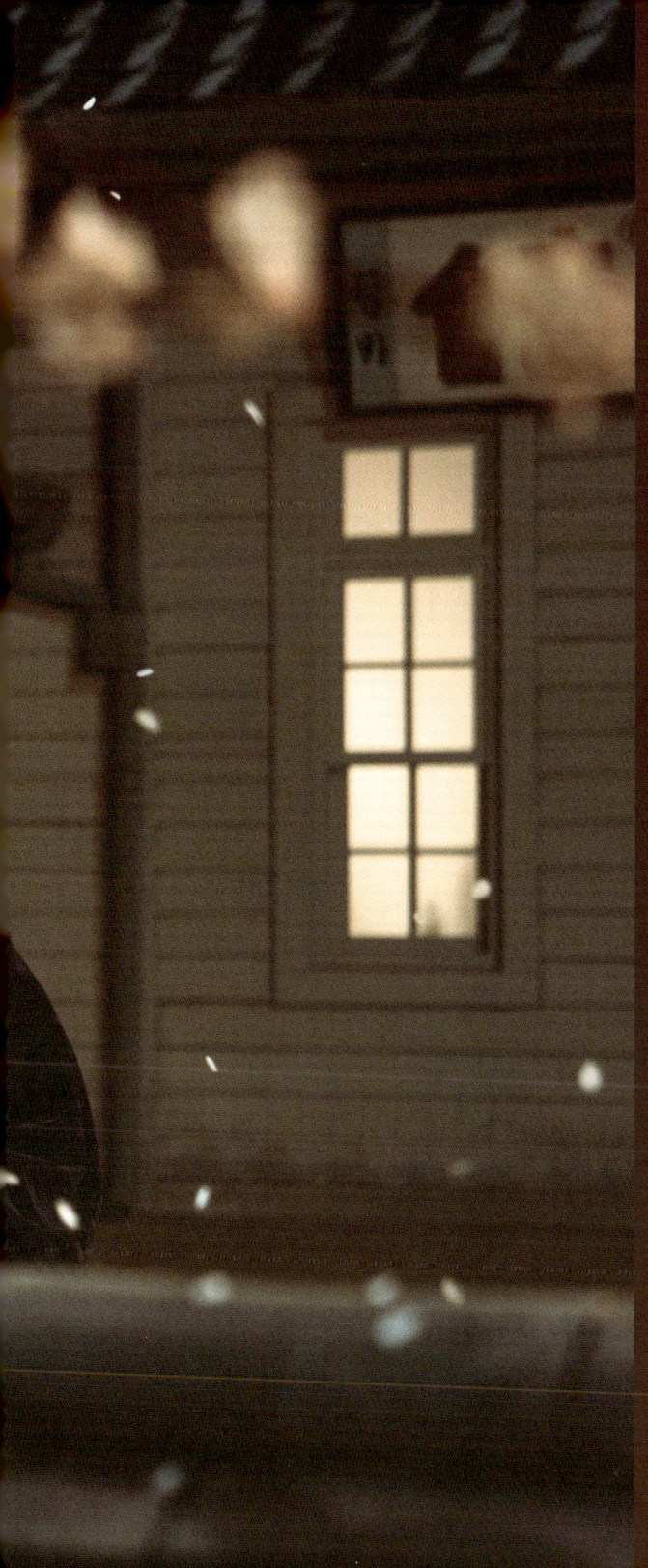

혹 꽃잎을 정확히 반으로
가를 수 있소
나으리를 반으로 가를 수는 있겠지요.
가로로 할까요 세로로 할까요.
어찌 그리 잔인한.
혹 꽃잎을 정확히 명중시킬 수 있소.
구동매가 반으로 가르기 전이요 후요.
참으로 멋진 은유요.
일본인과 미국인 사이에서
난 날마다 죽소.
오늘의 나의 사인은 화사요.

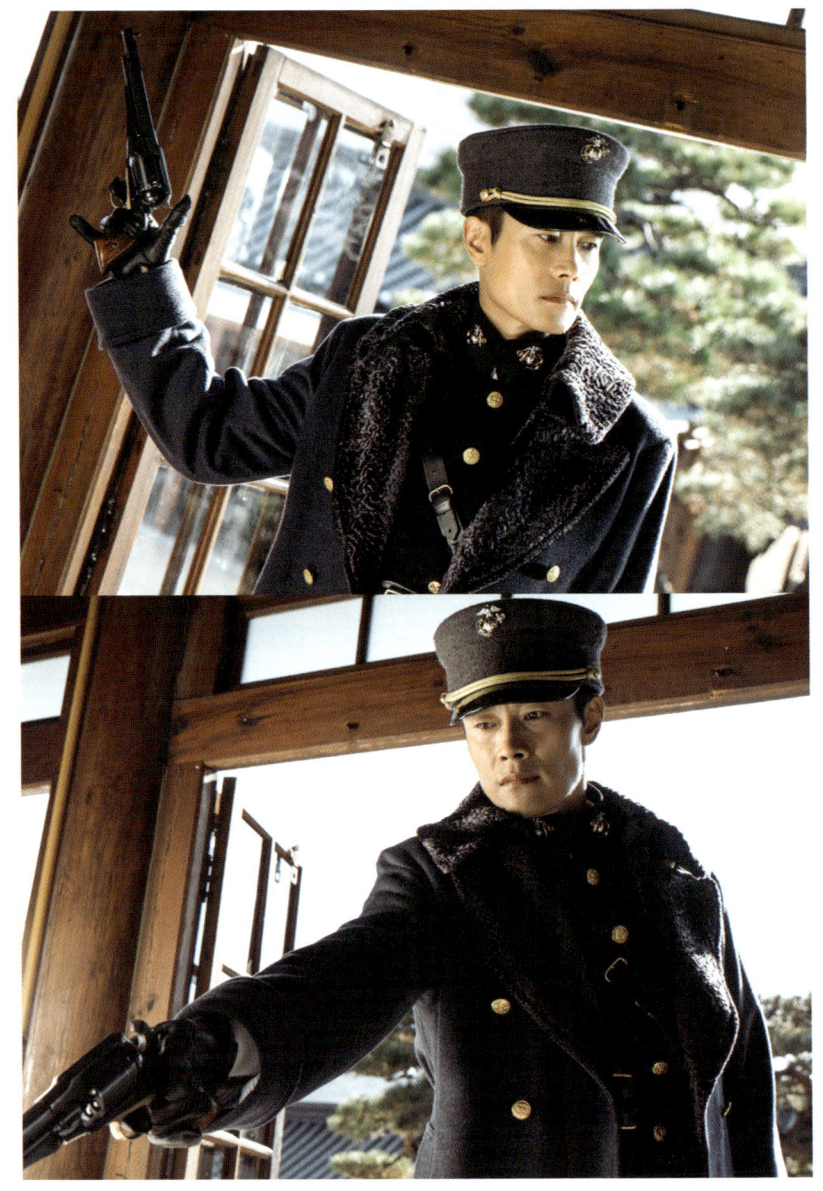

용 허나 김희성에게 죄를 묻지는 않겠소.
서 부모의 죄는 그저 부모의 죄요.
    당신 아들은 부모의 죄를 감당하느라 애쓰고 있소.
    해서, 김희성과 난 복수에 멈춰 시지 않고 지나쳐 나아가겠소.
    나는 먼 길을 떠나도 봤고 돌아와도 봤소.
    뭐 하나 쉬운 길은 없었소.
    당신 아들 또한 그럴 것이오. 응원해주시오.

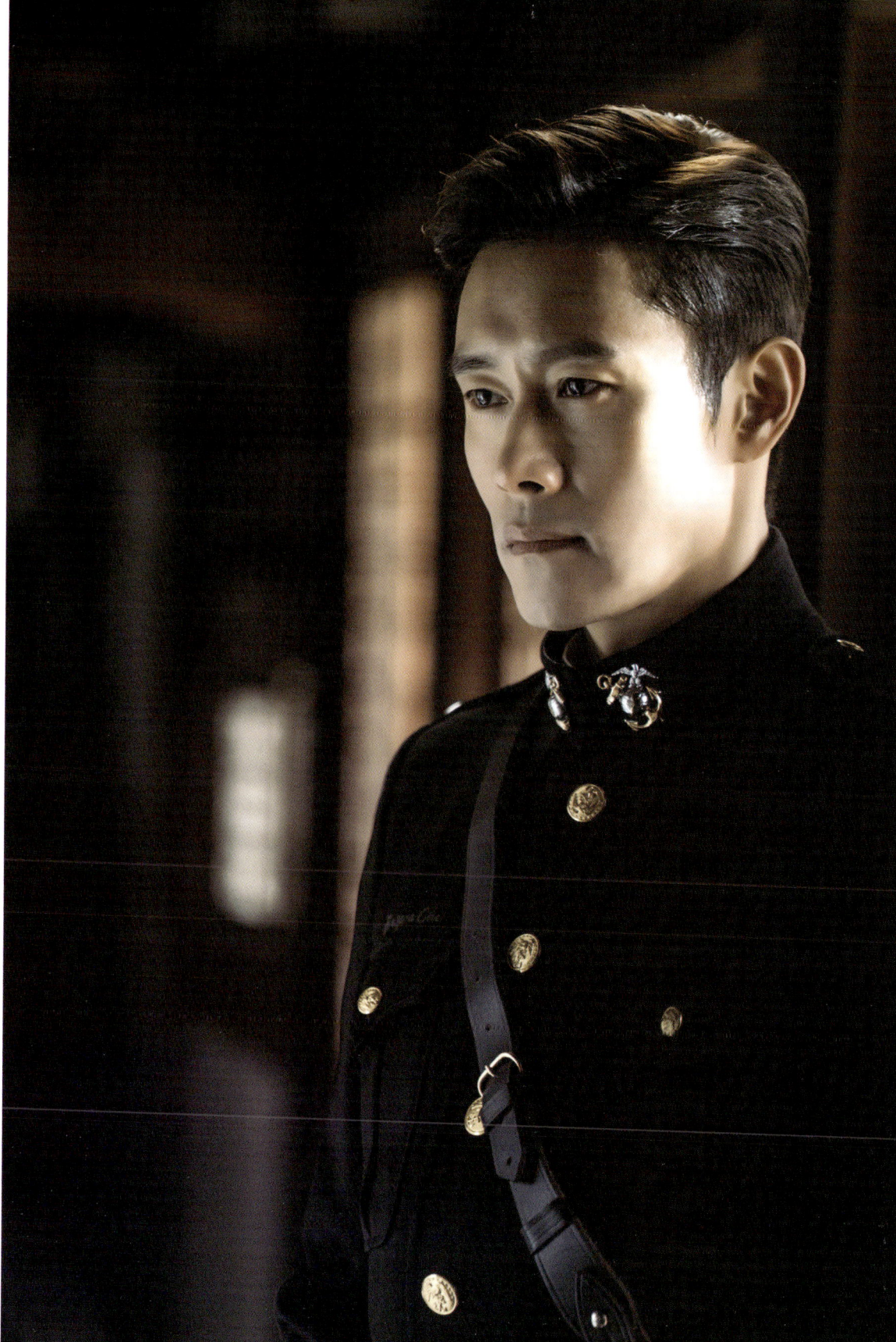

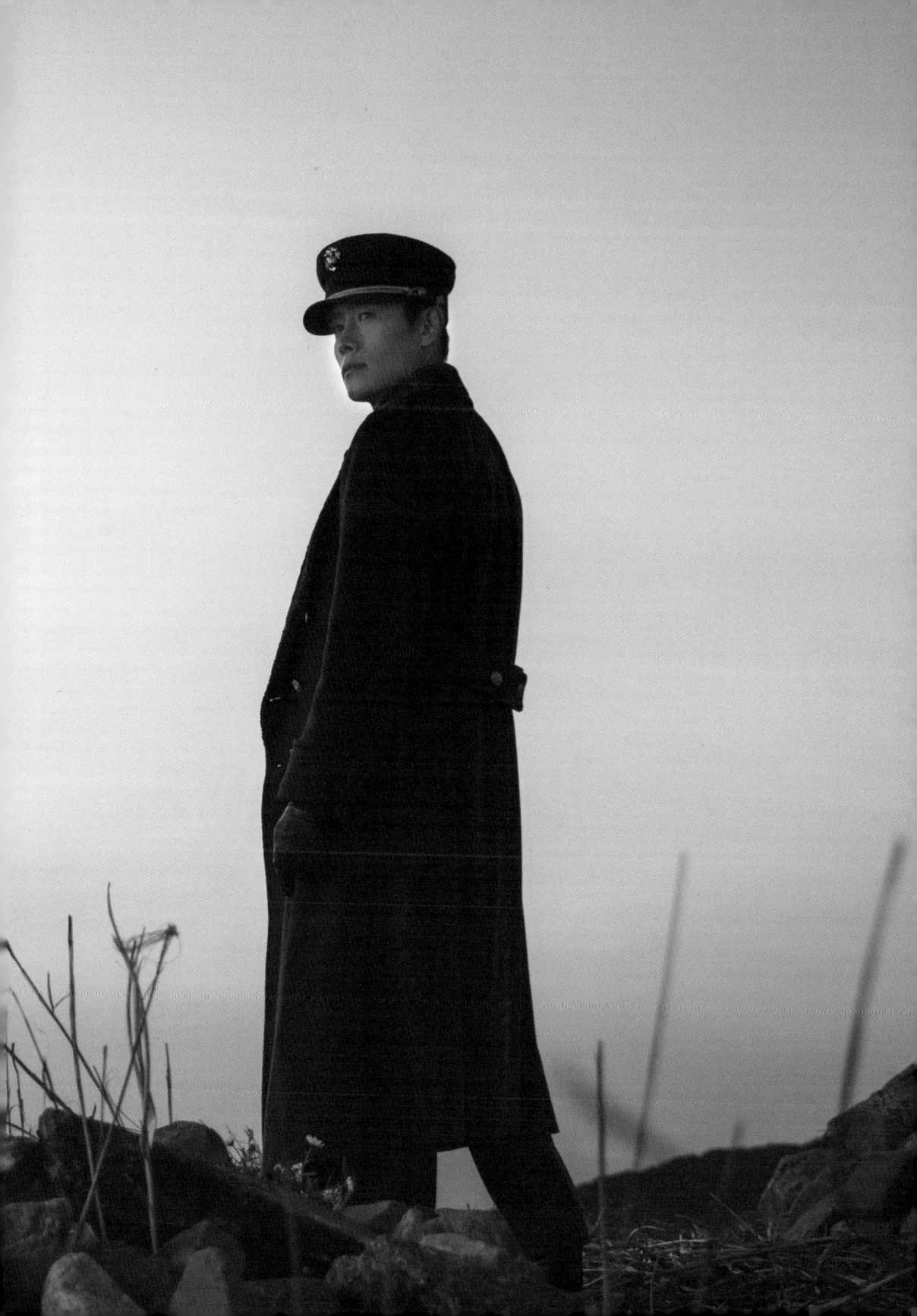

이런 순간도

내가 이런 순간에만 보는 것인가,
자네가 이런 순간으로만 사는 것인가.

이런 순간도 살길 바라네.

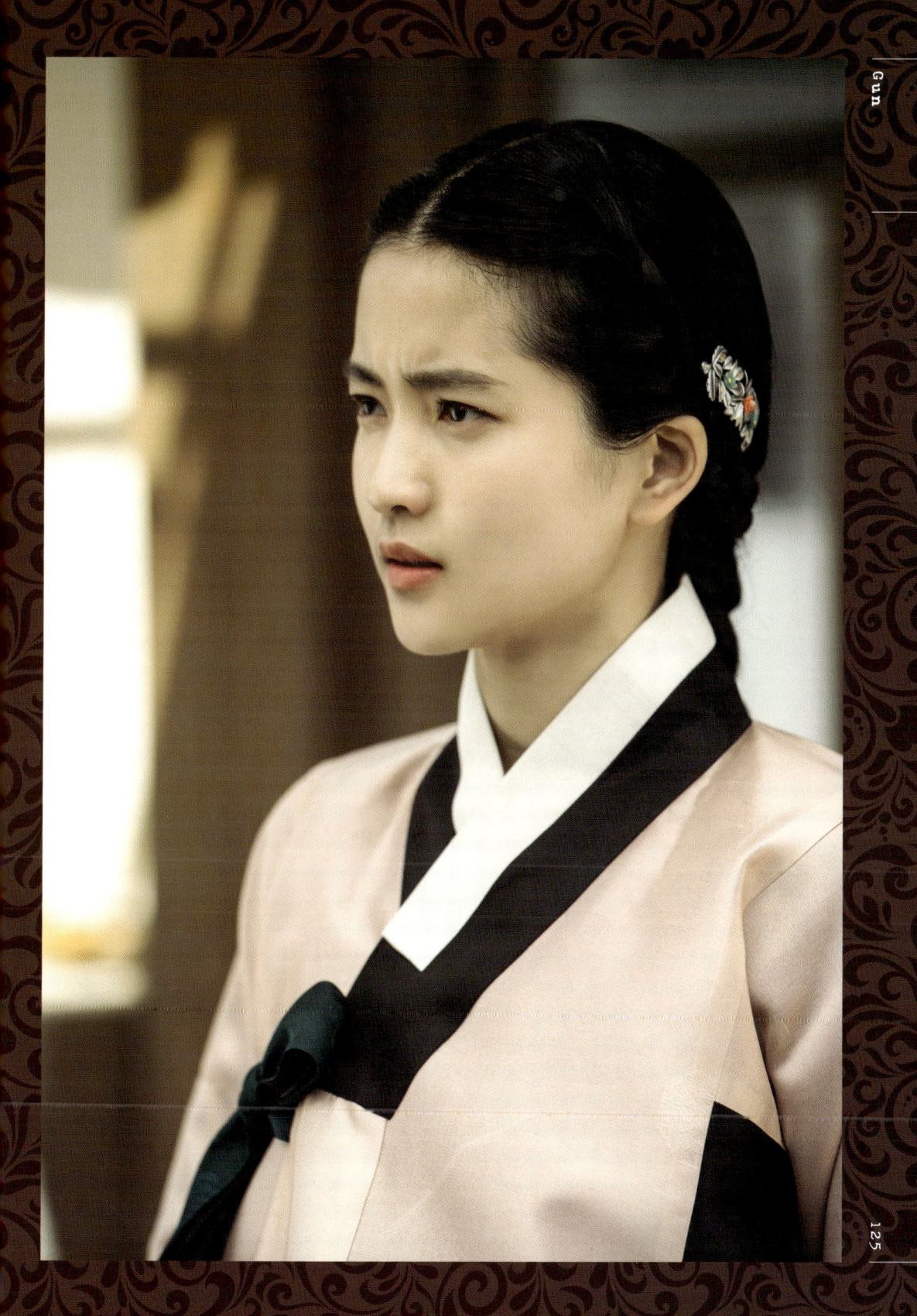

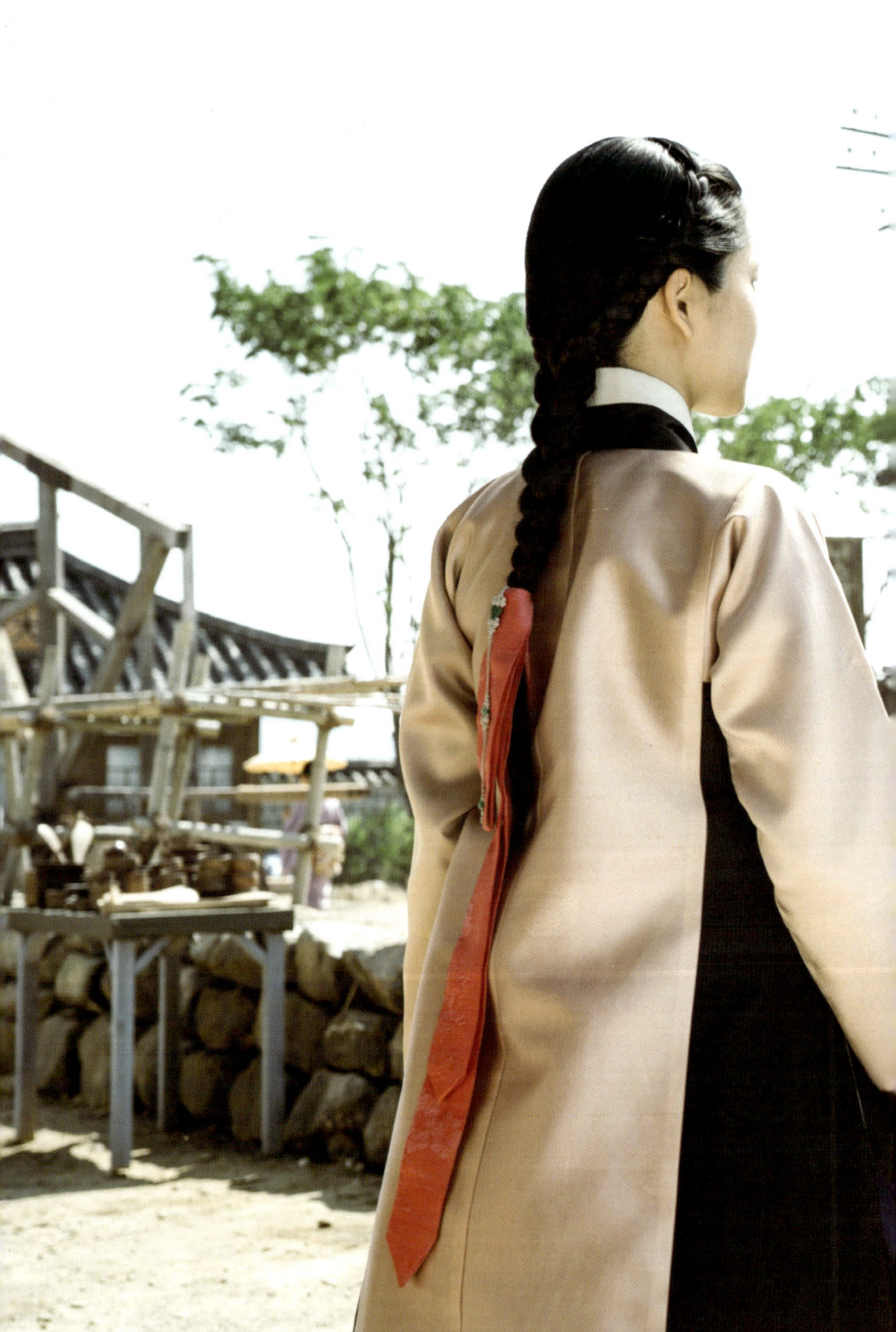

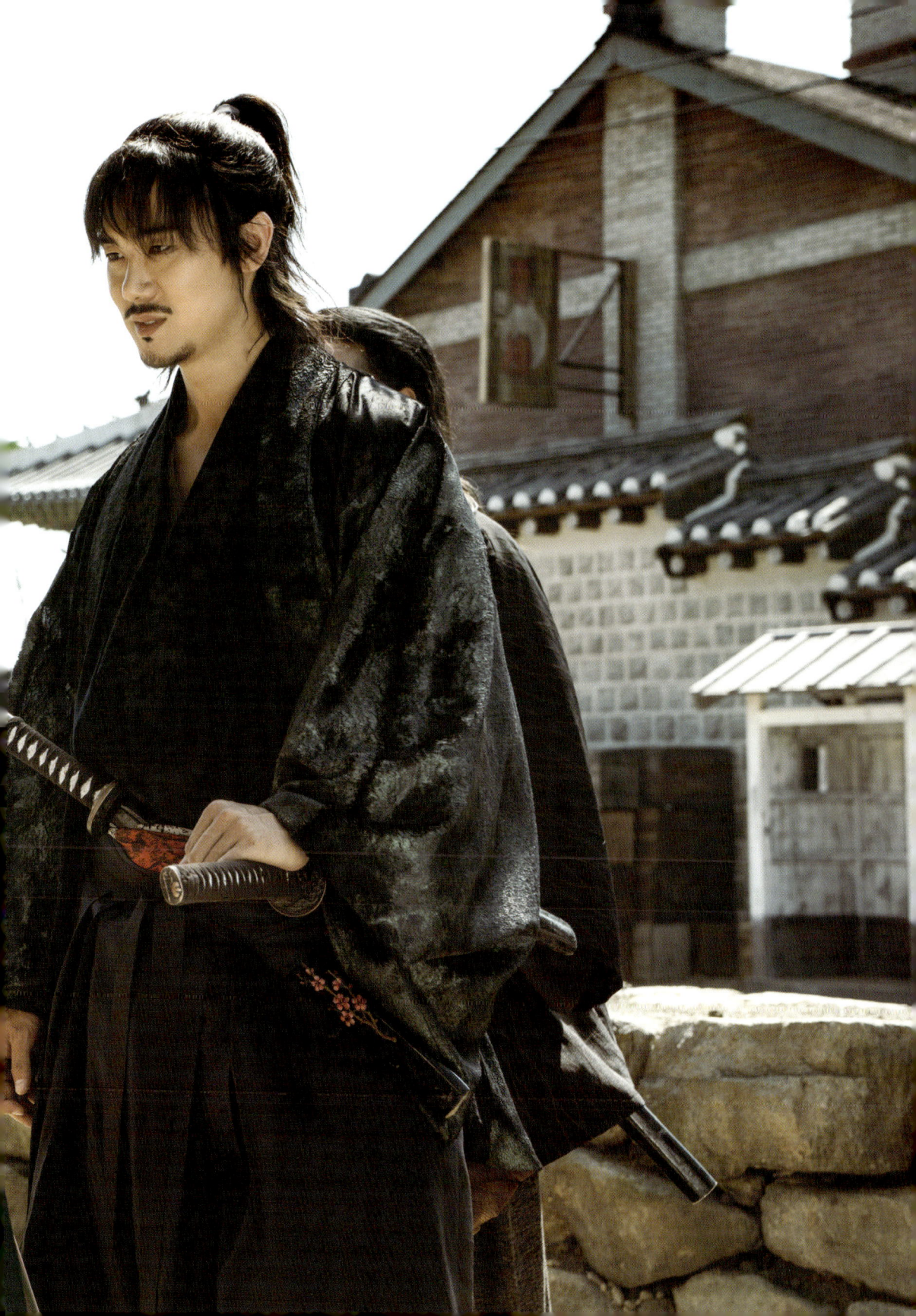

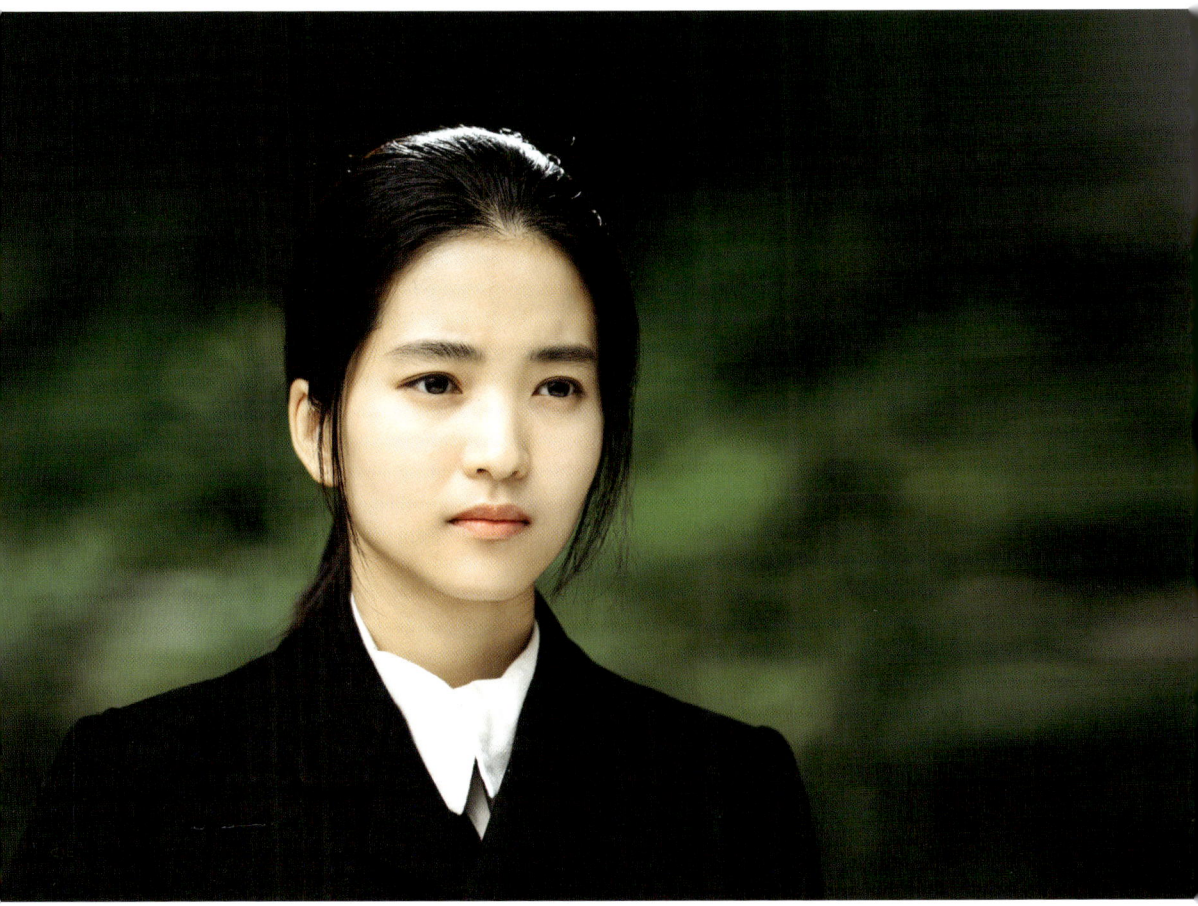

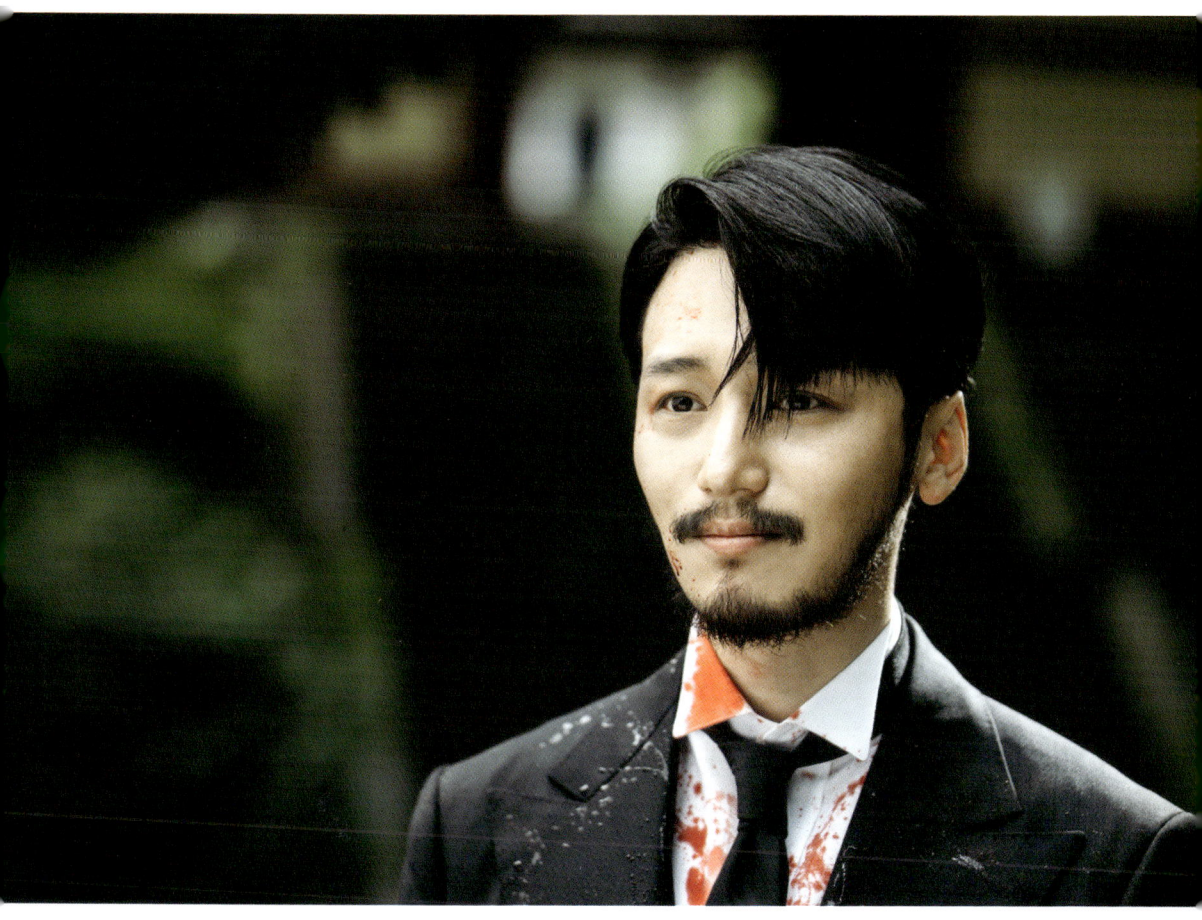

내가 기록해주겠소

신문사를 차렸다 들었소.
나는 글의 힘은 믿지 않소.
허나 귀하는 믿소.
글도 힘이 있소. 누군가는 기록해야 하오.
애국도 매국도 모두 기록해야 하오.
그대는 총포로 하시오. 내가 기록해주겠소.

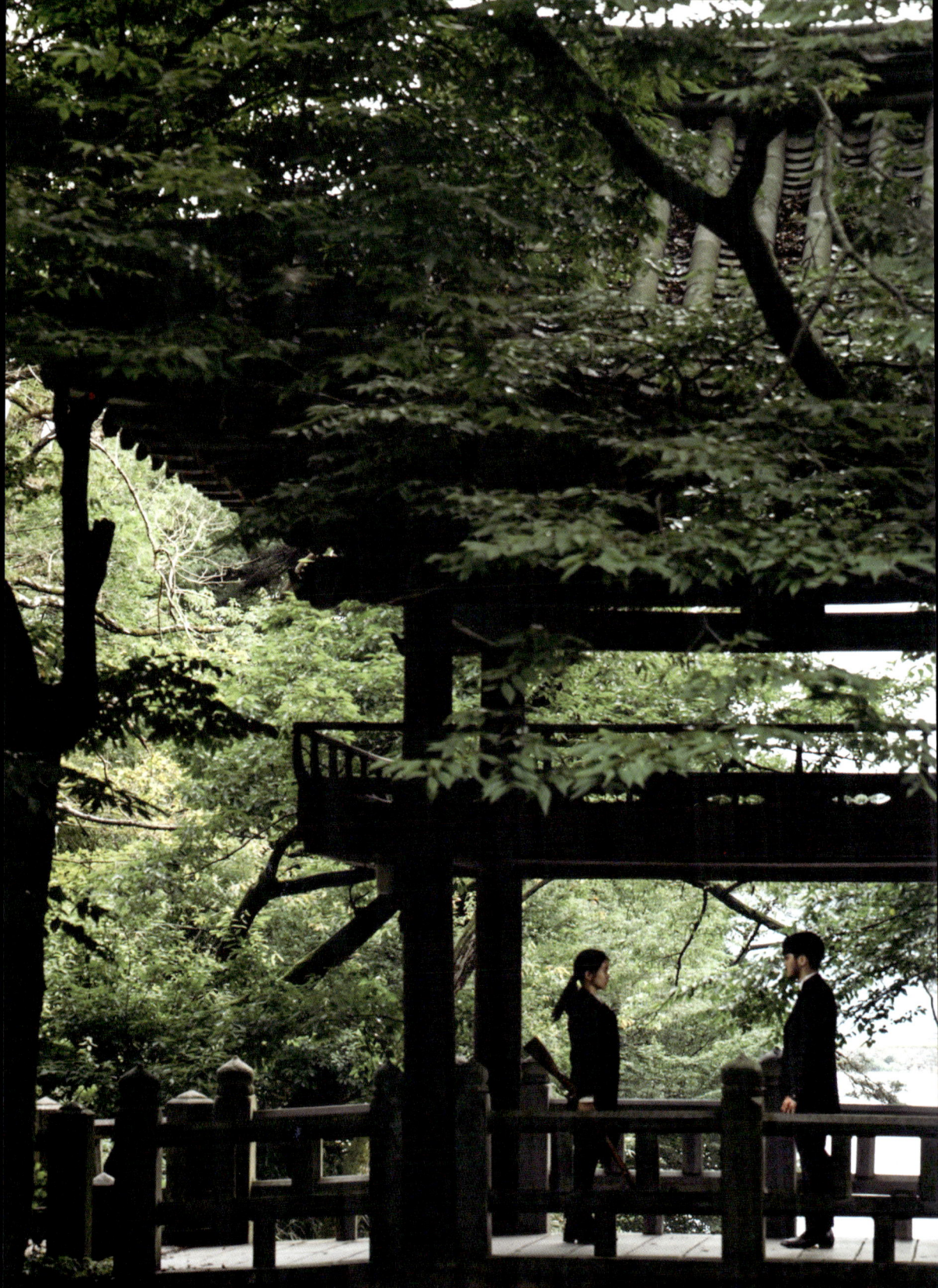

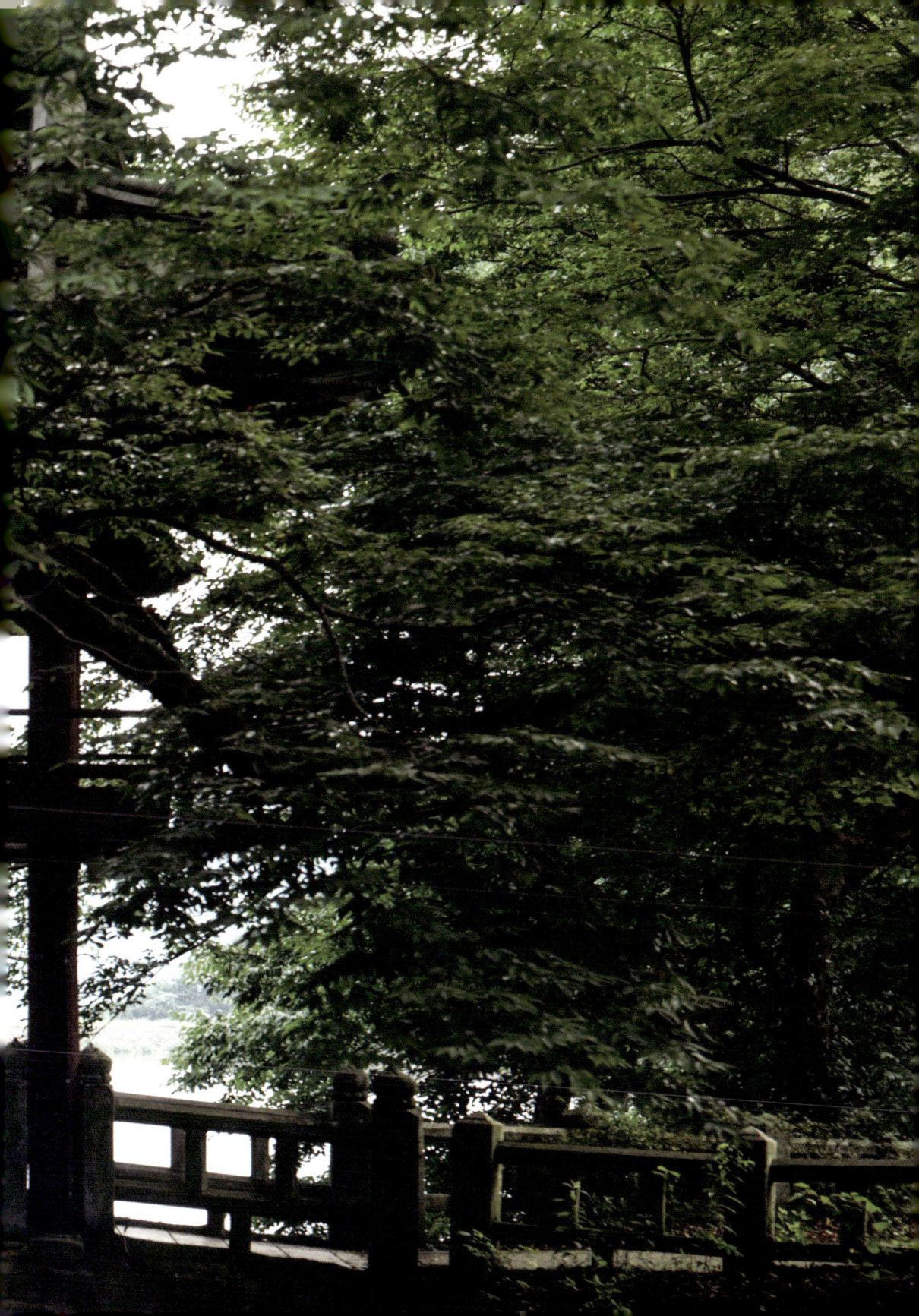

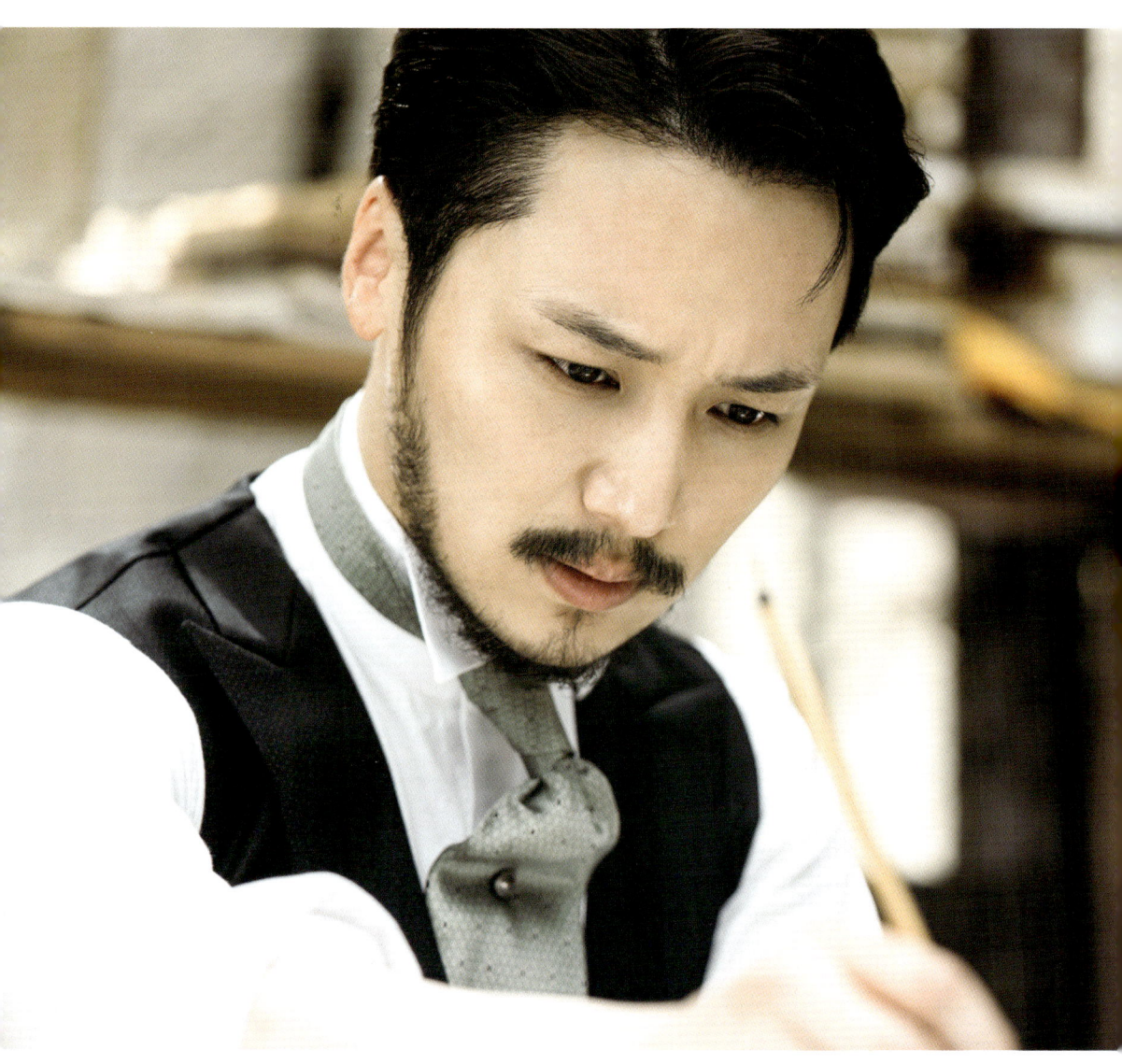

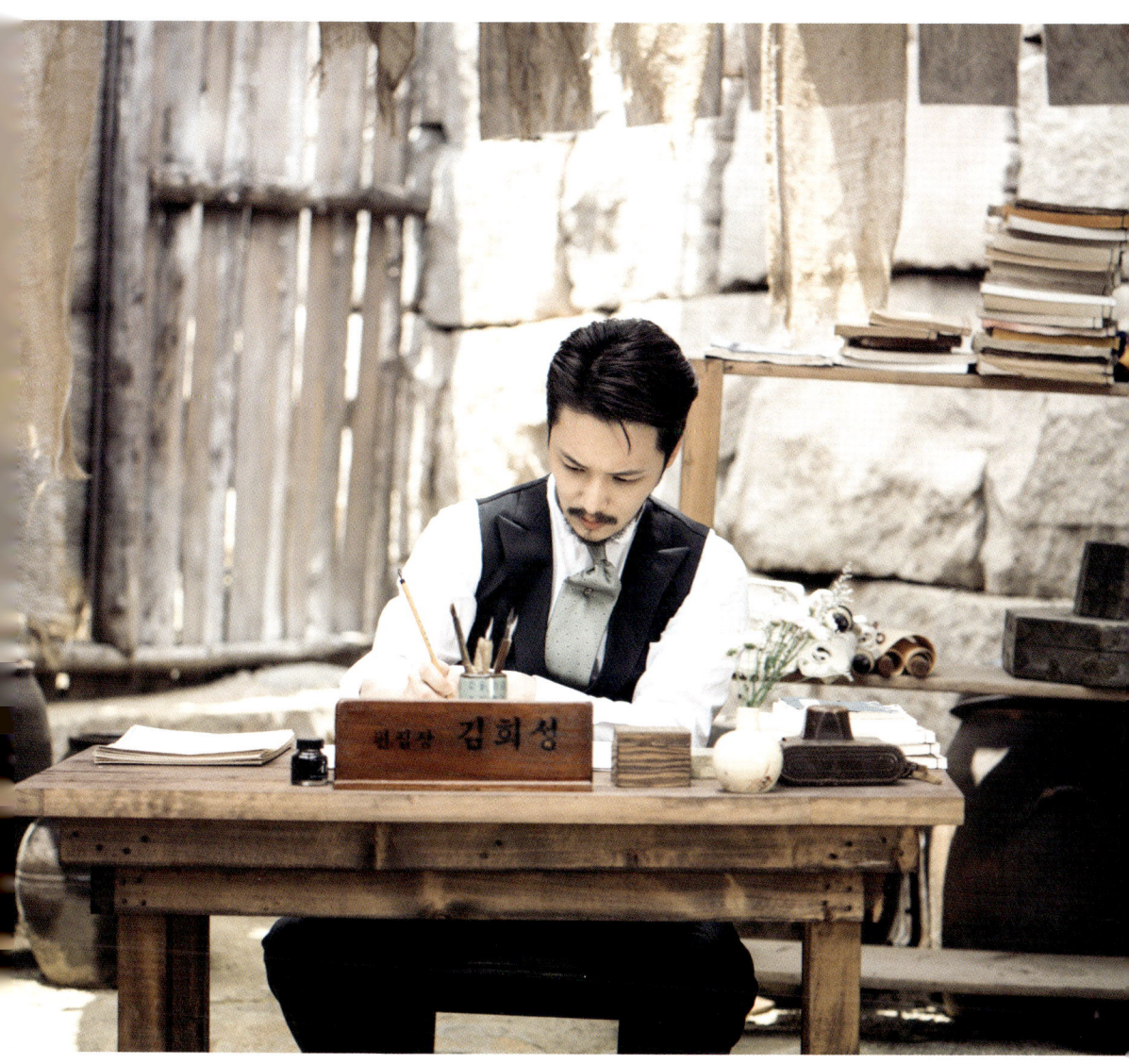

빼앗길지언정

빼앗기면 되찾을 수 있으나
내어주면 되돌릴 수 없습니다.
어떤 여인도, 어떤 포수도,
지키고자 아등바등인 조선이니,
빼앗길지언정 내어주진 마십시오.

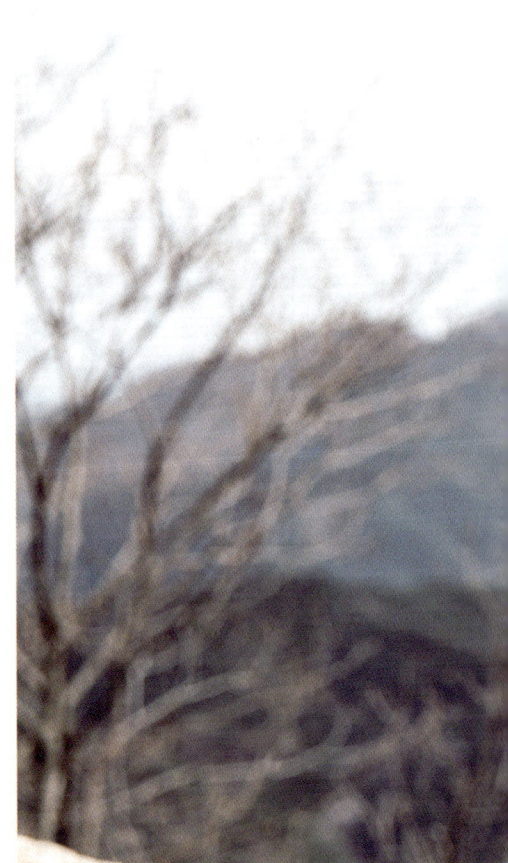

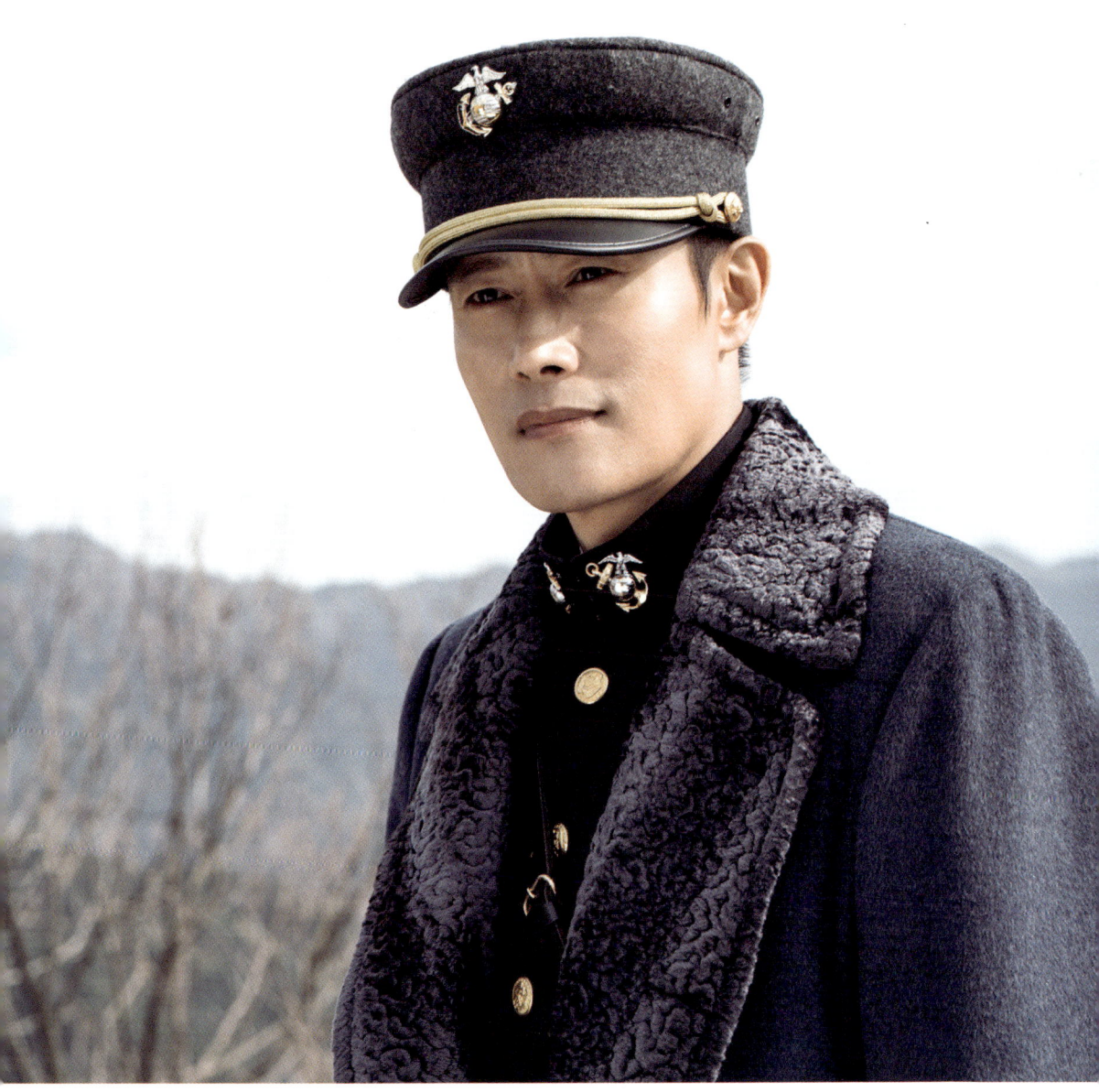

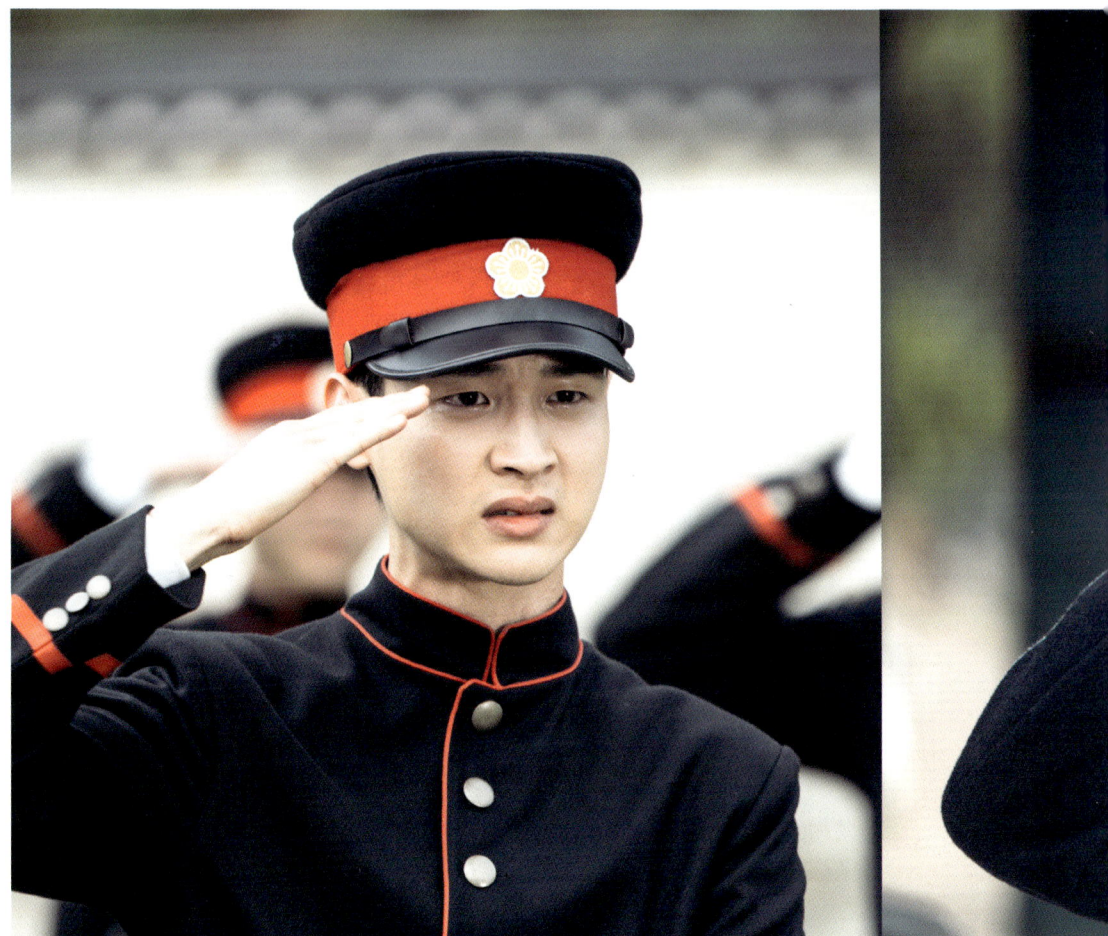

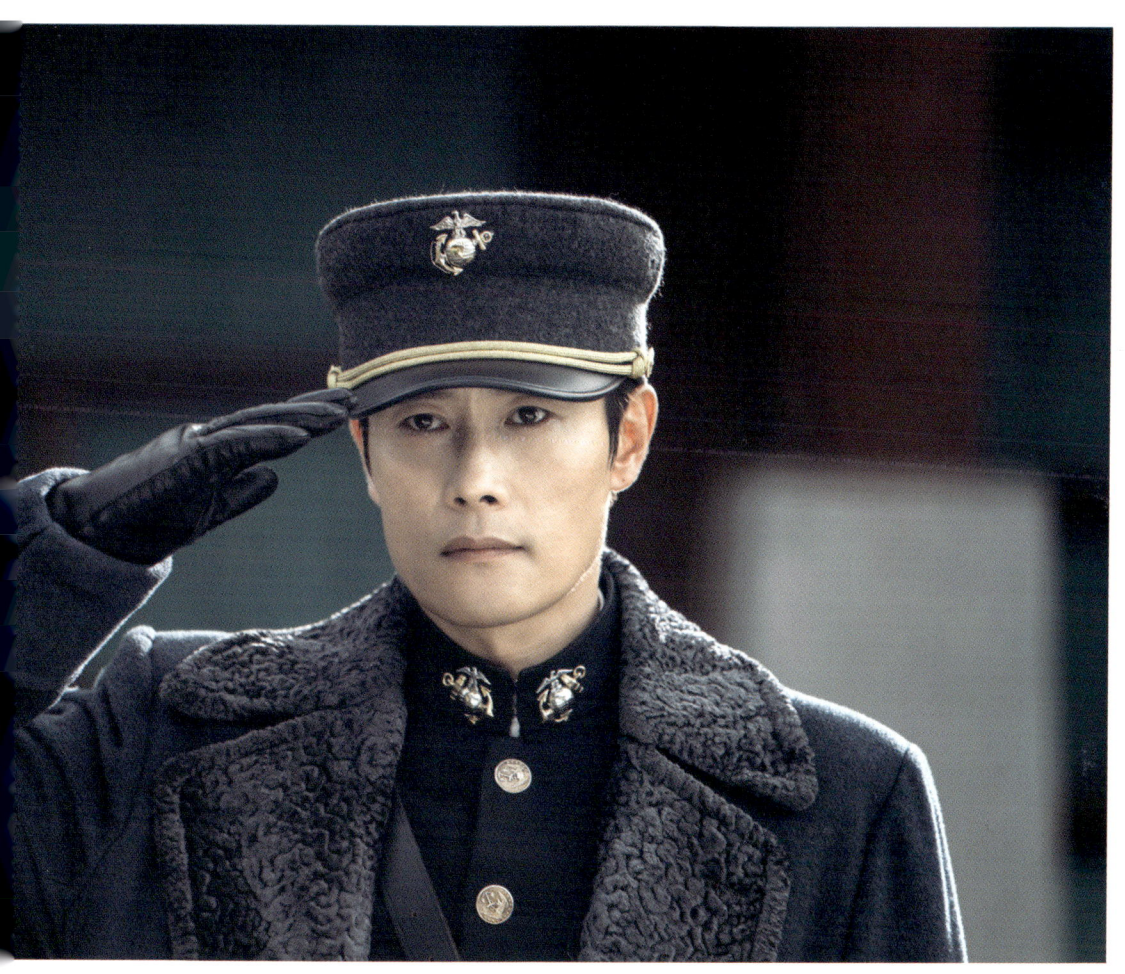

용기가 역사를 이끈다.
용감하게 나아가고 현명하게 후퇴해라.
그것이 학도들의 역사가 될 것이다. 그동안 고생 많았다.
내 수업은 여기까지다.

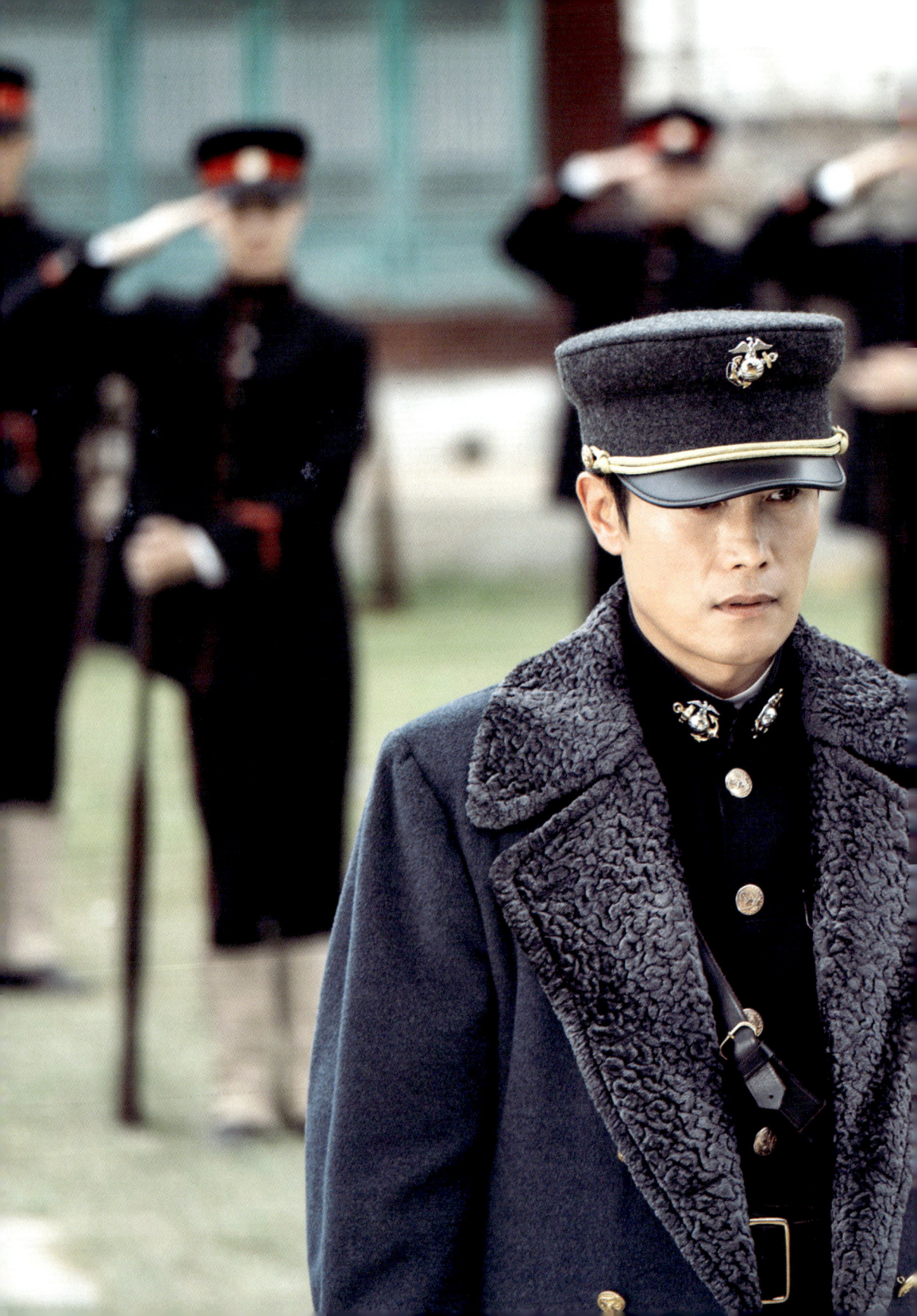

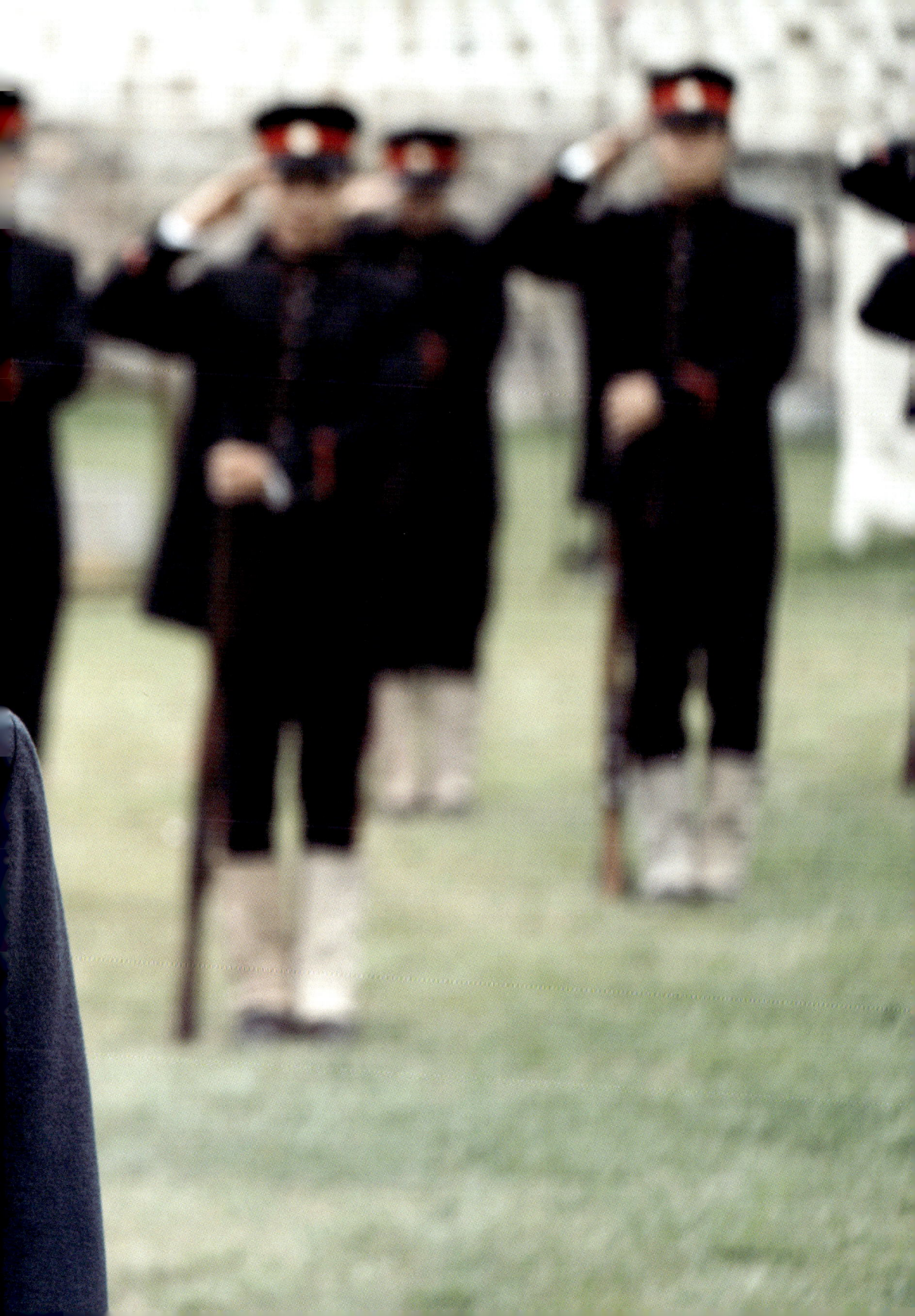

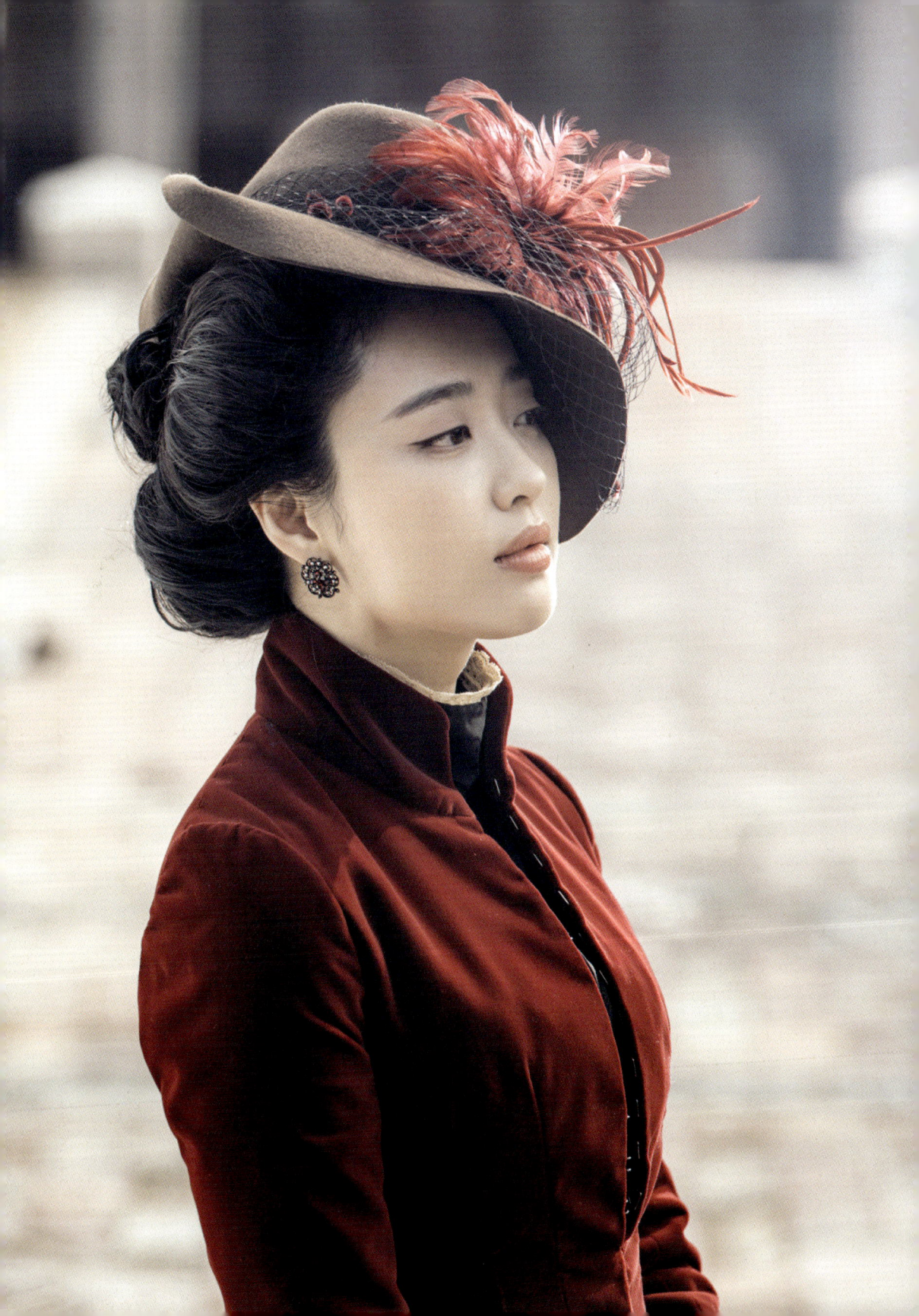

쓸쓸한 이방인

검은 머리의 미국인이라고.
미국은 일이 틀어지면 그를 조선인이라 할 테고,
조선은 일이 틀어지면 그를 미국인이라 할 테니,
그는 그저 쓸쓸한 이방인입니다.

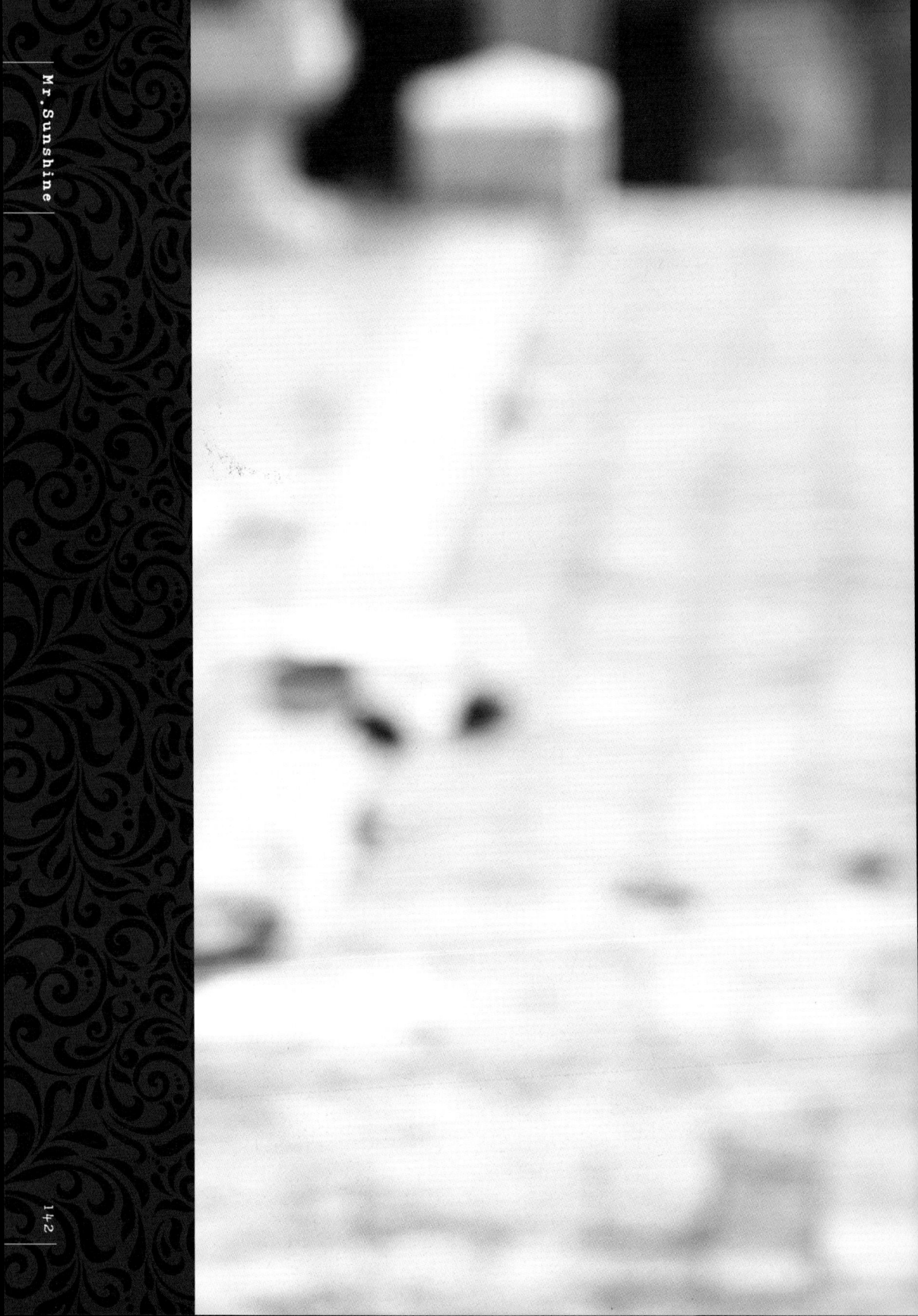

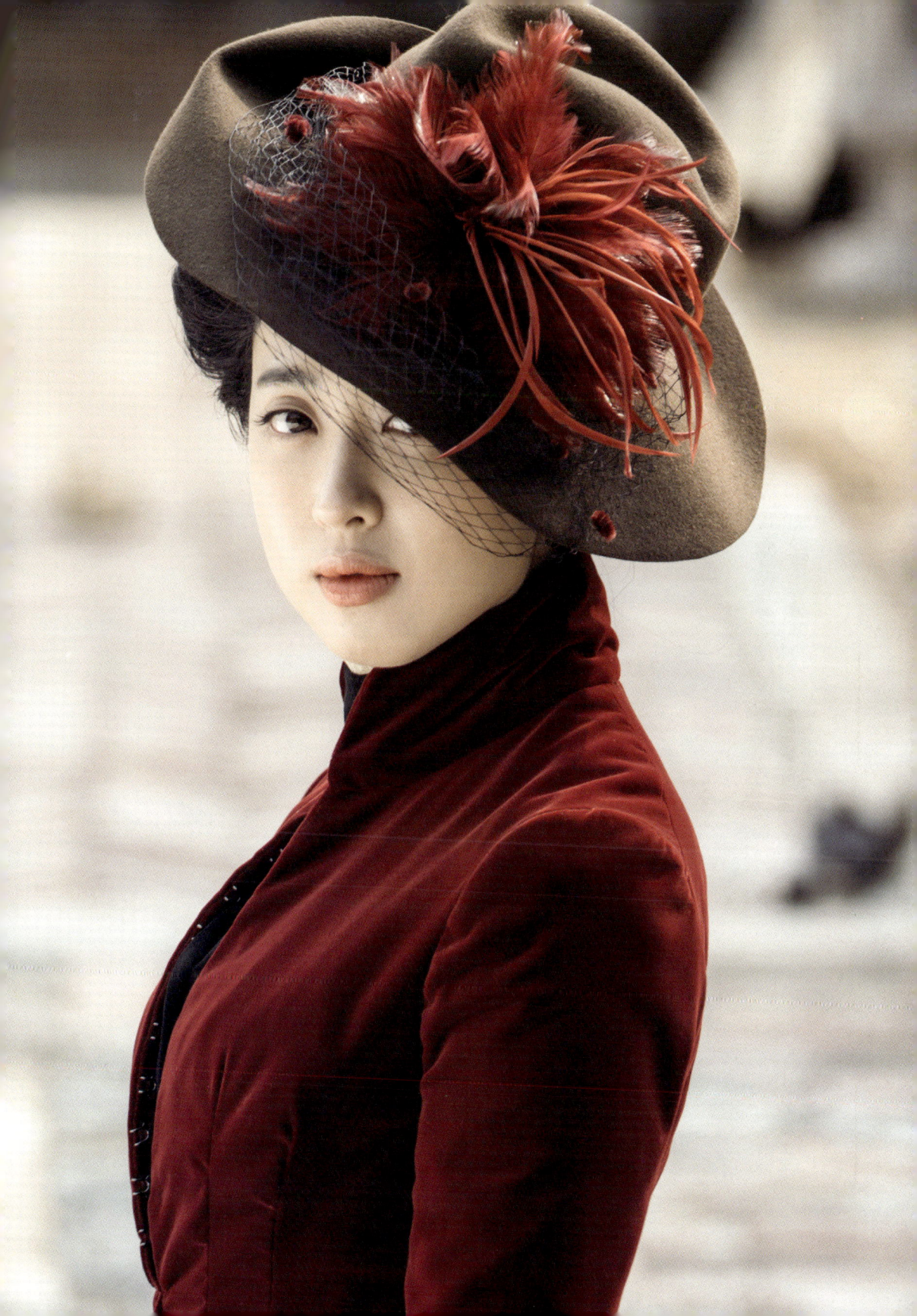

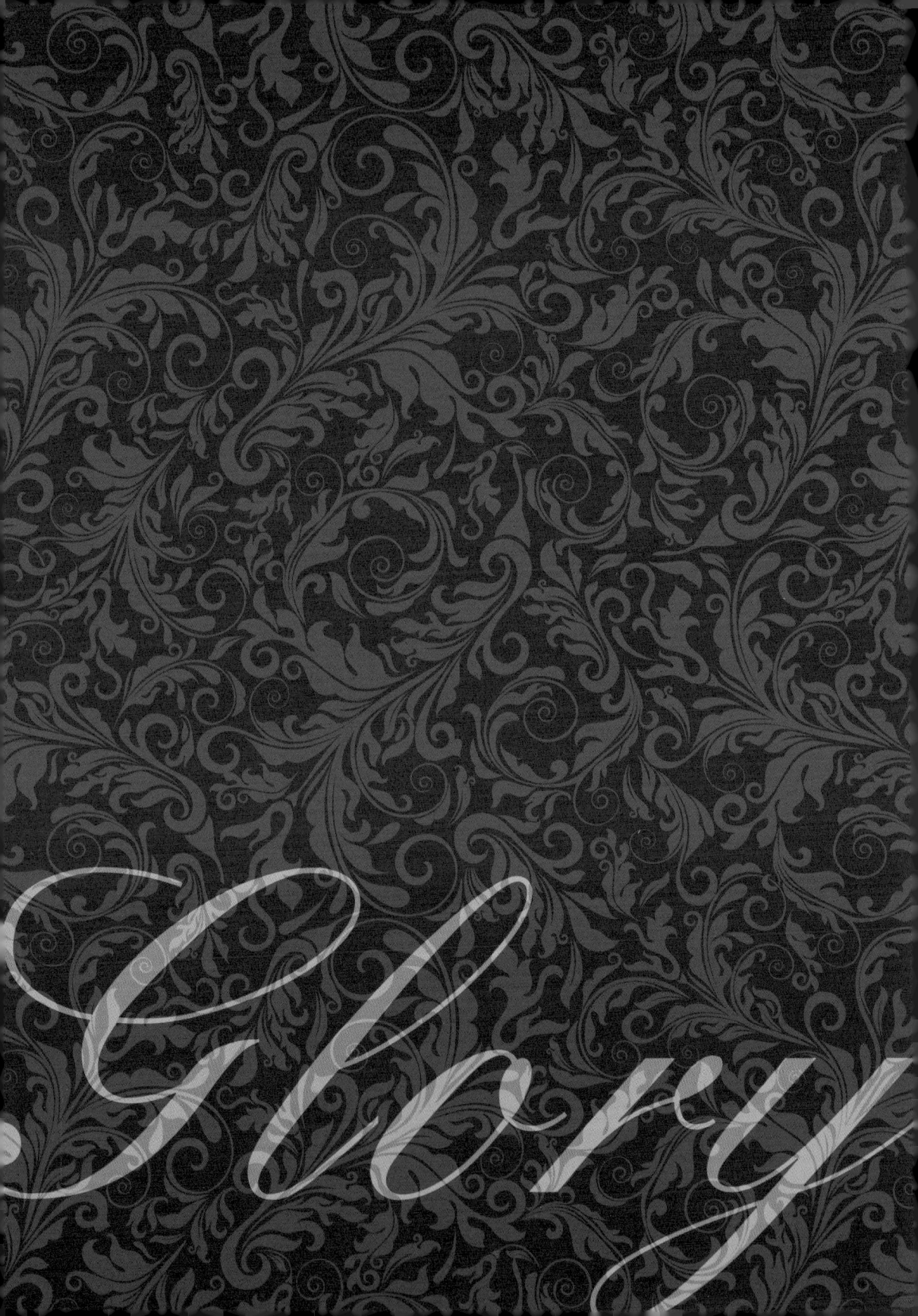

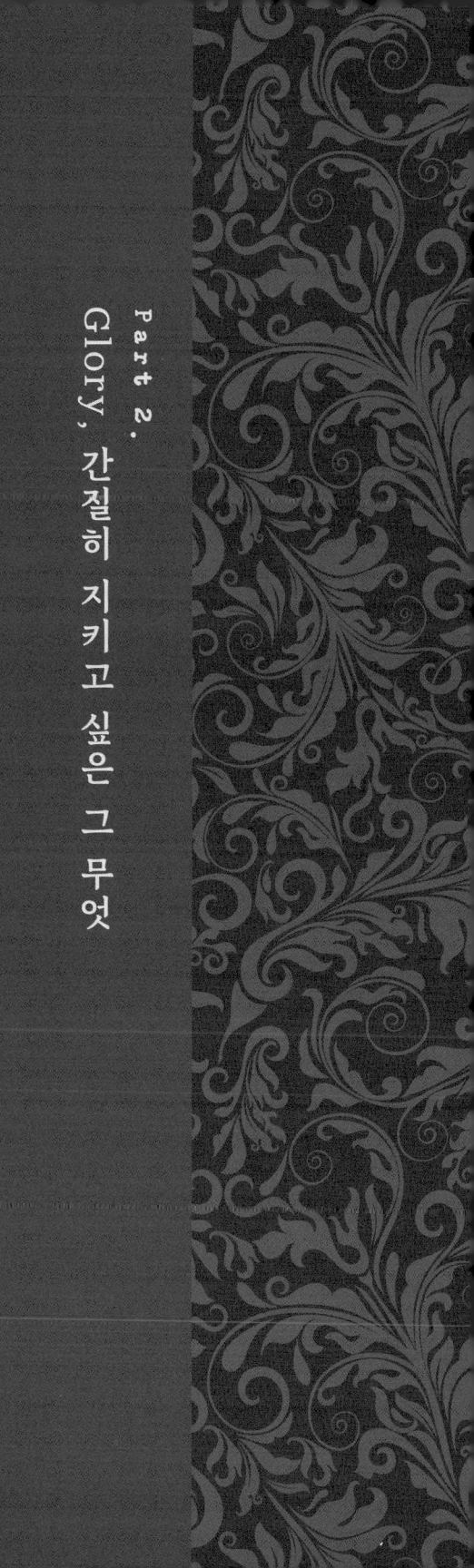

Part 2.
Glory, 간질히 지키고 싶은 그 무엇

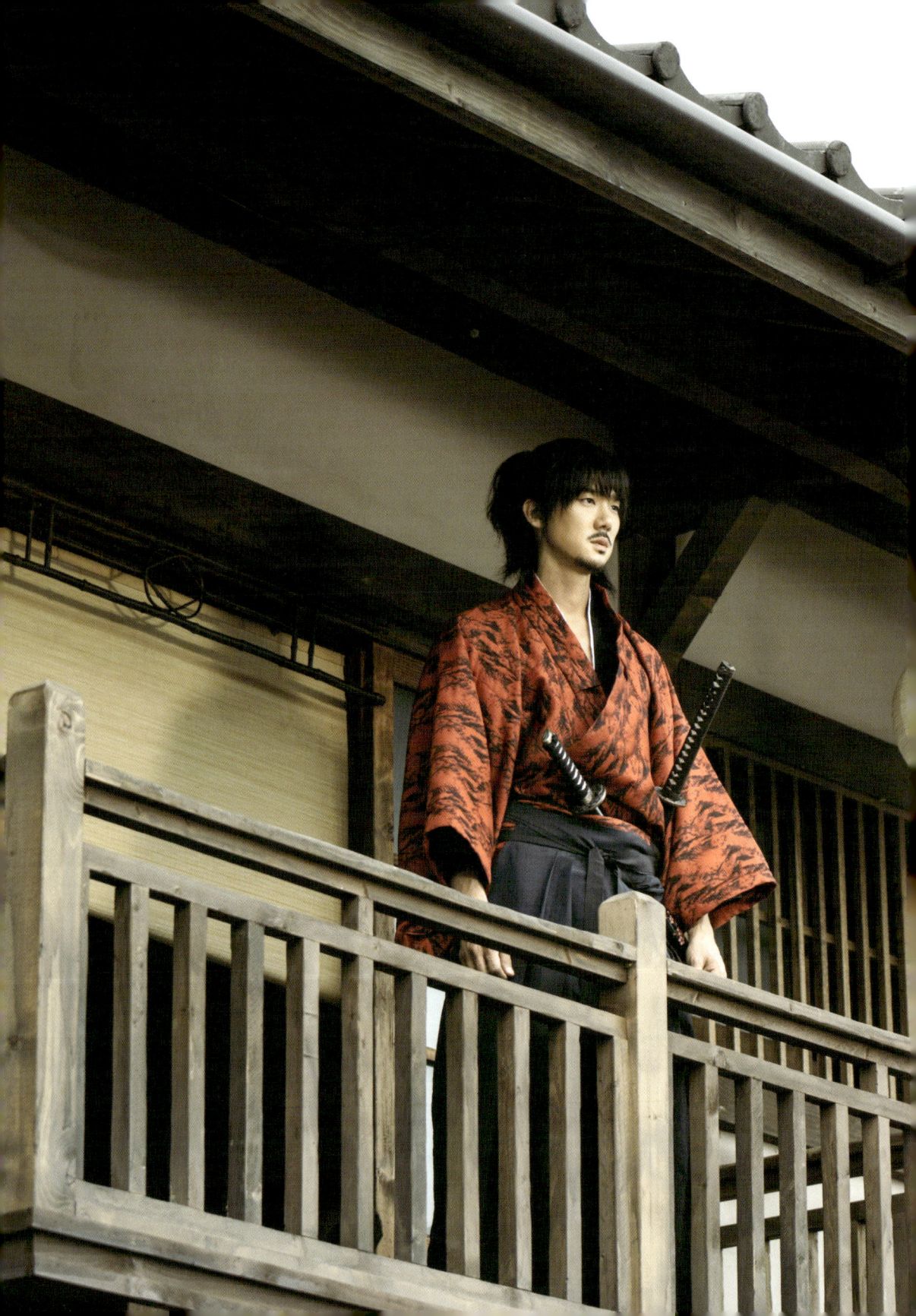

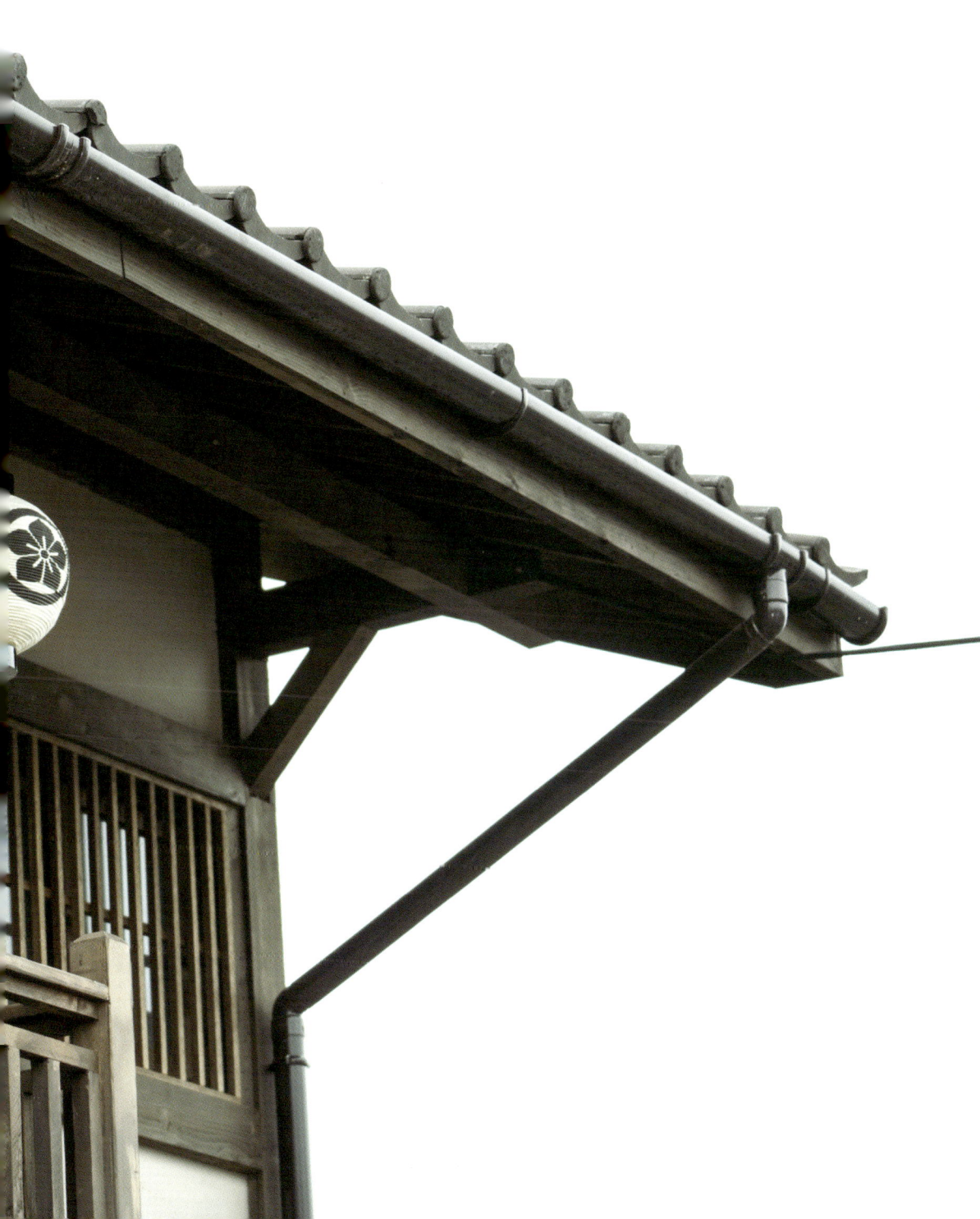

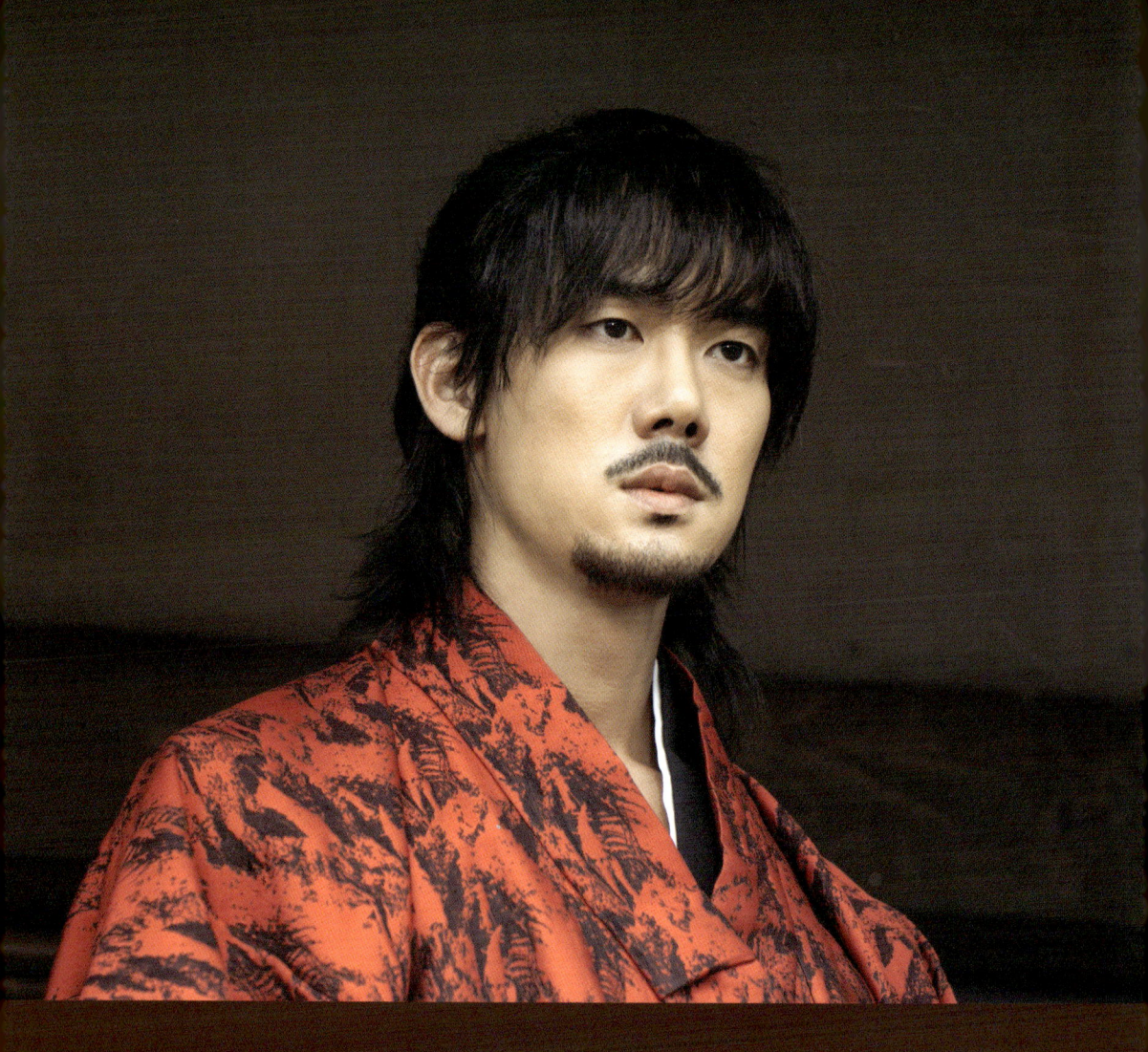

재
회

오늘 내 운세가 어떠냐.
'재회'
'아니 만났어야 좋을'

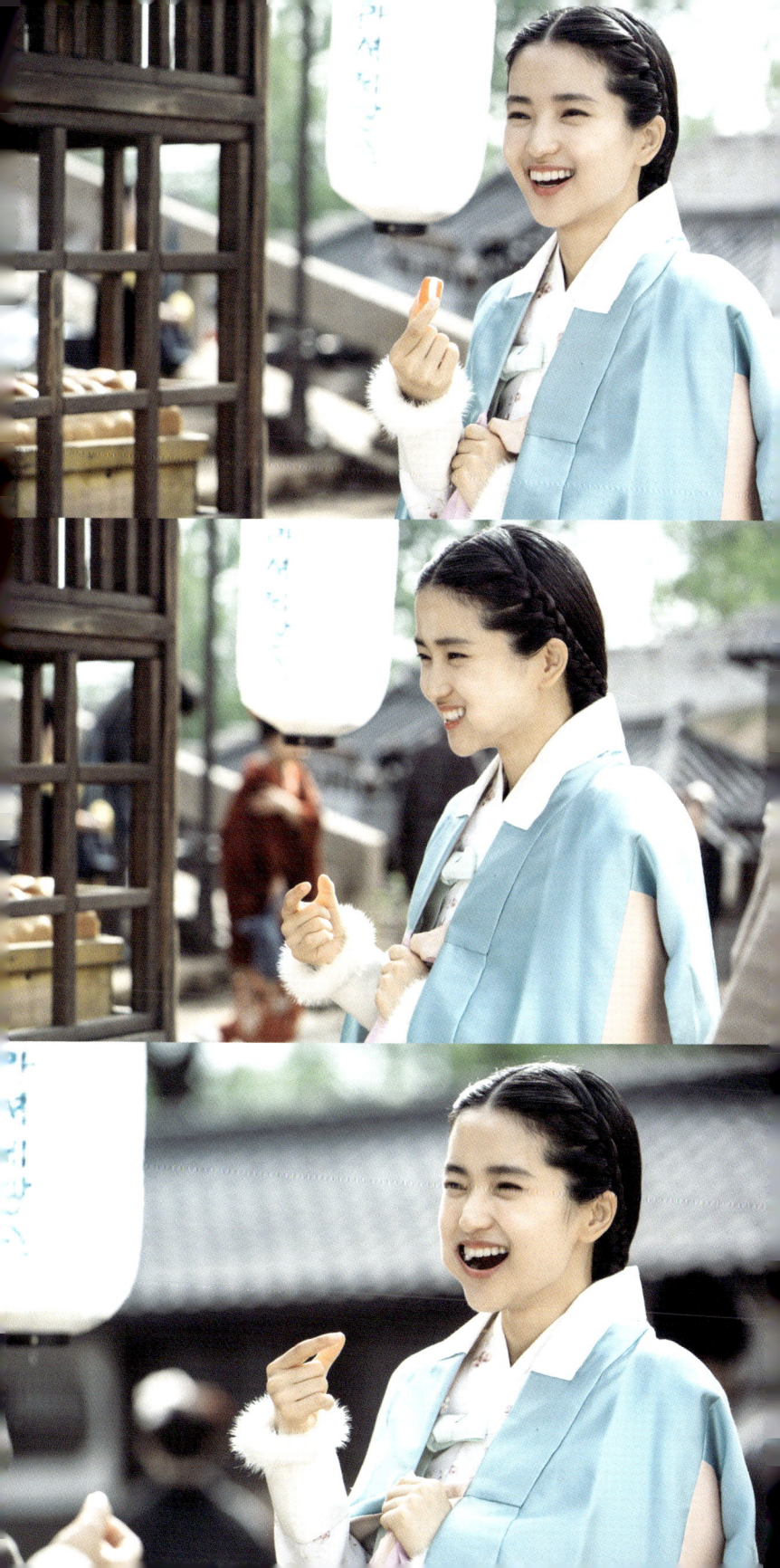

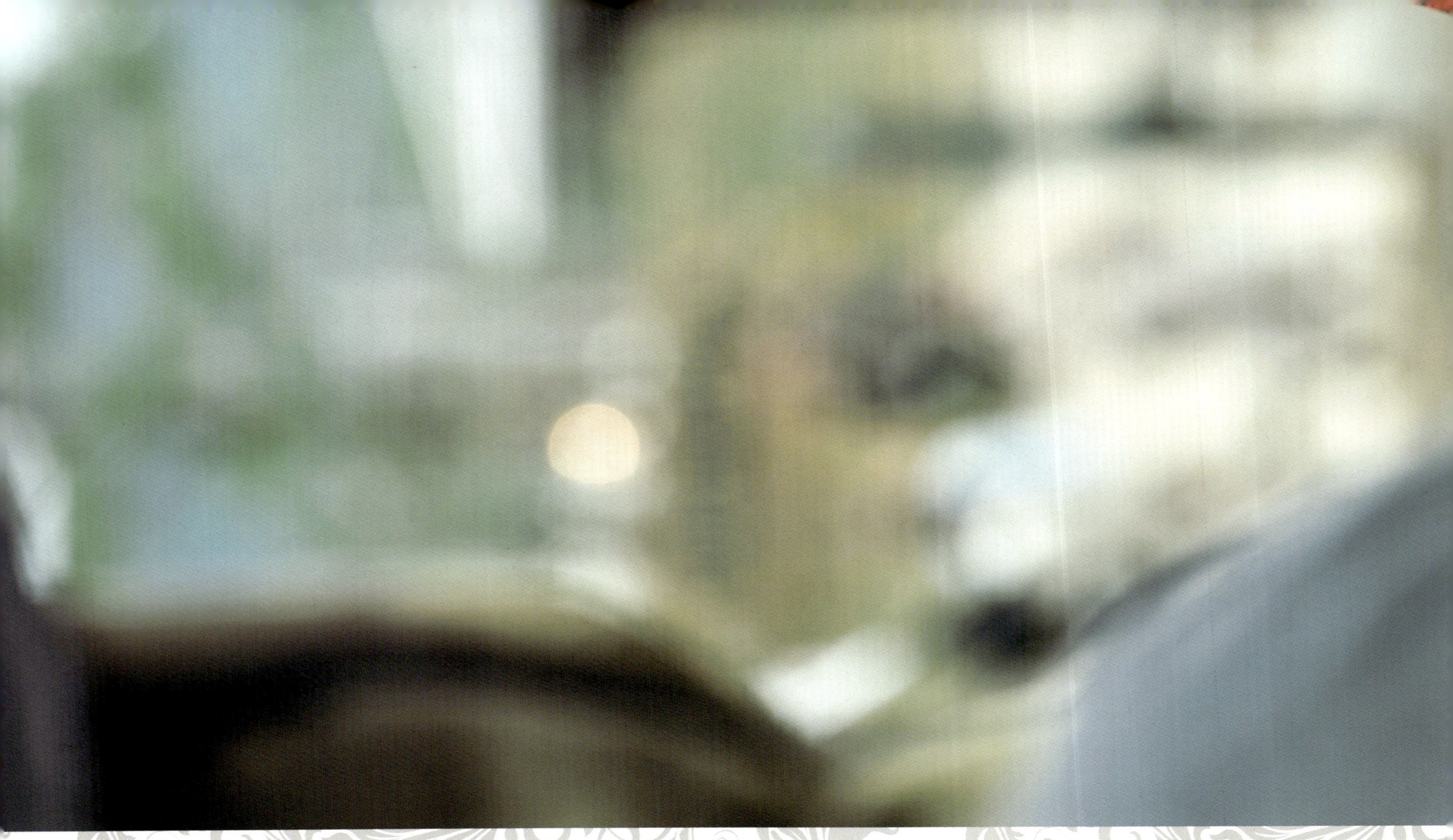

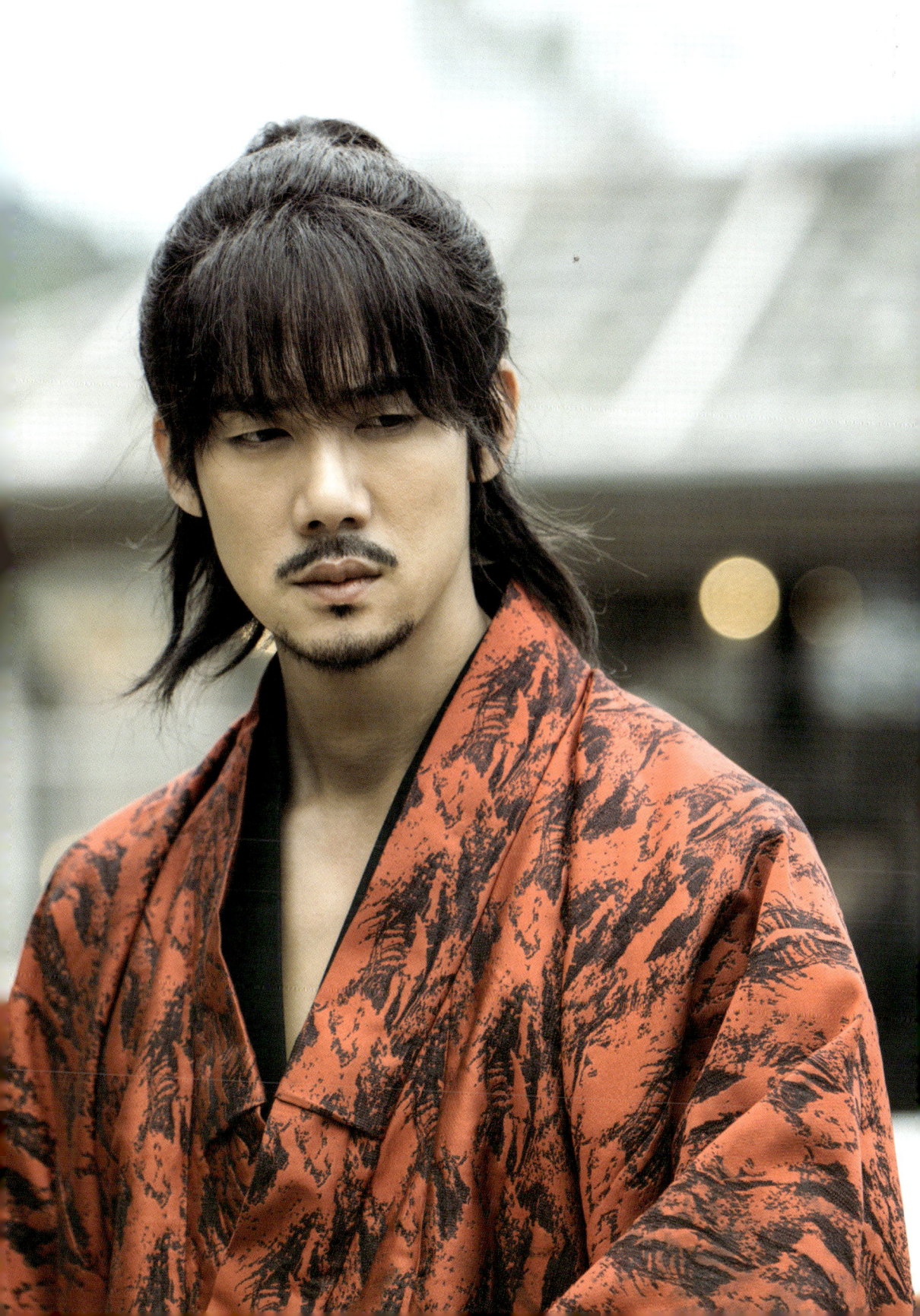

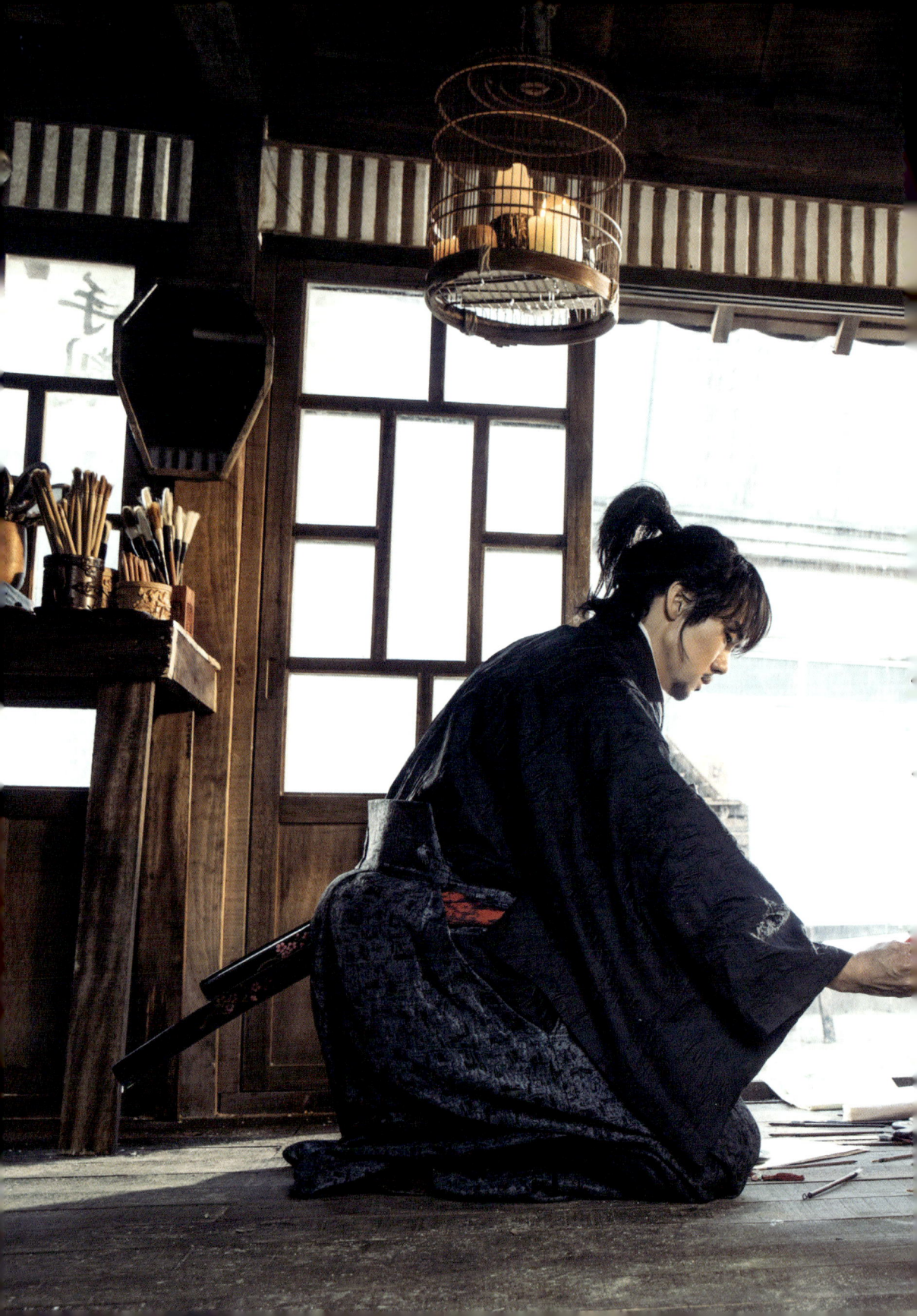

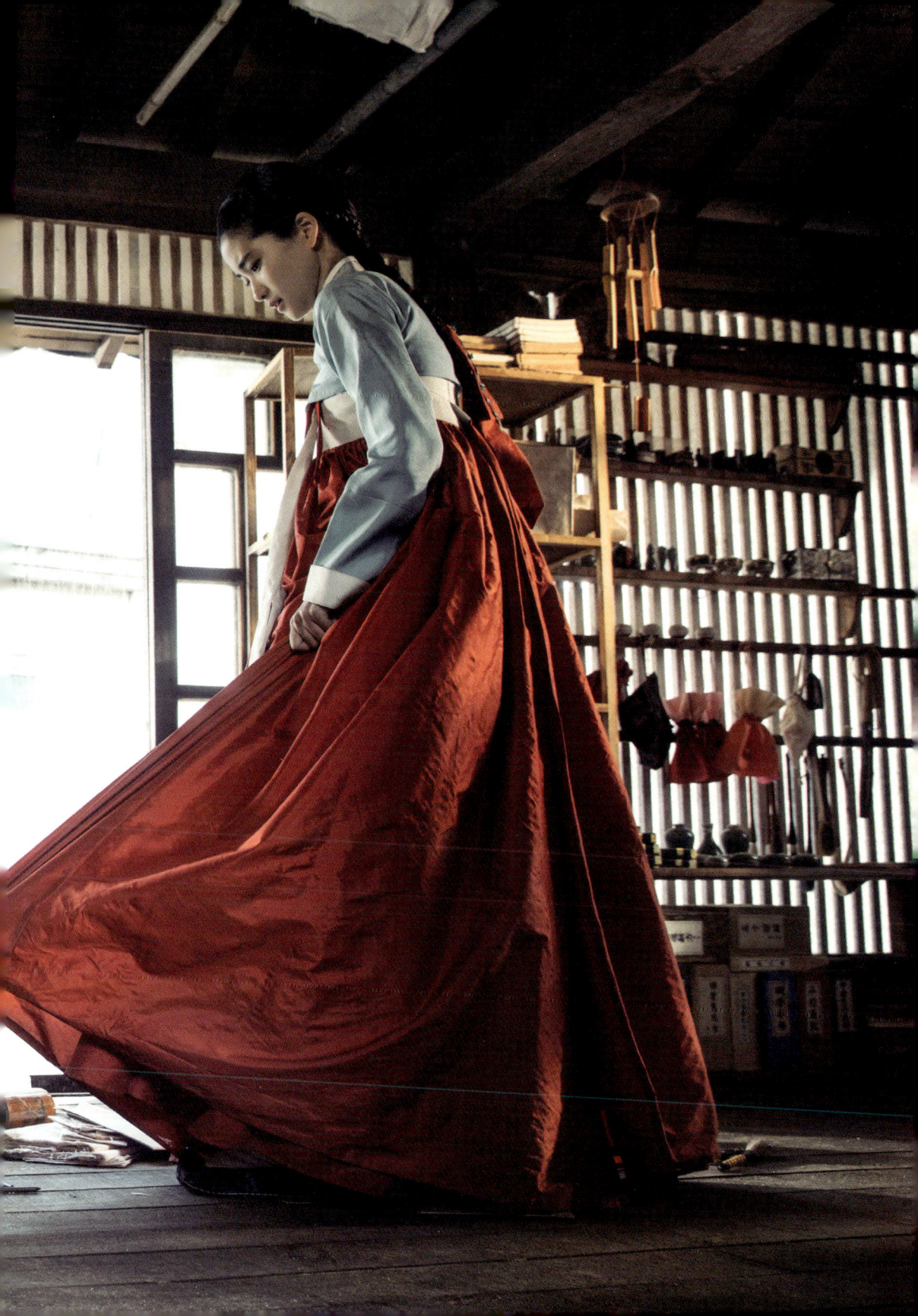

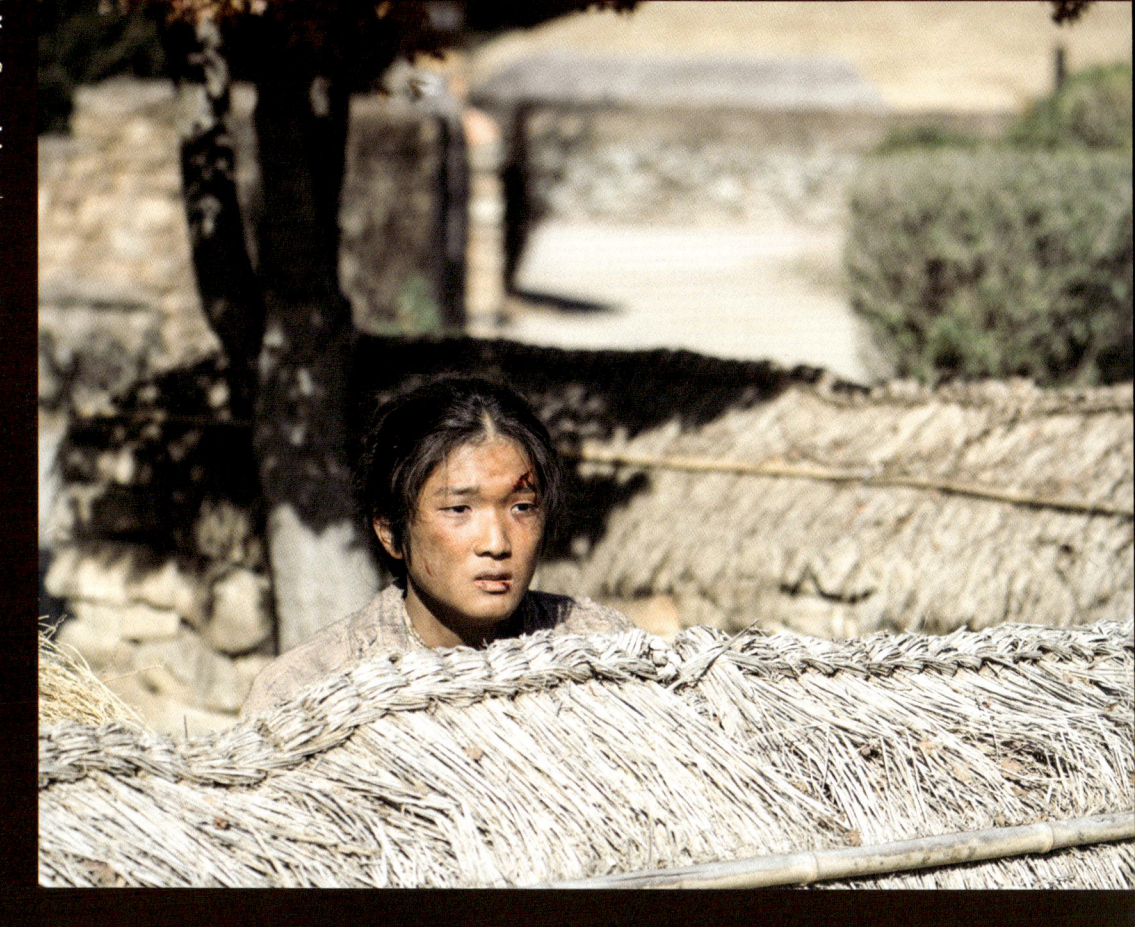

그 한 순간 때문에

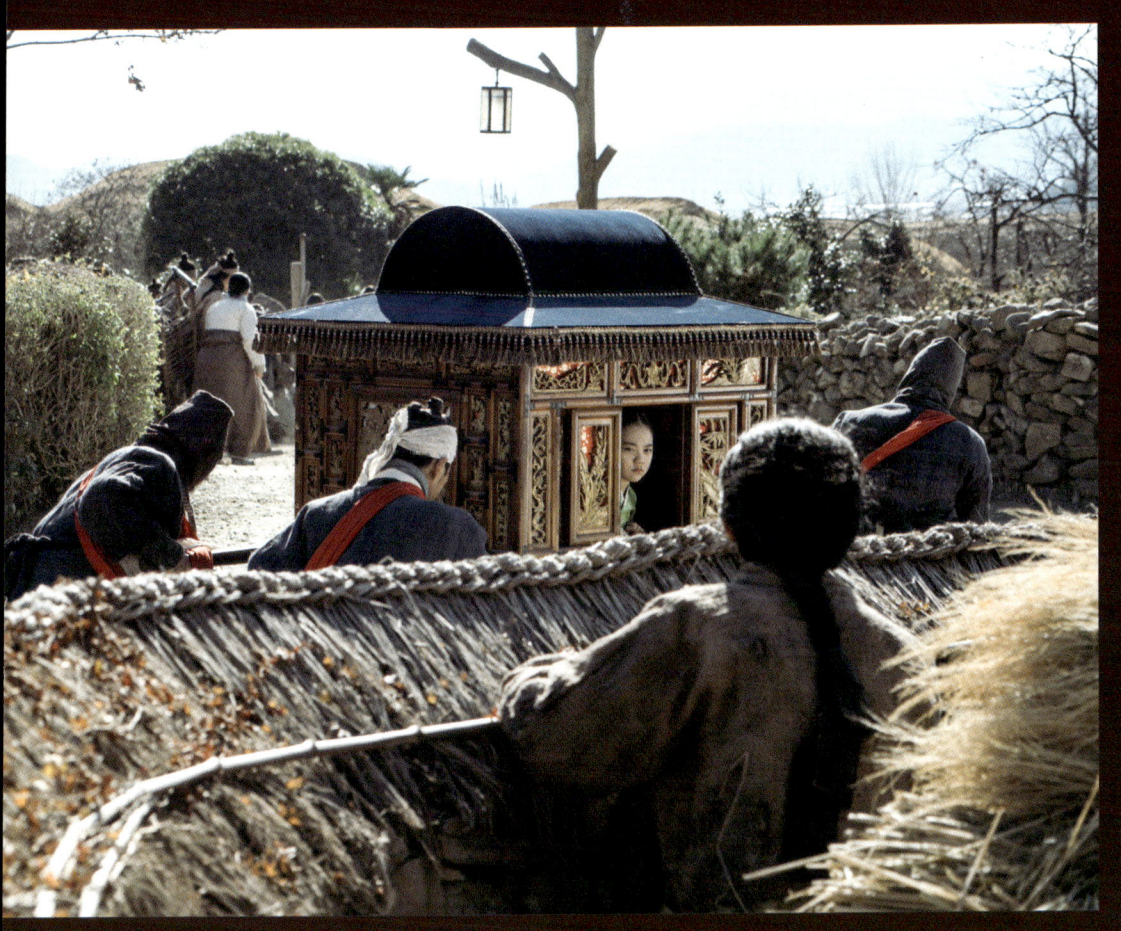

아무것도요.
그저… 있습니다. 애기씨.

제가 조선에 왜 돌아왔는지 아십니까?
겨우 한 번.
그 한 순간 때문에,

백 번을 돌아서도
이 길 하나뿐입니다 애기씨.

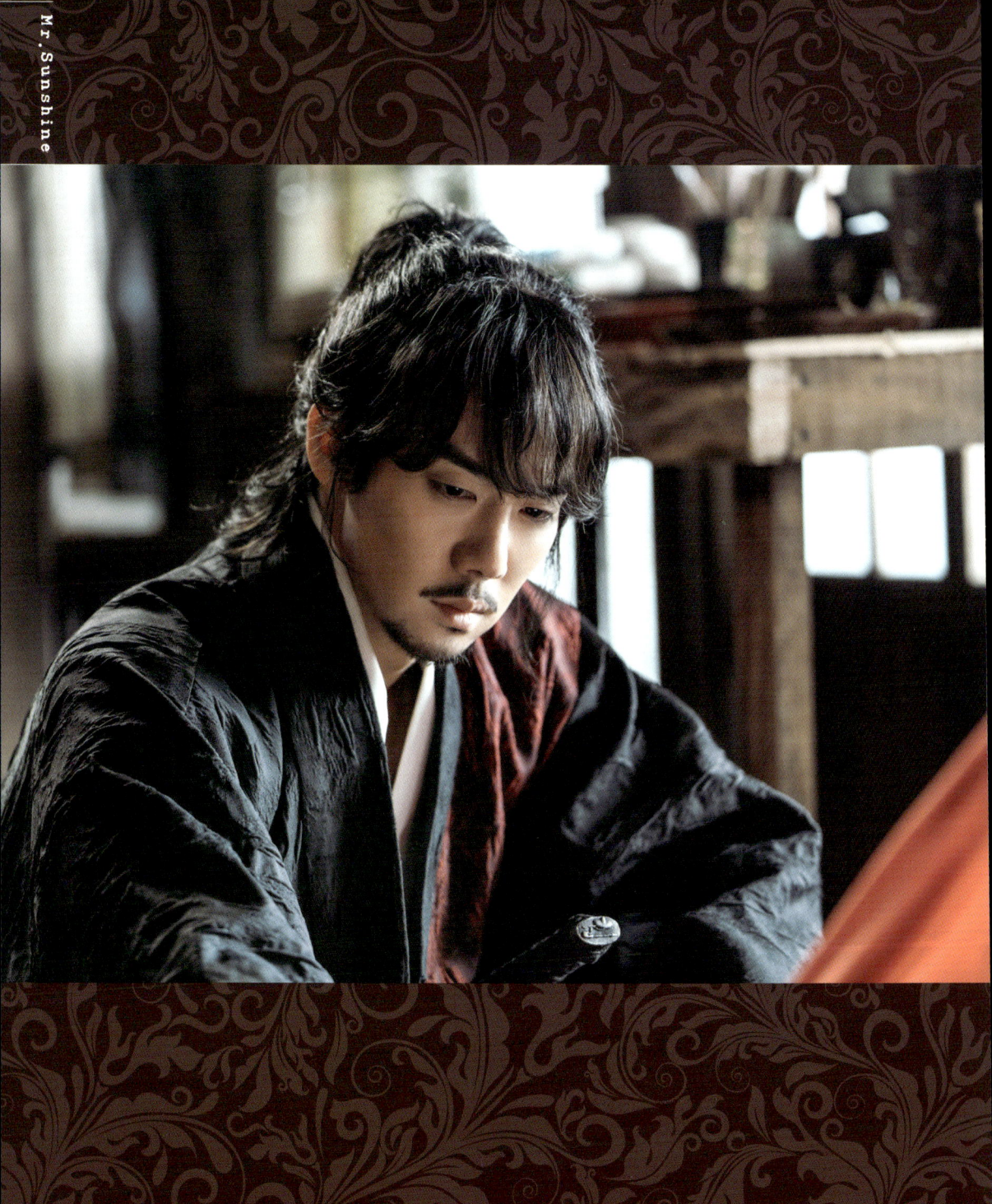

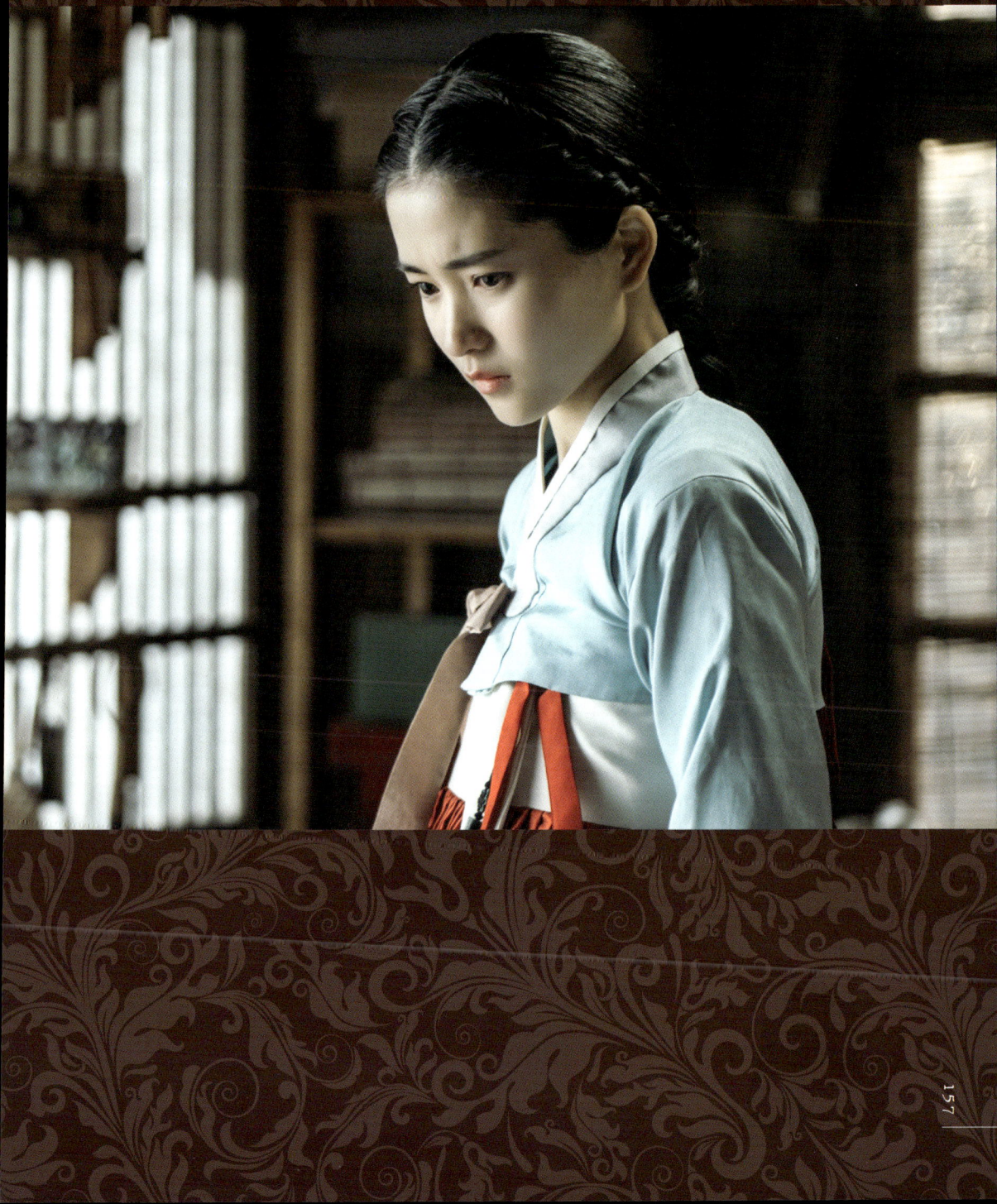

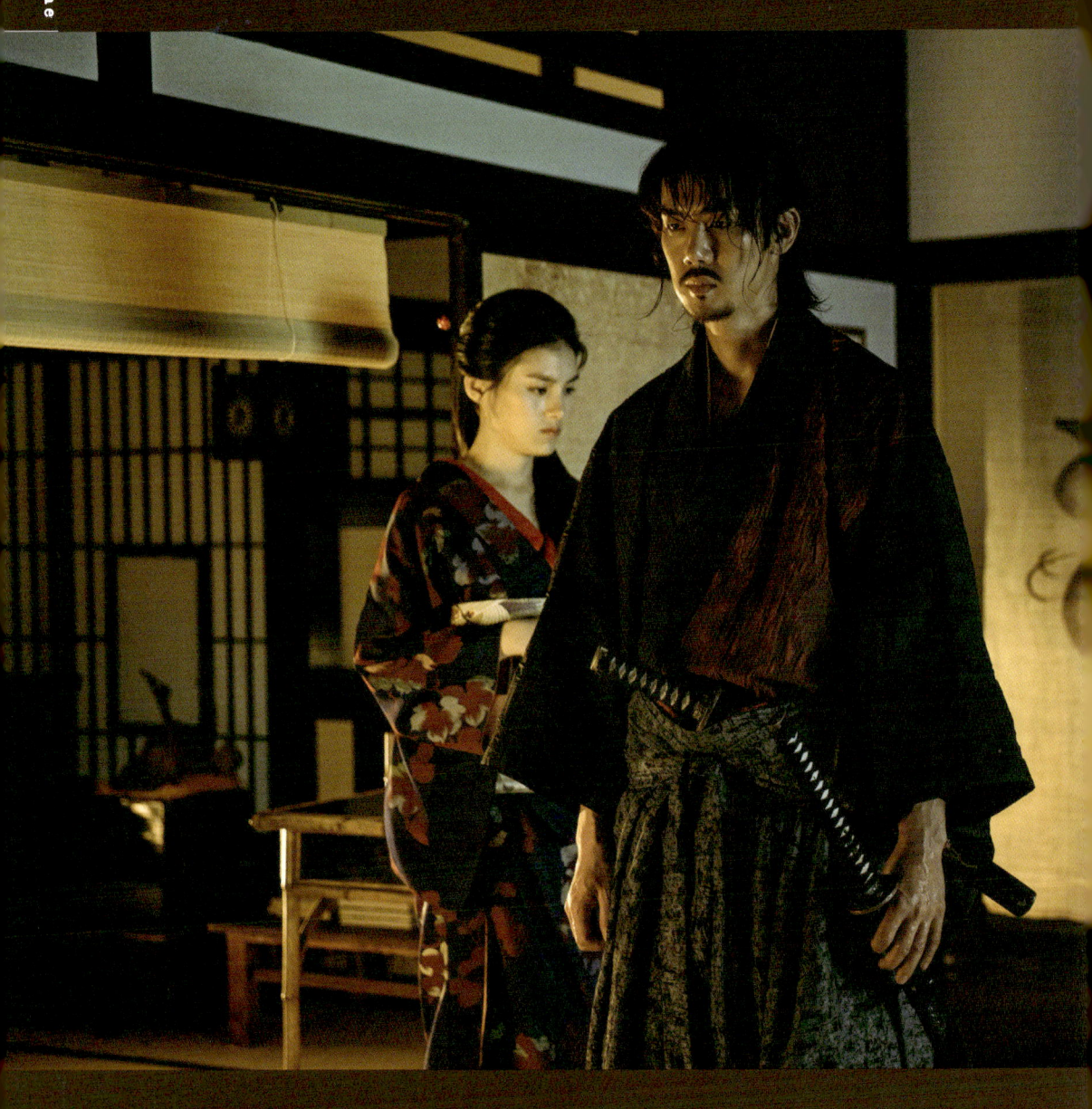

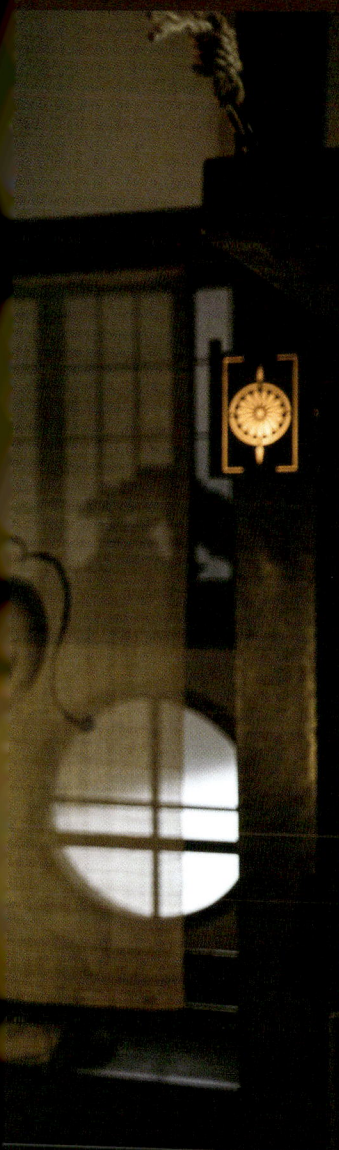

운예지망이라…
무지개는 무슨.
비단에도 손이 베이던데….

아파….

이리 살리시네 나를

딱 봐도 좋은 점괘는 아니네.
무슨 뜻인데

죽을 사(死)
틀리는 날도 있겠지.

… 점괘가 틀렸네.
계속 이리 살리시네 나를.

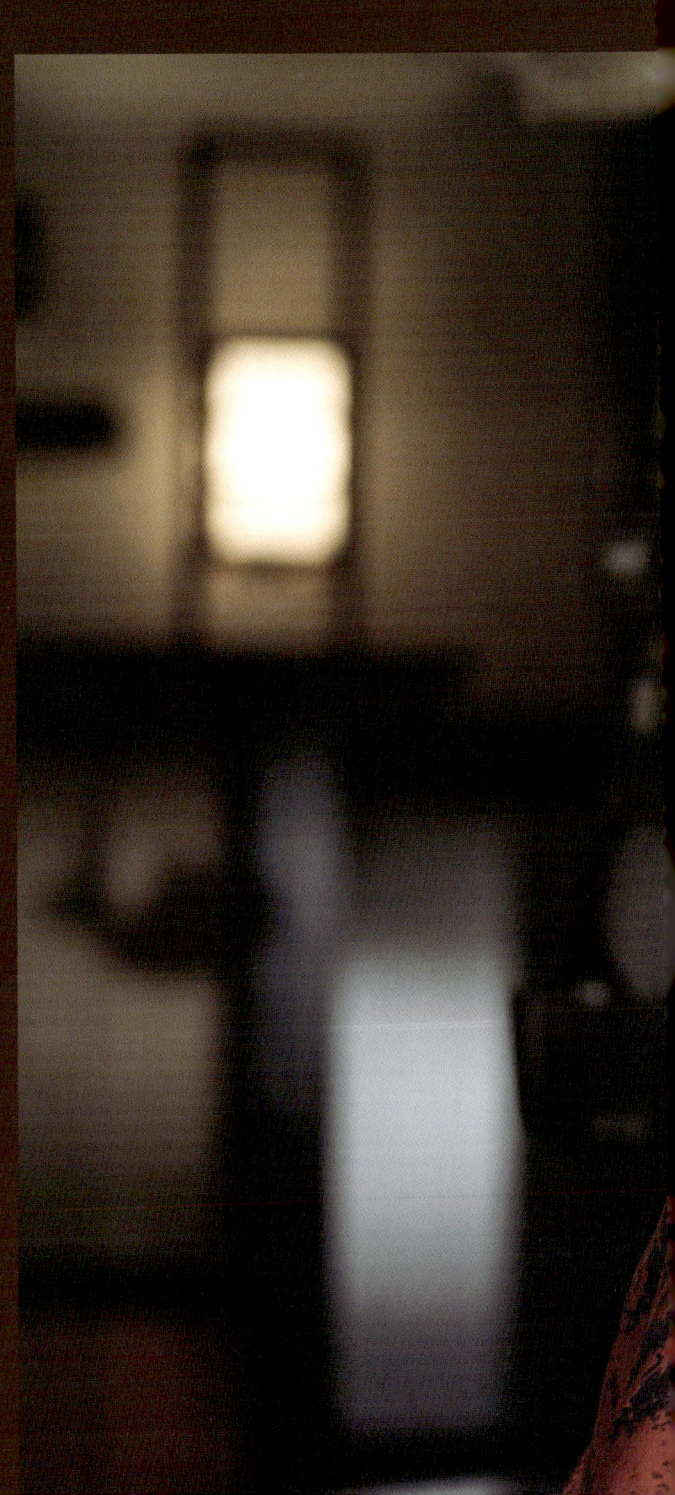

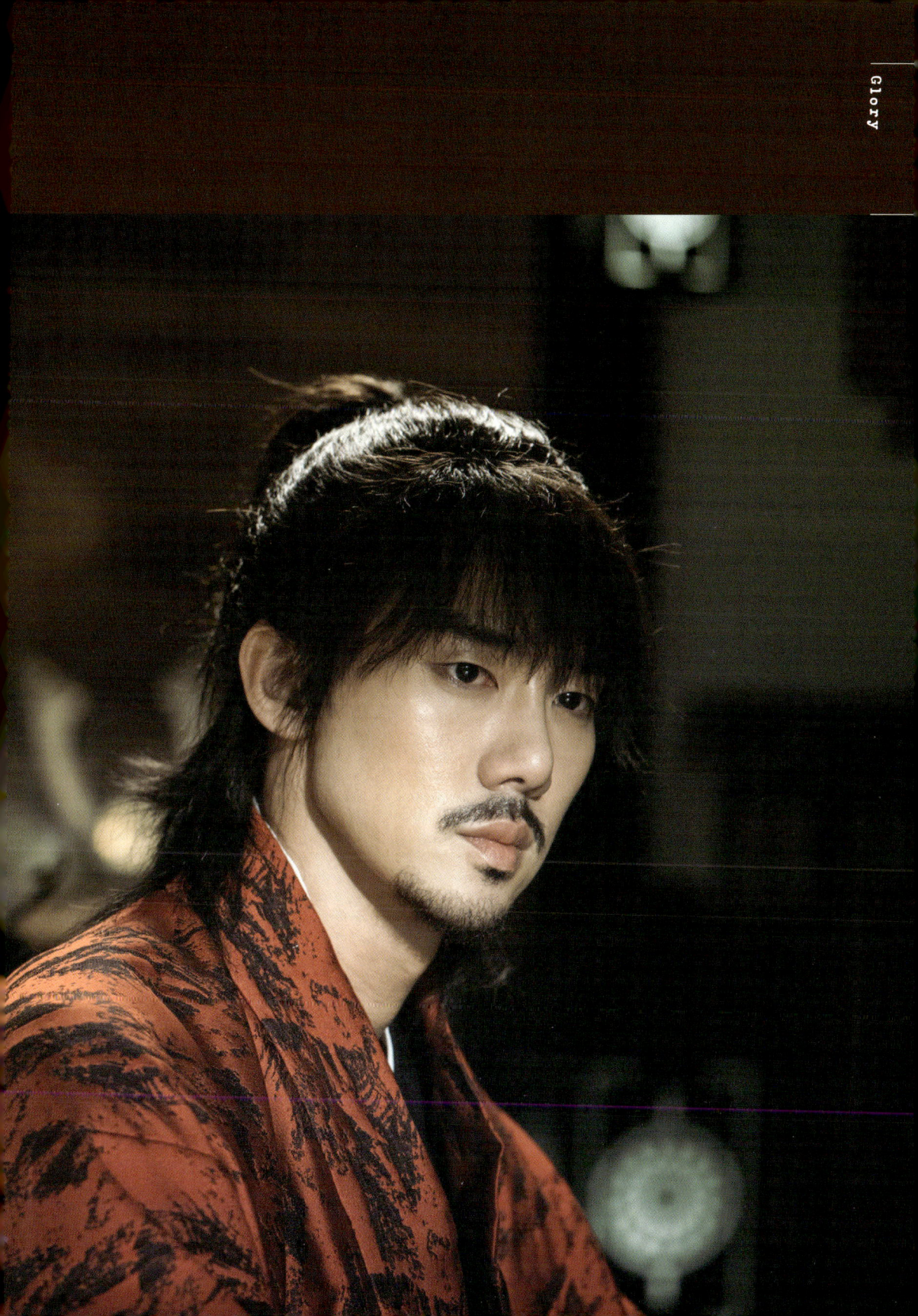

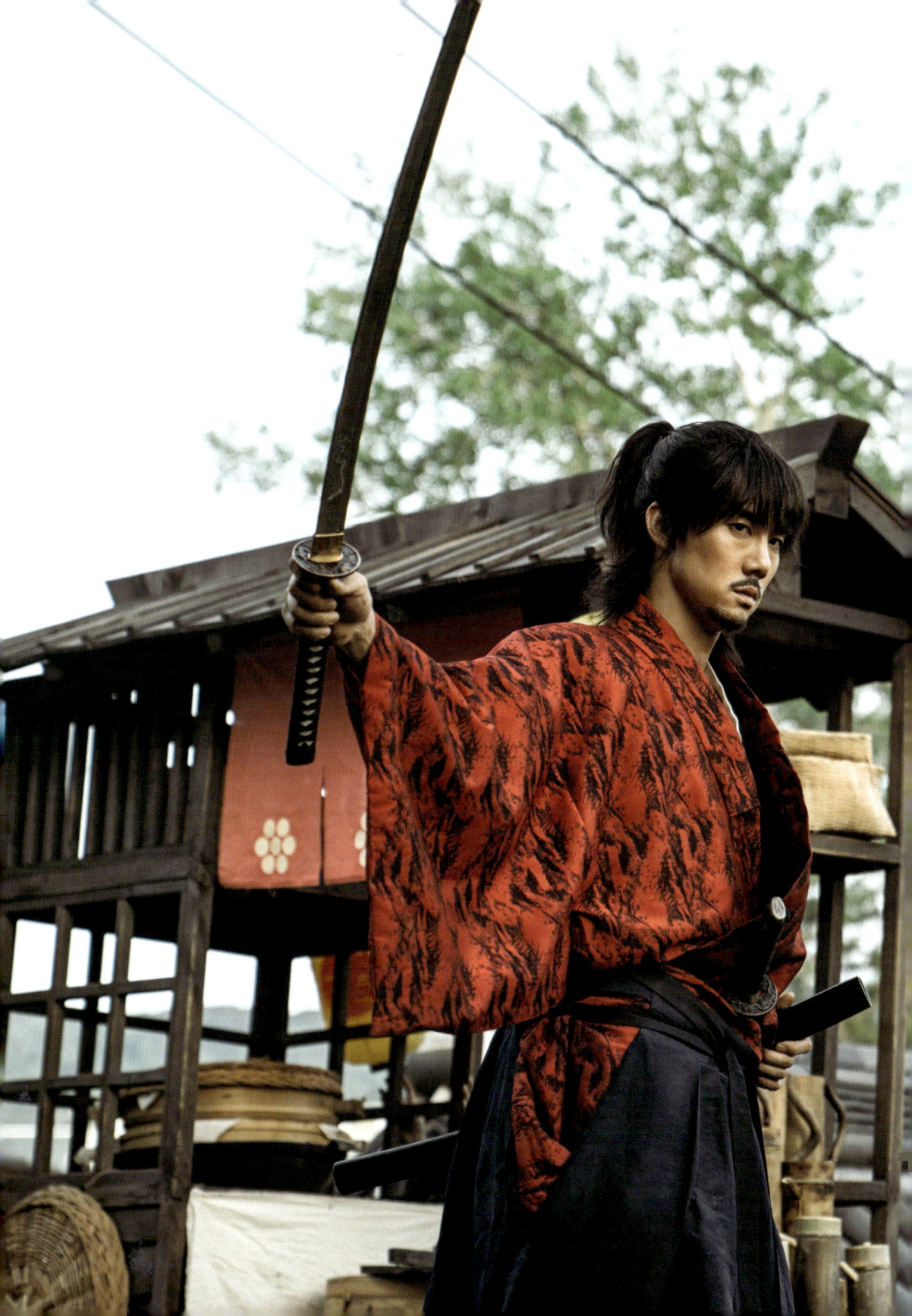

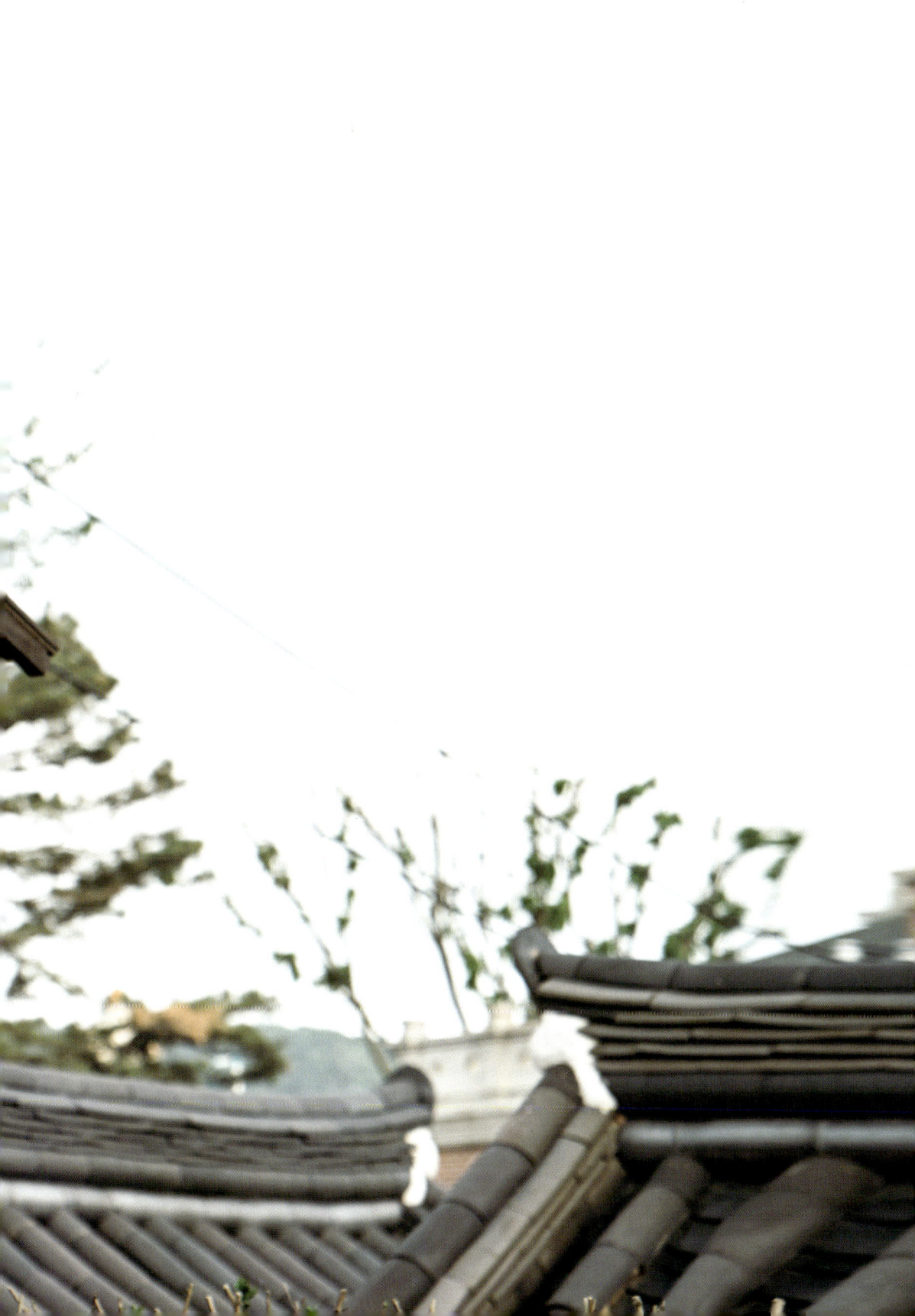

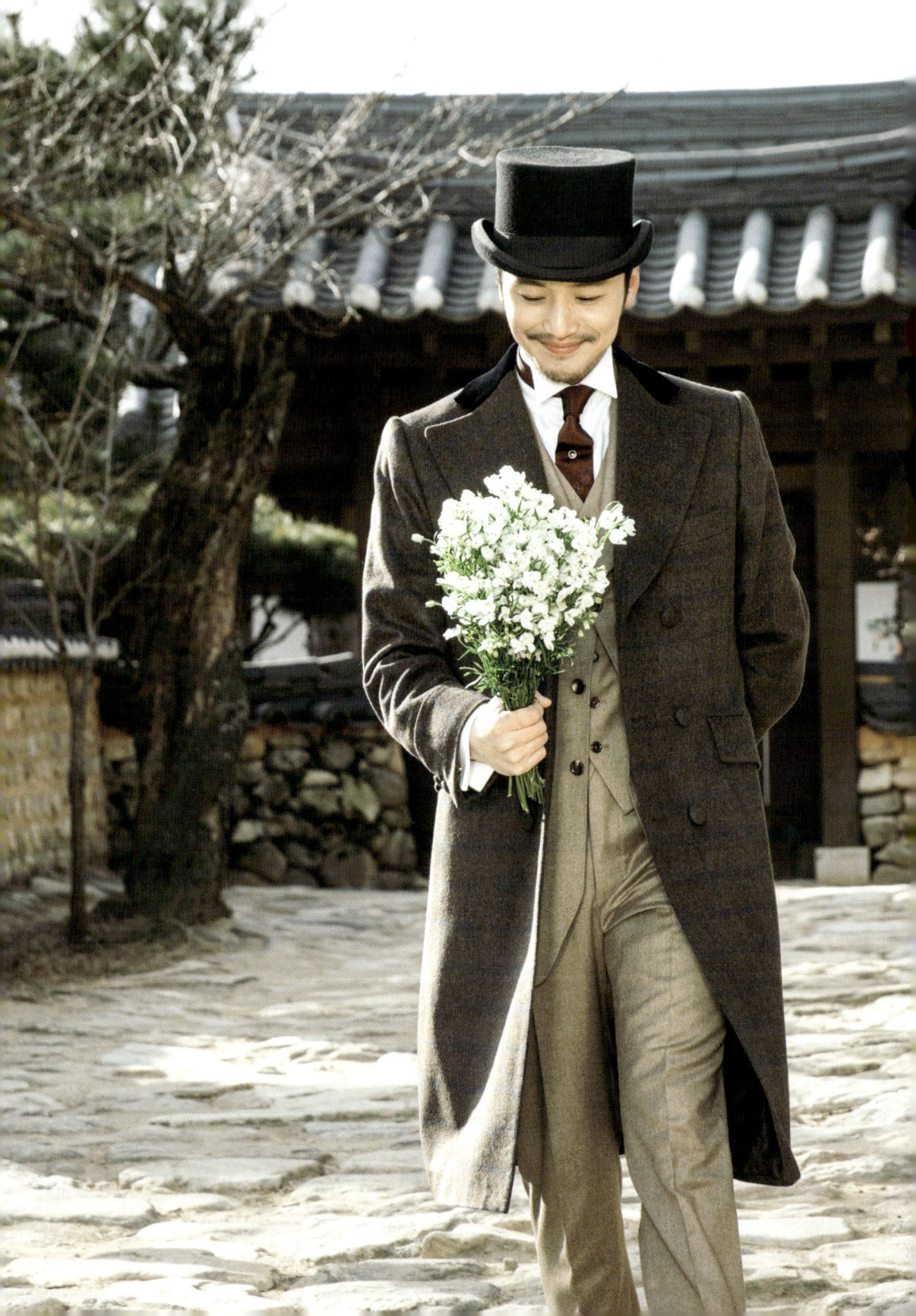

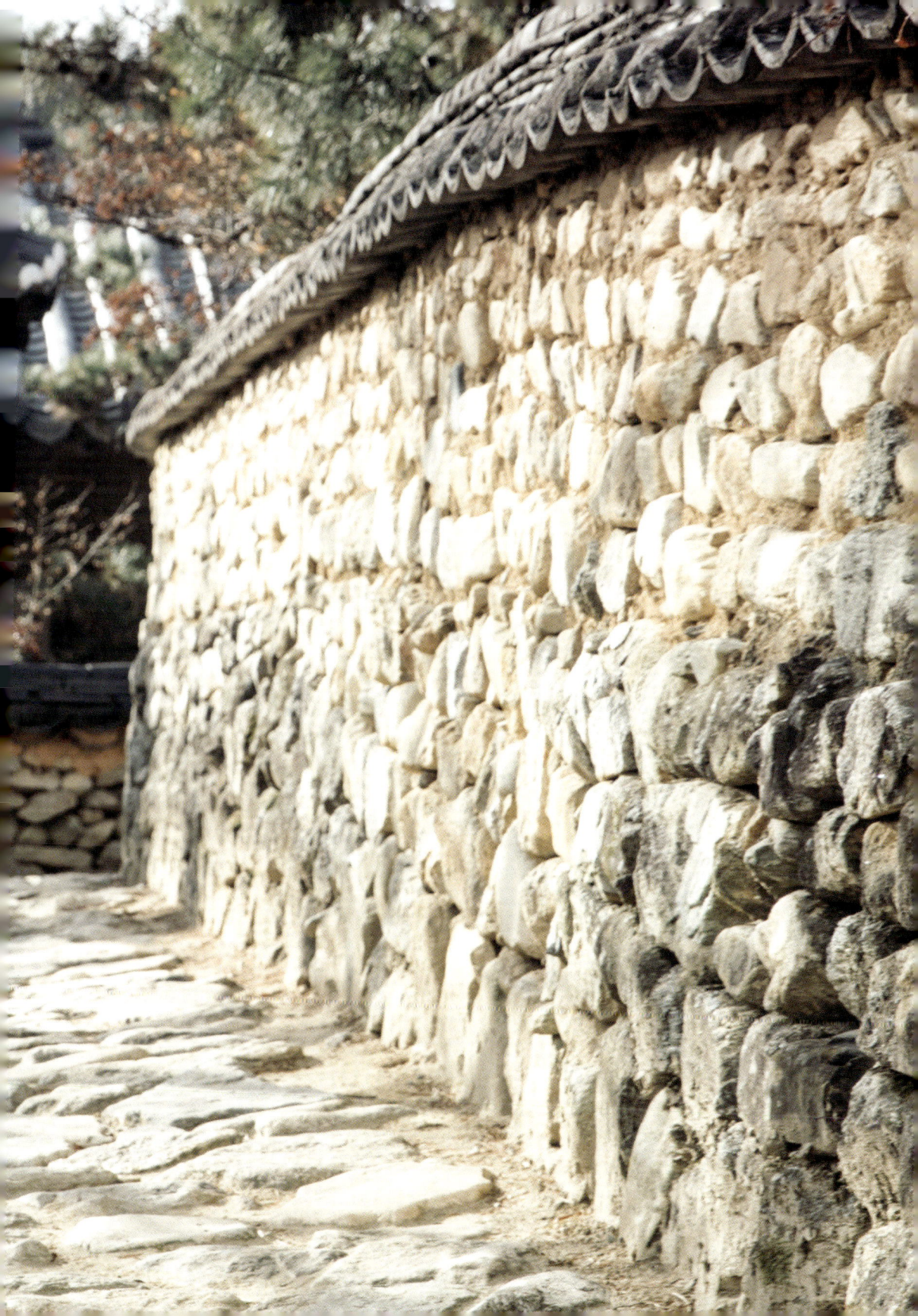

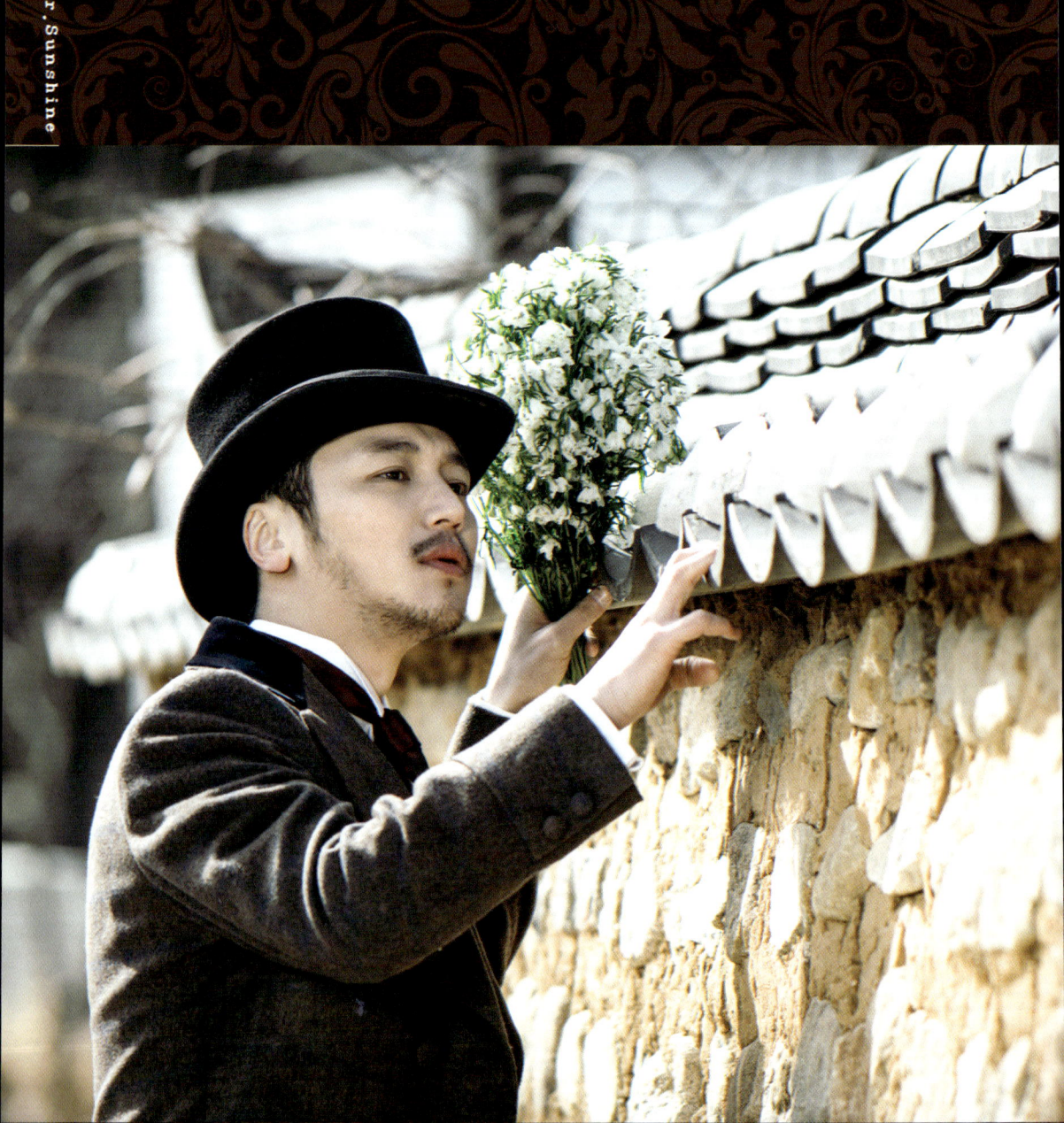

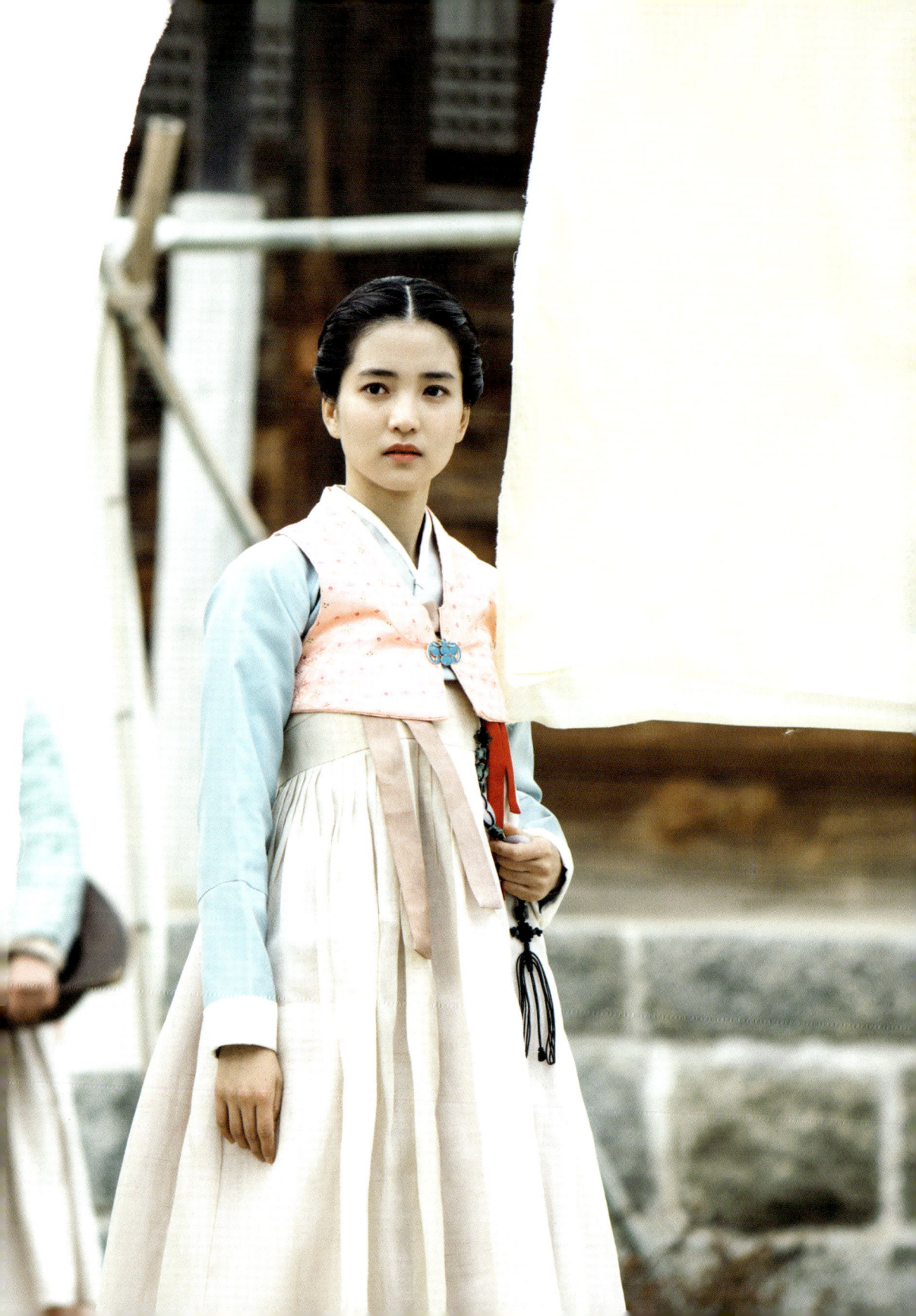

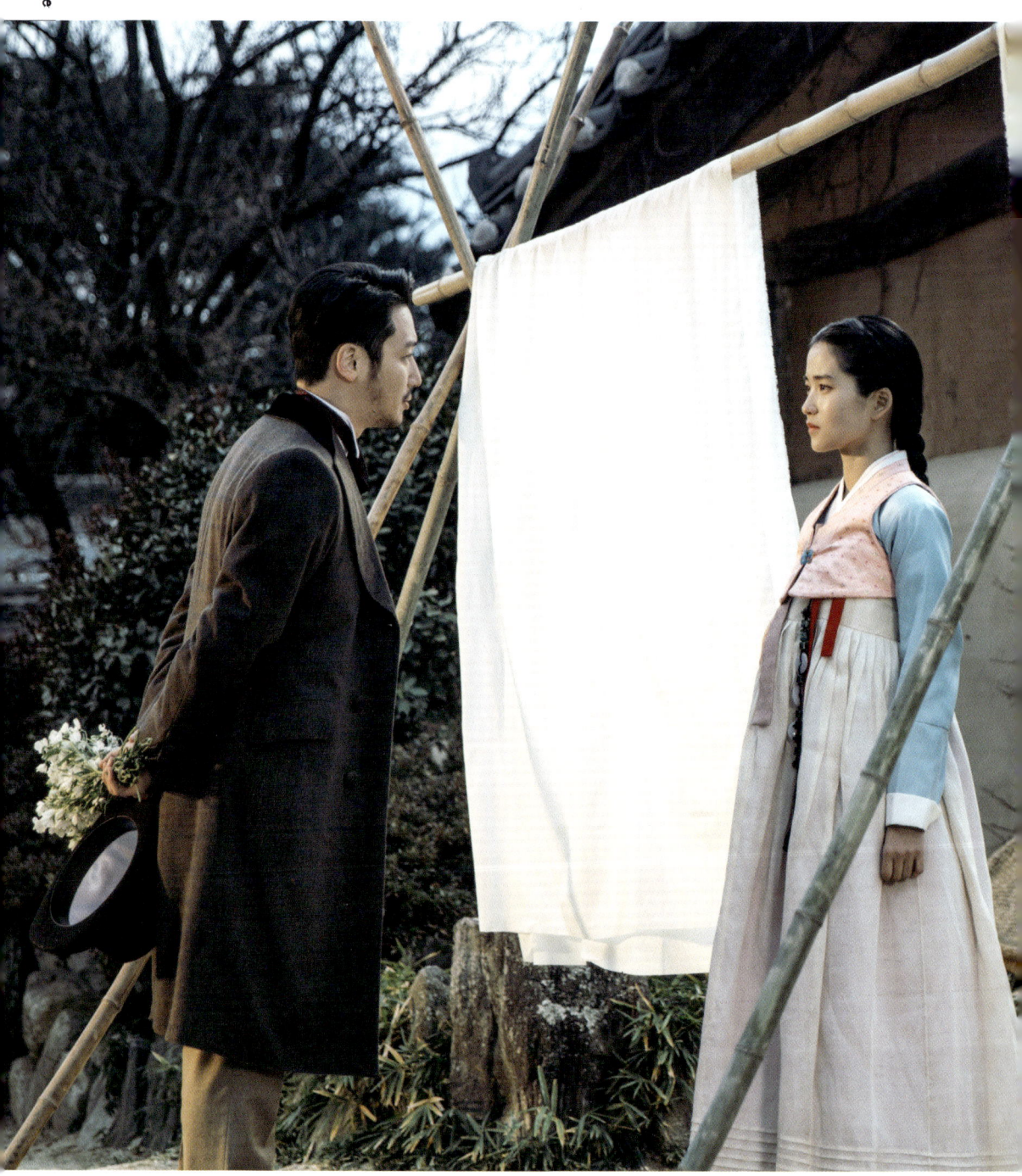

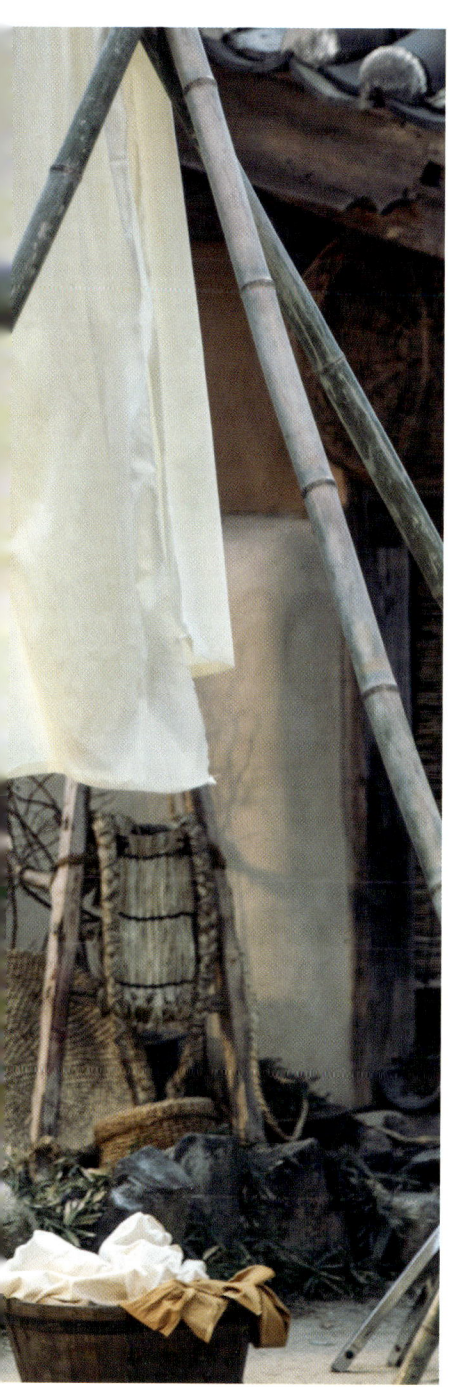

그대는, 꽃 같소

내 걸음이 많이 늦었소.
십 년이오. 십 년 늦은 걸음을
이리 법도도 없이 한 것이오.
날을 잡아 다시 오시오.
날을 잡아 다시 오면
그땐 화가 좀 풀리겠소.
화가 난 게 아니라 놀라는 중이오.
생각했던 그대로의 사내라.
어떤.
희고 말랑한 약골의 사내.

그대는 내가 생각했던 그대로가 아니오.
그대는, 꽃 같소.

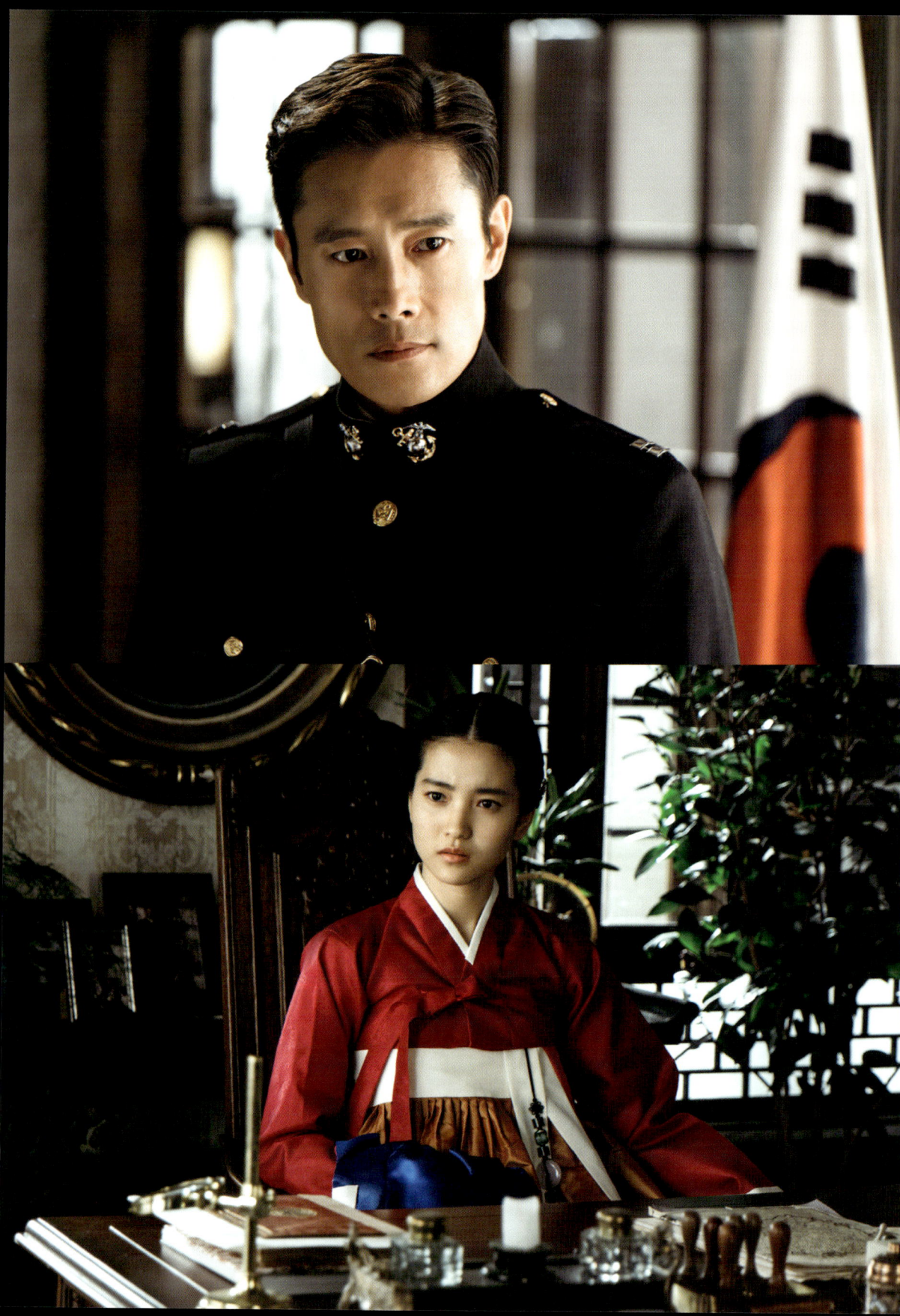

지금부터가 본심이오

돕자는 건지 망치자는 건지.
공격이라 하자니 가볍고 그렇다고 걱정도 아니고.
내내 궁금했소. 전에 답을 못 들어서.
나를 진범으로 몰아 잡아넣었으면 됐을 것을
왜 이제와 이러는 거요. 진짜 속내가 뭐요.

지금도 늦지 않아서….
이게 본심이오?

지금부터가 본심이오.
누군가 내 방을 뒤졌소. 혹시 내 방을 뒤진 자들과 한패요?
로건이 조선의 품위만 손상시킨 게 아닌 듯해서.
내 방을 뒤진 자들이 찾는 것에 대해 아는 것이 있소?
없다면 믿을 거요?
윗선이 누구요.

지금 뭐하자는 거요.
보호요.
날 왜.
할 수 있으니까.

이것까지가 내 본심이오.
아마, 질투일 거요.

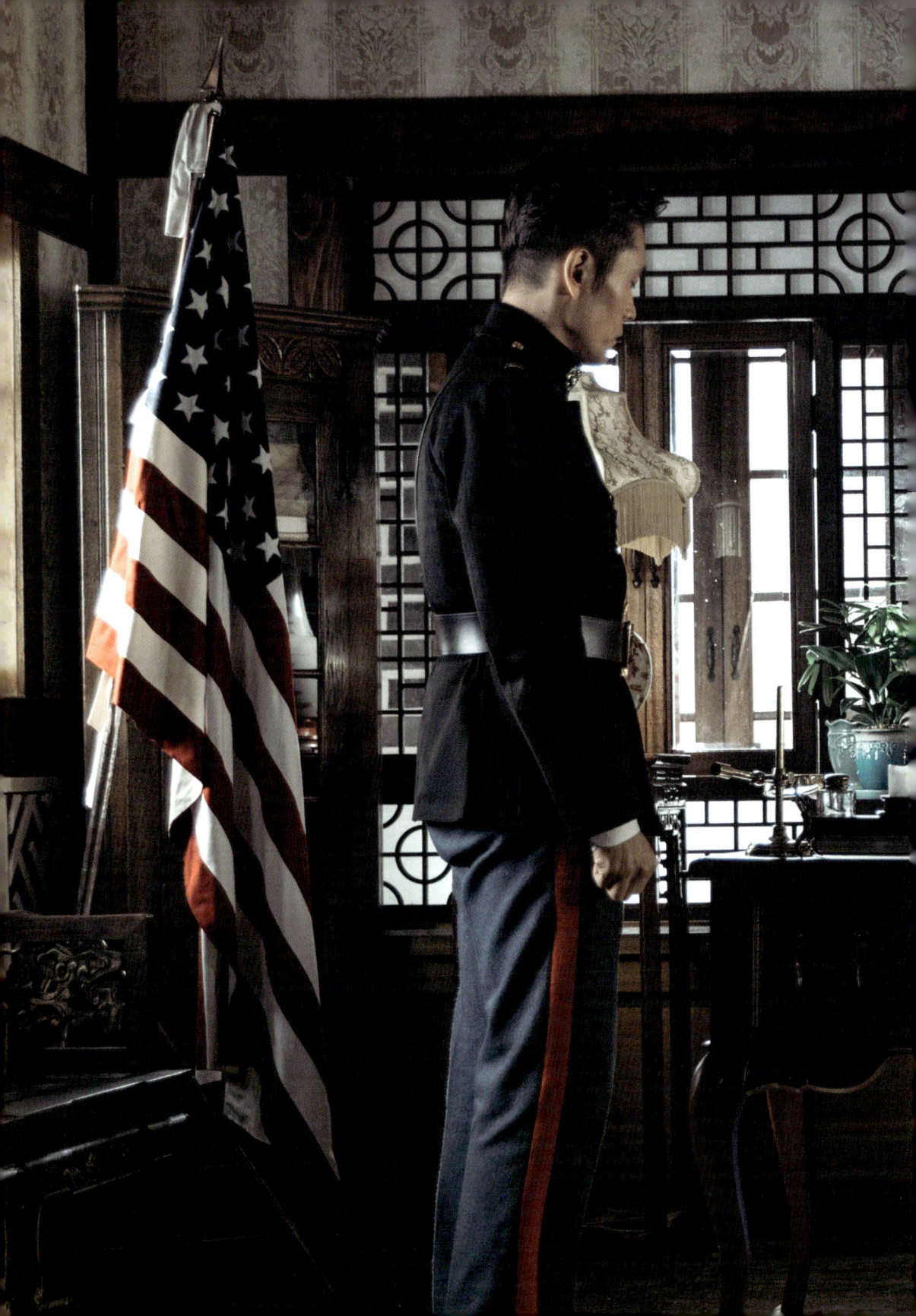

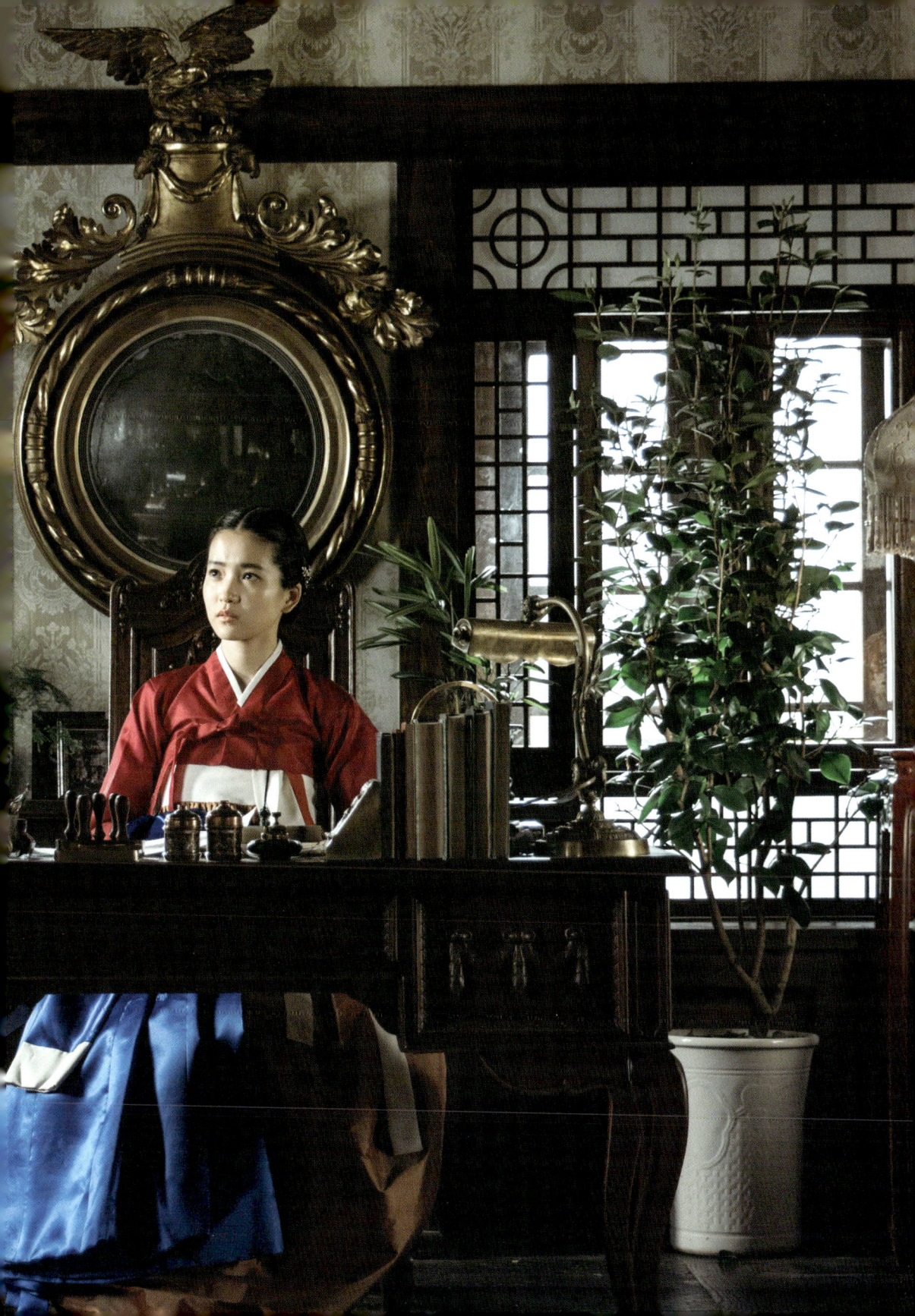

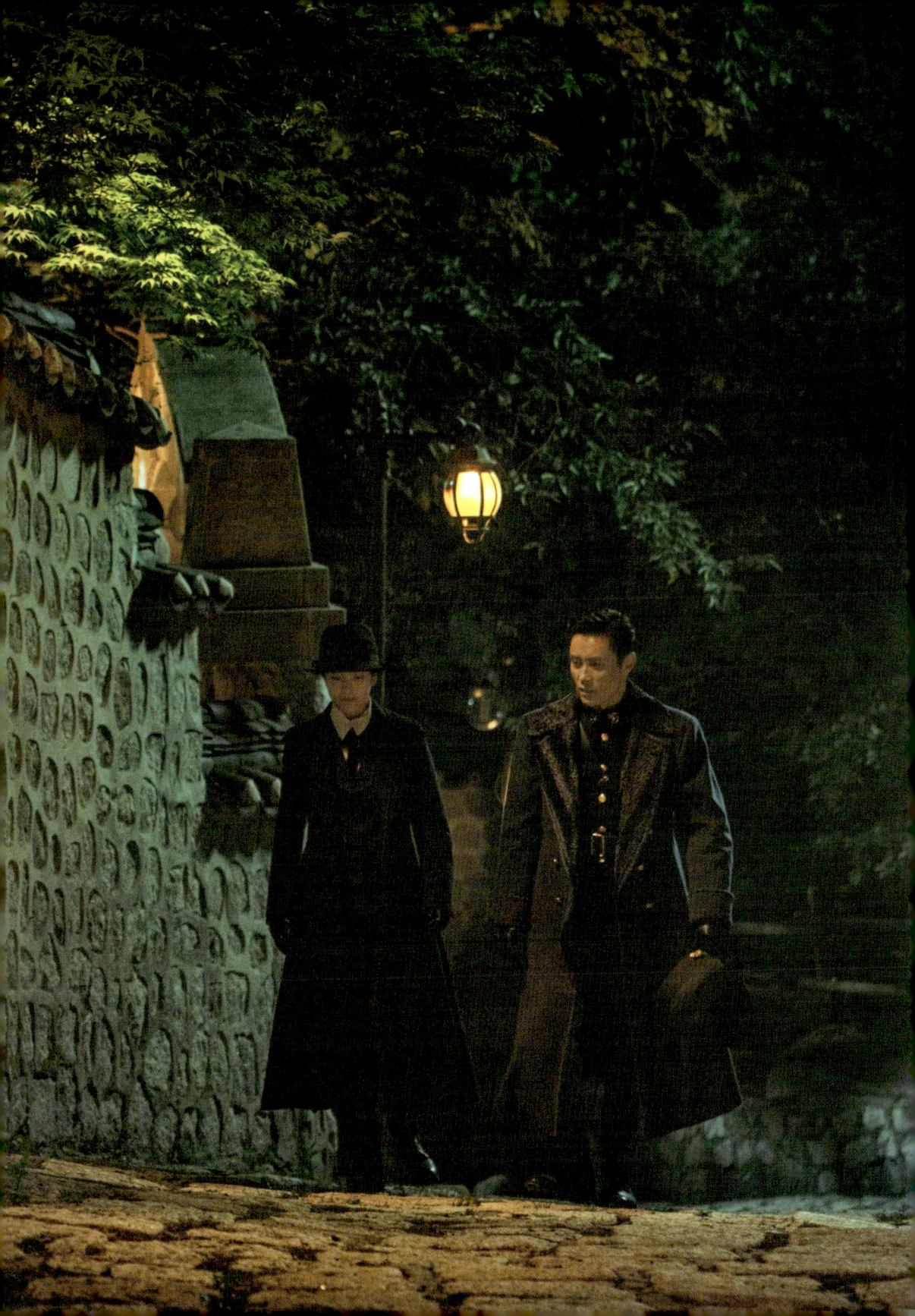

내 옆이 가장 안전하오

그럼 혼인을… 하는 겐가. 내 그것이 궁금하였네.
진짜 궁금해서 물은 거란 뜻이오.
대답이 없네.

바래다주겠소. 혼자 걸으면 위험할 거요.
조선에서 제일 안전한 곳은 내 옆이오.
눈에 띄는 건 나일 테니.

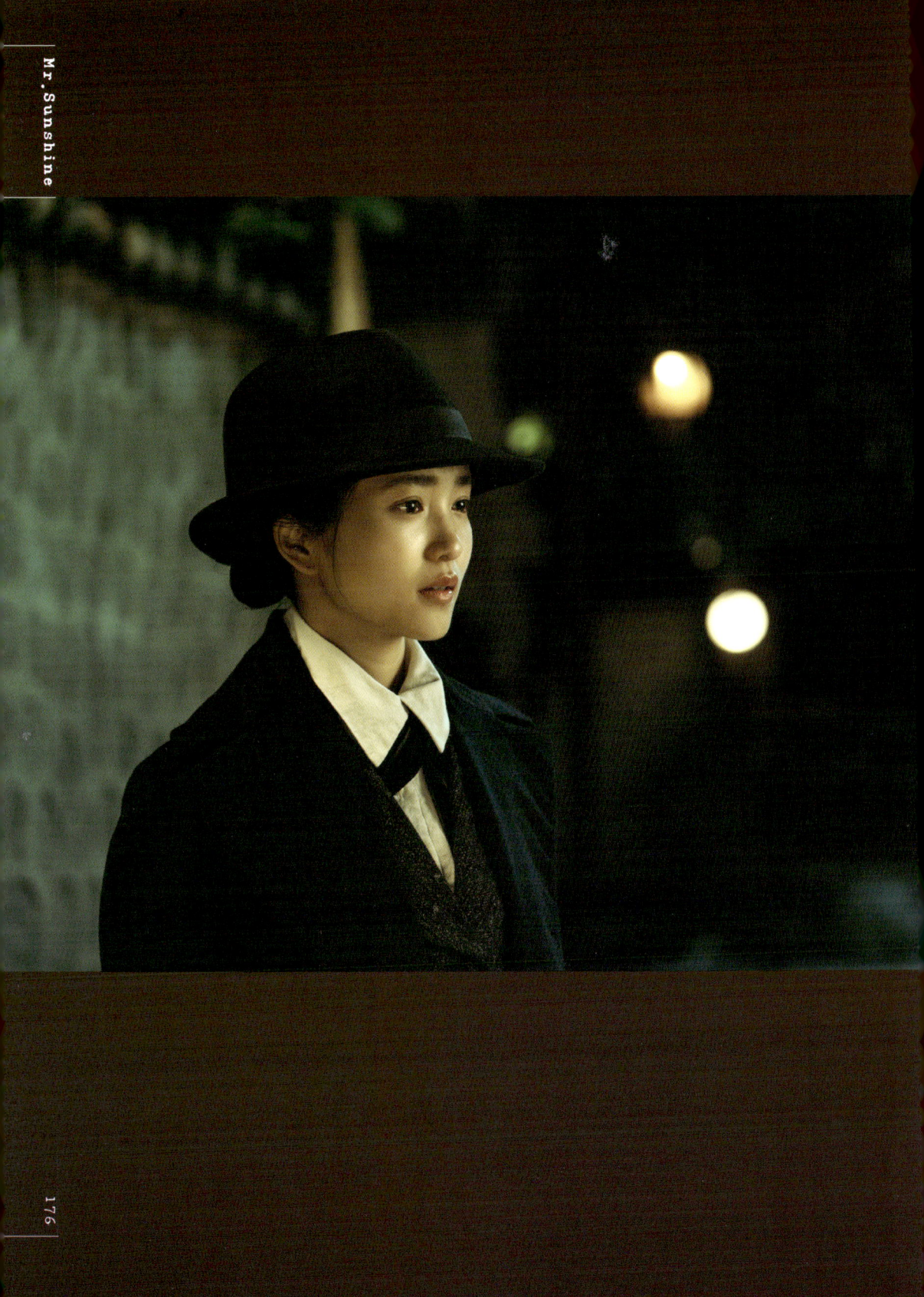

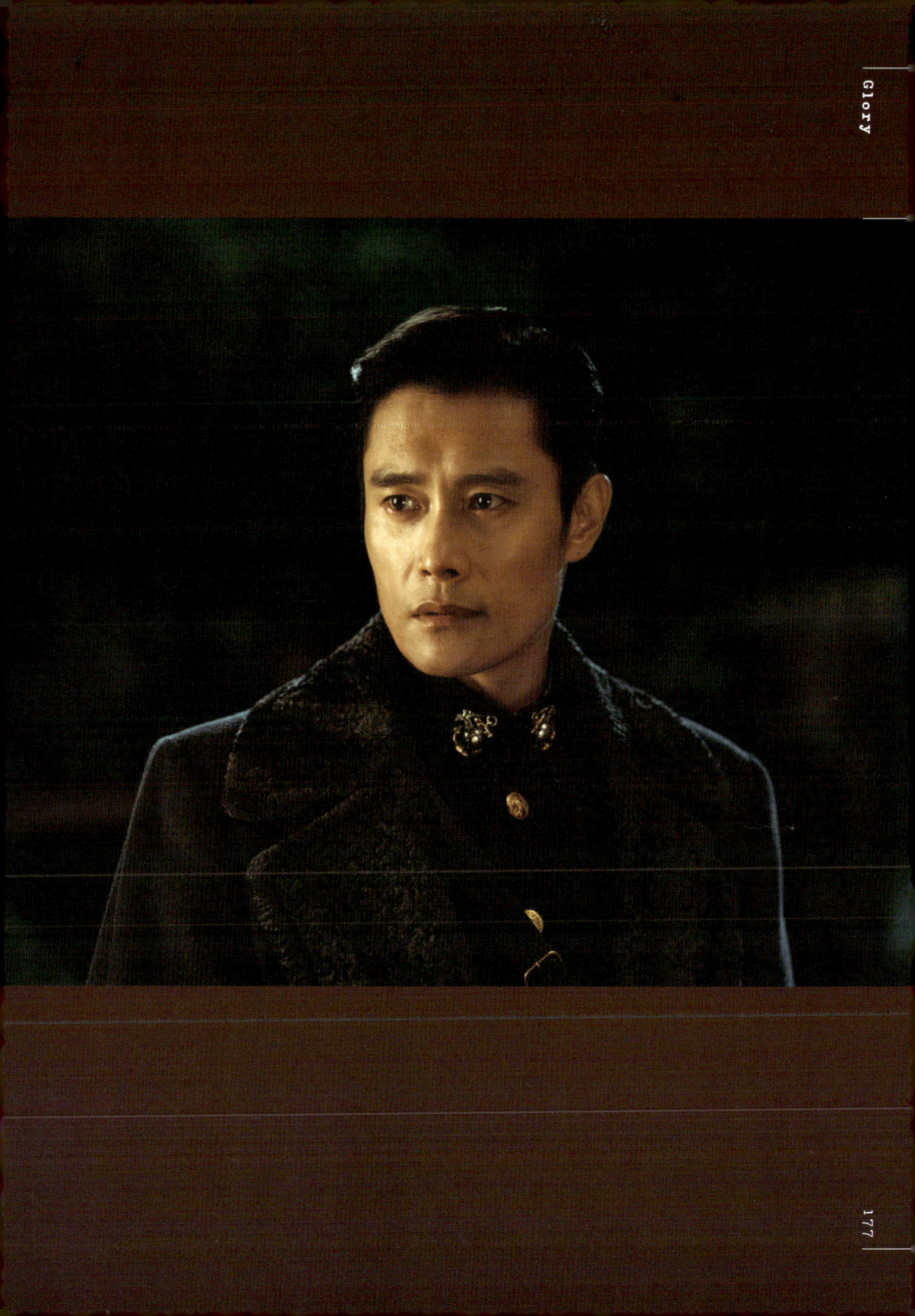

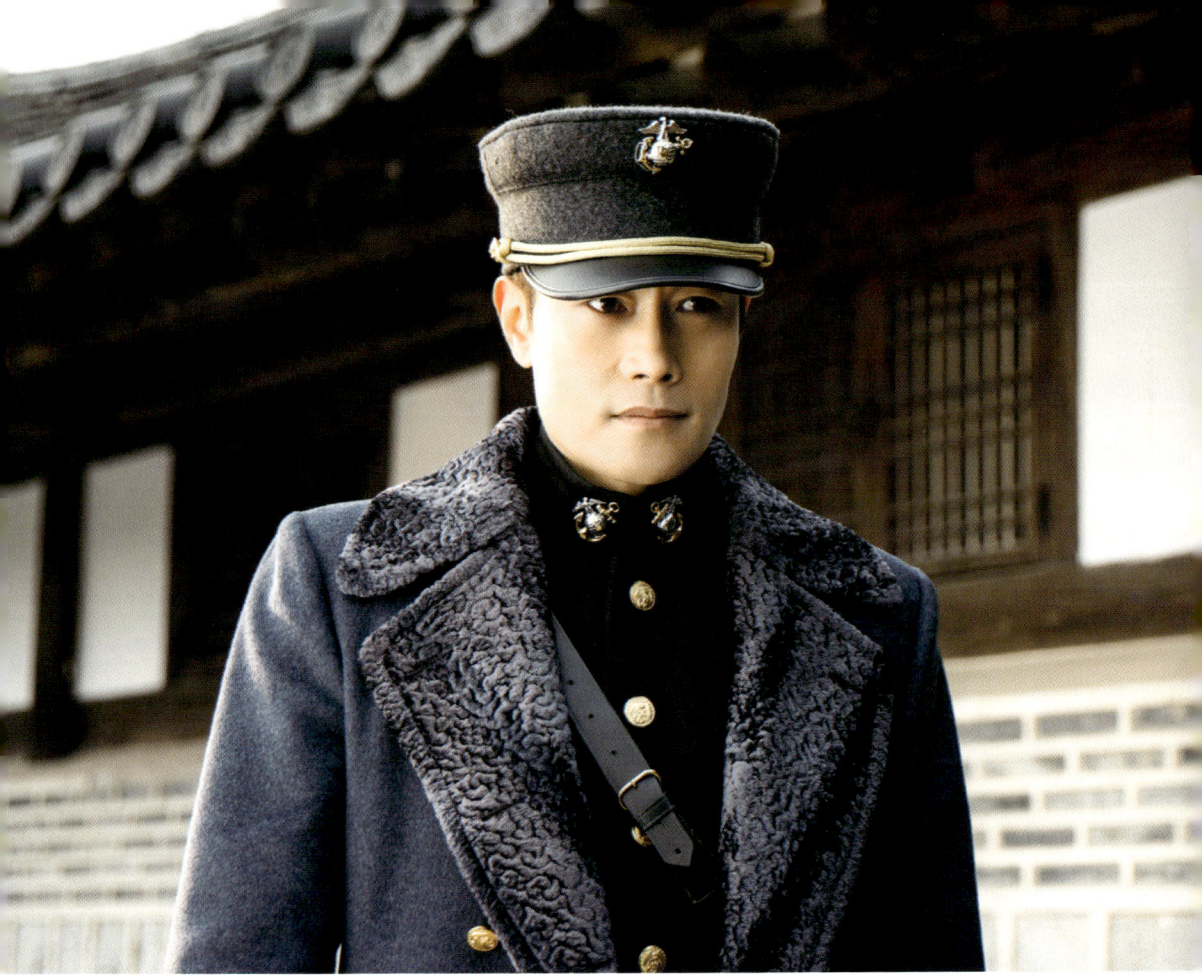

어딘지도 모르면서
자꾸만 가고 있습니다

잘 지내십니까.
저는 조선에서의 모든 날들이 평안합니다.

평안하지 않습니다.
어쩌자고 저는 답을 하고 싶어지는 걸까요.

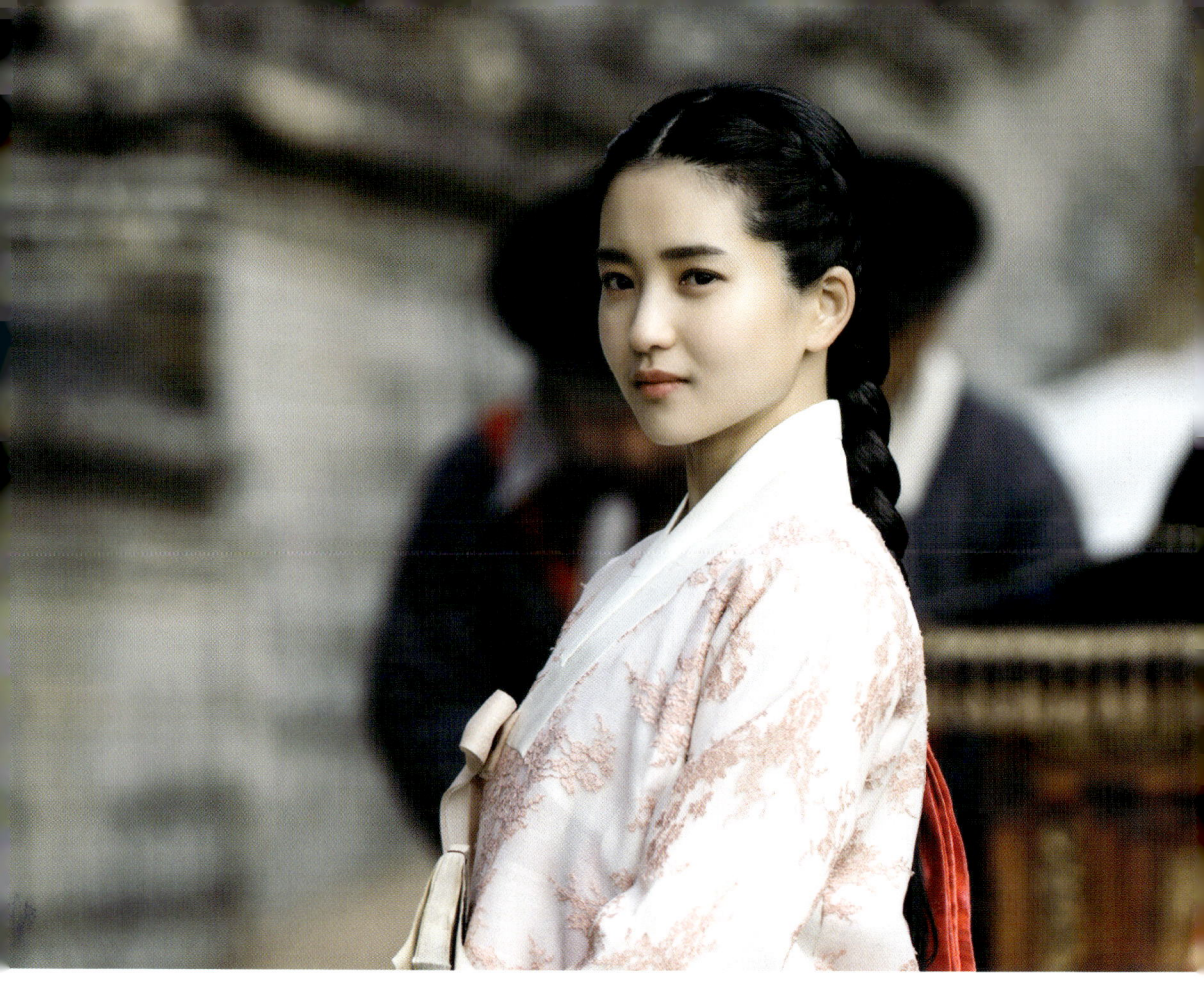

하마터면 잡을 뻔했습니다.
가지 말라고. 더 걷자고.
저기 멀리까지만 나란히.
조선에서 저는 저기가 어딘지도 모르면서
저기로, 저기 어디 멀리로, 자꾸만 가고 있습니다.

한성에는 언제 오십니까. 보고 싶습니다.
쓰고 보니 이 편지는 마치 고해성사 같아서,
부치지는 못 할 것 같습니다.

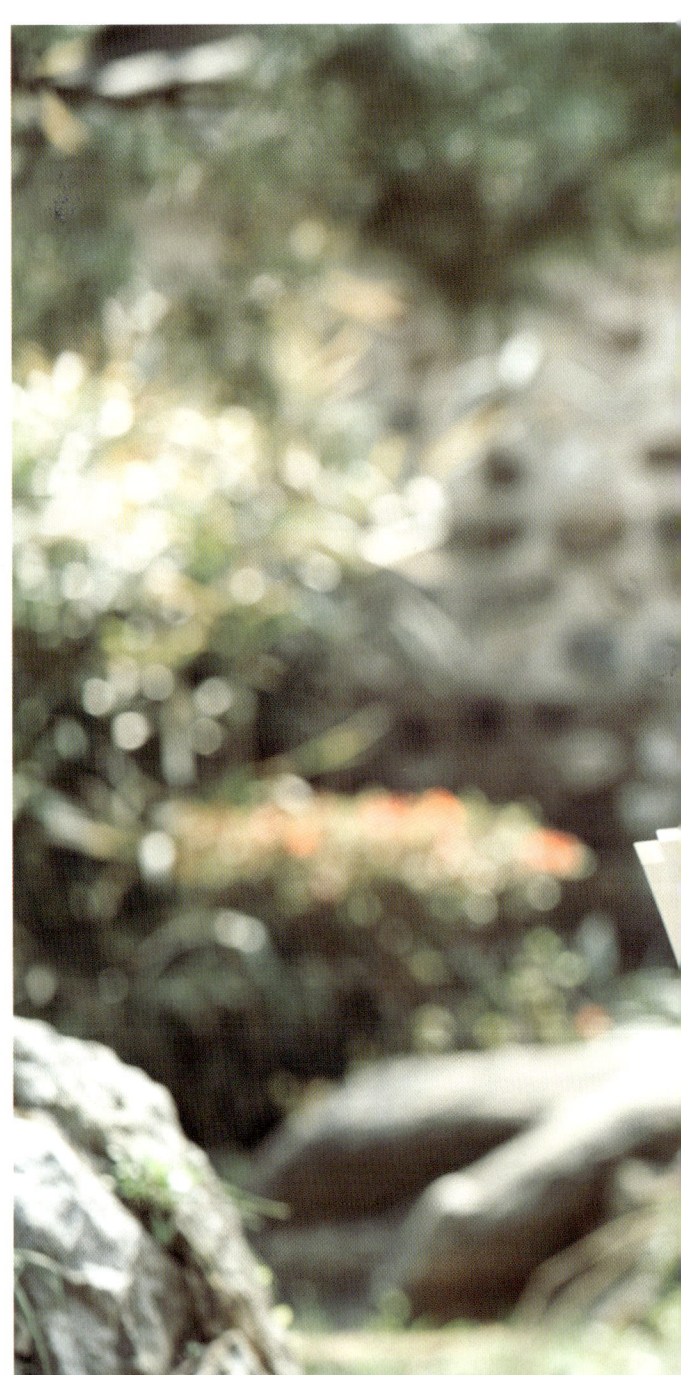

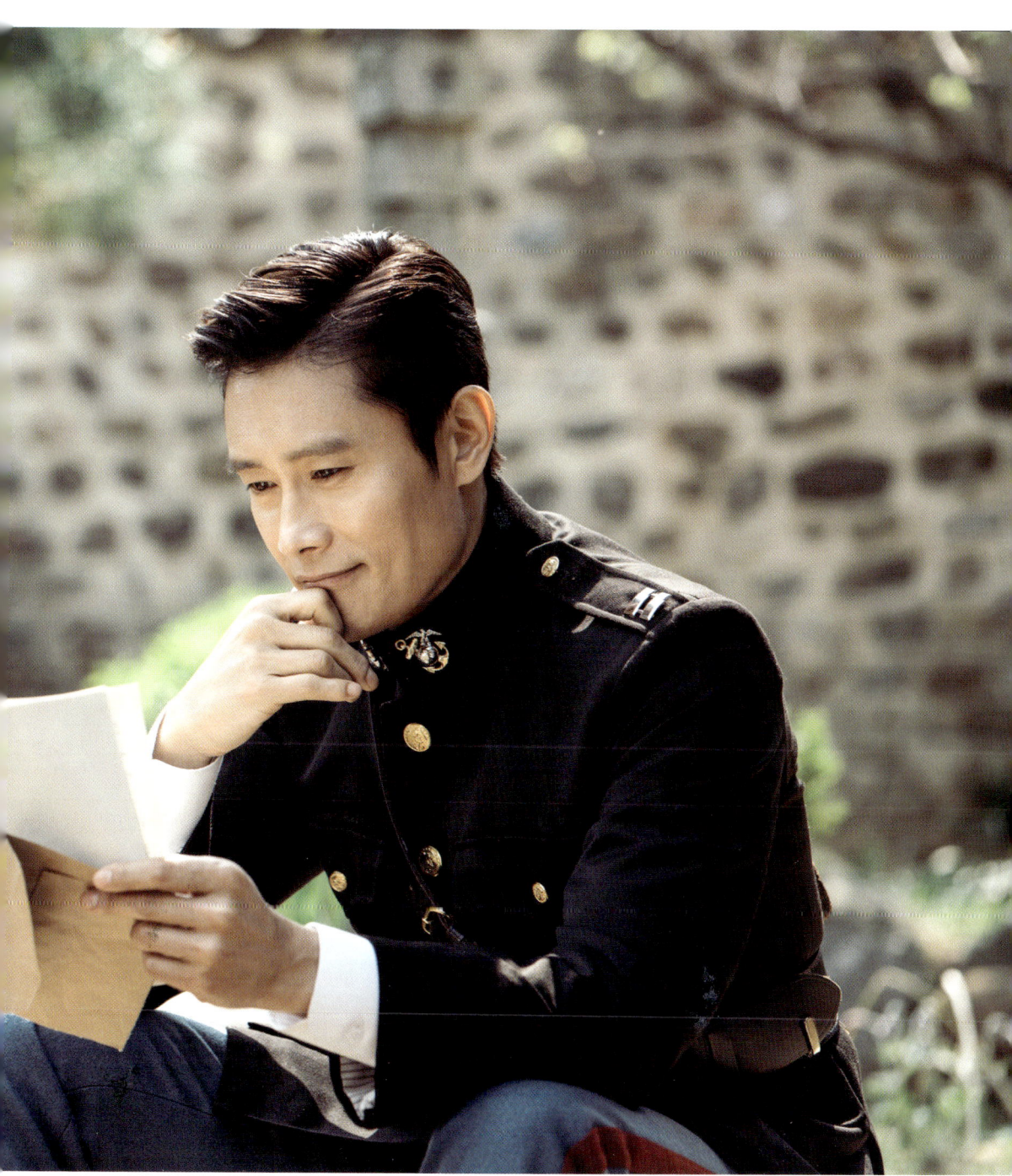

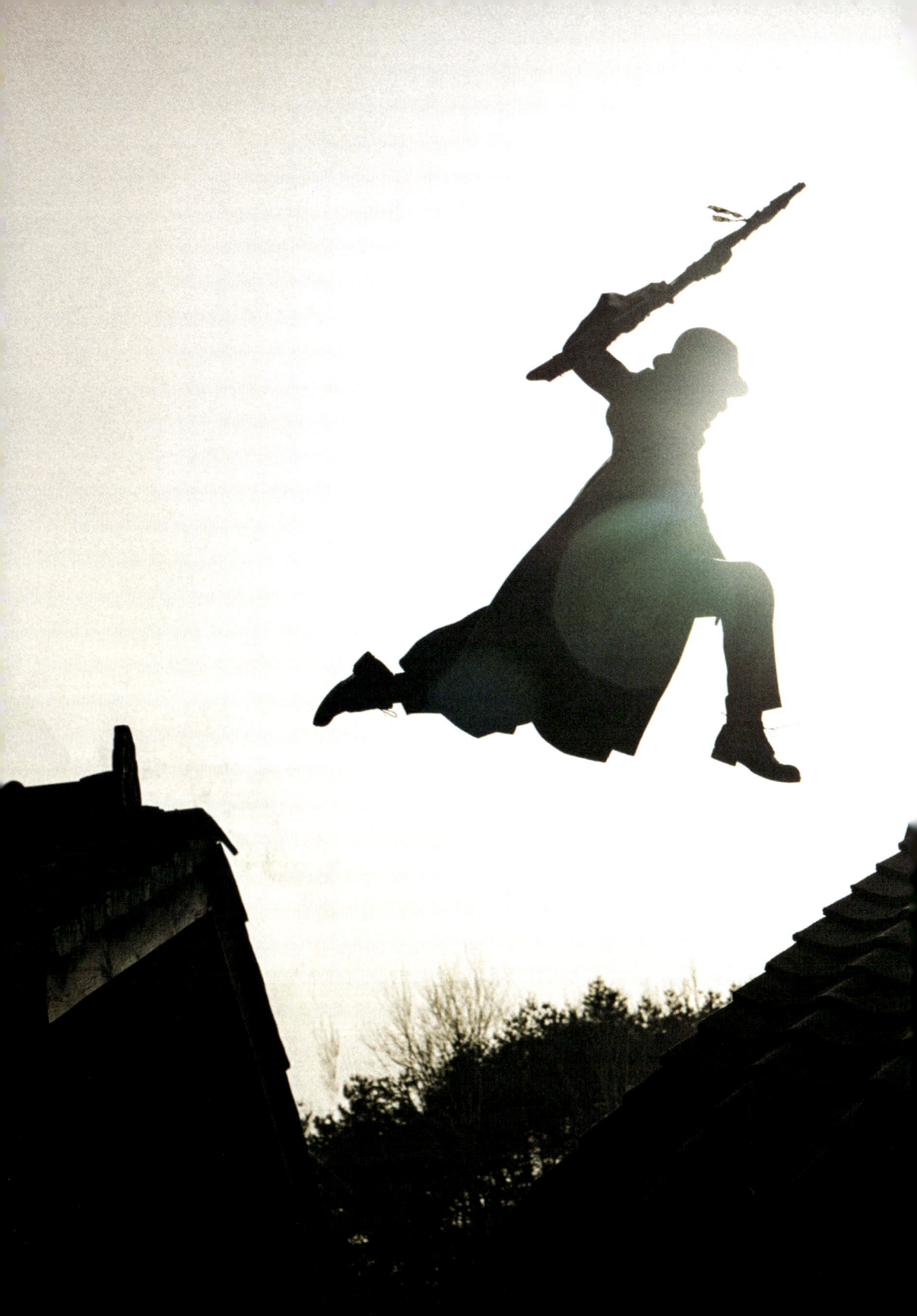

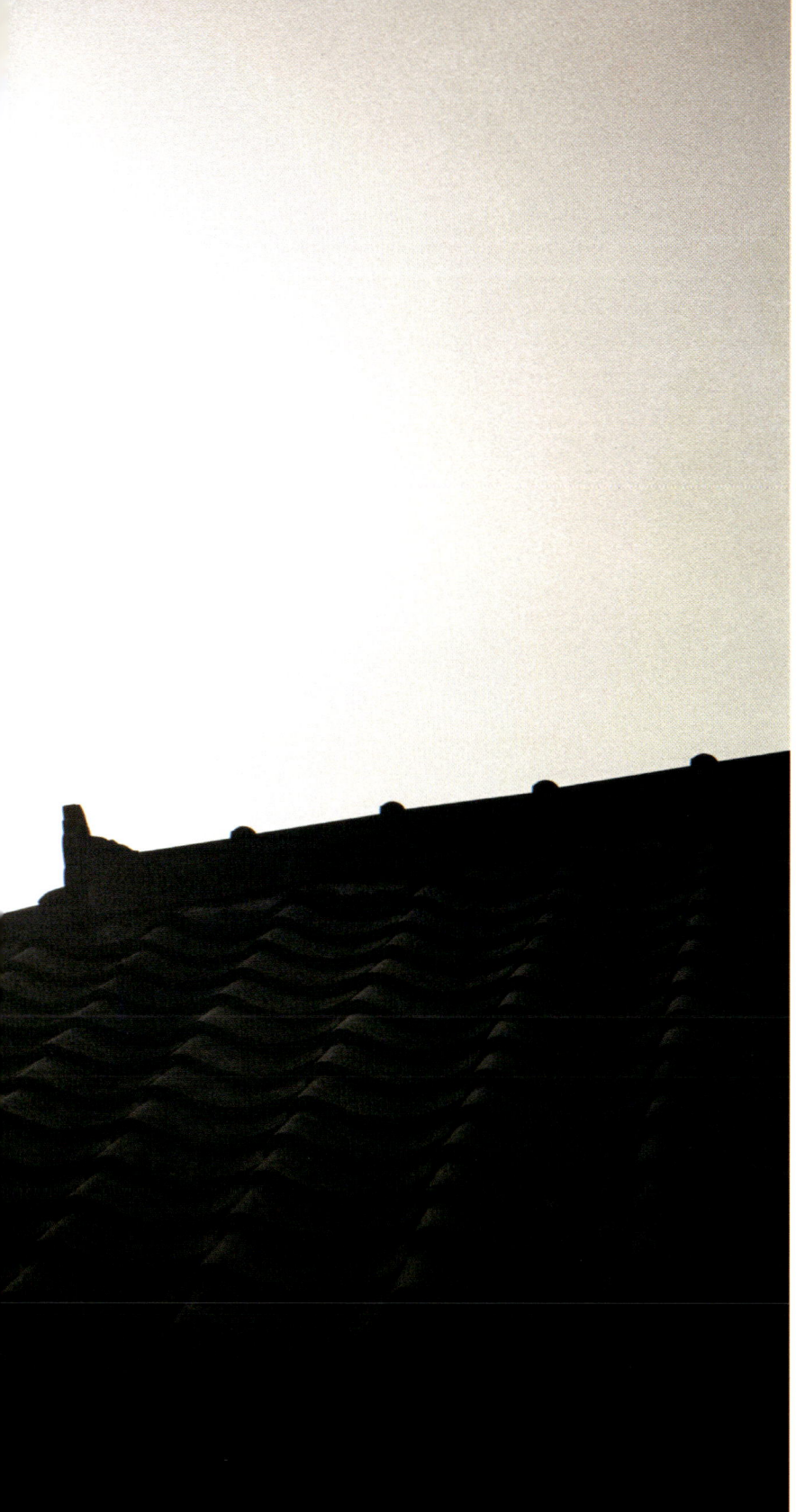

검은 새 한 마리를 쏘았지.
다신 날지 말라고.

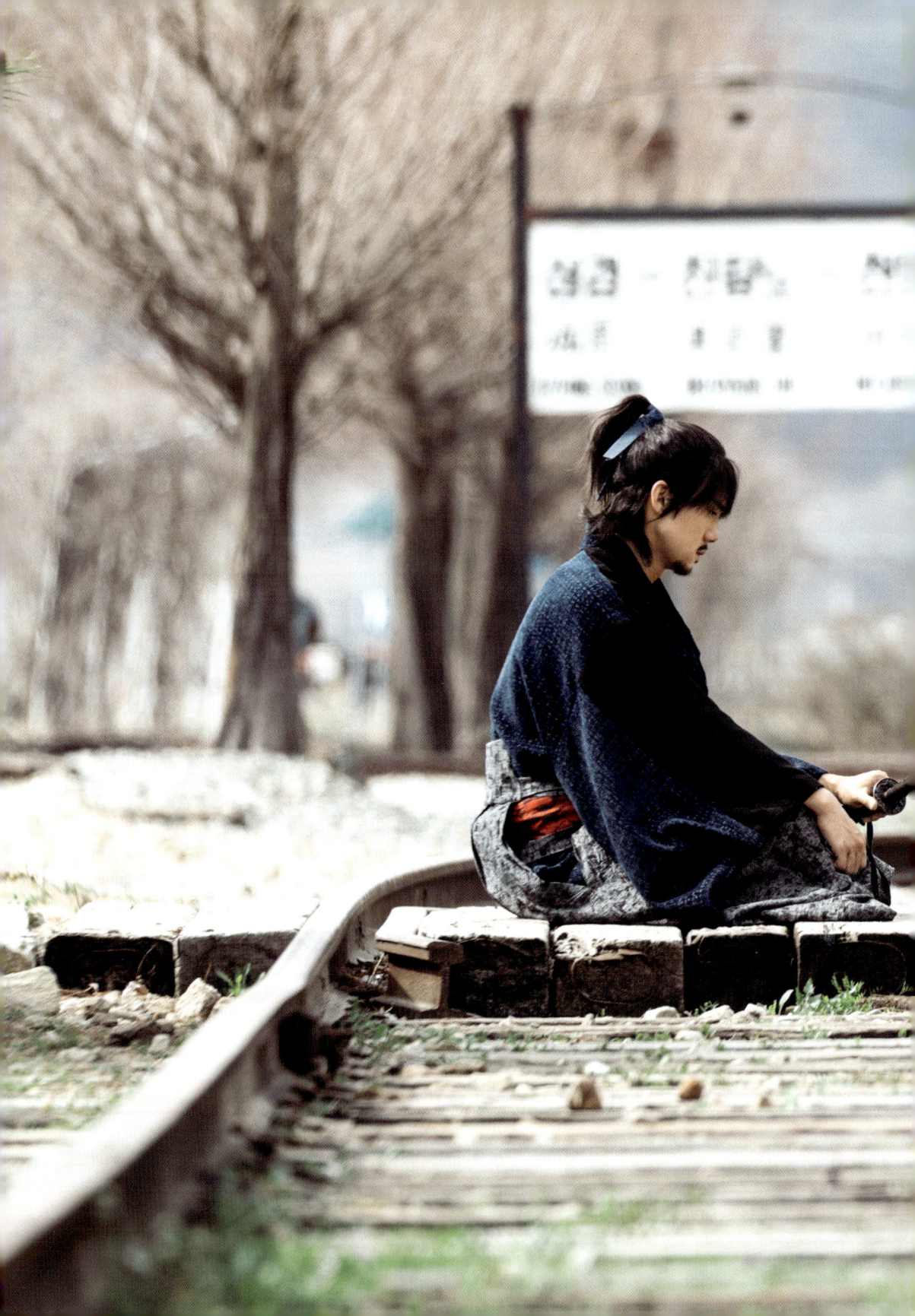

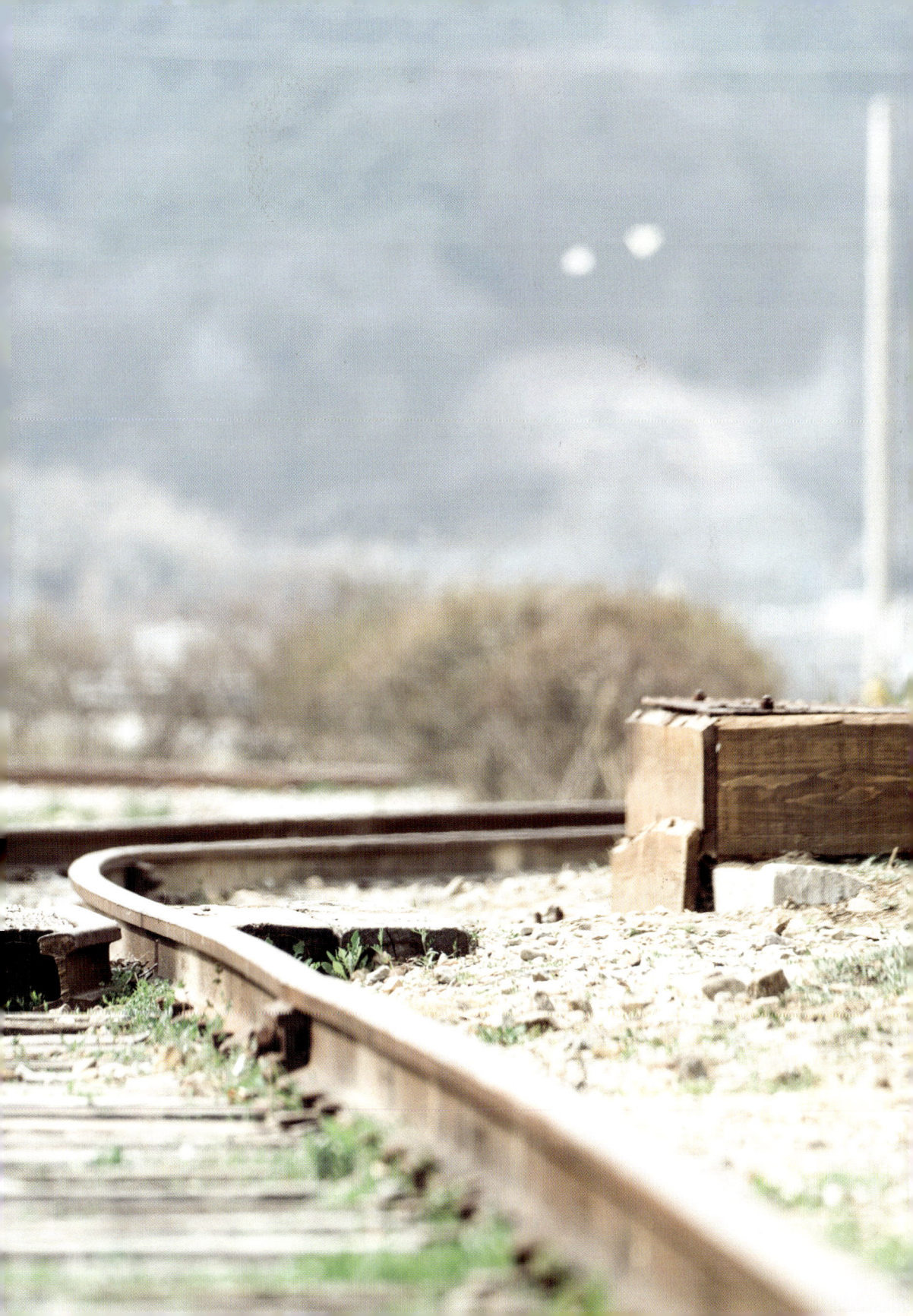

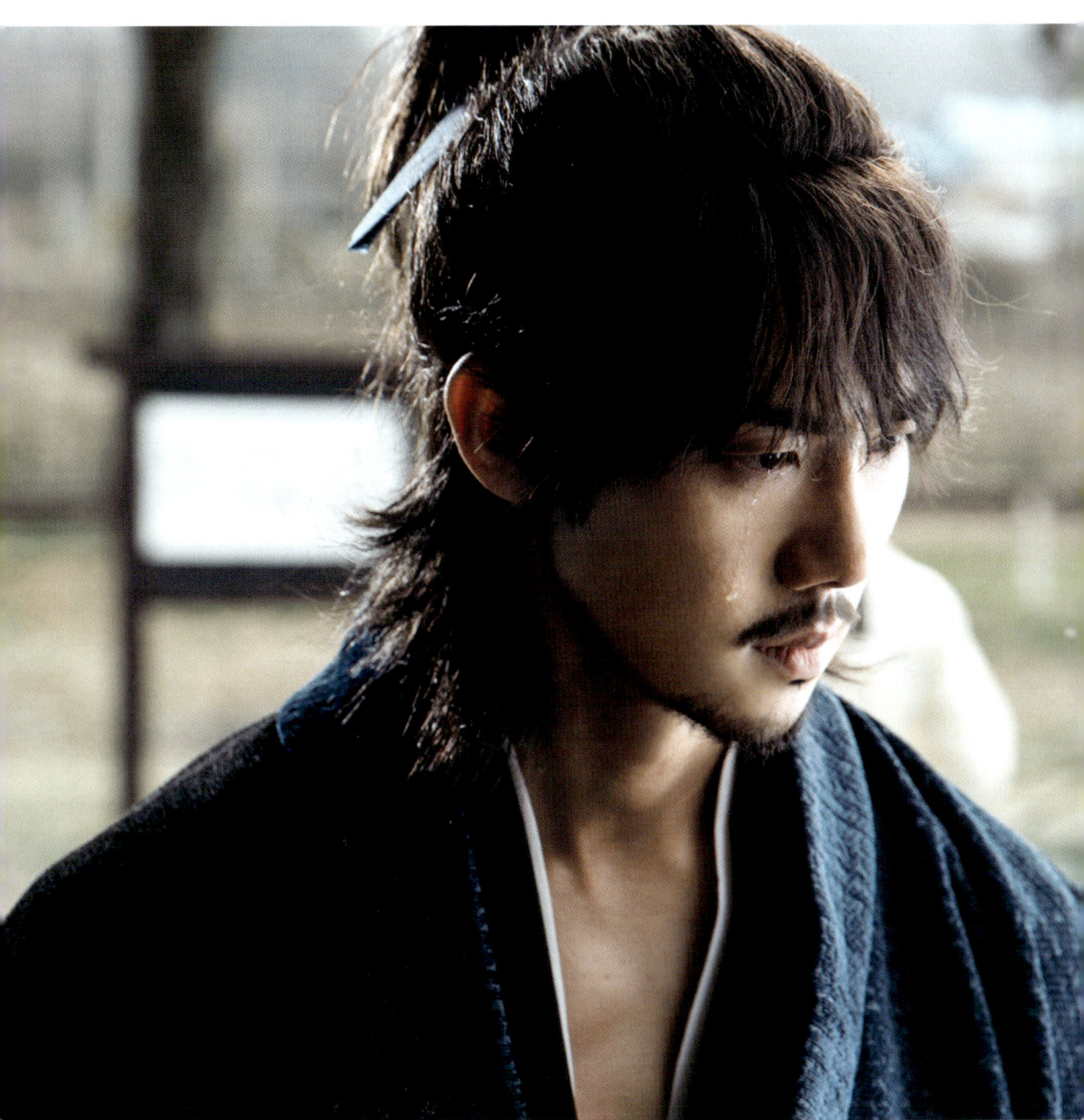

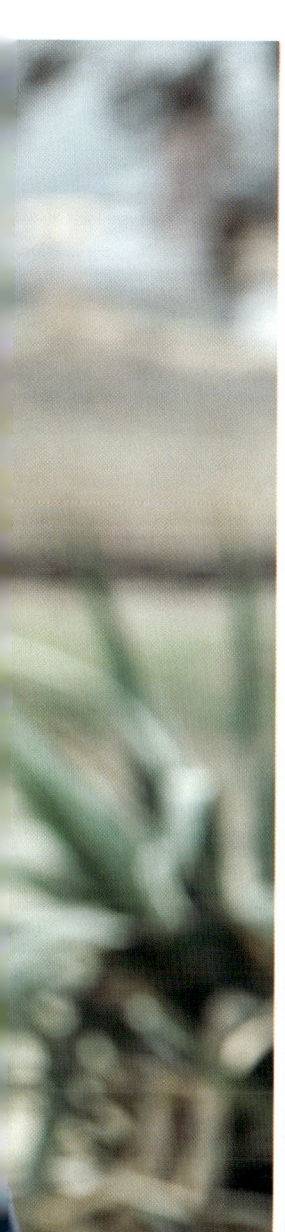

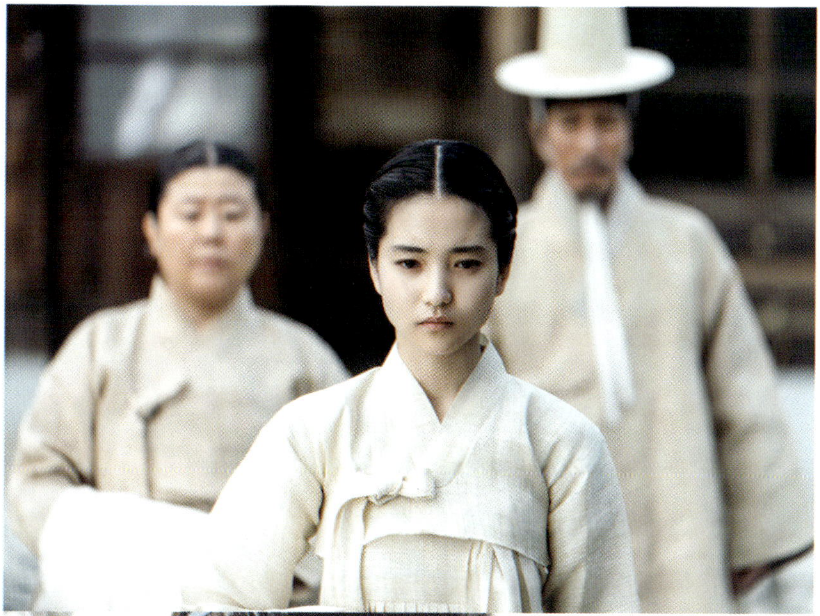

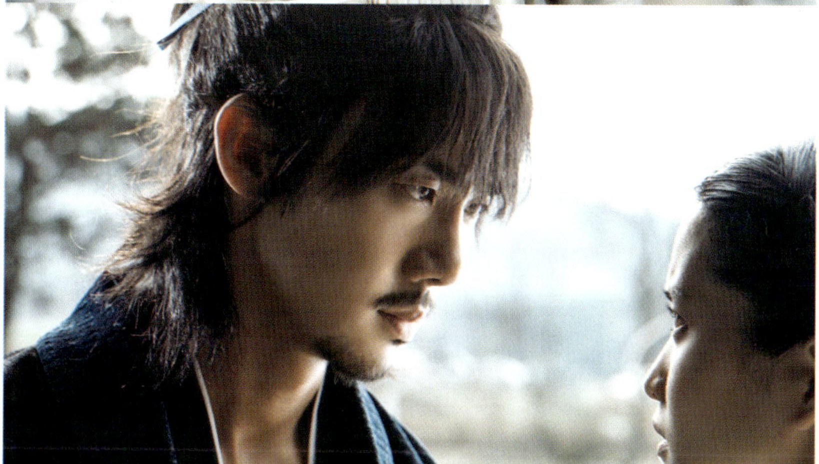

기어이 와서는
그것까지 아십니까

오지 마… 오지 마라…
오지 말라니까.

이렇게 다시 뵙습니다 애기씨.
이 새벽, 기차역에서.

절에 다녀오는 길이네.
이 자를 어찌해야 할까.
자네 눈엔 내 상복이 안 보이는가.
비키게. 죽여버리기 전에.

그건 제가 더 빠르지 않겠습니까 애기씨.
그런가. 아닌 것 같은데. 난 해도 자넨 못 할 듯싶은데.

오지 말랬더니 기어이 와서는… 그것까지 아십니까.

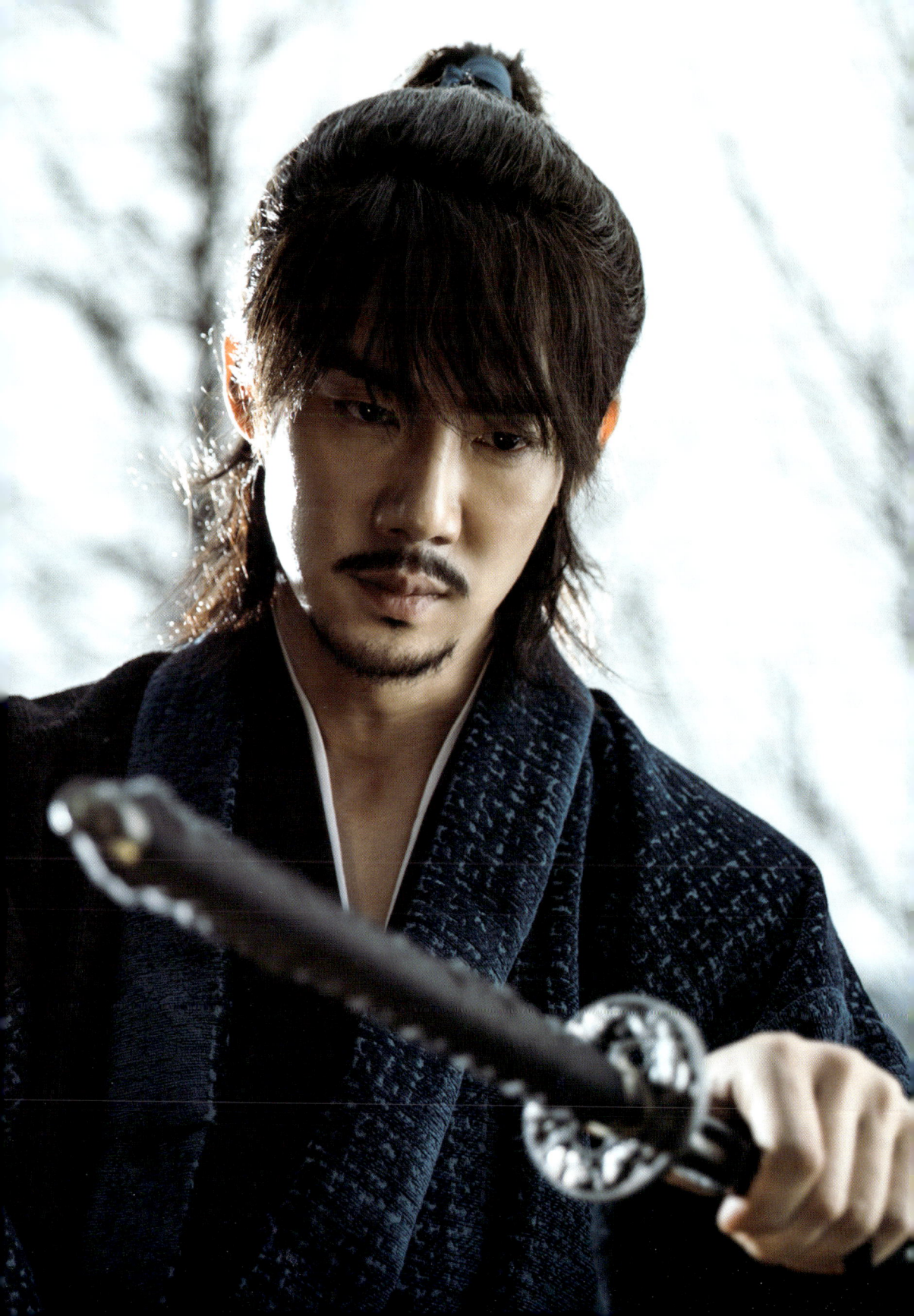

동무가 되는 건 어떻소

날이 더 없이 화사하오.
꽃 같은 오늘,
꽃 같은 그대,
꽃가마 타고 내게 와 주시오.

꽃이 없으면 작문을 못 하시오?
내 원체 아름답고 무용한 것들을 좋아하오.
와주어서 무척 기쁘오.

이건 어떻소. 혼인을 유예합시다.
어차피 나야 뭐 나쁜 놈이니까,
내가 당신의 방패가 되어 드리다.
진심⋯이오?

진심이오.
대신 나와 동무가 되는 건 어떻소.

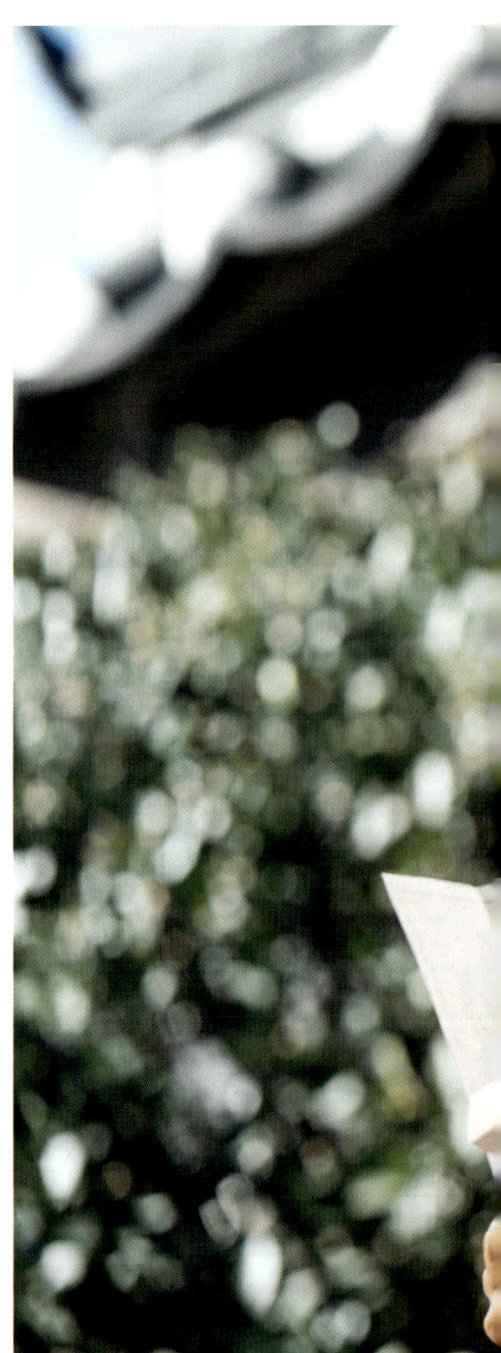

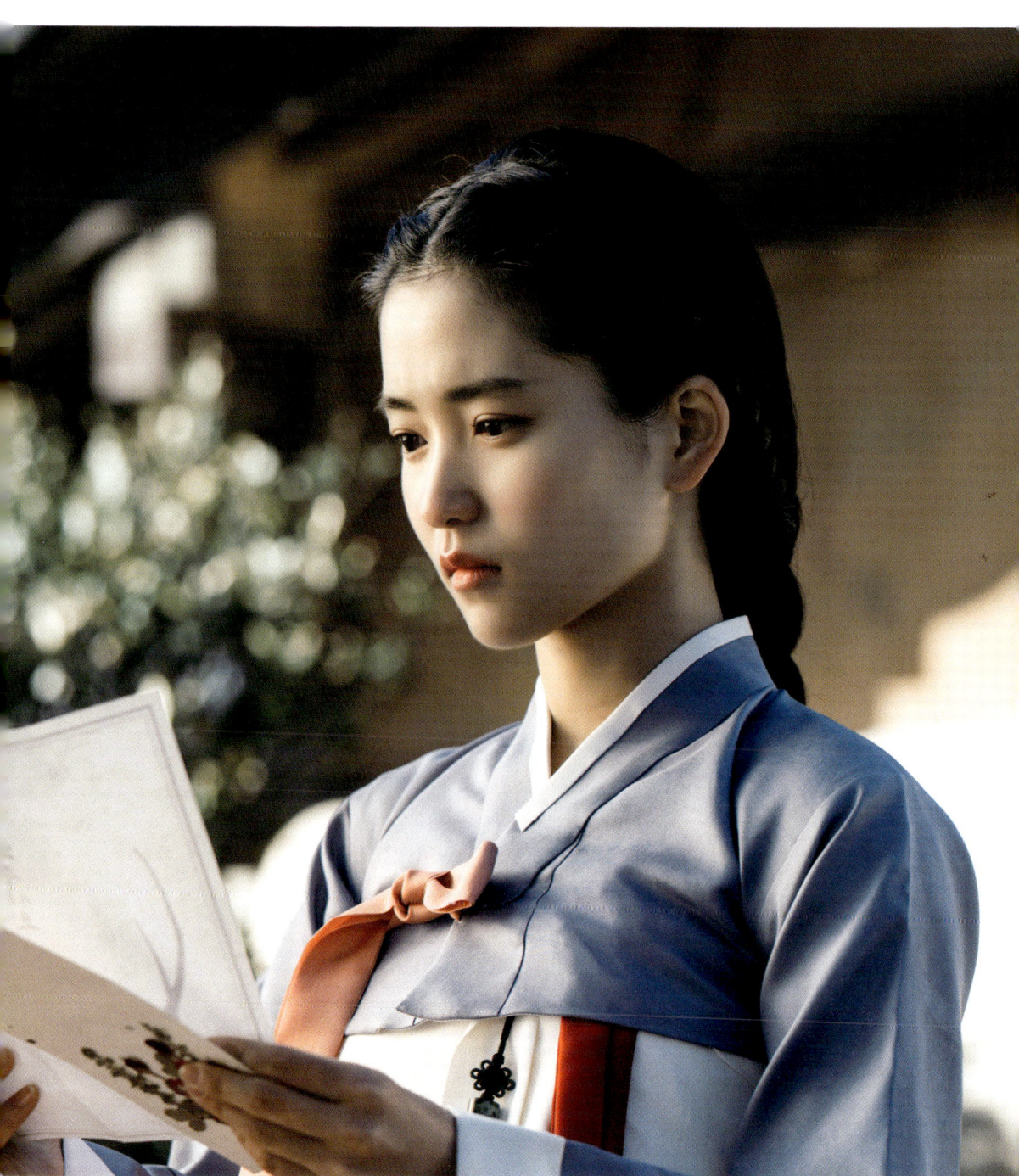

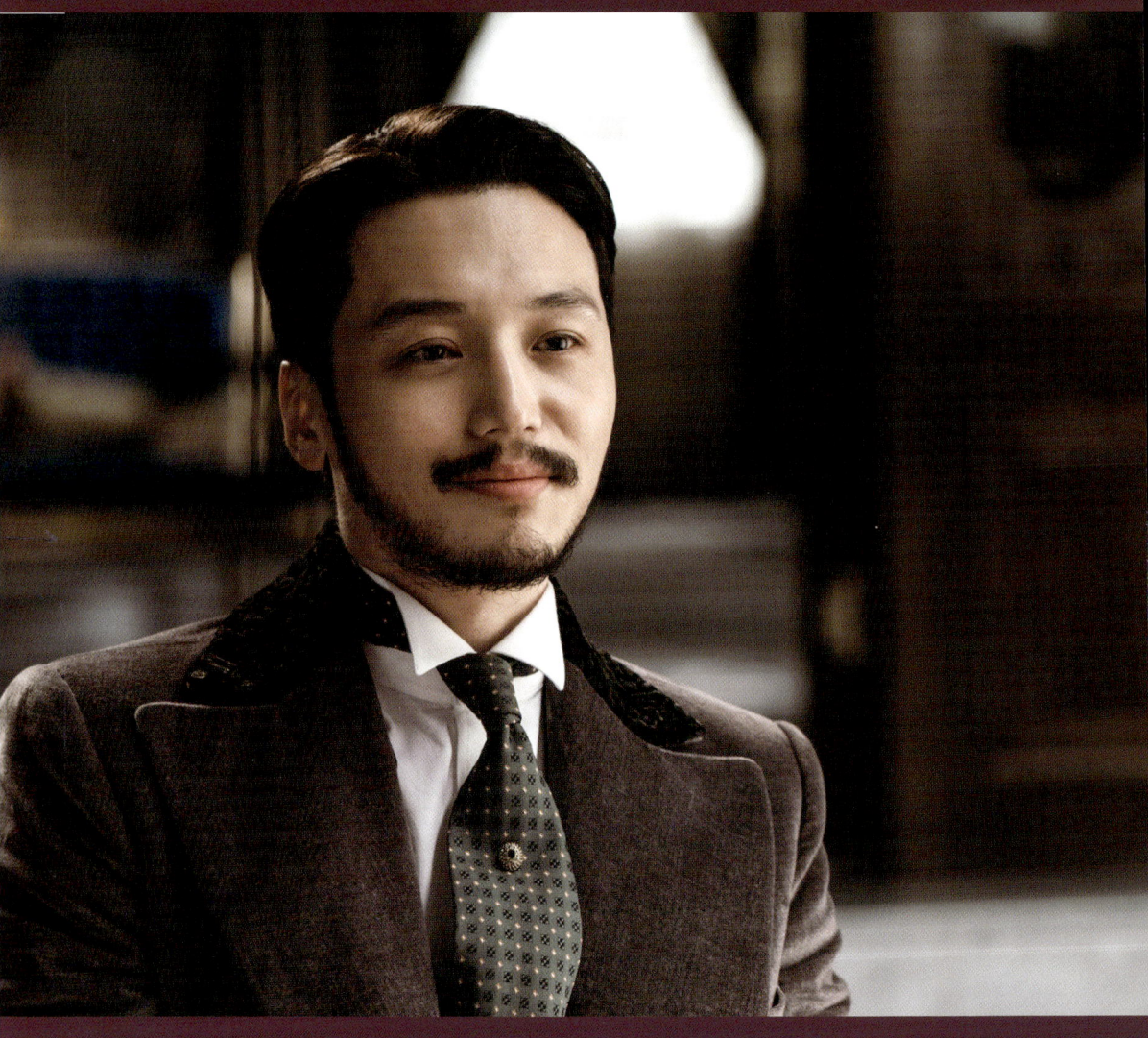

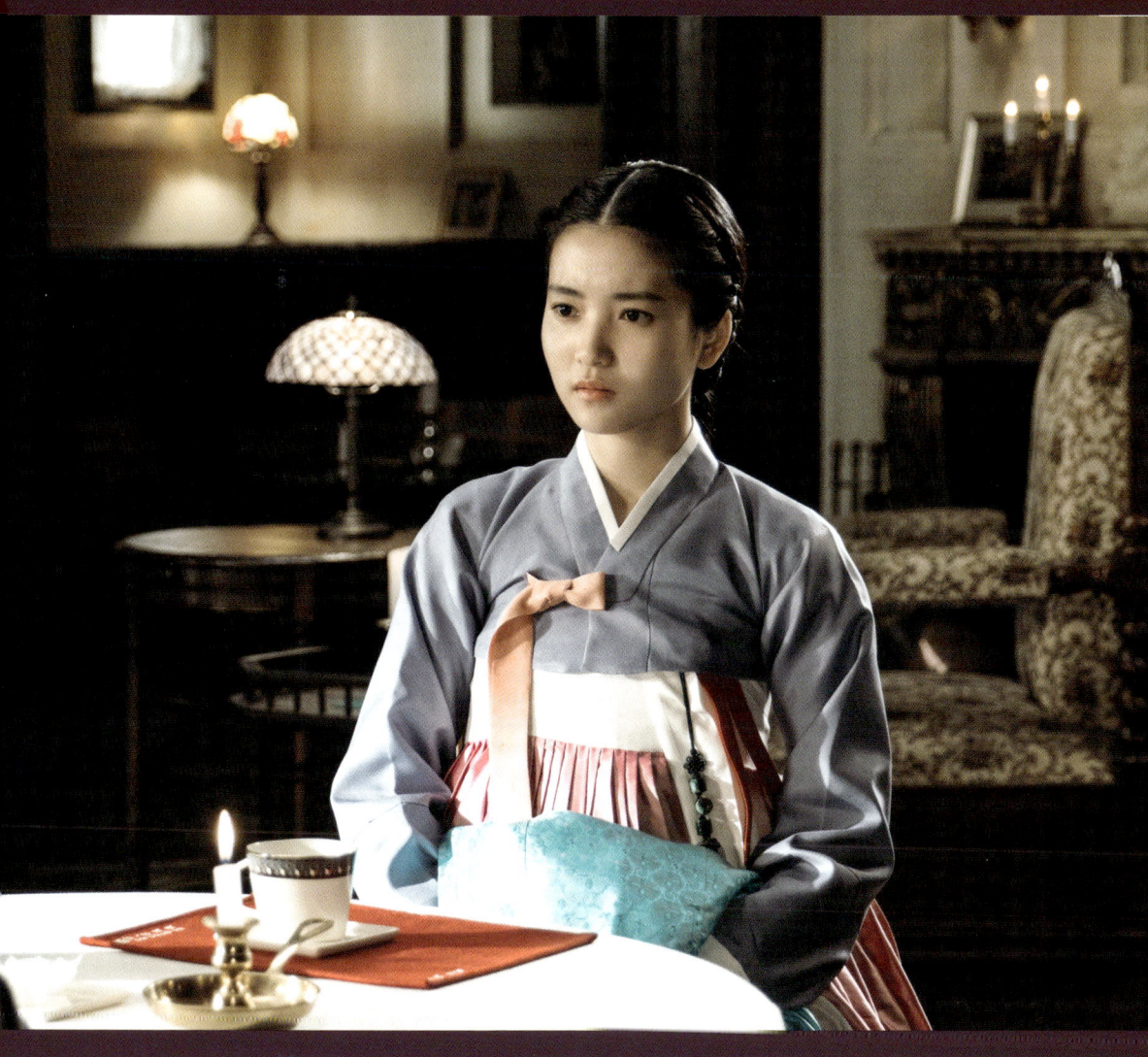

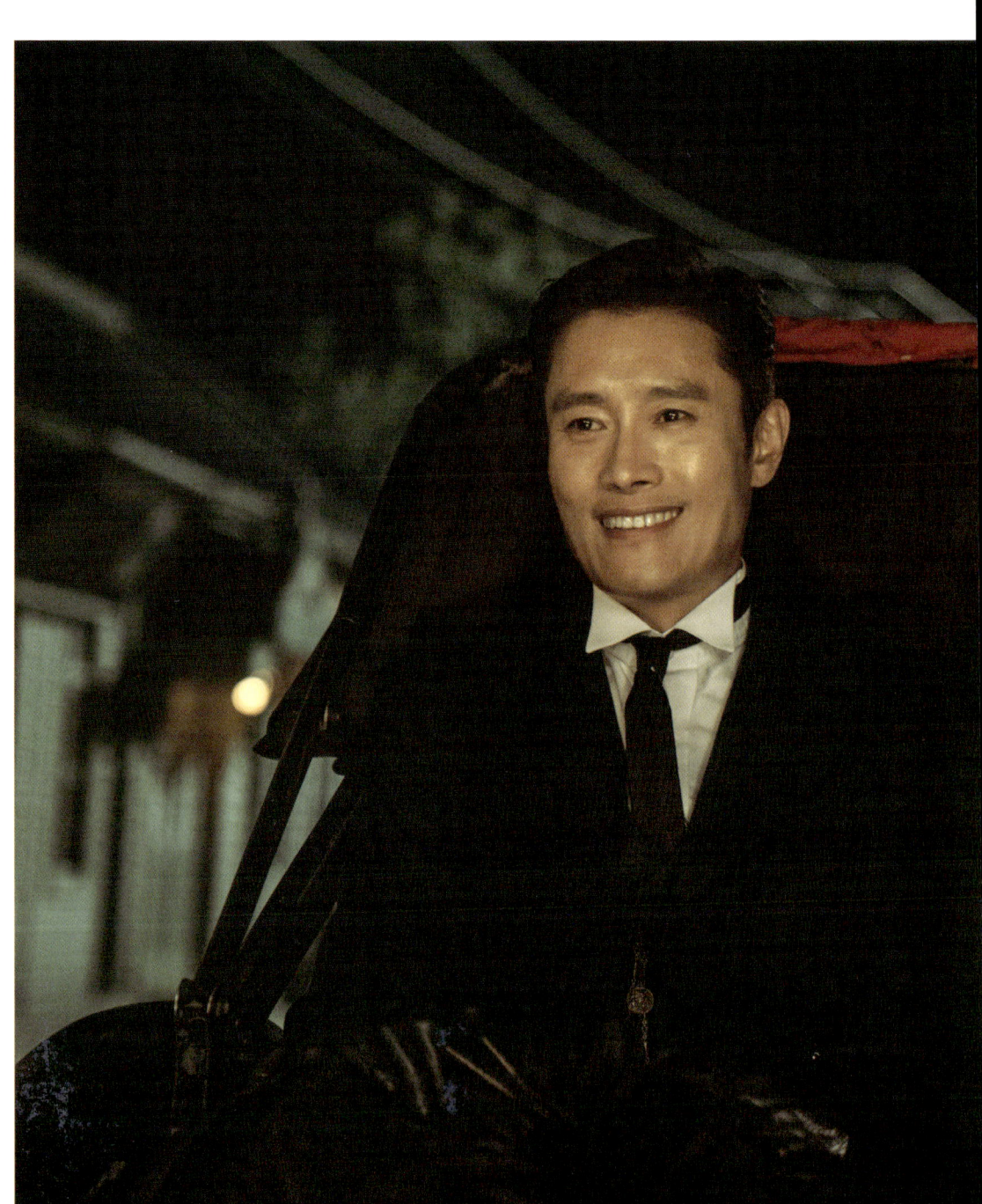

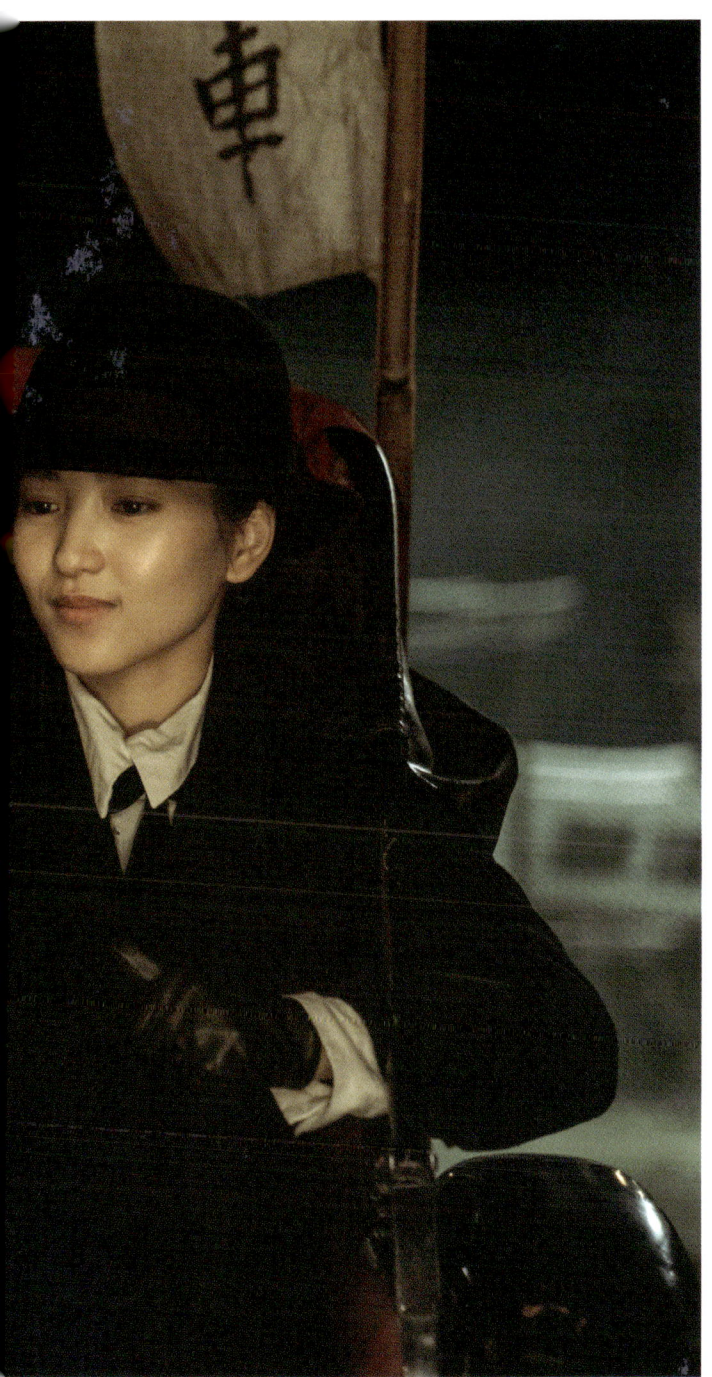

보
호

방금 뭐한 거요.
보호요.
근데 지금 우리 어디 가는 거요.
거기까진 생각을 안 해봤소.
그저 나란히 앉아보고 싶었소.
걷는 건 지난번에 해봐서.

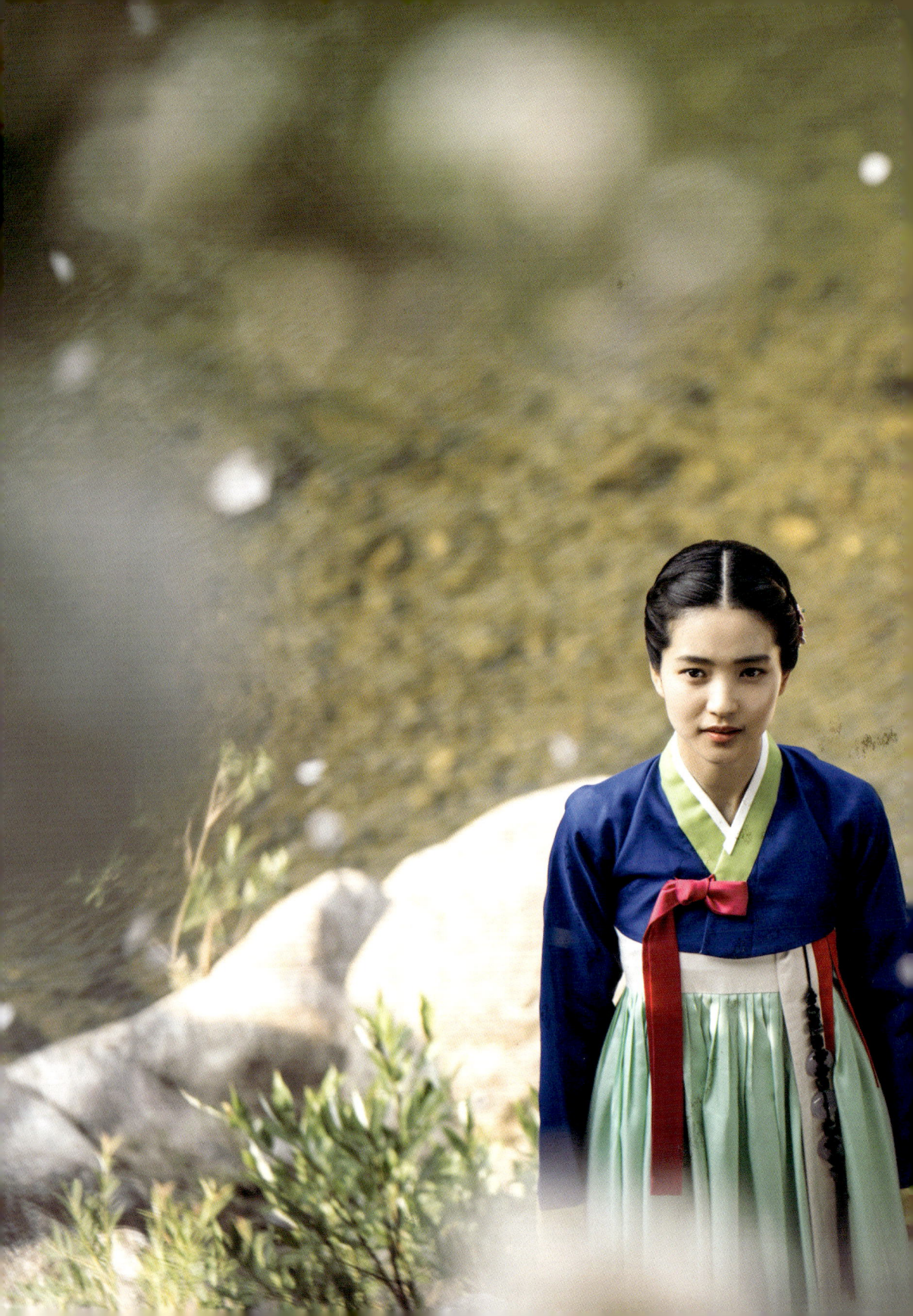

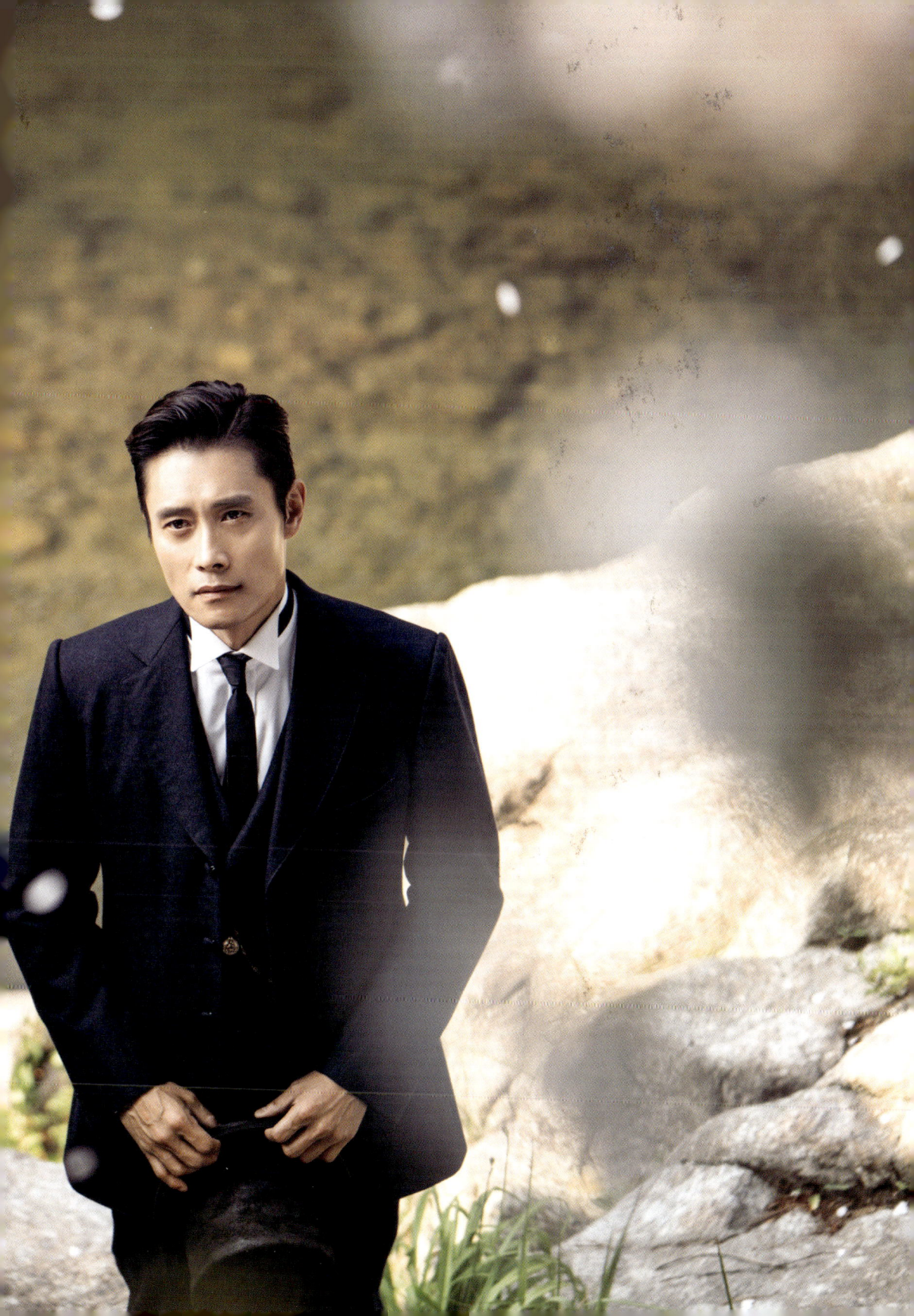

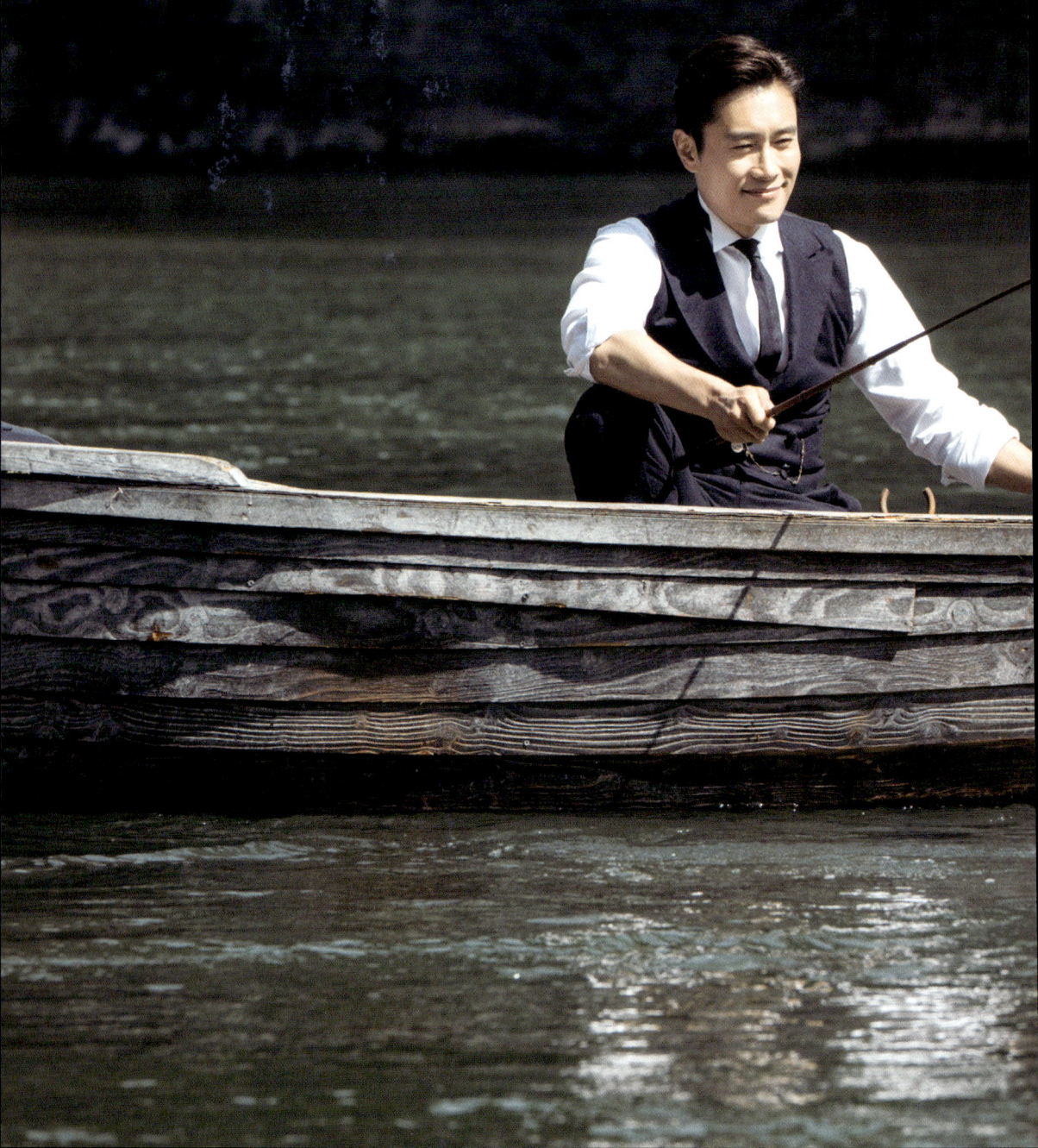

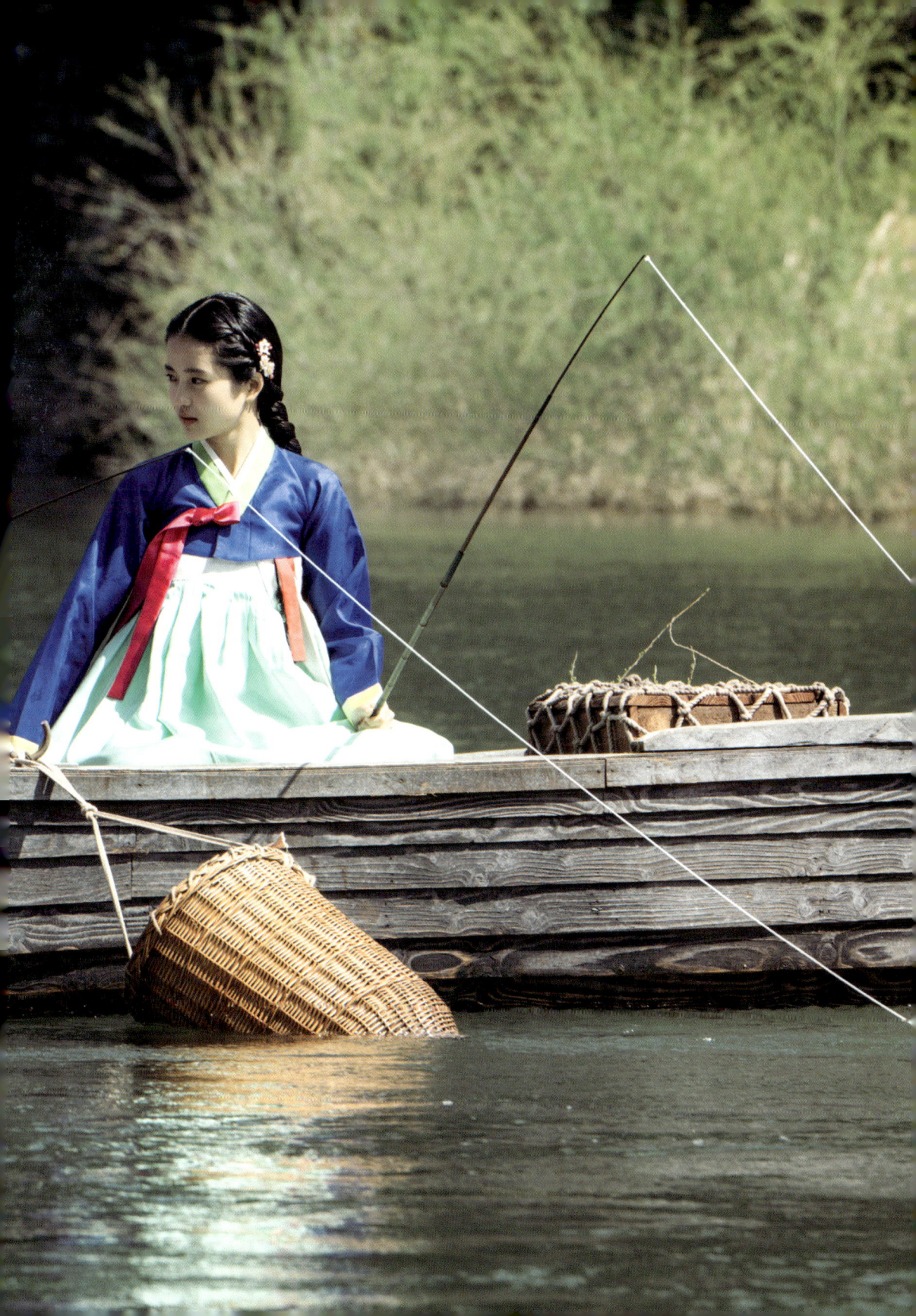

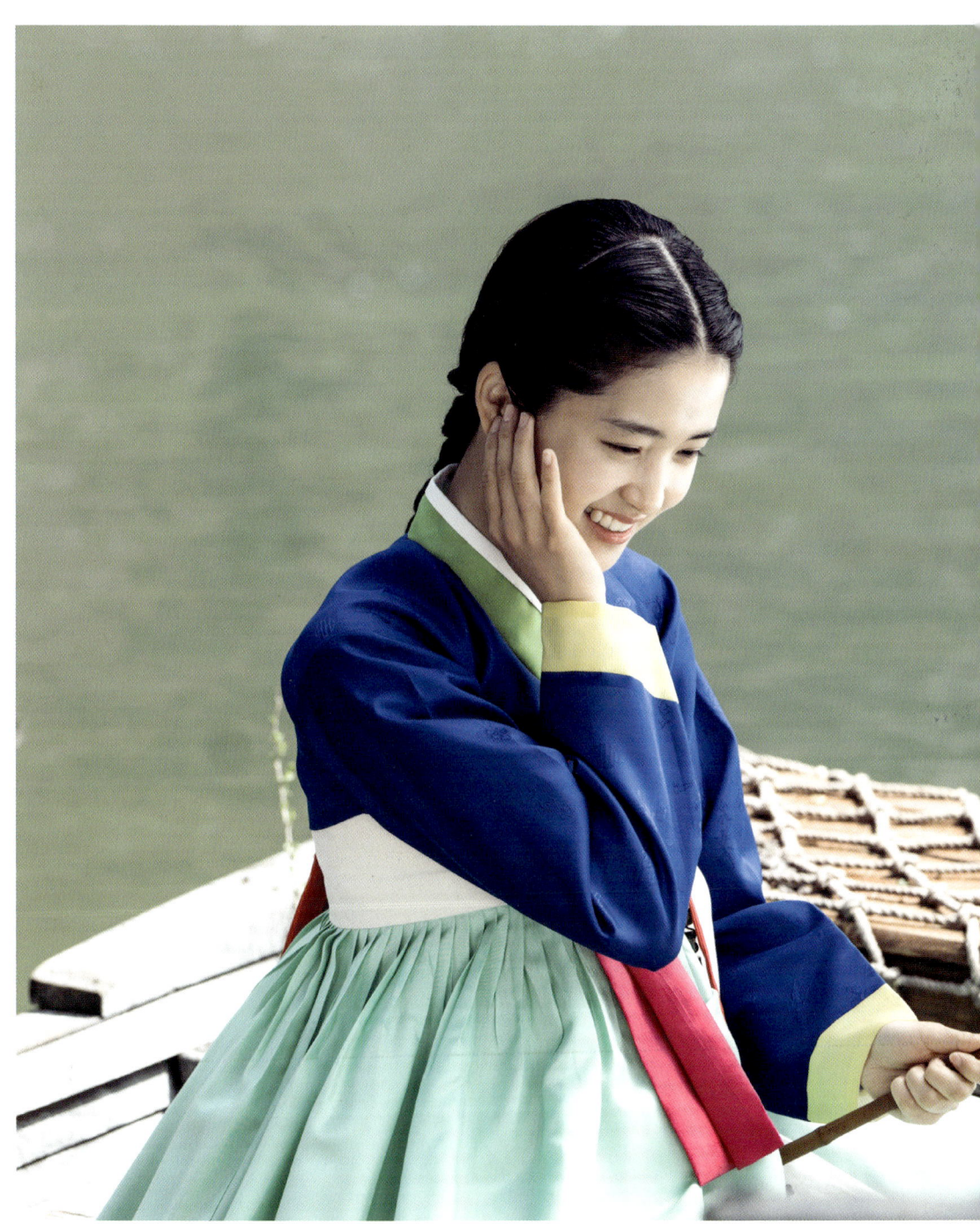

그대 만나려고
물 너머로 연밥을 던졌다가

가을날 깨끗한 긴 호수는
푸른 옥이 흐르는 듯 흘러
연꽃 수북한 곳에
작은 배를 매어두었지요.

그대 만나려고
물 너머로 연밥을 던졌다가
멀리서 남에게 들켜
반나절이 부끄러웠답니다.

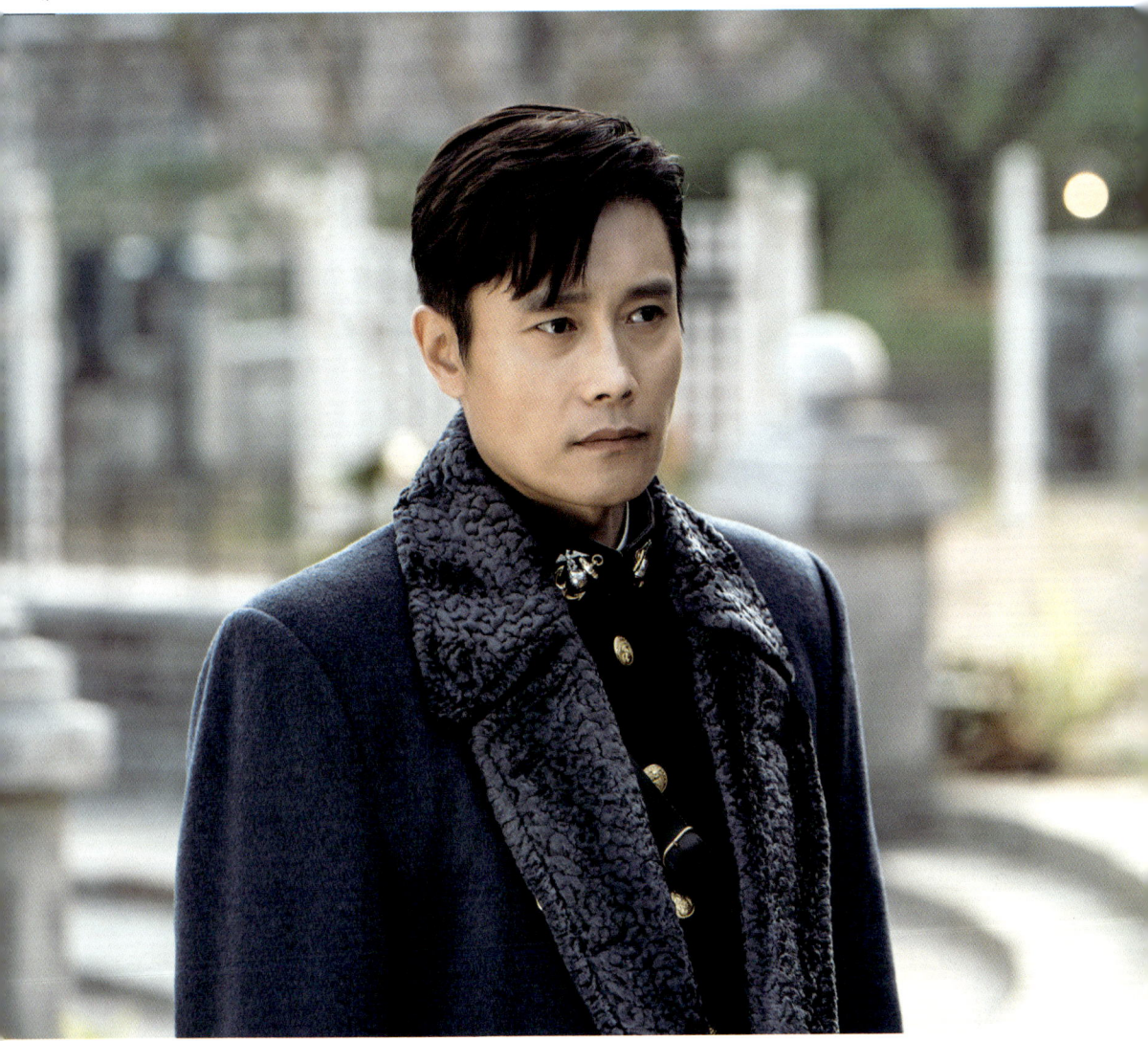

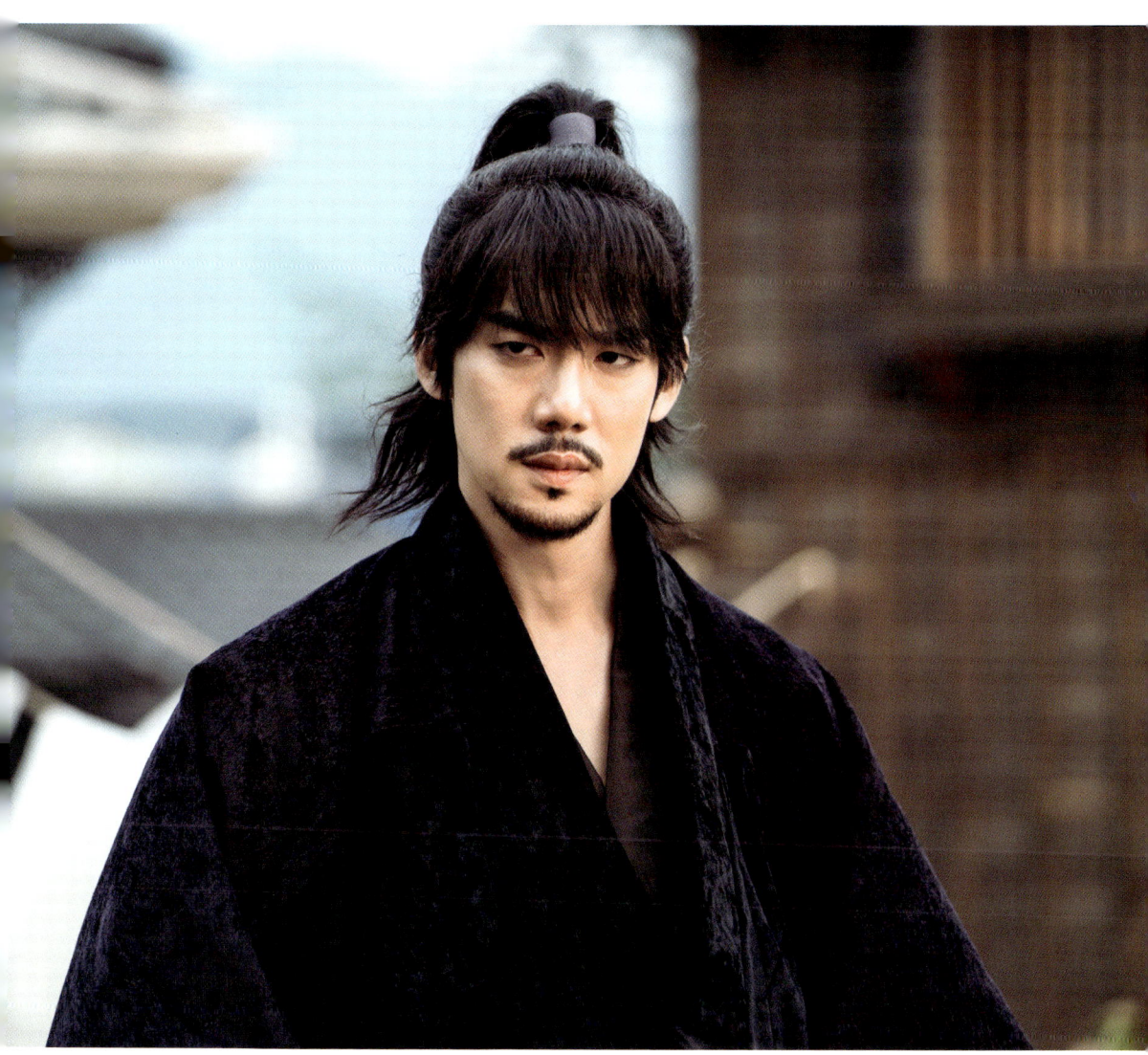

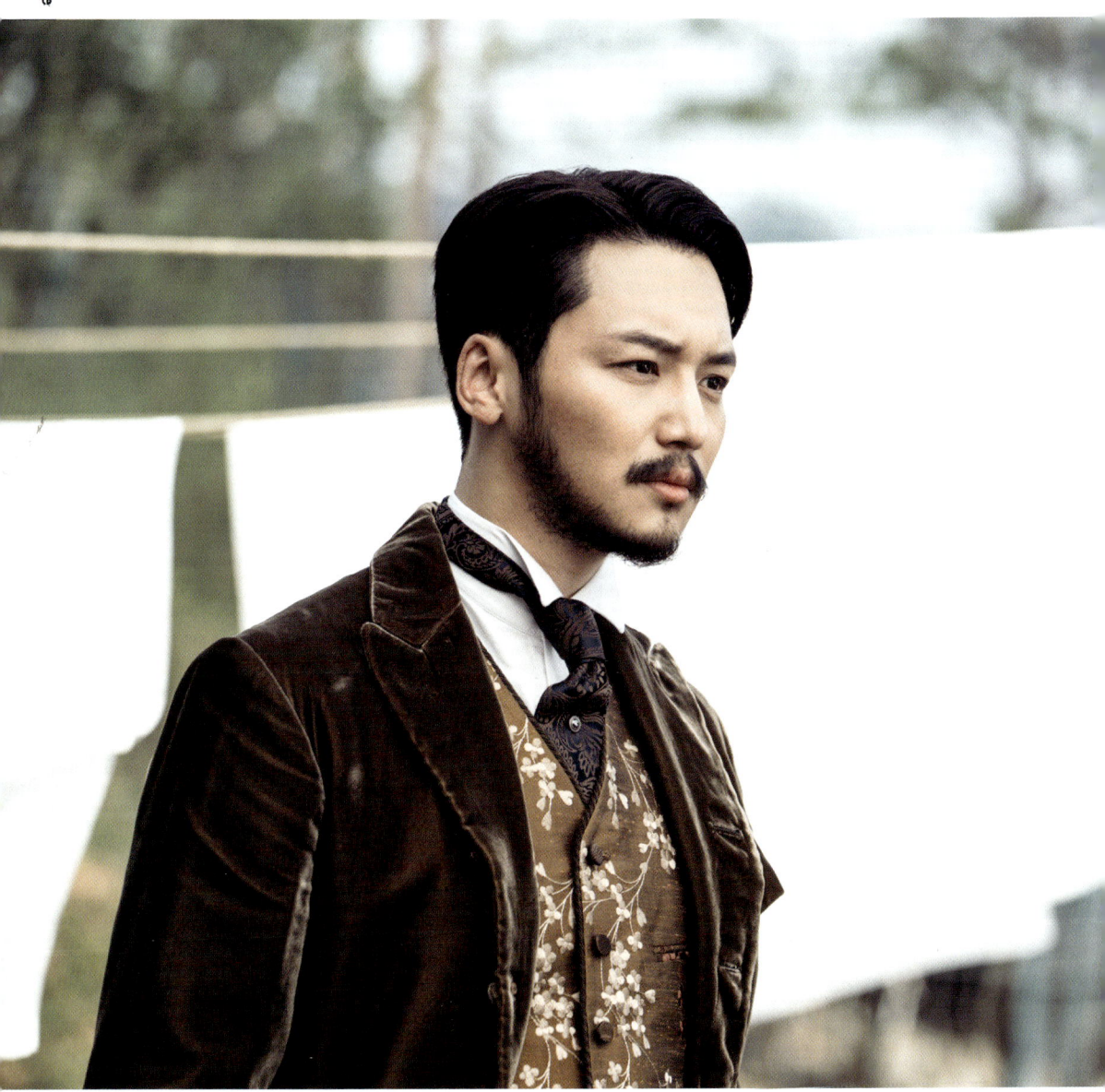

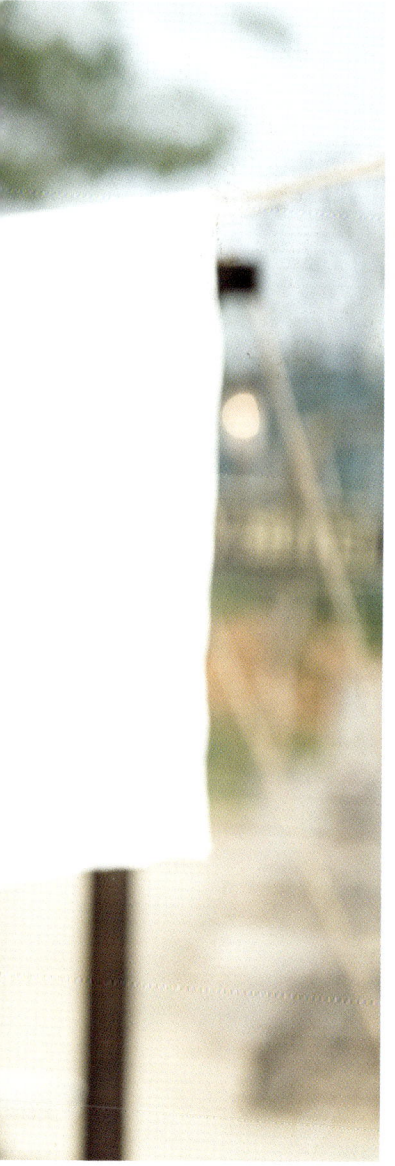

그대들이 늘 화가 나 있는 이유가

변수가 생기면 변고를 당하고
뭘 피하면 피를 본다더니 총을 맞으셨네?
다음엔 그냥 죽으라고 해볼까.
몸조심 하시라 했더니
그 말도 씨가 됐나 후회가 돼서요 니으리.

꼭 새치기 당한 기분이라.
단 한 번, 가져본 적도 없는데 말입니다.
그저 미군으로만 있다 가시지요 미국인 나으리.
이제 나으리 손에 쥐고 있는 게 무엇인지는 중하지 않습니다.
이미 쥐고 있는 게, 너무 큽니다 나으리.

나는 알 것도 같은데.
그대들이 화가 나 있는 이유를…
이제야 알겠구려.
지금 그대들 곁에 서 있는 이가, 내 곁에 서 있는 이와 같소?
여기엔 없으나 처음부터 여기 서 있는 그이 말이요.
혹여 그이가, 내 정혼자요?

아니어야 할 거요.
나쁜 맘먹기 싫거든. 아직은.

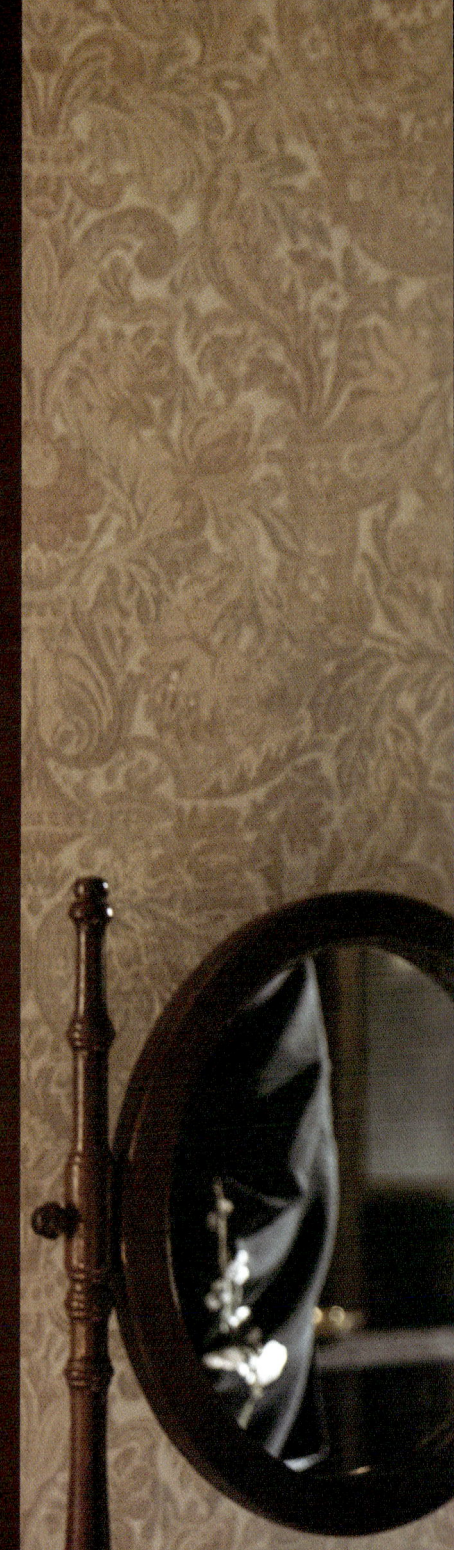

칼
로
도
벨
수
없
는
것
들

칼로도 벨 수 없는 것들이 있지.
의롭고 뜨거운 마음 같은 거.
구동매 너무 크게 졌네.
지금이라도 죽여.
천하의 구동매가
대체 뭐에 목숨을 건 거지?
난 목숨 안 걸어. 목숨을 빼앗지.

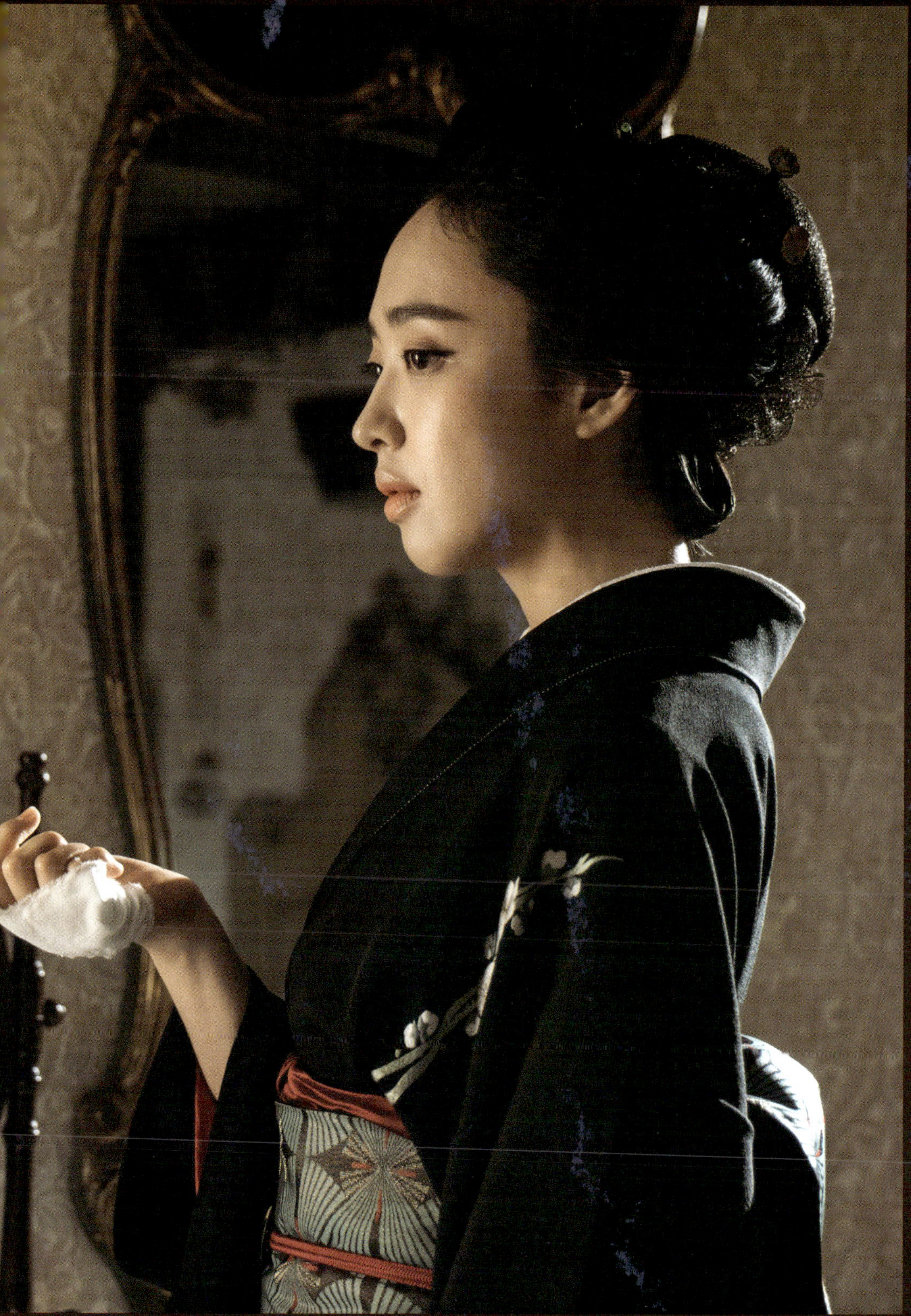

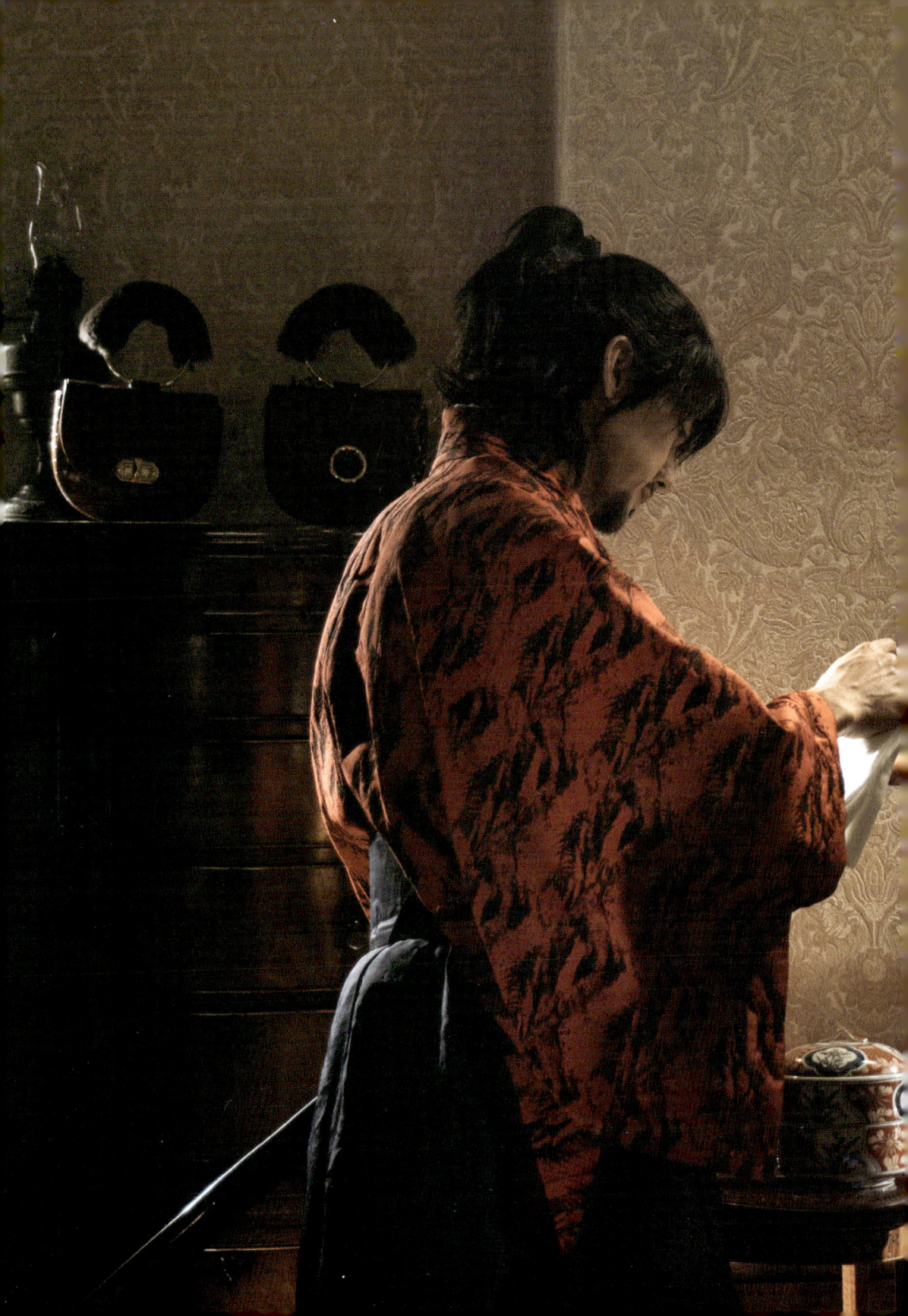

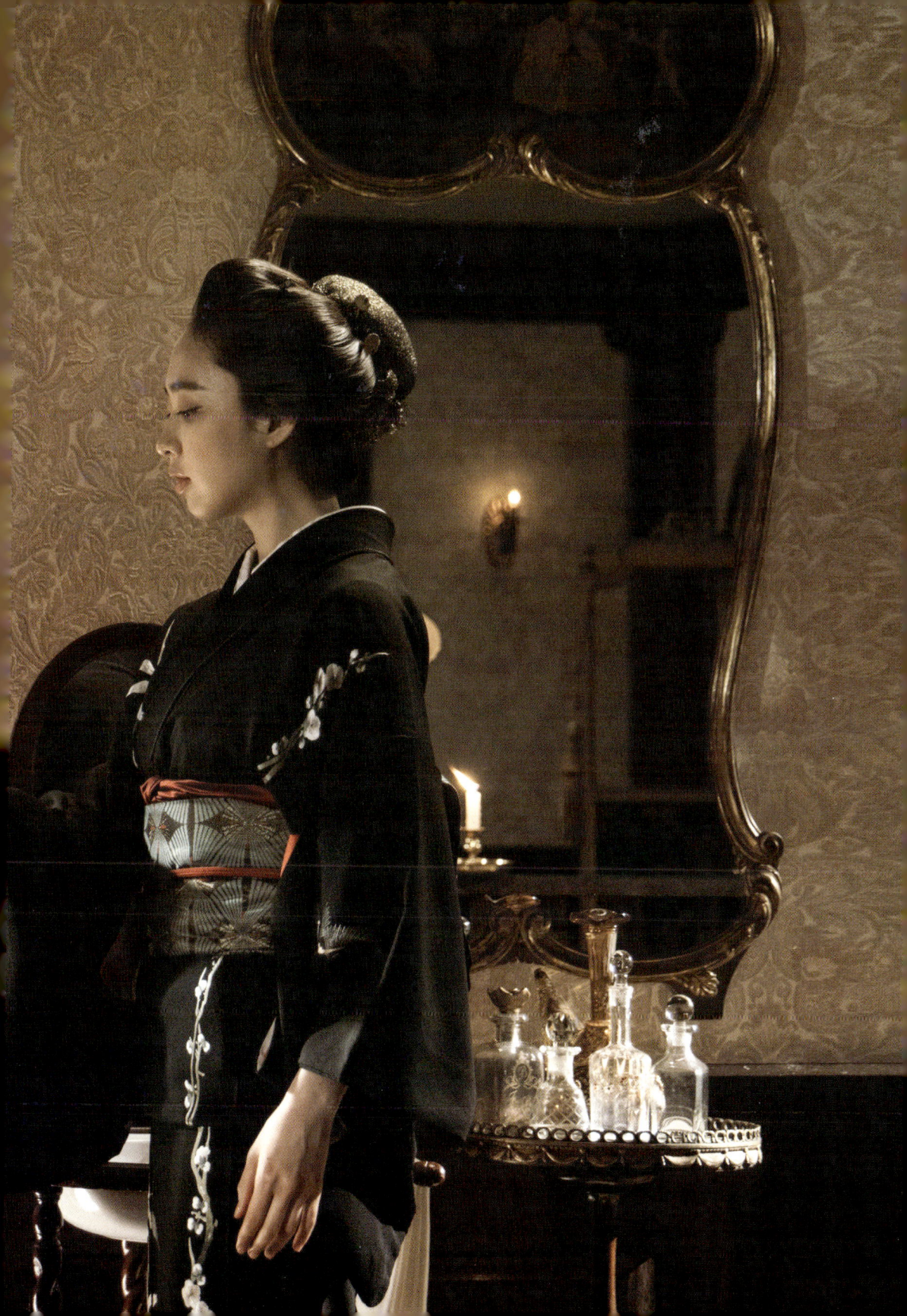

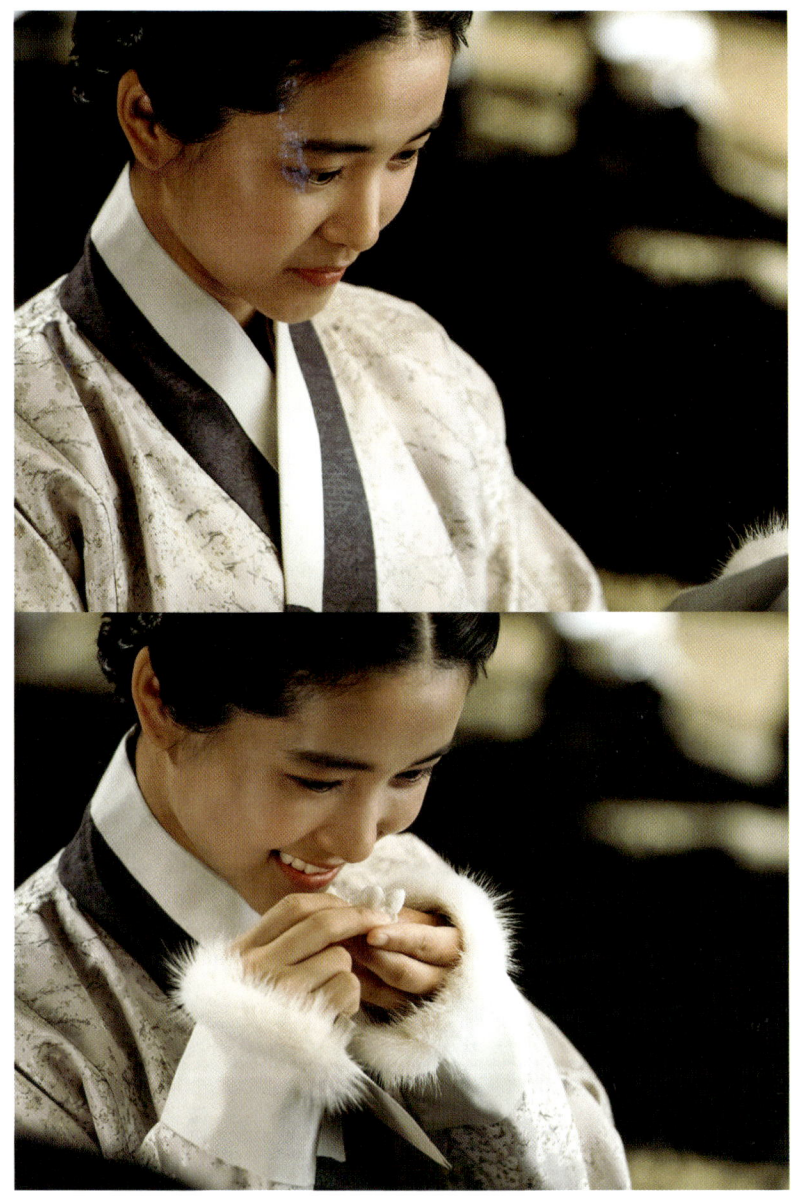

보
고
웃
었
소

간밤에 매화꽃이 졌다고
공사관 심부름꾼 소년이 품에 가득 품고 왔소.
혹여 보고 웃었소?
바람이 꽃잎을 떨군 이유가 그거였나 보오.

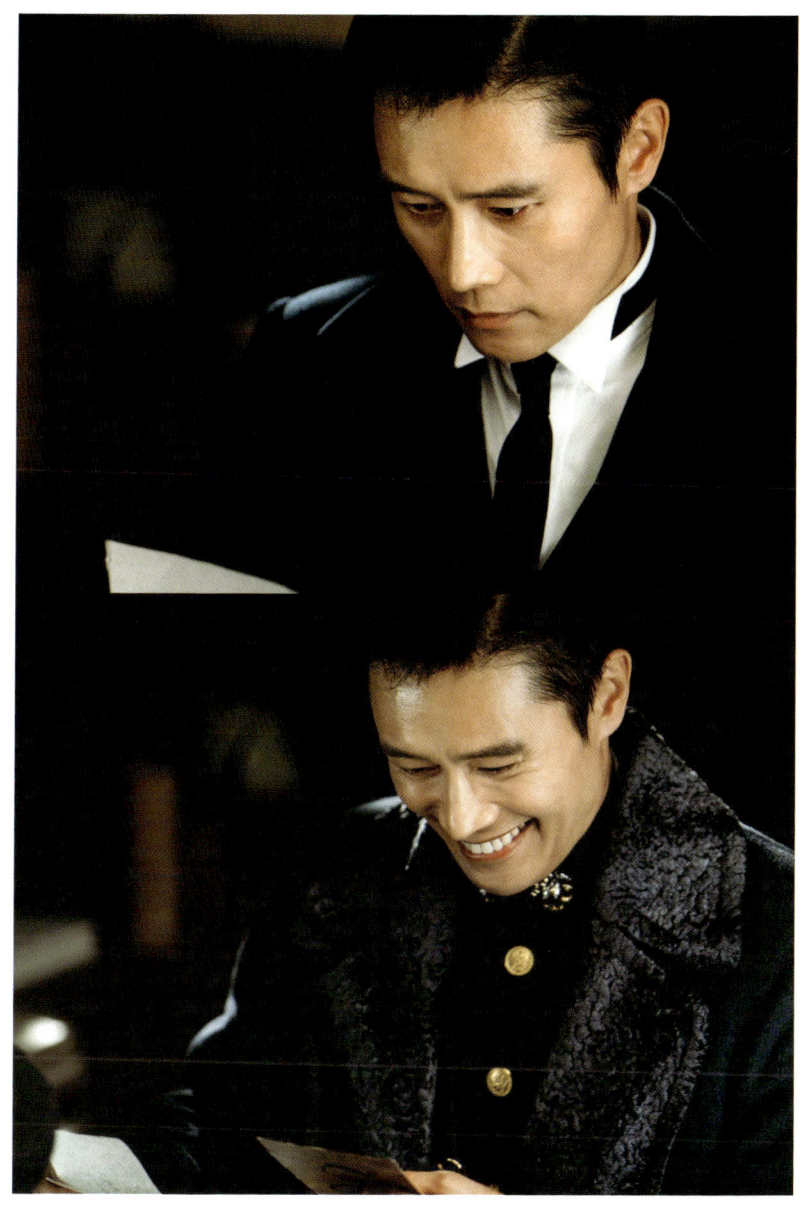

바다 보러 갑시다. 귀하가 본 엄청난 바다.
한 달이 걸리는 그 바다.
수평선 너머에도 계속 이어지는 그 바다.
그 바다에서 피어나는 해도 봅시다.

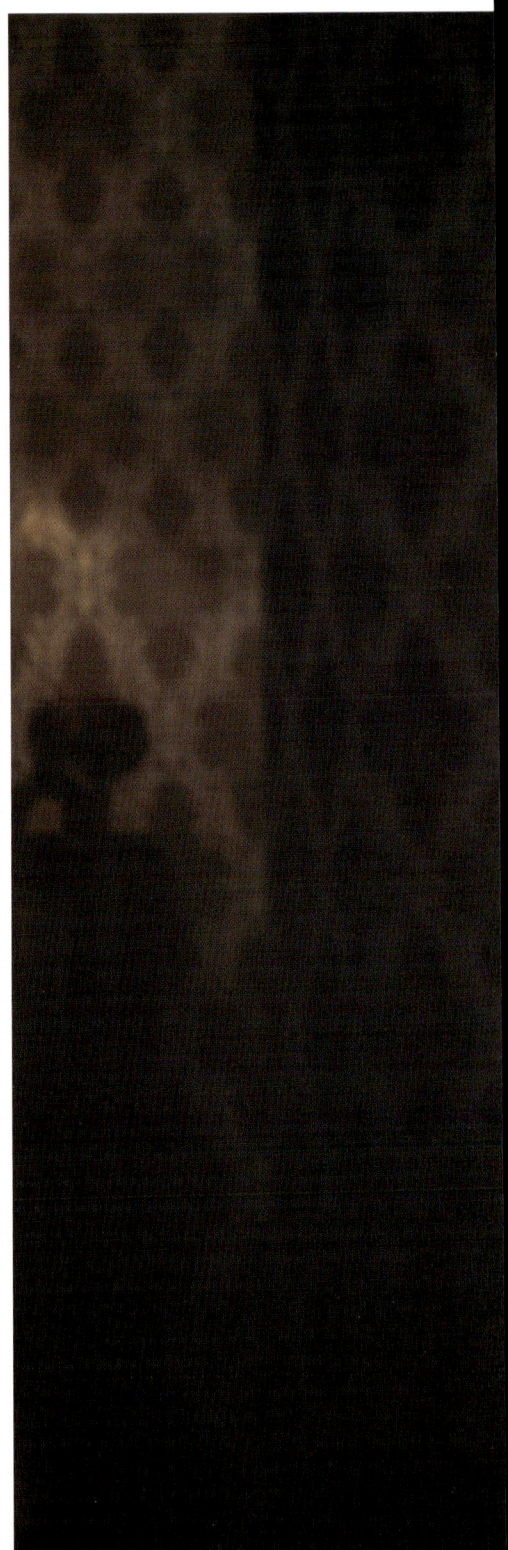

이 양복을 아는 거요

옷이 이리 근사하니
어떤 이들이 날 알아보고 눈을 못 떼는지,
한 번 볼까.

혹시 내가 이 옷을 입고 다리를 절면,
완벽해지는 이야기요?

아. 이것도 내가 제일 늦었구려.

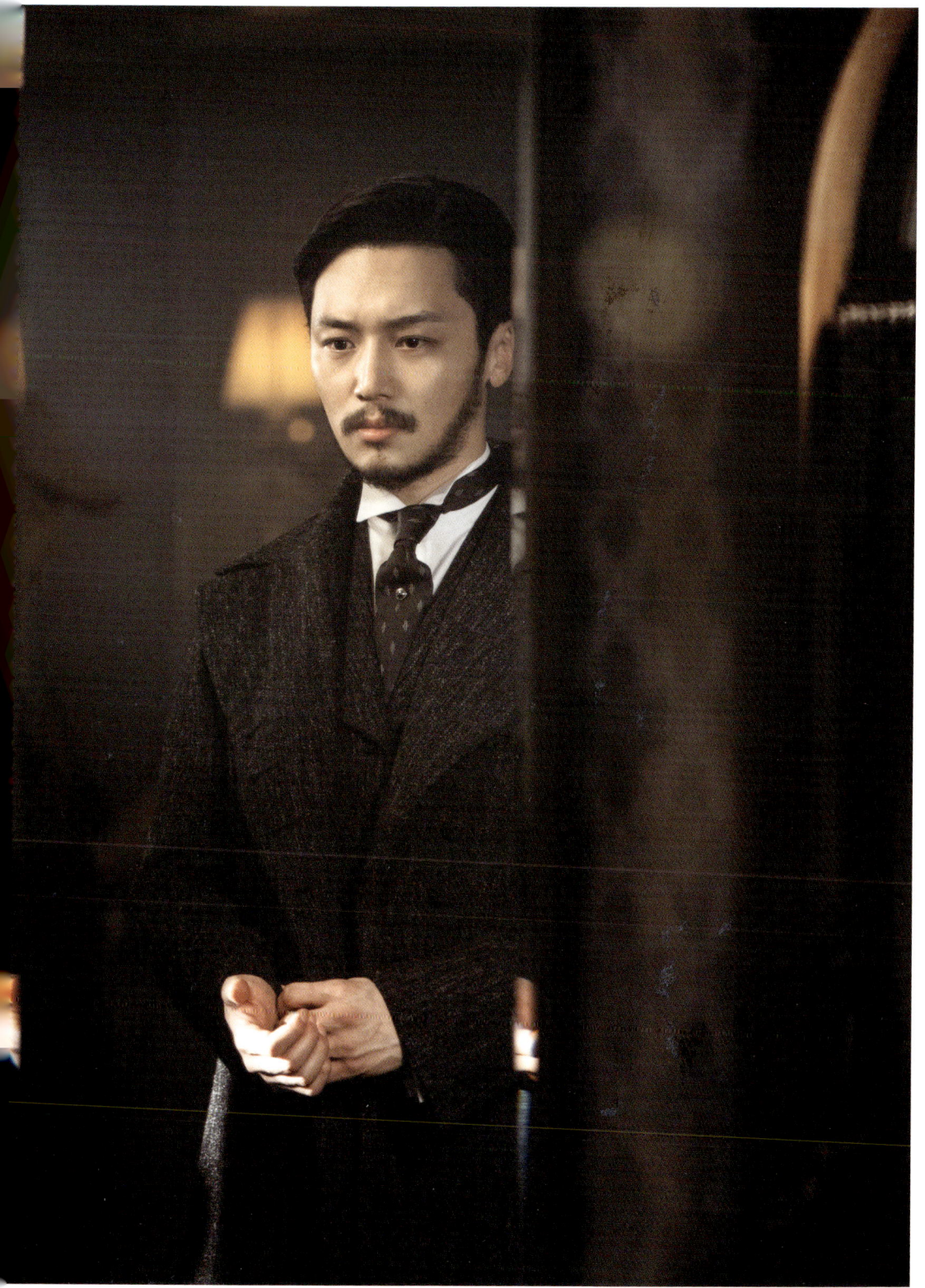

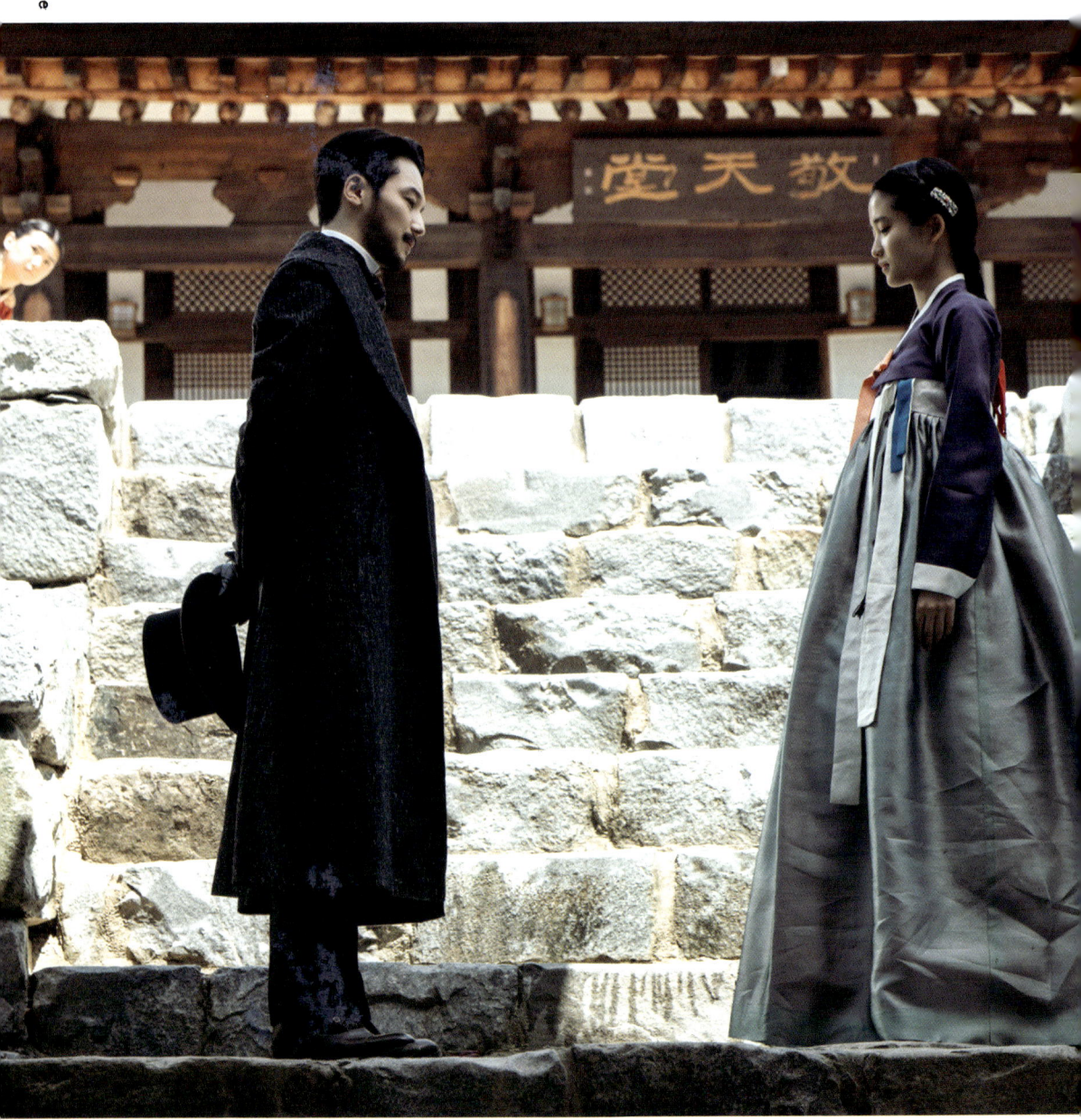

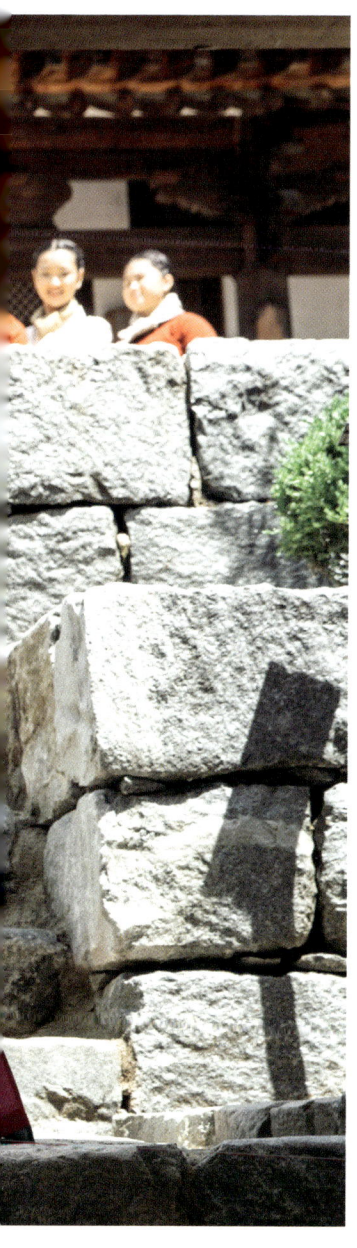

나만 듣고 싶어서.
그대의 얘기를.
조신한 여인이 다리를 다칠 일이 뭐가 있지?
하는 그런 얘기들 말이오.
그동안 맞춘 내 옷은 다 어디 있소,
하는 얘기도.
앞으로 그대가 입는 옷은
내가 다 입는 걸로 하면 되겠소? 하는 질문도.
잘 입었단 얘기 이리 하는 거요.

날 죽일 거요?
그리할 게 아니면 이리 합시다.
나를 그냥 정혼자로 두시오.
그대가 내 양복을 입고 애국을 하든
매국을 하든 난 그대의 그림자가 될 것이오.
허니 위험하면 달려와 숨으시오.
그게 내가 조선에 온 이유가 된다면,
영광이오.

선물이었구려.

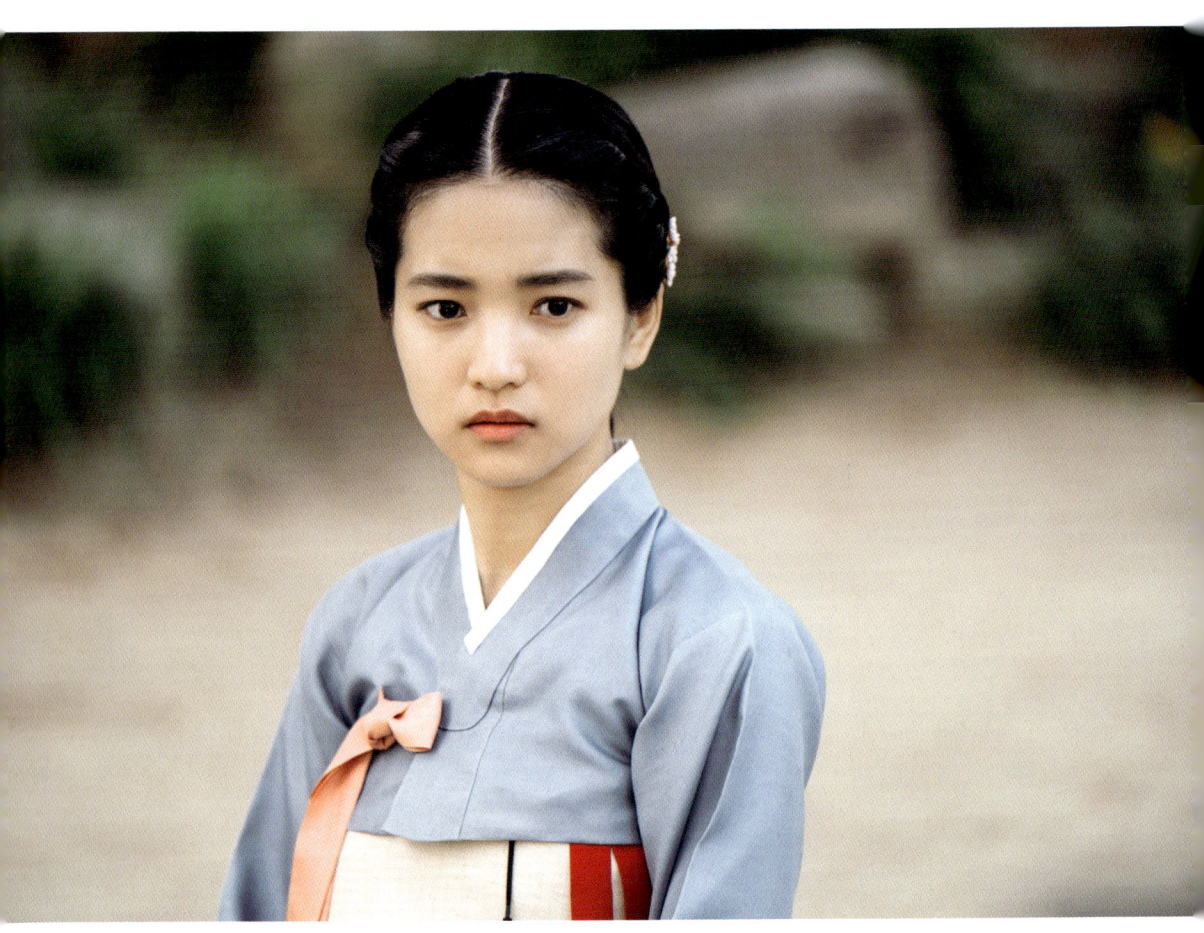

그
벌
같
이
받
읍
시
다

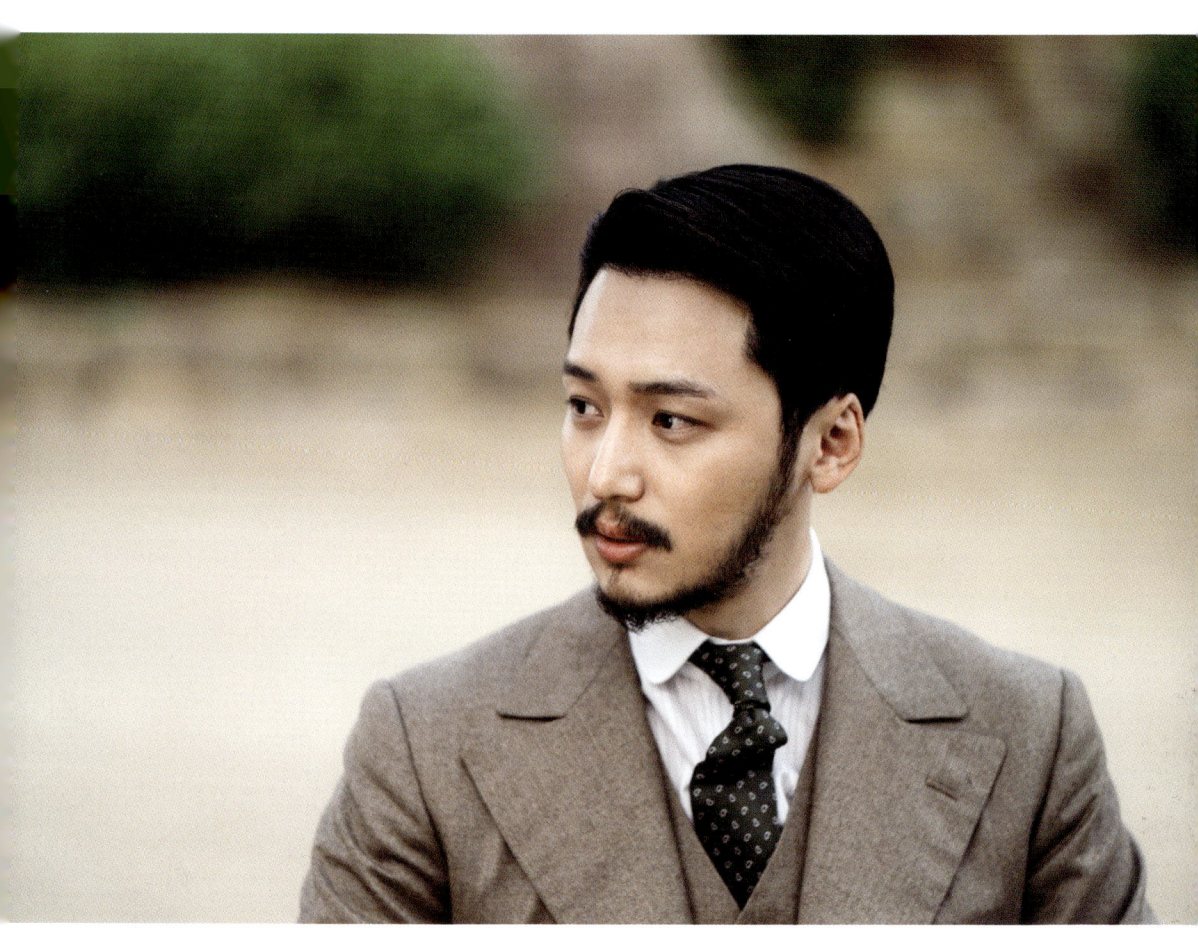

그대가 다른 이를 마음에 들인 건 내 진즉에
알고 있었소. 진즉 알았어도 무용했소.
우리가 혼인한다는 납채서요.
그리고 방금 난 아주 나쁜 마음을 먹었소.
꽃을 보는 방법은 두 가지요.
꺾어서 화병에 꽂거나, 꽃을 만나러 길을 나서거나
나는 그 길을 나서보려 하오.
이건, 나에게 아주 나쁜 마음이오.

내가 나선 길에 꽃은 피어 있지 않을 테니.
파혼해주겠소. 늦게 걸음 한 벌을 이리 받아 보오.

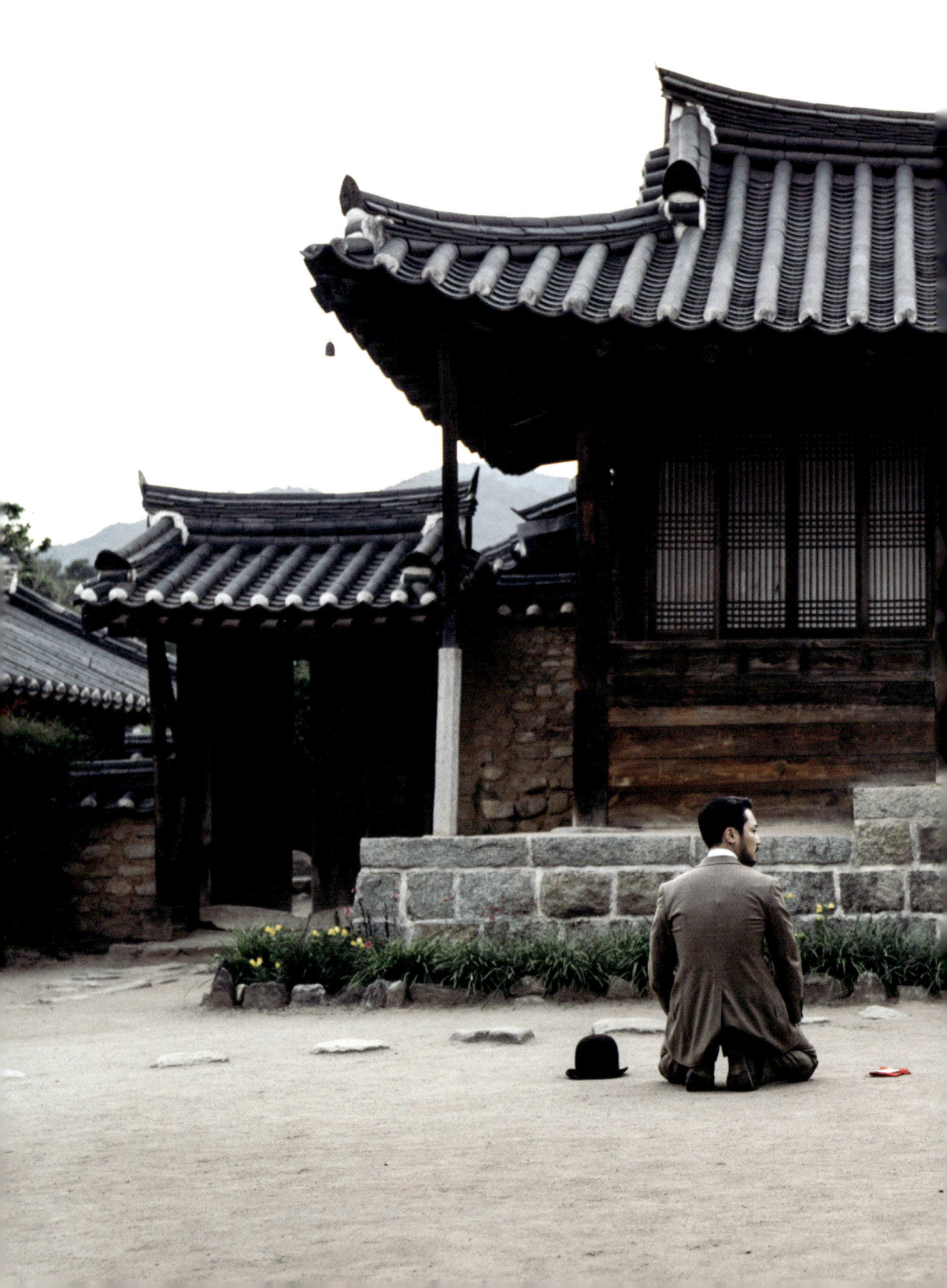

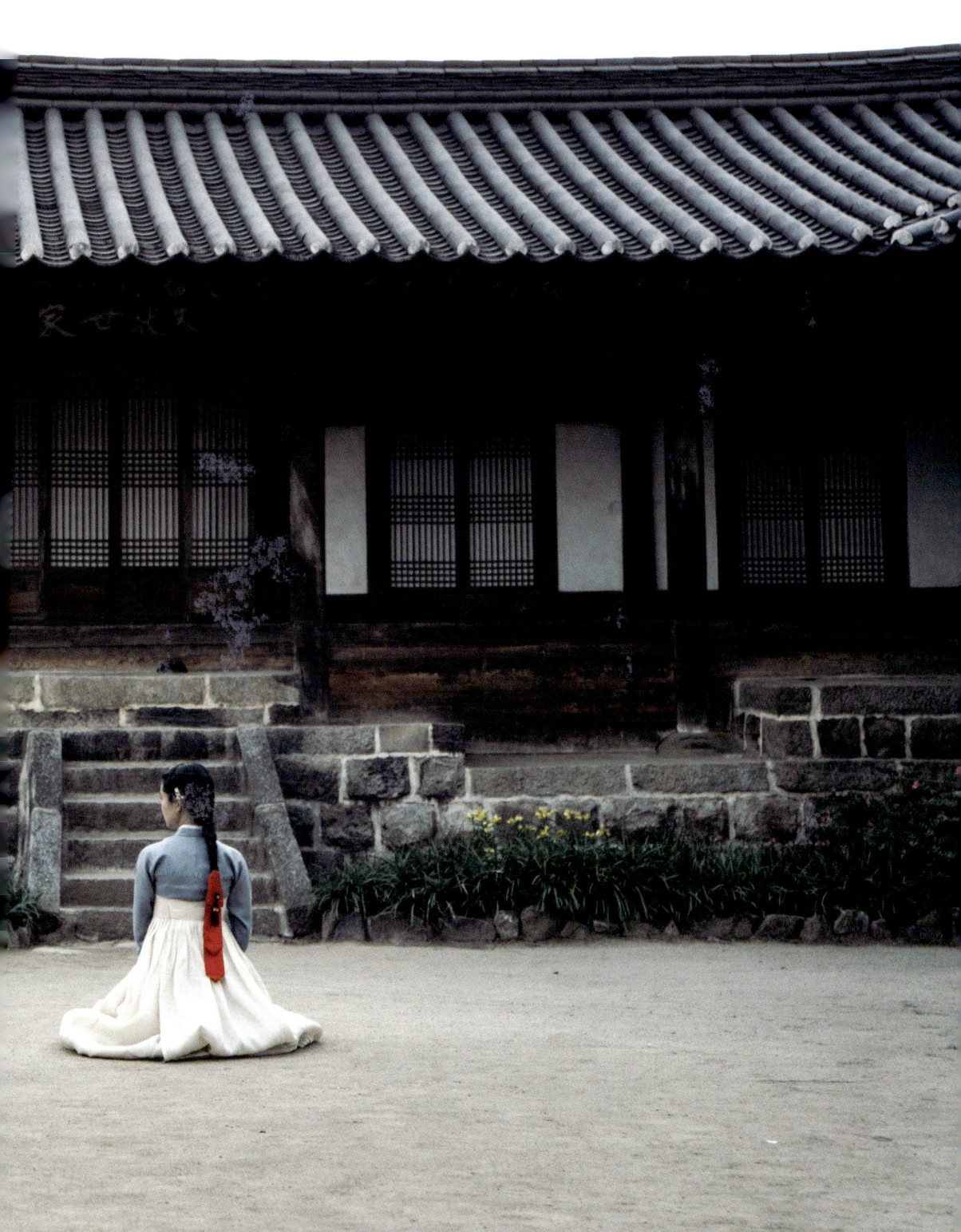

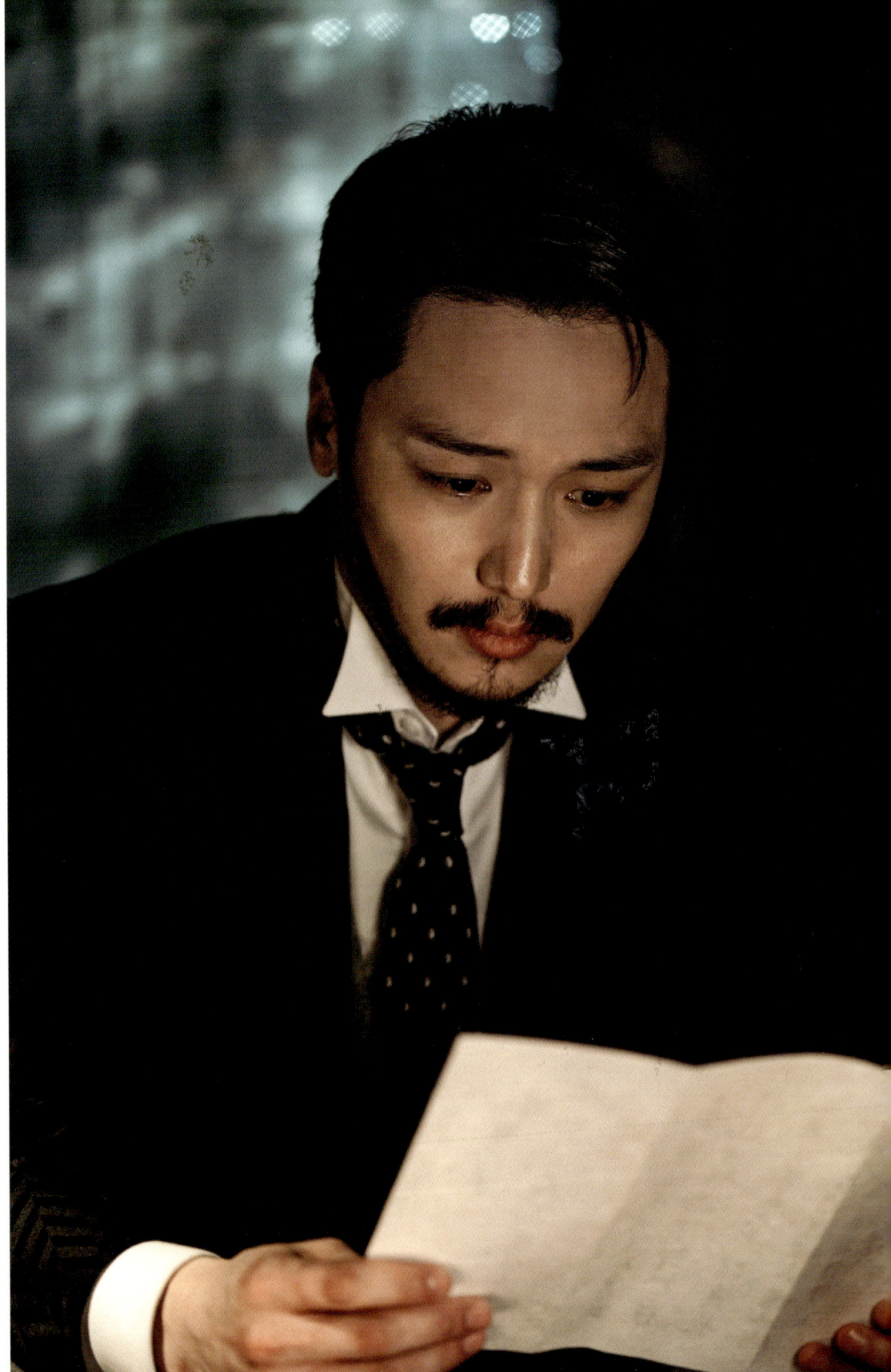

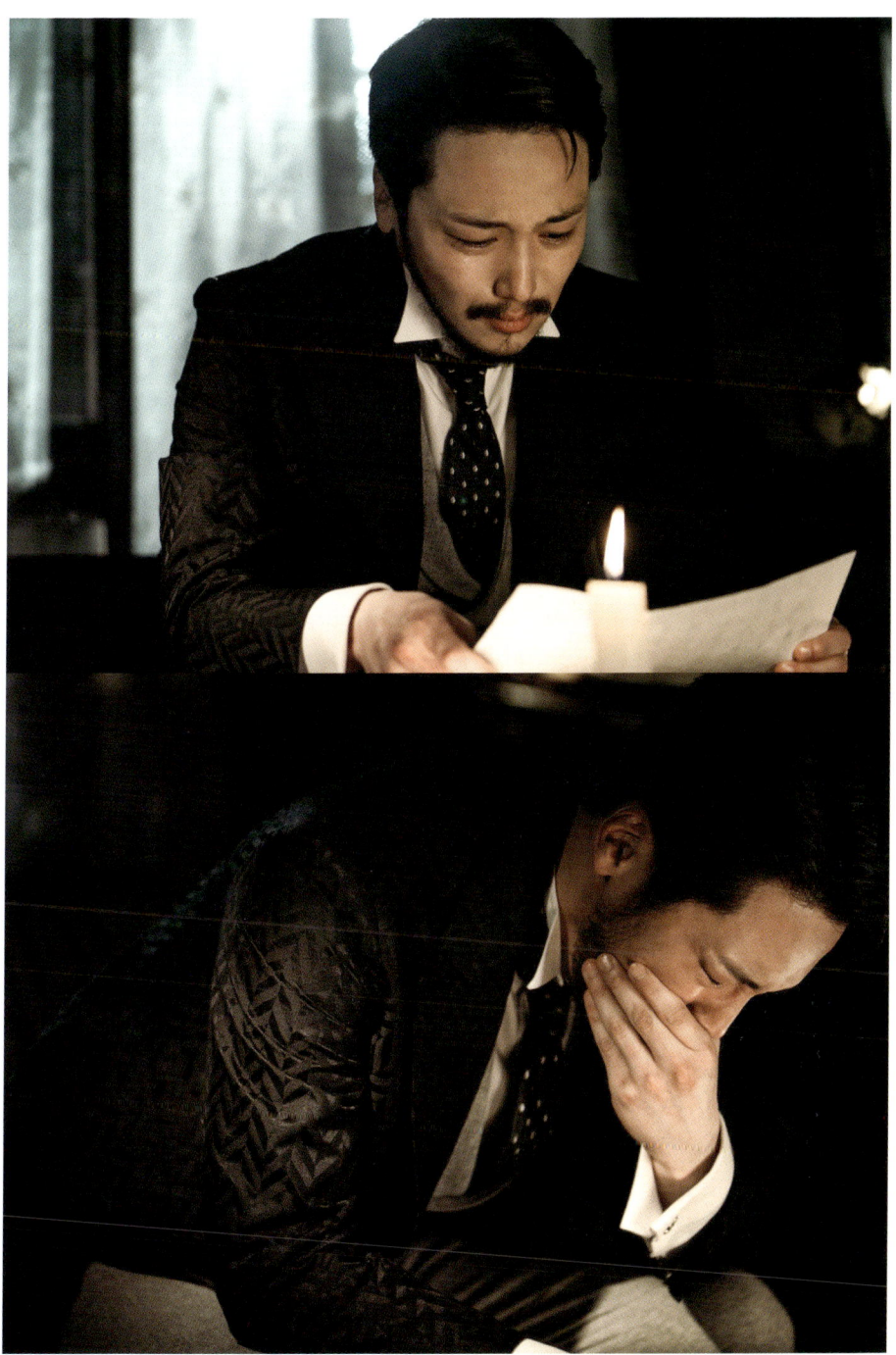

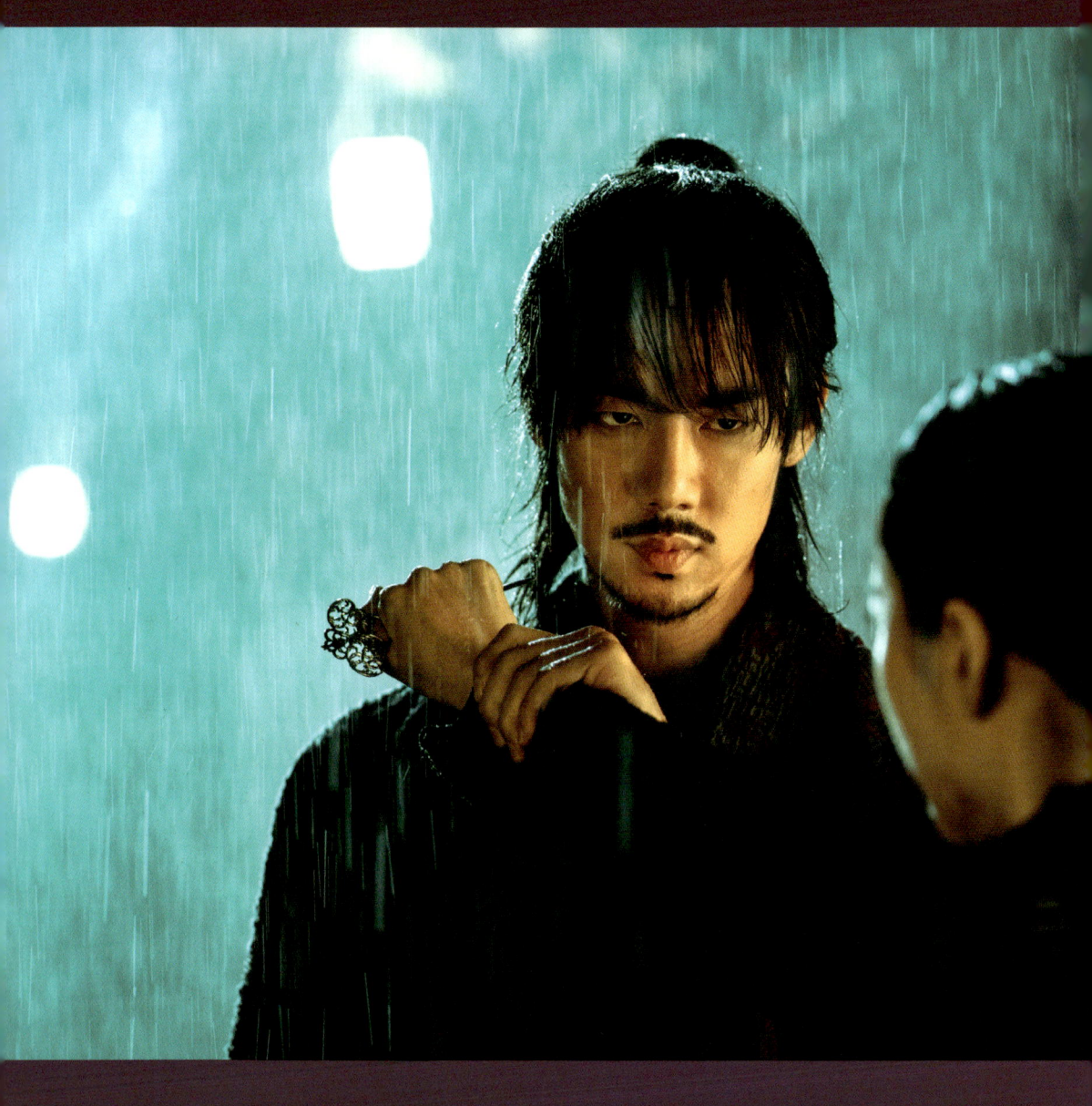

그대 눈 밖에

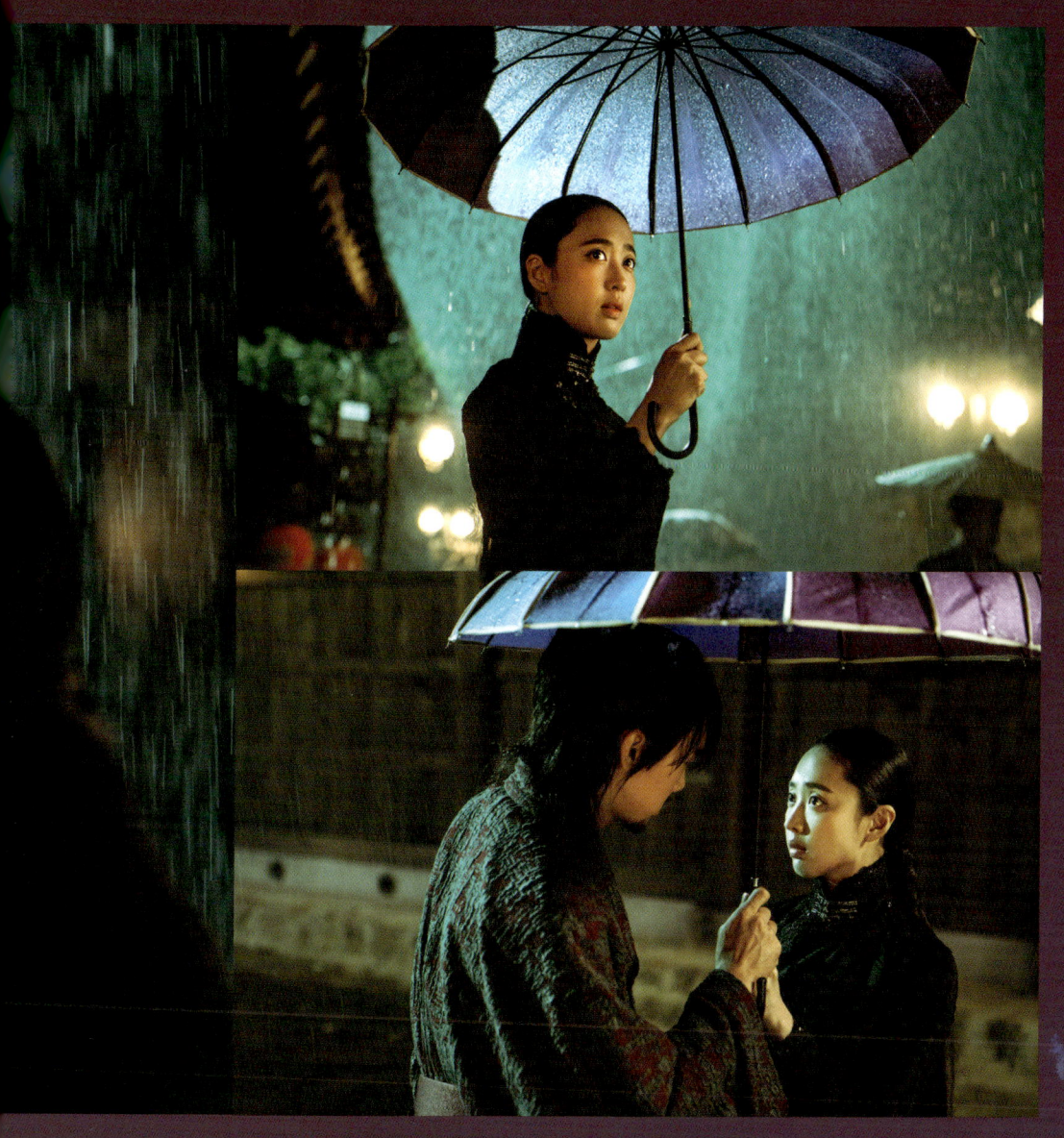

영 마음에 걸려서.
그대에게 진 빚도, 그대에게 산 미움도.
눈에 넣어도 안 아플 내가 요새 그대 눈 밖에 났잖아.
이걸로 셈은 넘치게 치른 거다.
이쯤 왔으면 혼자 가도 되겠다. 가.

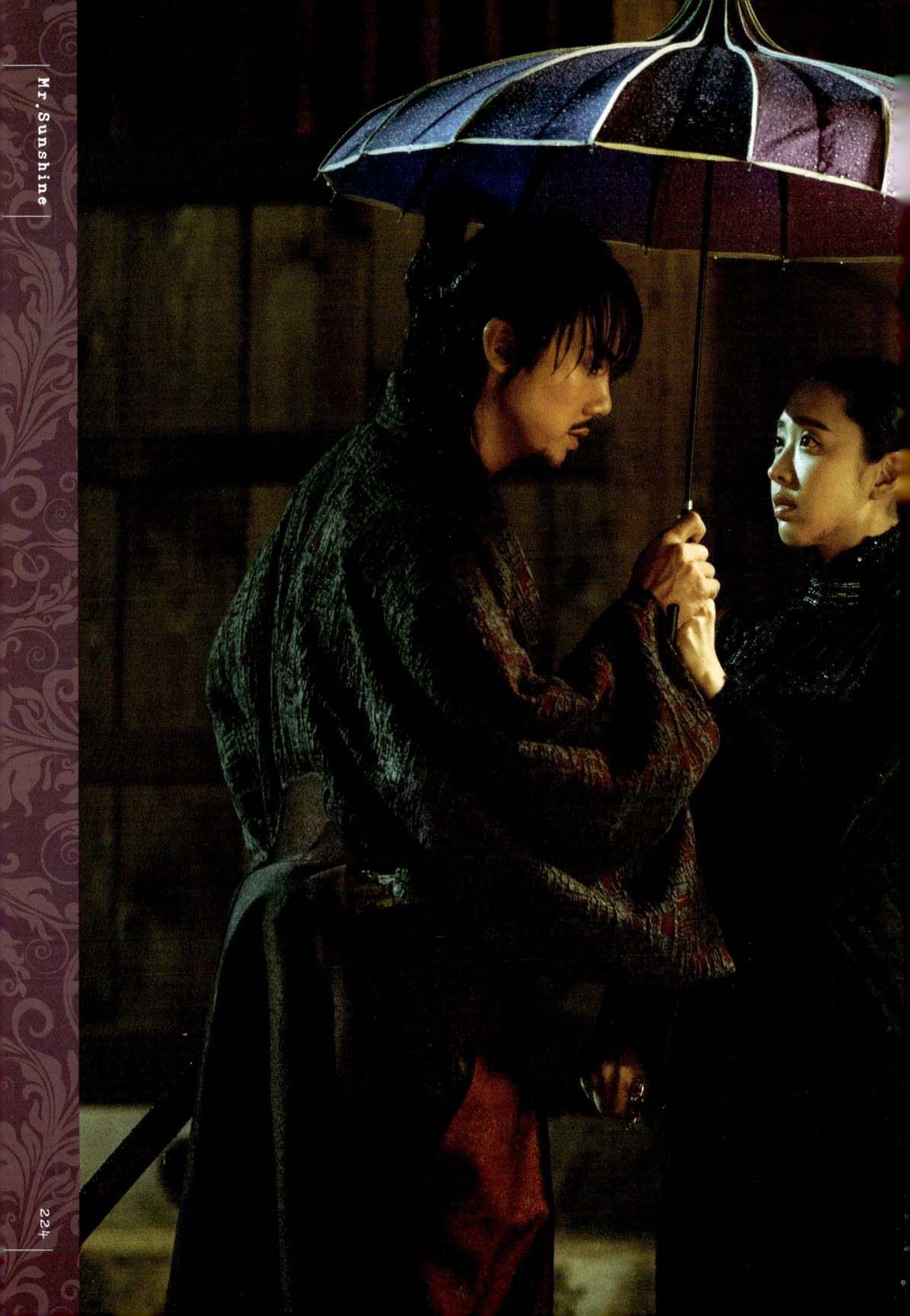

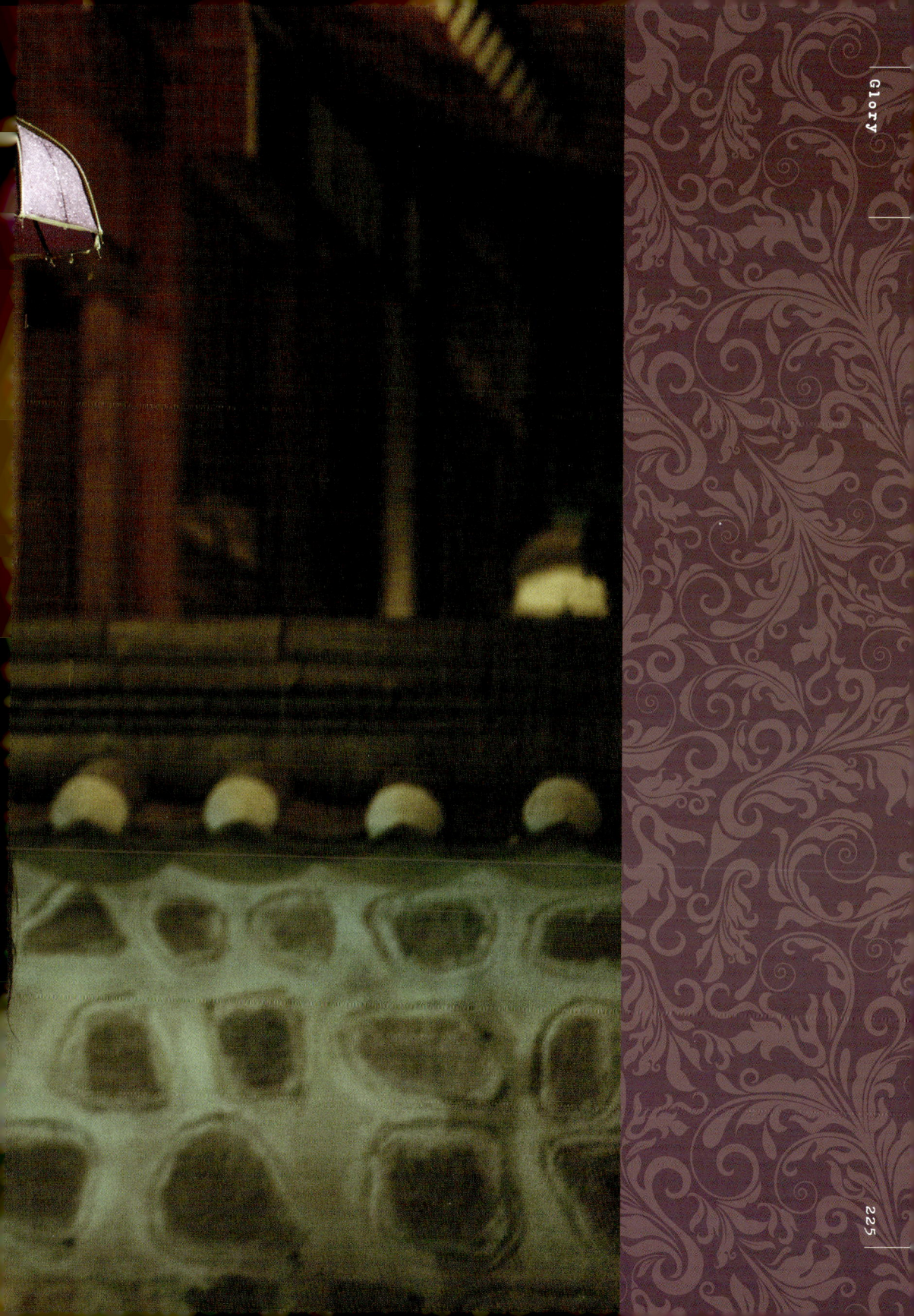

희
망
이
니
까

바다를 보러 갔다 왔다고.
바다는 못 보고 한 여인만 보고 왔다고.
그 여인은 바다도 보고 통조림도 먹는데
난 그러지 못해서 억울했다고.

가배요. 추위에 도움이 될 거요.
일전에 마셔본 적이 있소.
그땐 무척 쓰기만 했는데.
오늘도?
오늘은 달콤해졌소. 아마도 내가,
헛된 희망을 품게 되나 보오.
나는 내 일생에서 처음으로 이리 멀리까지 와봤소.
다음엔 더 멀리까지 가보고 싶다는.
그런 다음이 있을지도 모른다는,
그런 헛된 희망 말이오.

거기가 어디요. 나도 함께 있소?
있소. 희망이니까.

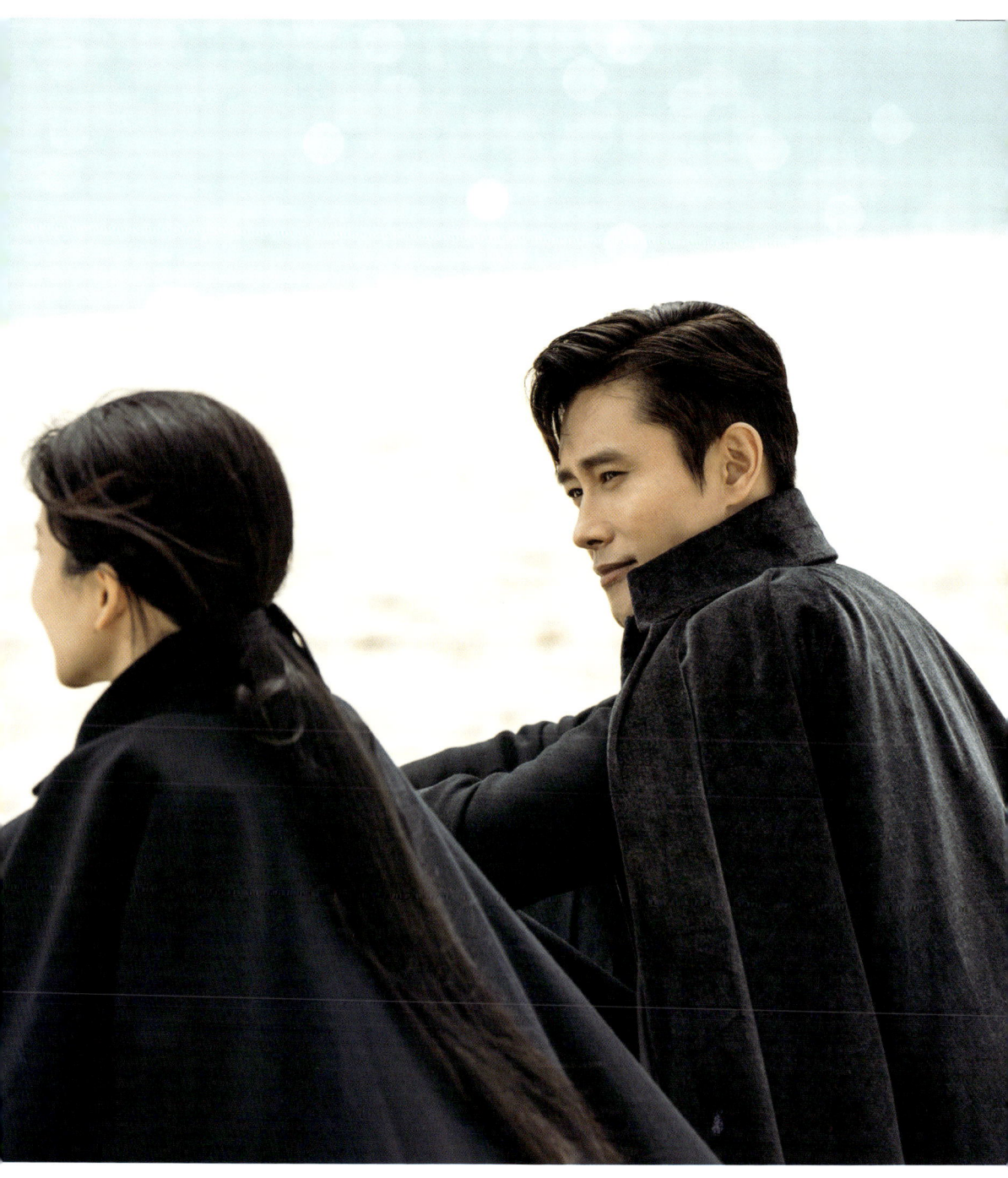

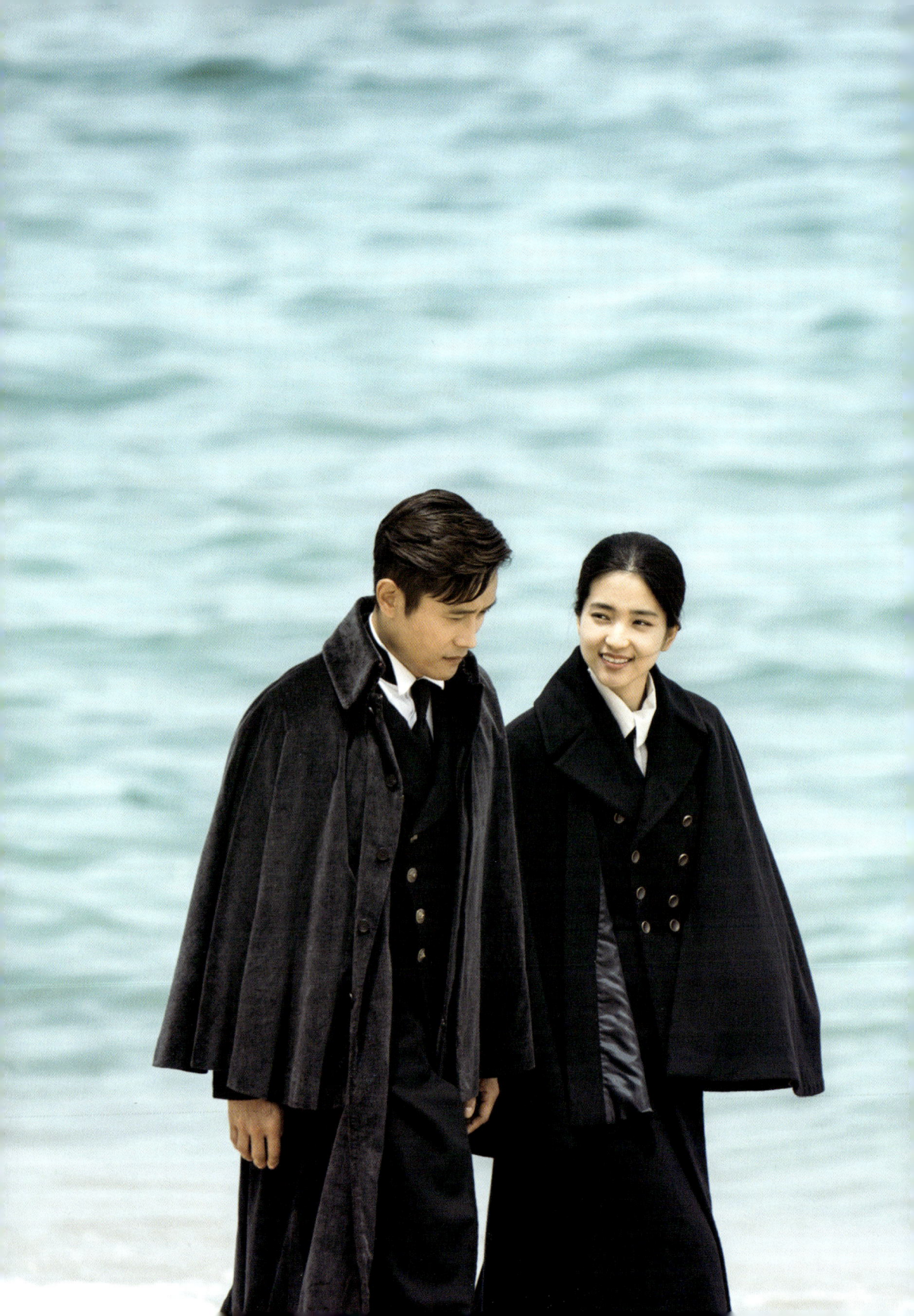

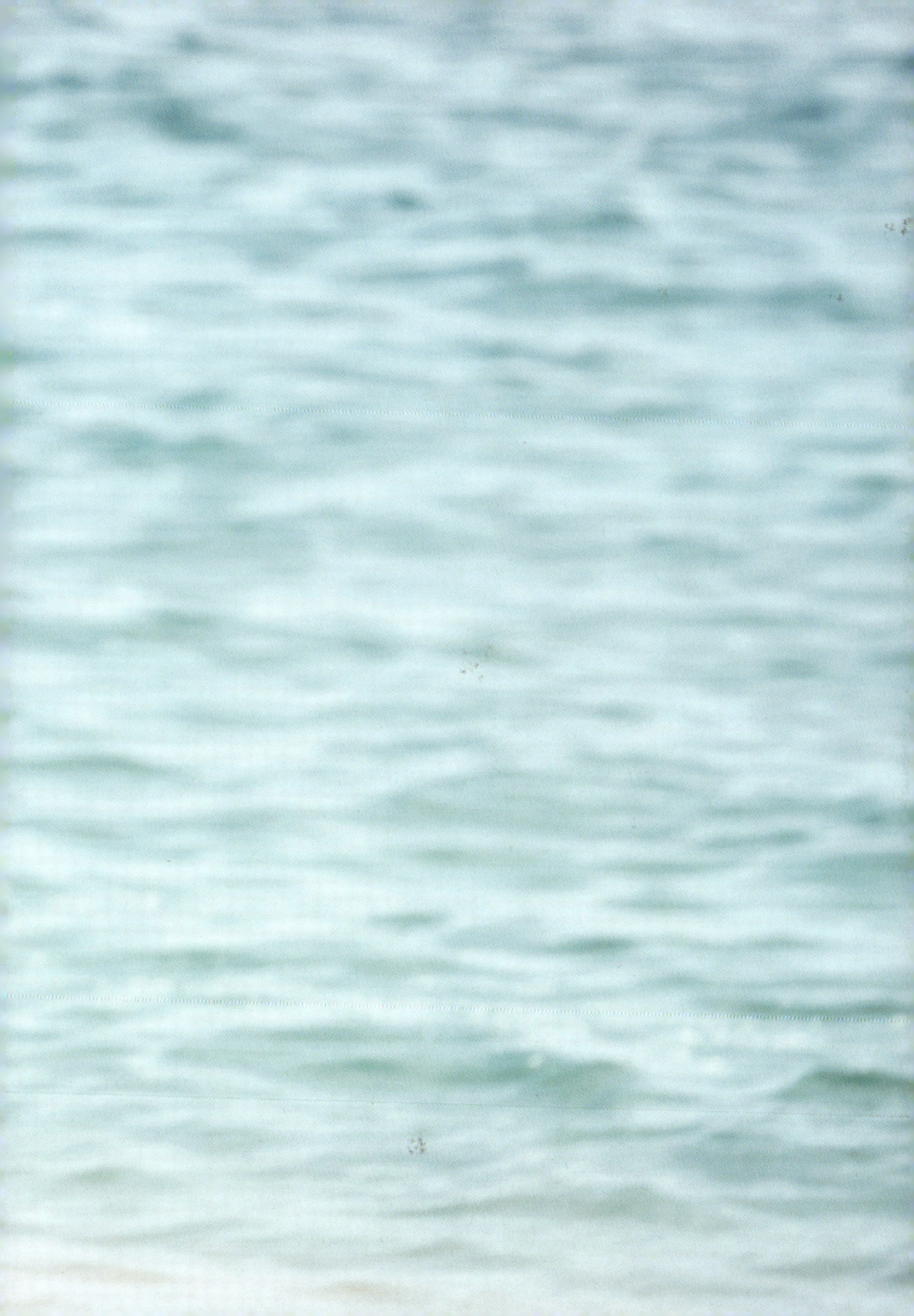

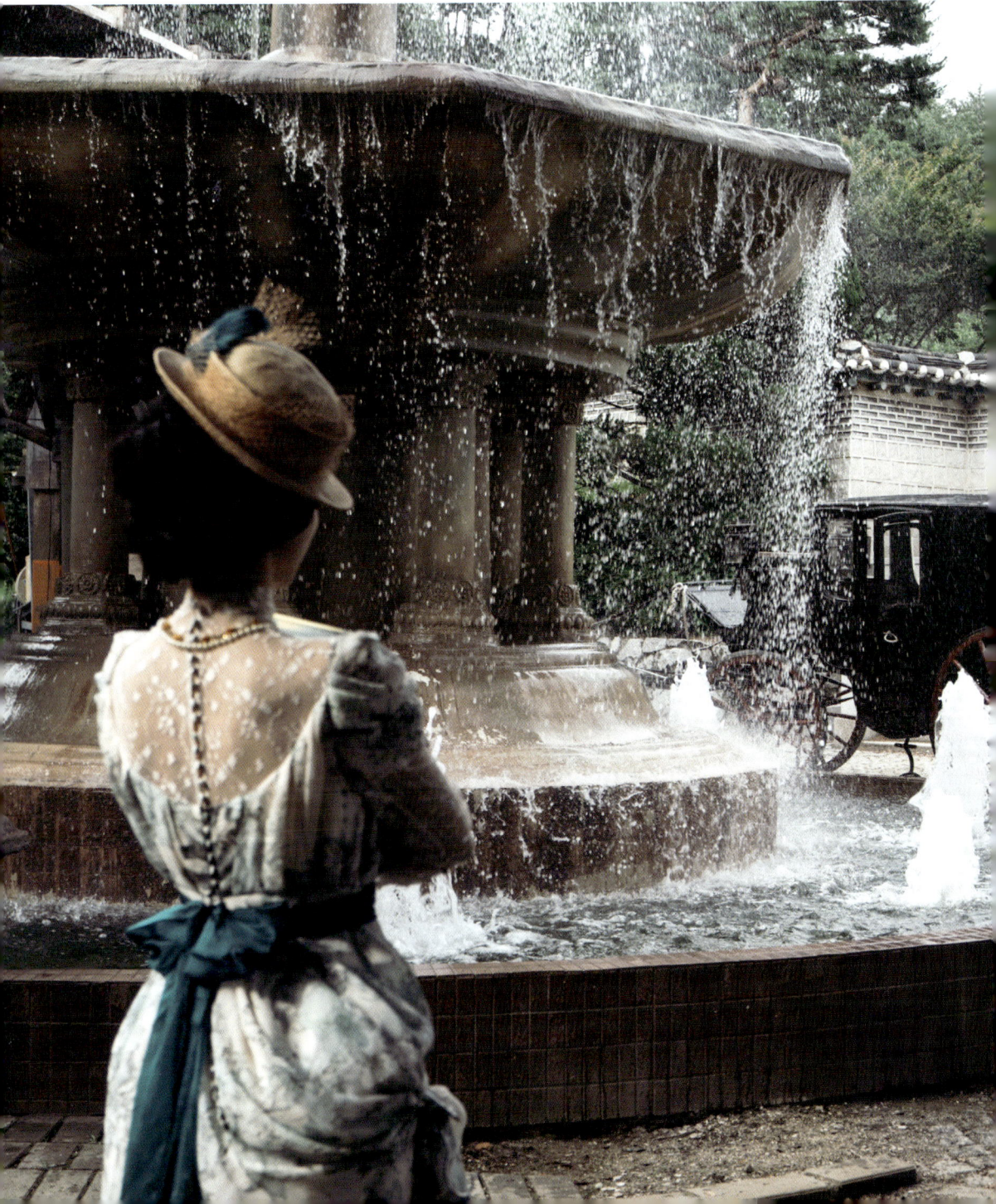

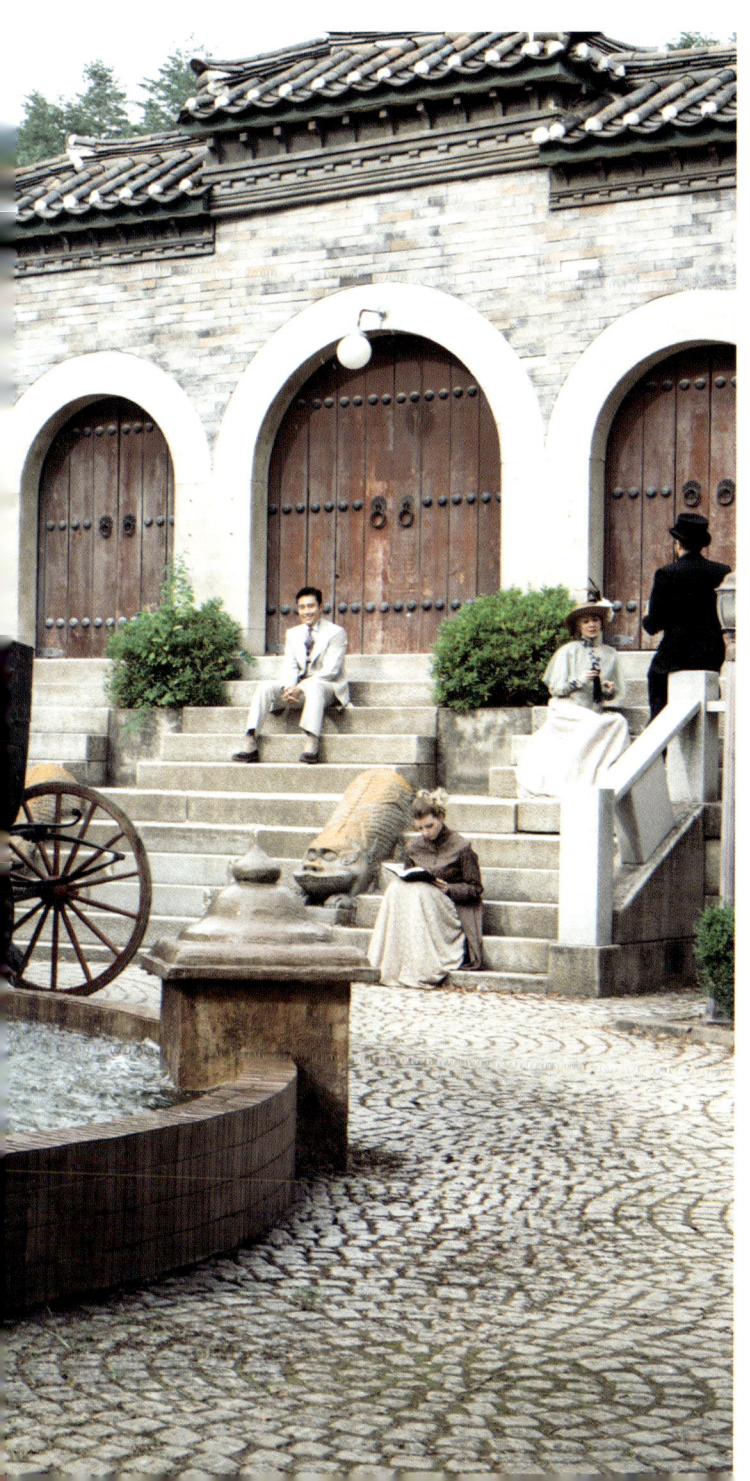

상상

나는 무엇을 하고 있소.
나를 보고 있지.
분수대에 앉아서.
웃으며 내게 손을 흔들고 있소.
나는 잠깐 수줍고
오랫동안 행복하오.

서양의 연인들은 헤어질 때
이리 인사를 한다던데.
굿바이.

굿바이 말고 씨유, 라고 합시다.
씨유. 씨유 어게인.

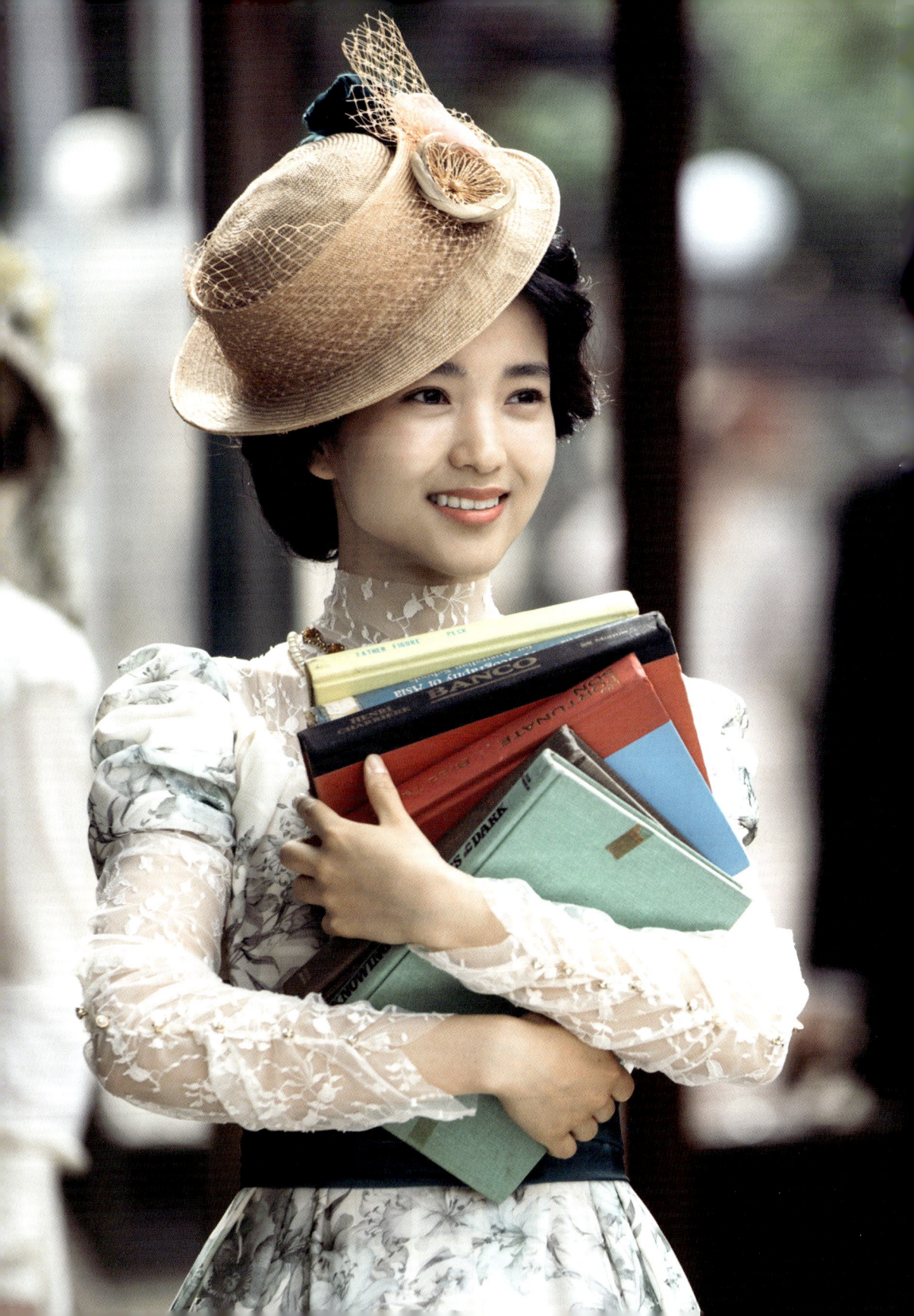

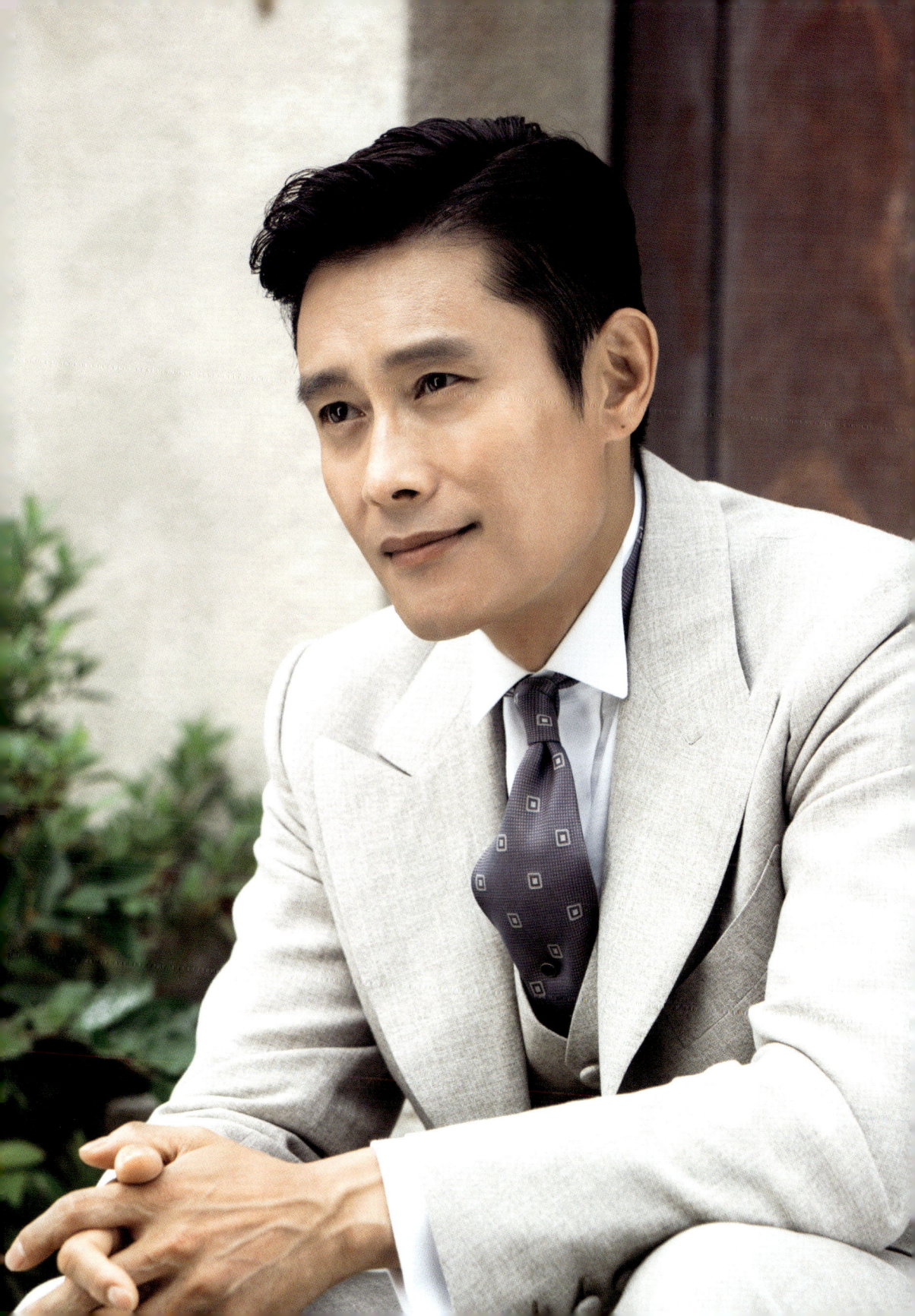

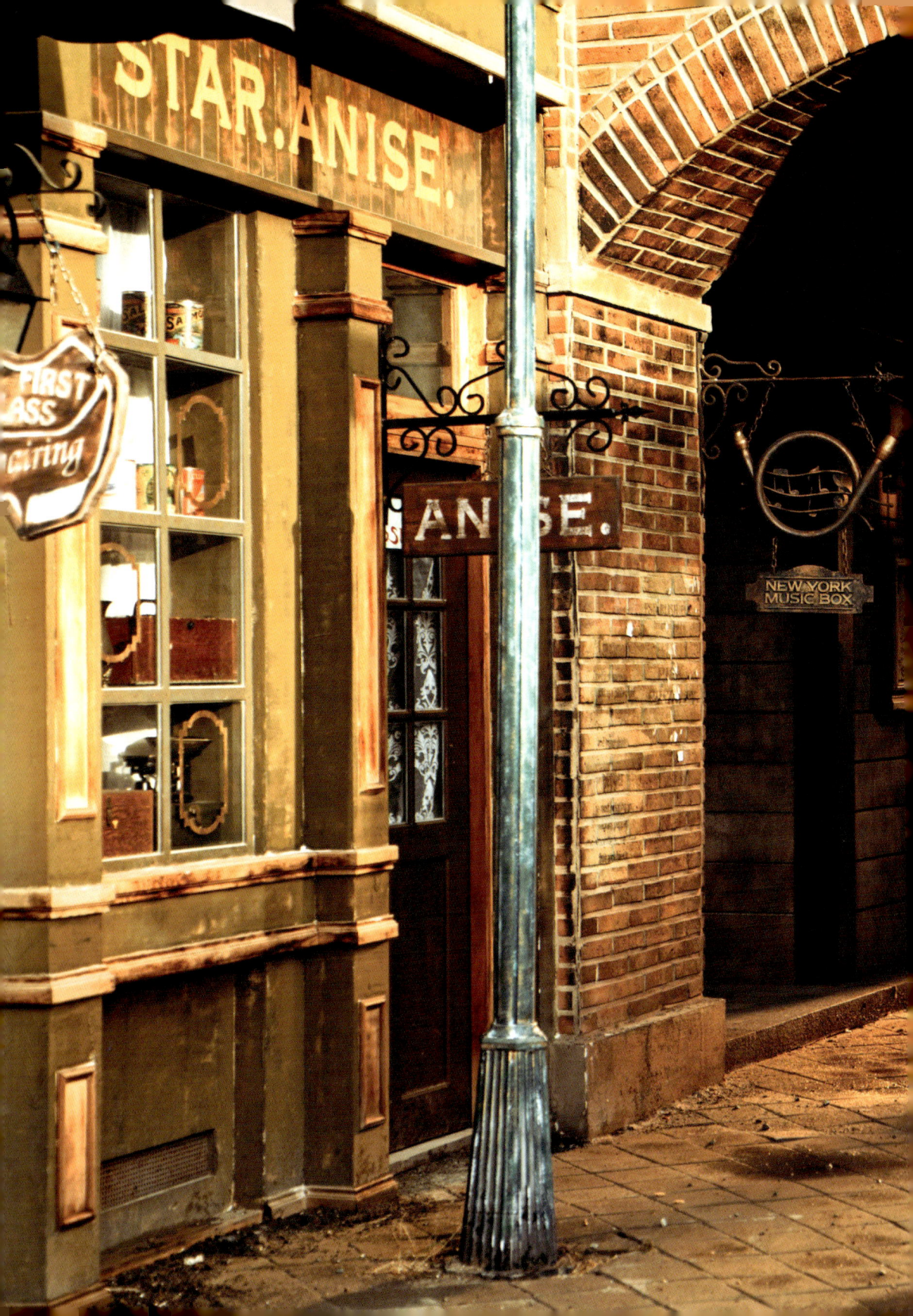

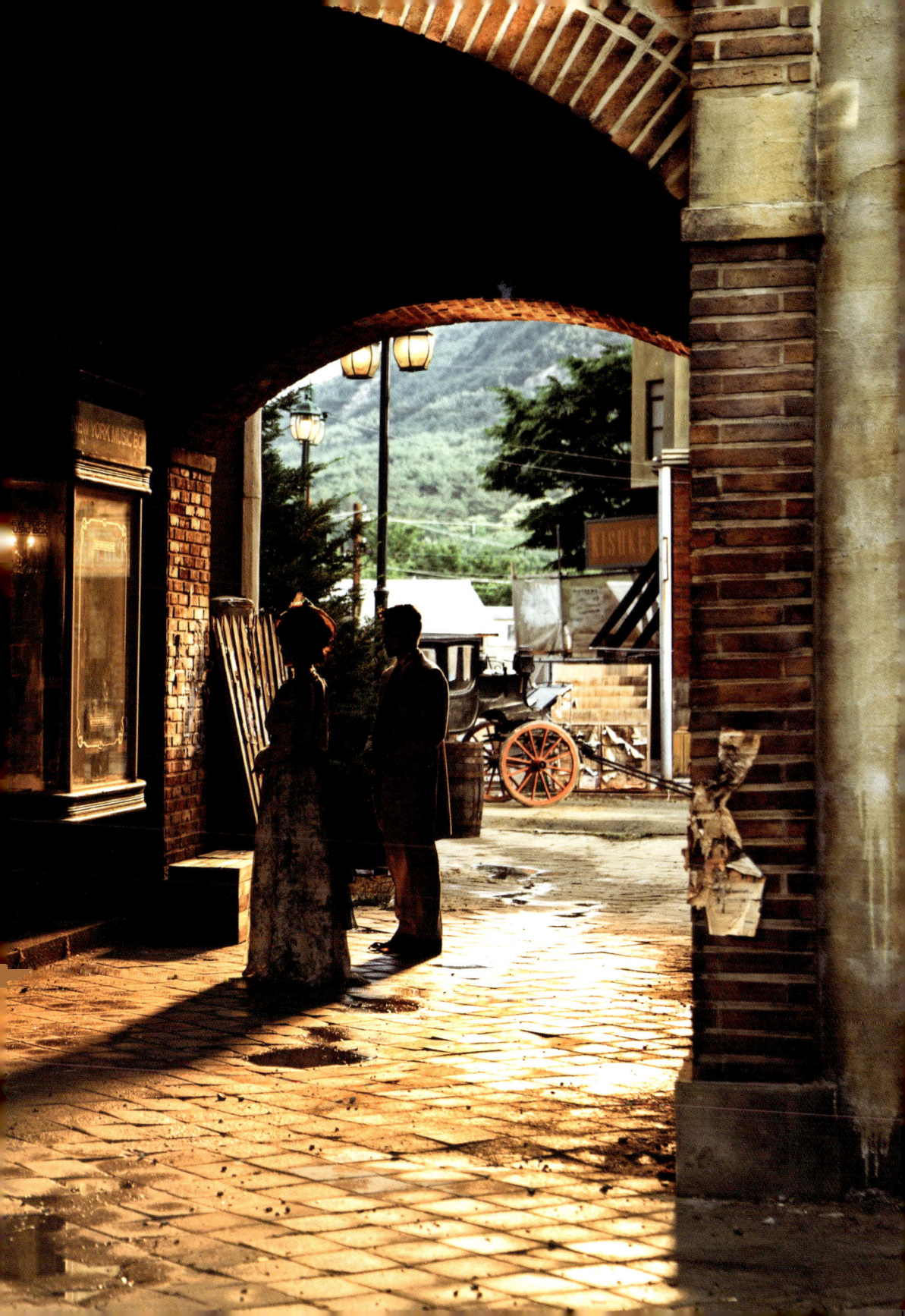

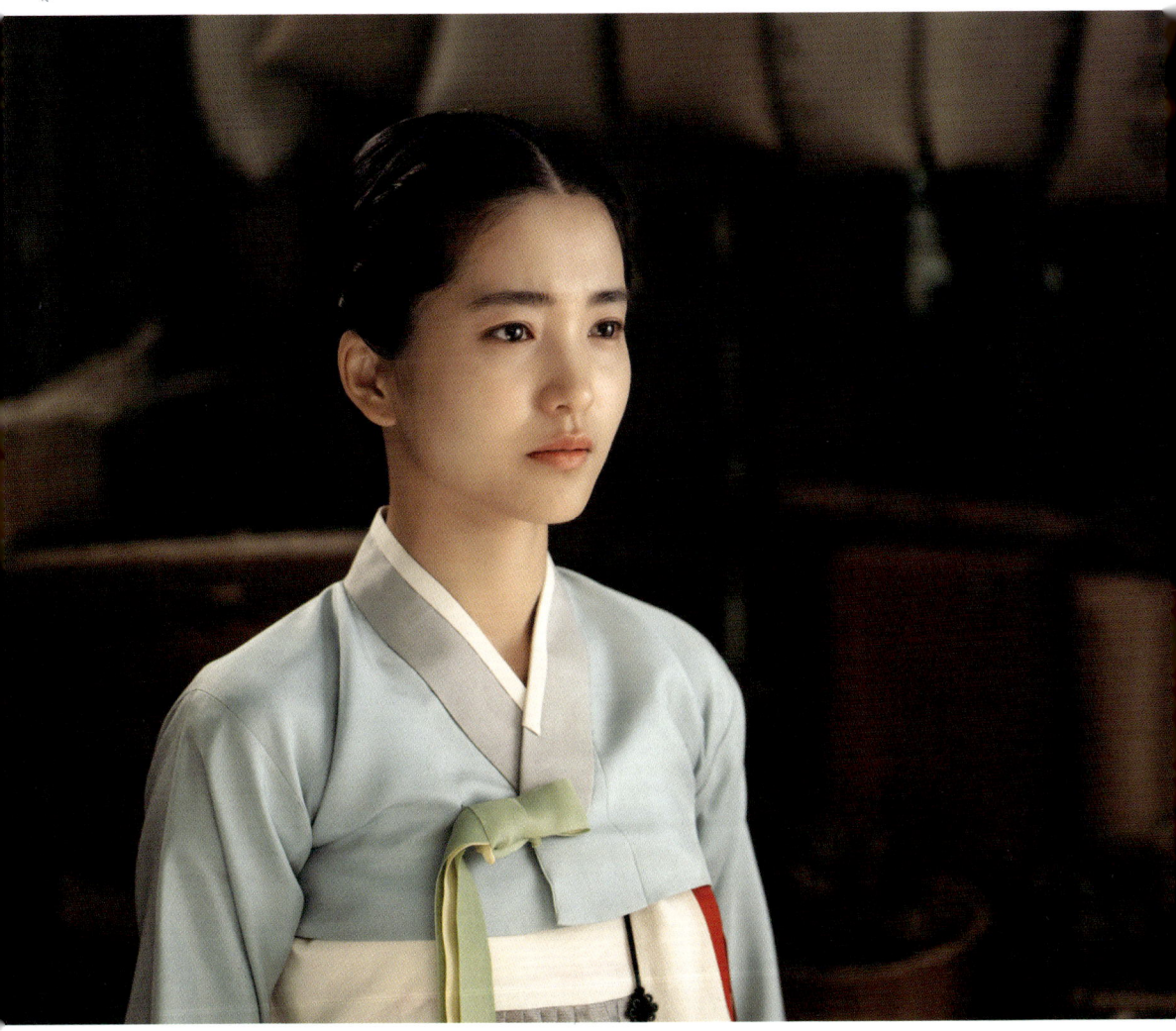

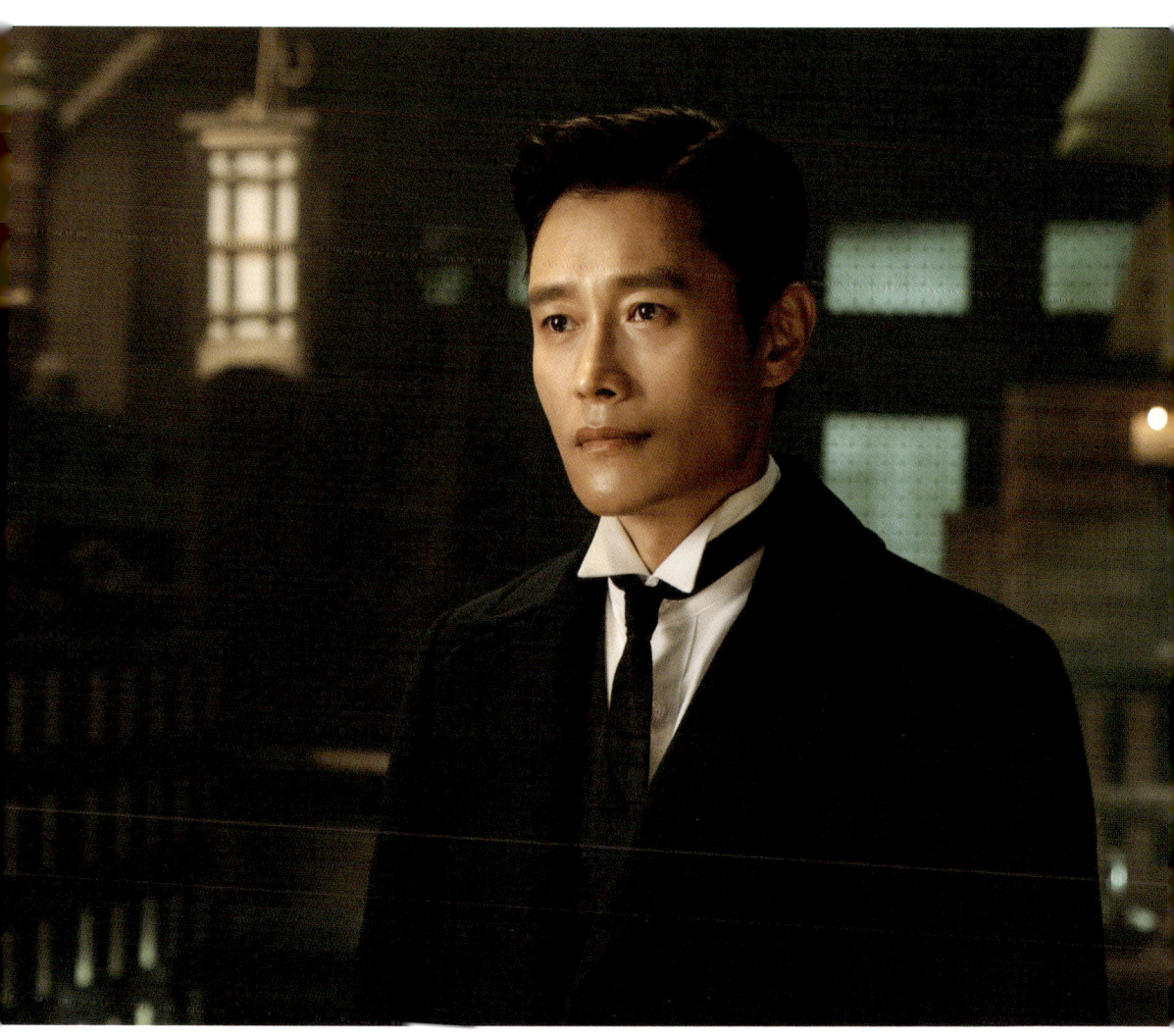

H는 내 이미 다 배웠소

러브가 쉬운 줄 알았는데,
꽤 어렵구려.
여러모로… 미안했소.

…힘들면 그만해도 되는데.

그만하는 건 언제든 할 수 있으니,
오늘은 하지 맙시다.
오늘은 걷던 쪽으로 한 걸음 더.
그러니 알려주시오.
통성명. 악수.
그리고 뭘 해야 하는지.

못 할 거요. 다음은 허그라.

H는 내 이미 다 배웠소.

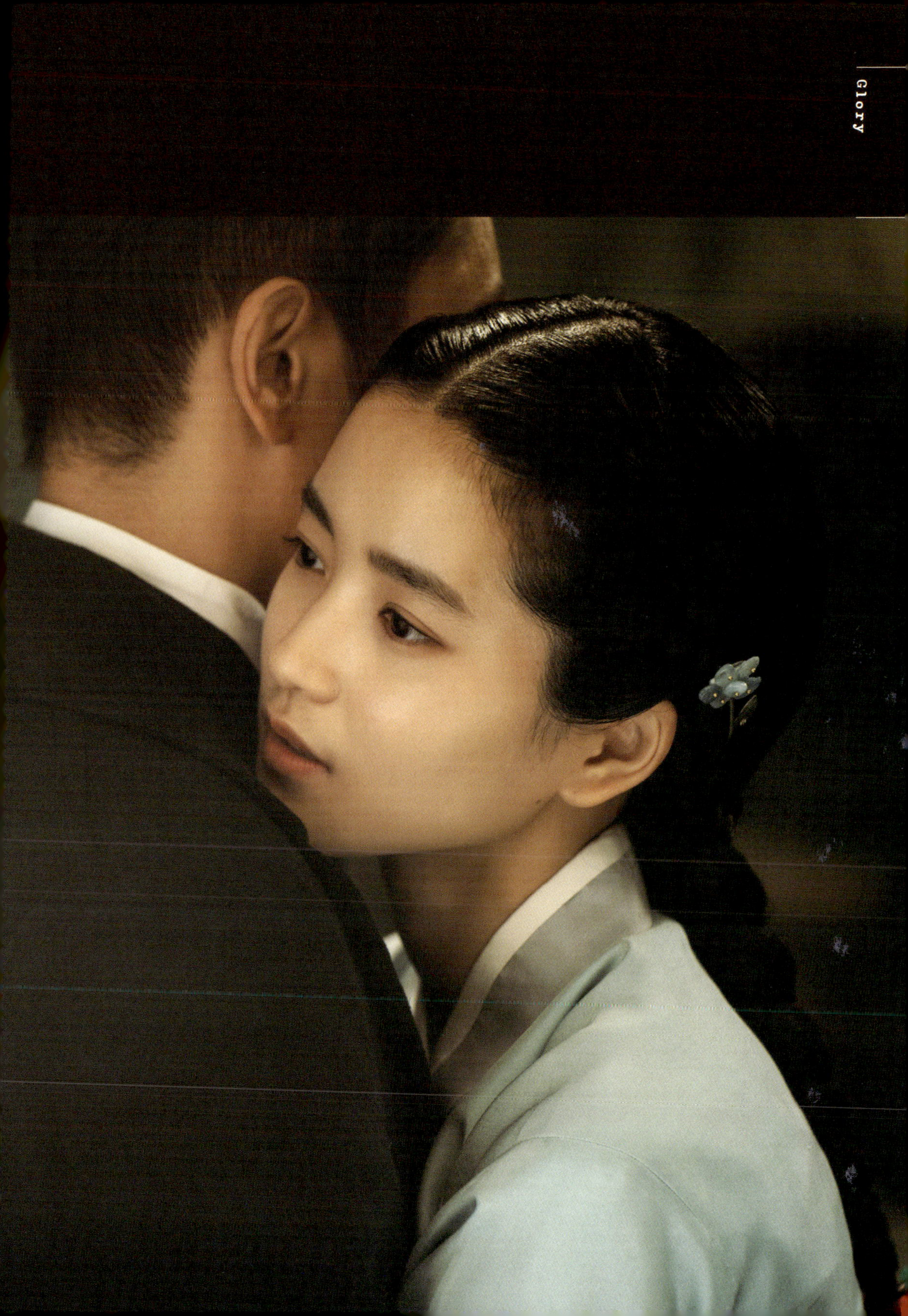

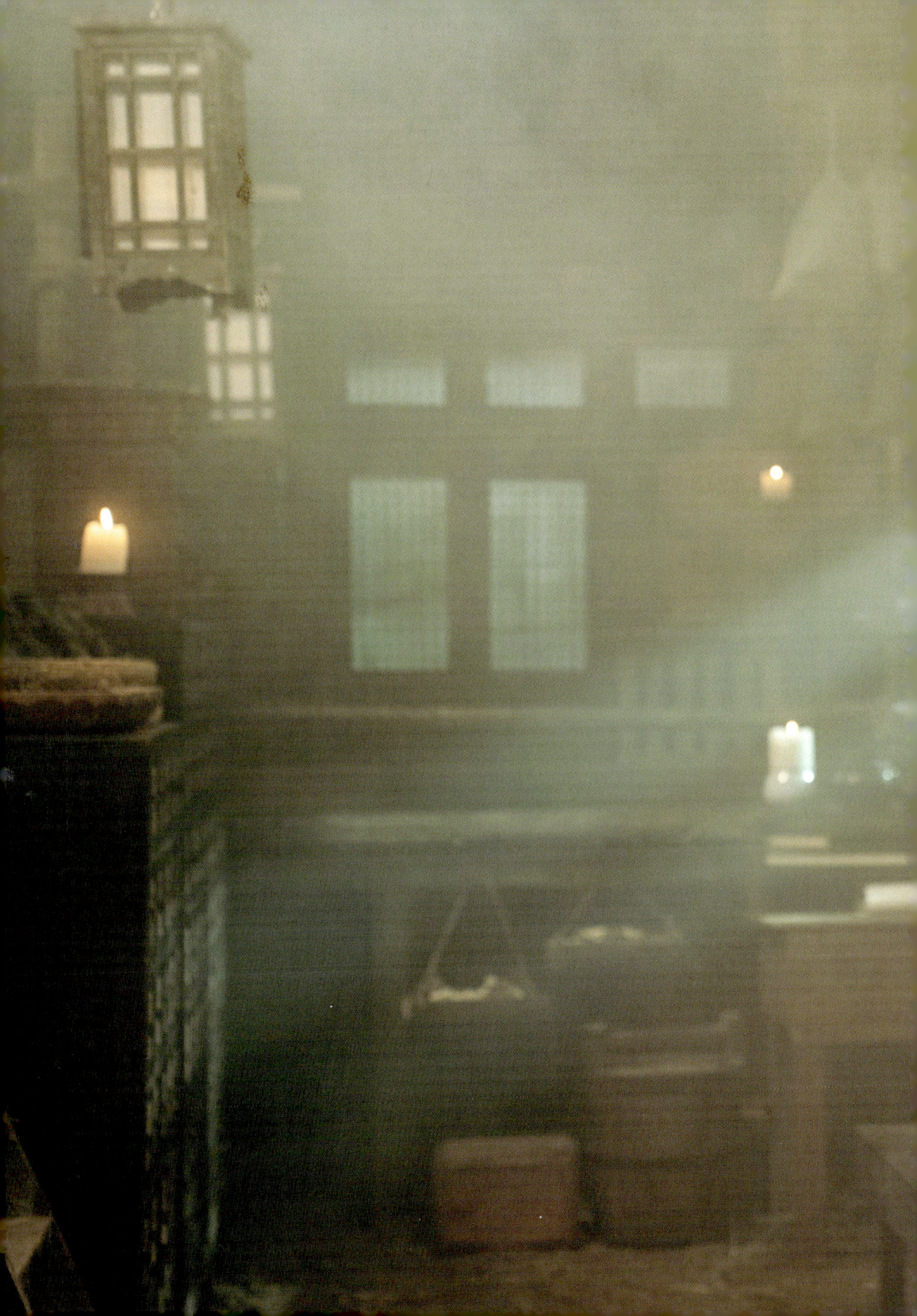

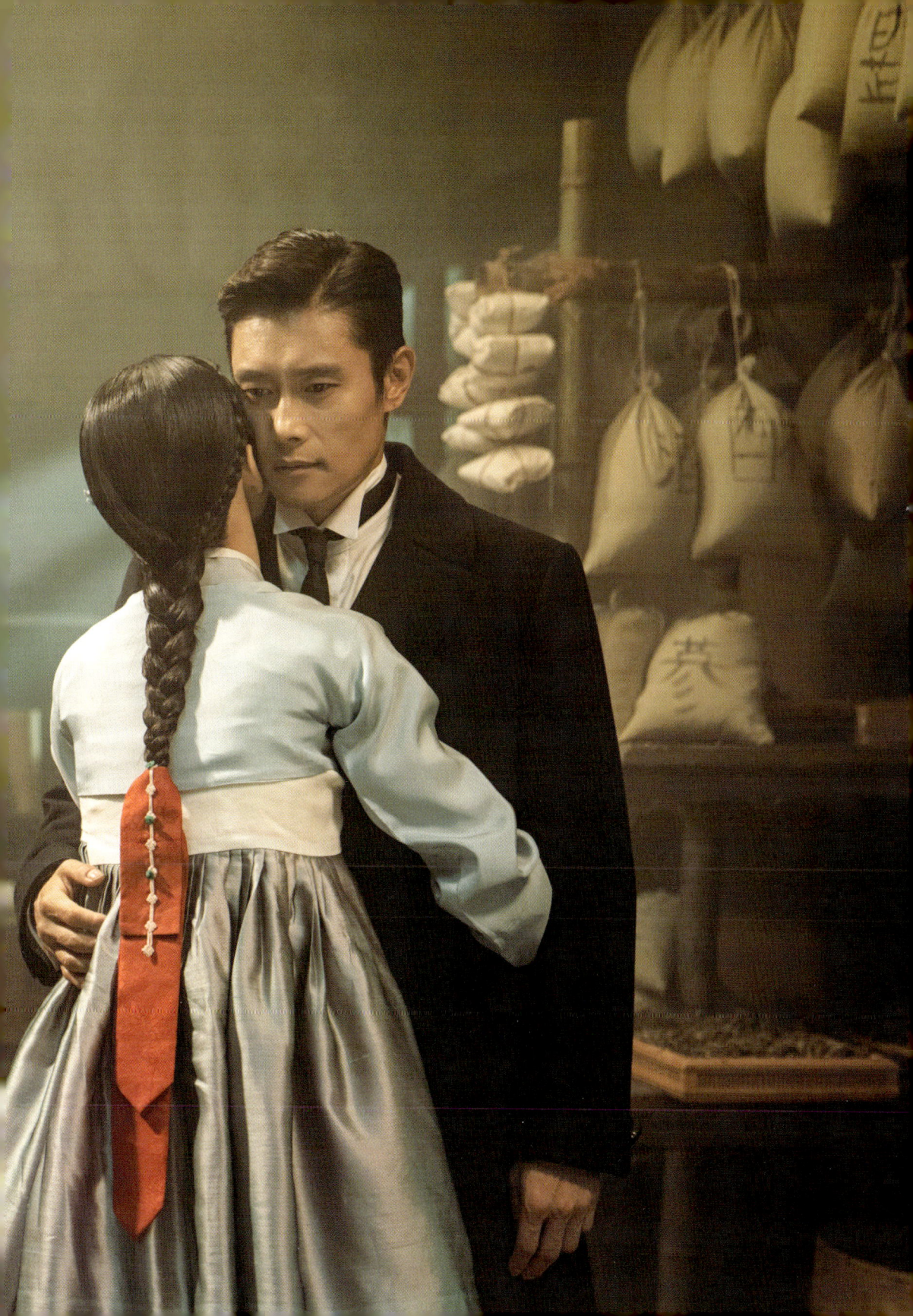

저는 앞으로도 잘못 볼 겁니다

저에 대해 관심이 많으신 모양입니다 애기씨.
관심이 아니라 조심하는 걸세.
내게 직접 돈을 갚으러 오라 수작 거는 자를.
내게 총을 겨눠 나를 쏜 자를.
그래서 어찌할 것인가. 나를 일본에 팔아넘길 것인가?

아니요. 아무것도요. 그저 있을 겁니다.
그저 있겠다는 자가 왜 내 뒤를 밟은 건가.
절엔 왜 간 것이야.
저는 그날 그저 잘못 봤고, 앞으로도 잘못 볼 겁니다.
애기씨를 잘 보는 새끼가 있으면
그 눈깔을 뽑아버릴 거고.
그러려면 저는 애기씨에 대해 많은 걸 알아야 하니,
그리한 것뿐입니다.
내가 필요 없다 하면. 어쩔 텐가.
애기씨께서도 그때, 제겐 필요 없었던 제 목숨,
마음대로 살리지 않으셨습니까.

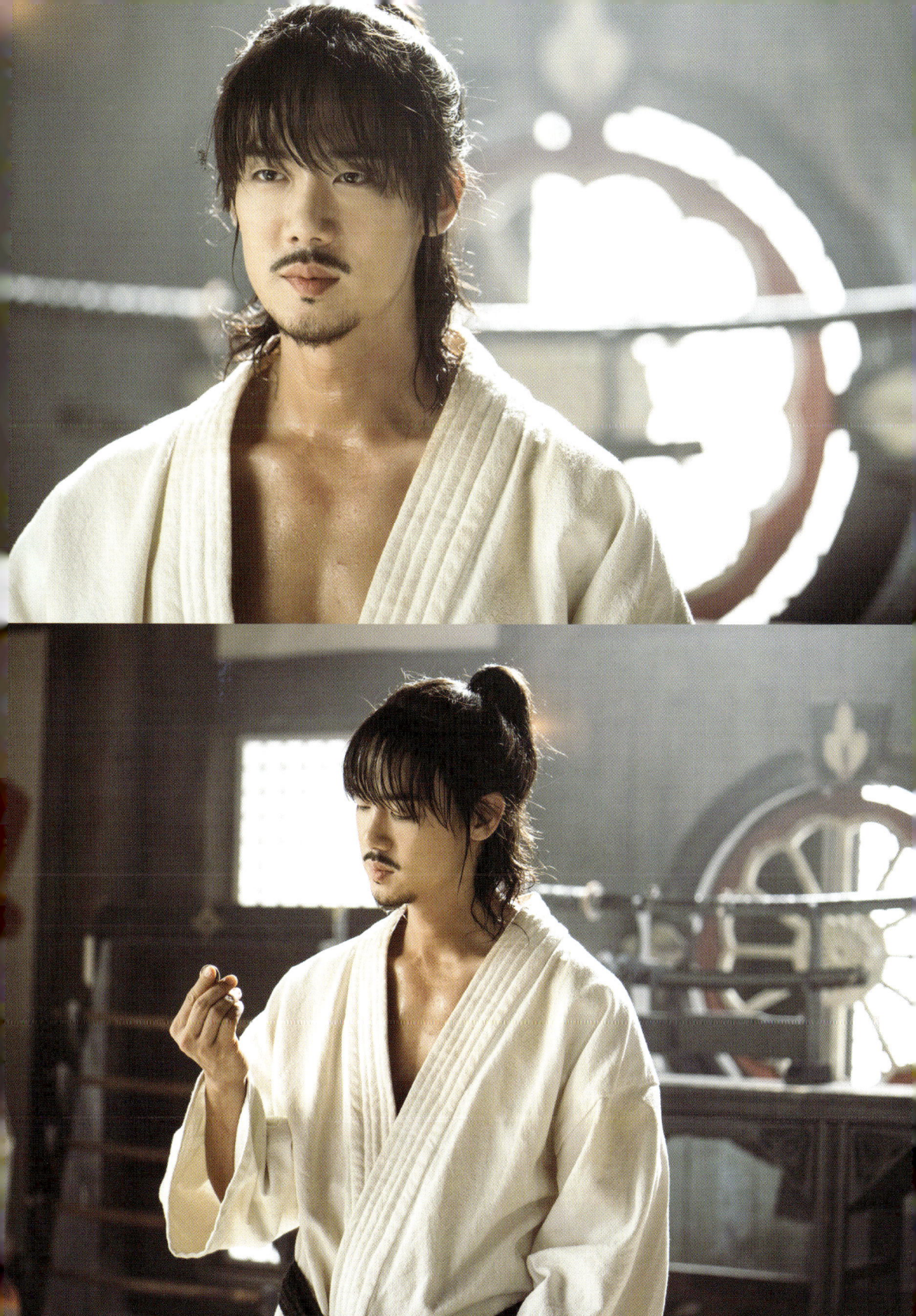

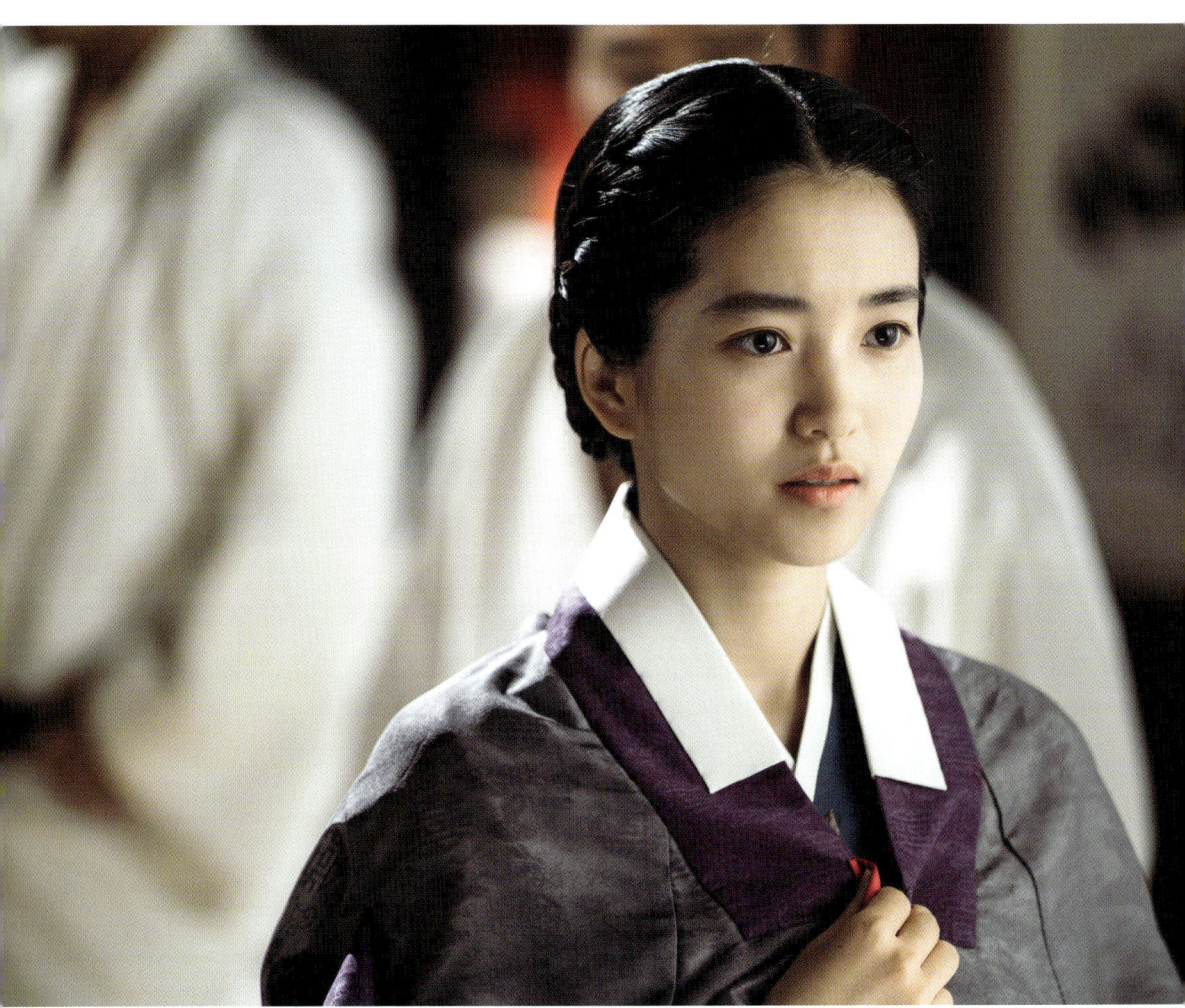

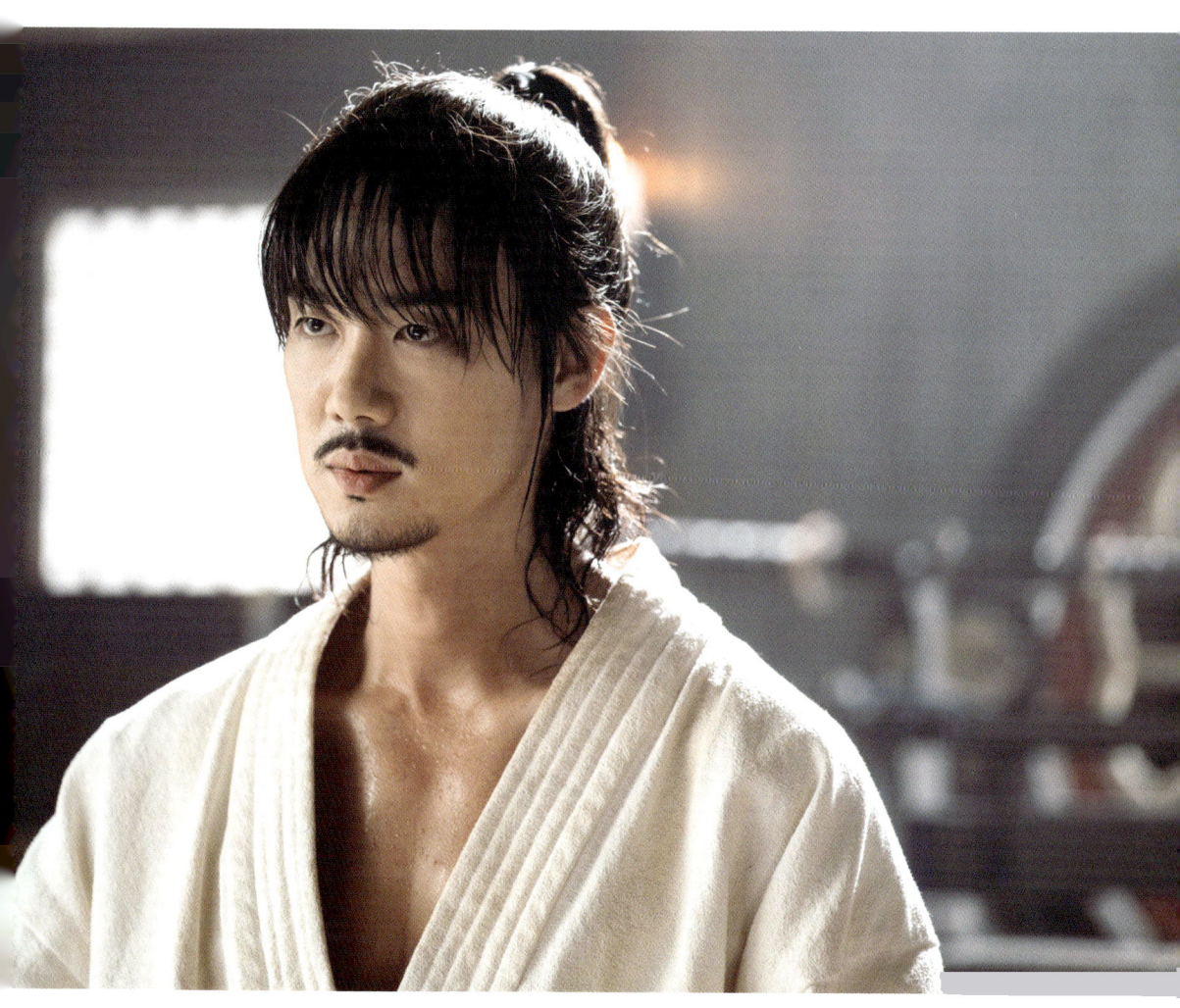

돈은 달에 한 번씩 받겠습니다. 이달치입니다.
돈을 받았으니 앞으로 그 아이도,
그 아이가 전달한 걸 받은 그 자도
더는 캐지 않겠습니다.
지금 니를 평생 보겠다는 건가
예. 그 말입니다. 애기씨께서 저를 계속 살려두신다면요.

자넨 그 돈을 다 못 받지 싶어.
그리 말씀하시니 퍽 아픕니다.
허나 걱정 마십시오.
제가 알아서 잘 아물어보겠습니다.

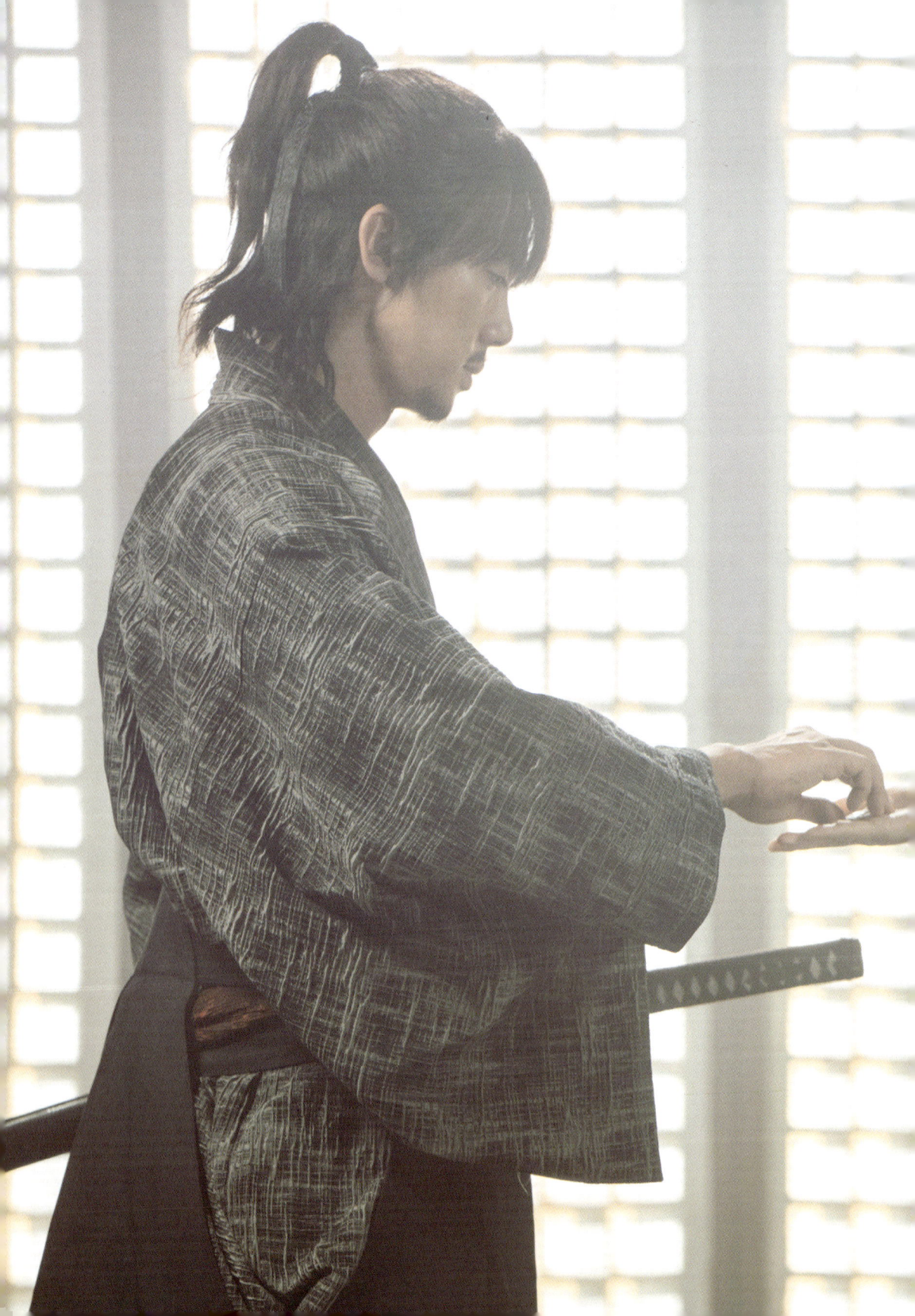

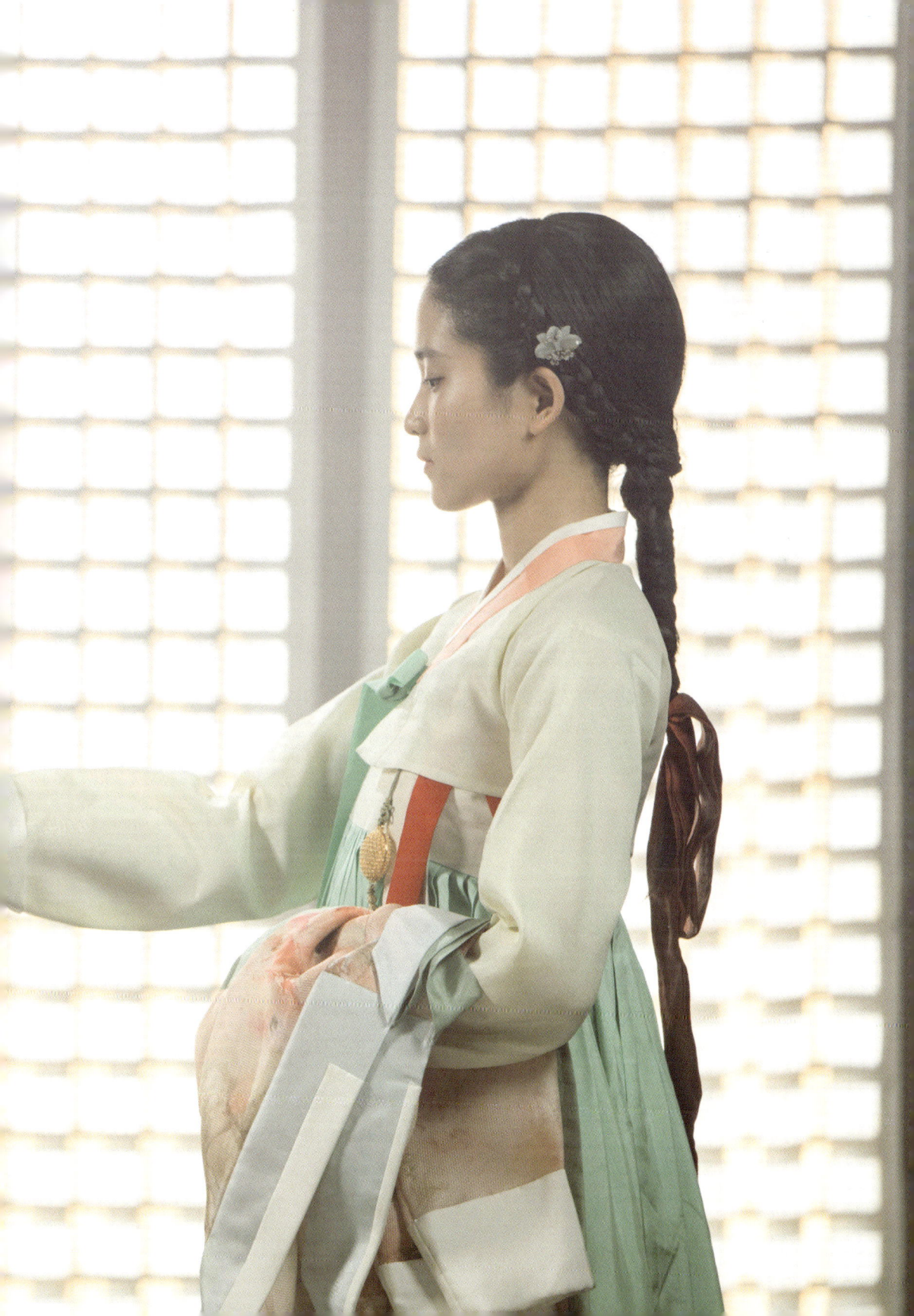

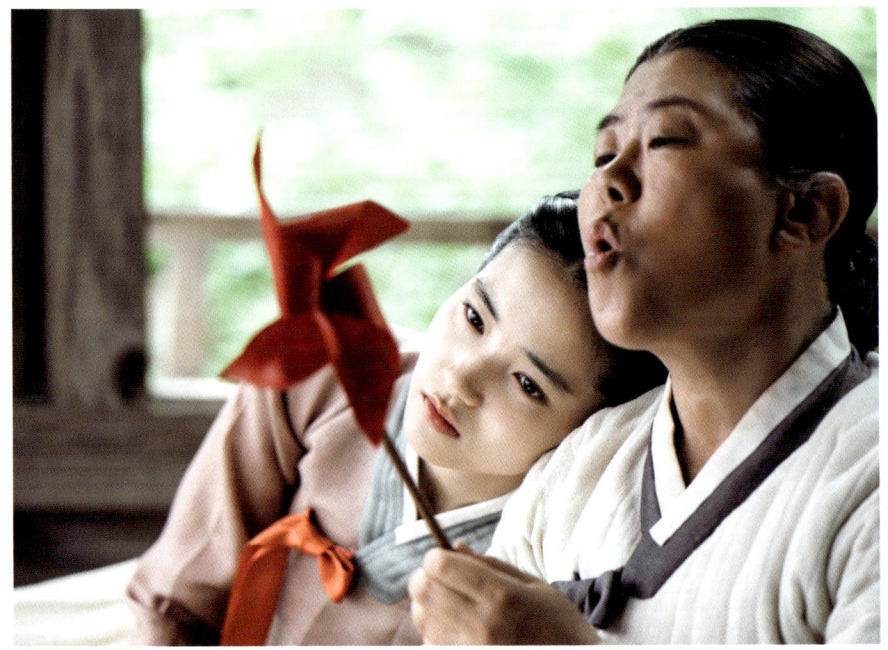

붉은 바람개비

알려주려 하였어.
둘만 아는 신호를 만들려고.
약방 처마에 붉은 바람개비가 걸리면,
내가 거사에 나가는 것이라고.
혹여 아무것도 모르고
약방에서 오래 기다릴까 봐.

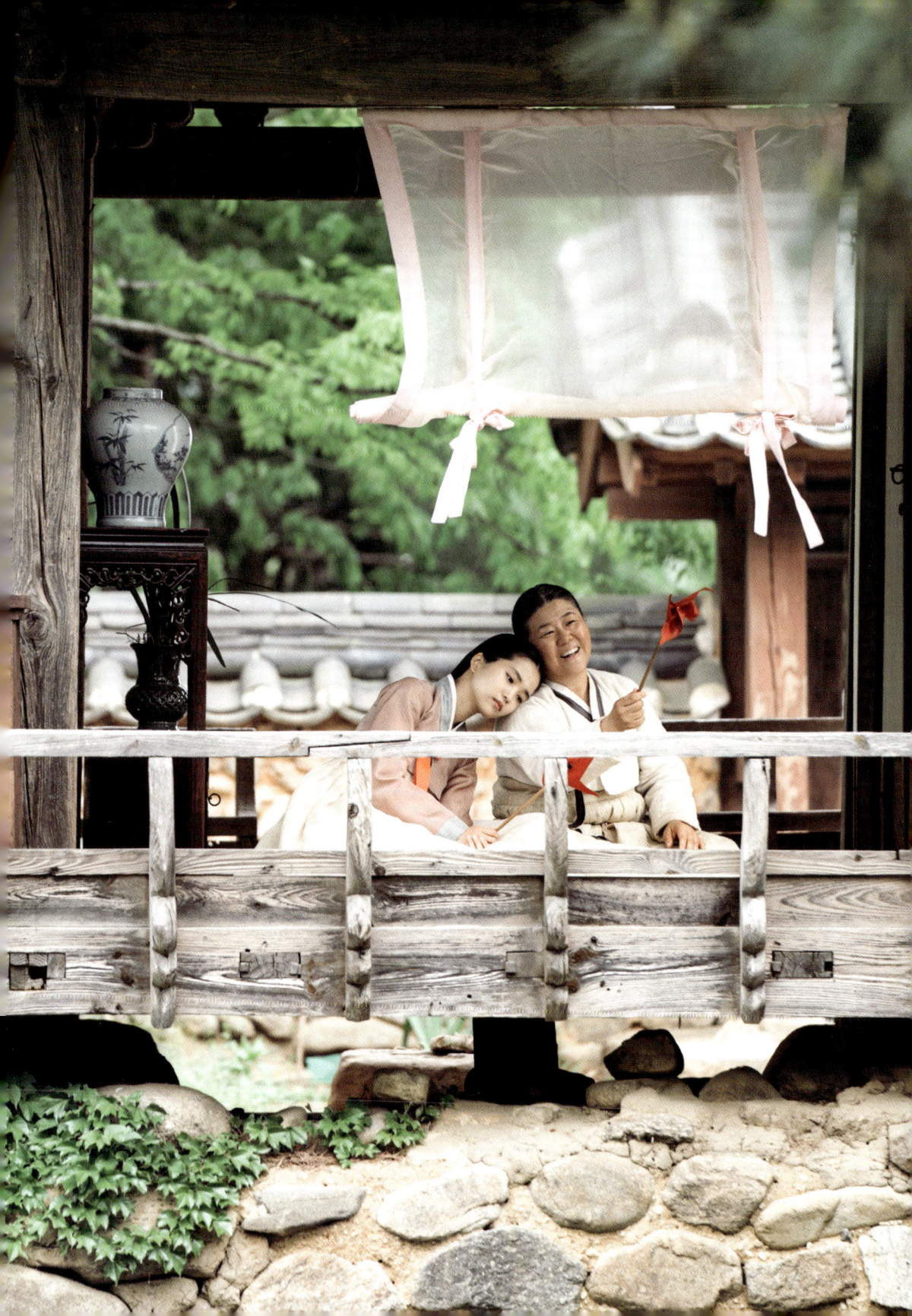

바
다
보
다 먼
곳

스승님께선 인생에서 제일 멀리 어디까지 가보셨습니까?
저는 바다에 갔었습니다. 동쪽으로 오래 달려서요.
그때 그런 생각을 했습니다. 다음엔 더 멀리 가보고 싶다고.
그게 지금입니다. 제겐 바다보다 먼 곳이 거깁니다.
염려도 질타도 후에 달게 받겠습니다.
지금은 그에게 가야겠습니다.
스승님께서도 제게 한 번만, 아무것도 묻지 말고
"예"라고 해주시면 안 됩니까.

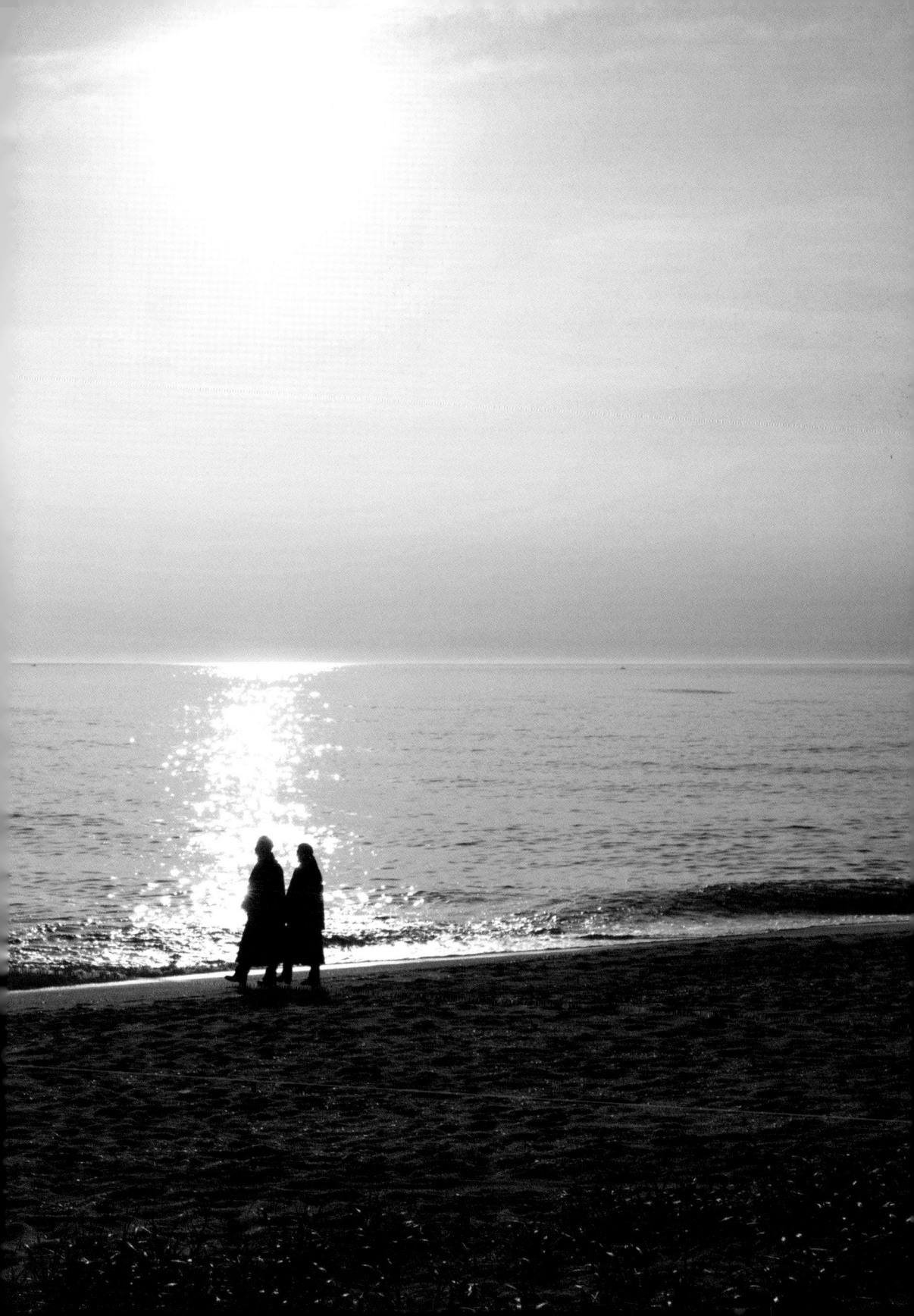

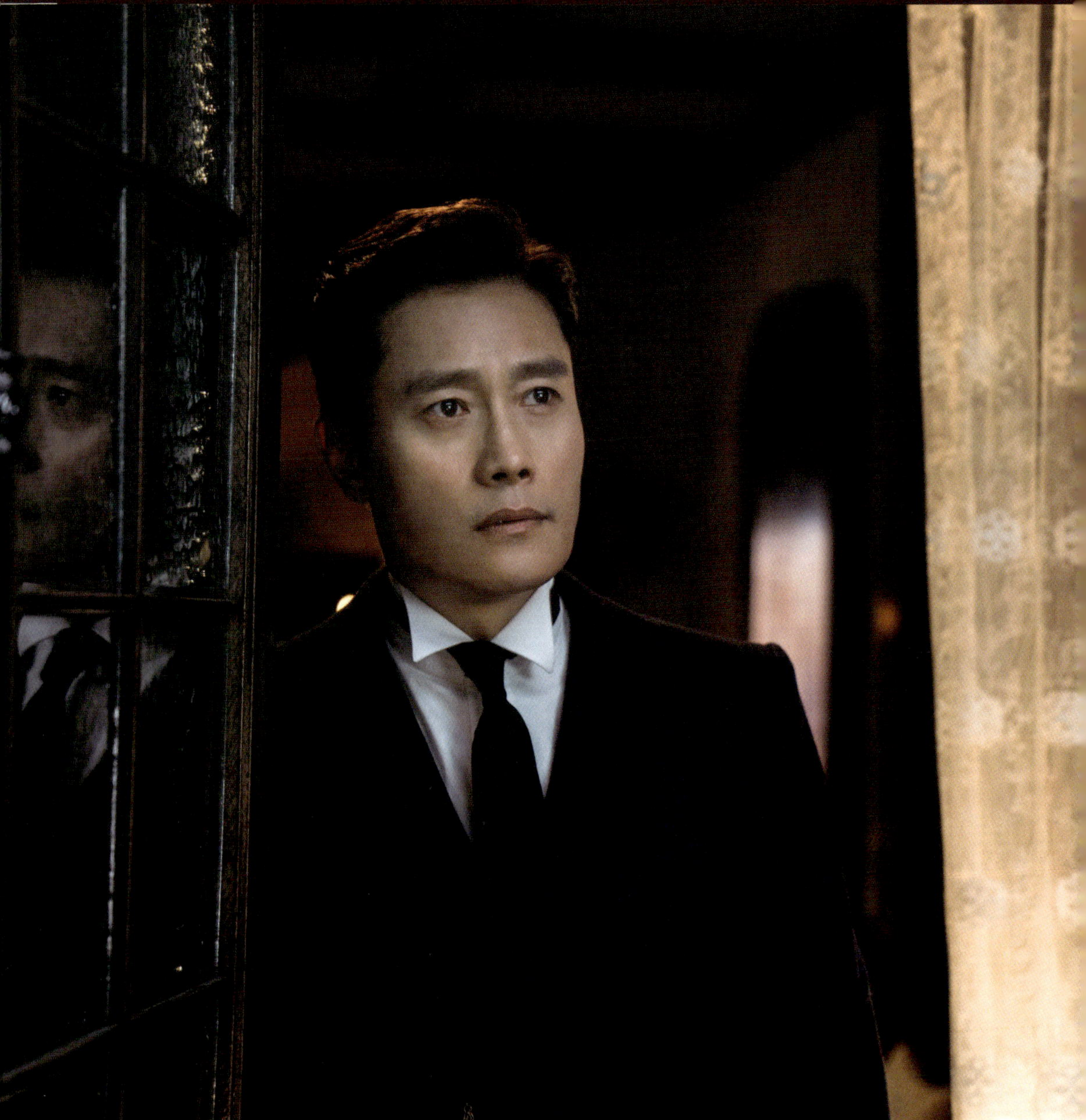

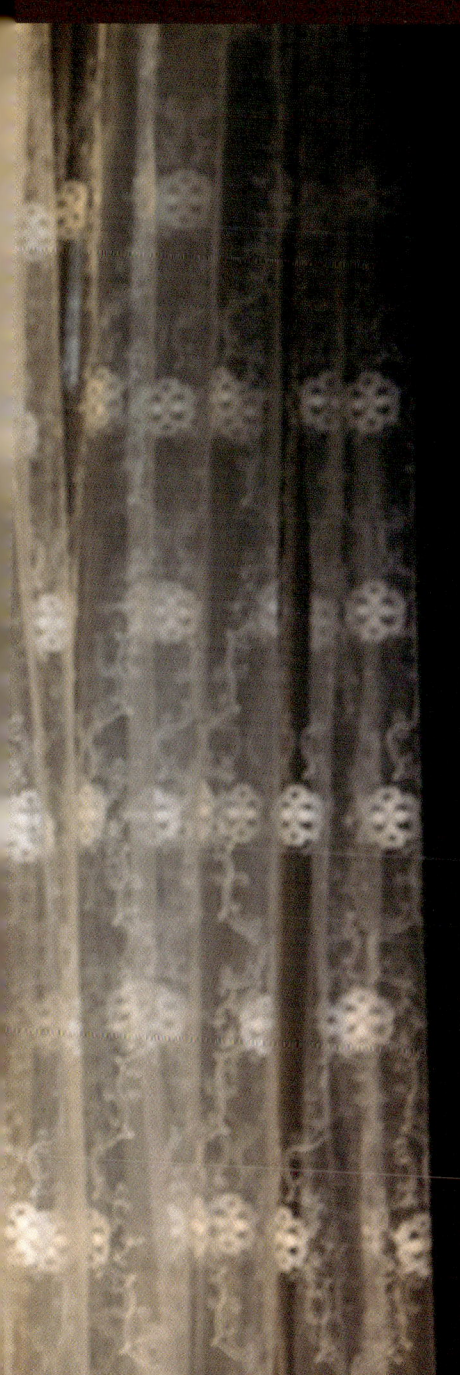

그쪽에게 가는 길 또한 그러실 거요.
바다보다 먼 길이 그쪽이랍니다.
헌데 그 멀고 먼 길을 가시겠답니다.
그 길이 얼마나 험할지
내 알아서 막아서보기도 하고, 혼도 내보는데.
결국 갈 길이면,
애기씨 가시는 길이 어디든 꼭 거기 서 계시오.

나 아니어도 안 된다 할 사람
천지일 테니 난 좋은 사람인 척하려고
둘이… 퍽 불쌍하기도 하고.

I miss you

소식을 들었는지 모르겠소.
들었다면, 내 걱정을 할 것 같아서.
귀하가 걱정할 일은 만들지 않겠소.
그러니 오늘 하루만이라도
내 걱정은 잠시 잊고 늘 그랬듯 어여쁘시오.

통성명, 악수, 포옹…
그 다음은 그리움인 모양이오.
혹여 장날을 핑계 삼아
호텔 앞을 지나가진 않을까 하여,
테라스에 오래 서 있었던 날도 있었소.

I miss you.

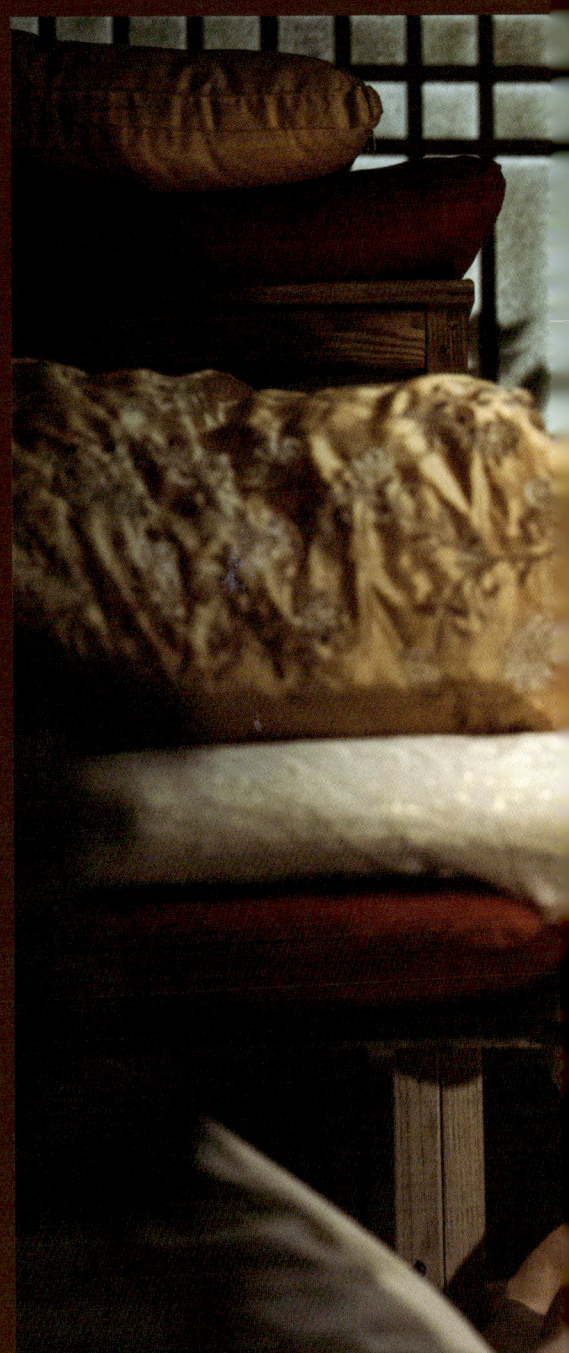

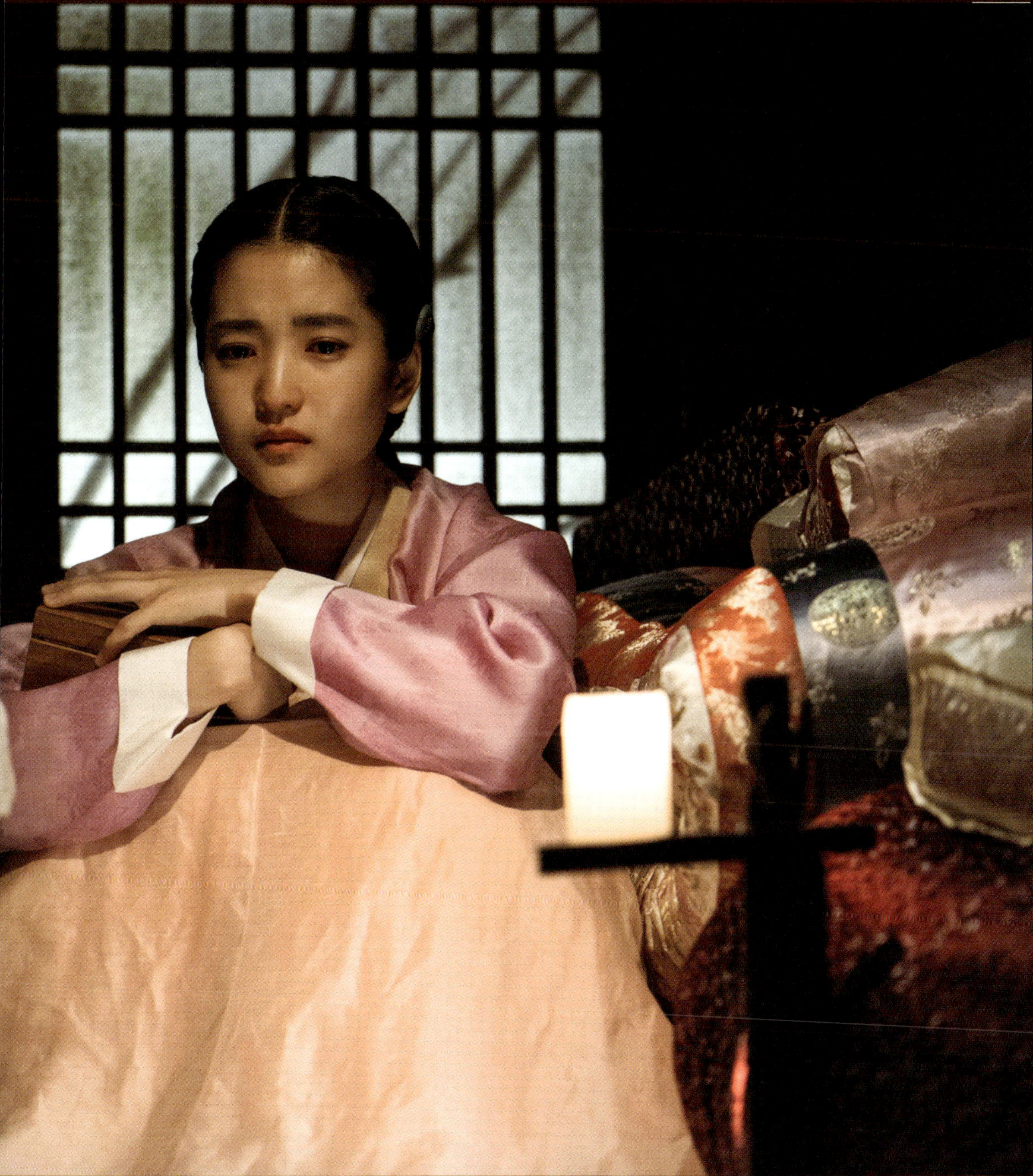

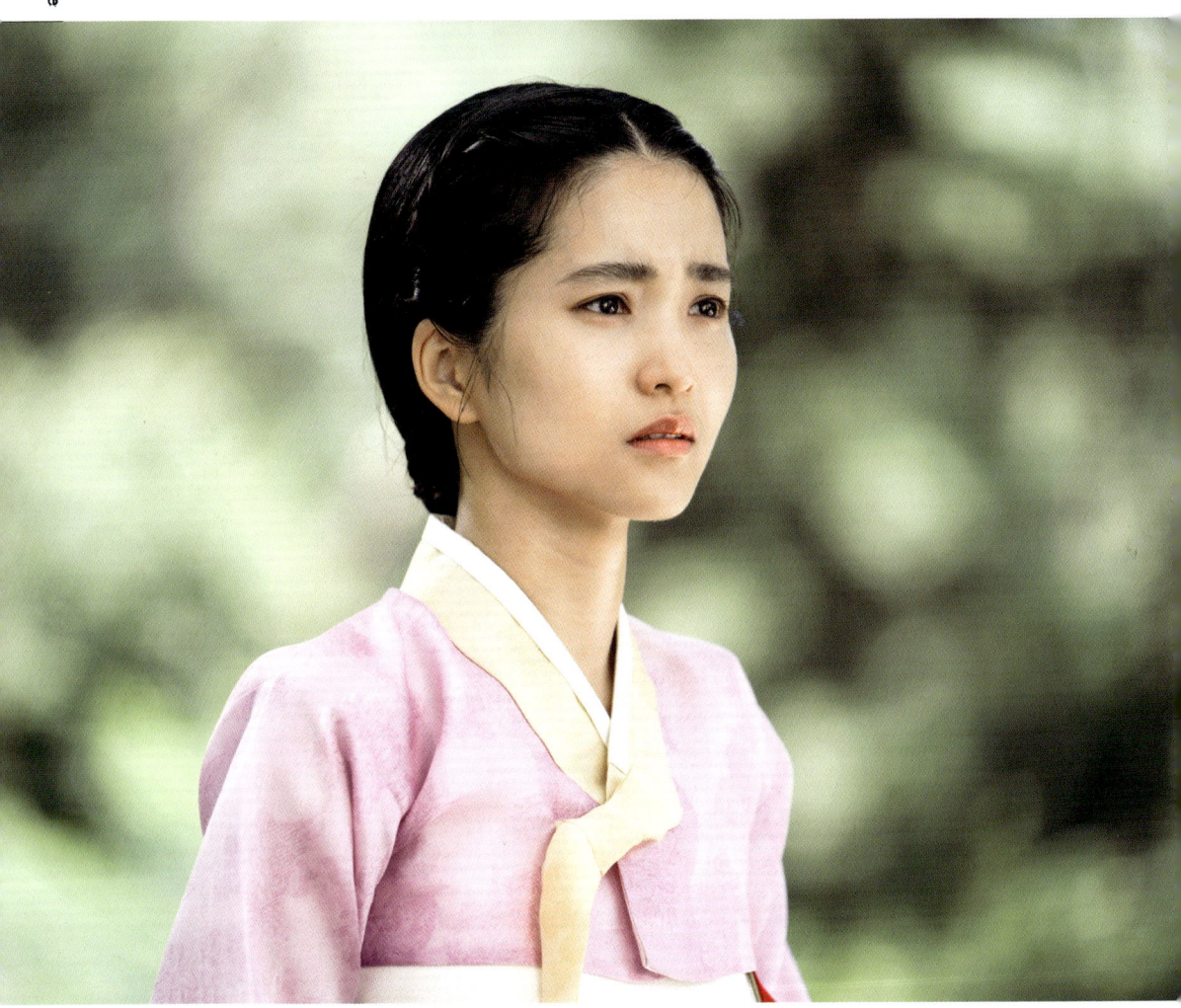

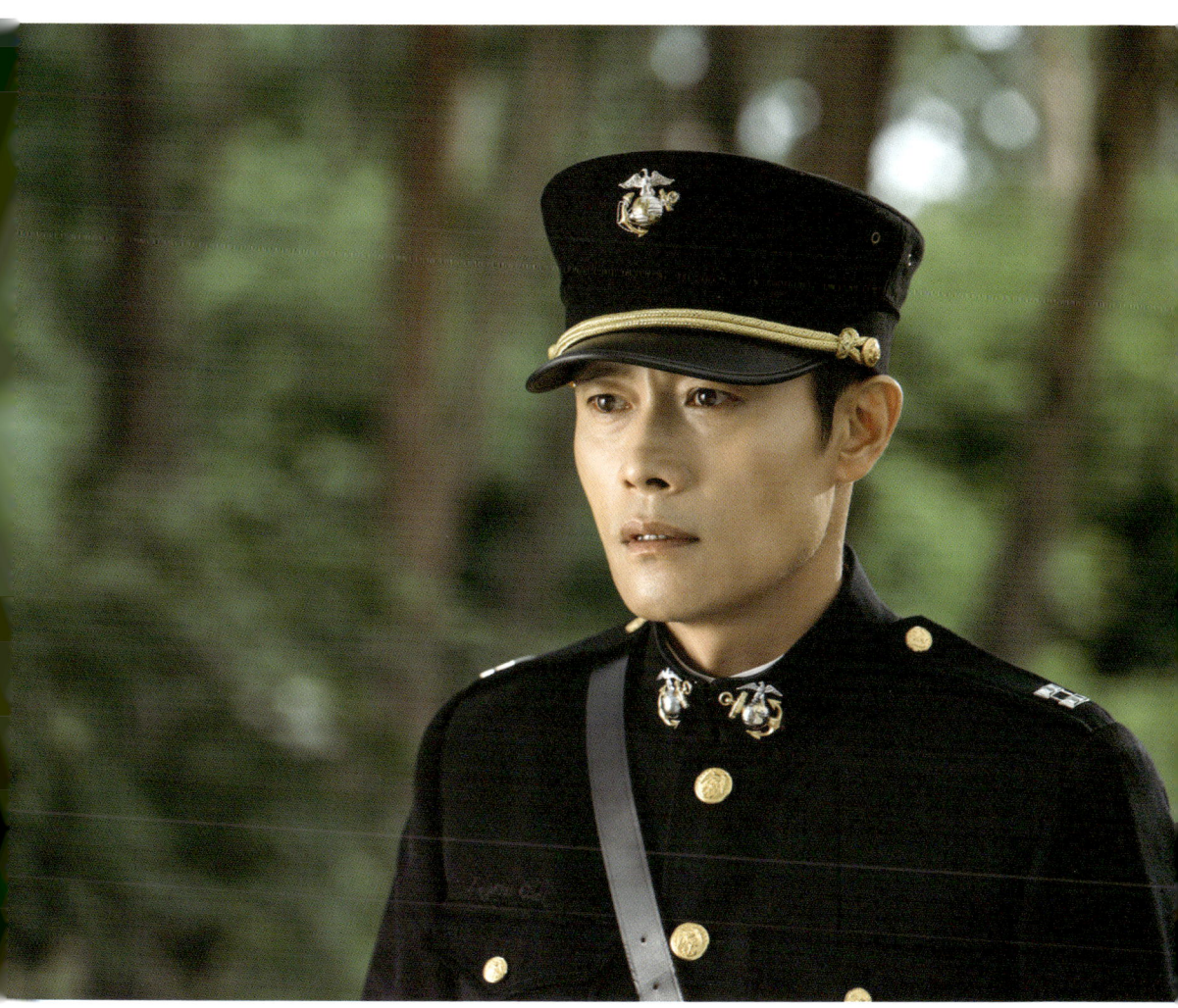

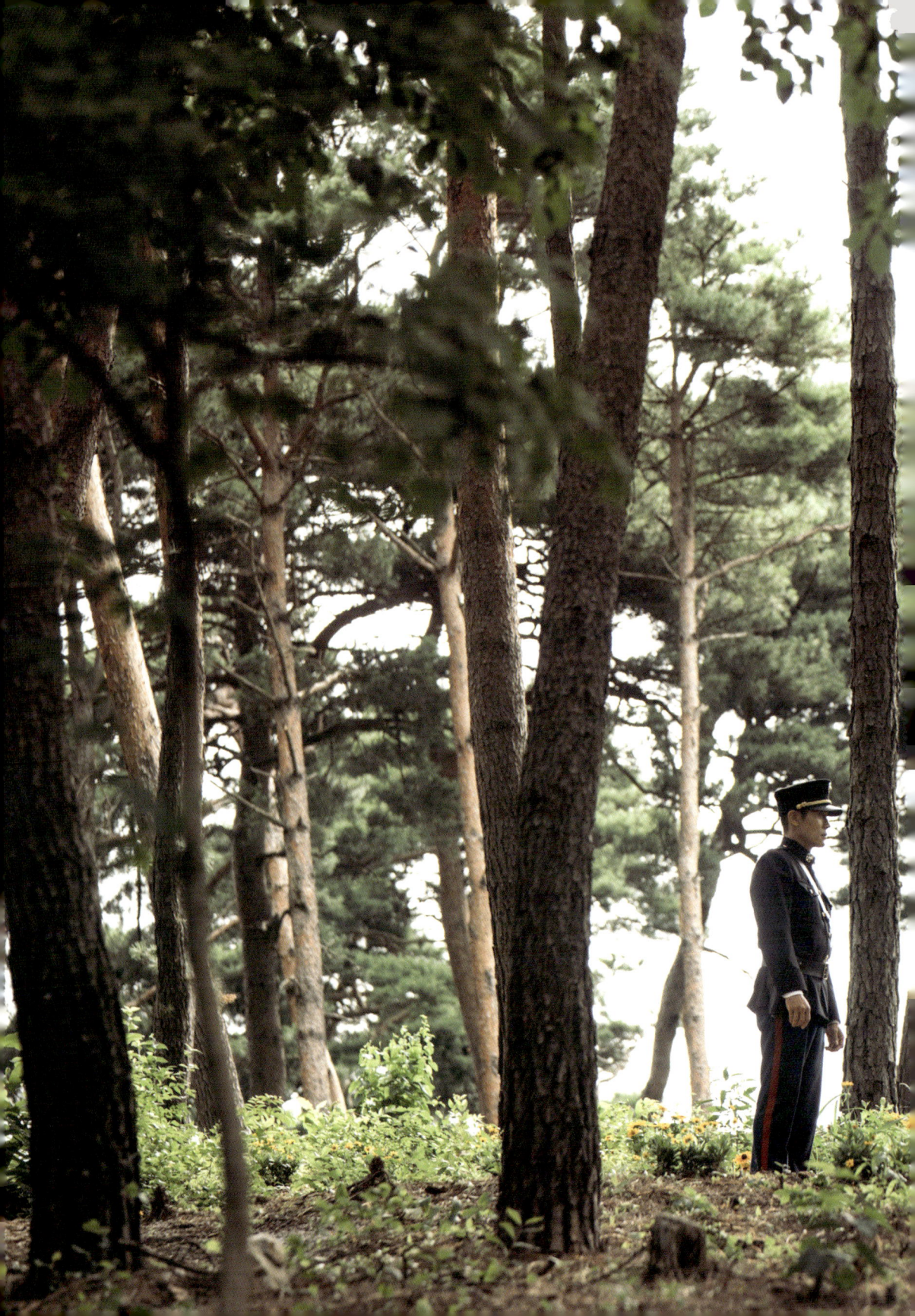

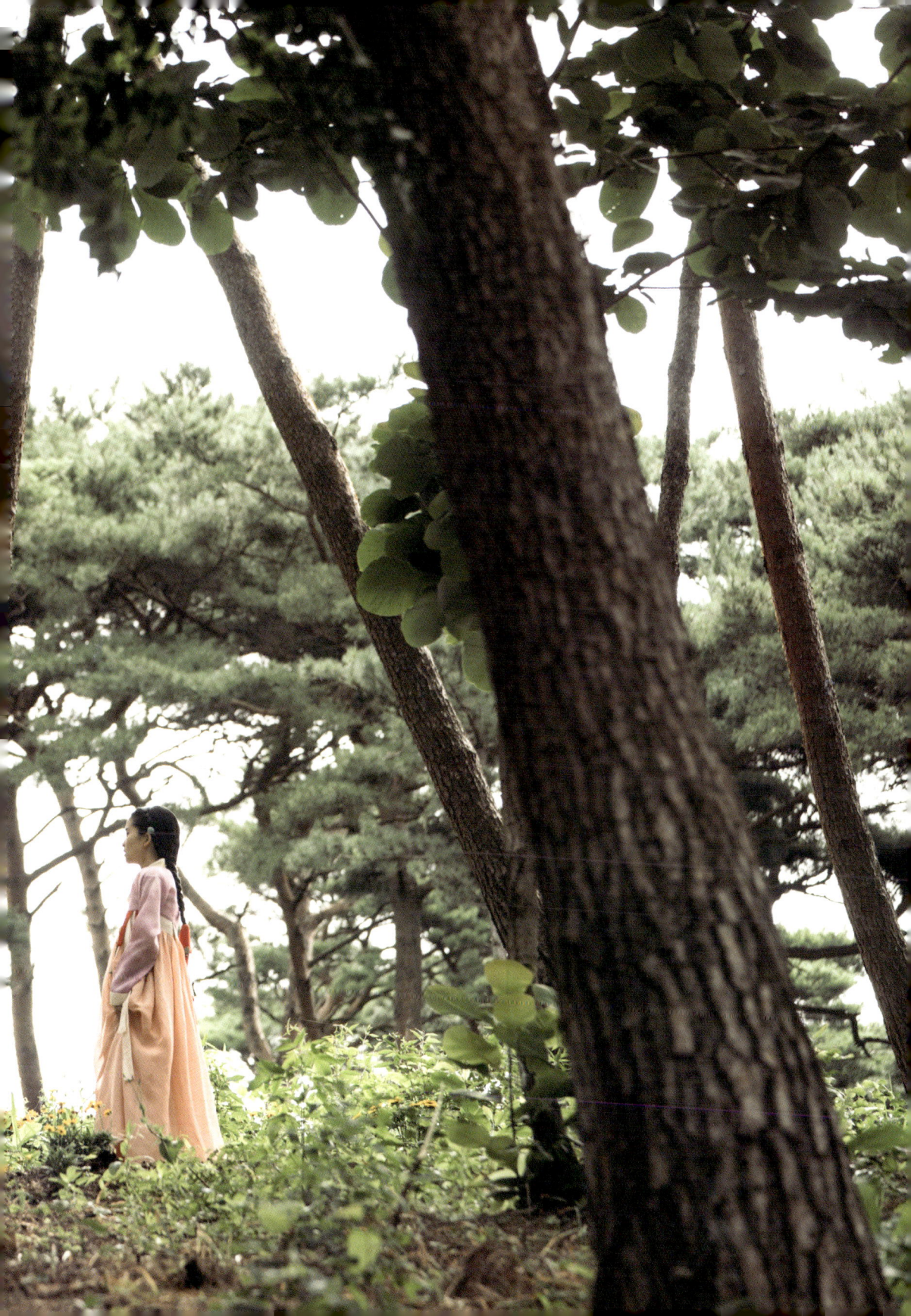

무언가가 되어 볼까

애기씨는 왜 자꾸 그런 선택들을 하십니까.
정혼을 깨고 흠이 잡히고
총을 들어 기어이 표적이 되는, 그런 위험한 선택들 말입니다.
허니, 아무것도 하지 마십시오.
학당에도 가지 마십시오. 서양 말 같은 거 배우지 마십시오.
날아오르지 마십시오. 세상에 어떤 질문도 하지 마십시오.

이런 주제넘은 자를 봤나.
난 내 선택 그 어떤 것도 후회하지 않아.
자네를 살린 것까지. 자네의 총에 맞은 것까지.
어쩔 텐가. 내 비밀 한 자락 쥐고 있다고 뭐라도 된 듯싶어?

아니요. 아직은요.
지금부터 애기씨의 무언가가 되어볼까 합니다.
이러면 안 되는데,
세상 모두가 적이 되어도 상관없겠다 싶어졌거든요.
그게 애기씨여도 말입니다.

기어이 내 손에 죽기로 작정을 했구나.
내 선의를 베고,
내 걸음을 베고,
기어이 이런 수치를 주는구나.

해서, 아프십니까.
그때 그냥 저를 죽게 두지 그러셨습니까.
그때 저를 살리시는 바람에 희망 같은 게 생겼지 뭡니까.
그 희망이 지금 애기씨의 머리카락을 잘랐습니다.
허니, 애기씨 잘못입니다.

네 놈은 내가 우습구나.
다시 그 순간이 온다고 해도 나는 네 놈을 살릴 것이다.
허나 다시 내 눈에 띄면, 그땐 네 놈을 죽일 것이다.
감히 내 염려 따위 하지 마라.
네 놈은 나를 그저, 호강에 겨운 양반 계집으로만 보면 된다.

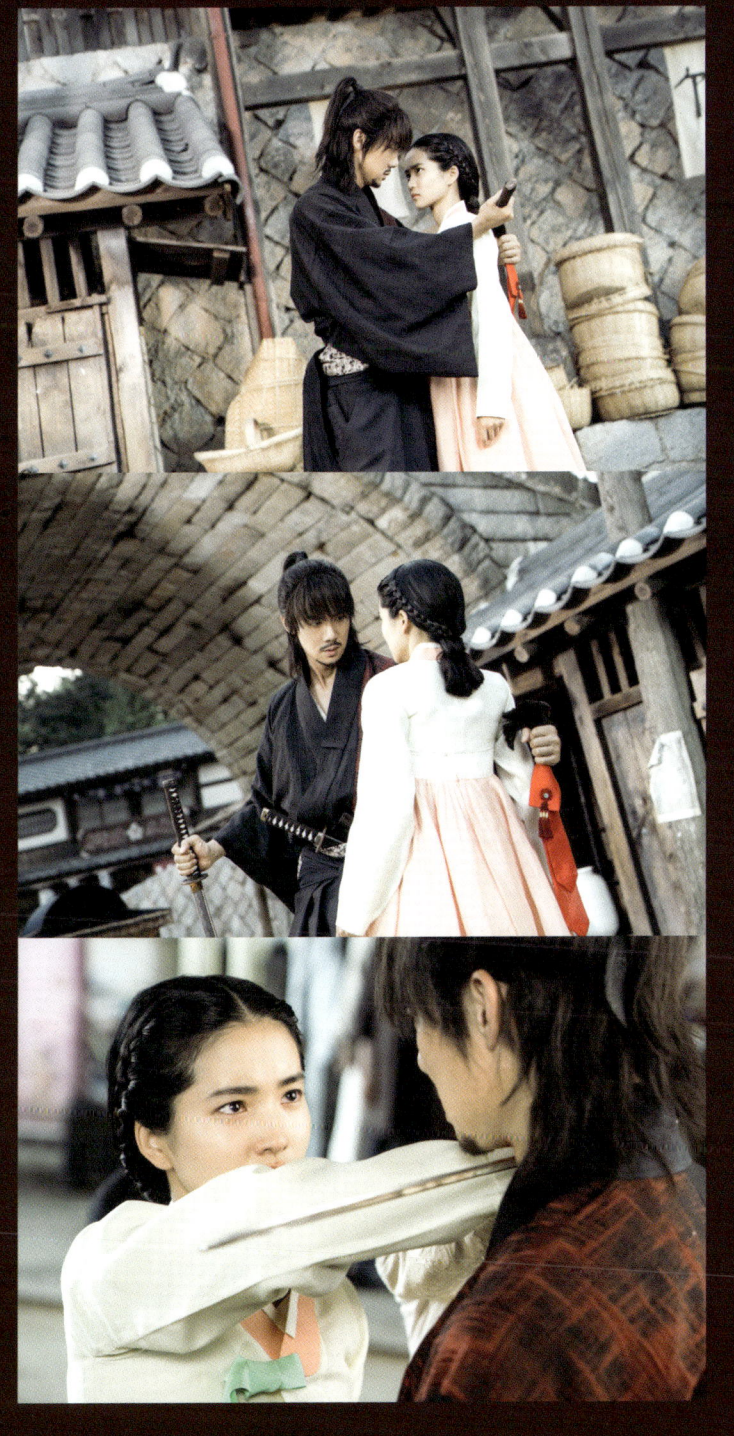

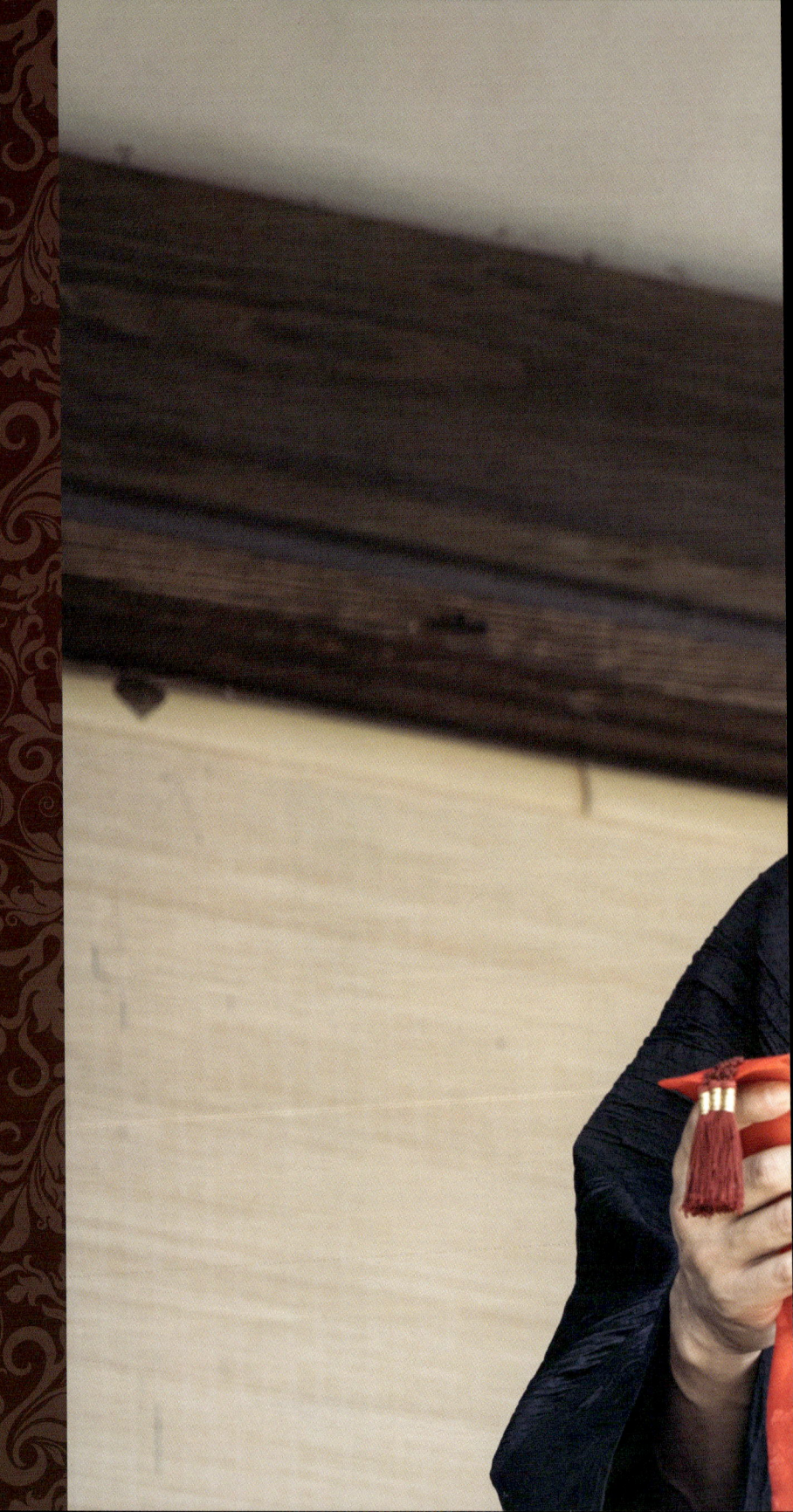

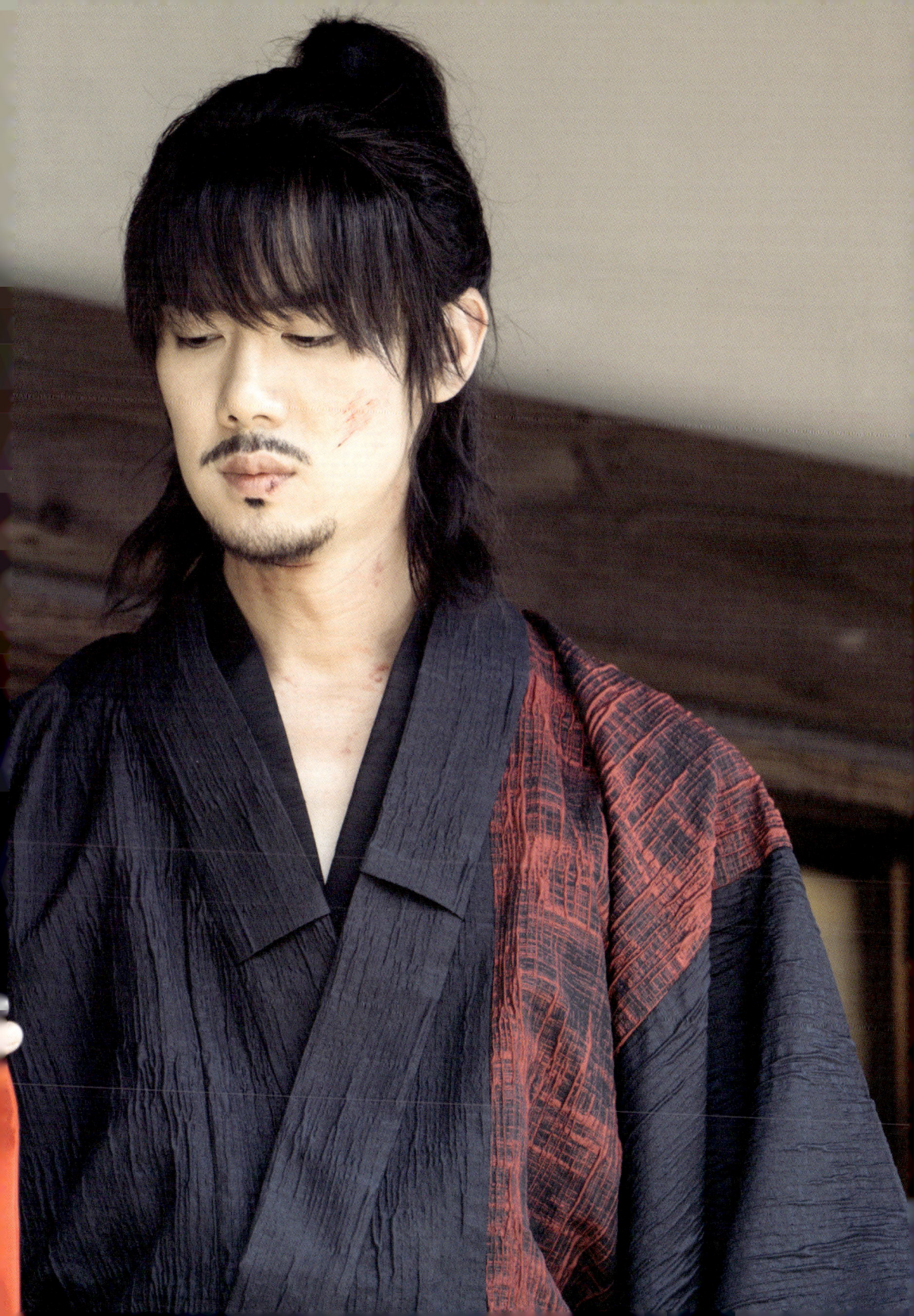

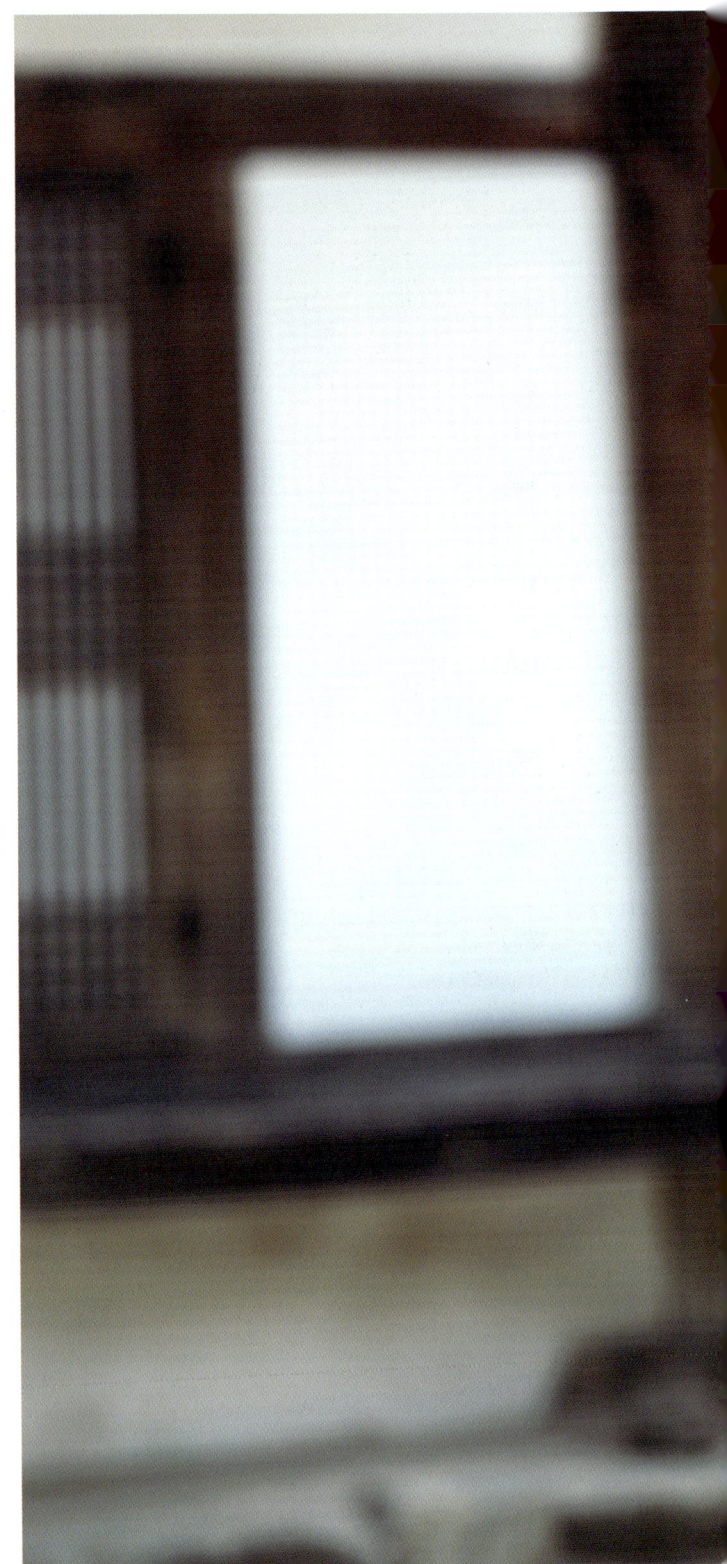

그깟 머리카락.
나라님도 자른 머리카락이다.
니 아비 니 어미처럼,
그리 오지 않았으니 되었다.
살아왔으니, 그거면 되었다.

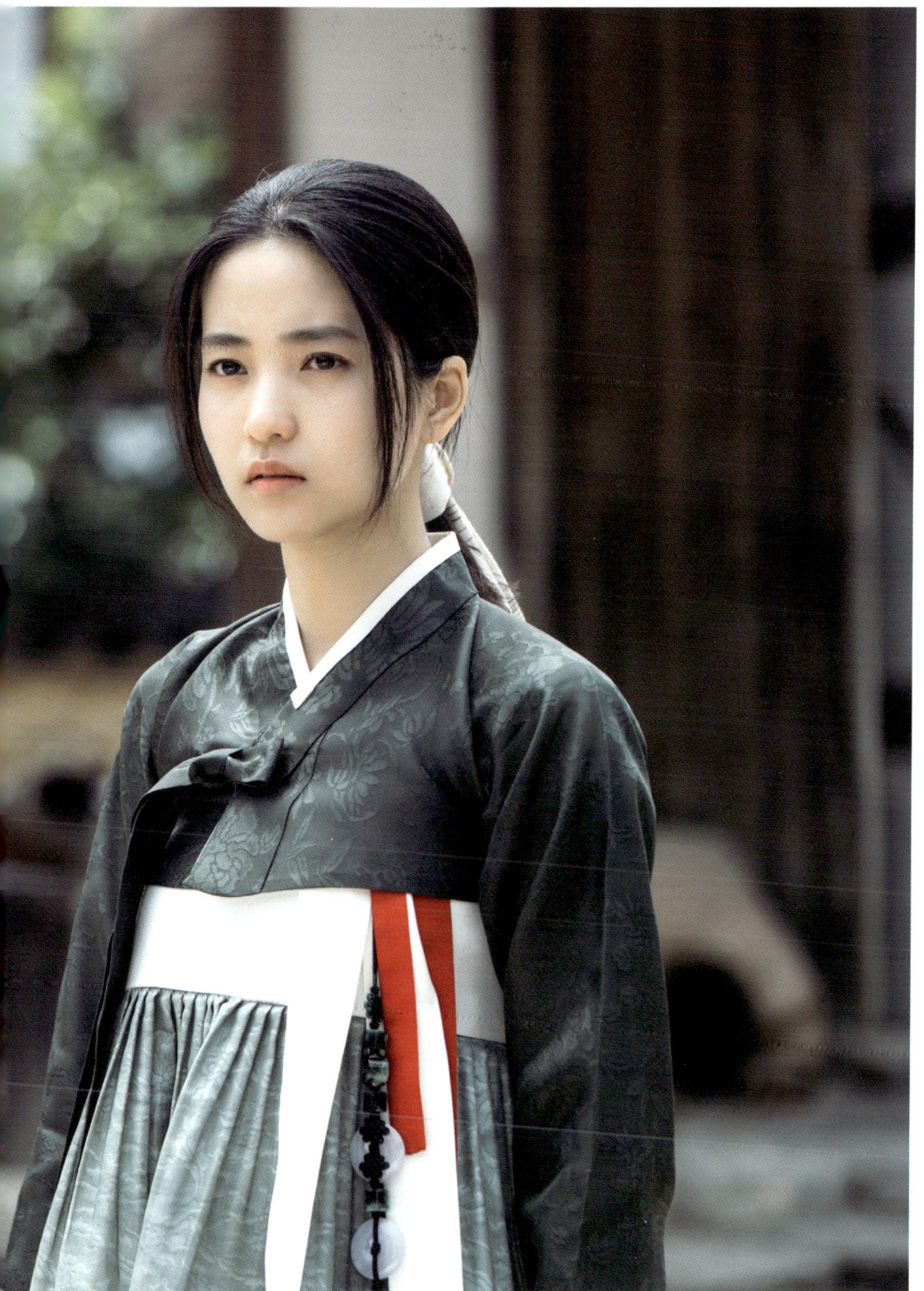

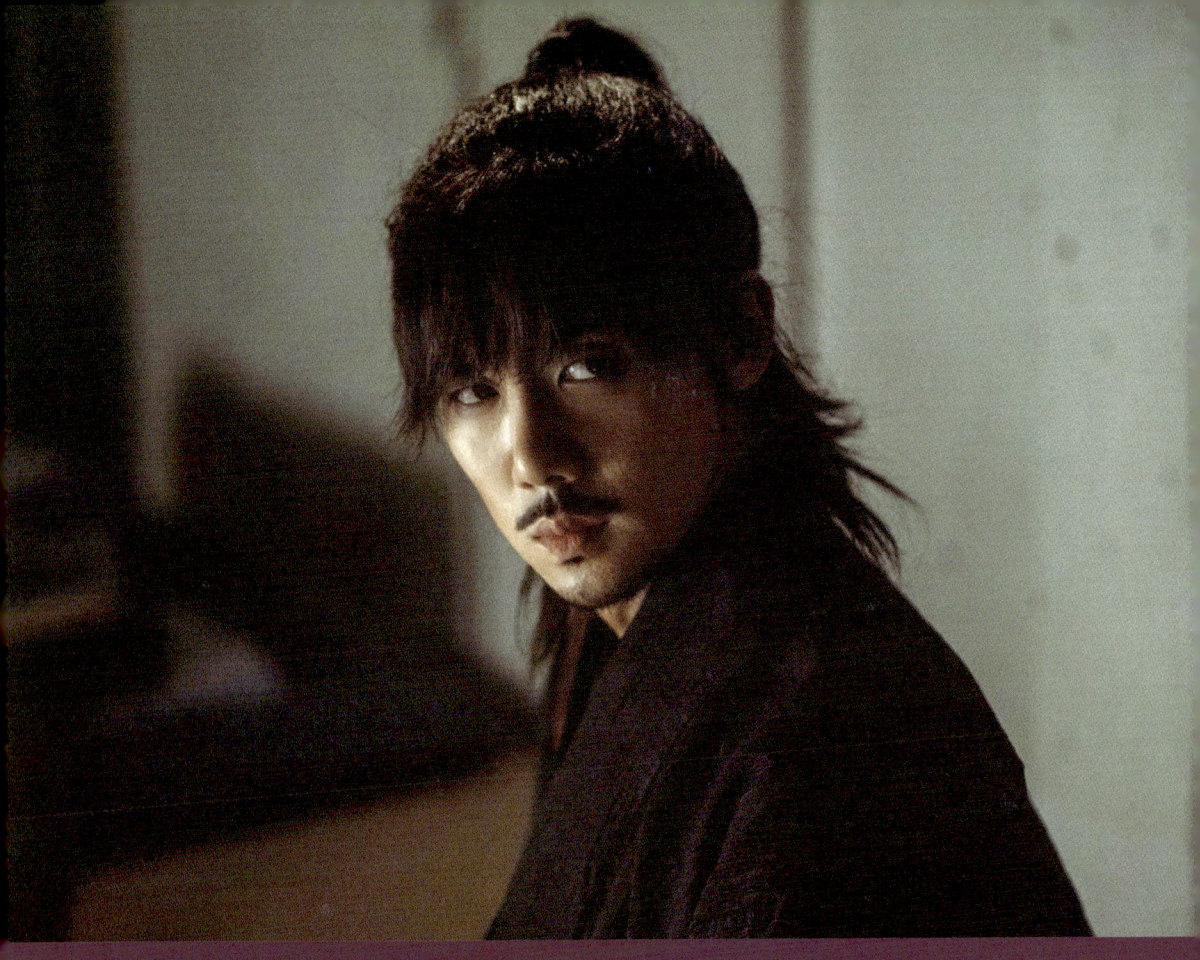

그대 살아남아라

돈을 받으면 뭐든 다 한다 들었다.
내가 줄 수 있는 전부다. 애신이를 지켜주어라.

조선이 지지 않기를 바란다 했었다. 나 역시 같은 생각이다.
부디 부탁이니, 그 일군 대좌를 죽여주어라.

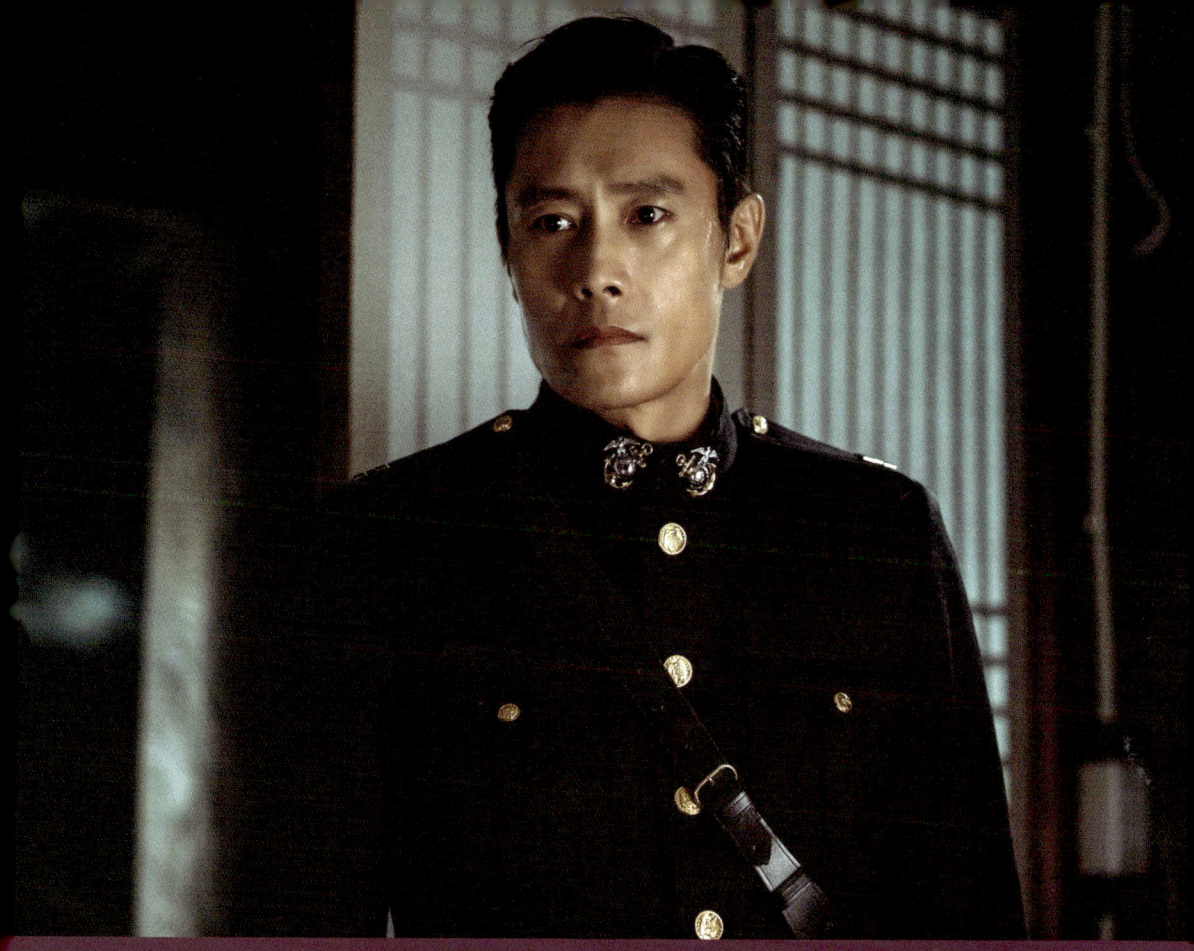

왜 저는 지키는 자이고 저 자는 죽이는 자입니까.

물불 가리지 않고 지켜줄 자와
고심하여 완벽을 기할 자.
담을 넘어 들어오는 자와
대문을 열고 들어오는 자의 차이다.

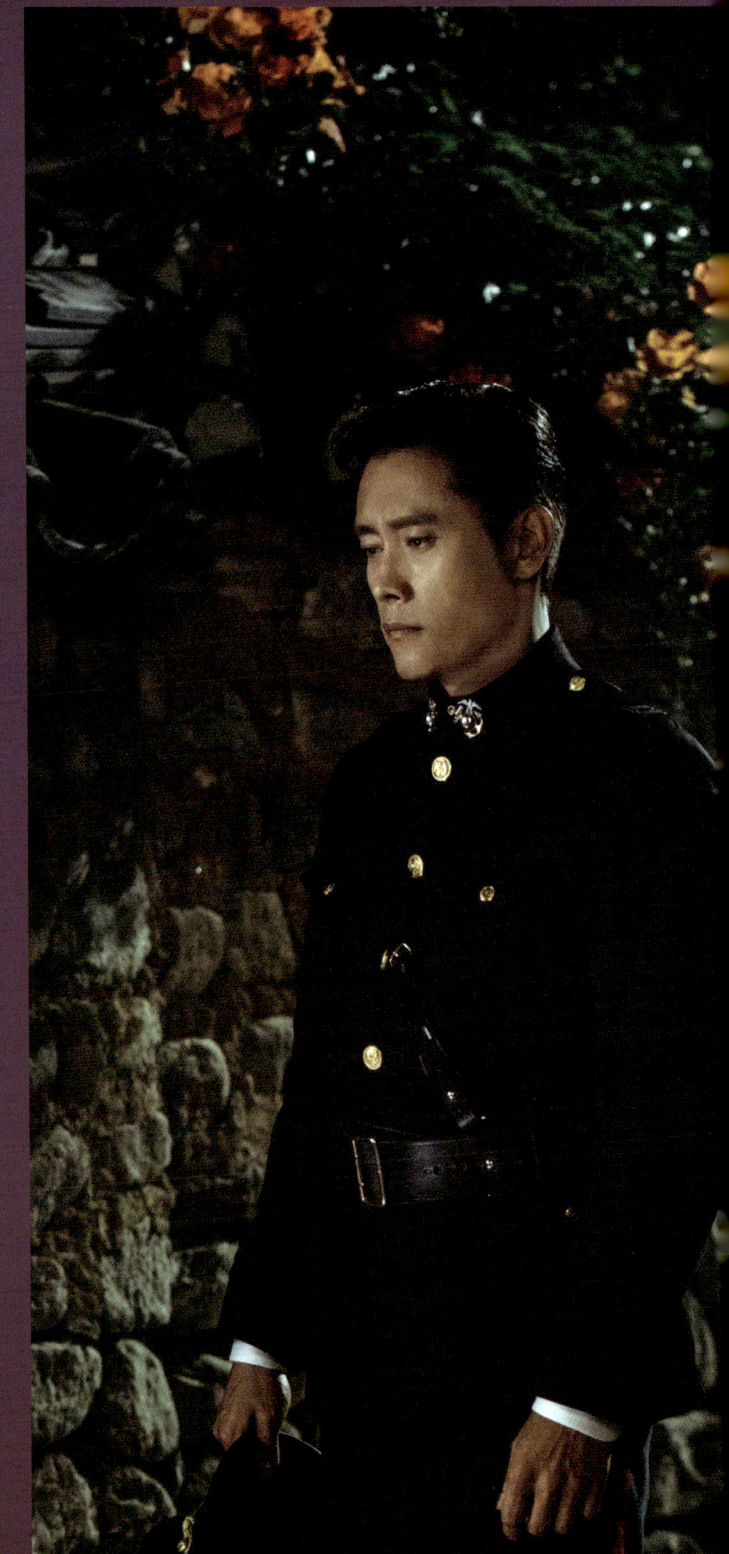

누가 제일 슬픈지는 의미 없었다.
인생 다 각자 걷고 있지만,
결국 같은 곳에 다다를 우리였다.
그대를 사랑한다.
그러니 그대여, 살아남아라.

하여, 누구의 결말도
해피엔딩은 아닐 것이다.

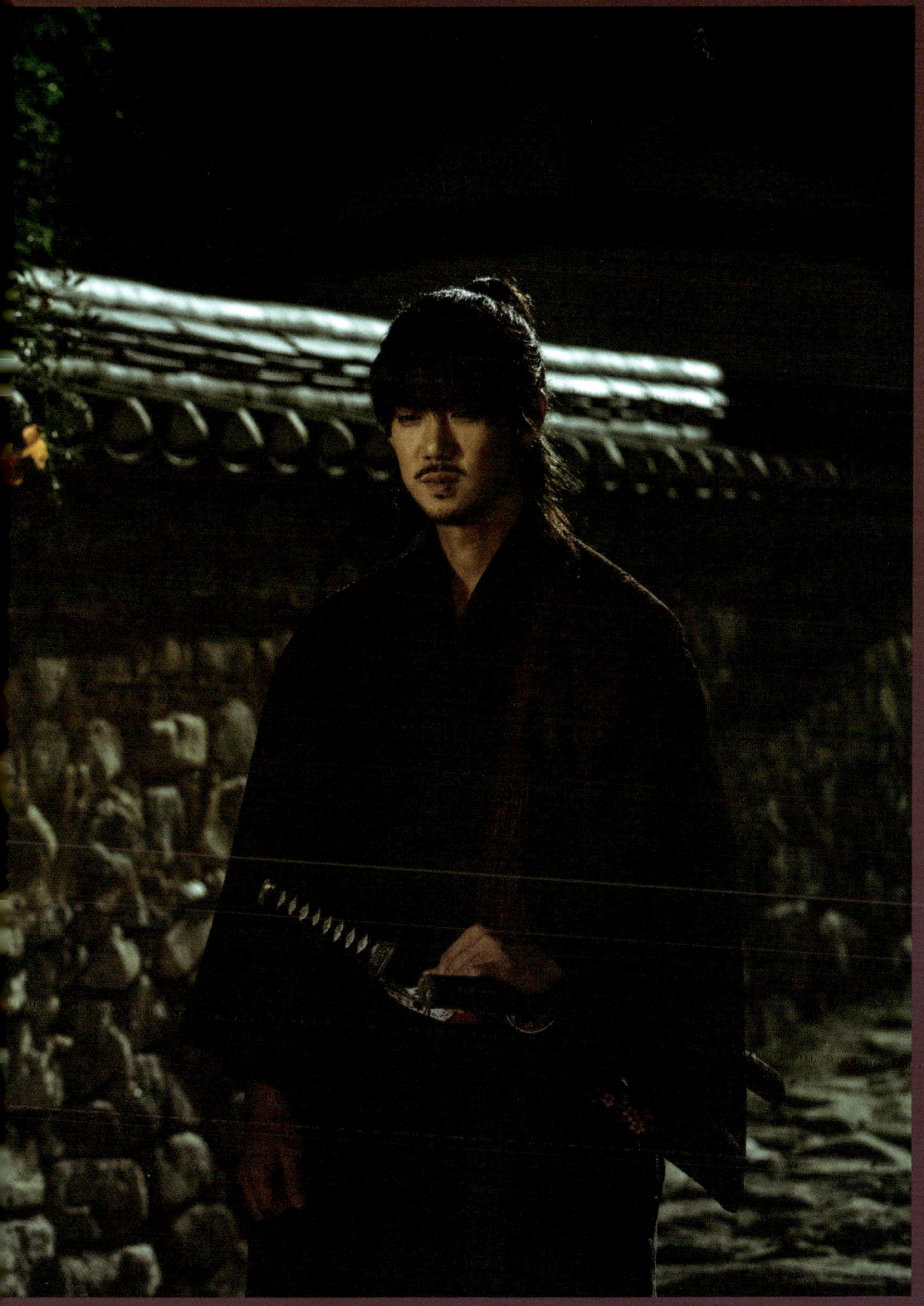

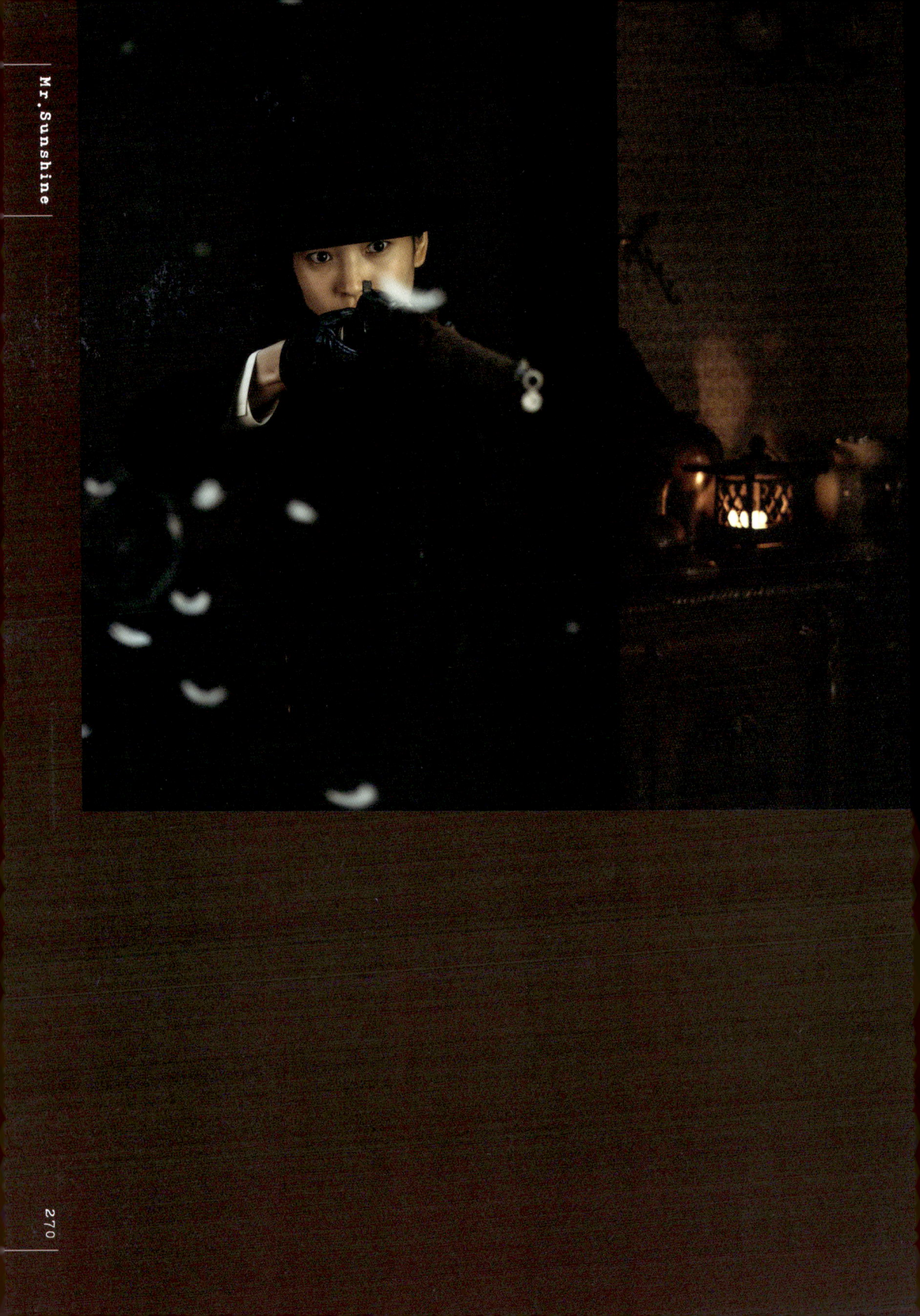

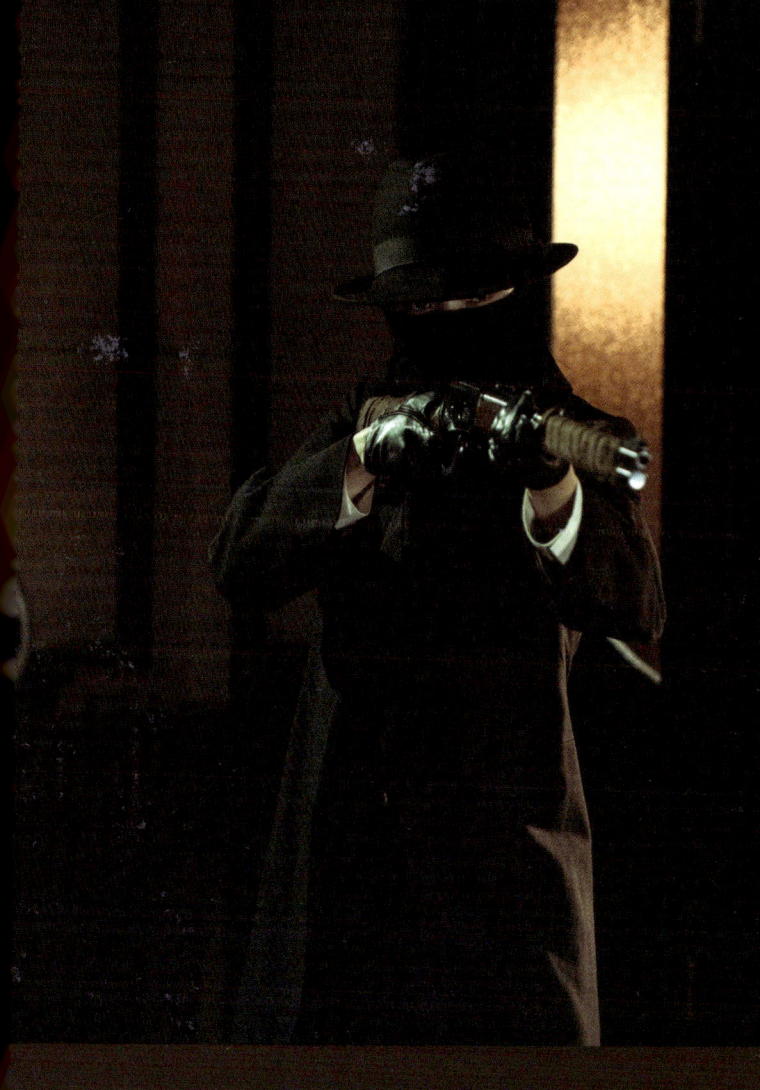

적어도 오늘 하루는

더 빨리 왔어야 했는데 내가 조금 늦었어. 늦었지만 왔어. 당신을 죽이러.

허튼 짓 말라. 내 하나 죽인다고 다 넘어간 조선이 구해지니?

적어도 하루는 늦출 수 있지.
그 하루에 하루를 보태는 것이다.

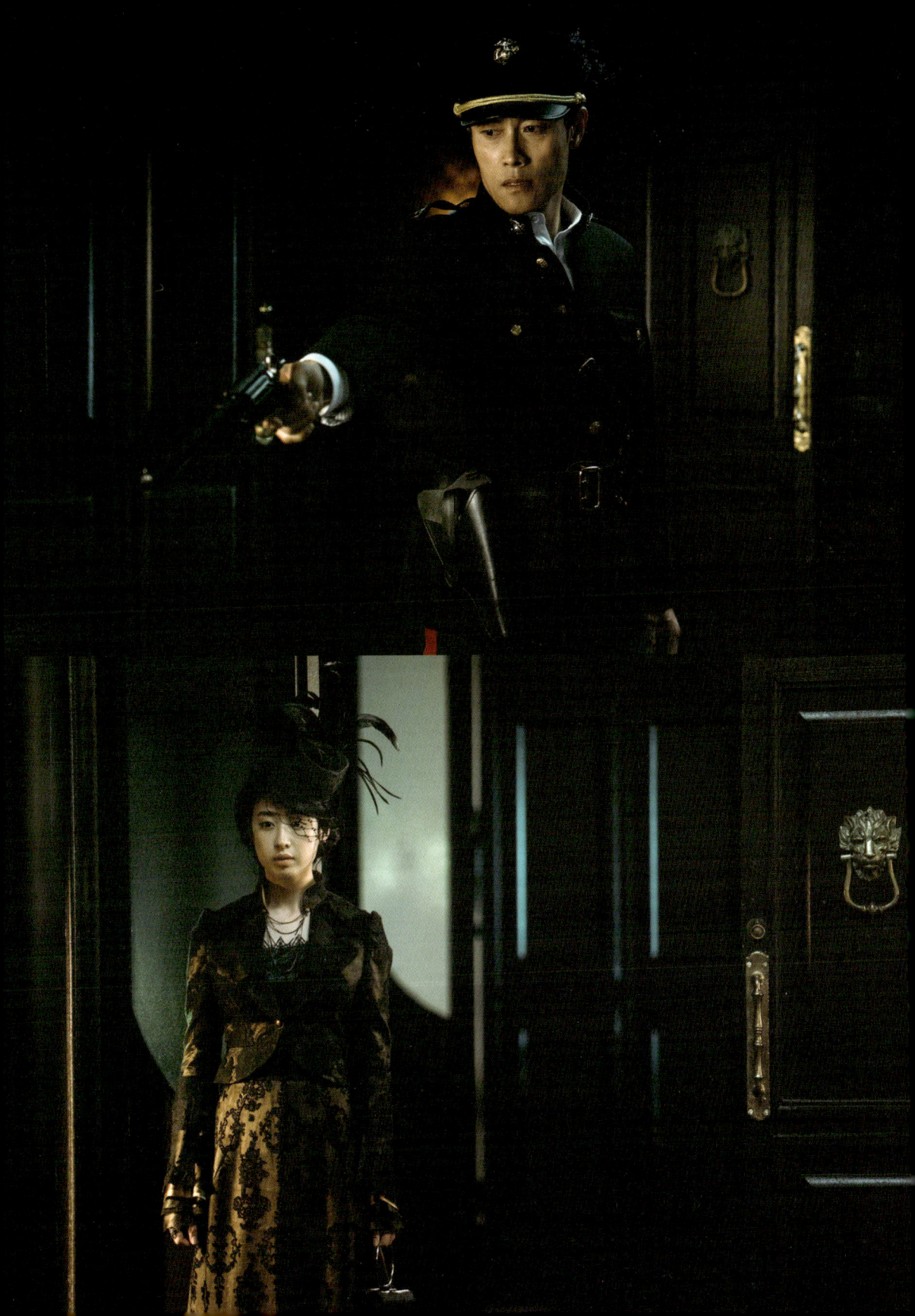

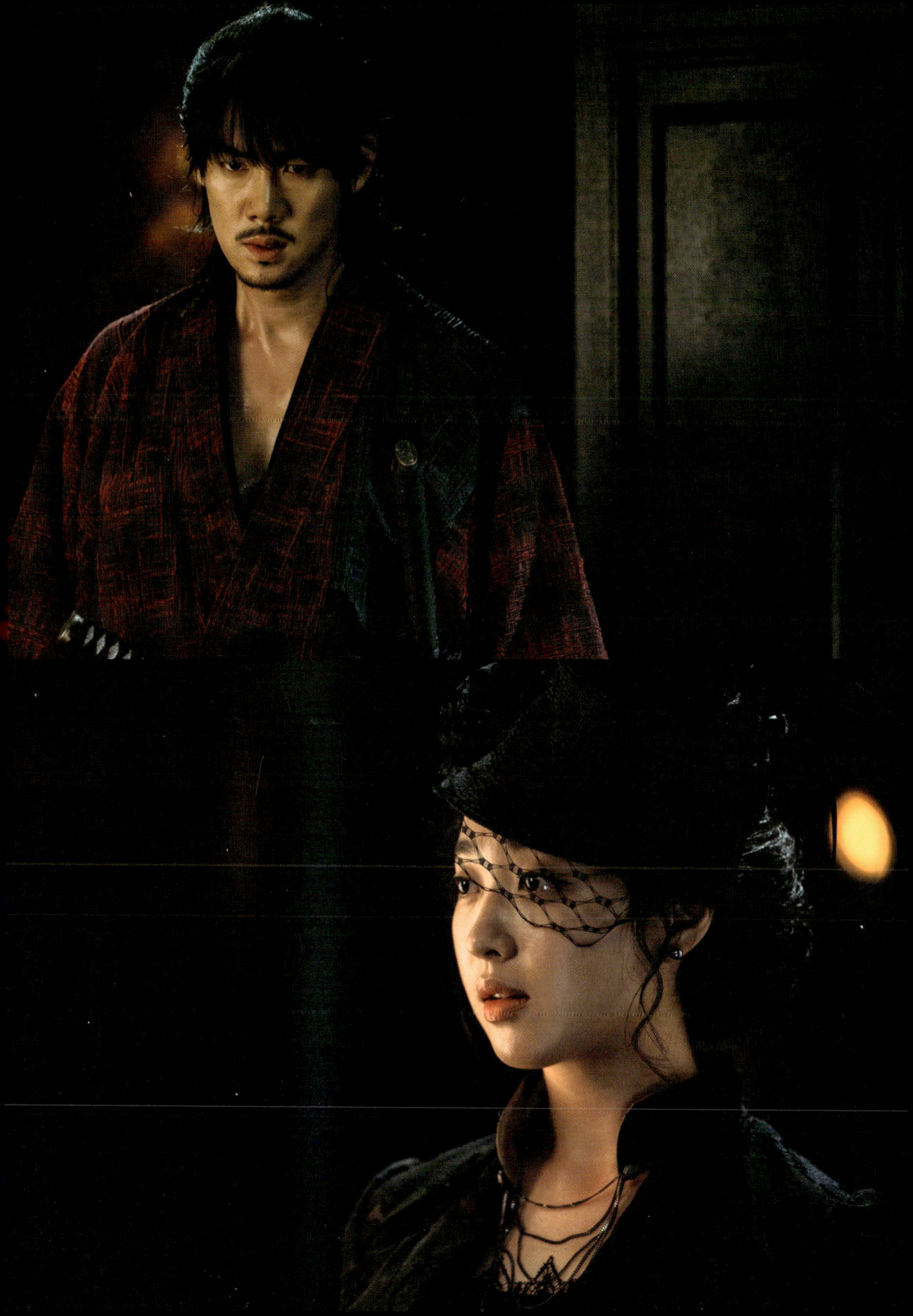

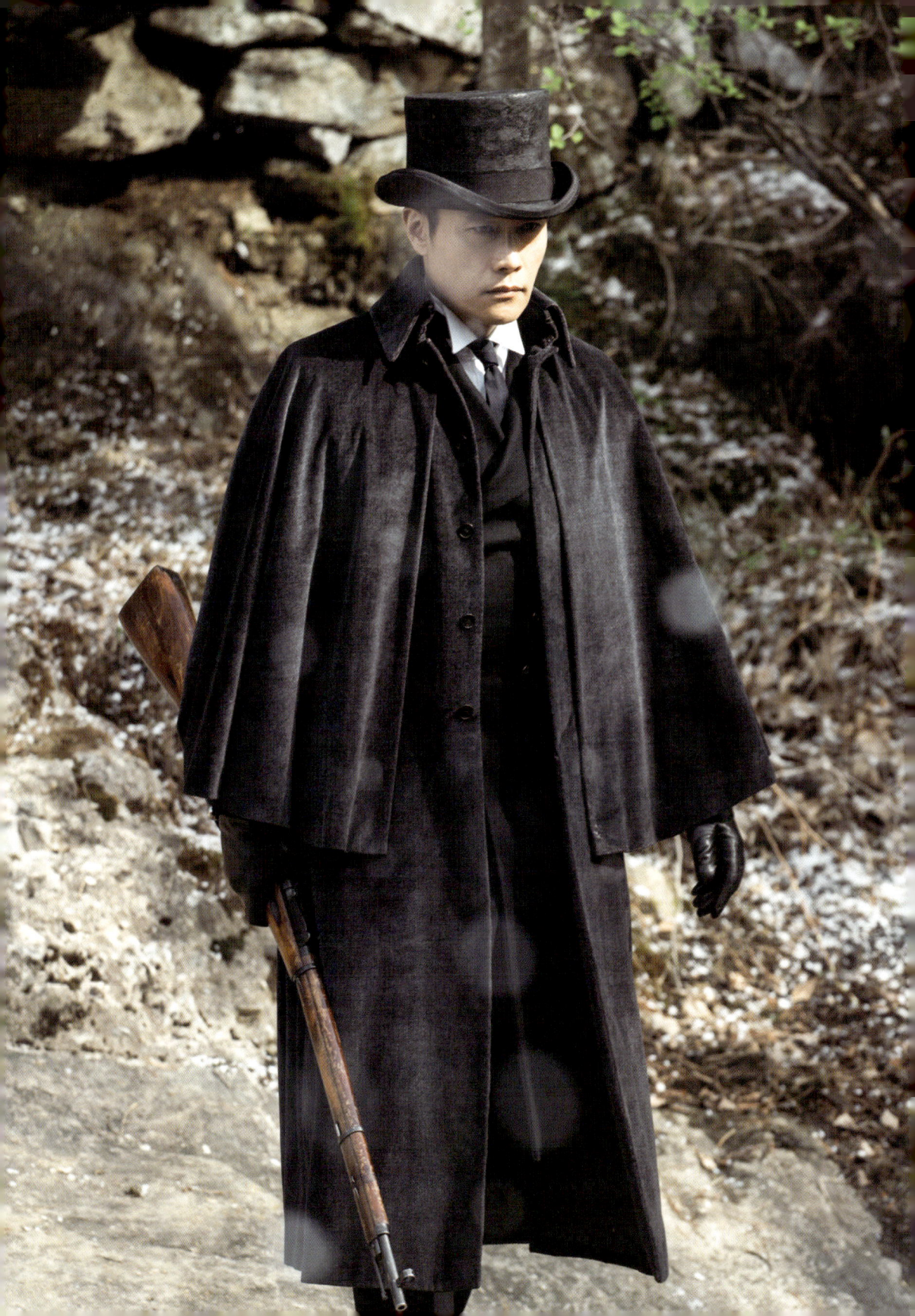

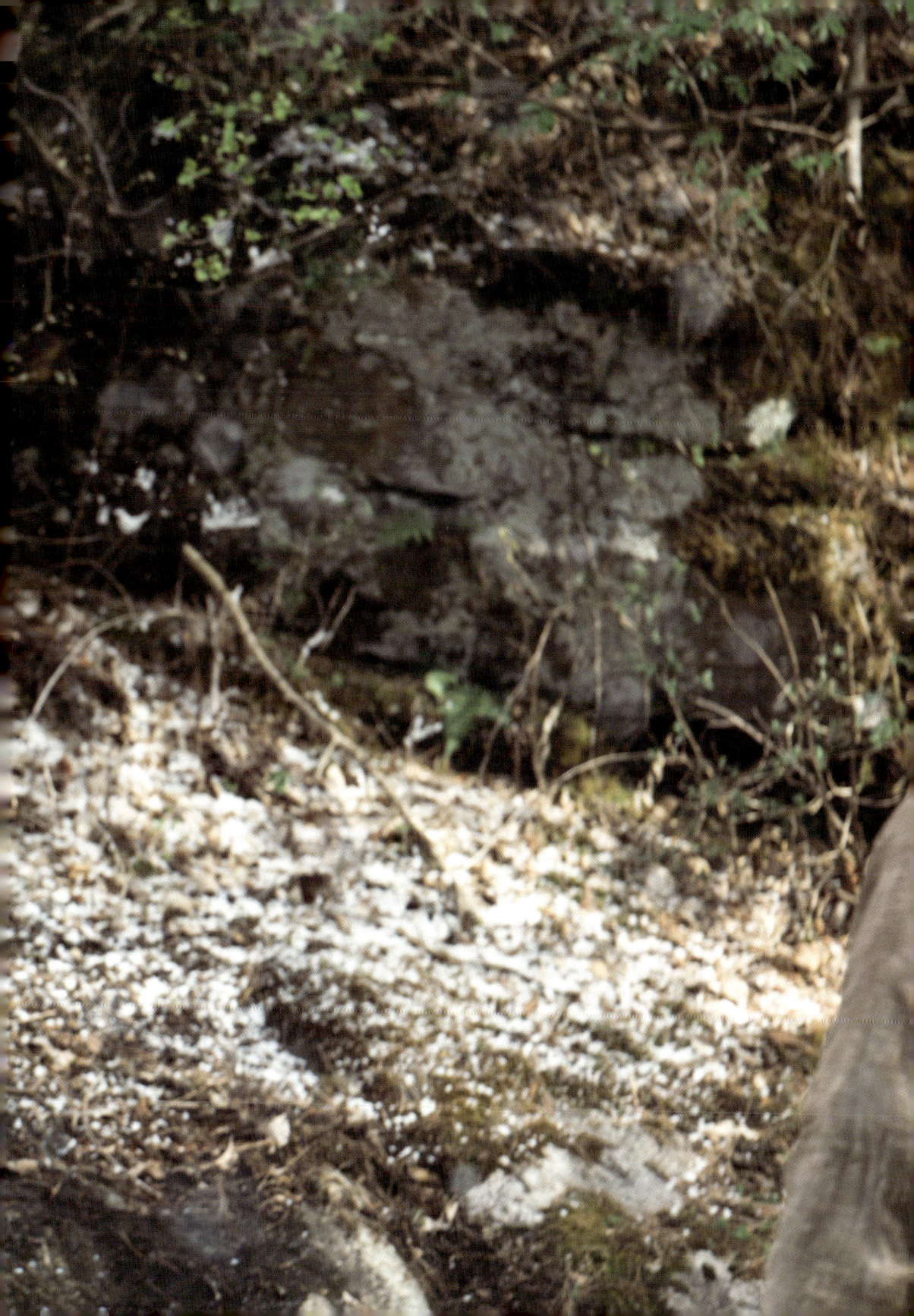

내가 어느 쪽으로 걸을지는
나도 모르겠소

그저 내가 바라는 건 단 두 가지였소.
어르신이 오래 사는 것.
고애신이 죽지 않는 것.

미국은 날 조선인이라 하고
조선은 날 미국인이라 하니,
앞으로 내가 어느 쪽으로 걸을지는
나도 모르겠소.
그러니 기회는 지금뿐이오.

다시 또 조선을 달려 도망치지는 않을 겁니다.
그러니 쏘십시오.
크게 갚지 못한 은혜, 이렇게 갚겠습니다.

오래 사십시오.
다시는 못 볼 듯하니.

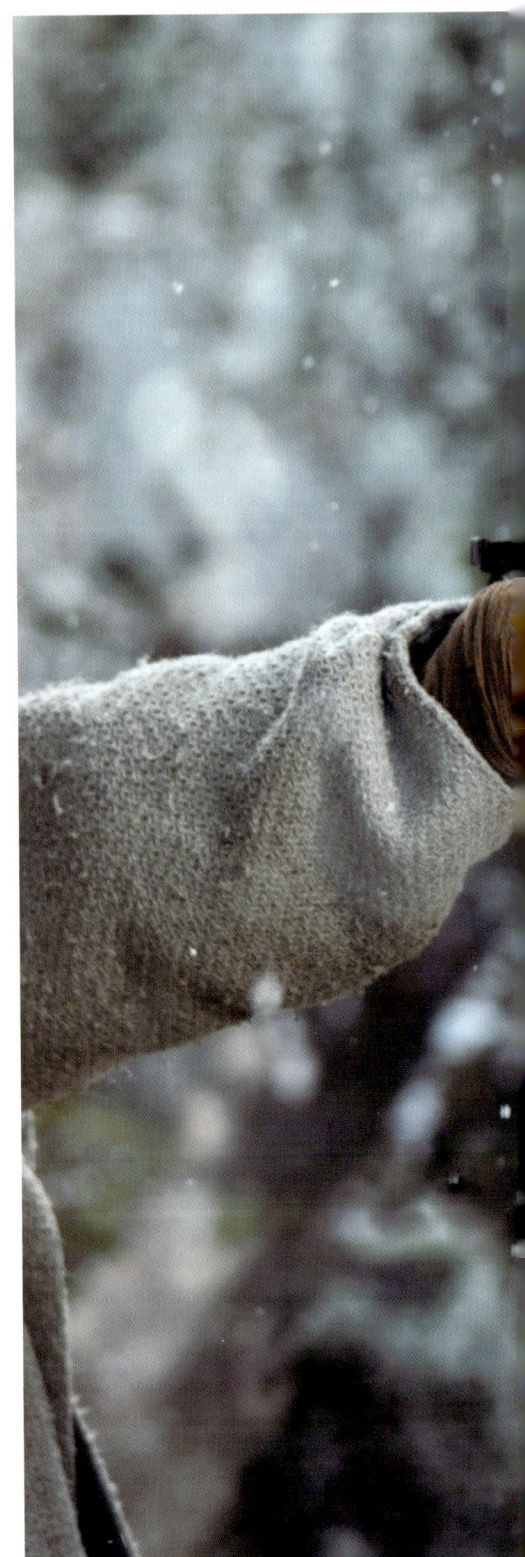

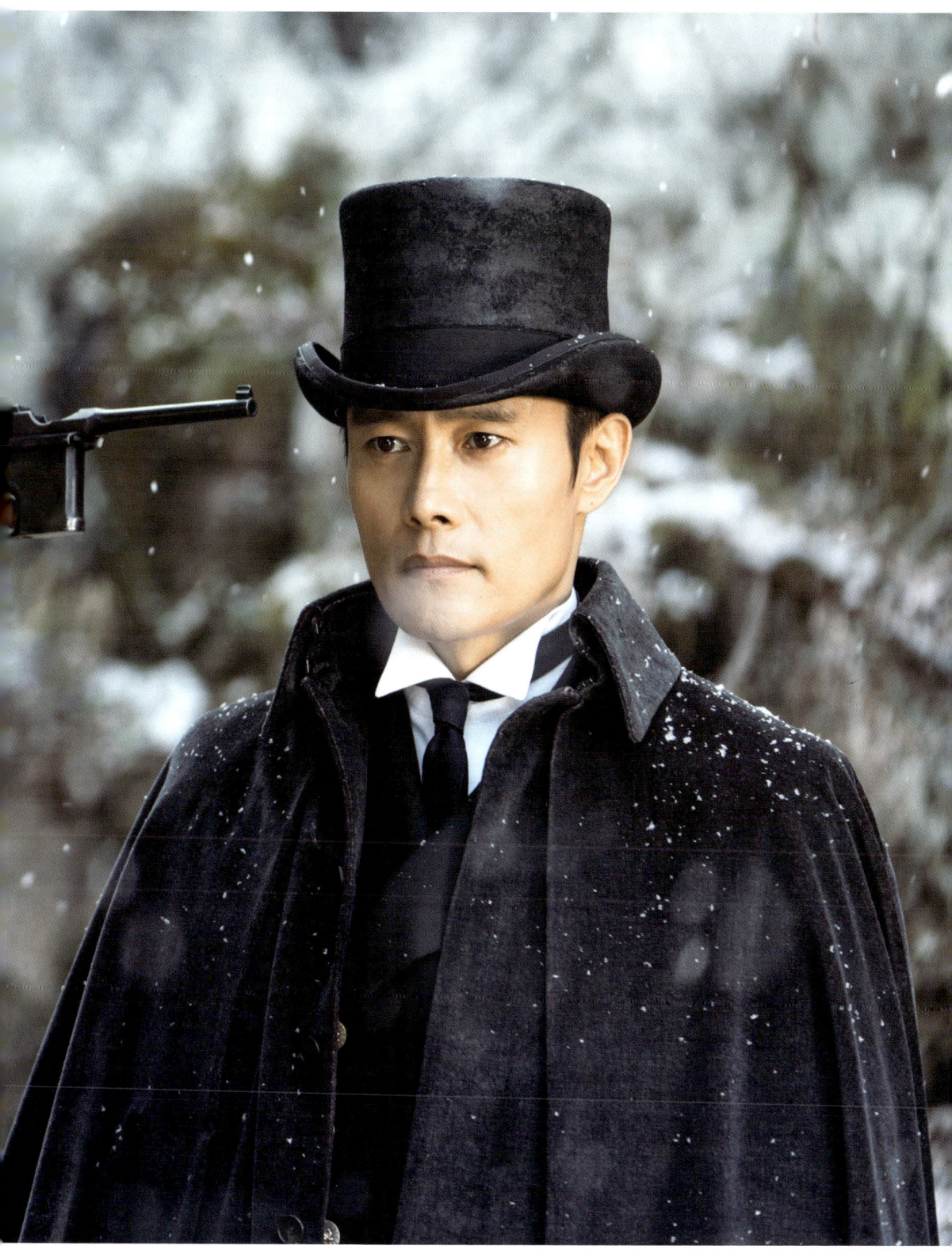

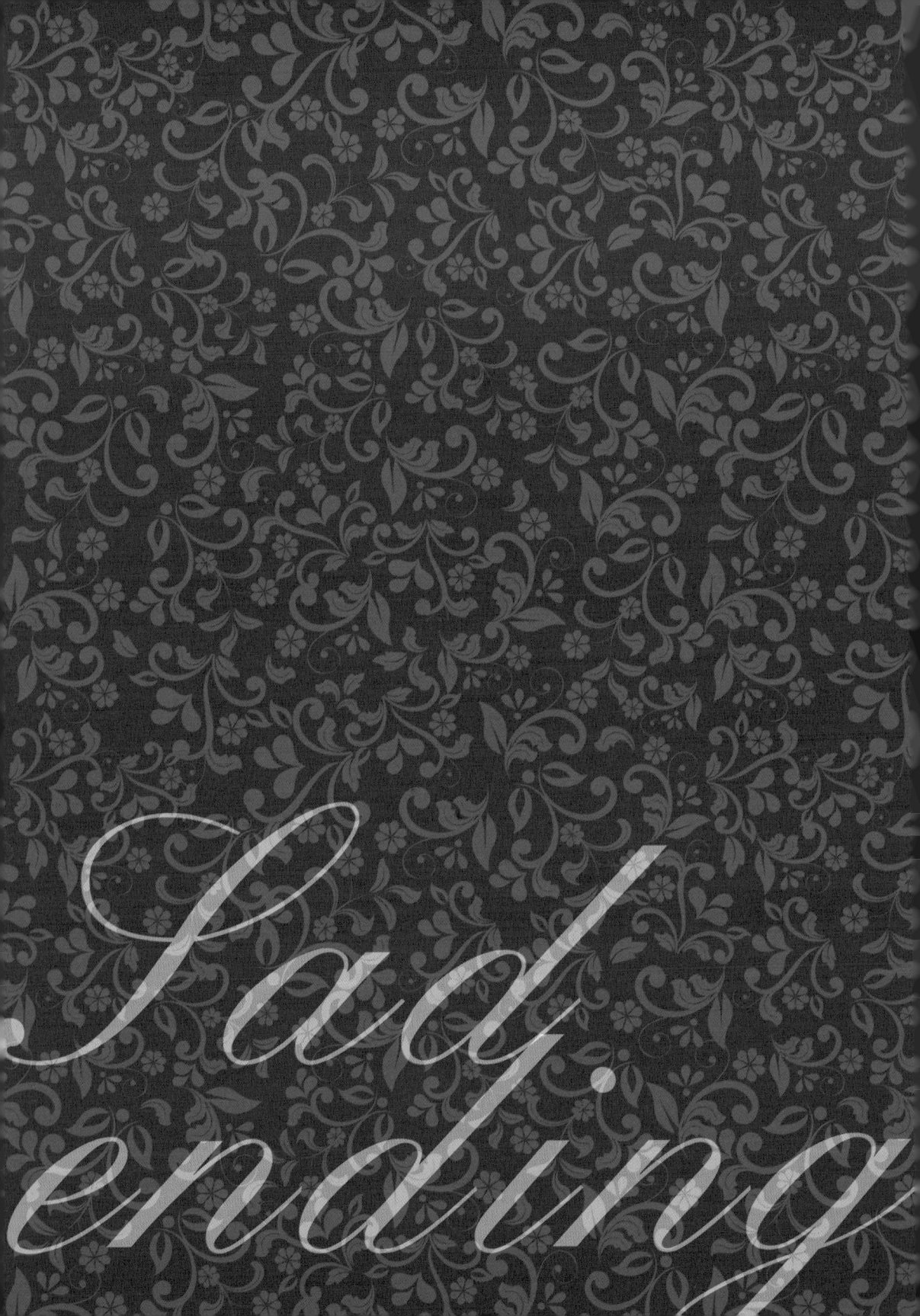

Sad
ending

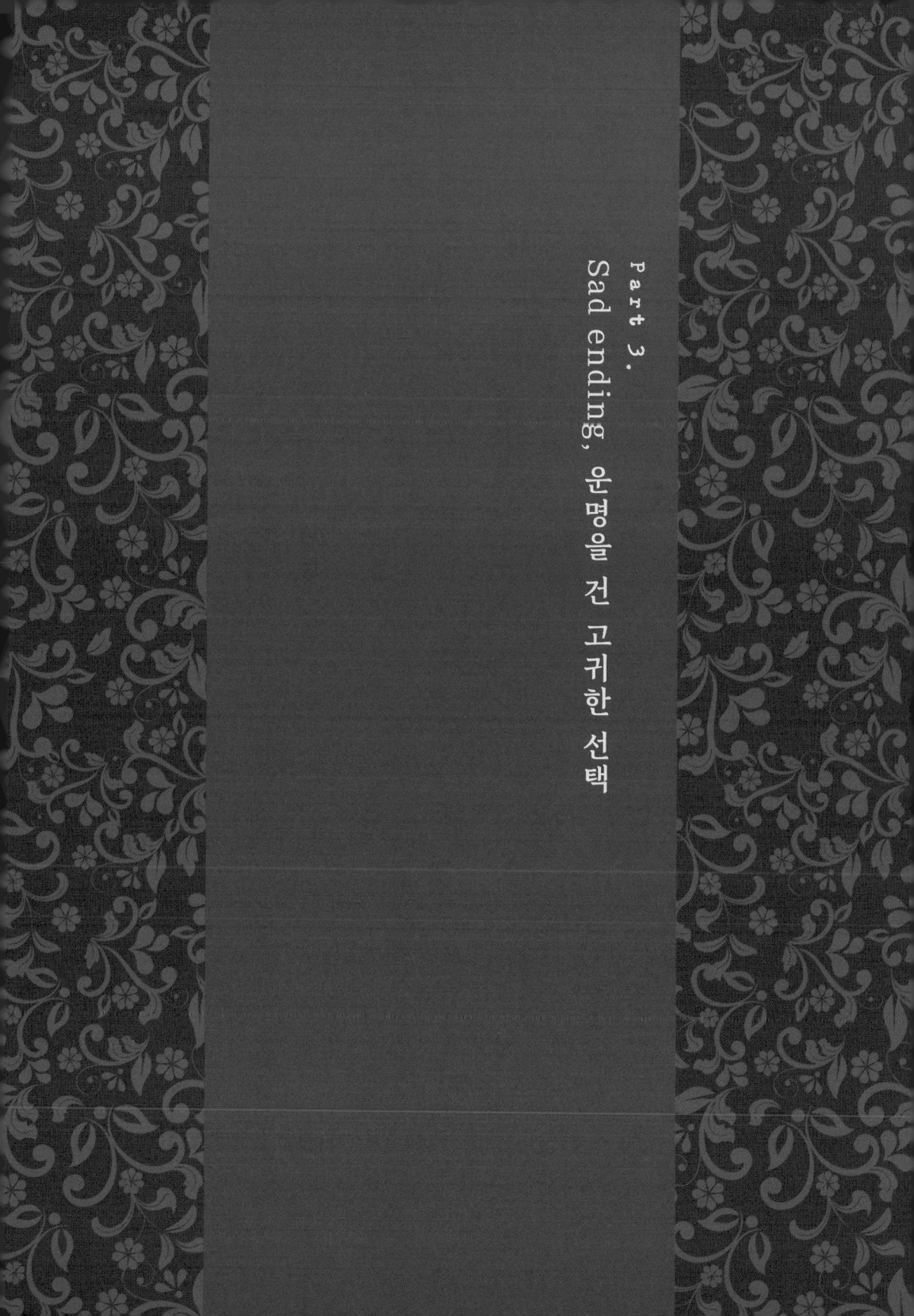

Part 3.
Sad ending, 운명을 건 고귀한 선택

슬픈 끝맺음

양이들에게 젊은 미망인은 인기가 많답니다.
슬픈 이야기 속 주인공 같다나요?
새드 엔딩은 언제나 오래 남는 법이니까요.

새, 그것이 무엇이건데 오래 남소.
슬픈 끝맺음이지요.

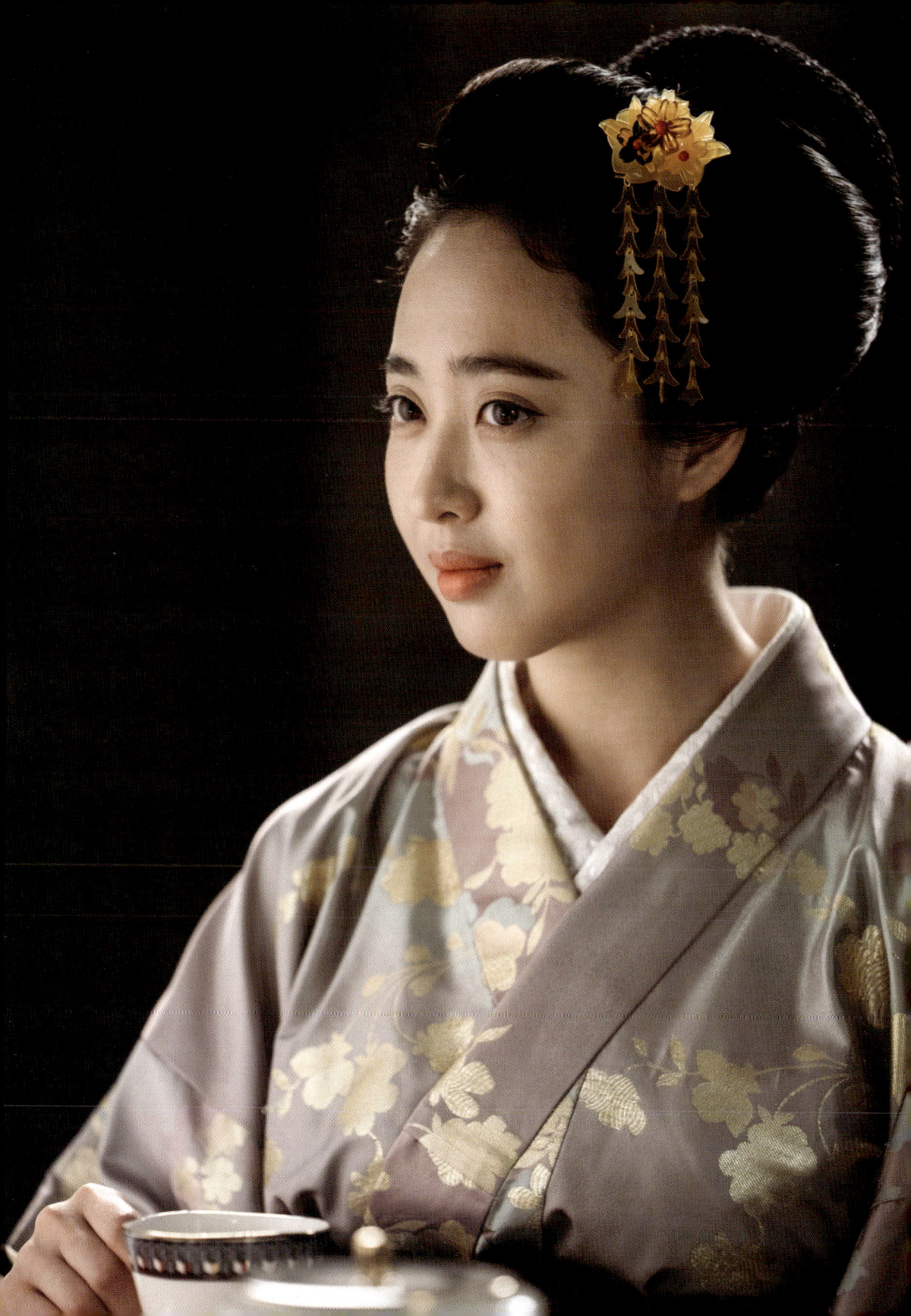

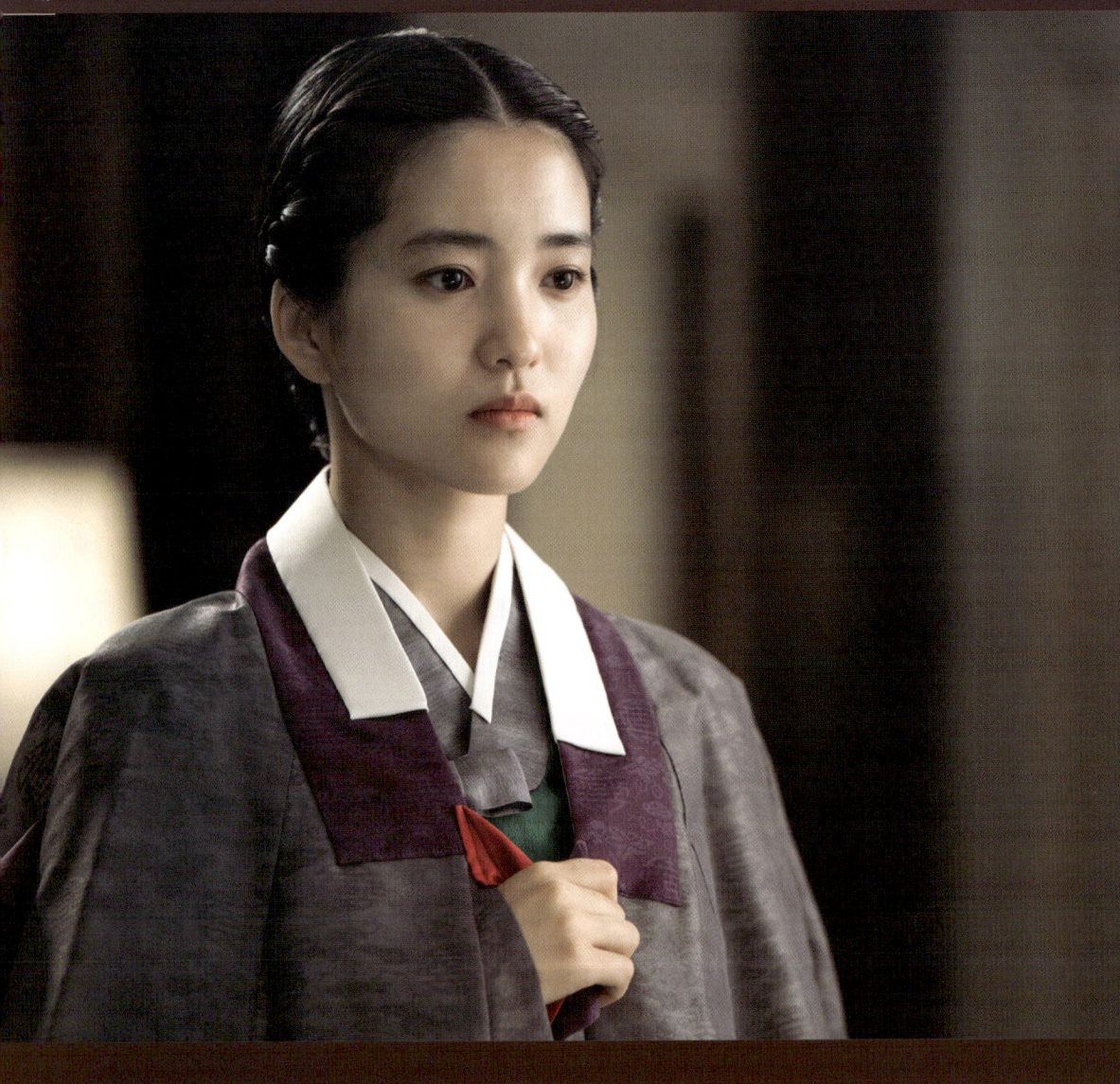

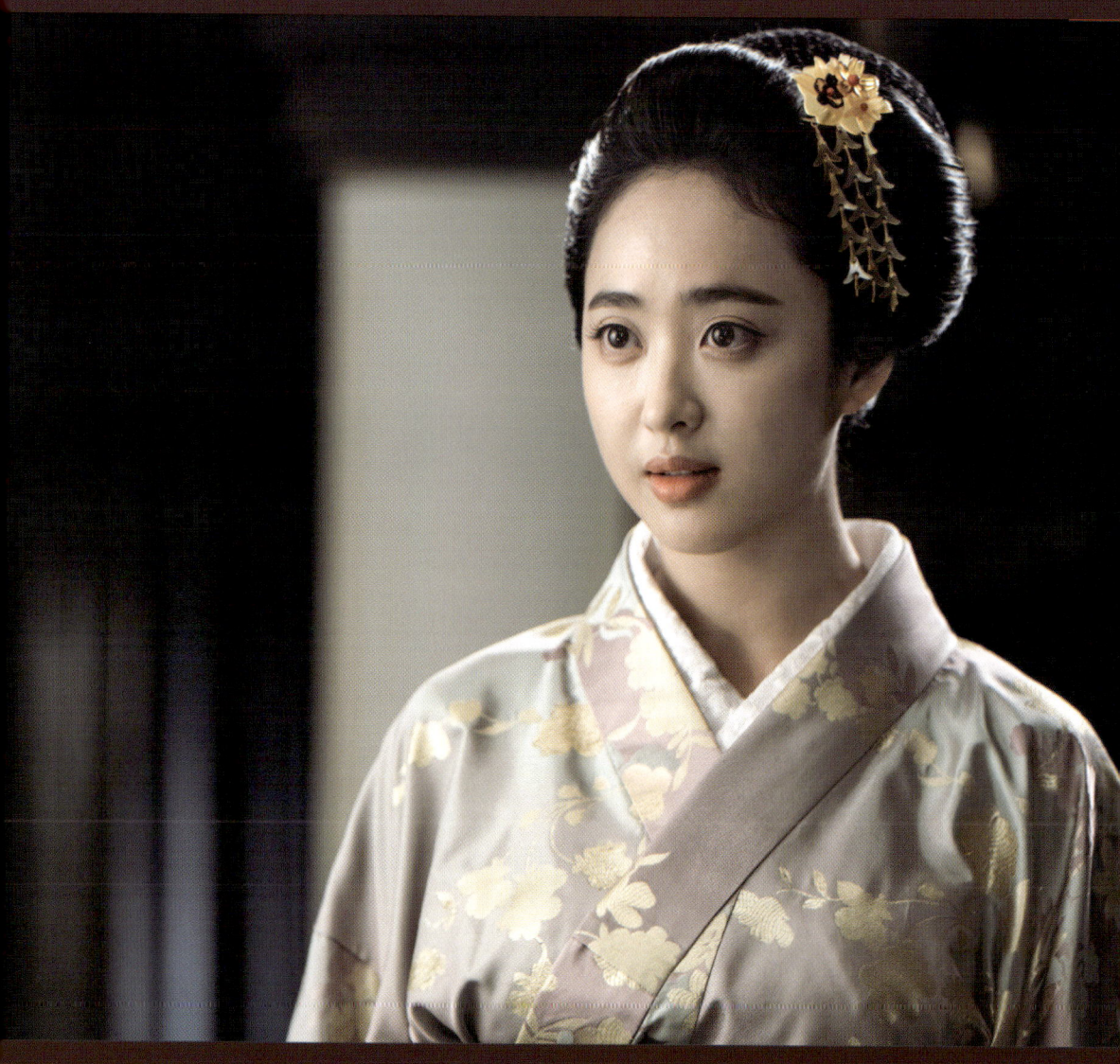

너는 안 된다

조선은 변하고 있습니다.
틀렸다. 조선은 변하고 있는 게 아니라 망하고 있는 것이다.
달에 한 번 기별지만 읽겠습니다.
천민도 신학문을 배워 벼슬을 하는 세상이온데
계집이라 하여 어찌 쓰일 곳이 없겠습니까.

쓰이지 마라. 아무 곳에도 쓰이지 말라 이러는 것이다.
계집의 학문이 그만하면 되었다.
기별지는 허락 못 한다.

싫습니다.
청이고 법국이고 덕국이고 앞다투어 조선으로 들어옵니다.
왜인들은 쌀까지 퍼갑니다. 조선의 운명이 이럴 진데….

이러니 금하는 것이다 이러니! 이 나라엔 왕이 없다더냐!
조정 대신들이 없어? 아니, 설사 다 없어도 넌 안 된다.
이 집안에서 조선의 운명 걱정은 니 애비, 니 큰애비로 되었단 말이다!
단정히 있다가 혼인하여 지아비 그늘에서 꽃처럼 살란 말이다.
나비나 수놓으며 살아. 화초나 수놓으며 살아.
그게 그리도 어렵단 말이냐….

그럼, 차라리 죽겠습니다.
그럼 죽어라.

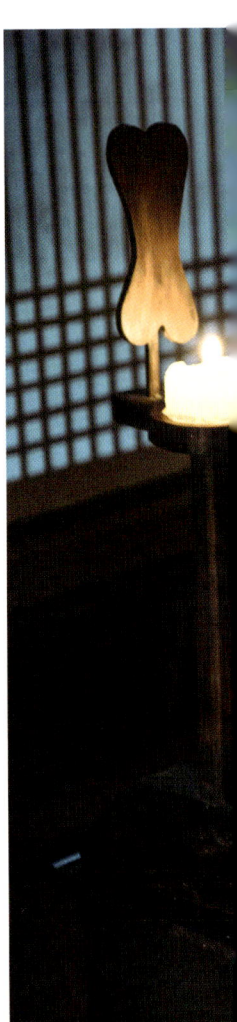

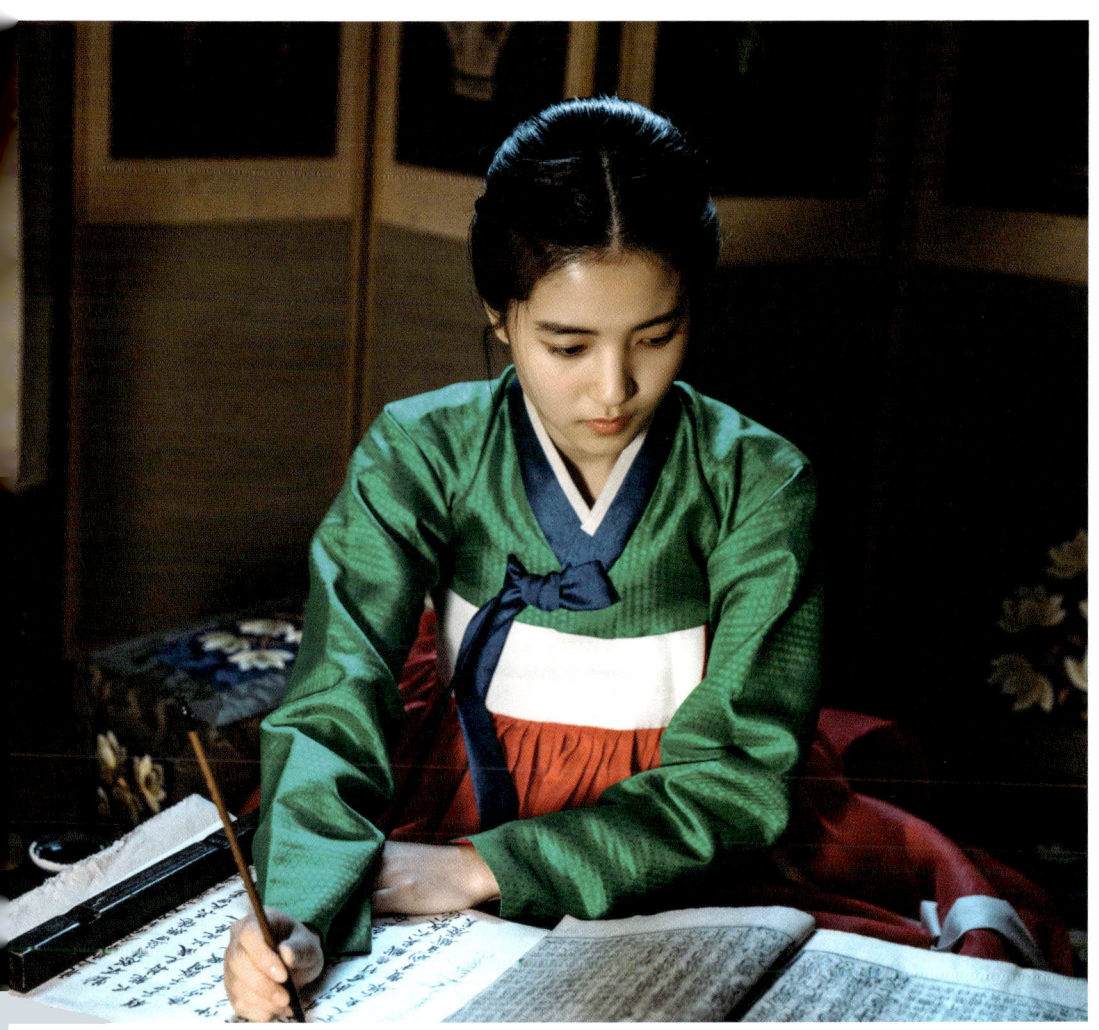

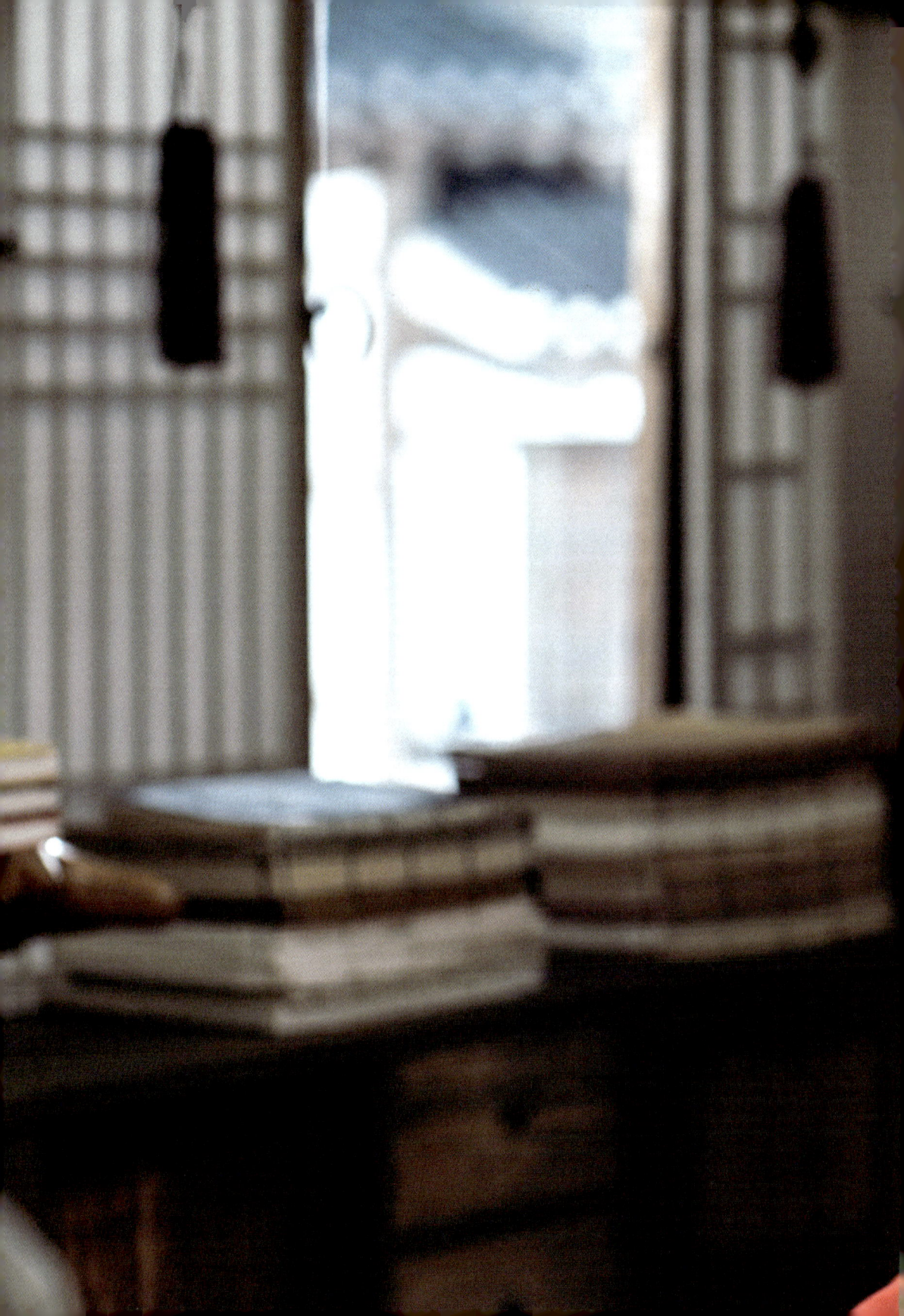

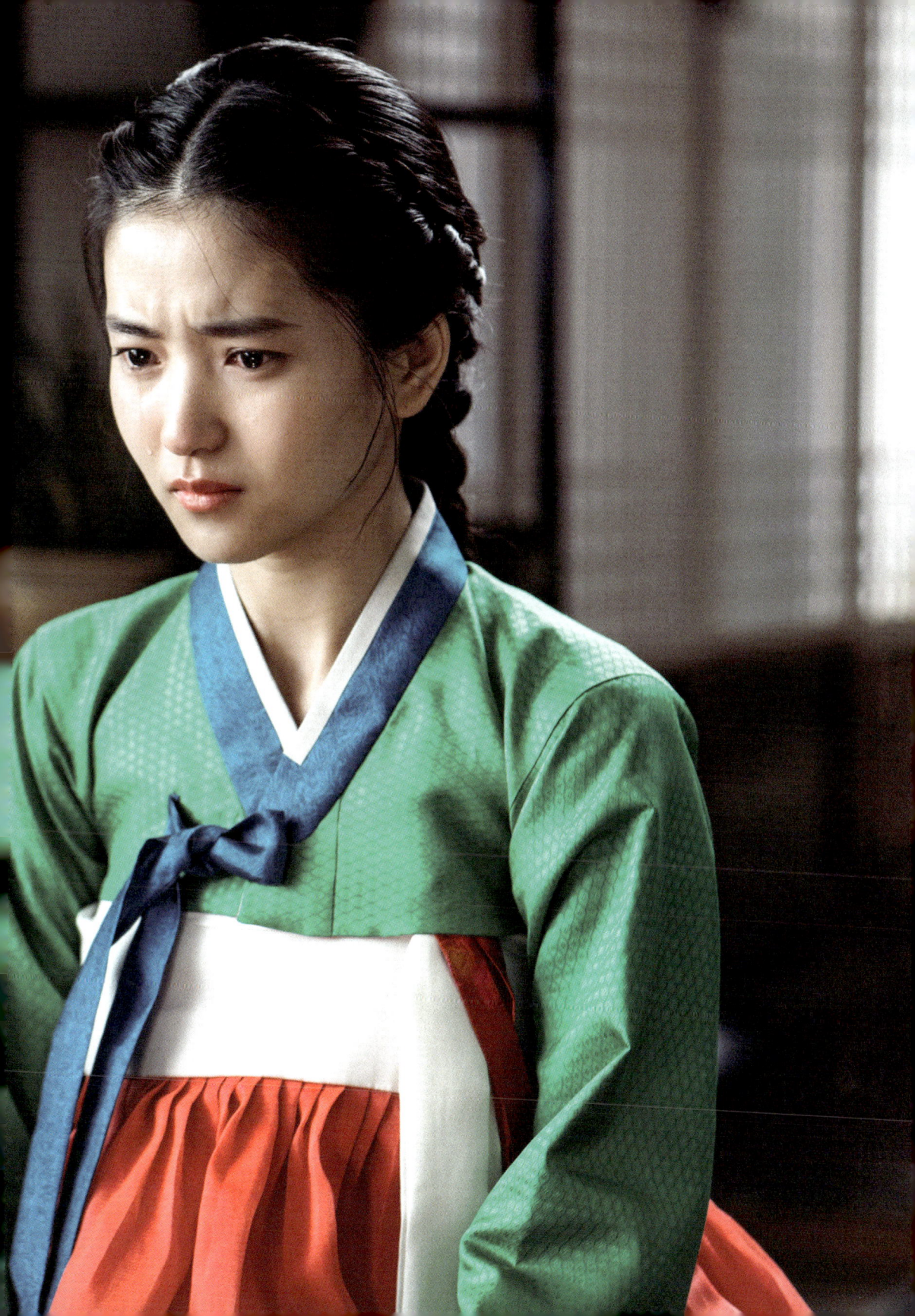

건, 글로리, 새드 엔딩

내 잉글리시를 영 모르지는 않네.

건.

다른 이들은 모르는 잉글리시를 아는구나 내가.

꽤 어려운 잉글리시를 아는 게야 내가.

몇 개 더 있다.

글로리. 새드 엔딩.

총과 영광과 슬픈 결말이라….

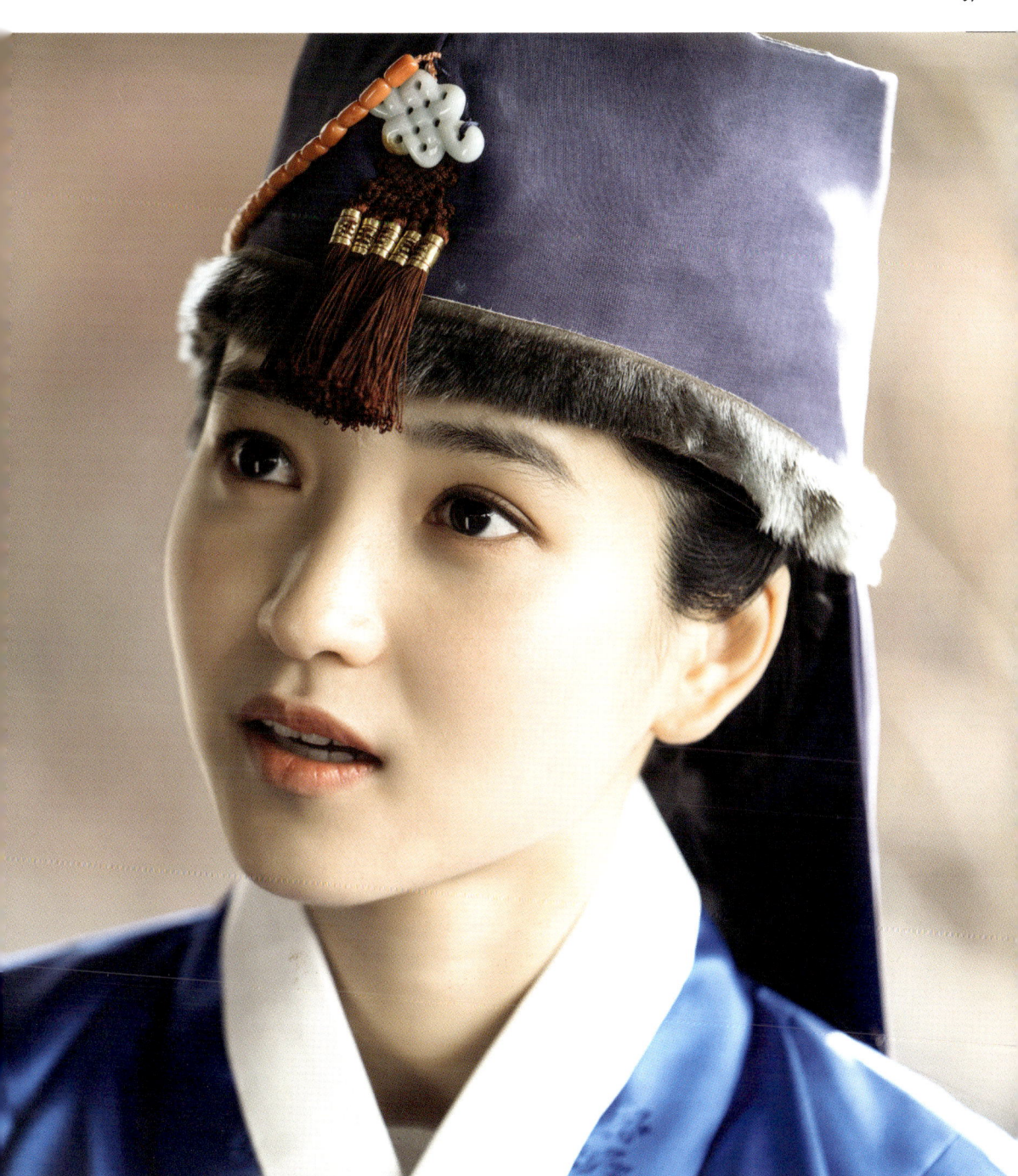

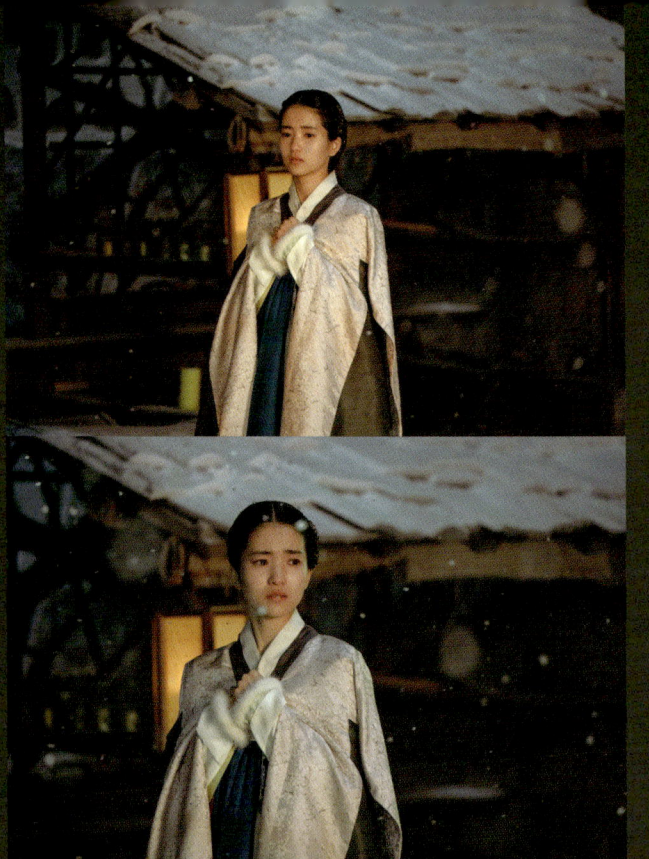

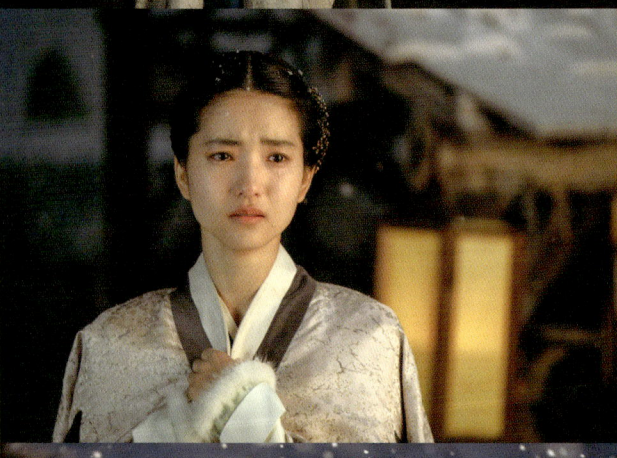

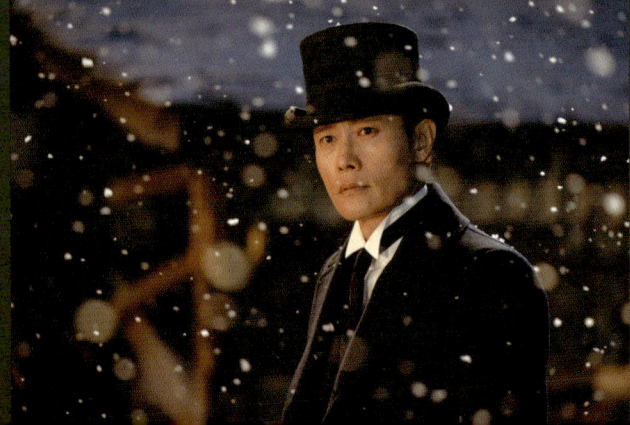

미스터 션샤인

문라이트…
미라클…
미스터…
스트레인져…
션샤인…

미스터 션샤인…

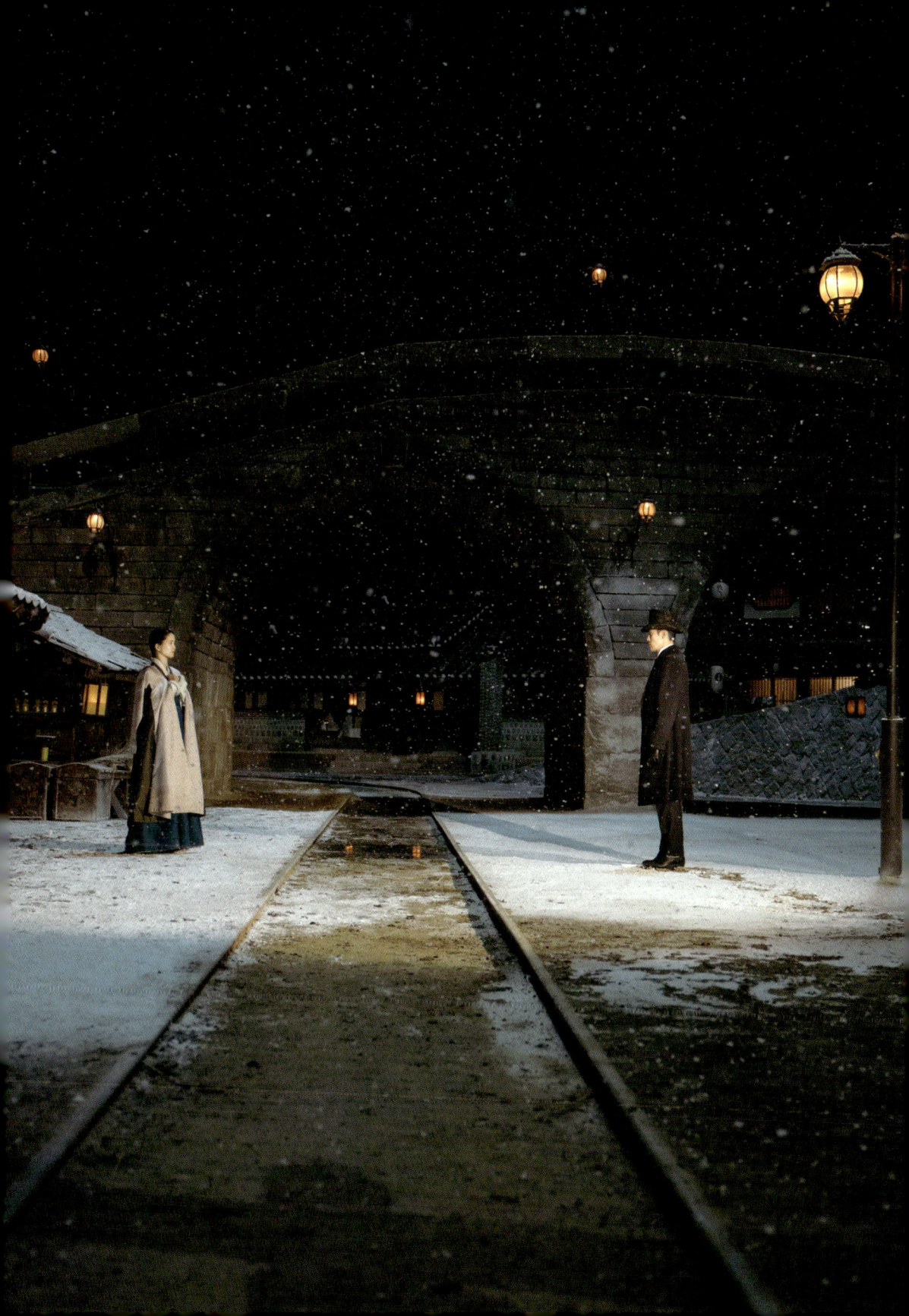

부디 상처받지 마시오

그날은…
미안했소.
귀하의 그 긴 이야기 끝에
내 표정이 어땠을지 짐작이 가오.
귀하에겐 상처가 됐을 것이오. 미안했소.
나는, 투사로 살고자 했소.
할아버님을 속이고 큰어머님을 걱정시키고,
식솔들에게 마음의 빚을 지면서도
나는, 옳은 쪽으로 걷고 있으니 괜찮다,
스스로를 다독였소.
헌데 귀하의 긴 이야기 끝에,
내 품었던 세상이 다 무너졌소.
귀하를 만나면서 난 단 한 번도
귀하의 신분을 염두에 두지 않았소.
돌이켜보니 막연히 난,
귀하도 양반일 거라고 생각했던 거요.

난 내가 다른 양반들과 조금은 다를 줄 알았소.
헌데 아니었소.
내가 품었던 대의는 모순이었고,
난 여직 가마 안에서 한 걸음도 나아가지 못한
호강에 겨운 양반 계집일 뿐이었소.

하여, 부탁이니 부디…
상처받지 마시오.

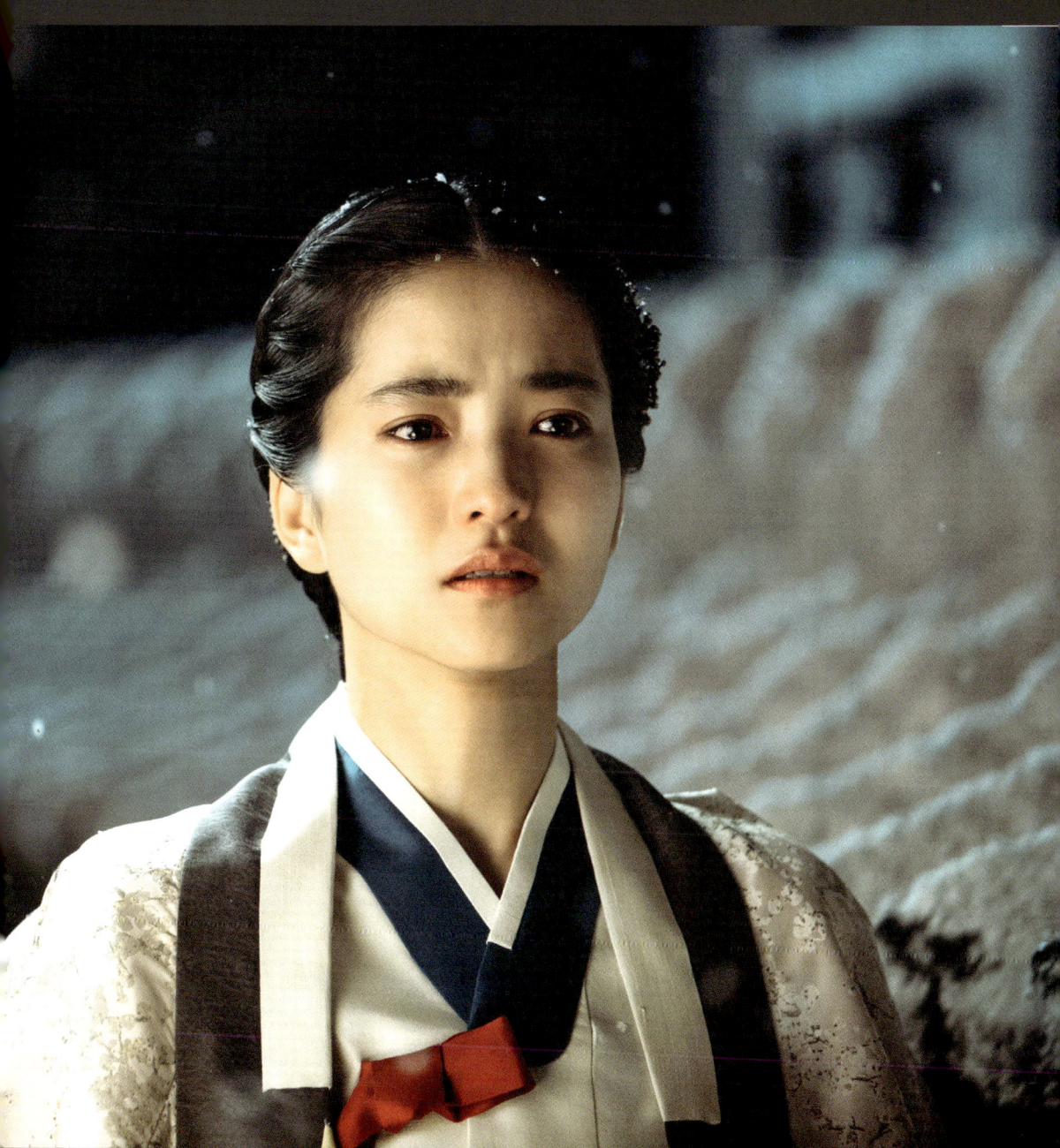

그대가 이리 울고 있으니

그댄 이미 나아가고 있소.
나아가던 중에 한 번 덜컹인 거요.
그댄 계속 나아가시오. 난 한 걸음 물러나니.

그대가 높이 있어 물러나는 것이 아니라,
침묵을 선택해도 됐을 텐데.
무시를 선택해도 됐을 텐데.
이리 울고 있으니, 물러나는 거요.

이 세상엔 분명 차이는 존재하오.
힘의 차이, 견해 차이, 신분의 차이.
그건 그대 잘못이 아니오.
물론 나의 잘못도 아니고.
그런 세상에서 우리가, 만나진 것뿐이오.

그대의 조선엔 행랑 어르신도, 함안댁도 살고 있소.
추노꾼도, 도공도, 역관도, 심부름 소년도 살고 있소.
그러니 투사로 사시오.
물론 애기씨로도 살아야 하오.
영리하고 안전한 선택이오.

부디 살아남으시오.
오래오래 살아남아서,
당신의 조선을 지키시오.

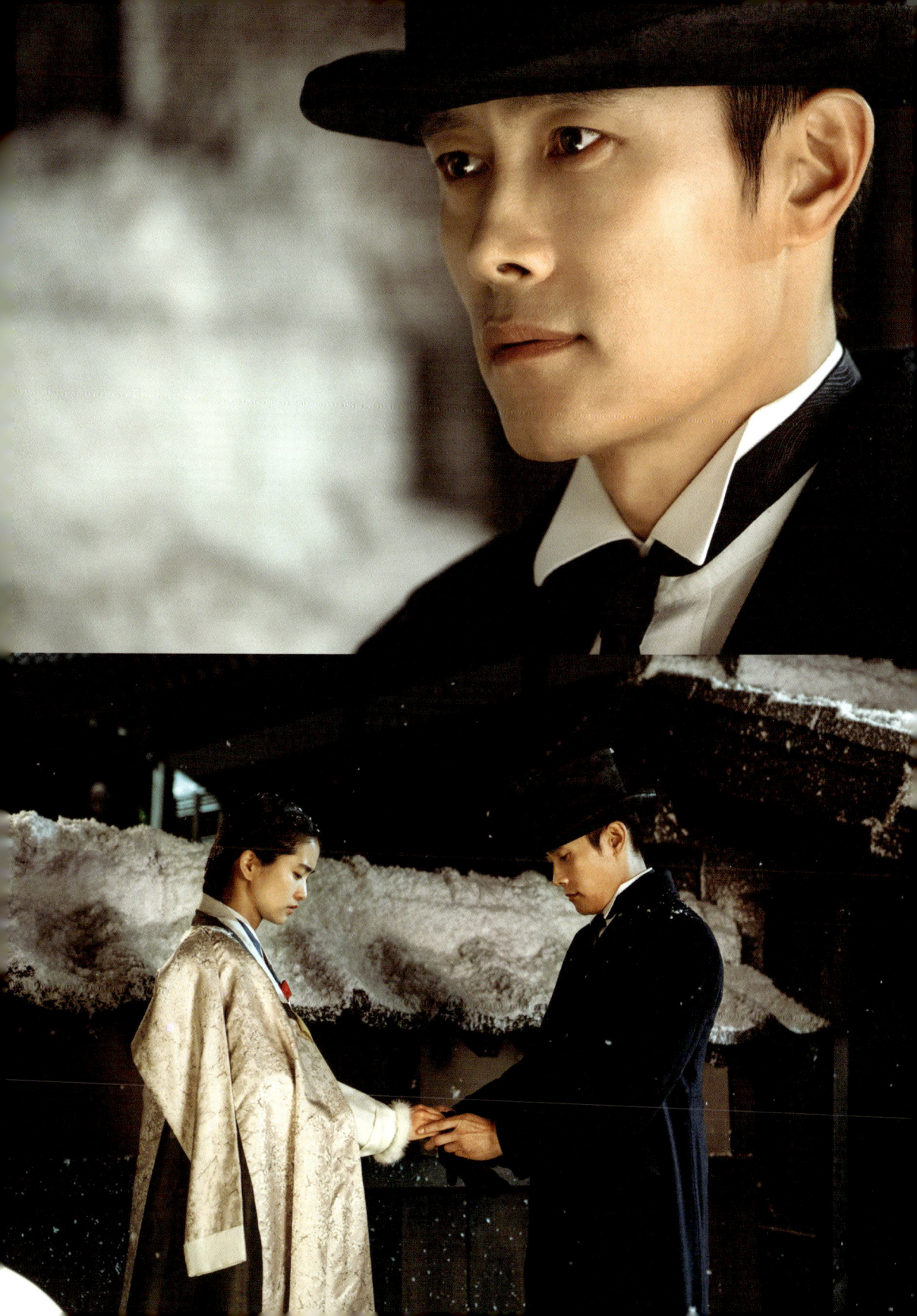

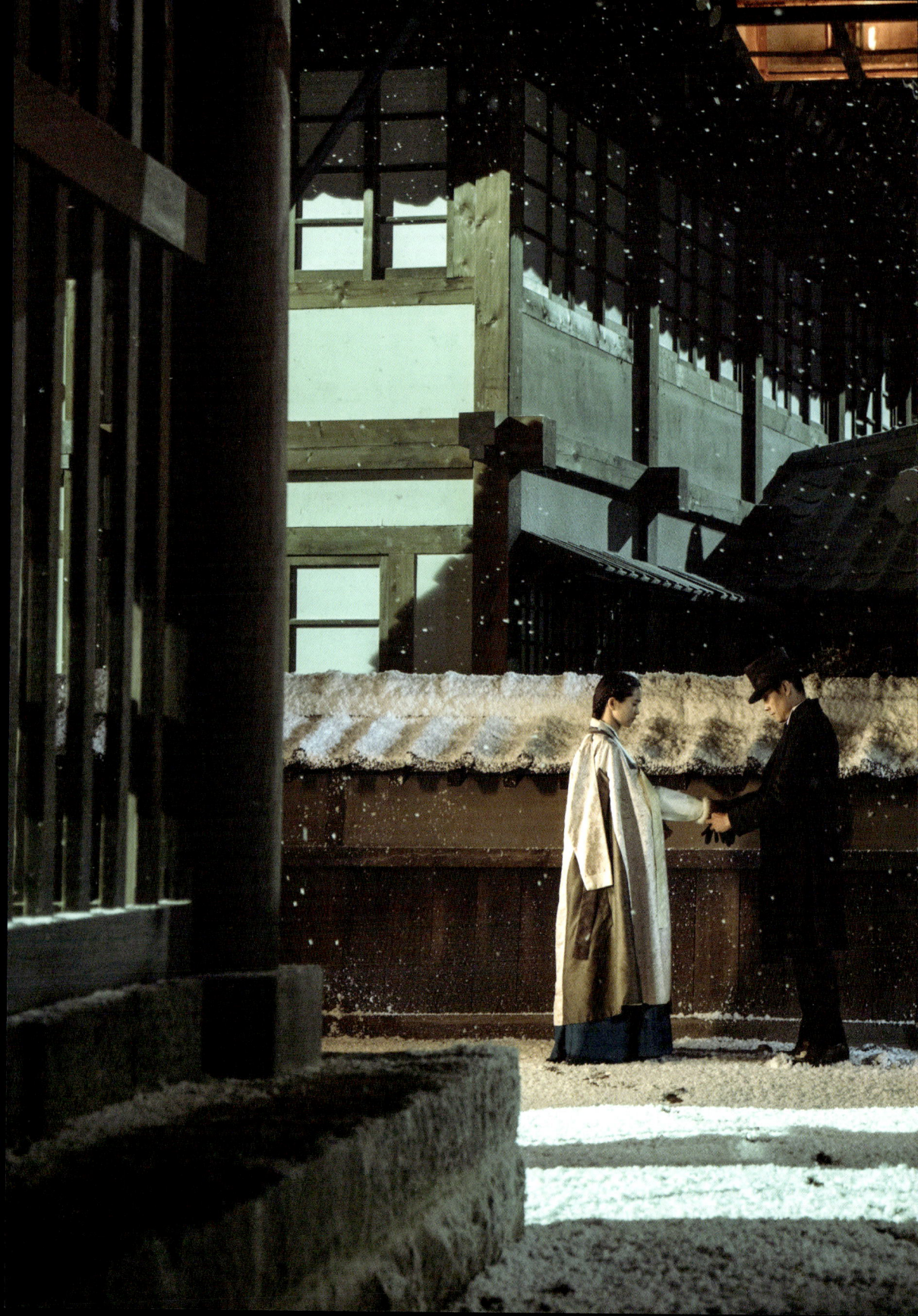

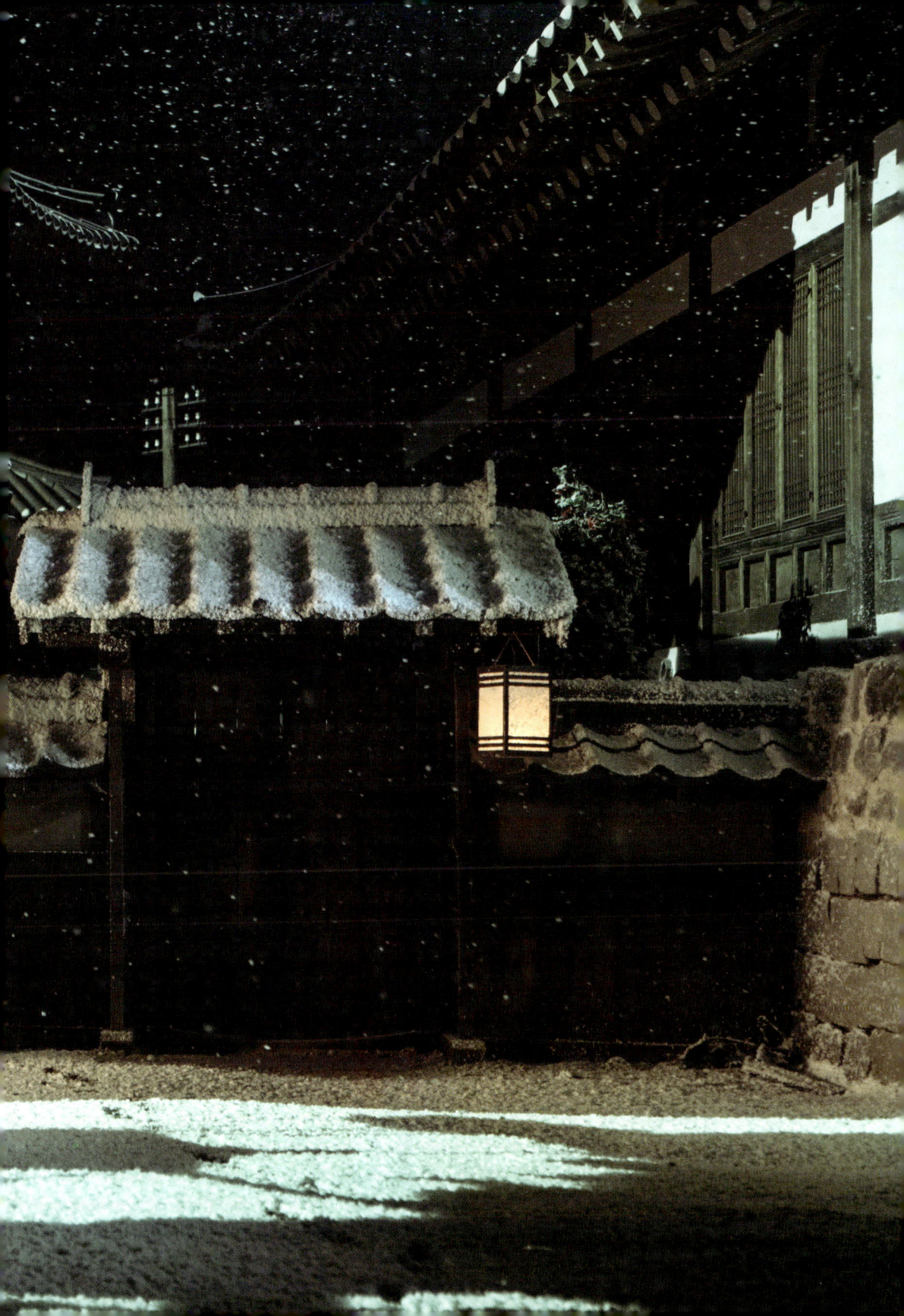

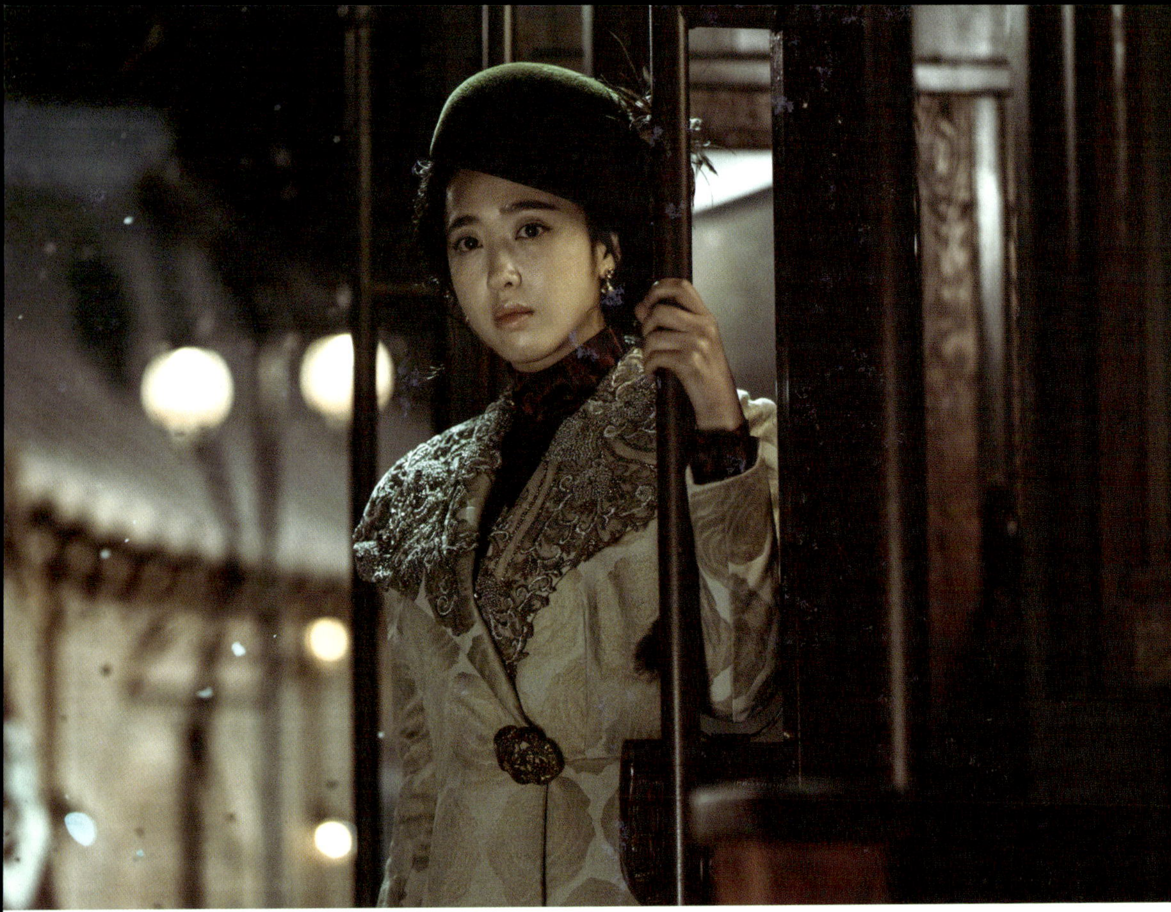

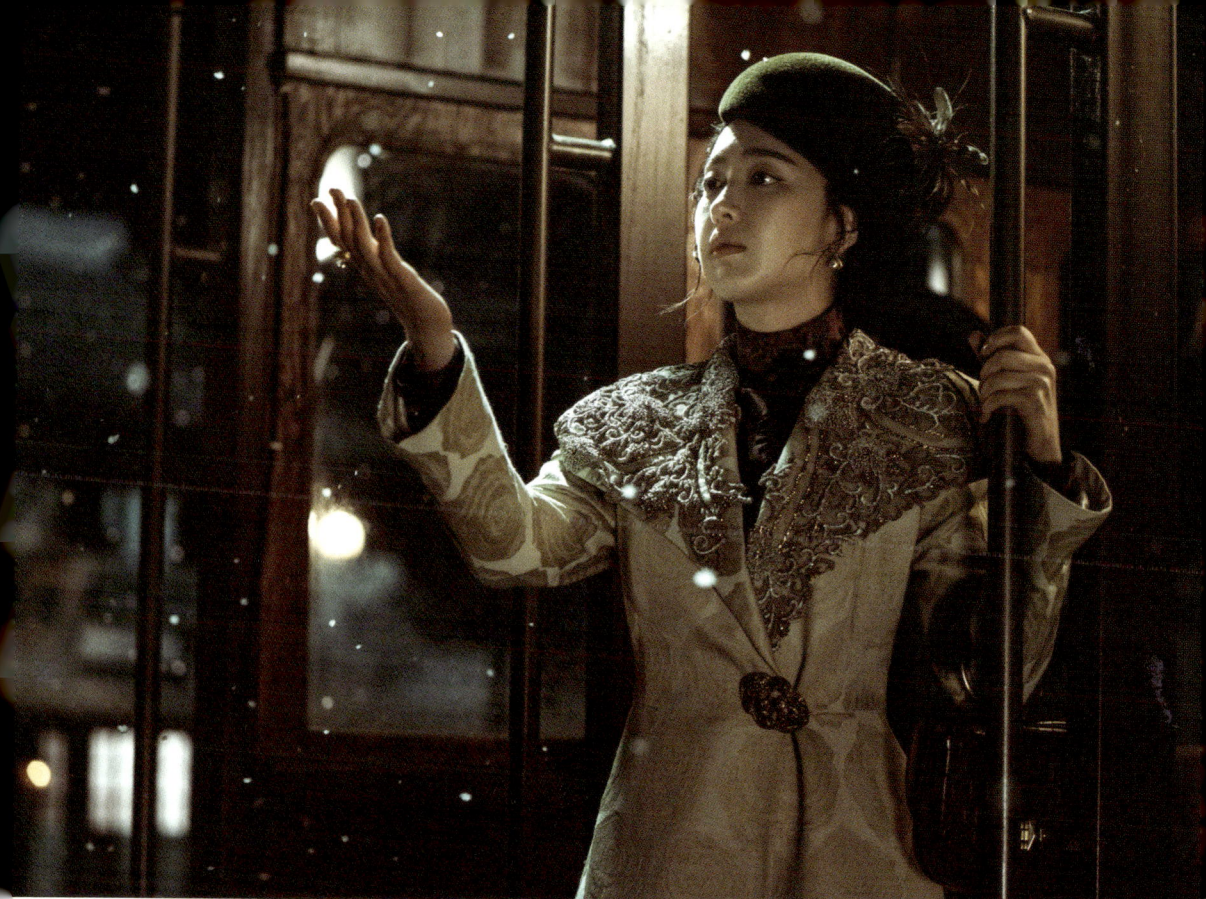

그냥. 무작정

손이 차 보여서.
근간엔 어찌 이리 위험한 여인들만 맞닥뜨리는지.
나 요새 착하게 살아. 어디 다녀오는 거야?

그냥. 무작정. 눈도 오고, 호텔은 북적이고,
코트노 새로 맞췄고.

어디서 그대 같은 걸 잘도 지어 입었네.
예쁘단 얘기지?

주머니에 총을 감춘 여인이 안 예쁘면 어떡해.
빈관으로 갈 거면 바래다주고.
이쪽으로 걷자. 그쪽은 풍경이 별로야.

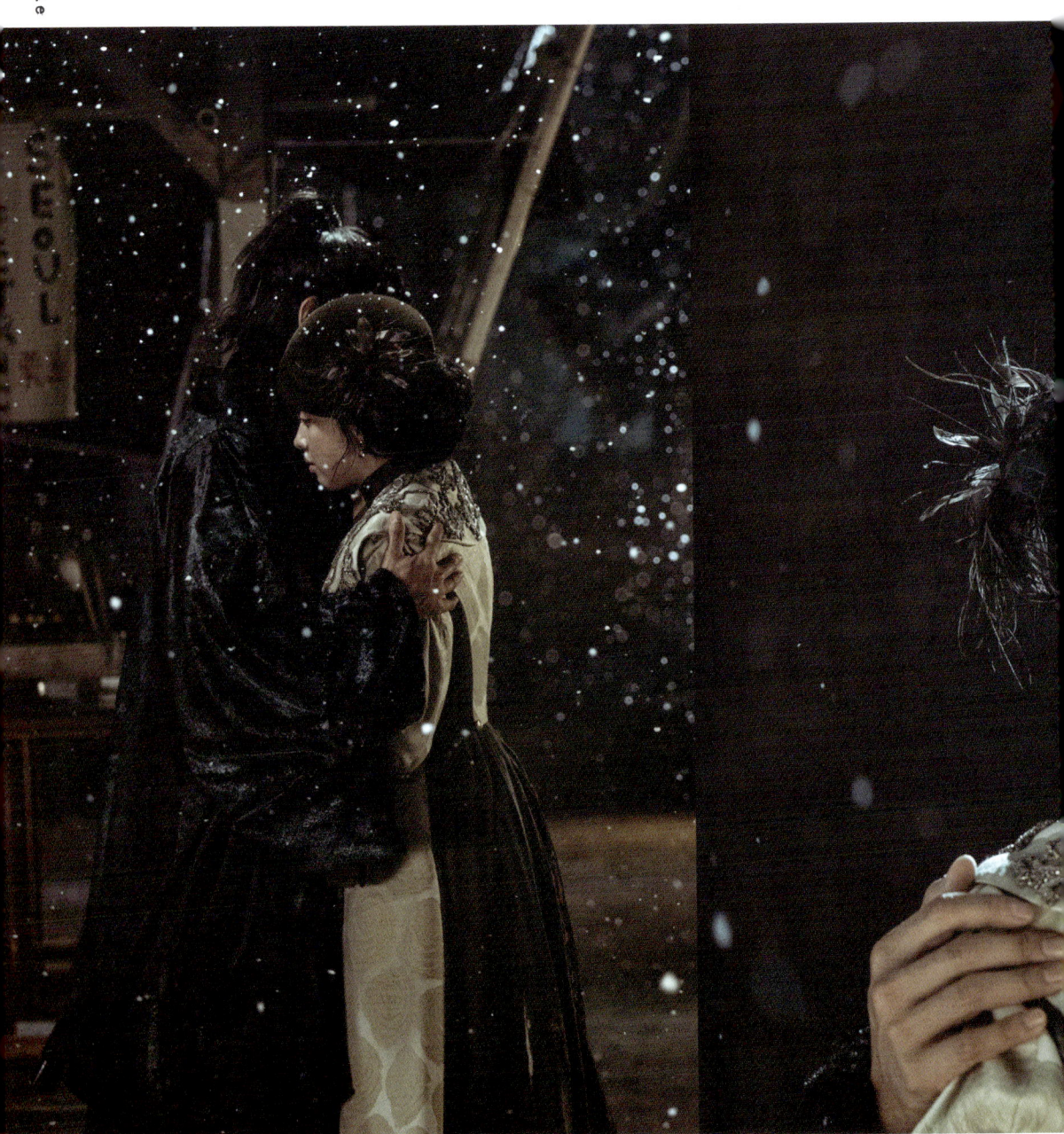

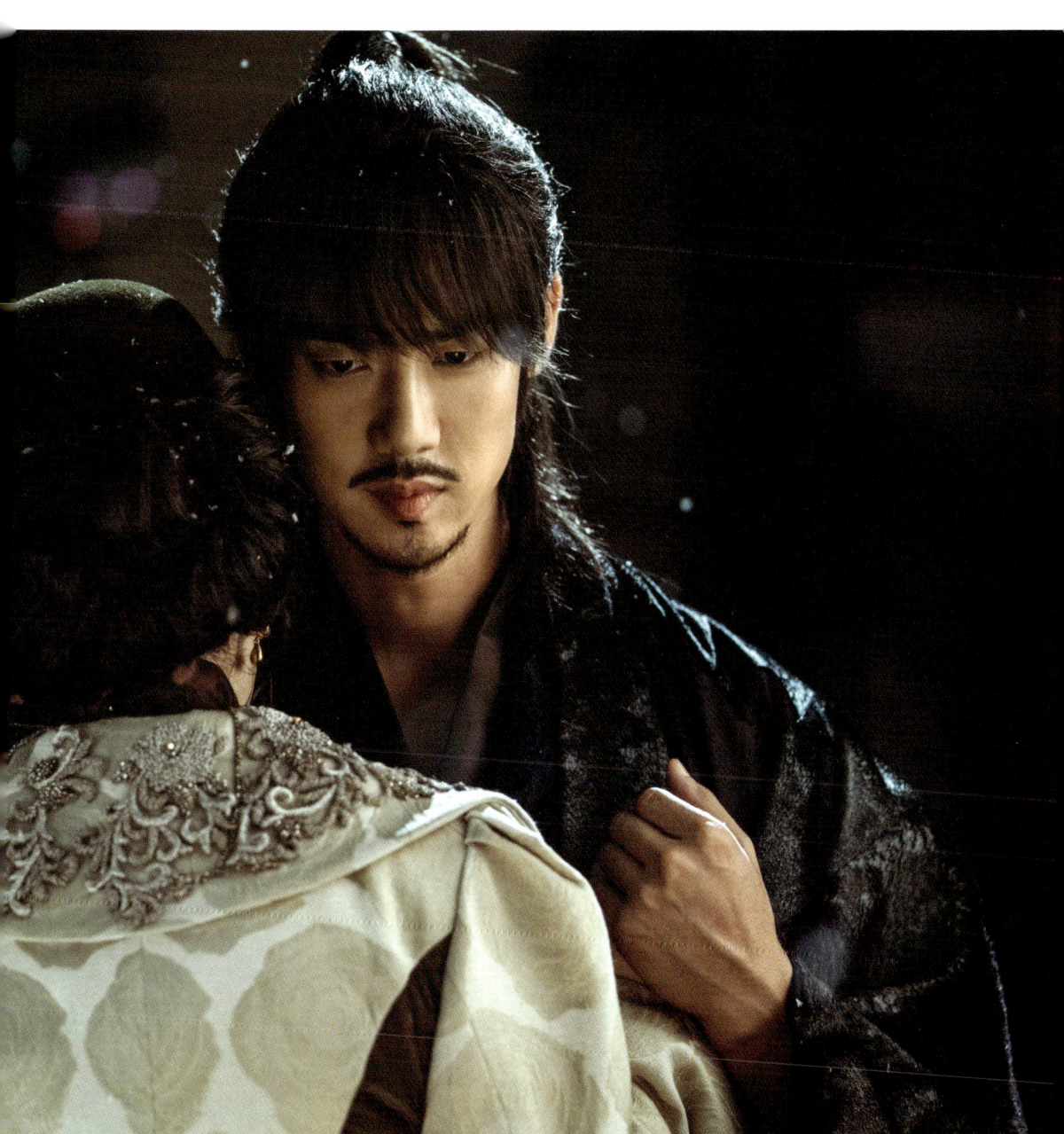

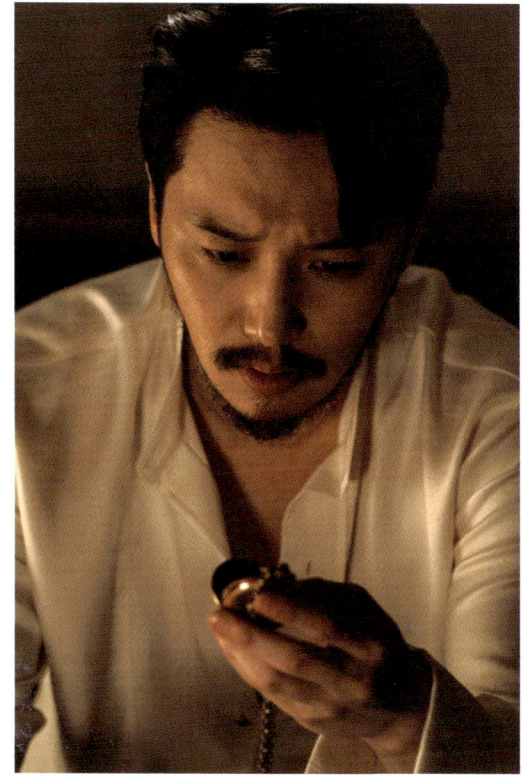

회중시계

어째 이 시계는,
늘상 다시 돌아옵니다.
제 업보처럼요….

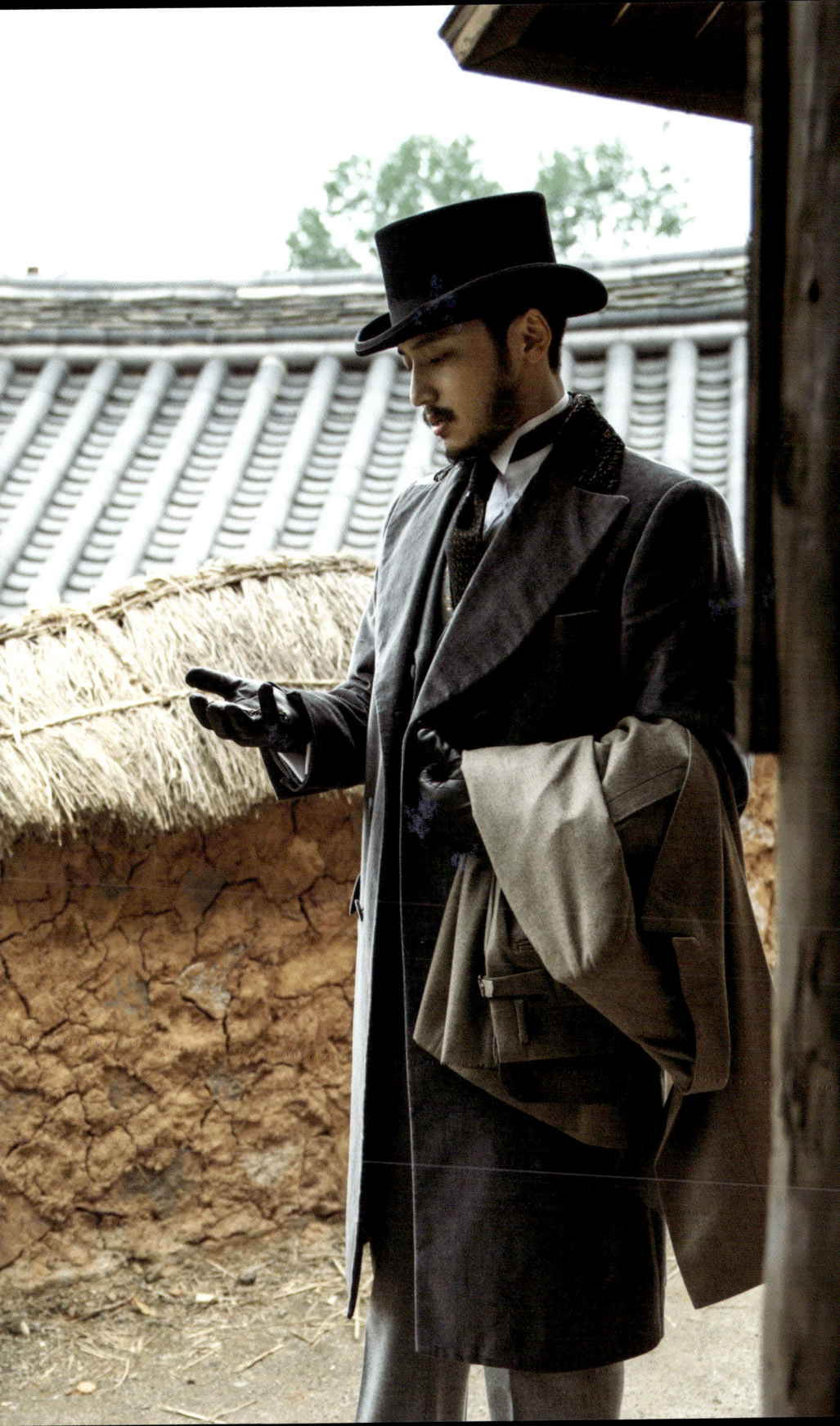

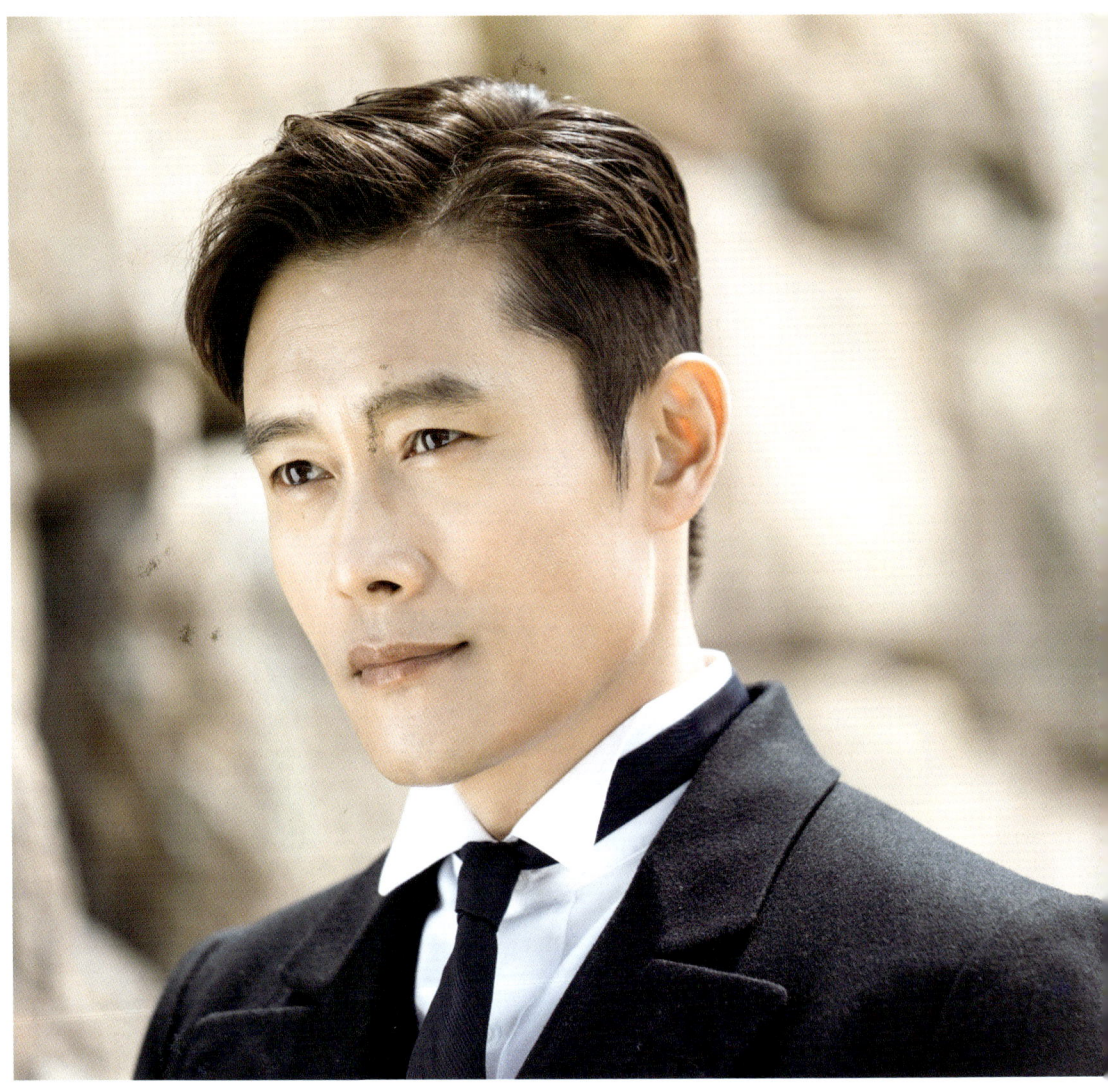

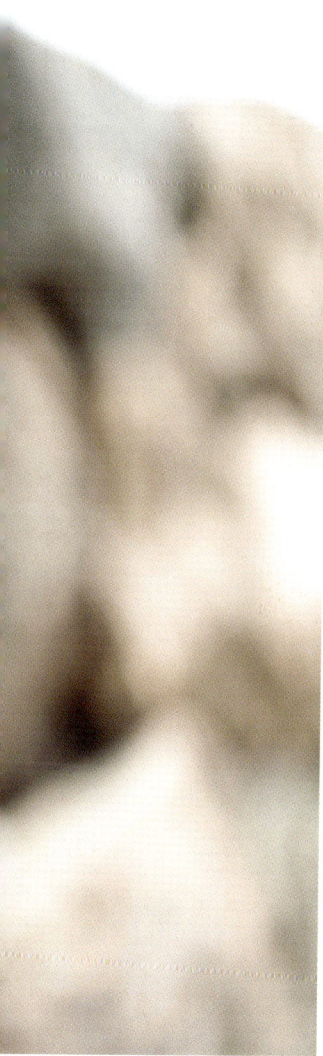

그쪽으로 걸을까 하여 2

처음엔 호기심이었고, 그 후엔 방관이었고
지금은 수습이오.

조선으로 오면서 생각했소.
조선에서 아무것도 하지 말자고.
내가 무언가를 하게 되면 그건,
조선을 망하게 하는 쪽으로 걸을 테니까.

그랬어야 했는데, 호기심이 생겼소.
조선이 변한 것인지 내가 본 저 여인이 이상한 것인지.
잡아넣지 않는 걸로 방관했고
총을 찾지 않는 것으로 편들었소.
지금 그걸 수습 중이고.
당분간은 애기씨로만 지내시오. 여기 출입도 삼가고.
오늘은 나 혼자 왔지만 다음엔 미군들이 들이닥칠 거요.
답이 됐소?

어느 쪽으로 가시오.
그쪽으로 걸을까 하여.

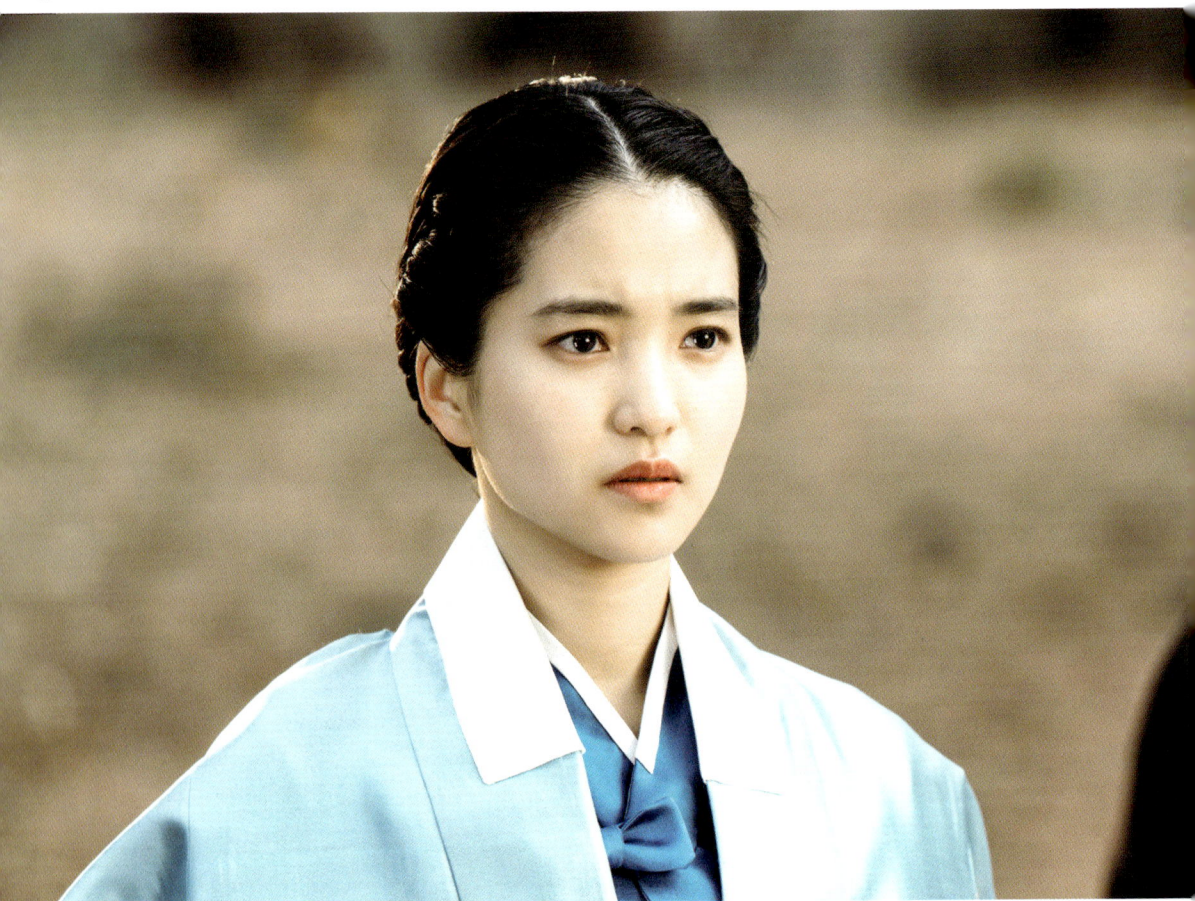

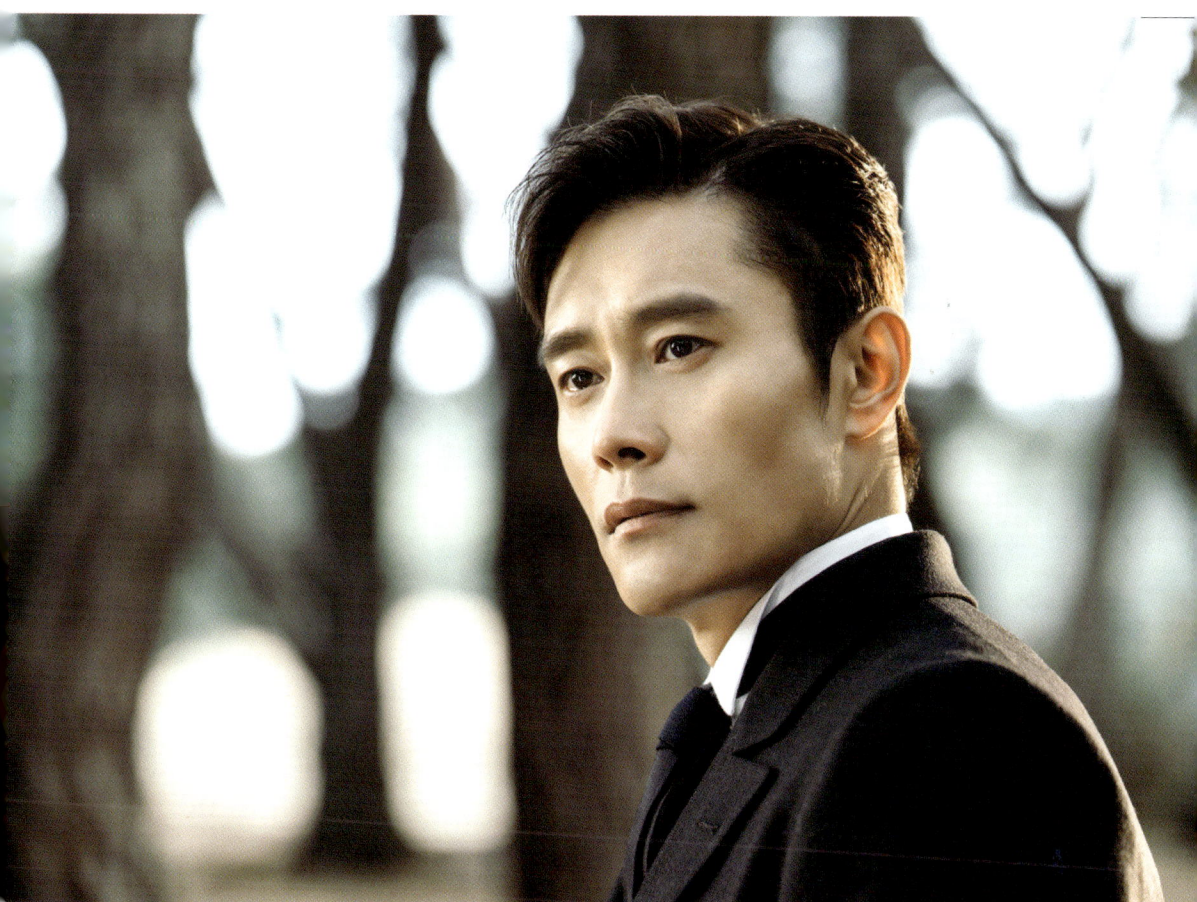

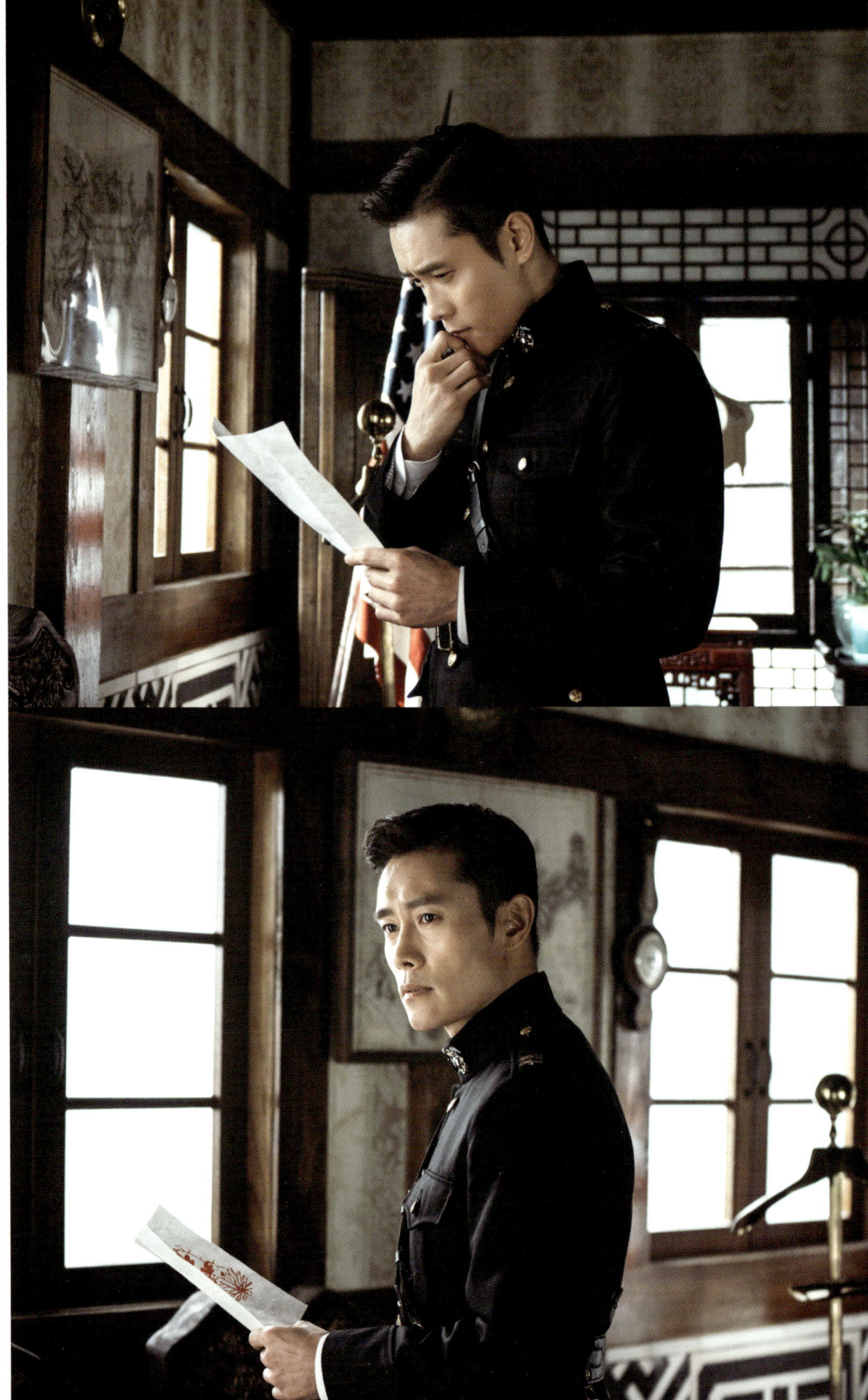

복수의 시작, 질투의 끝자락

귀하는 조선에서 아무것도 하지 않겠다 했는데,
나와 러브를 하자 했소.
혹여, 그게 조선을 망하게 하는 쪽으로 걷고자 함이오?

조선까지는 아니었고
누구 하나는 망하게 하고 싶었는데.
지금 생각하니 이건, 내가 망하는 길이었소.

망하는 길로 굳이 왜.
모르겠소. 복수의 시작이었는지,
질투의 끝자락이었는지.
복수의 시작이란 게 무슨 뜻이오.
내게 원한이 있소?
질투의 끝자락은 이해가 되오?
고백으로 들었는데, 두 번째고. 아닌가. 세 번쨴가?
어디서부터… 센 거요.
보호요부터? 그전에 더 있었소? 내 센다고 셌는데.
아무것도 모른다더니. 그림 같은 거 말곤
할 줄 아는 거 없다더니.

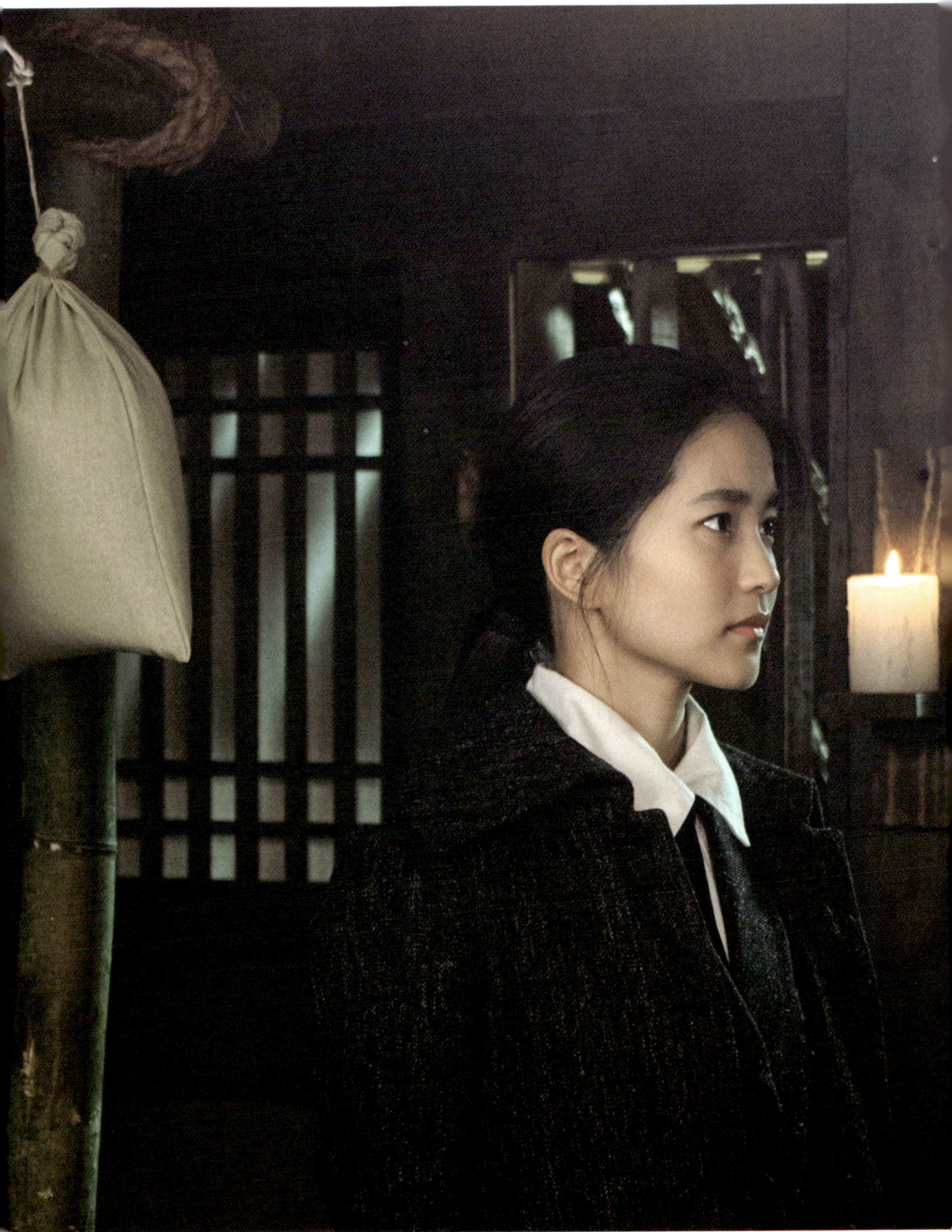

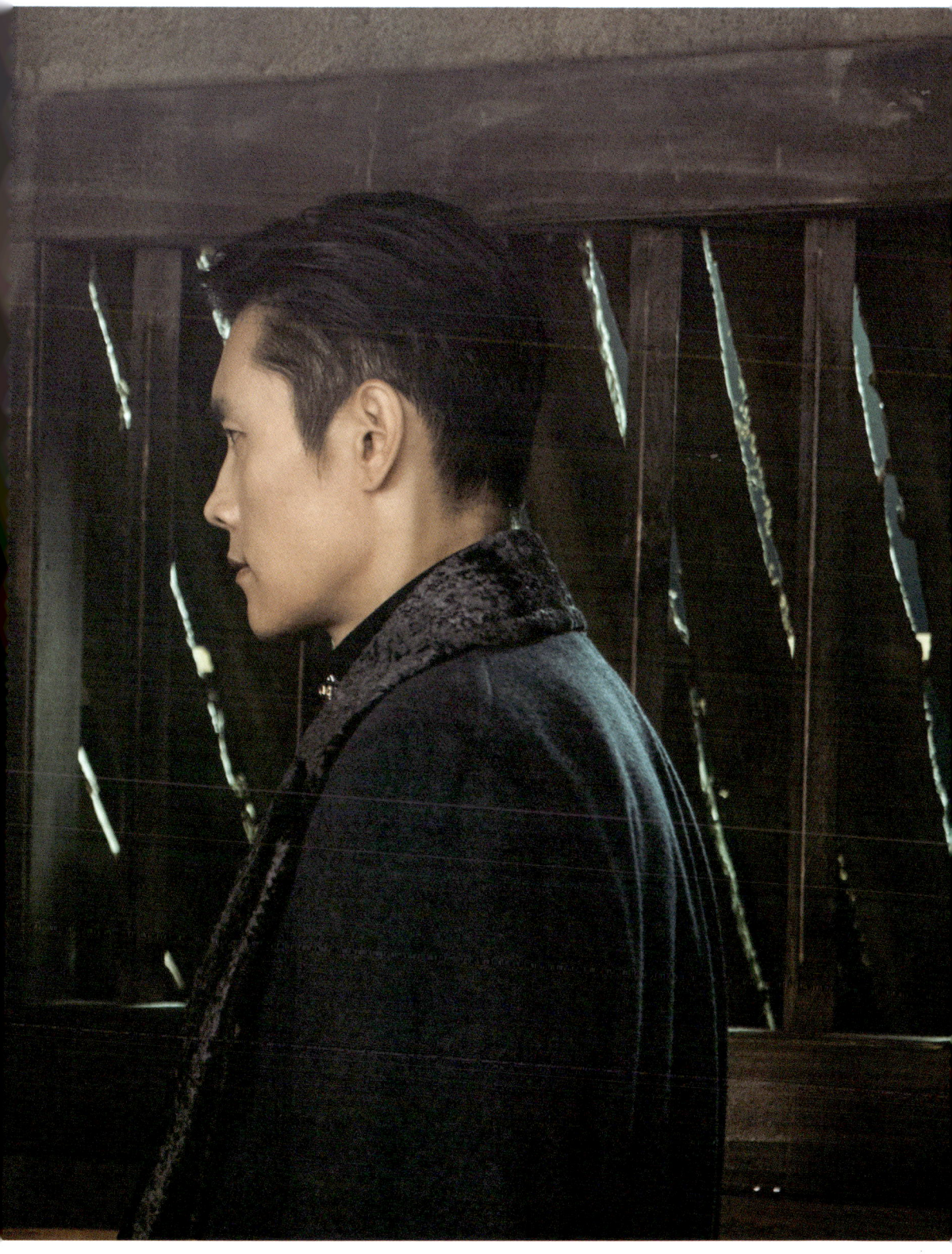

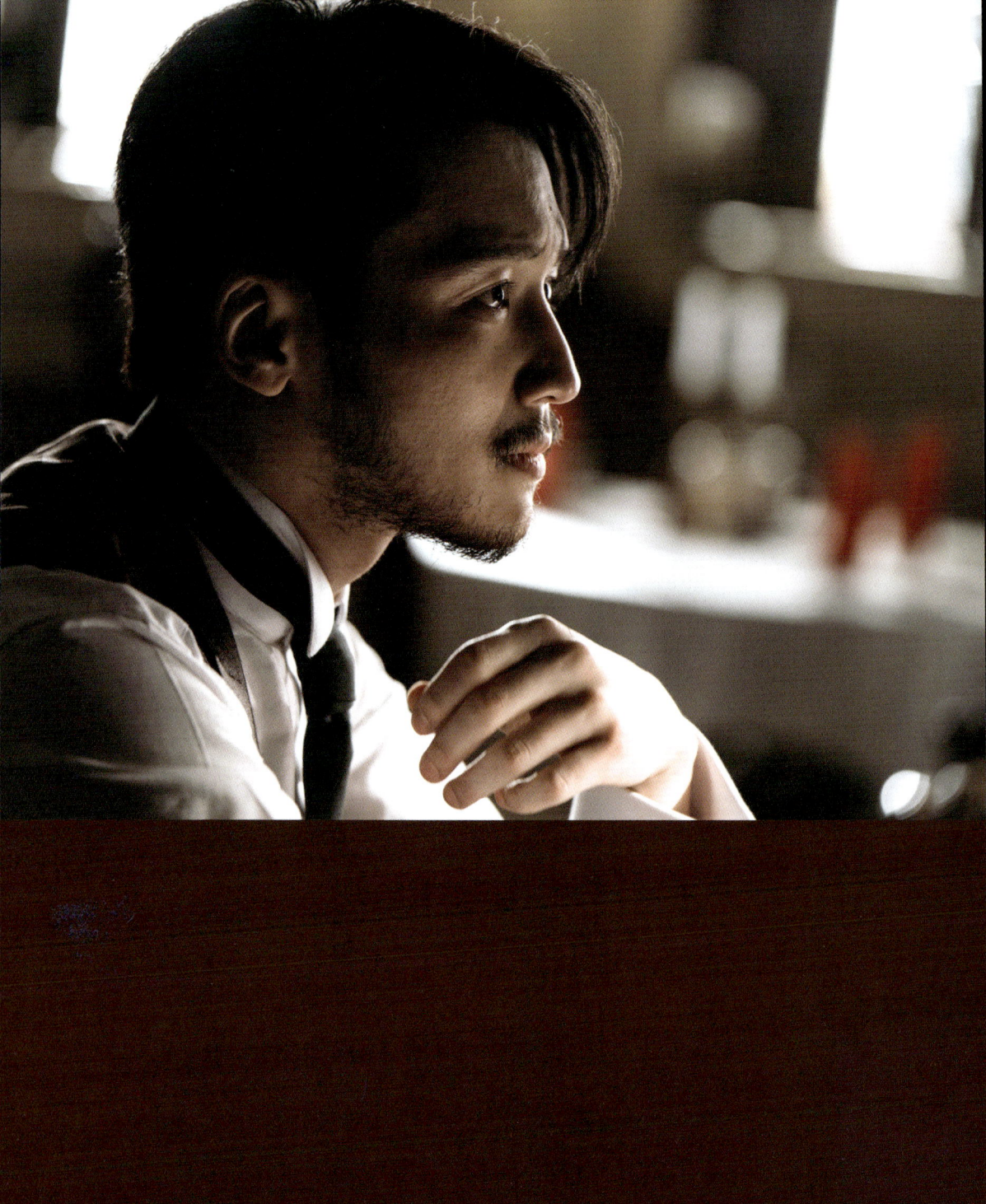

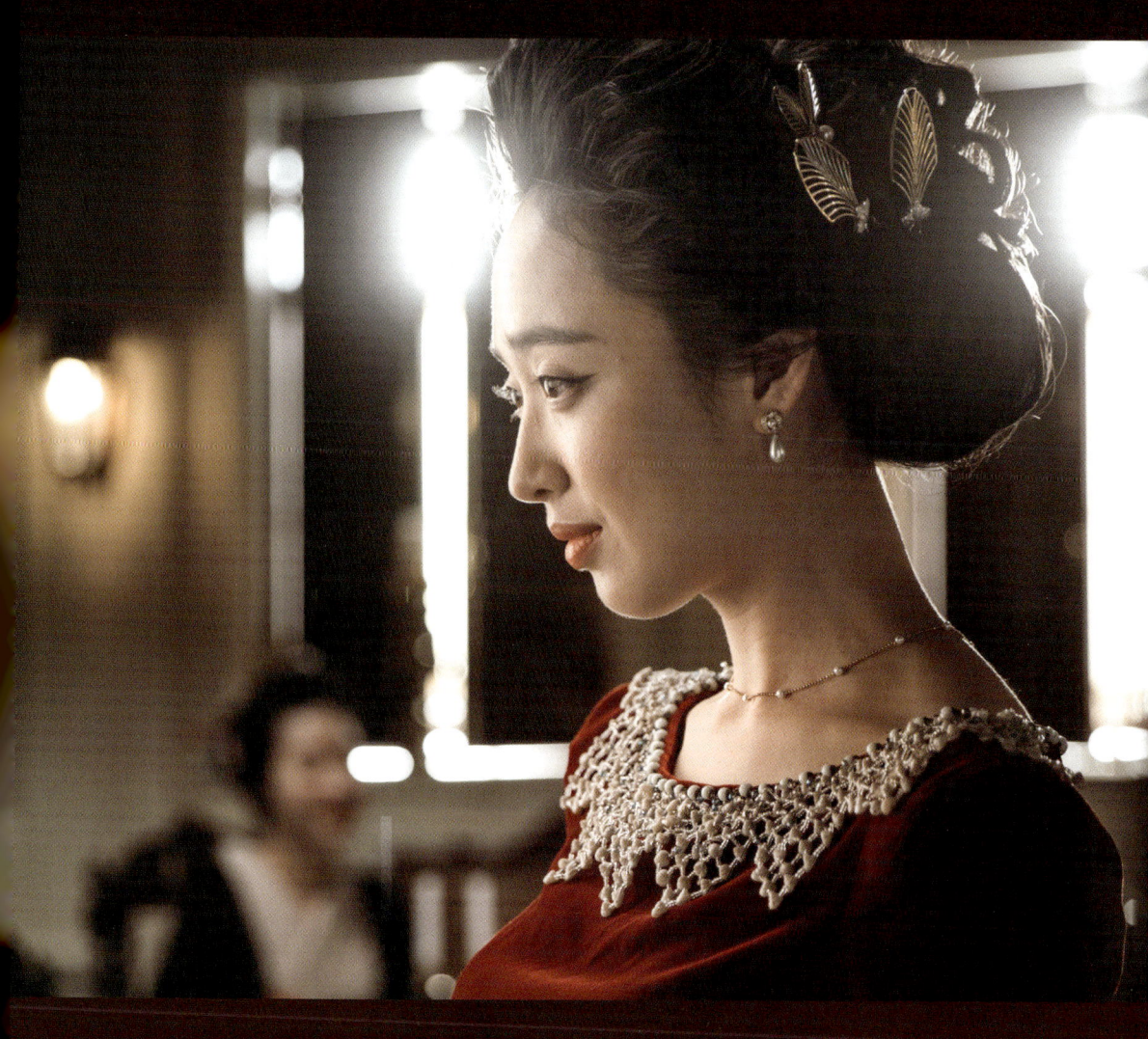

나쁜 마음

그런 쉬운 길을 두고 왜 이리 둘러 가십니까.
그러니 말이오.
나도 내가 그 쉽고 나쁜 마음을 먹게 될까, 걱정이오.

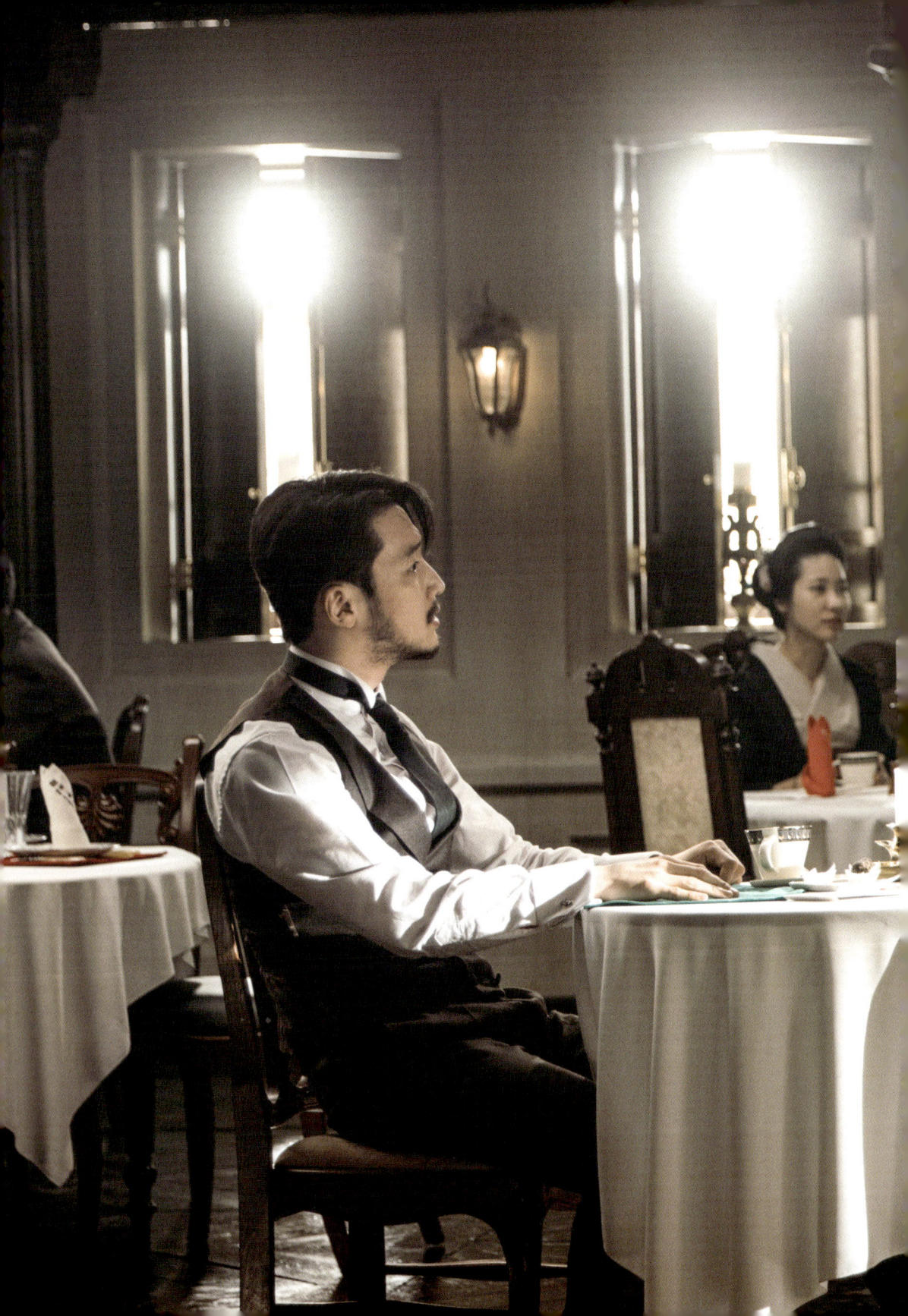

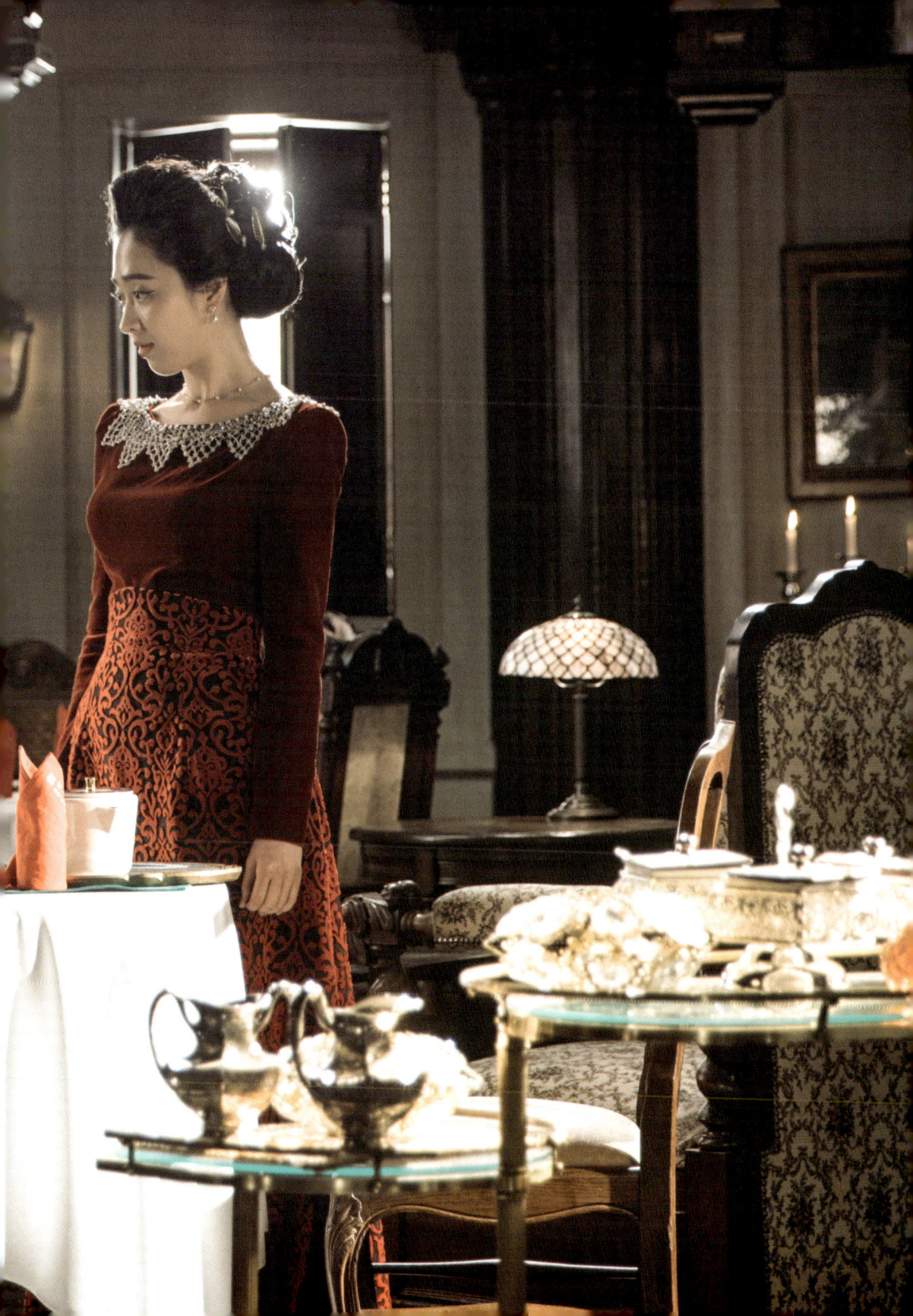

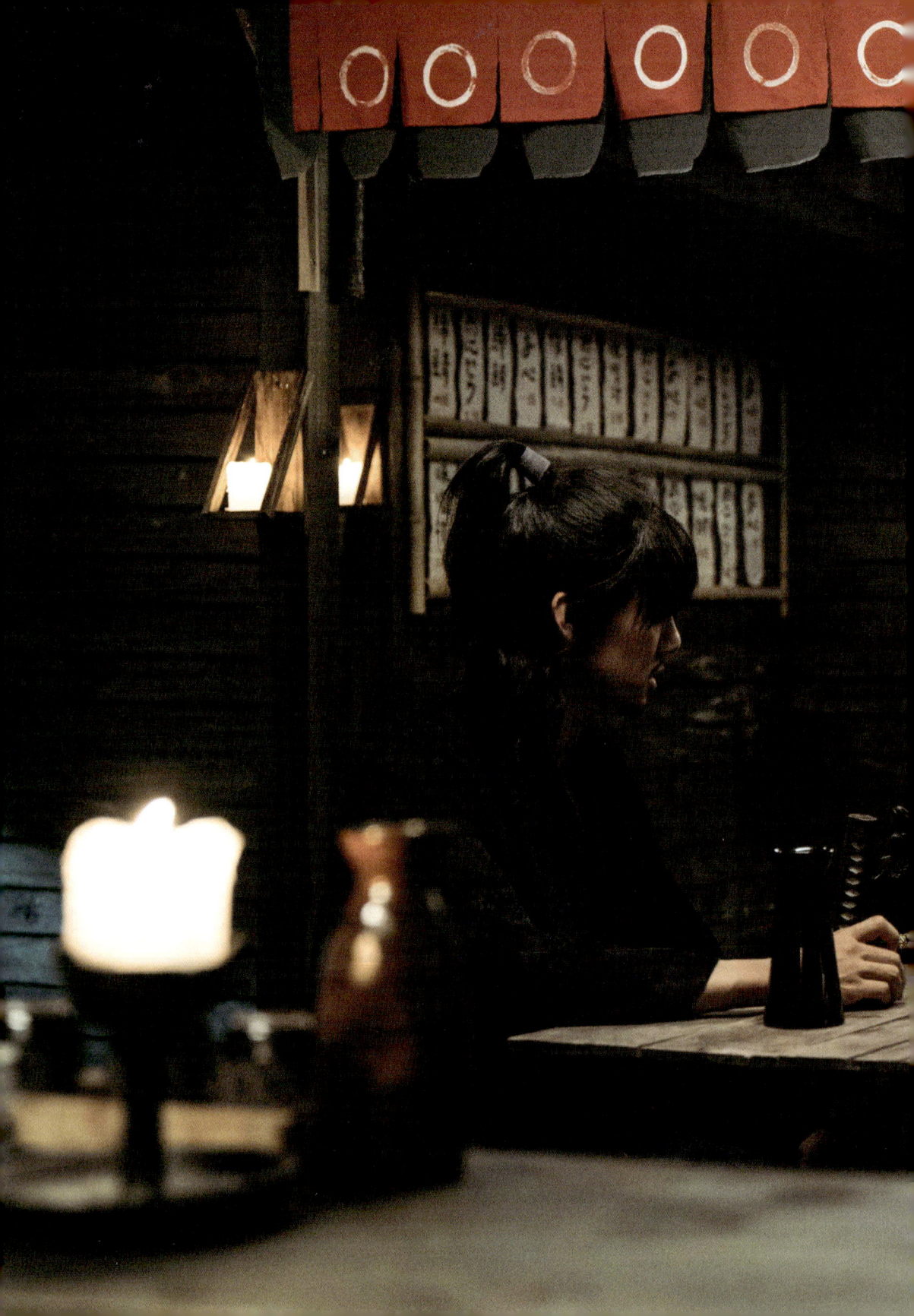

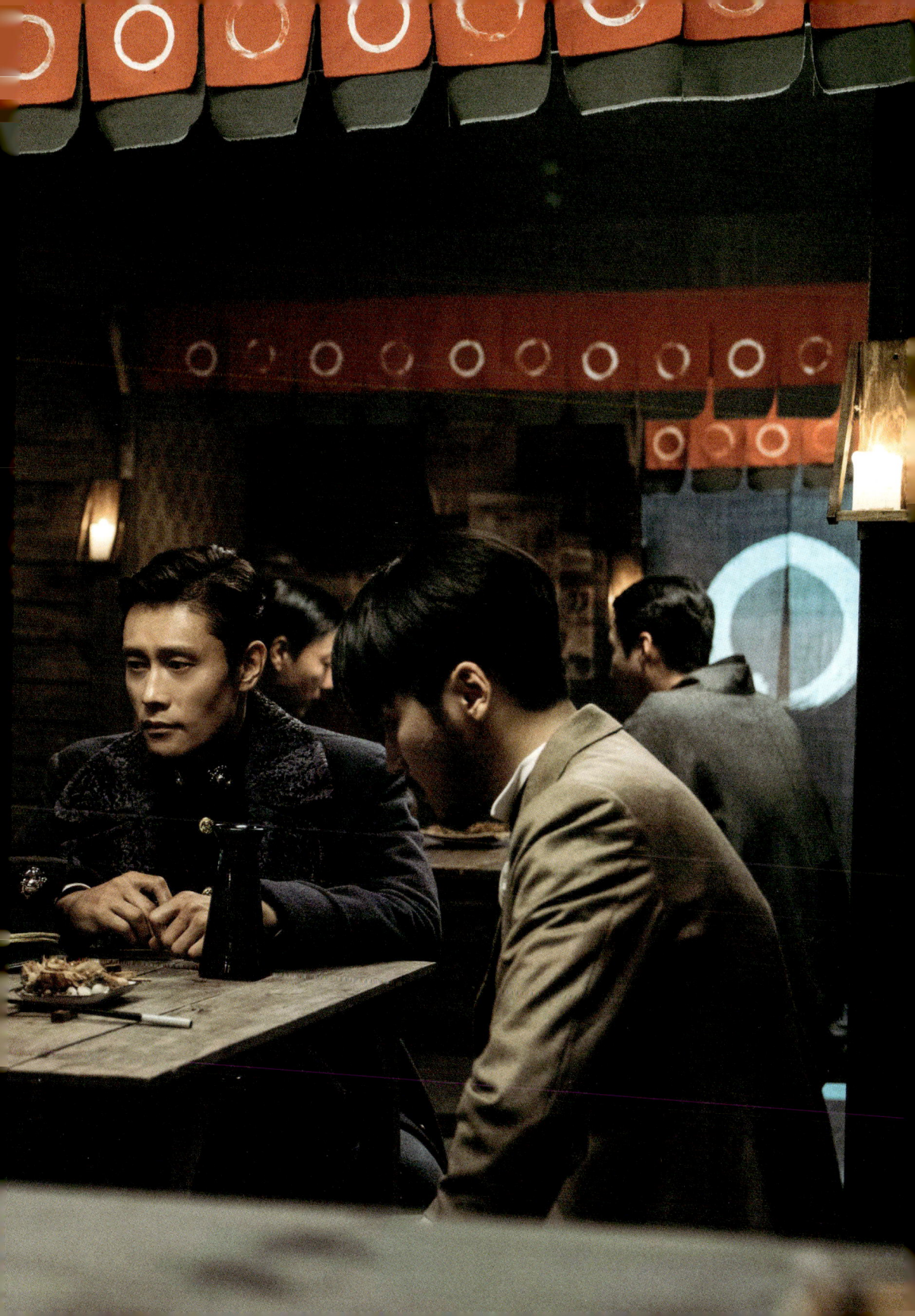

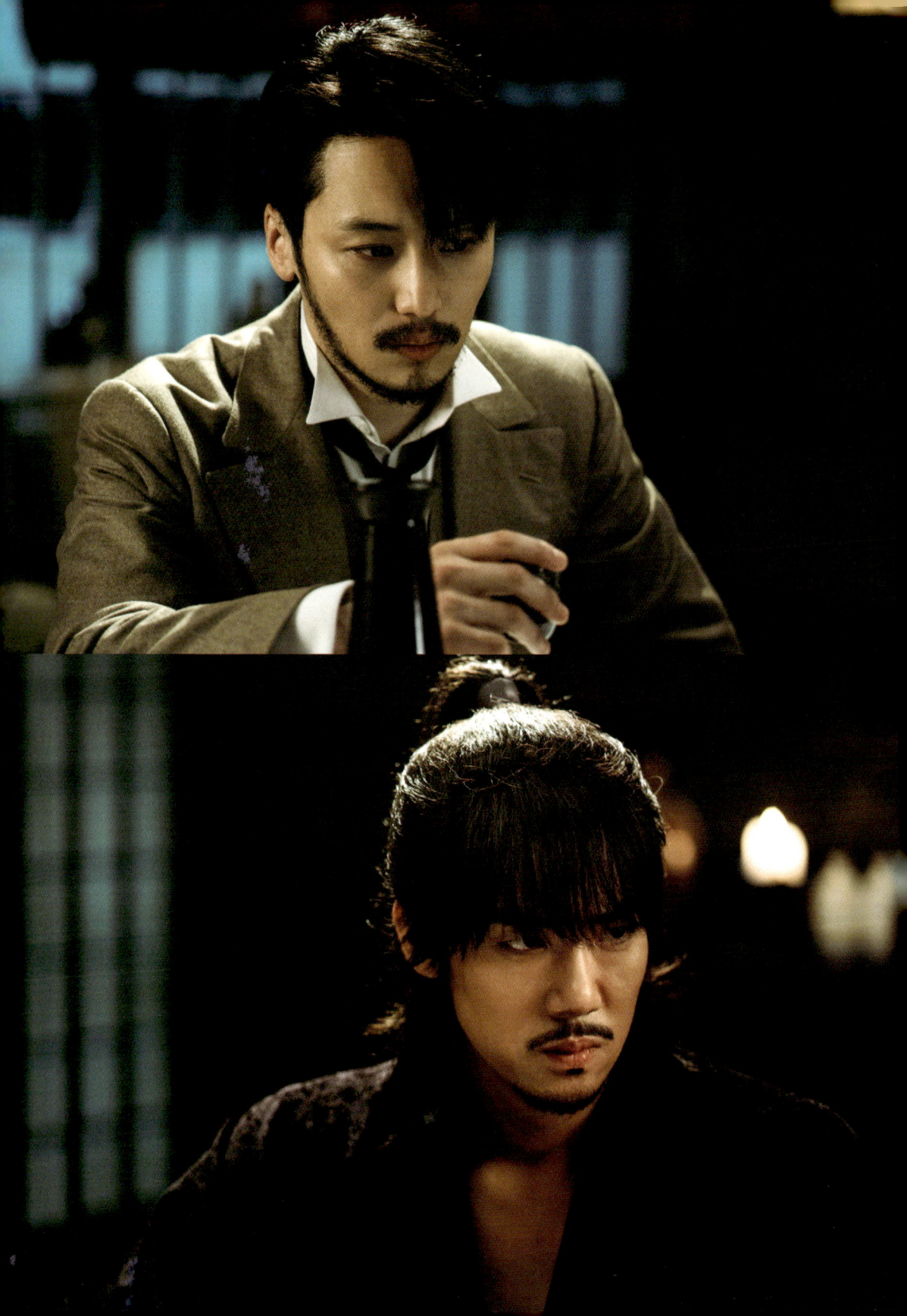

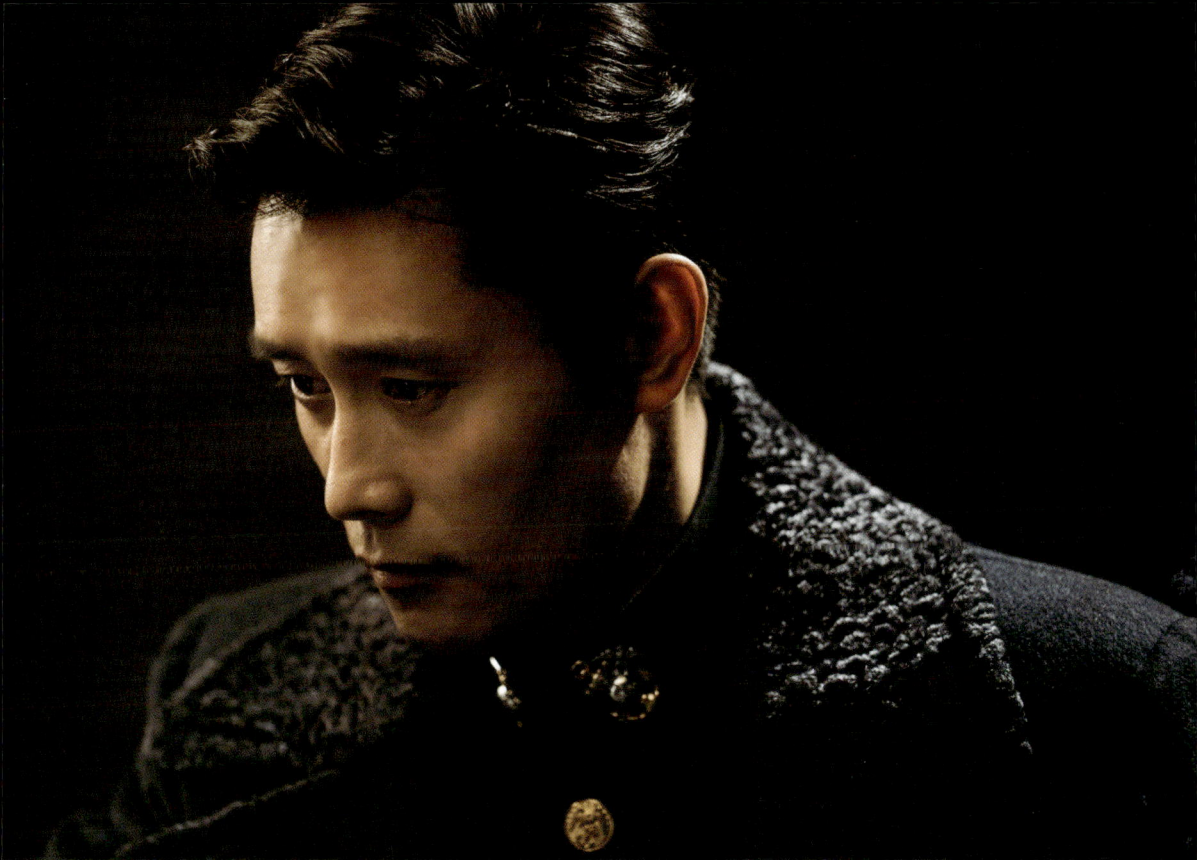

우
리
셋
다

우린 그저 우연히 합석한 미국인인 조선인,
일본인인 조선인, 잘생긴 조선인. 그게 우리 사이요.
허면 잘생긴 조선인은 먼저 가오. 나오지들 마시오.

뭘 알고 저러는 건지.
알고 저러는 거요. 저 자는 늘 진심이라.
이 자도 아는 것 같은데. 늘 진심이고.

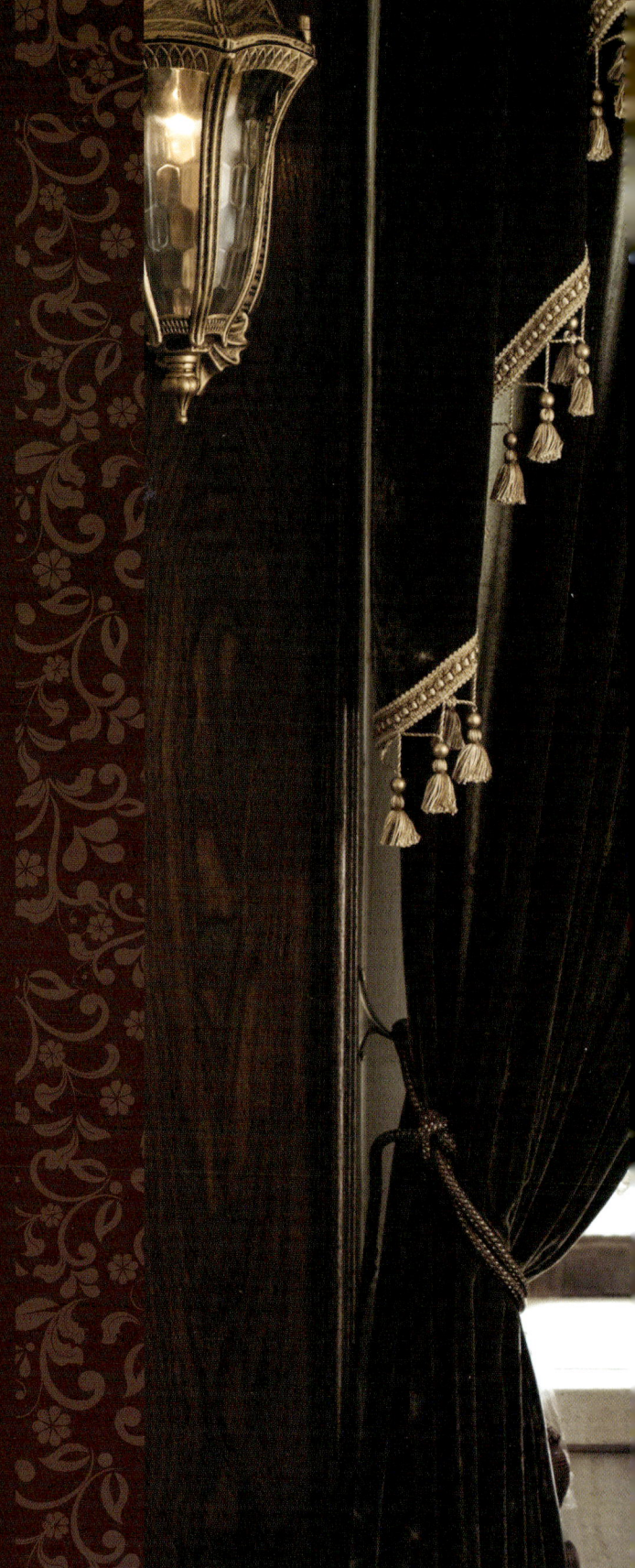

손수건

손수건은 그 여인이 가졌고…
누군가는 울 텐데.
동지.
동무.
그저 동매.
셋 중 누가 제일 슬프려나….

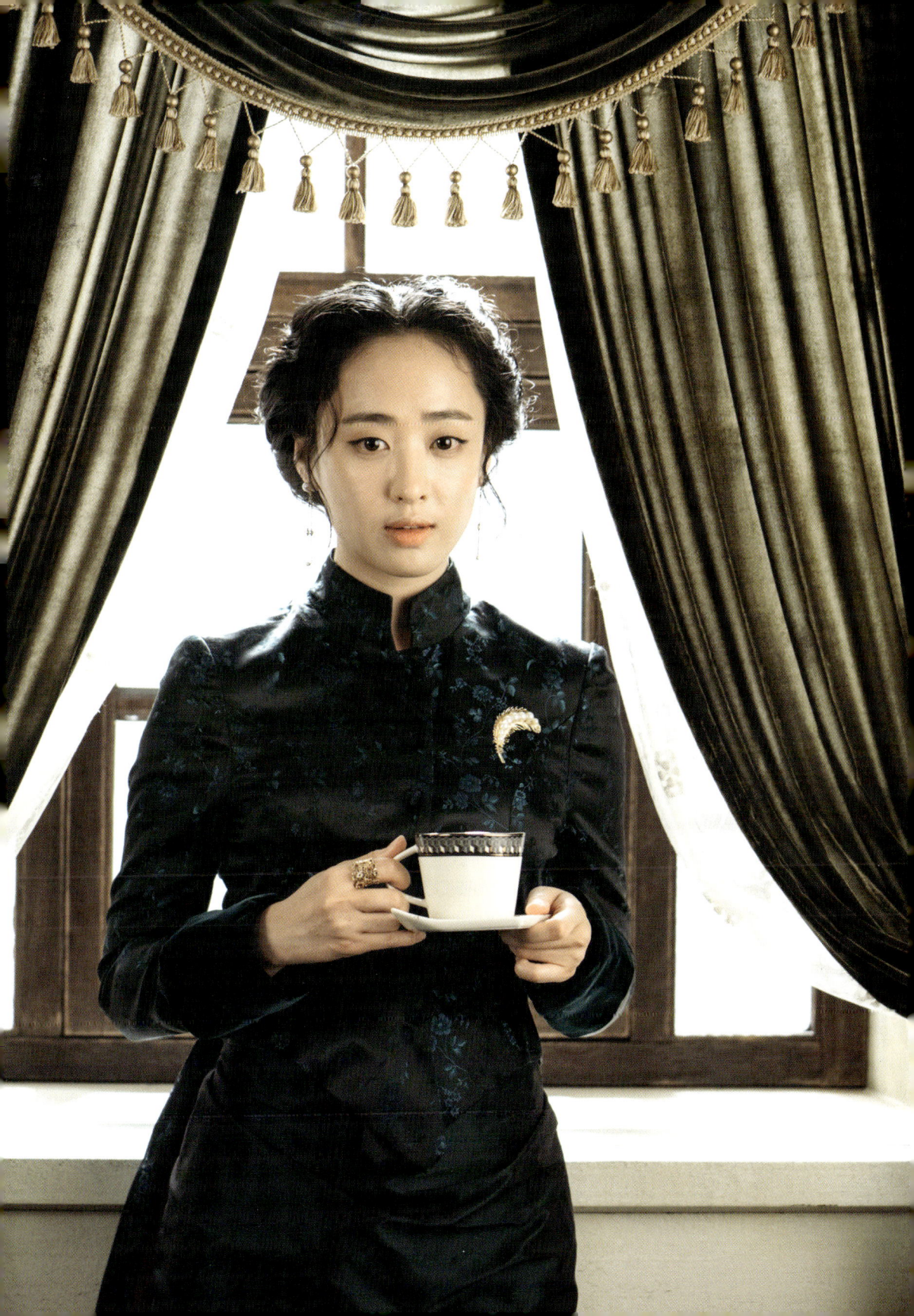

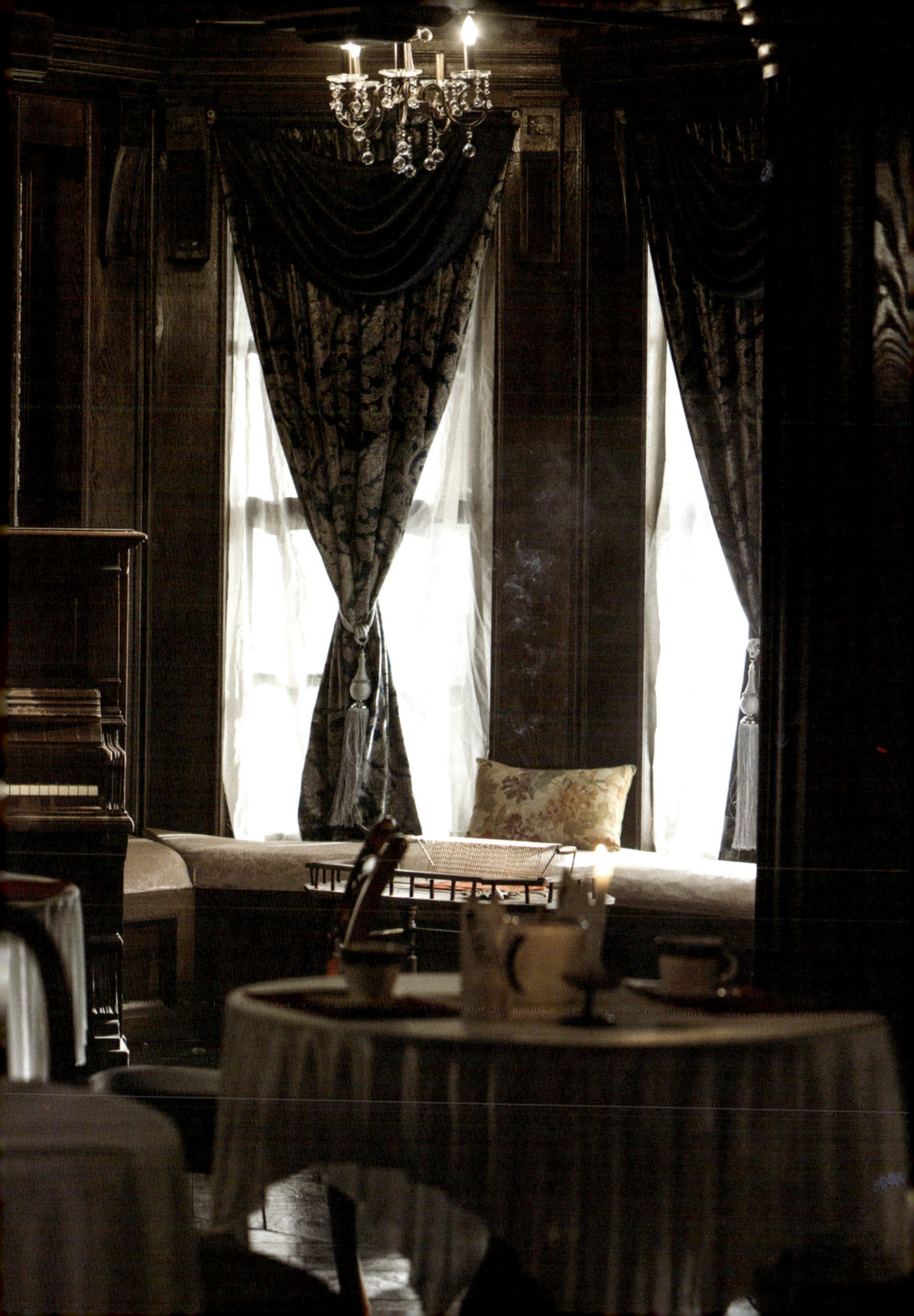

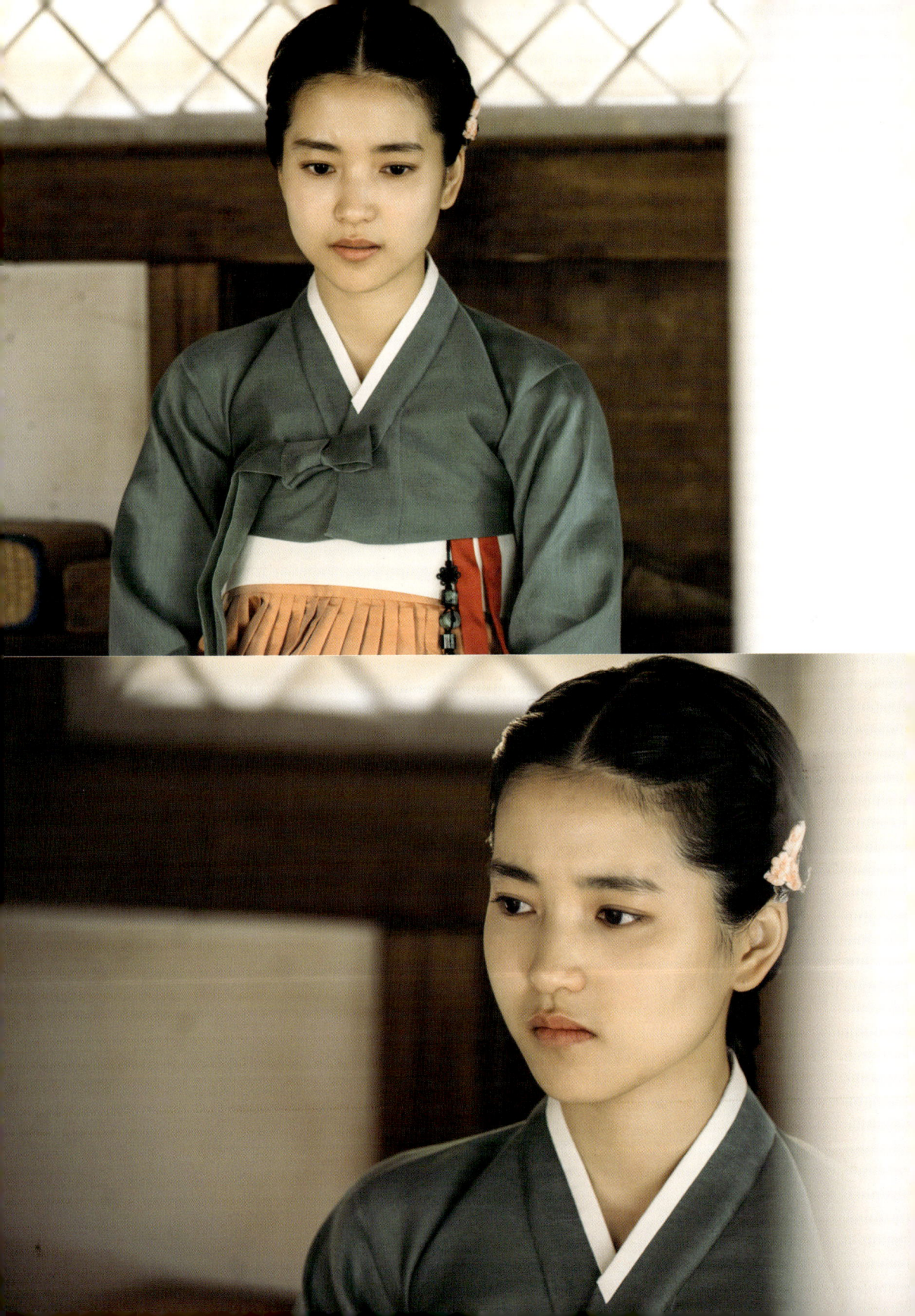

아주 많은 것을 걸게 될 것 같거든요

제 선택입니다. 걱정 마십시오.
혹… 내가 원망스러우냐.
아닙니다.
외러 제 마음을 정확히 알았습니다.
그날 스승님께서 가로막지 않으셨다면
저는 달려갔을 겁니다.
그가 조선을 떠난다는 말을 들은 참이었거든요.

헌데 멈추었고.
걸음을 멈춘 덕분에 생각을 할 수 있었습니다.
그를 만났던 모든 순간을.
그의 선택들과 나의 선택들을.
그의 선택들은 늘 조용했고 무거웠고
이기적으로 보였고 차갑게도 보였는데,
그의 걸음은 언제나 옳은 쪽으로 걷고 있었습니다.

그래서 그에게 가졌던 모든 마음들이,
후회되지 않았습니다.

전 이제 돌아갈 수가 없습니다.
그를 만나기 전으로.

그러니 놓치는 것이 맞습니다.
놓치지 않으면 전,
아주 많은 것을 걸게 될 것 같습니다.

오늘은 귀하가 내 삶에 있소

선물이오. 들어보지 않았던 총일 거 같아서.
전에 말했던 러시아제 볼트 액션이오.
난 귀하가 이 총과 함께 계속 나아가서
어딘가에 가닿기를 바라오. 그곳이 어디든.
그 길 끝에 누구와 함께든.

전에도 말했지만
제대로 드는 법부터 익혀야 할 거요.
혹 배워보겠다면 귀하가 배우는 동안은
조선에 더 머물까 하는데. 배워보겠소?

배움이 빠르지 않을 거요.
그럼 더 좋고.
난 죽는 순간까지 고가 애신일 거요.
그래야 하오.

귀하와 도모할 수 있는
그 어떤 미래도 없을 거요.
어제는 귀하가 내 삶에 없었는데
오늘은 있소. 그걸로 됐소.
가르치시오. 그 총.

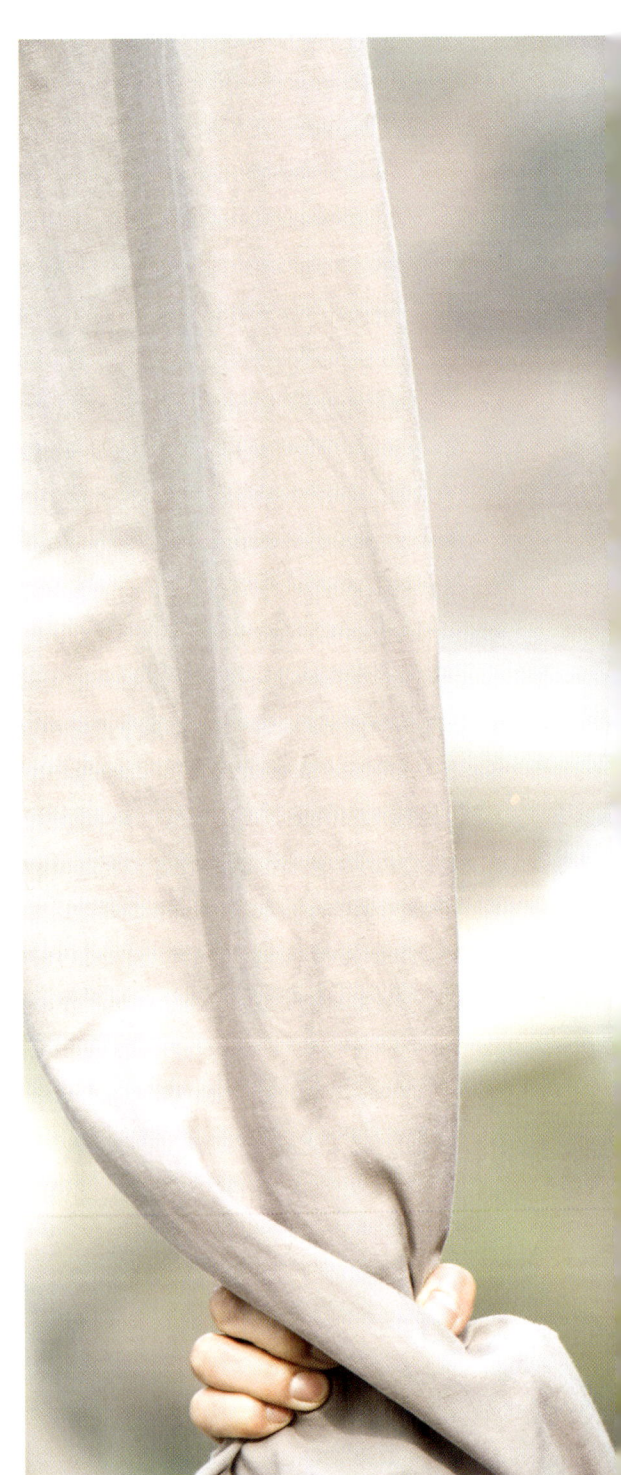

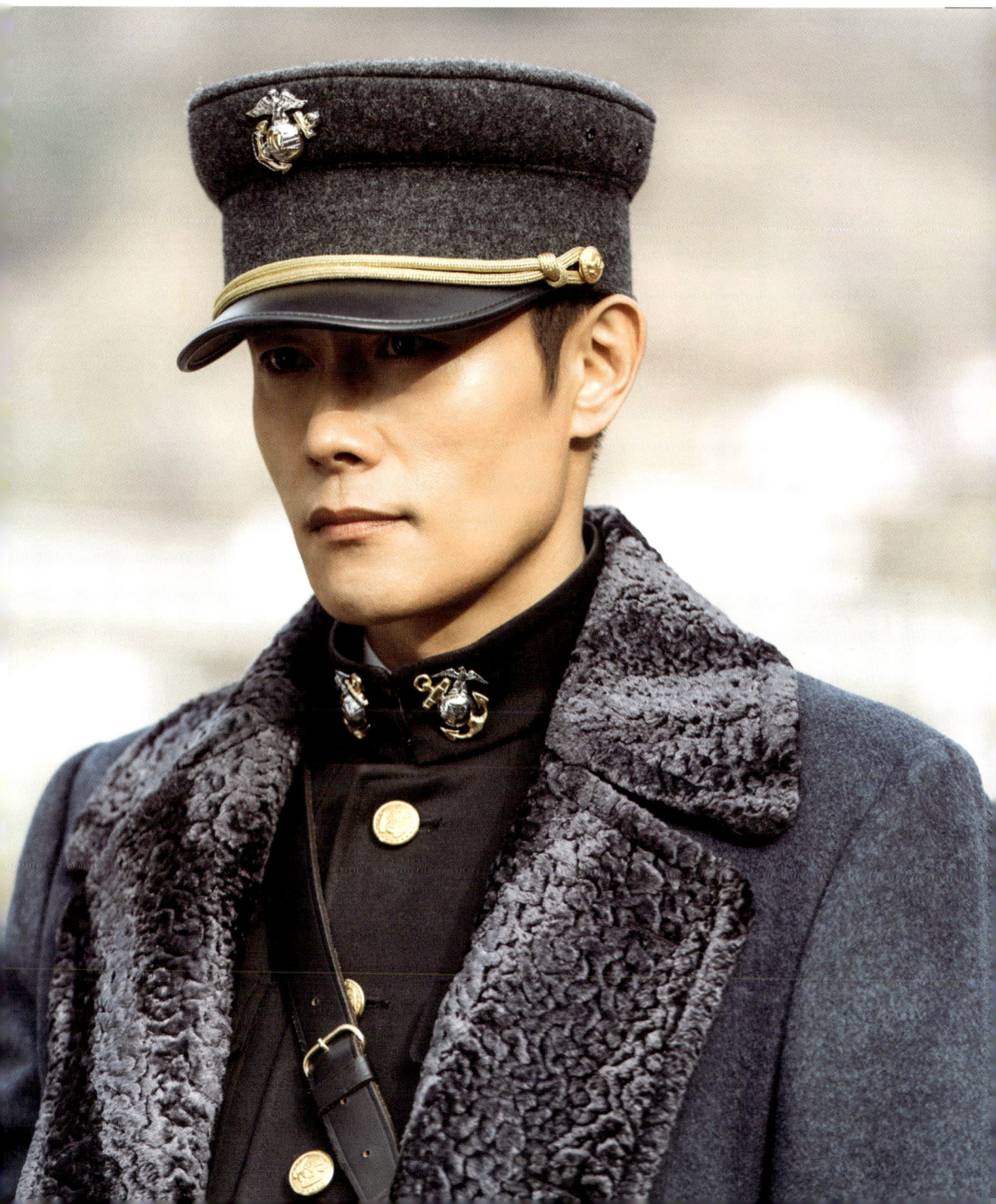

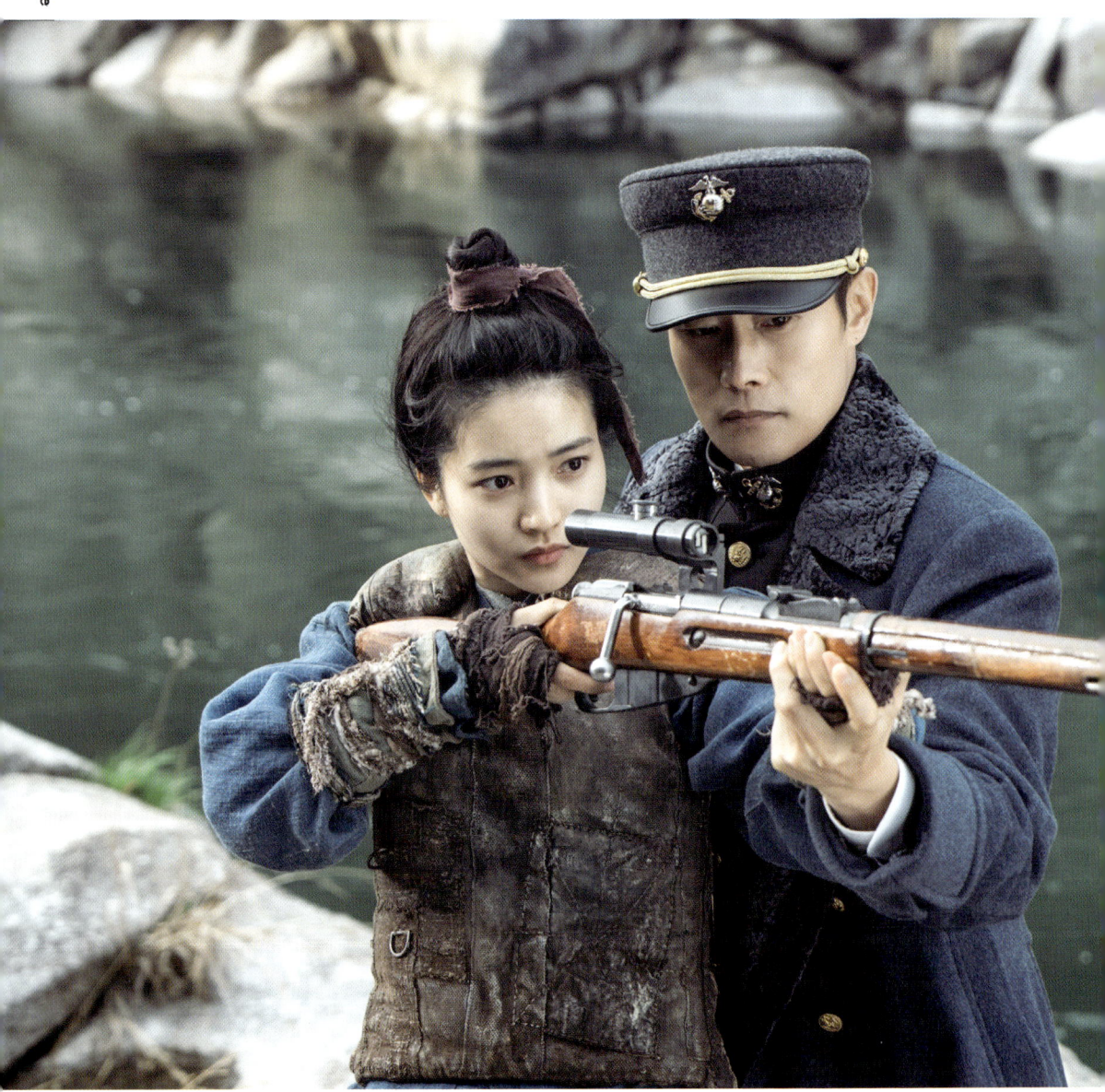

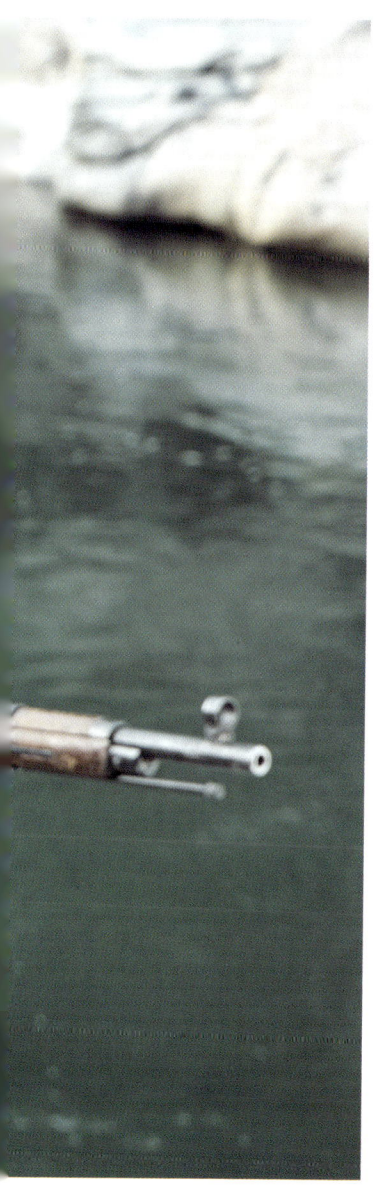

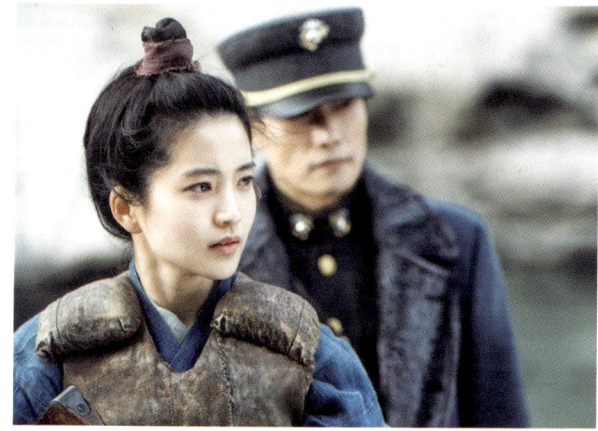

그날 말이오.
지붕 위에서 우리가 처음 만났던 날.
내가 들킨 건 불온한 낭만이었는데
귀하가 들킨 건 뭐였소.

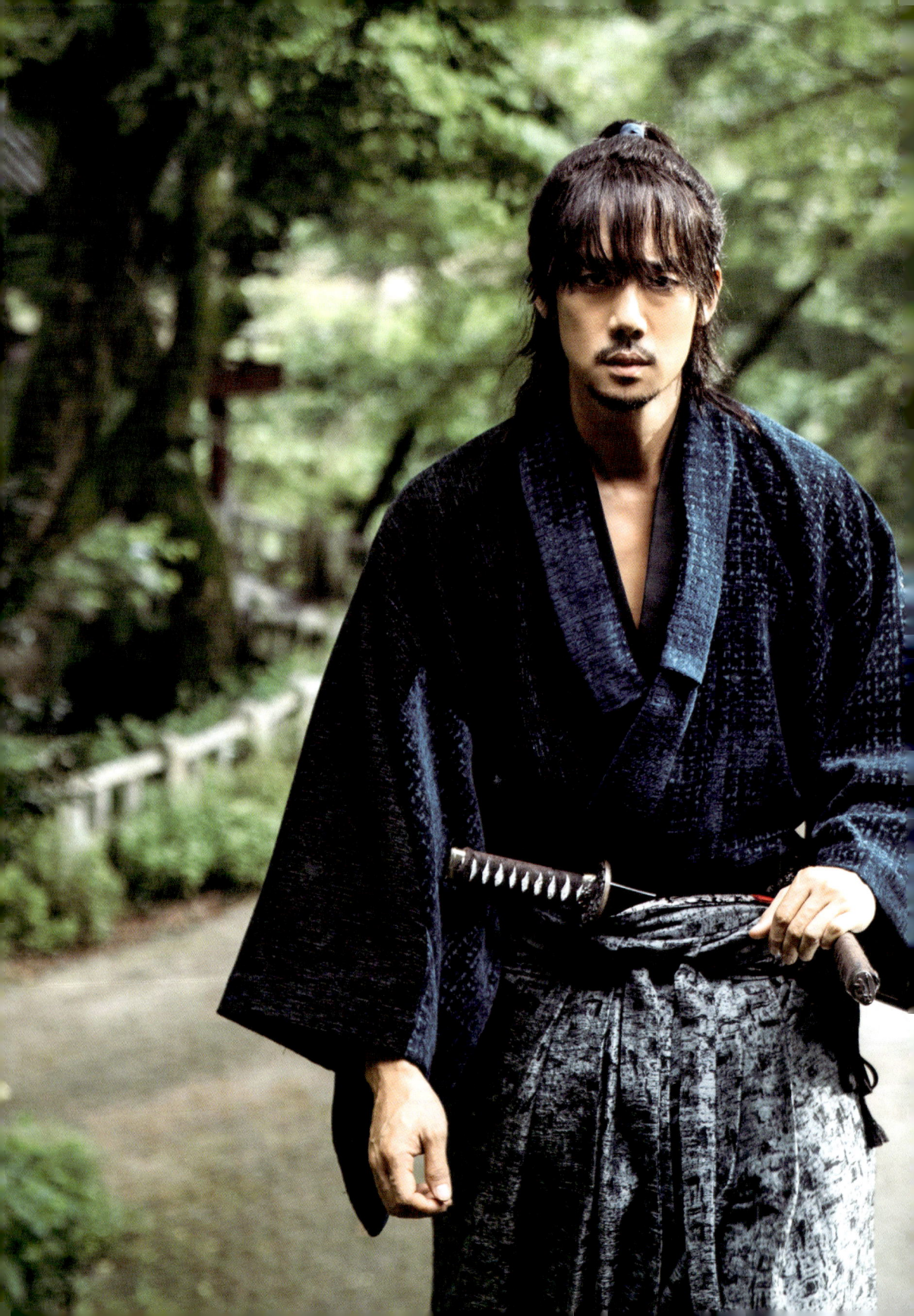

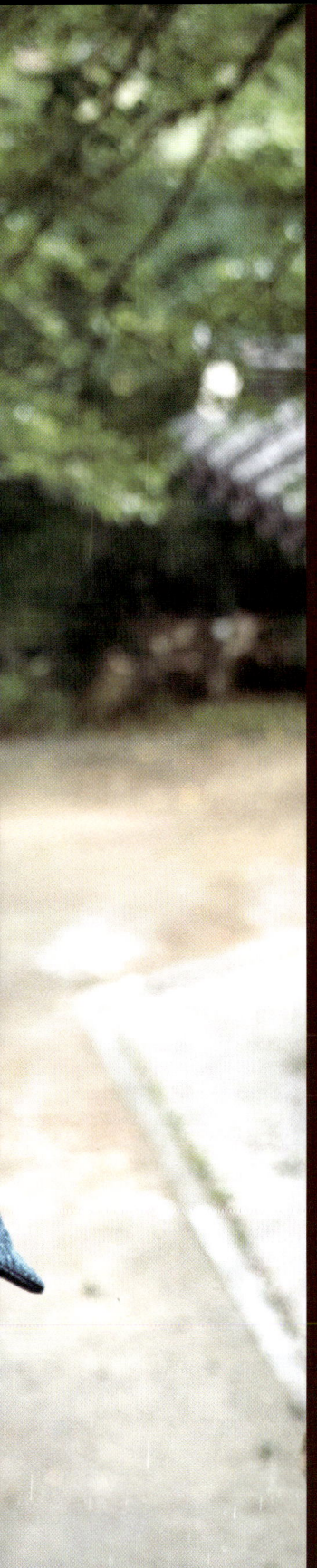

이놈은 안 되겠지요

제가 근처에 약수 마시러 왔다가…는 거짓말이고.
제가 애기씨 뒤를 밟다가 예까지 왔습니다.
그렇게 온 걸음인데, 진짜 이렇게 계시면 어쩝니까.
반갑다 안 하시겠으나… 인사는 드리고 싶어서…

애기씨가 무슨 일을 하는지 아십니까.
그런 얘기도 하고 그러시려나…
그럼 왜 하는지도 아십니까…?
이놈은…. 모르겠습니다.

이렇게 뵐 줄 몰라서…
이놈 칼을 씁니다.
제가 제일 처음으로 벤 이가 누구였는지 아십니까?
… 애기씨였습니다.

… 고르고 골라, 제일 날카로운 말로,
애기씨를 베었습니다. 아프셨을까요…
여직 아프시길 바라다가도…
아주 잊으셨길 바라다가도….
안 되겠지요, 나으리.
제가 다 숨겨주고… 모른 척해도…
안 되는 거겠지요
이놈은.

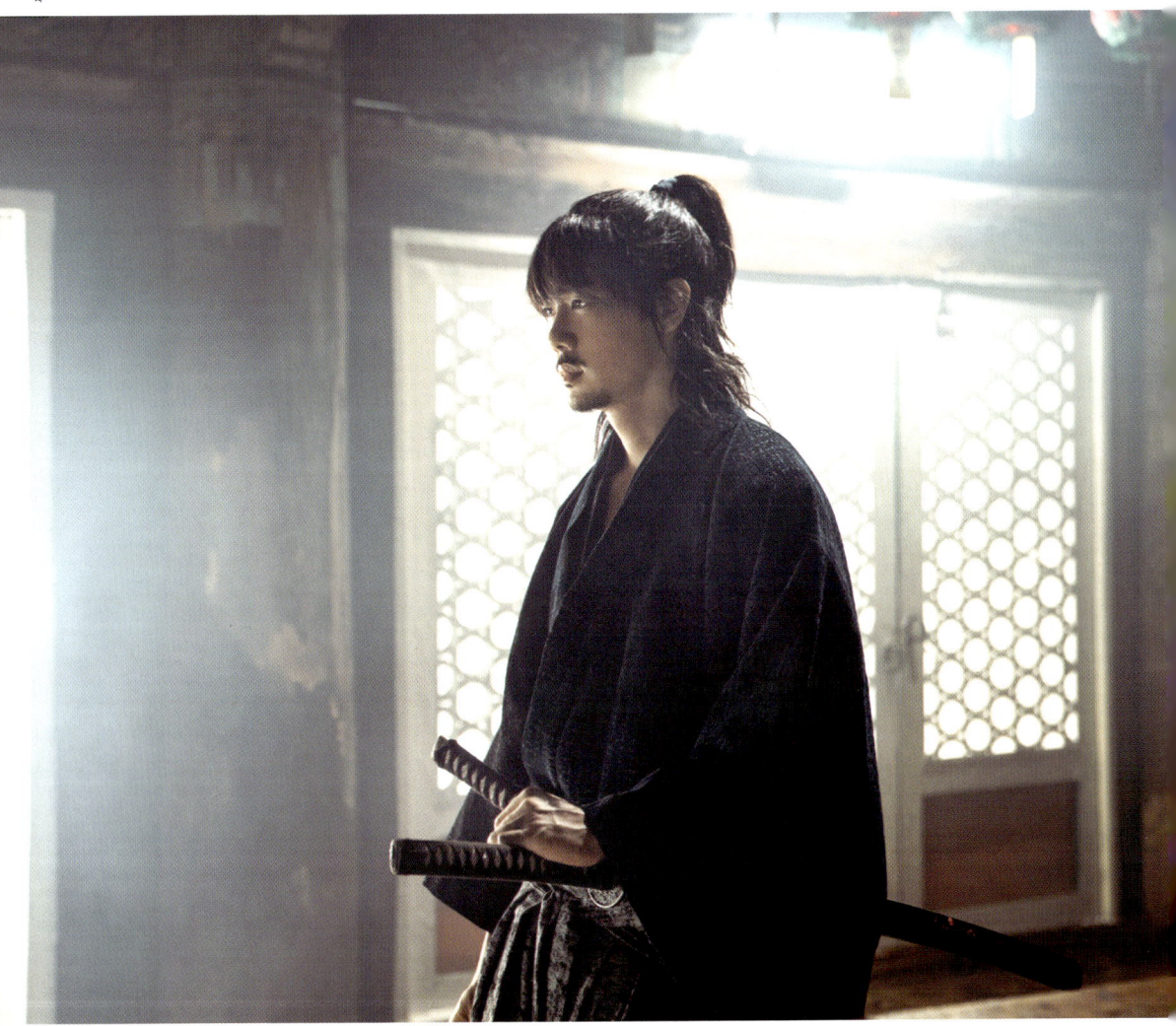

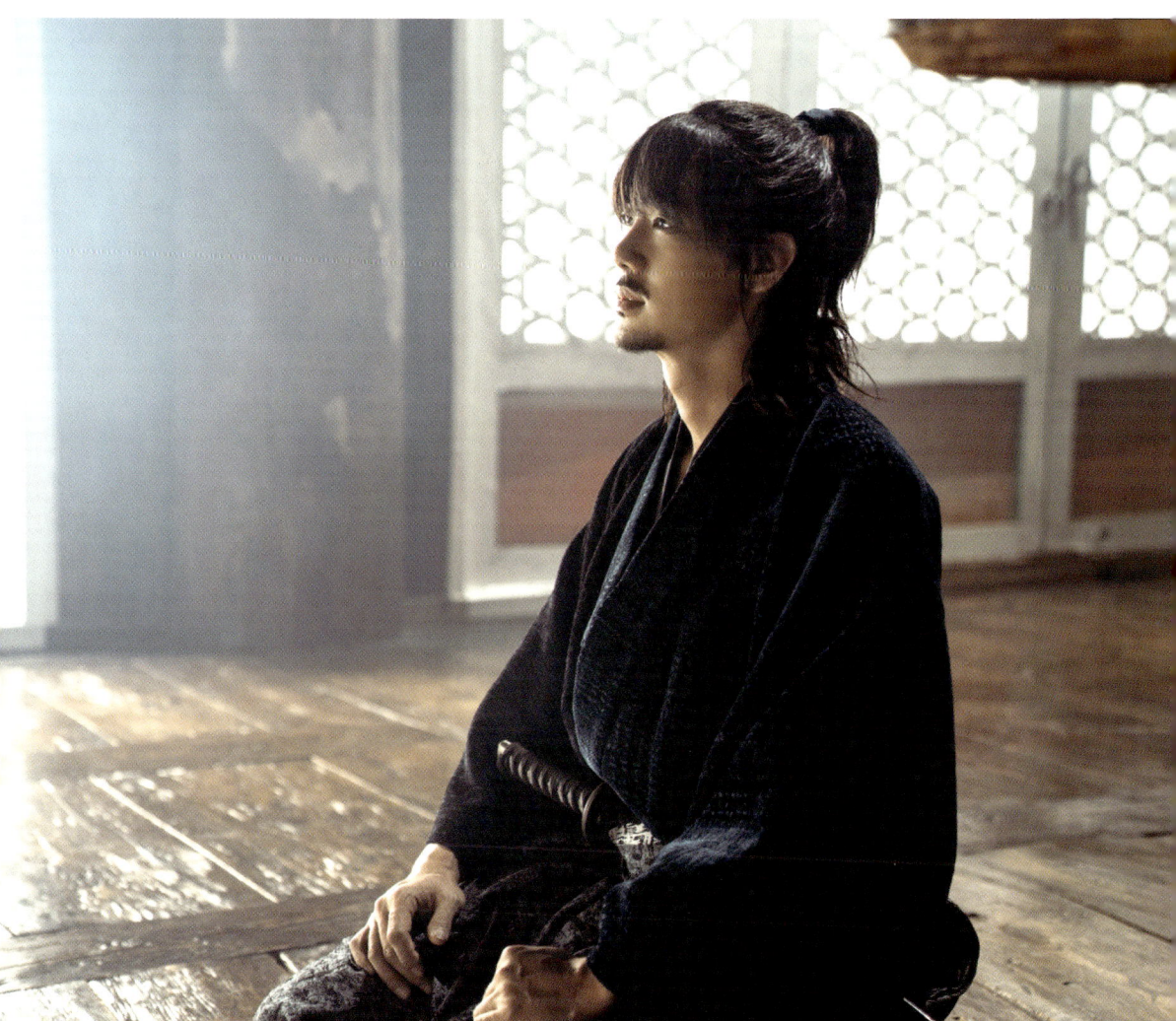

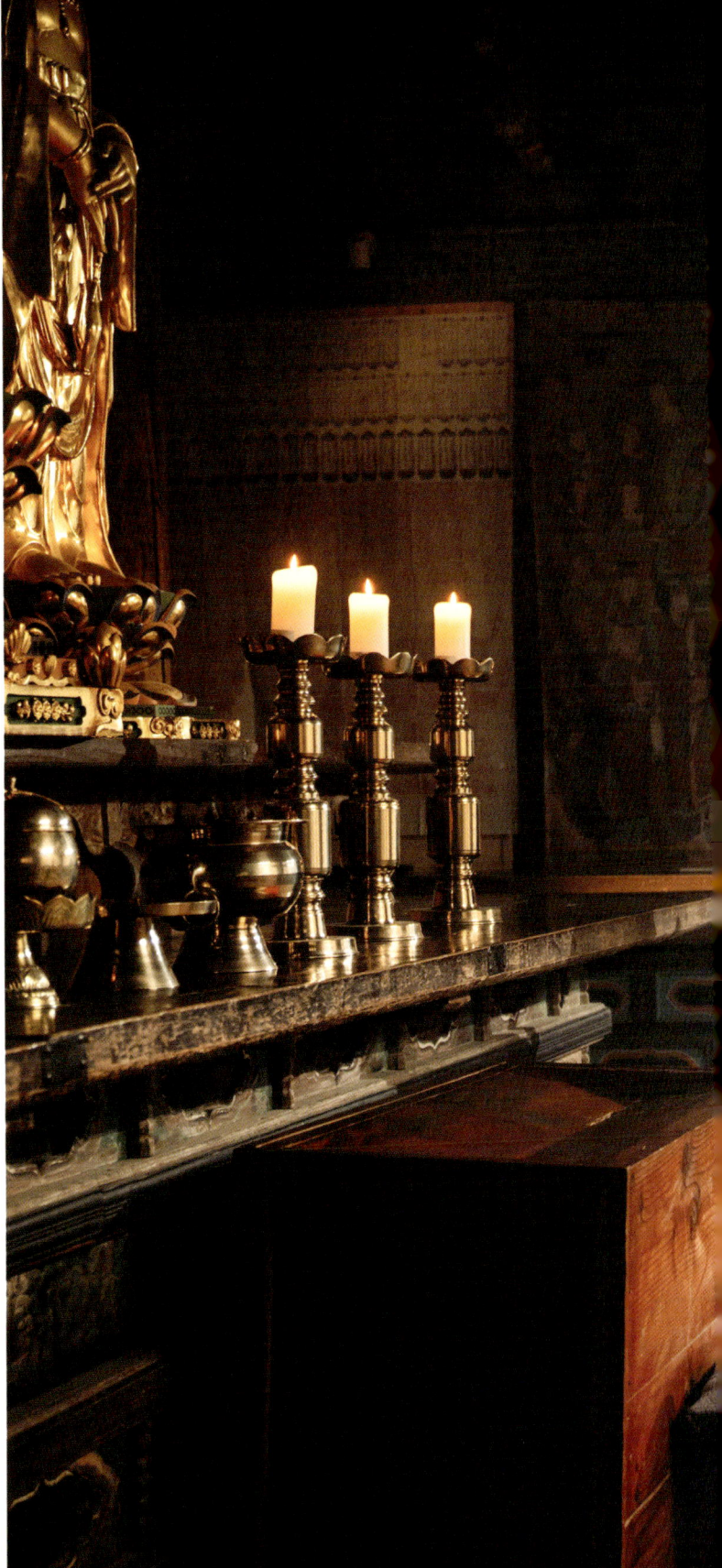

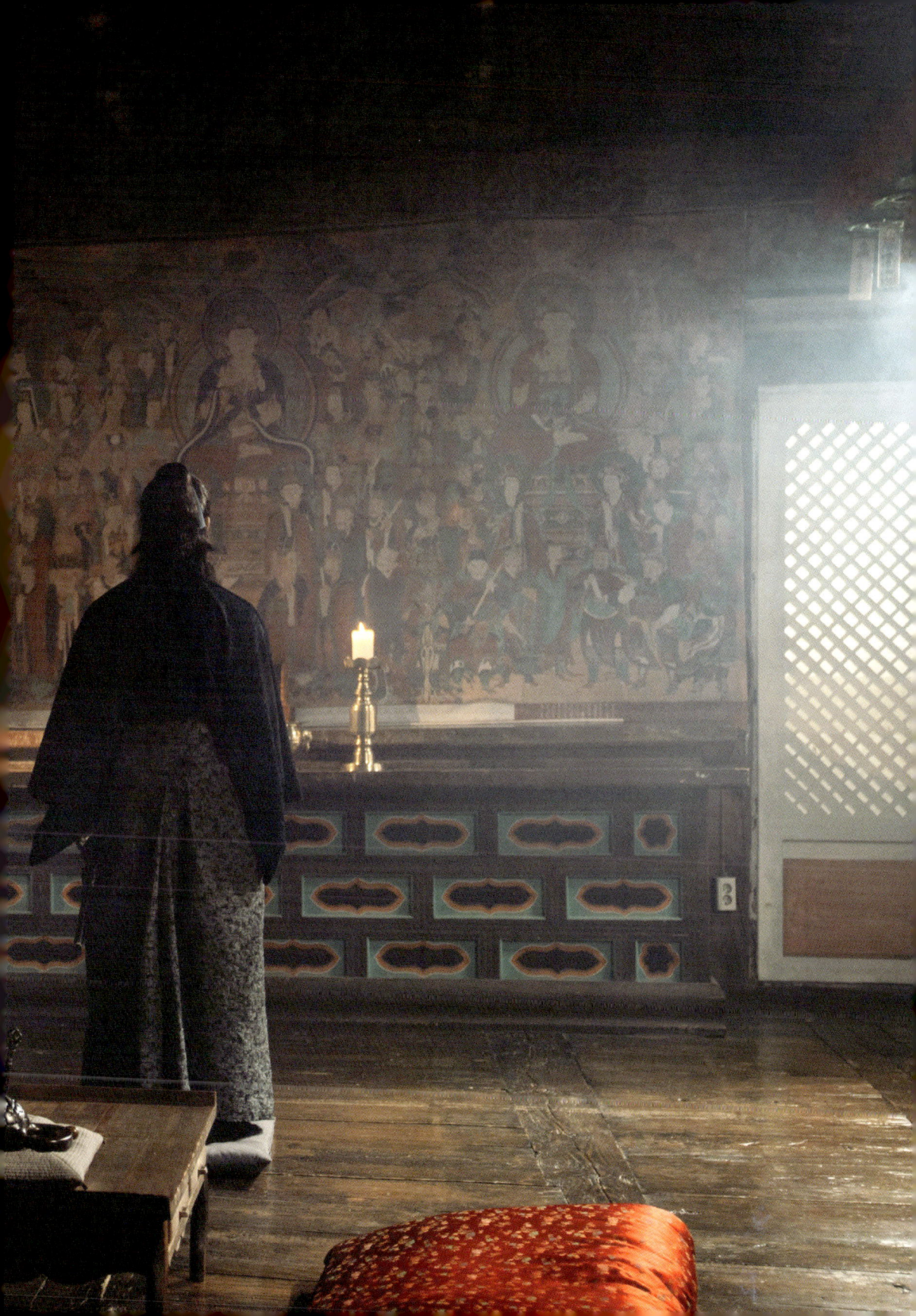

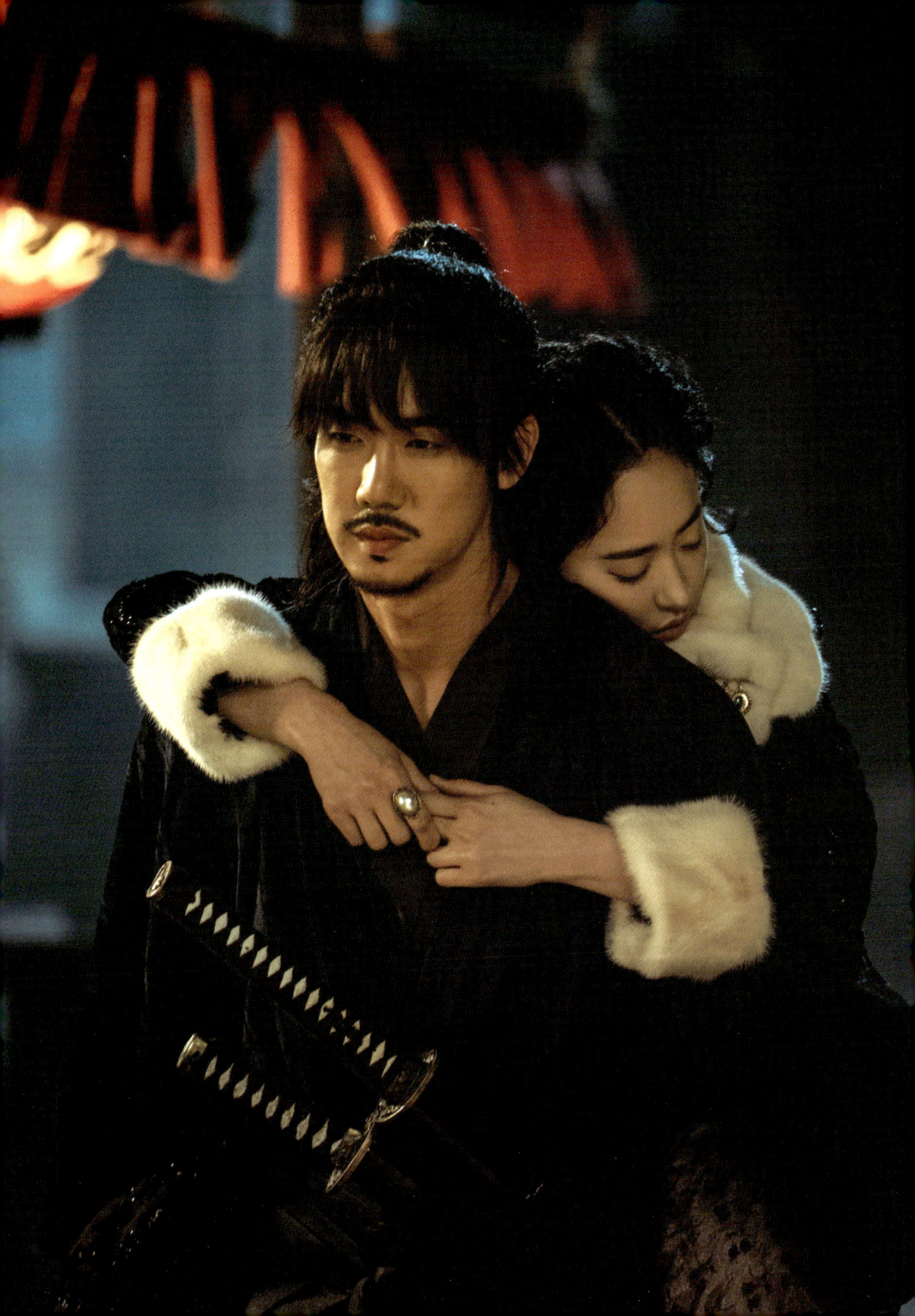

마음에 뭘 품고 살길래

깬 거 같은데. 계속 업혀 있을 거야?
응.
그래라.
무거워?
제법. 마음에 뭘 품고 살길래.

그대는 시간이 안 가서 술을 마시고…
나는 시간이 너무 쏜살같아 술을 마시고…
이래서 술집이 안 망하나…
그런가.

어떤 안부

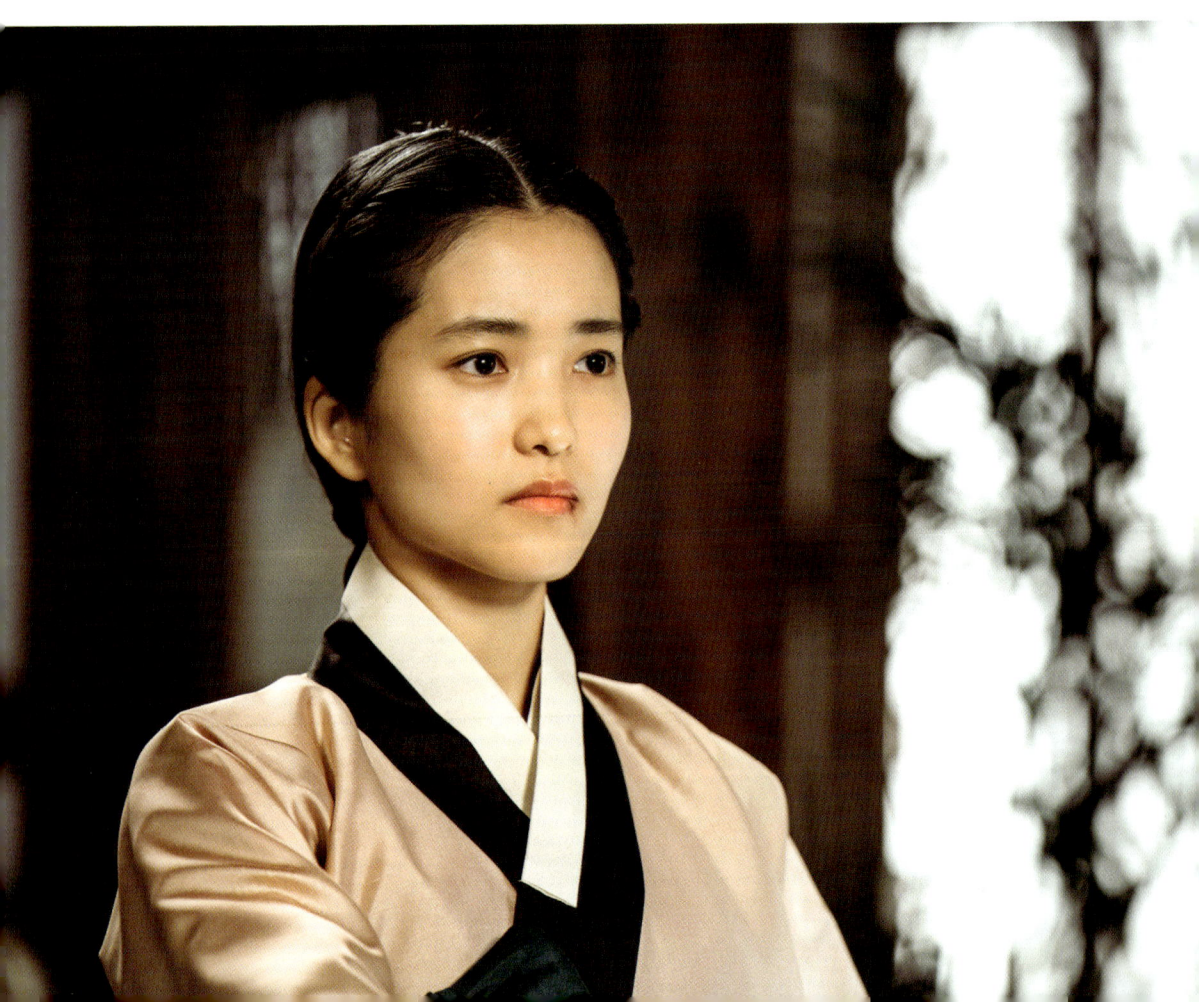

뭐라고 써 있소.
잘 있냐고. 날이 춥다고. 곧 한성에 온다고.
보고 싶다고. 탁주 담는 법을 배웠다고. 신이 늘 함께하길 바란다고.
지난번 편지에 언급한 그 여인과는… 잘 지내냐고.

하나만 더 묻겠소. 황제의 예치증서 말이요.
조선을 망하게 하는 길로 걷겠다더니, 그걸 왜 조선에 돌려준 거요.

그렇게….
한 번 더 돌아보게 하려고 그랬나 보오.

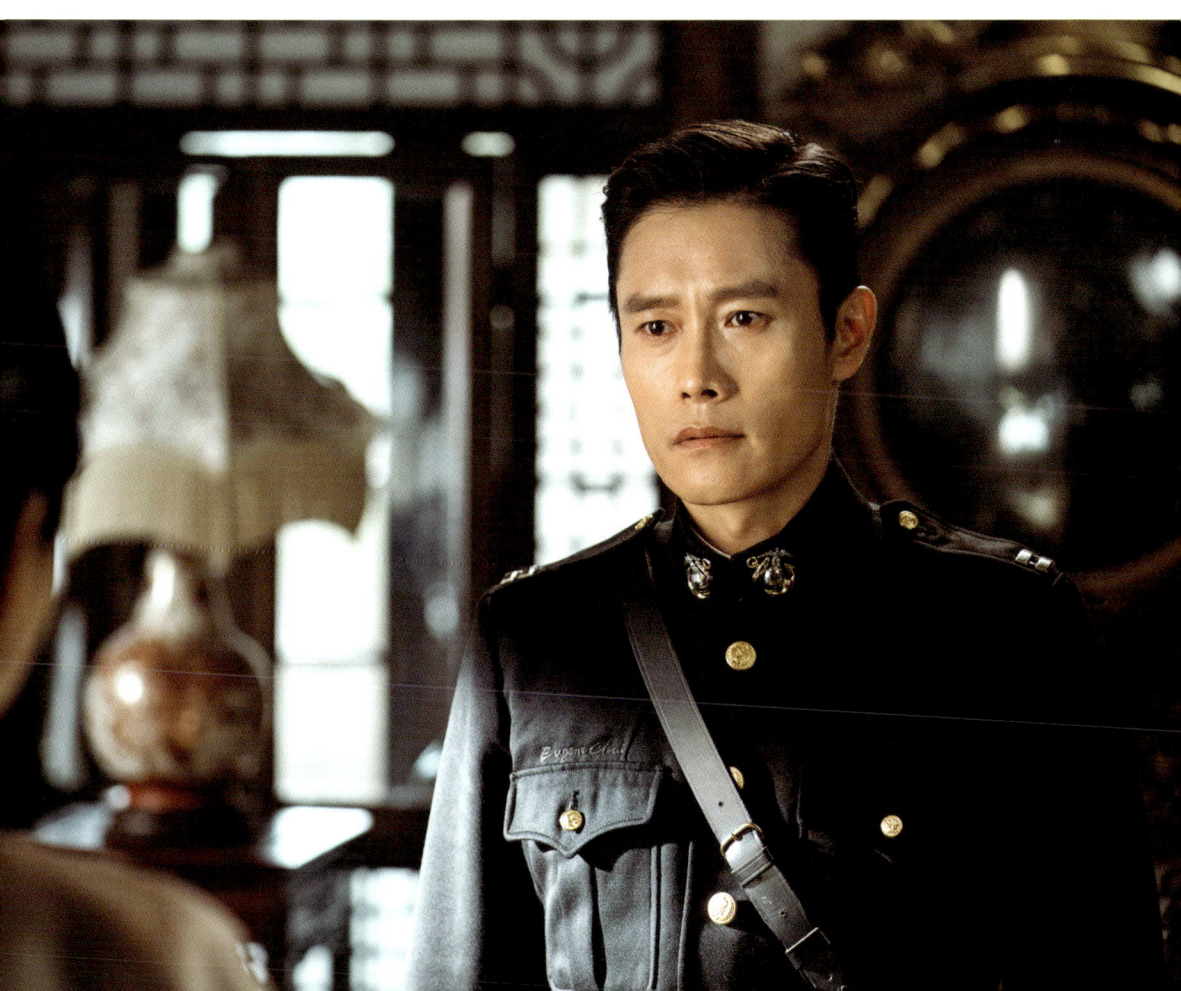

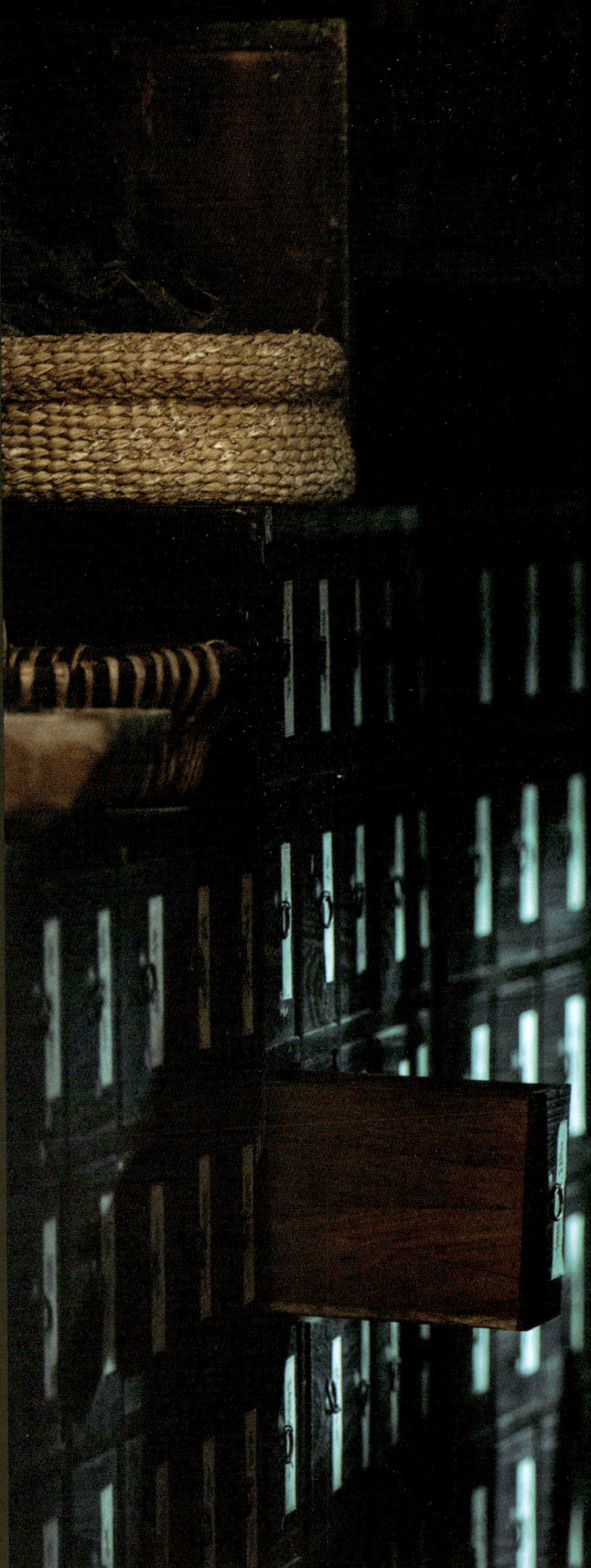

내 총구 속으로 들어온 당신을

어제는 배 타던 곳에
그제는 약방에
오늘은 여기였소.
어떤 여인이 올 만한 곳에
난 계속 서 있는 중이요.

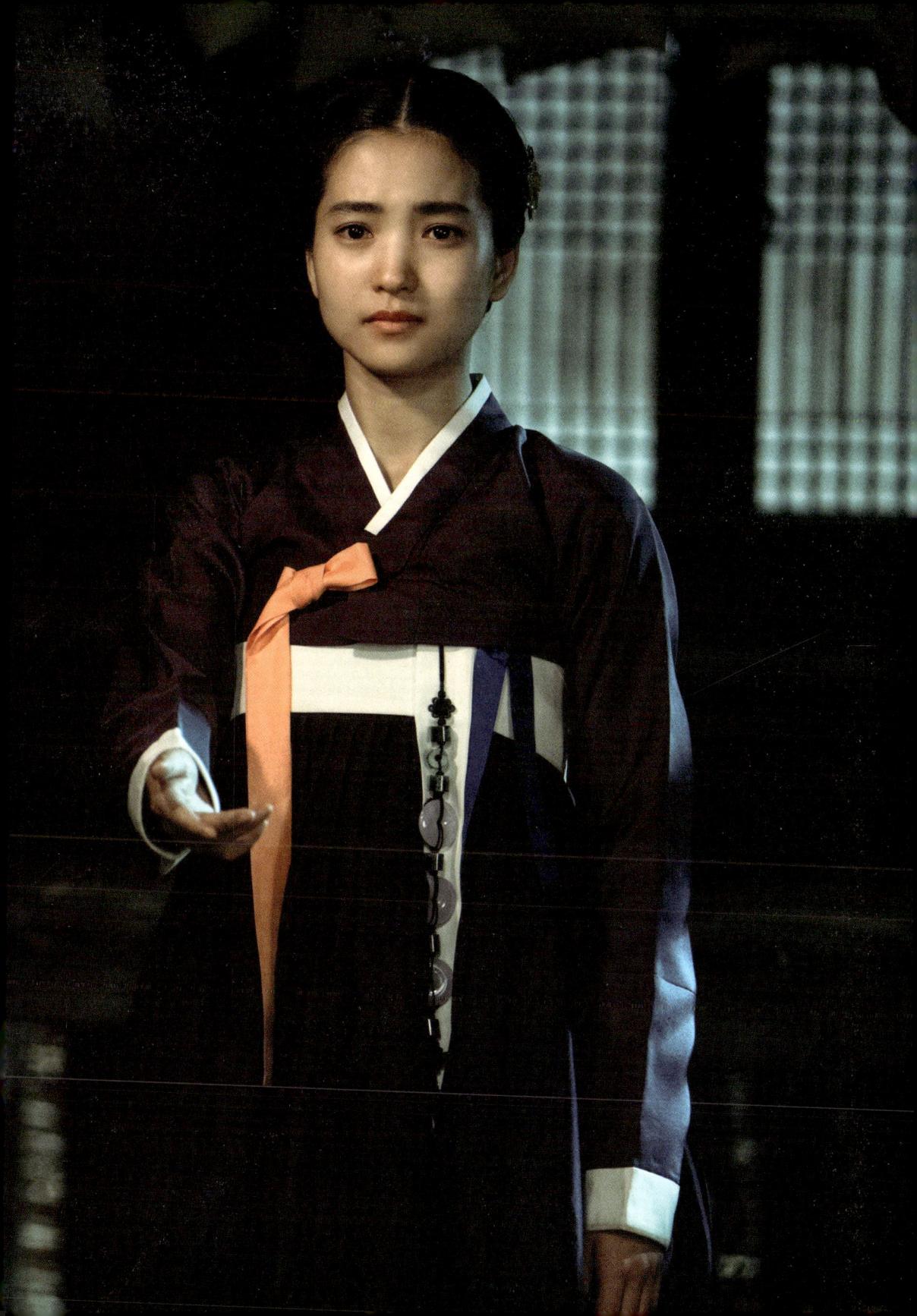

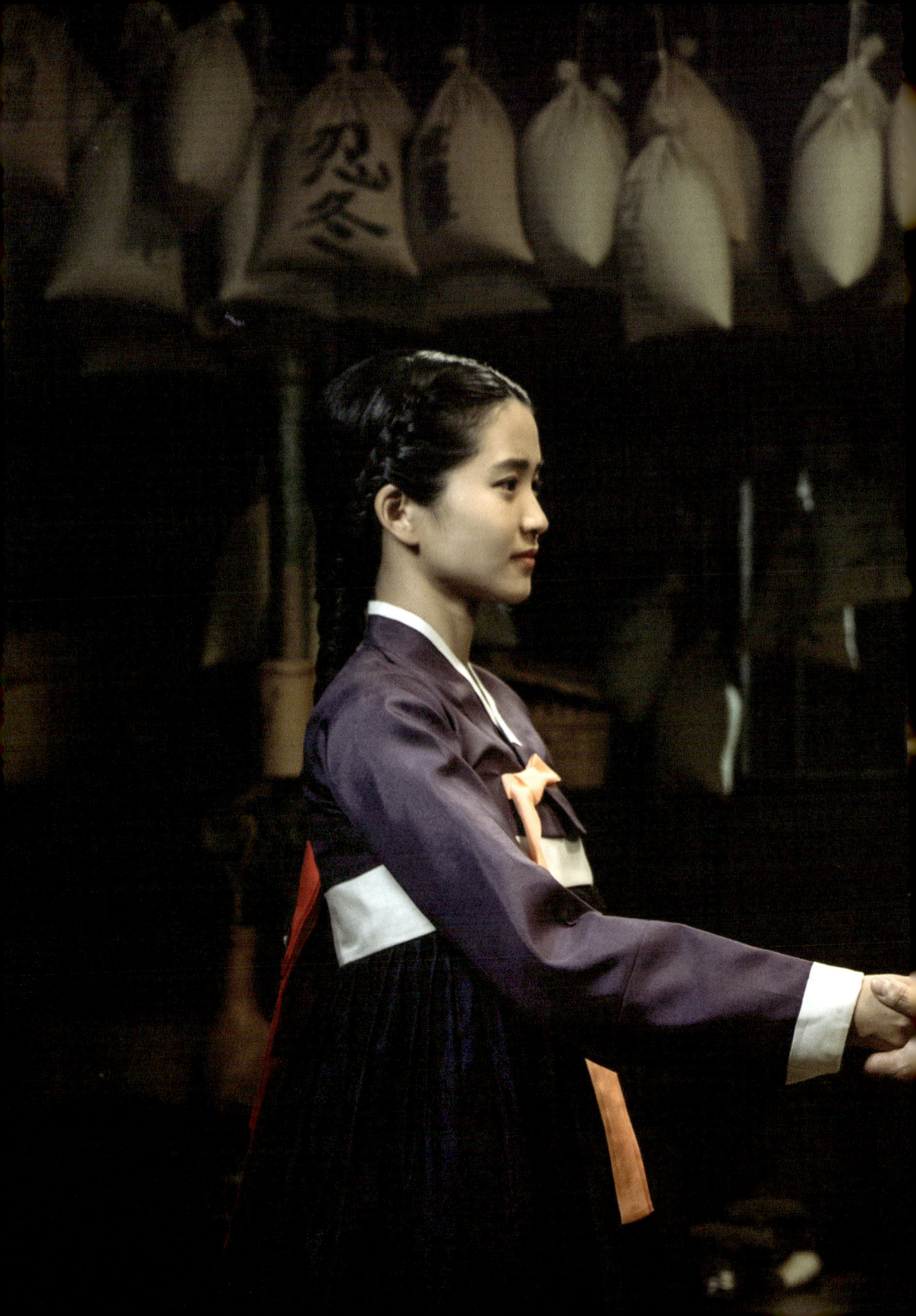

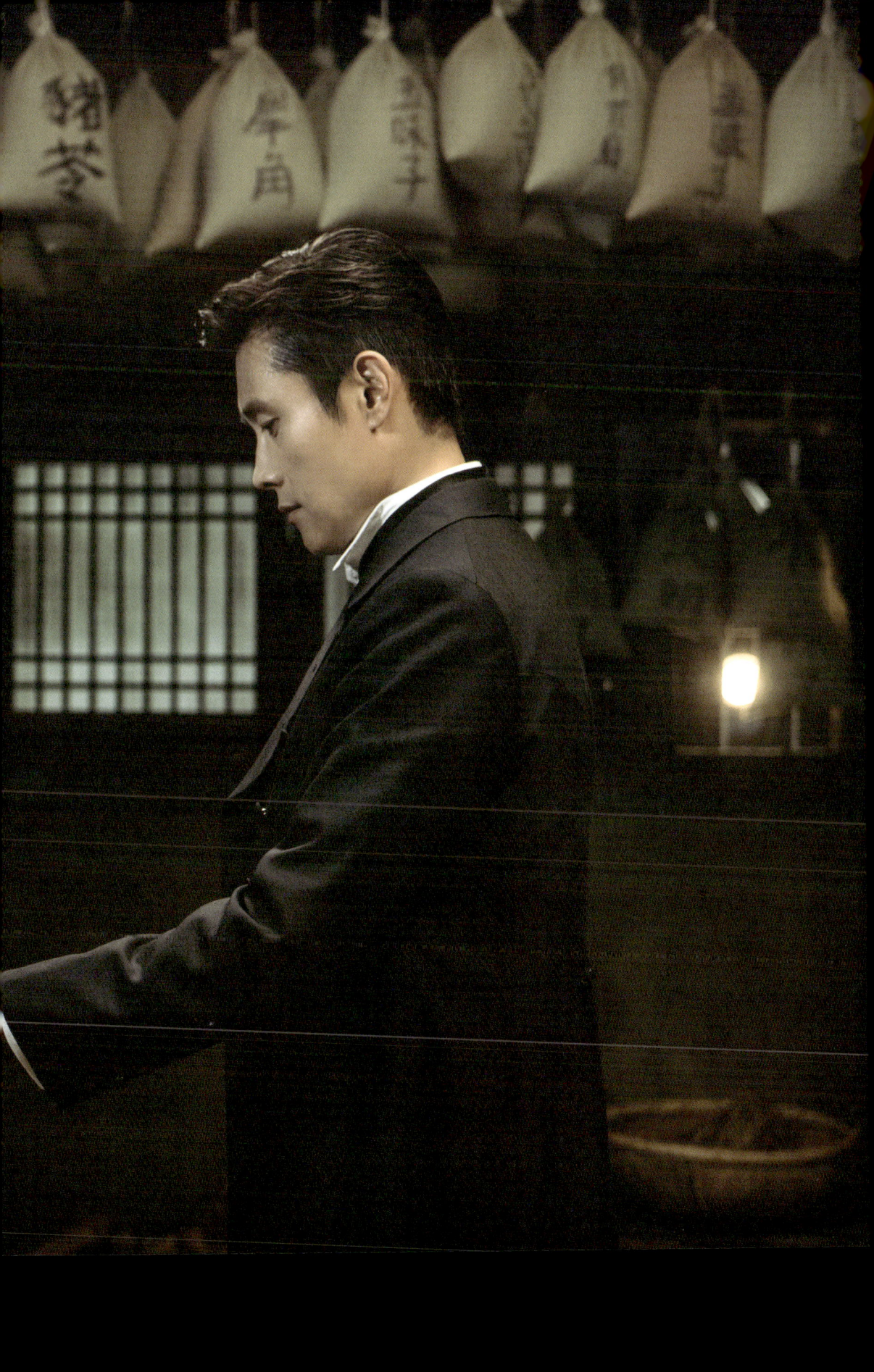

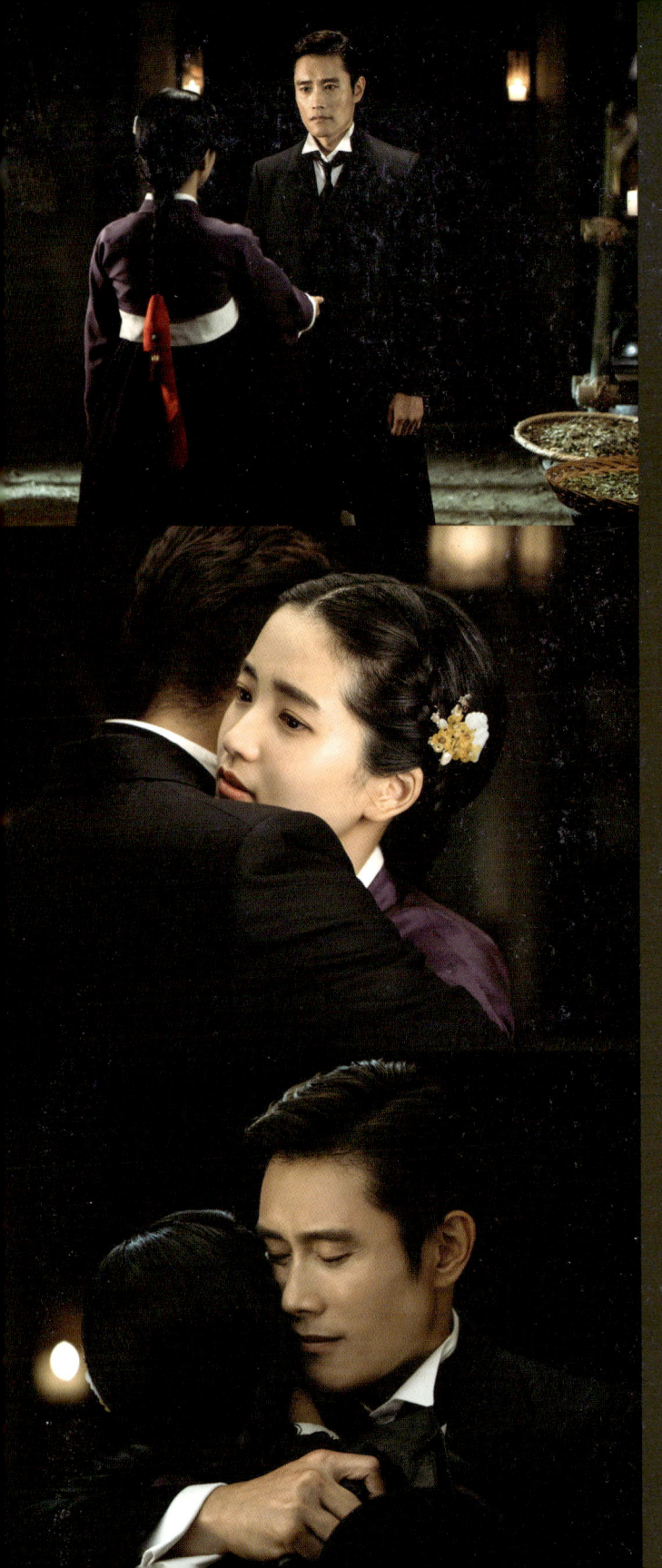

무슨 소식을 기다리는 거요.
날 쏘려던 여인이니 고약한 소식을
기다렸을 것도 같고. 얼마나 밉던지.

지금… 내 걱정을 하는 거요?
난 익숙해서. 조선에서도, 미국에서도,
늘 그랬소.
늘… 당신들은 날 어느 쪽도
아니라고 하니까.

이쪽이오. 내 쪽으로 걸으시오.
날 쏘려던 여인의 손을
잡으란 말이오?
그걸 알면서도 내 총구 속으로
들어온 사내의 손을 내가 잡는 거요.

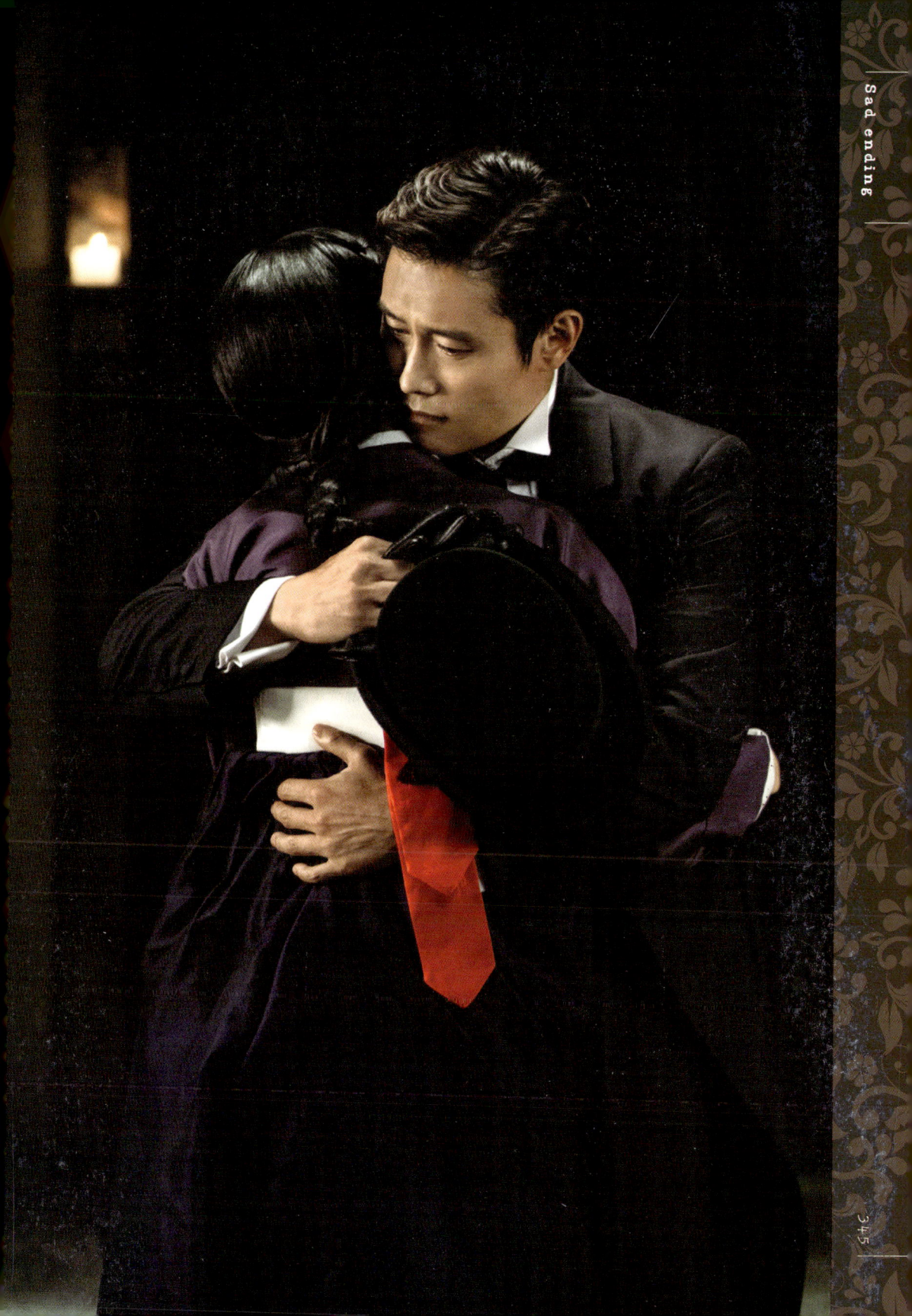

불꽃 속으로 한 걸음 더

참 못됐습니다.
저는 저 여인의 뜨거움과 잔인함 사이
어디쯤 있는 걸까요.
다 왔다고 생각했는데
더 가야 할지도 모르겠습니다.
불꽃 속으로.
한 걸음 더.

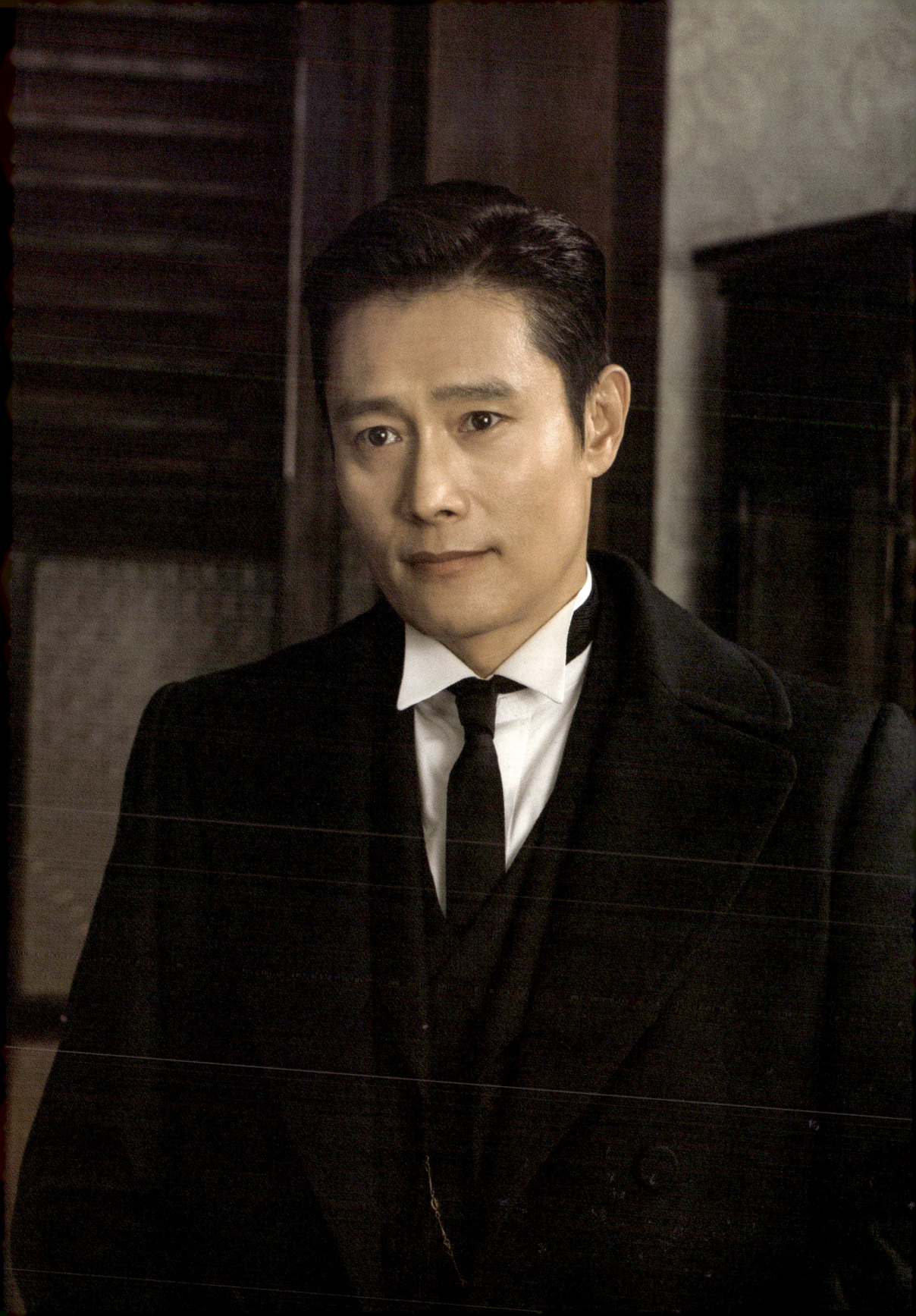

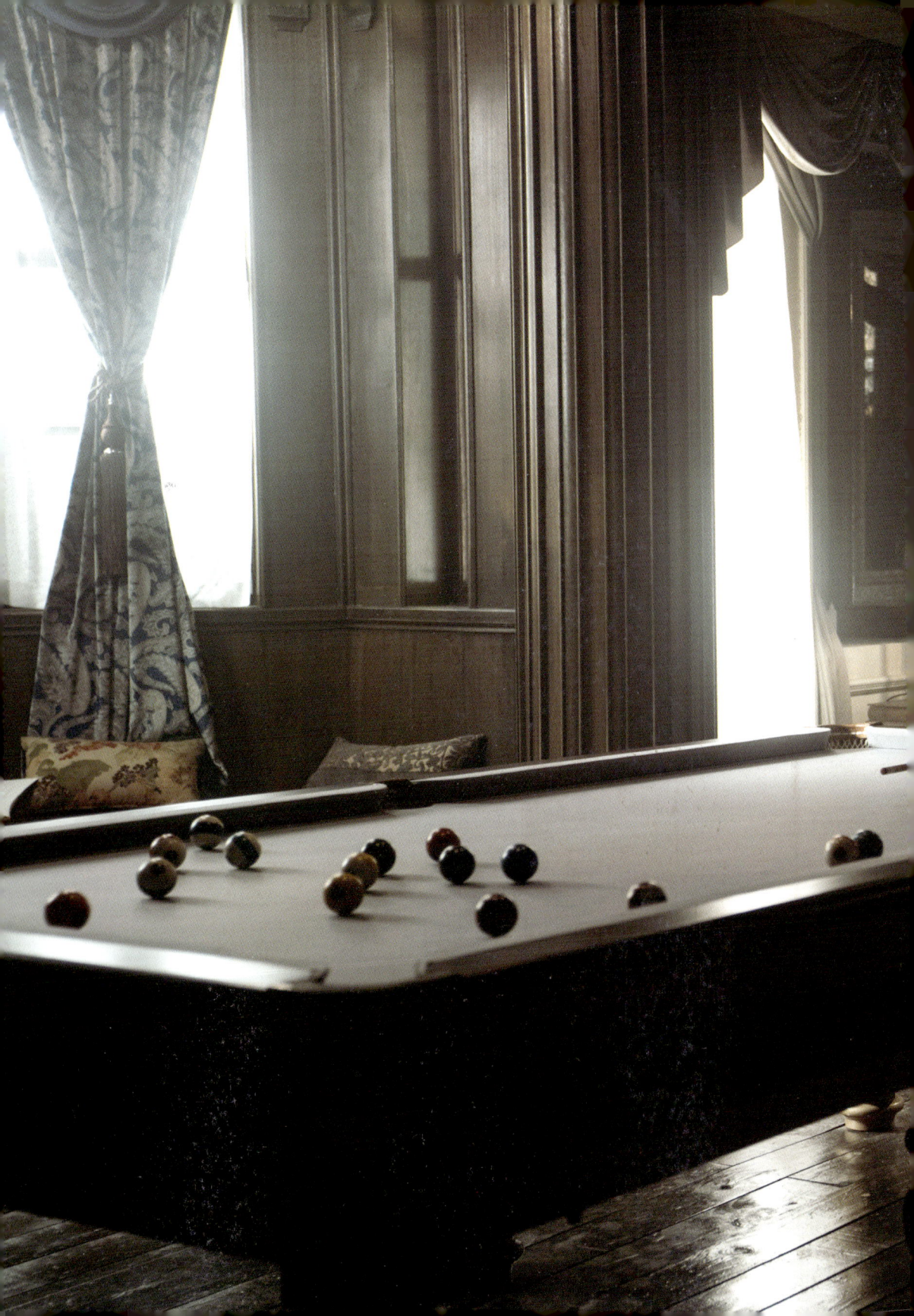

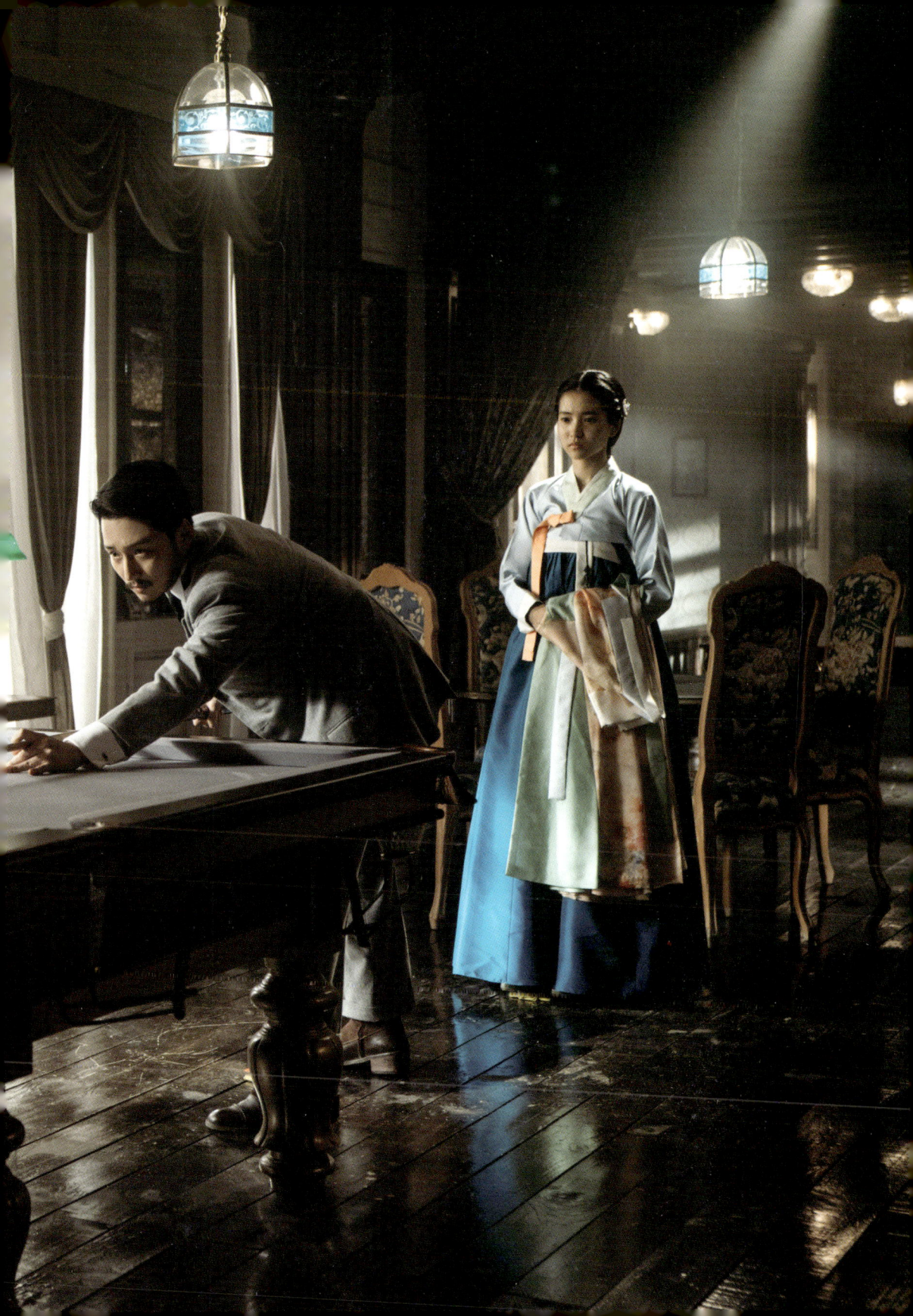

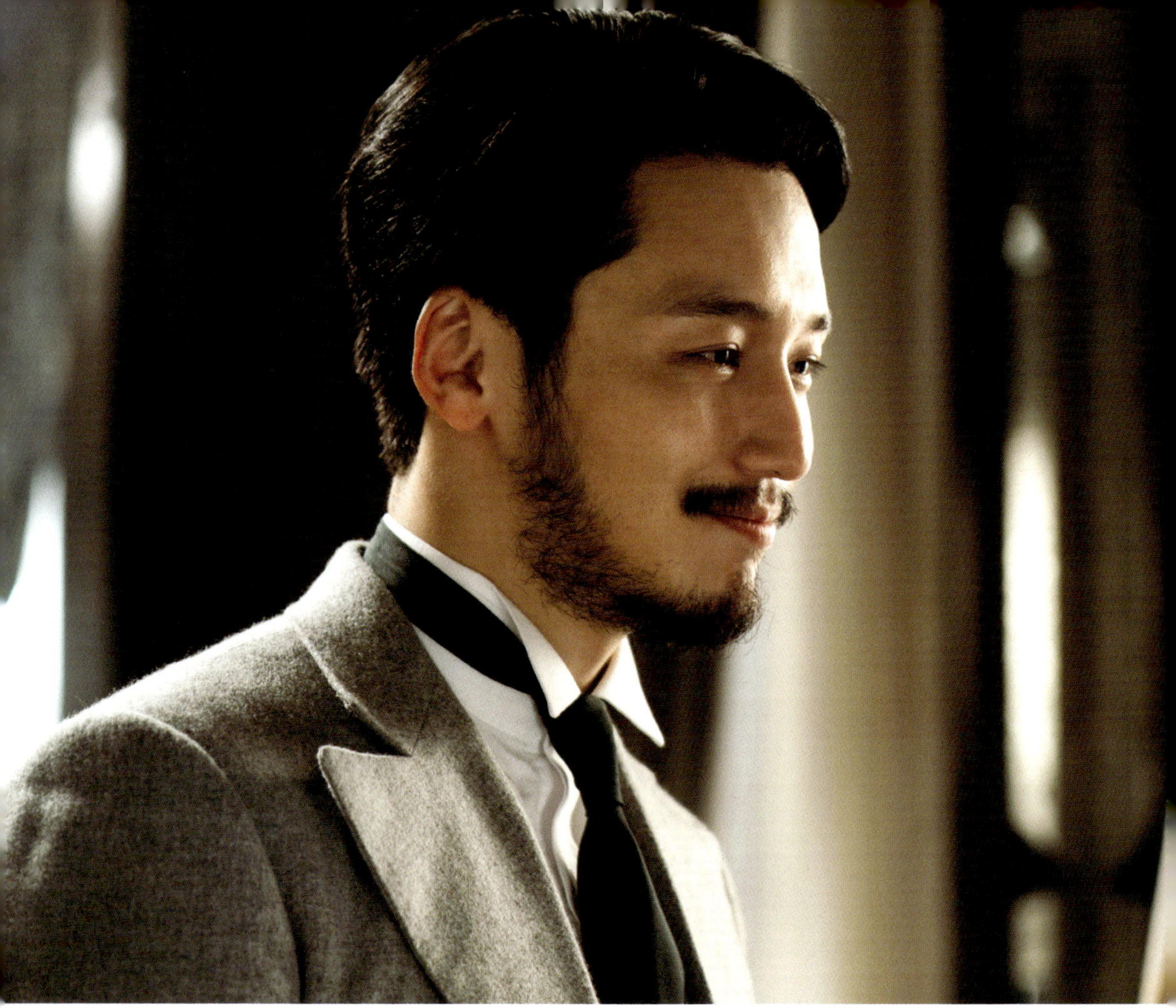

부디, 잘 버텨주시오

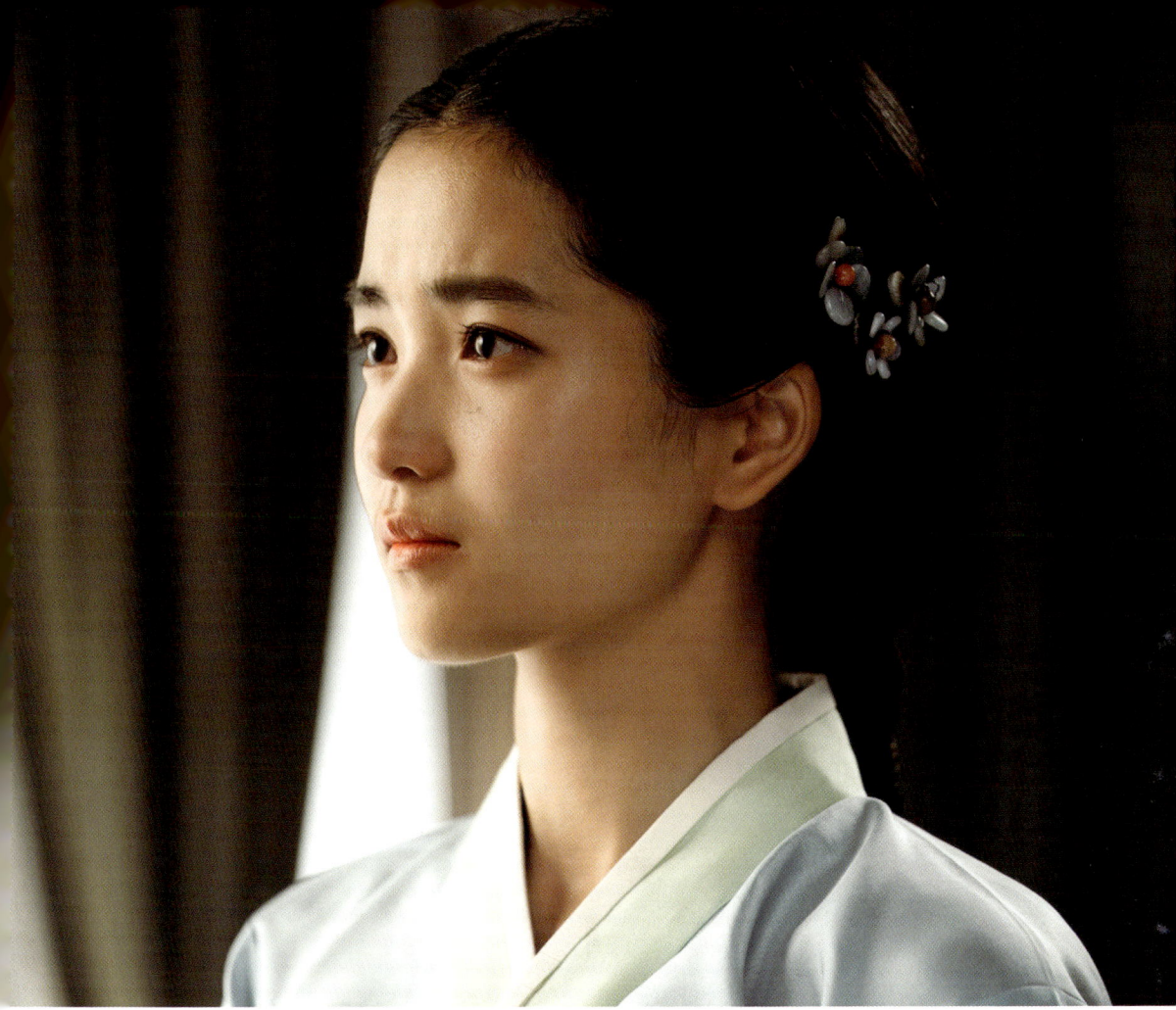

내가 이겼소.
내기를 했으니, 소원을 들어주시오.
소원이 무엇이오.

우리 이제 그만, 분분처 헤어집시다
이제 그댄 나의, 나는 그대의 정혼자가 아니오.
이것이 내 소원이오.
저 문을 나서면 온갖 수군거림이 그대에게 쏟아질 거요.
부디, 잘 버텨주시오.

귀하 역시. 내내 고마웠소. 오늘까지도. 진심이오.
믿소. 그대가 한때 내 진심이었으니까.

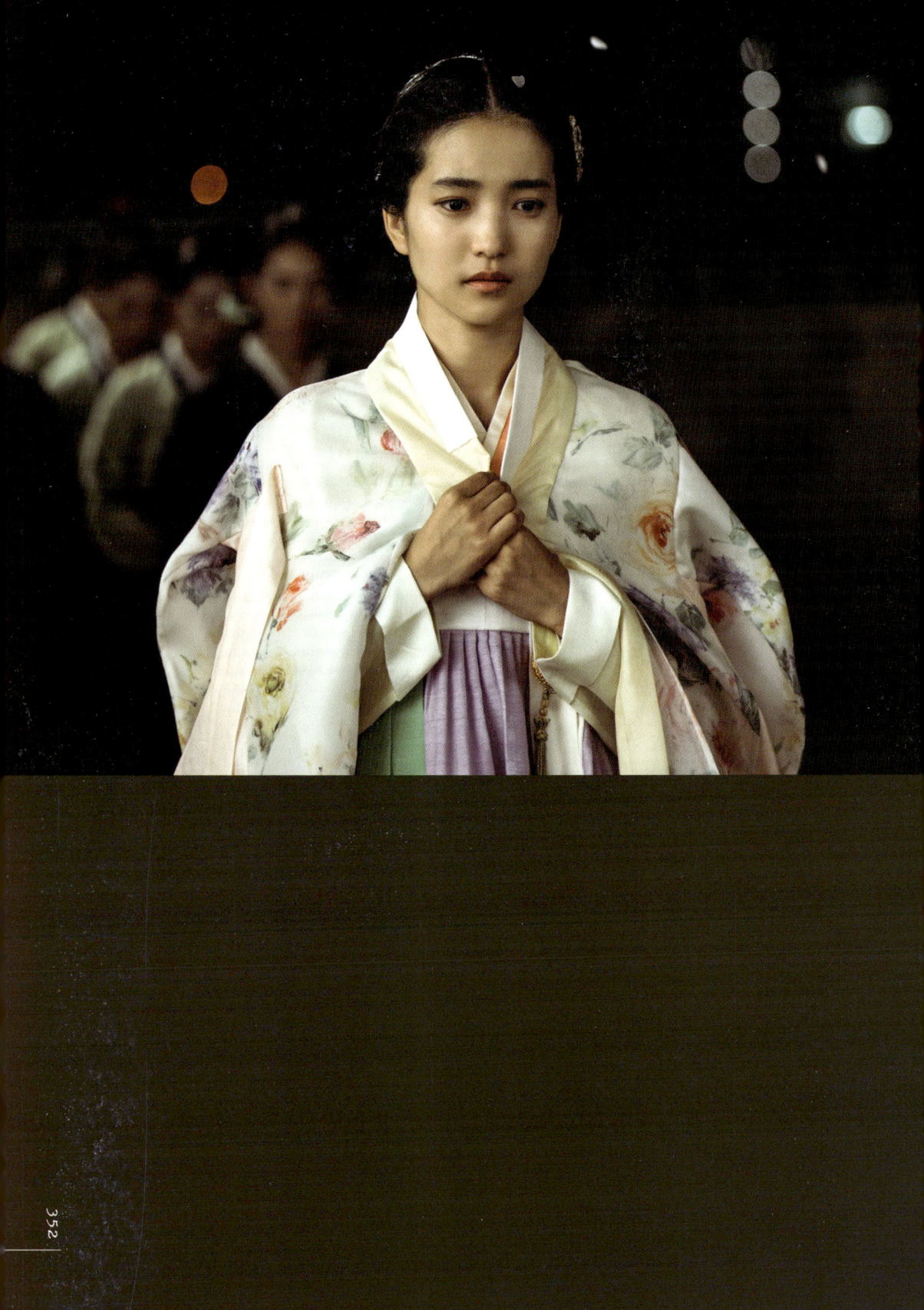

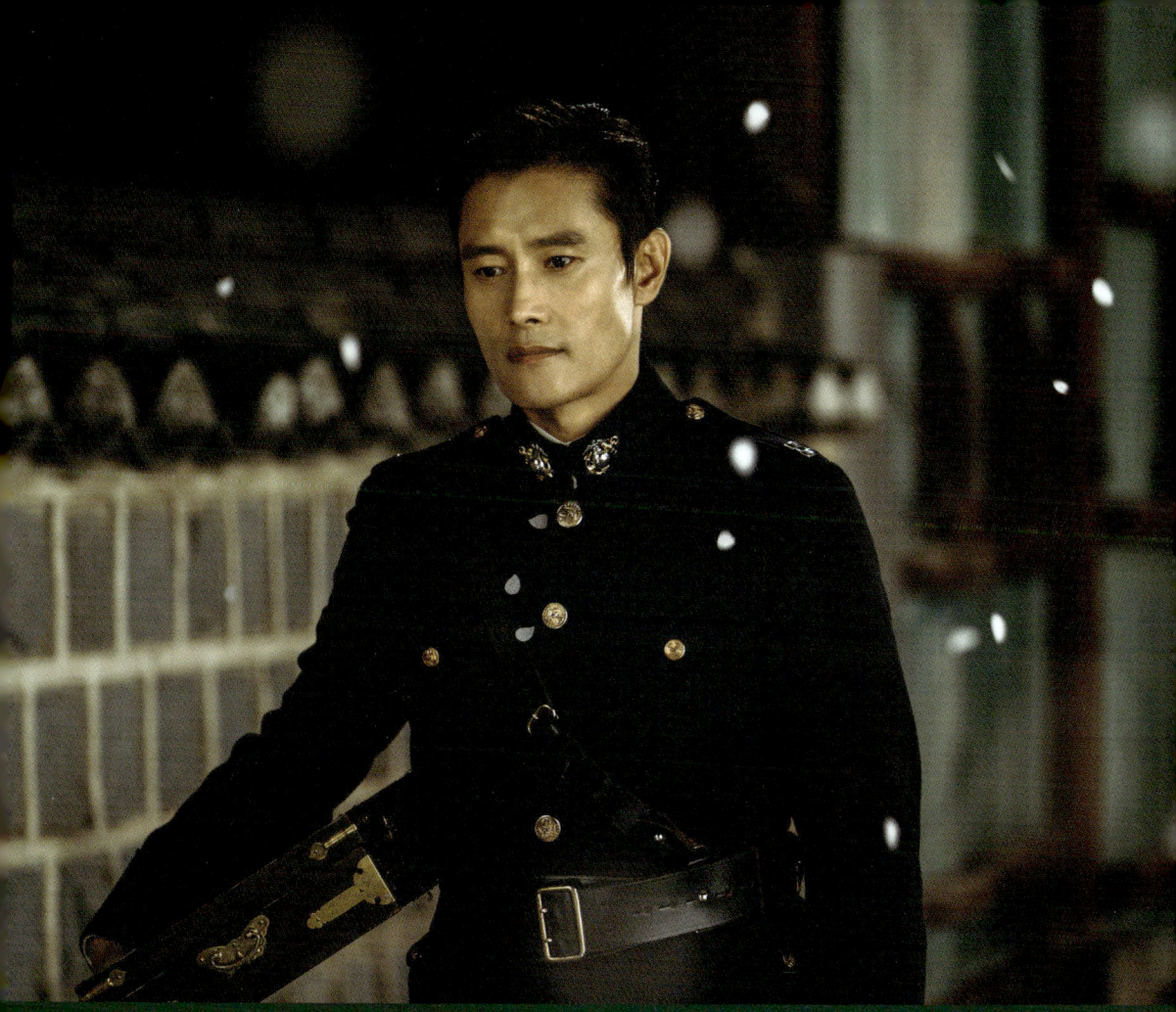

내내 볼 수 있다면…

난 미 해병대 대위 유진 초이요.
황제폐하의 명으로 금일부로 대한제국 무관학교의 교관을 맡기로 했소.

열심히 가르쳐보려 하오. 누군가의 농지를 기워내는 일이 될 수 있어서,
부디 내 진심이 가닿길 바라오.

궁에서 이리 우연히 만나니 매우 아름다워 깜짝 놀랐소.
이건 오얏꽃이구려. 대한제국 황실의 문장 아니오.
사계절 내내 볼 수 있음 참 좋겠다, 실없는 생각도 했소.

이리 보아, 많이 반가웠소.

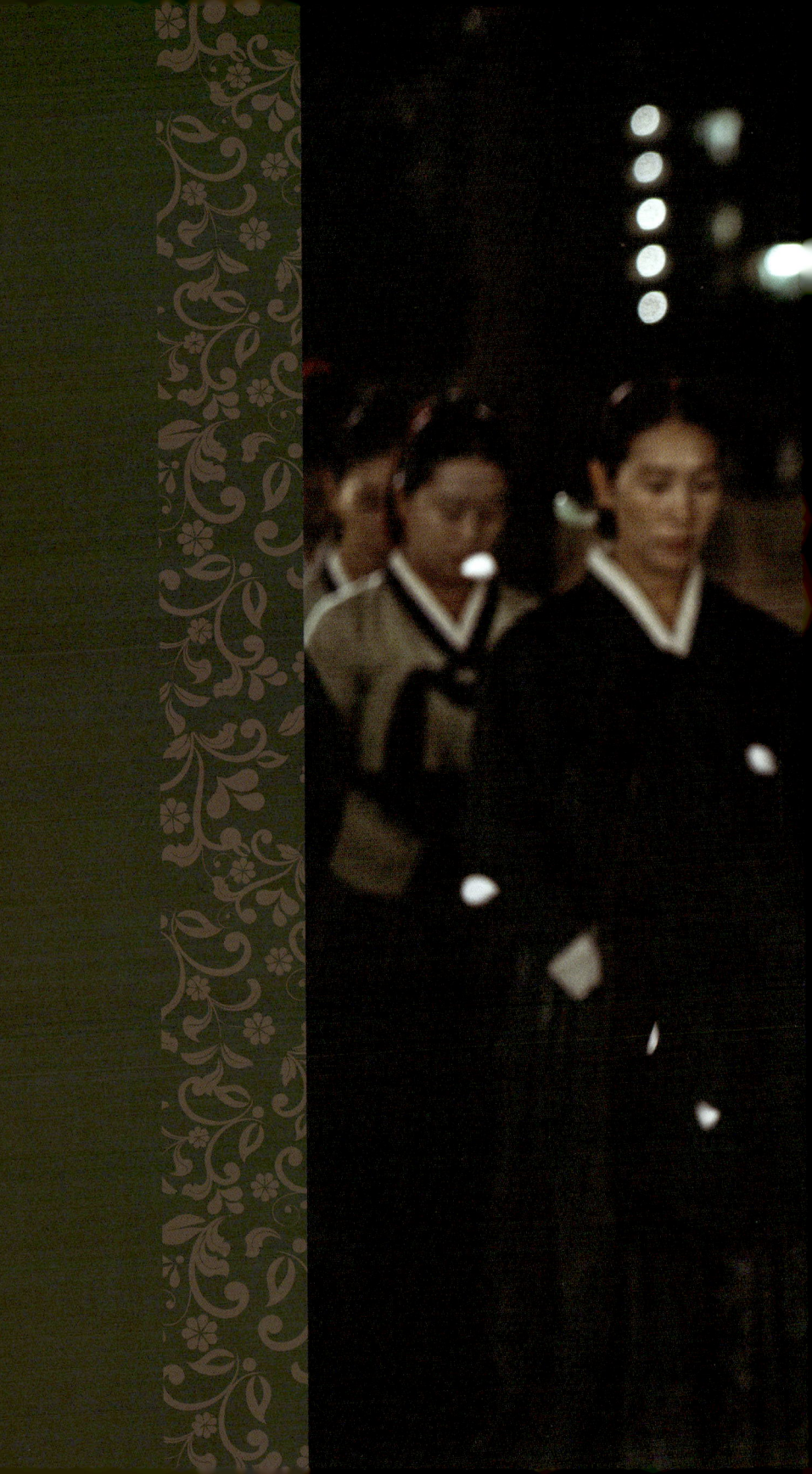

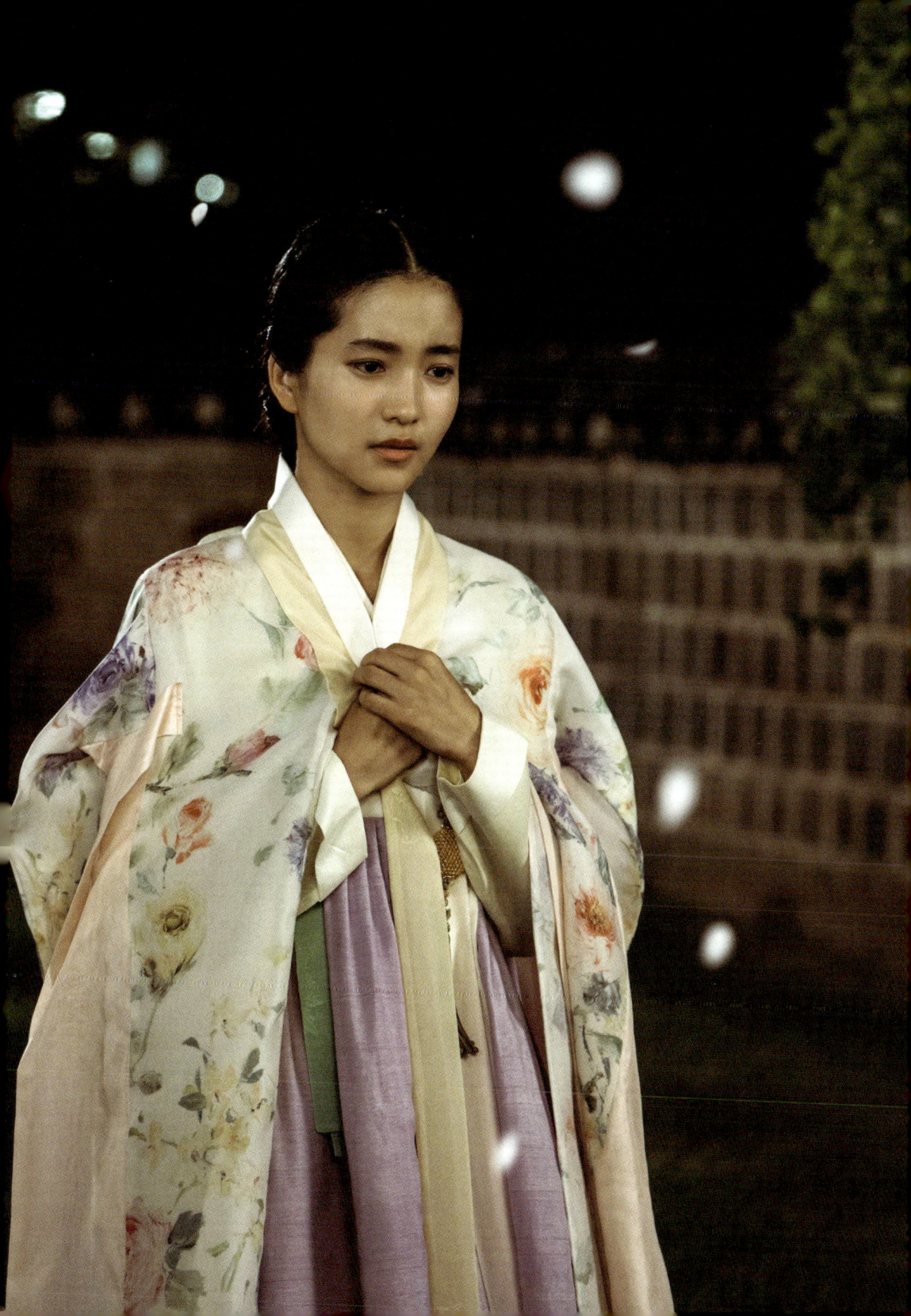

그저 사는 동안 마음에만

제가 살 길은 제 의지대로 결정하고 싶습니다.
그와는 상관없습니다. 제가 그리 결심한 것입니다.
방패가 없어도 될 만큼 저를 단련했습니다.
그 사람 역시도 제 방패로 삼지 않을 겁니다.
그저 사는 동안 제 마음에만 담고….

같이 살자는 것입니다.
살려는 것입니다.
그의 출신은 그의 잘못은 아닙니다.
제게 오는 한 걸음 한 걸음이 멀었을 겁니다.
저 역시 그에게 달려가보며 알았습니다.
그러니 더는….

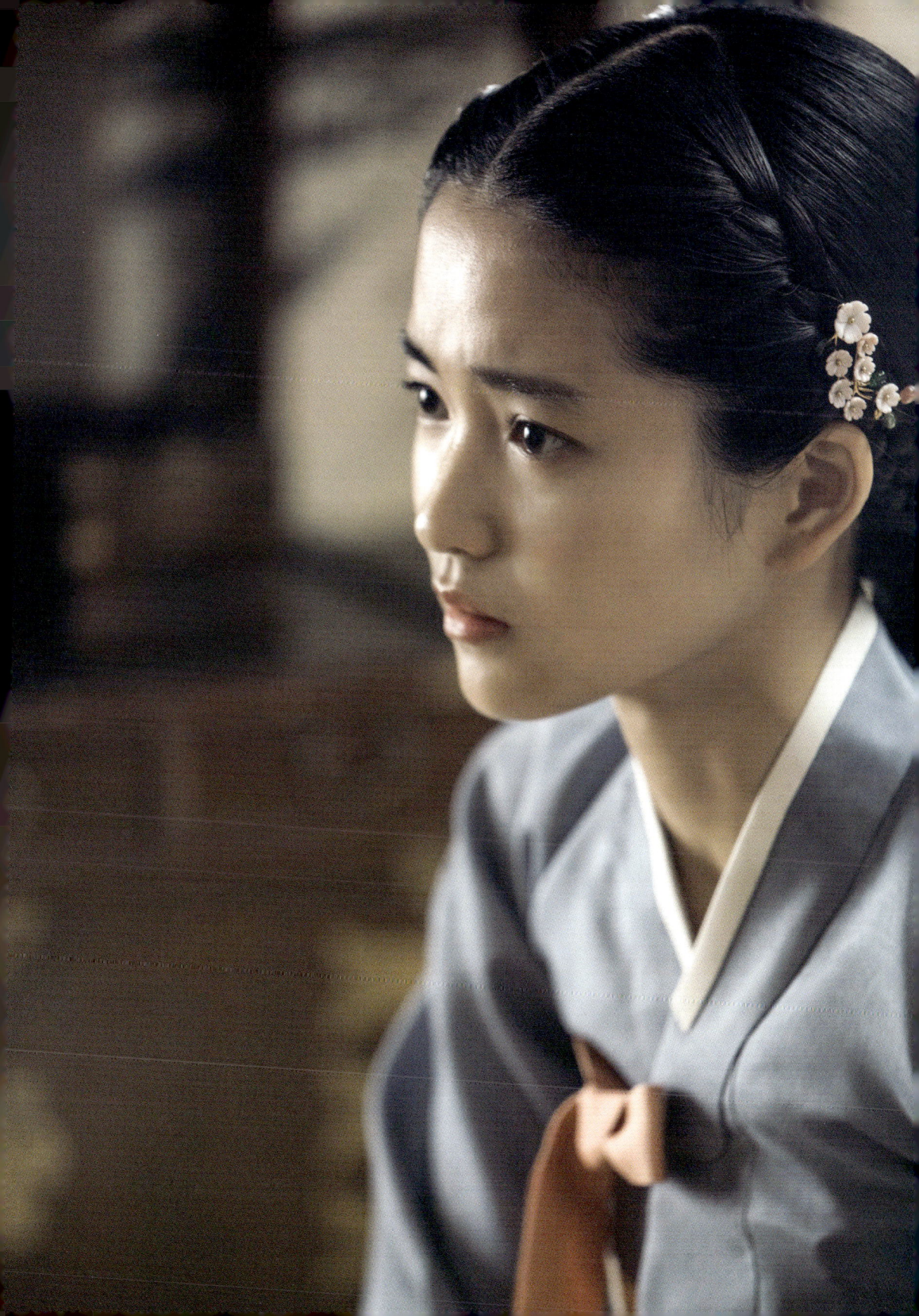

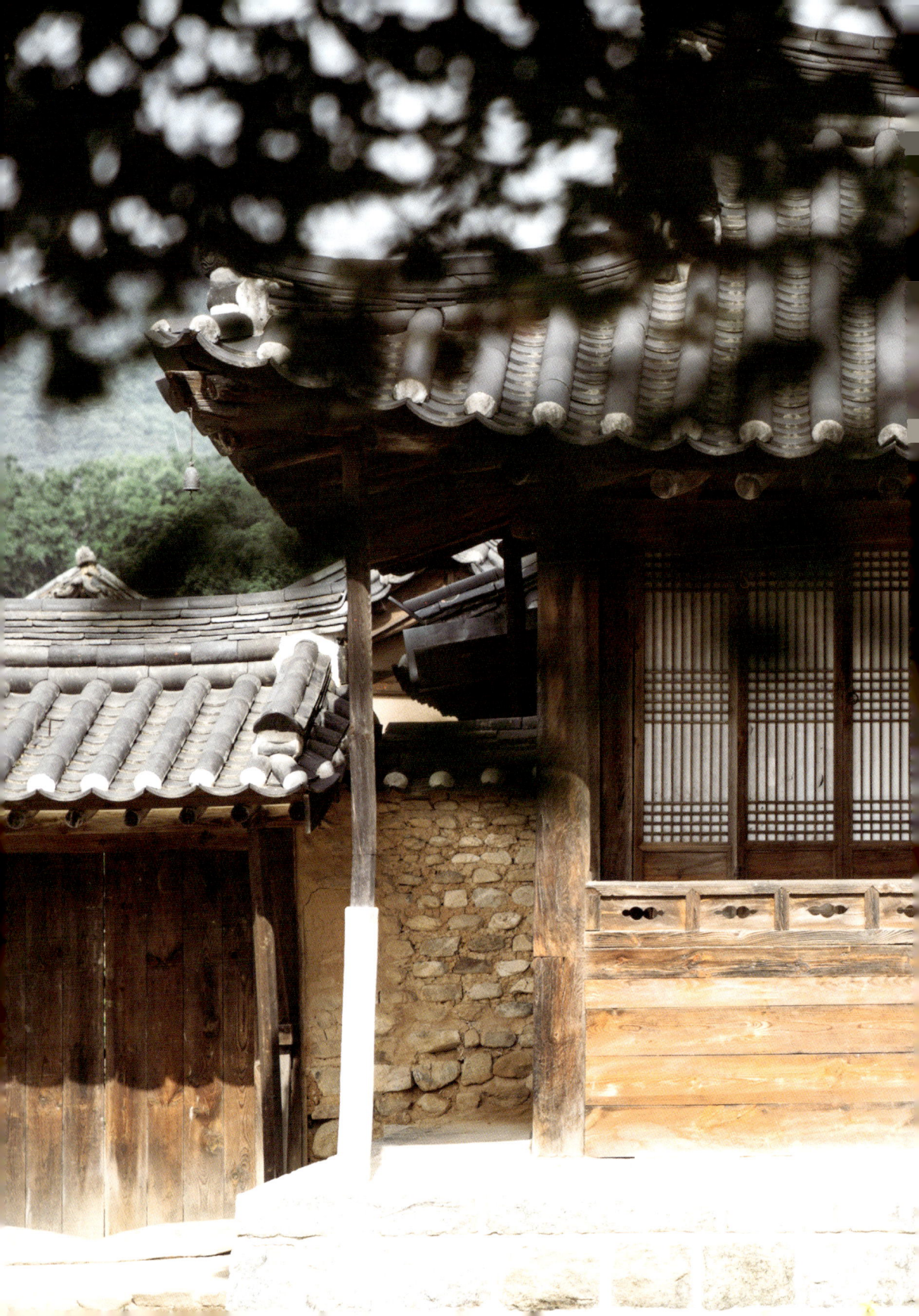

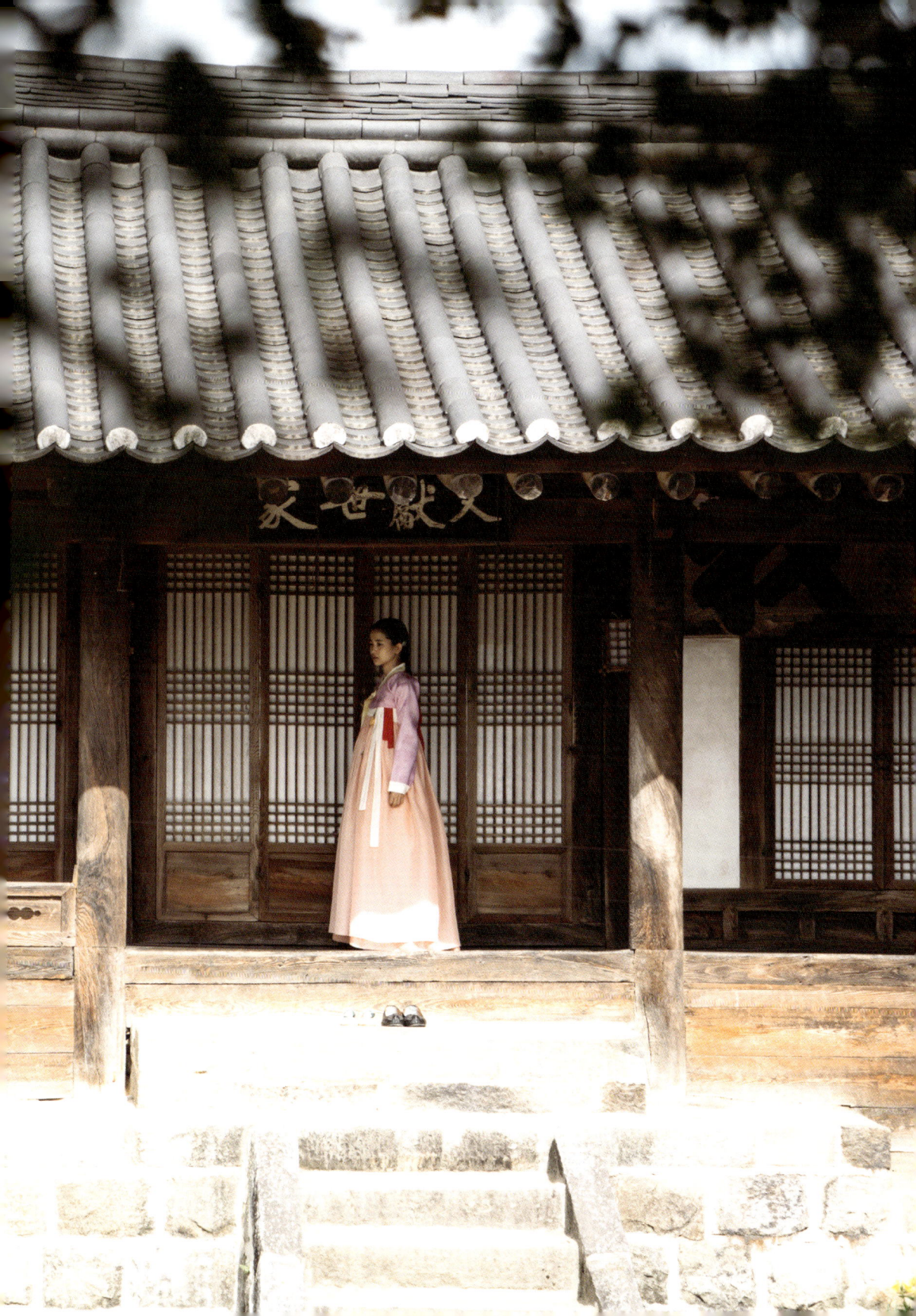

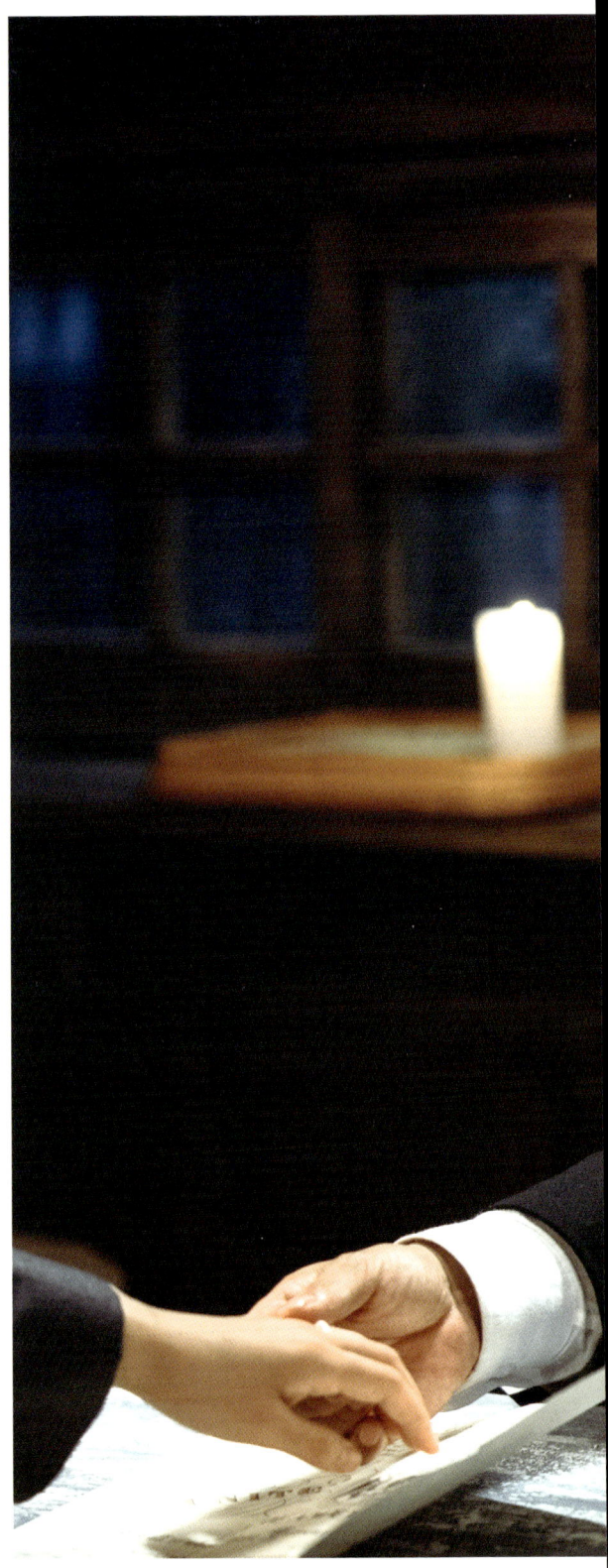

사랑하오, 사랑하고 있었소

작별인사 하러 온 거요?

함께 가겠소.
데려가시오 나를. 미국으로.
부탁이오.

내가 거절하면 어쩌려고.
거절할 이에게 오지 않았소.
한 남자를 이용하겠단 여인이,
최소한의 노력도 않네. 화나게.
이건 부탁이 아니라 고백을 해야 하는 거요.
사랑한다고. 사랑하고 있다고.
그러니 함께 가자고.
그러면 난 또 그 거짓말에 눈멀어,
내 전부를 거는 거고.
최종 목적지가 어디요.
날 이용해서 어디까지 가는 거냐고.
일본.

참 밉네. 이 여자.

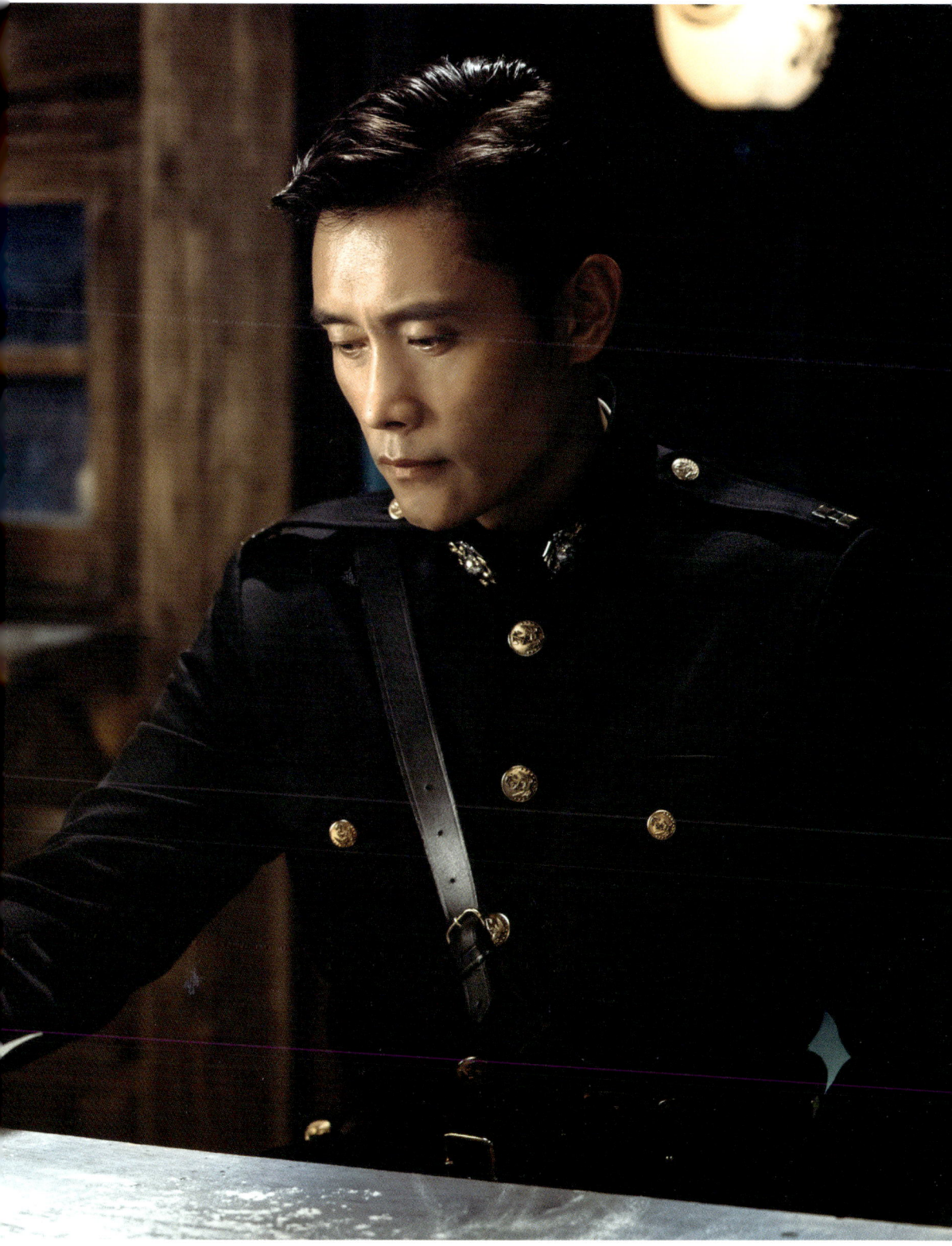

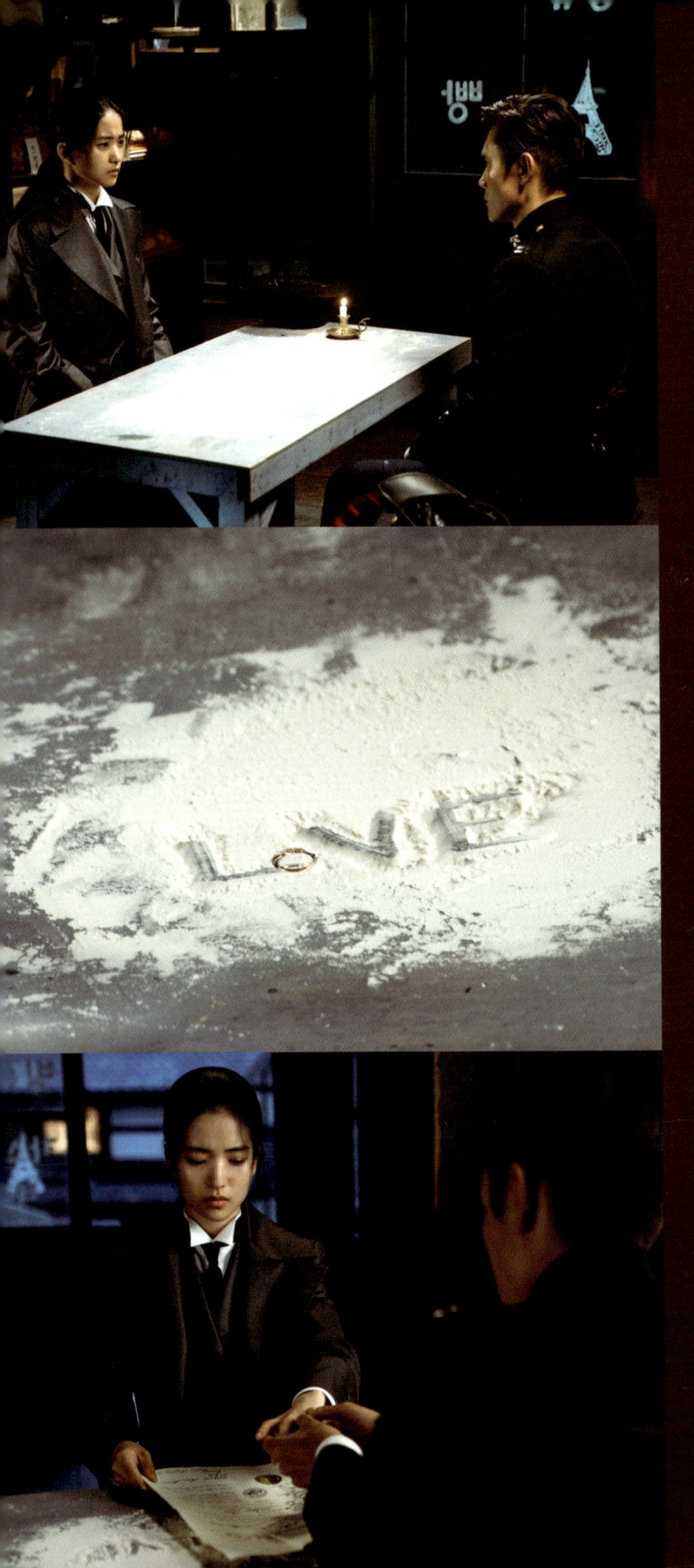

이 반지의 의미는, 이 여인은…
사랑하는 나의 아내란 표식이오.
서양에선 보통 남자가
한쪽 무릎을 꿇고 반지를 내밀며
정중히 청혼을 하오.
나와… 결혼해달라고.
당신이 나를 꺾고… 나를 건너…
제 나라 조선을 구하려 한다면,
나는 천 번이고 만 번이고
당신 손에 꺾이겠구나…
알 수 있었다고.
이리 독한 여인일 줄
처음 본 순간부터 알았고,
알면서도 좋았다고.

무릎은 꿇은 걸로 합시다.
미안해하진 말고.
이건 내 선택이니.

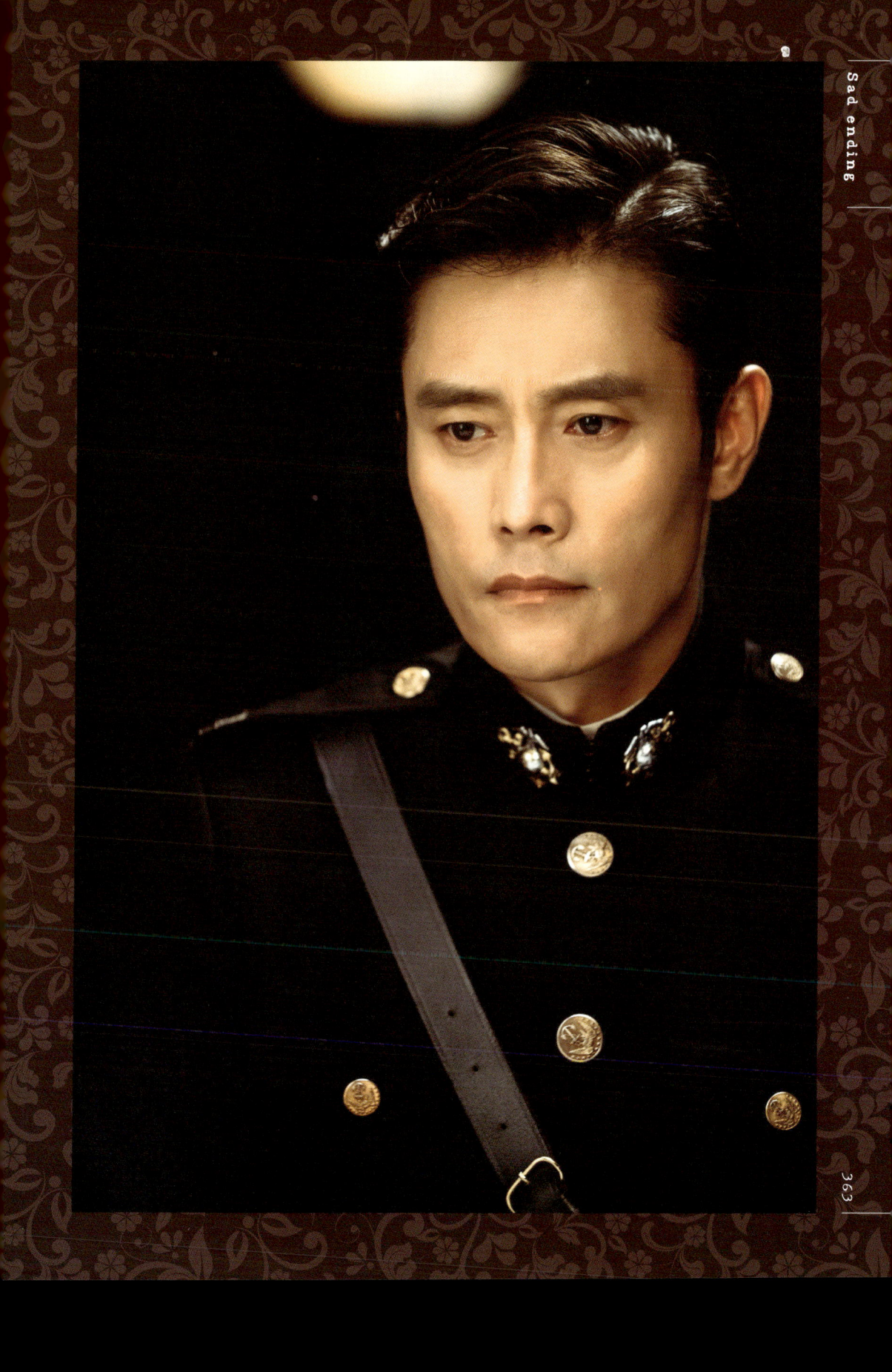

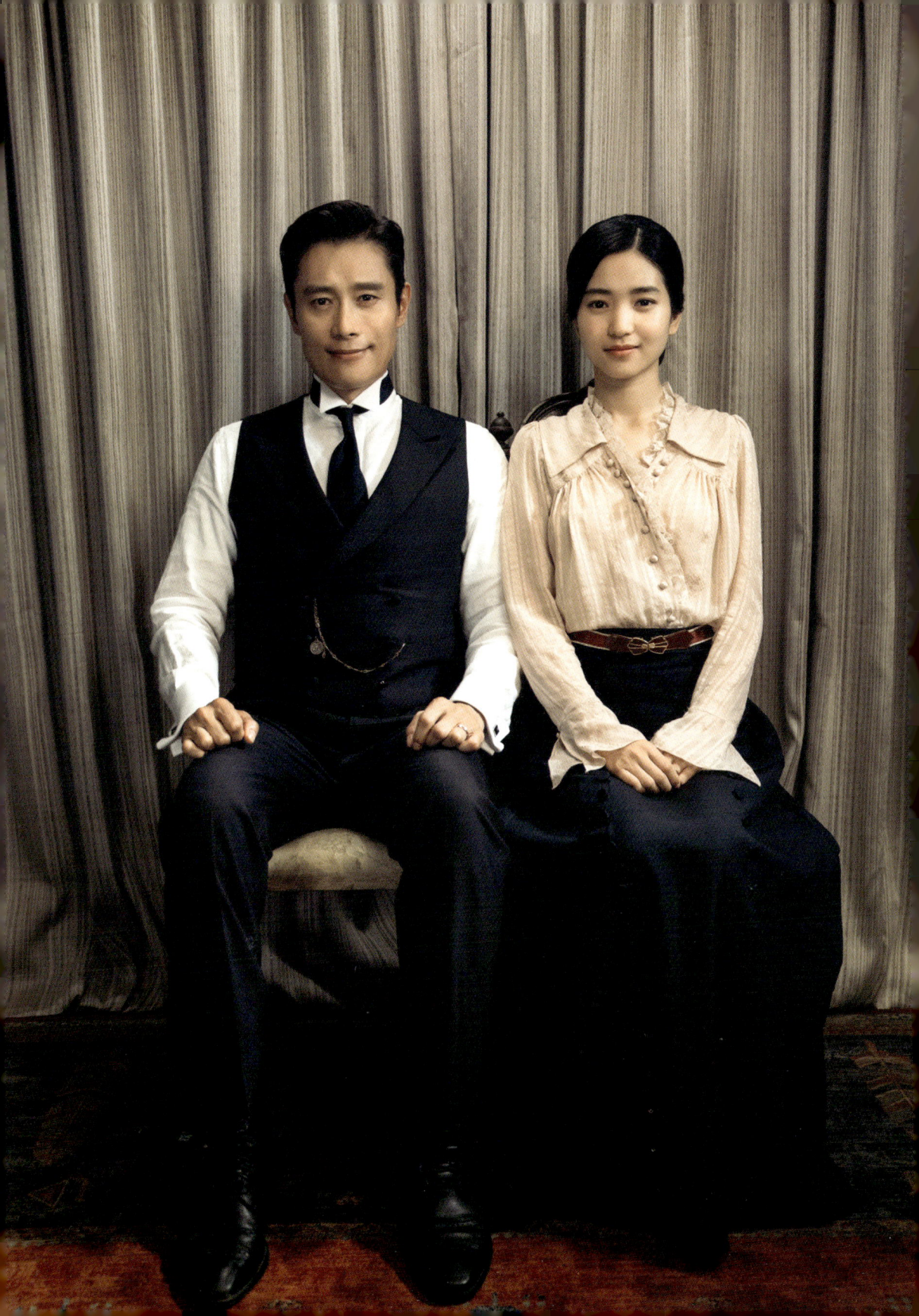

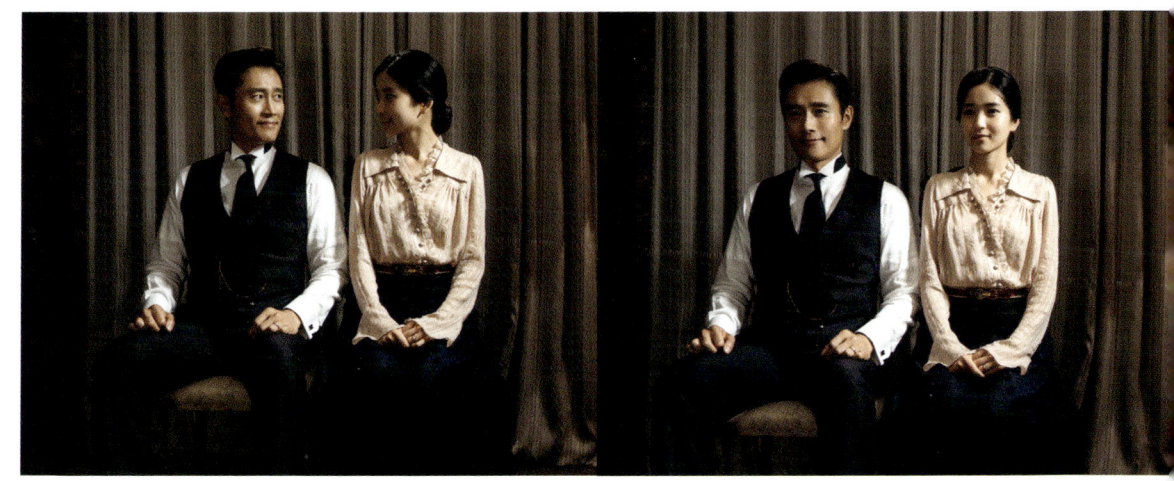

이 지환이 어떻게
어떤 이의 아내란 표식이 되는 걸까…
생각해보았소.
남편 되는 이도
똑같은 반지를 끼고 있겠구나…

… 사랑하오. … 사랑하고 있었소.

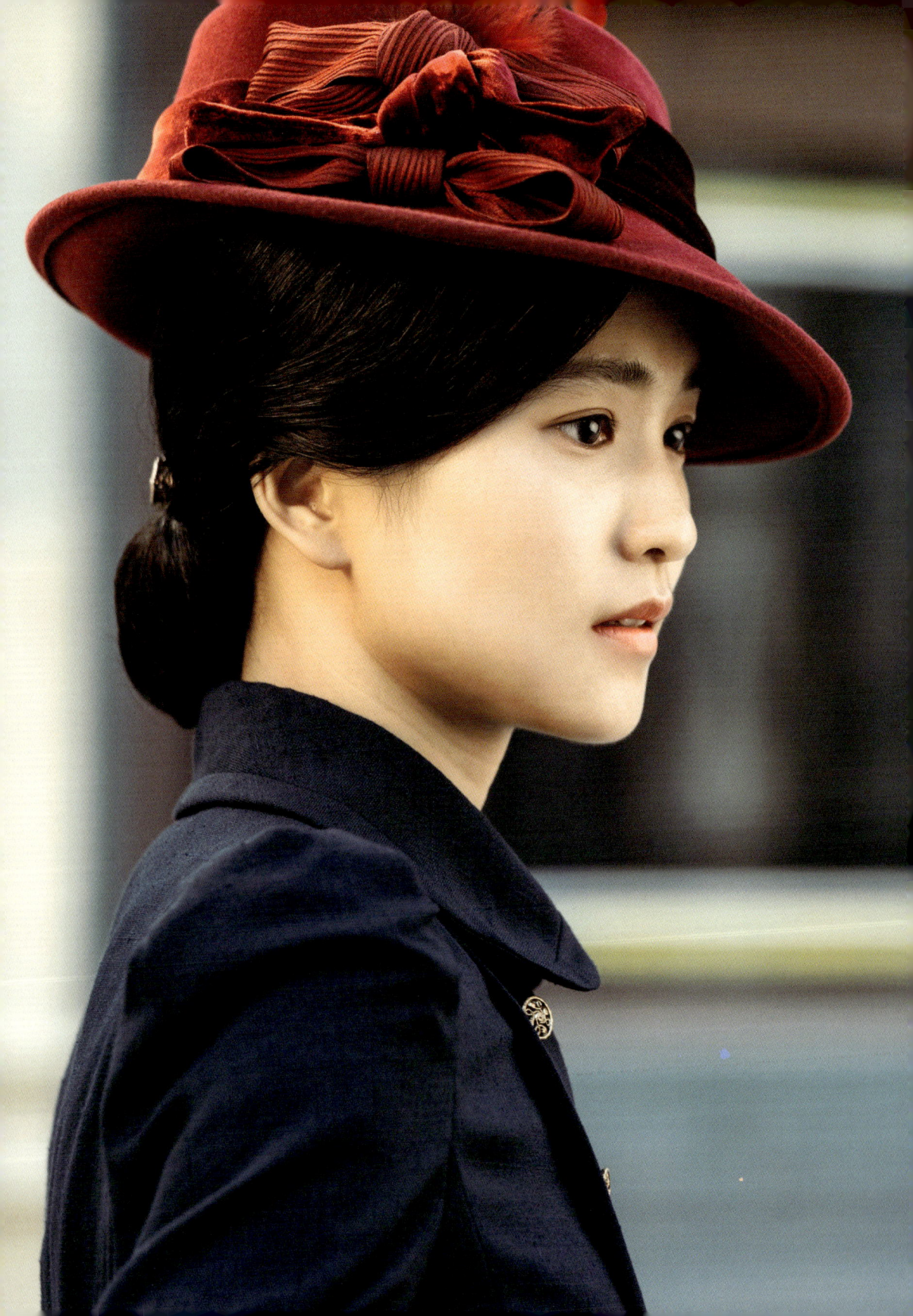

부
디
잘
가
시
오

여기까지 정말 고마웠소.
난 이쪽인 듯하오. 그만 가보겠소.
정말 나랑 같이 미국에 갈 생각이 없는 거요?
그렇게 나만, 나 혼자서만 살아남았으면 좋겠소?
난 그랬으면 좋겠소. 다른 사람들이 다 무슨 상관이야.
어차피 조선은 일본을 이길 수가 없소.
대체 왜 질 싸움에 목숨을 걸어!
갑시다. 나랑 같이. 미국으로.
나 진짜 이렇게 못 보내겠는데.
여기선 방법이 많을 거요. 내가… 내가 꼭 찾겠소.

내가 그 생각을 안 해봤을 것 같소?
가보지도 못한 미국의 거리를 매일 걸었소.
귀하와 함께. 나란히.
그곳에서 공부도 했고 얼룩말도 봤소.
귀하와 함께 잠들었고, 자주 웃었소.
그렇게 백 번도 더 떠나봤는데, 그 백 번을 난 다 다시 돌아왔소.
우리 인연은, 여기까지요. 나는 떠나는 중이지만…
귀하는 돌아가는 중이니까.
조국, 미국으로. 부디, 잘 가시오.

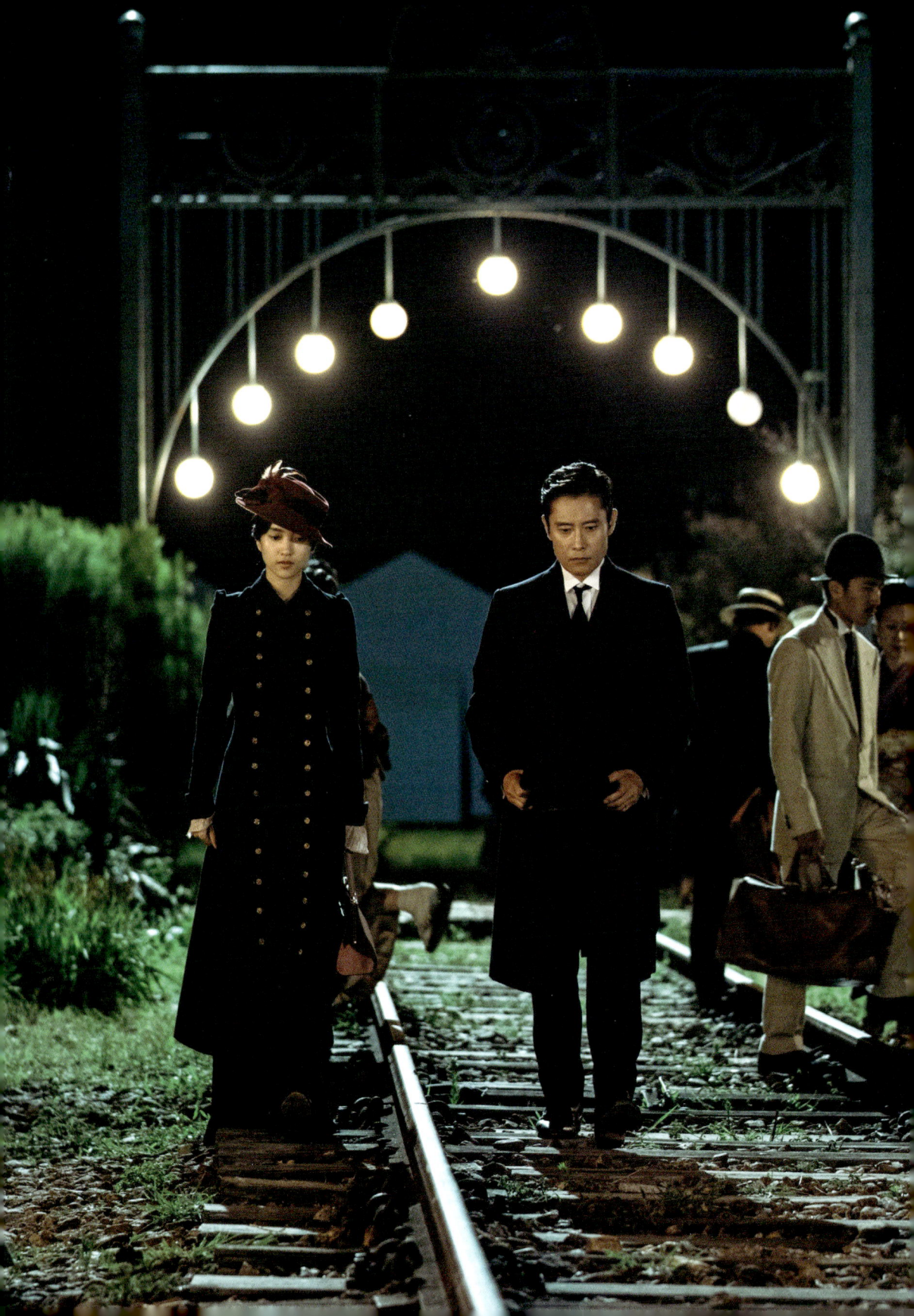

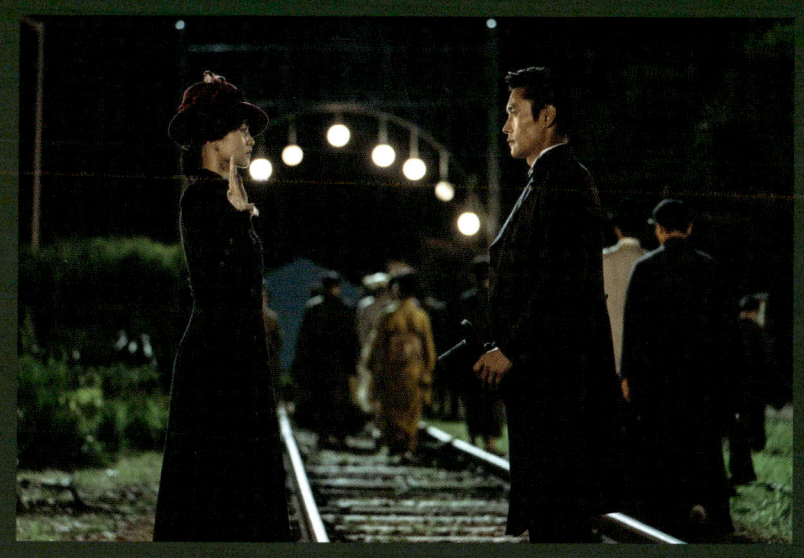

저 배가 뉴욕으로 가는 배요. 못 본 척하기엔 눈치 없이 참 크지 않소?
두 뼘 반의 먼 거리여도 한 번쯤 와보지 않겠소?
수평선 너머로 이어진 바다를 건너서. 날 보러.

조선이 평온해지는 날, 꼭 가겠소.
내가 먼저 가는 게 낫겠소. … 안녕히… 가시오.

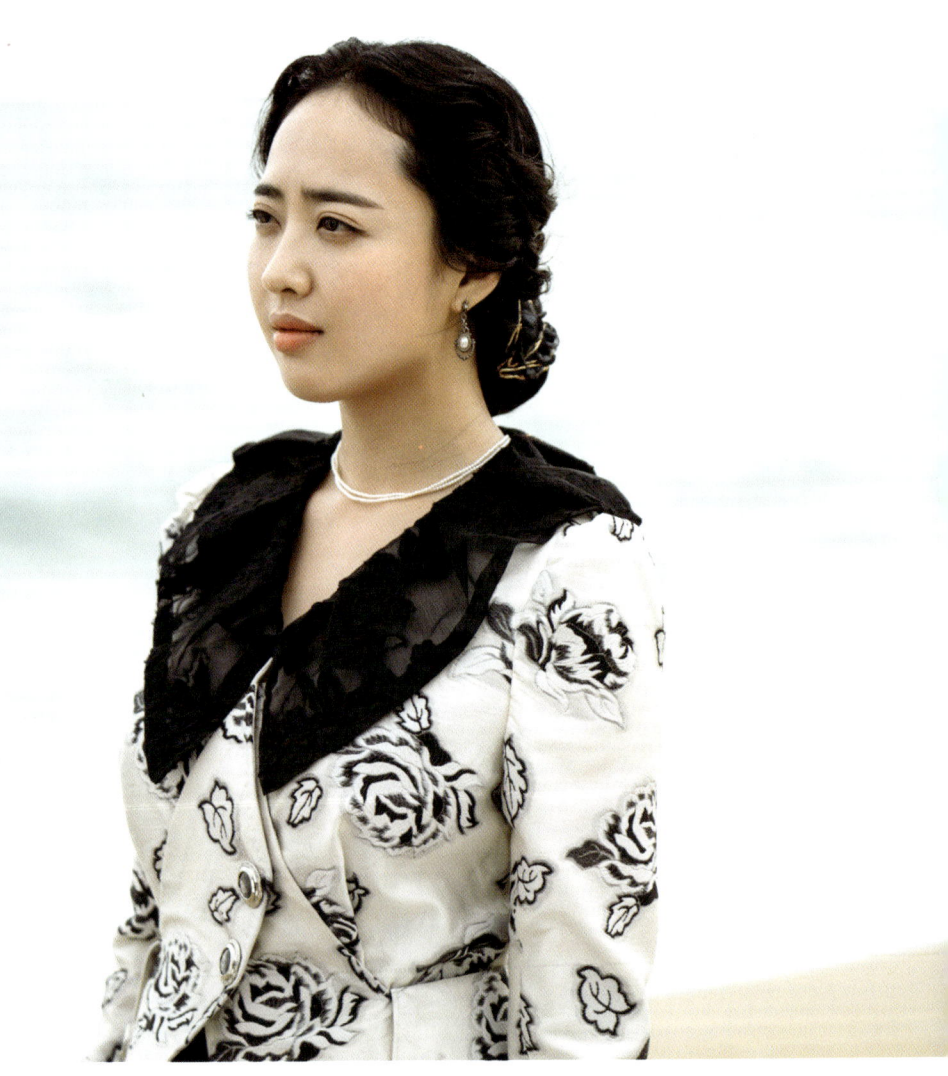

내일부터는 다른 꿈을 꿔

그래. 그렇게 실컷 울고 내일부터는 다른 꿈을 꿔.
이양화로도, 쿠도 히나로도 살지 말고,
가방엔 총 대신 분을 넣고,
방엔 펜싱 칼 대신 화사한 그림을 걸고, 착한 사내를 만나.
때마다 그대 닮은 예쁜 옷이나 지어 입으면서.
울지도 말고 물지도 말고.
그렇게 평범하게 사는 꿈을 꿔.

… 근데 너 왜 꼭 죽을 것처럼 얘기해?
난 착한 사내가 아니고 나쁜 사내니까.
나쁜 놈은 원래 빨리 죽어. 그래야 착한 사람들이 오래 살거든.

나보다 먼저 죽지 마.
내가 너보다 더 나쁠게.
나보다 먼저 죽지 마 너는.

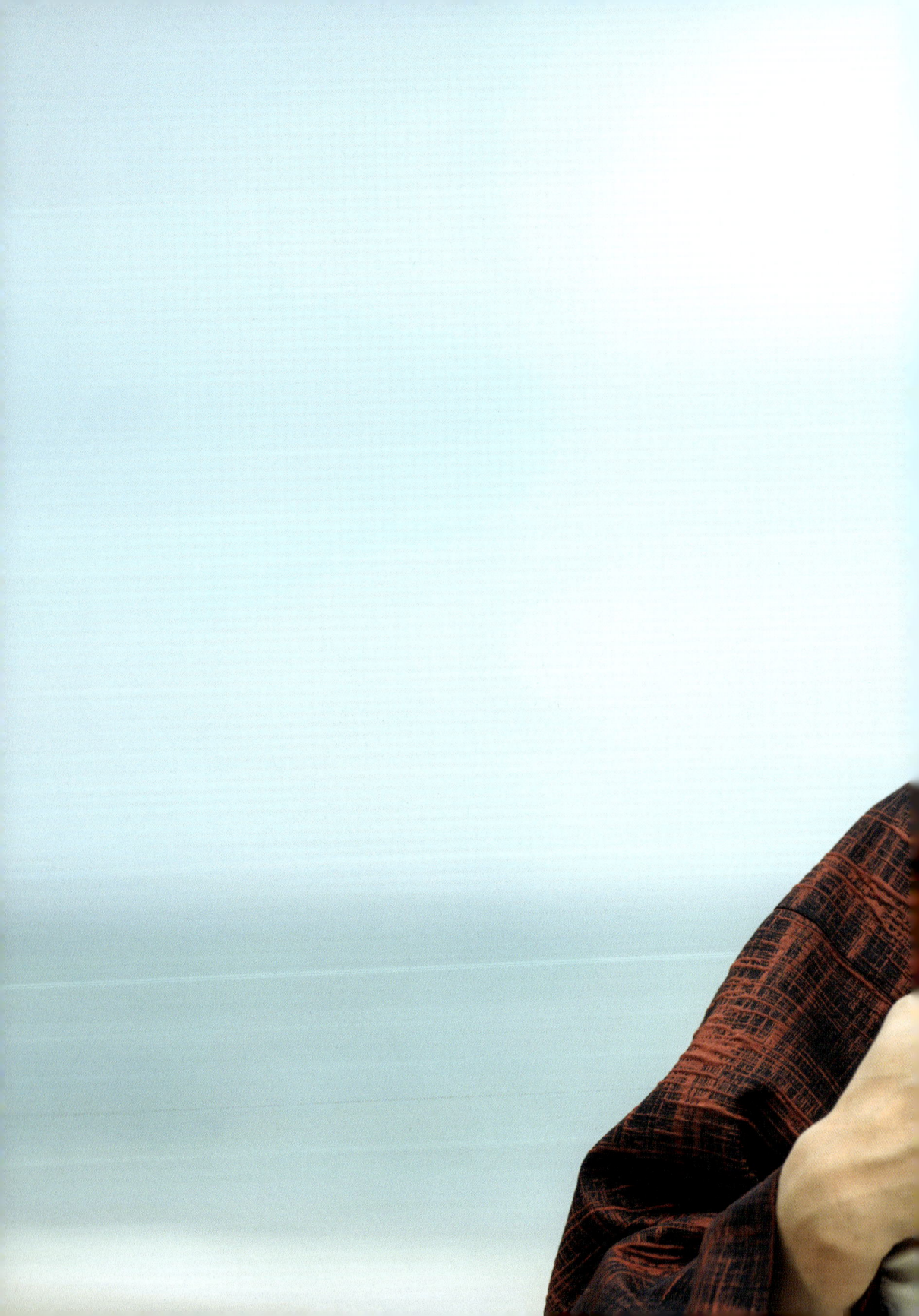

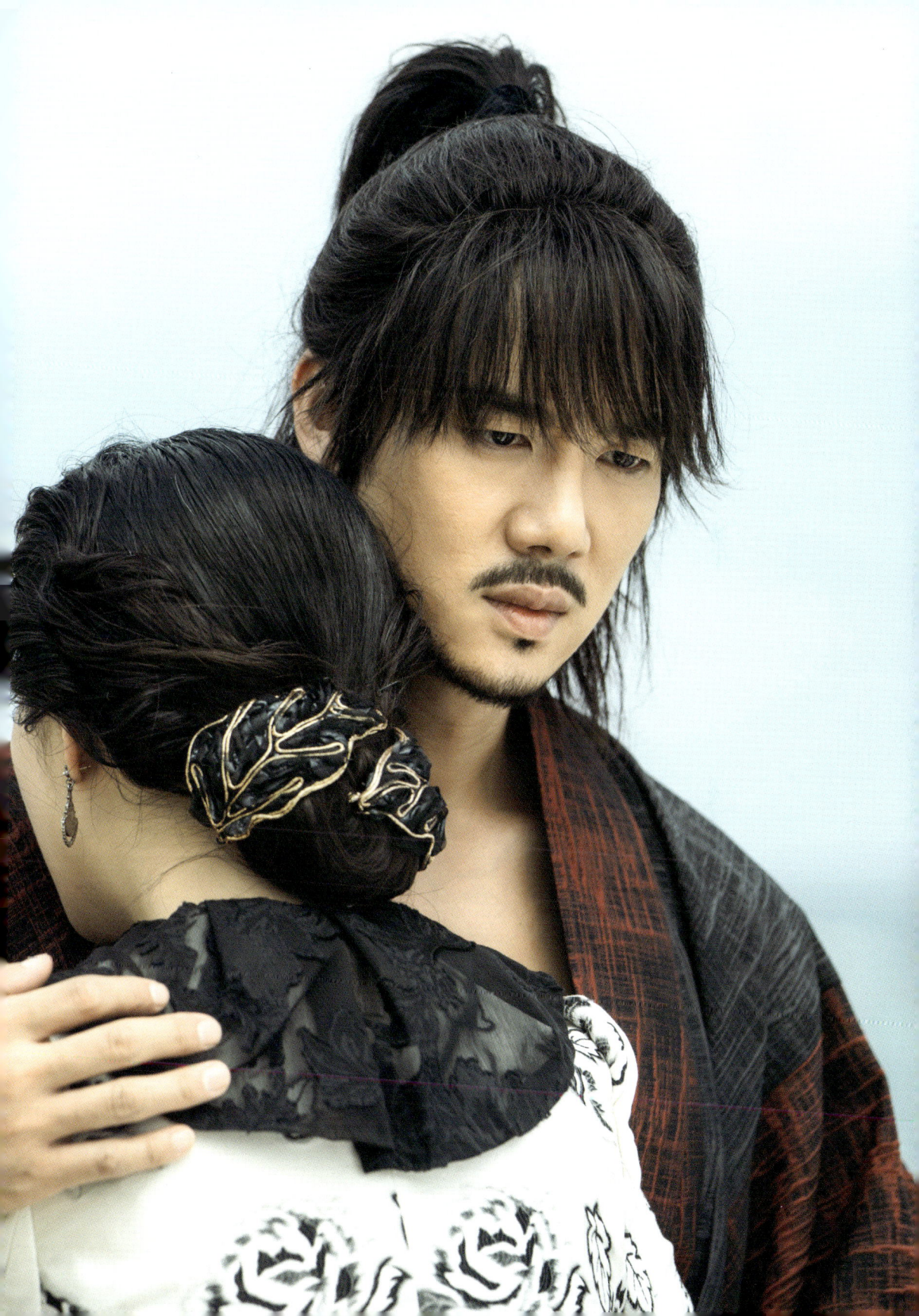

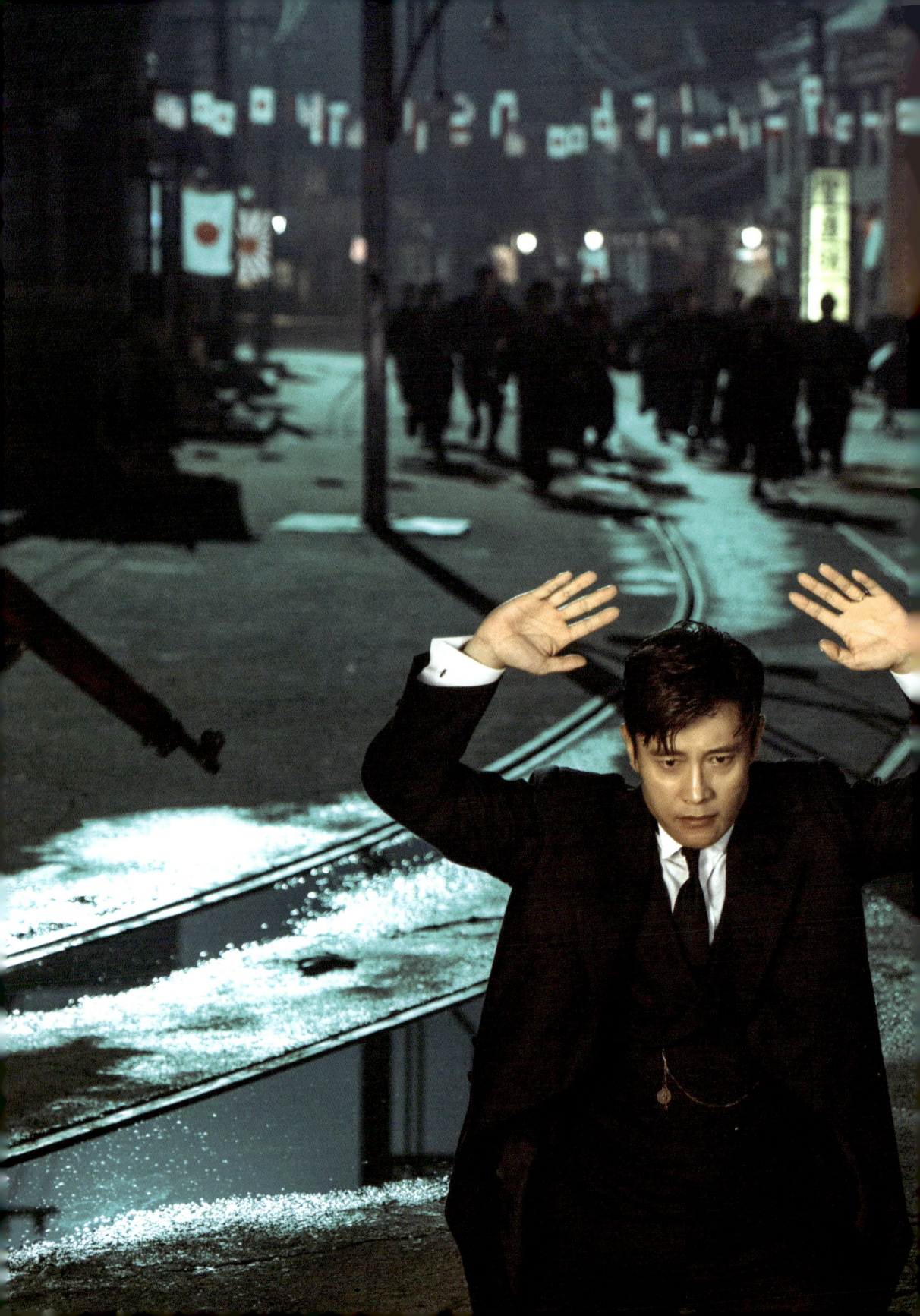

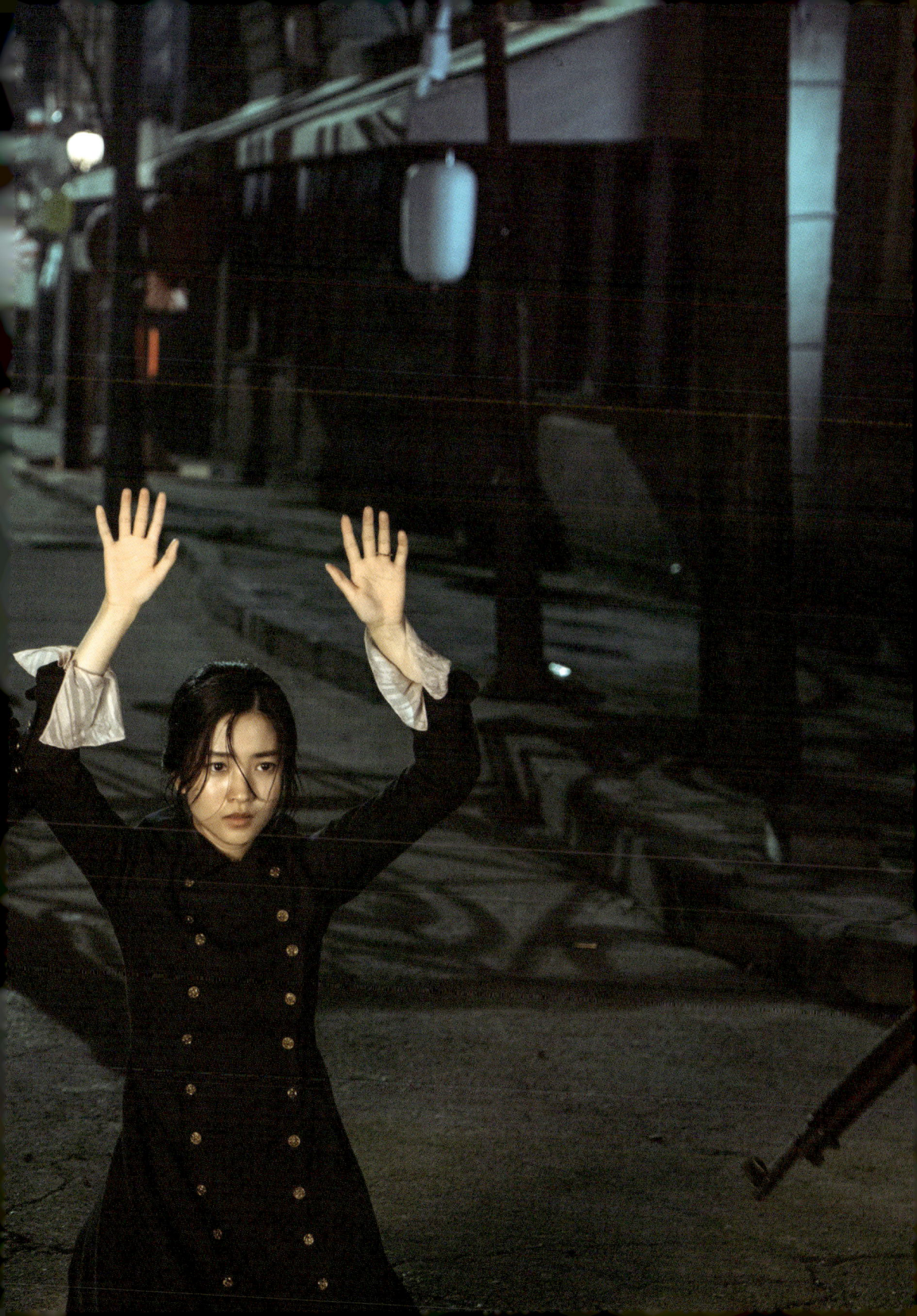

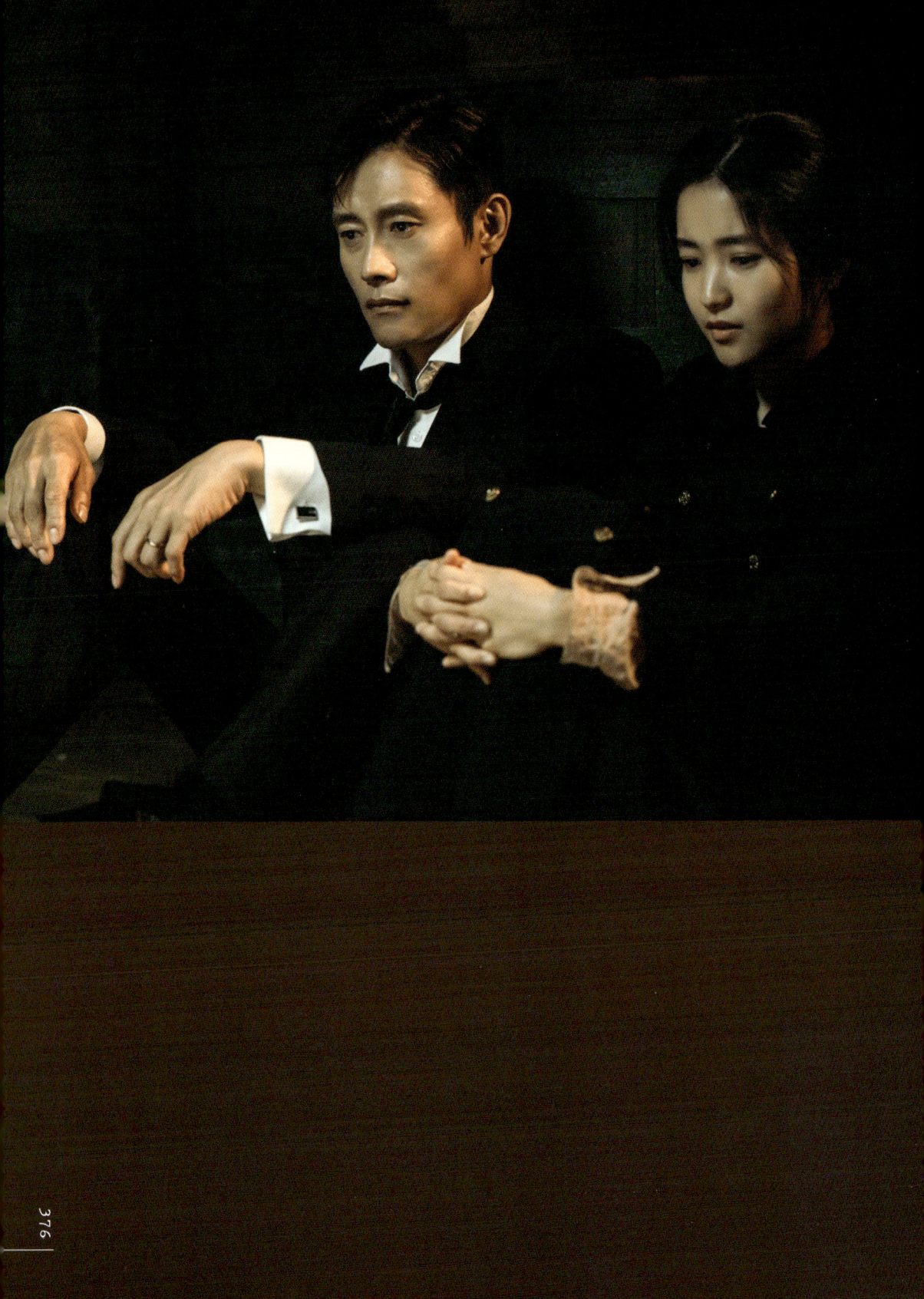

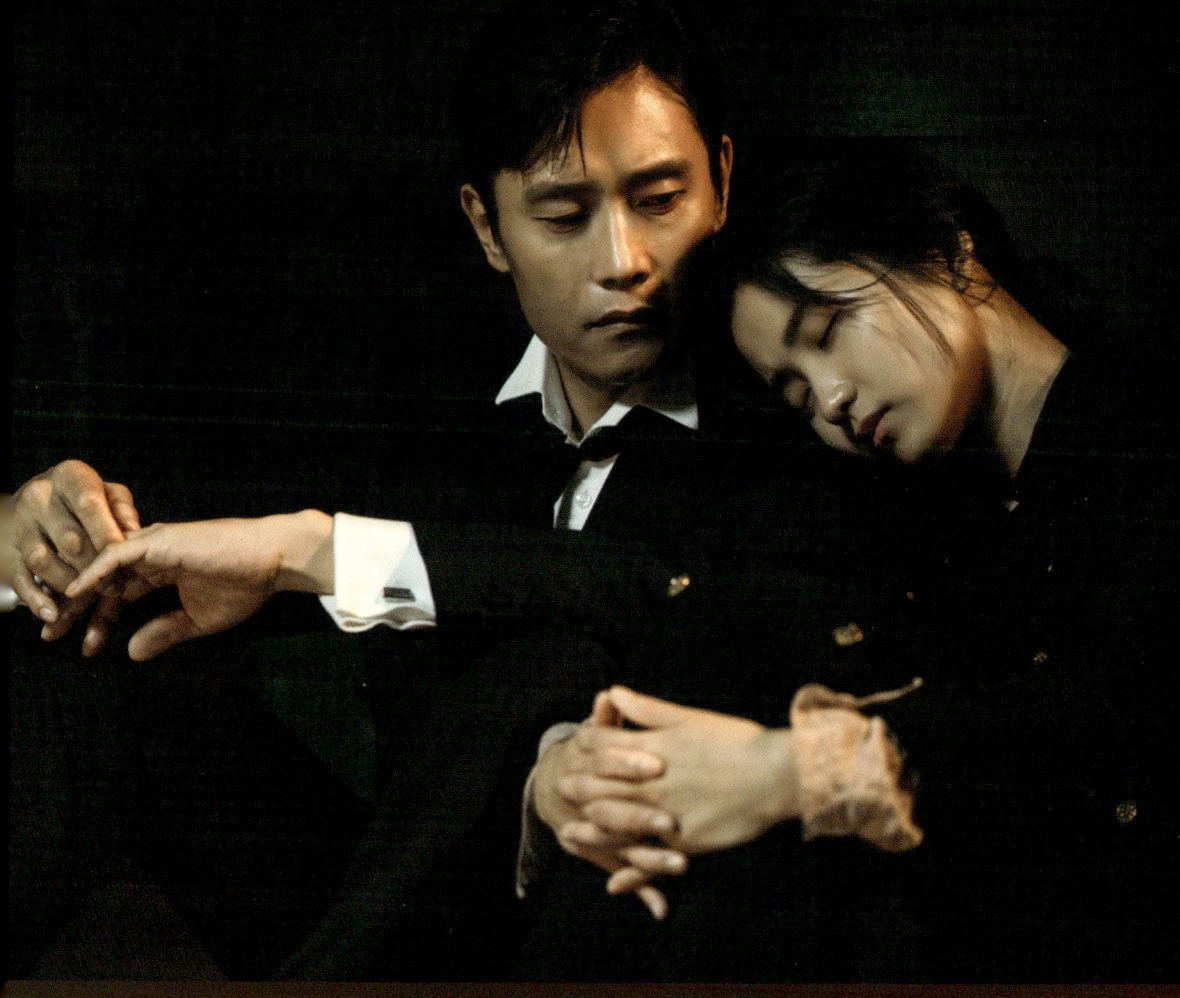

가슴이 엄청 뛰는데 : 늘 어찌 이리 침착할 수가 있소.
속은 거요.
가슴이 엄청 뛰는데 지금. 이리 바짝 붙어 앉을 줄 몰라서.
귀하는 나를 만나 너무 많은 길을 돌아가는 것 같소.
그걸 알면서도 잡지도 않으면서.
기대시오. 도움이 될 거요.

아침까지 함께 있어주시오.
그림같이 있겠소.

굿바이 말고 씨유라고 합시다. 씨유, 씨유 어게인

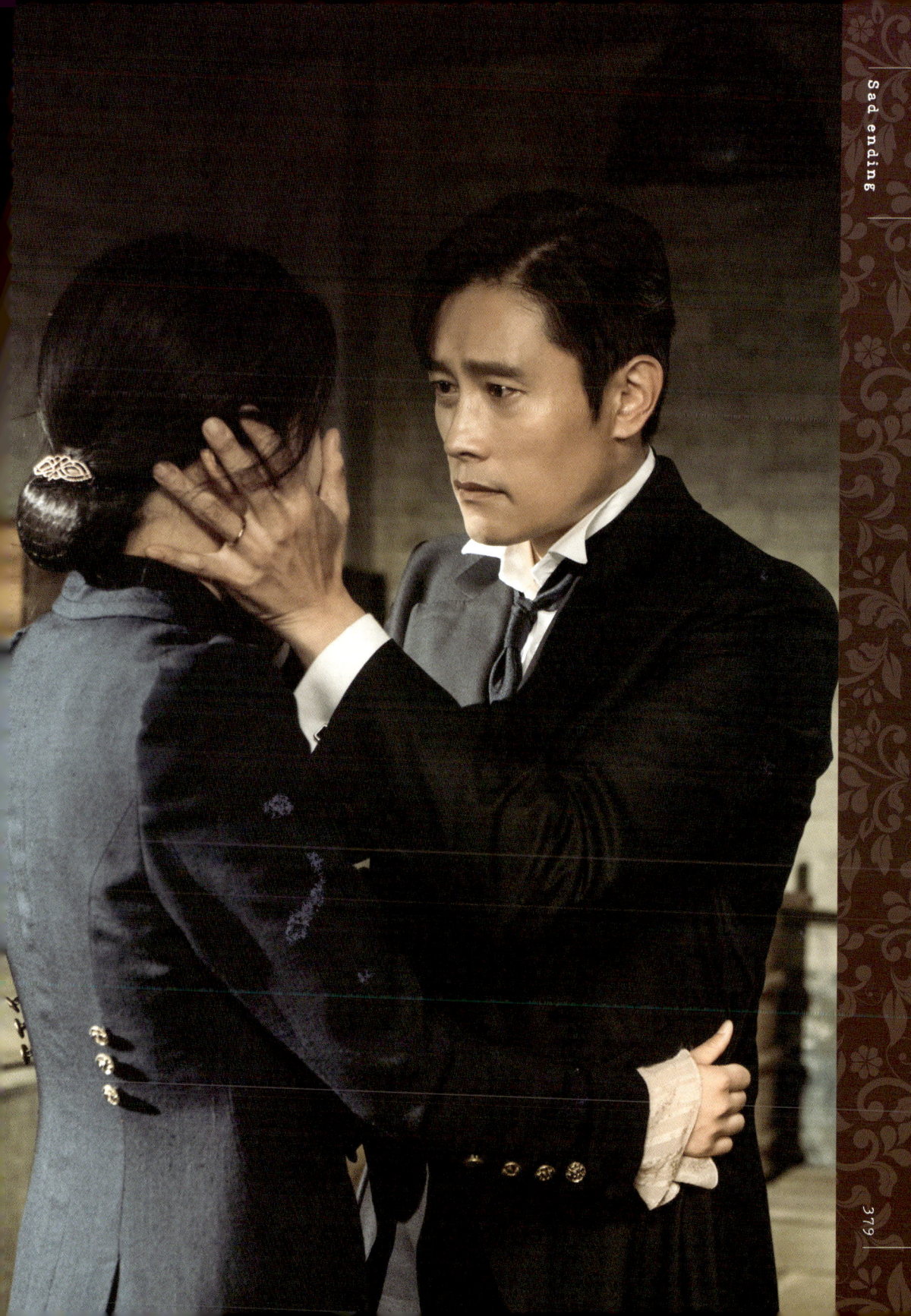

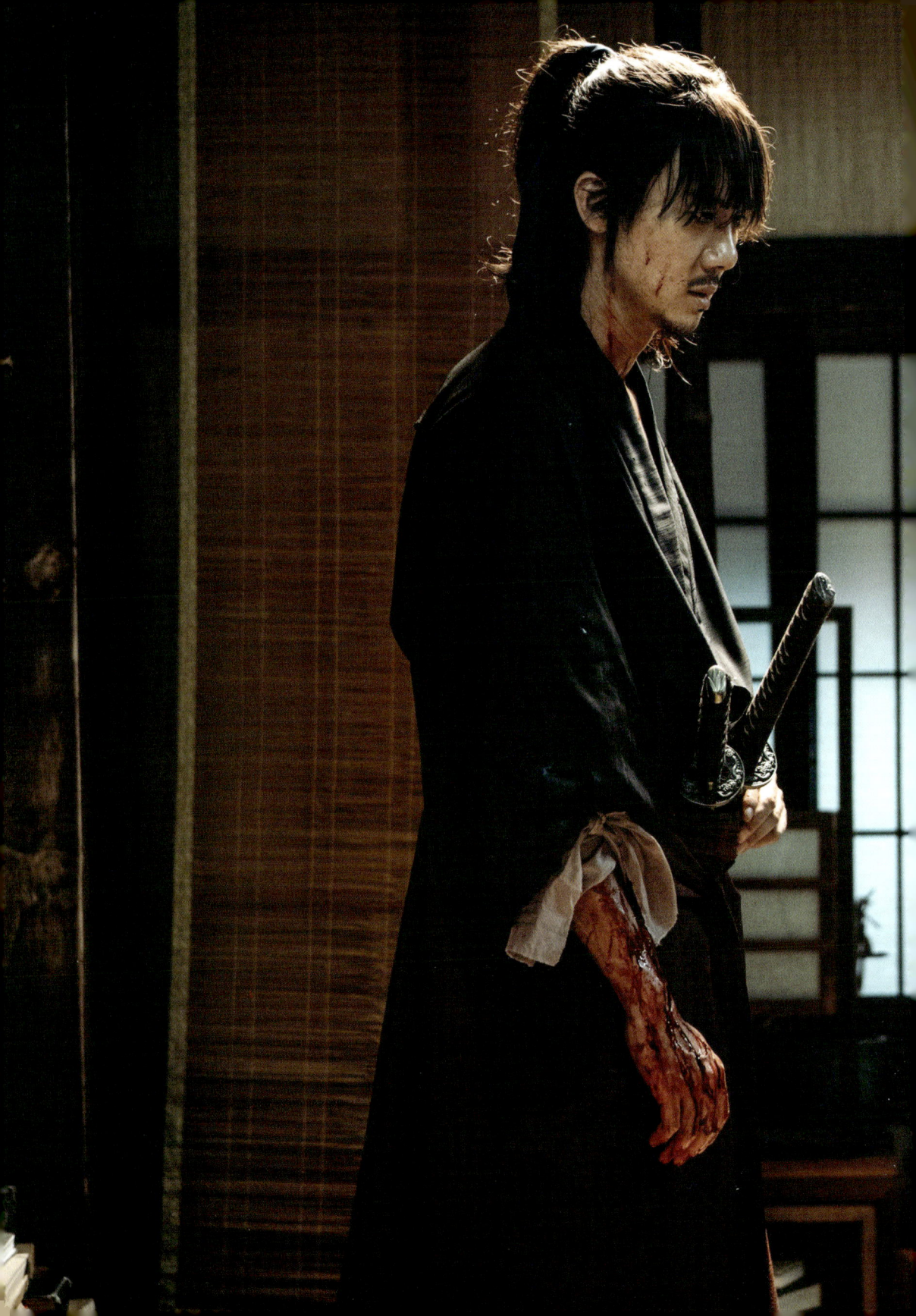

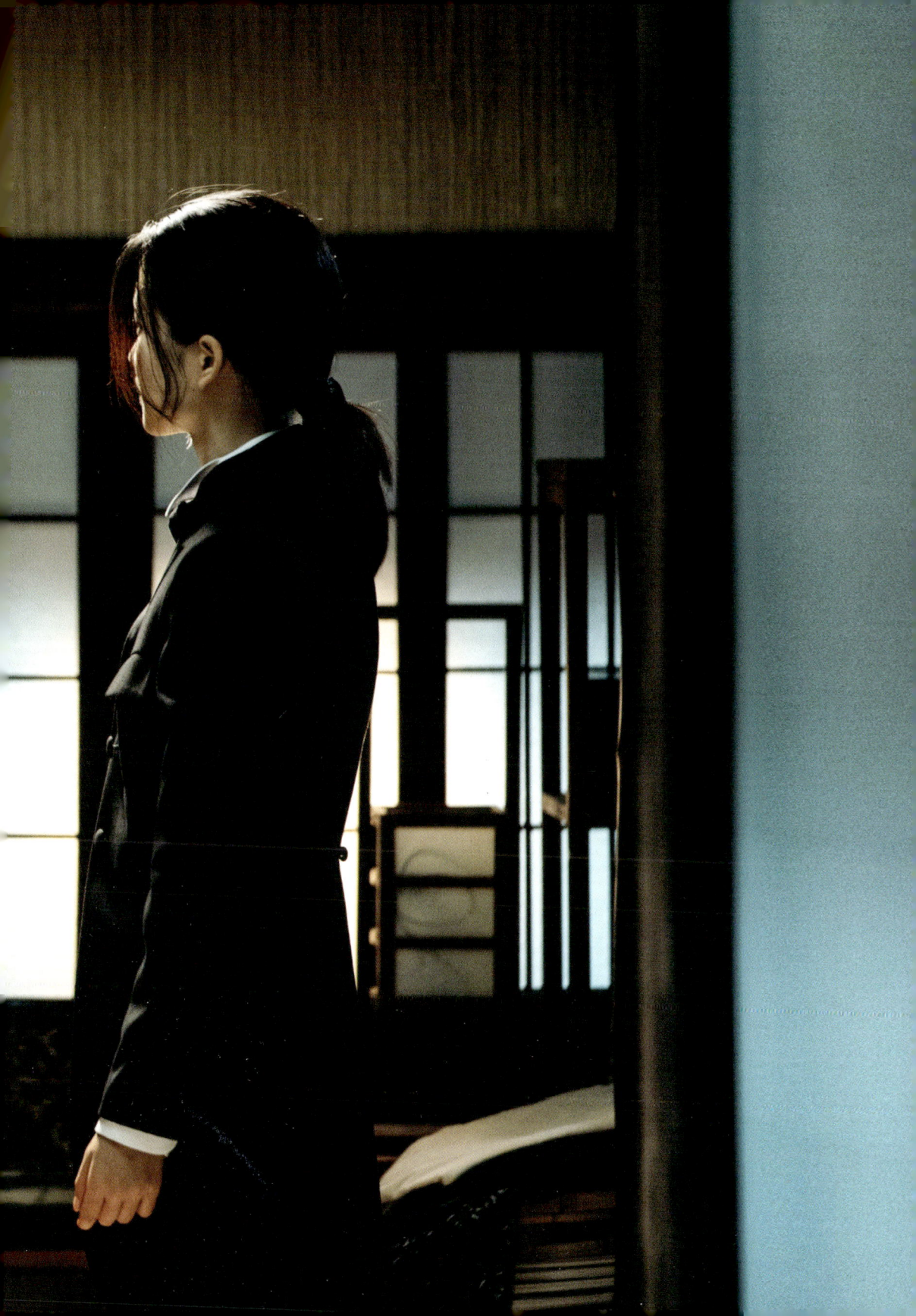

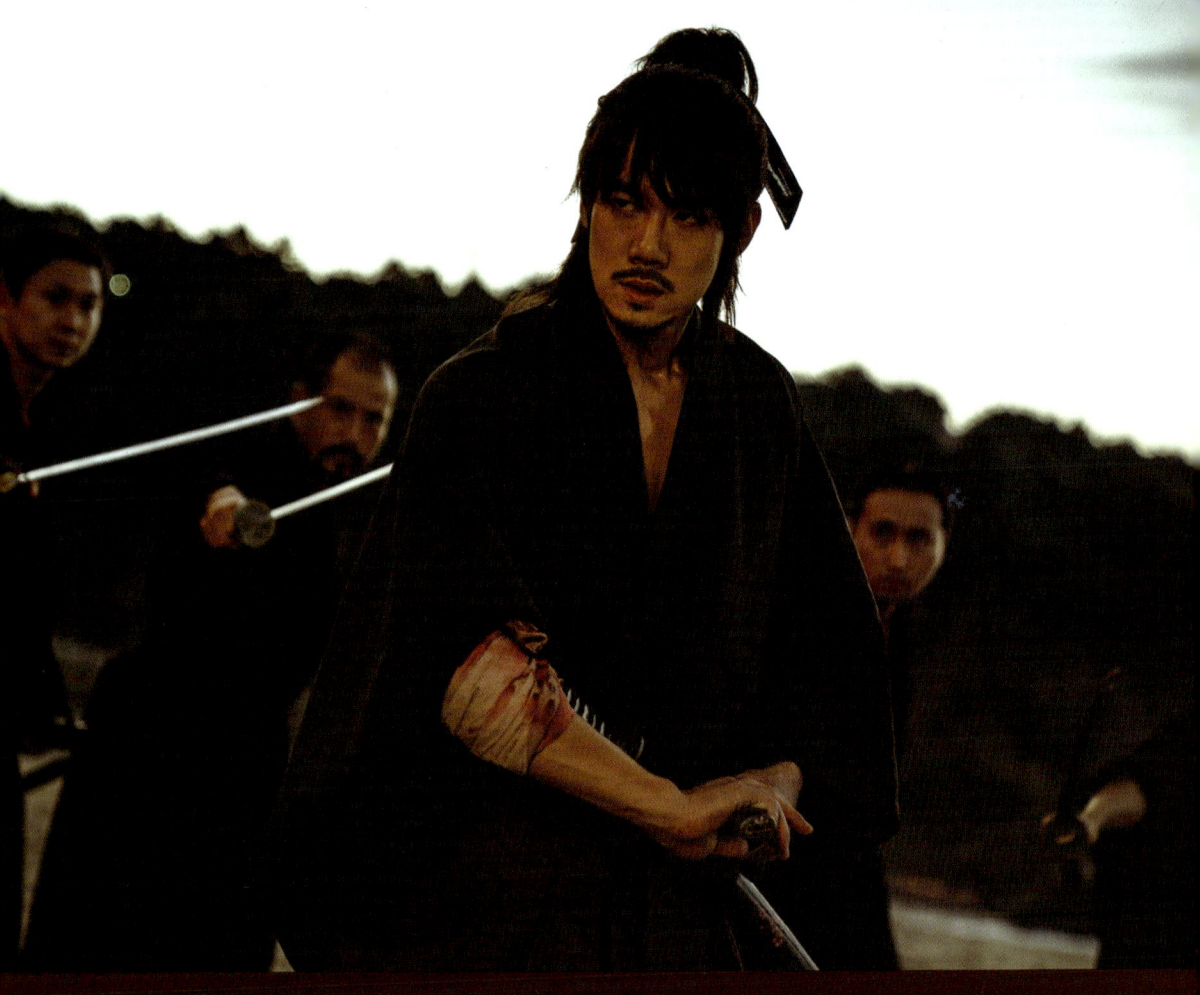

석
달
뒤
에

제 걱정은 마십시오. 조선보다 일본에서 산 세월이 더 많습니다.

바닥에서 살았구요. 제 몸 하나 건사는 합니다.

자네도… 날 구하러 와줬다고. 고맙게도.

석 달 뒤에 돈을 갚으러 갈 것이니 자네도 직접 받게.

이리 매번 저를 살리시니…

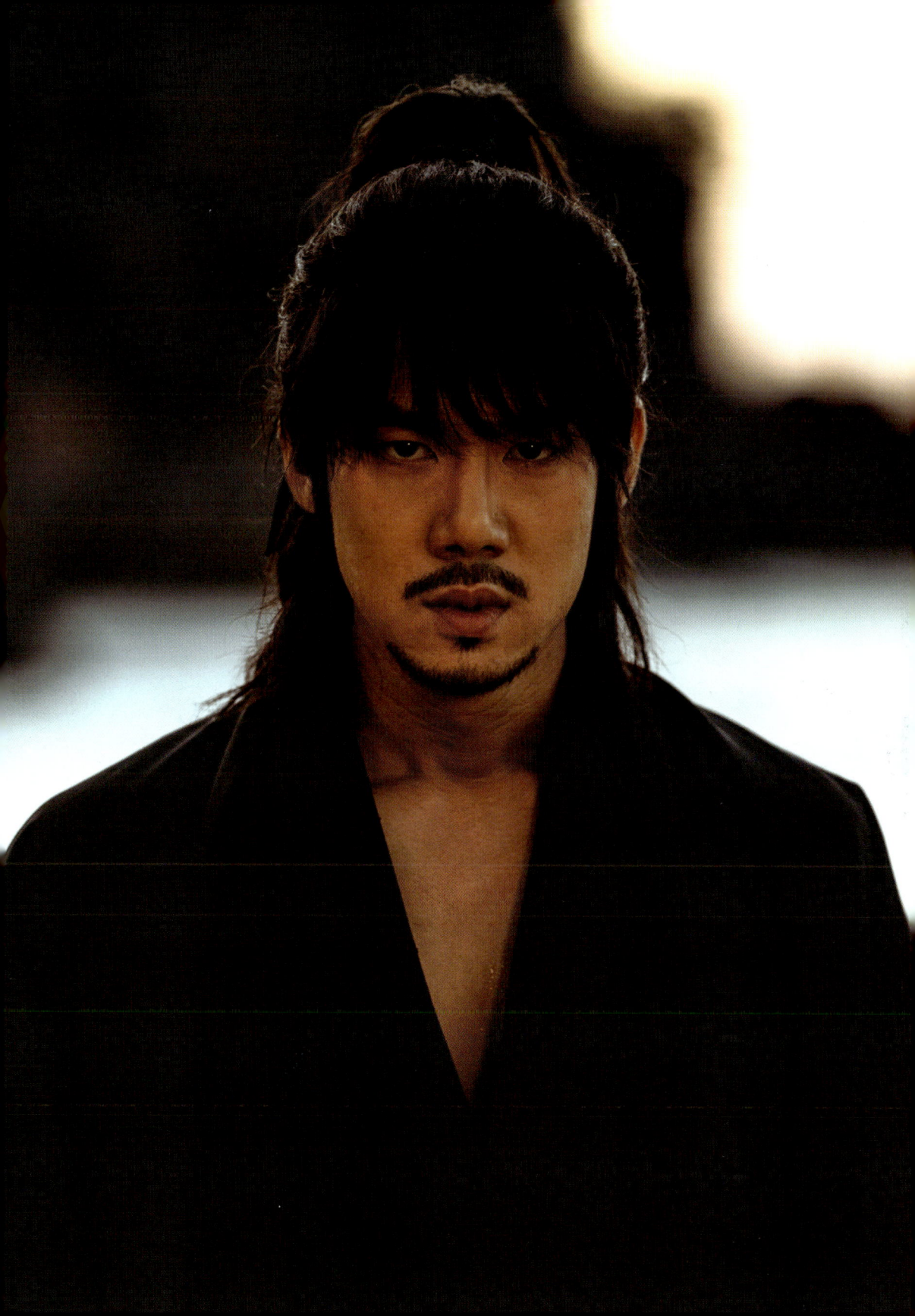

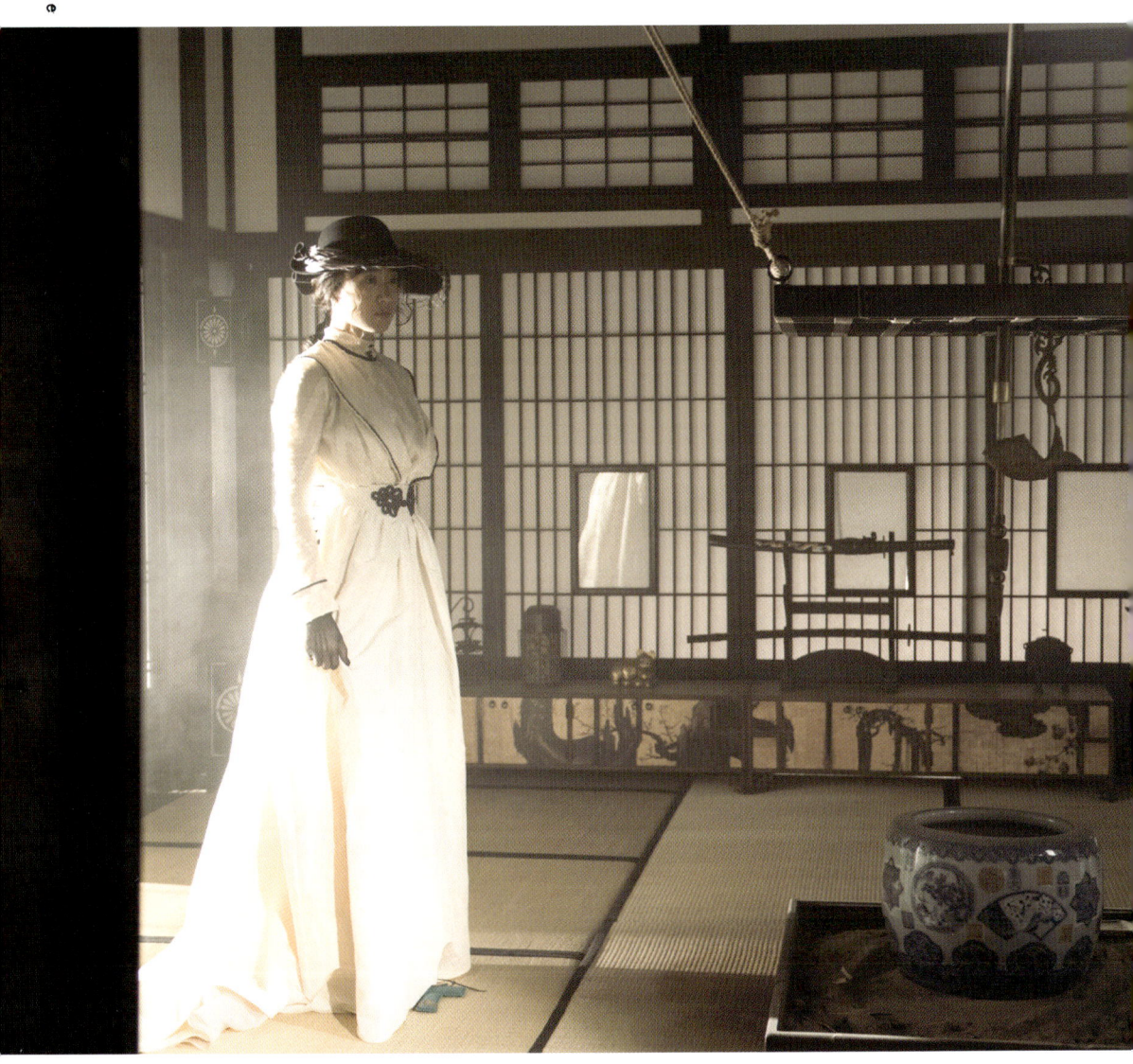

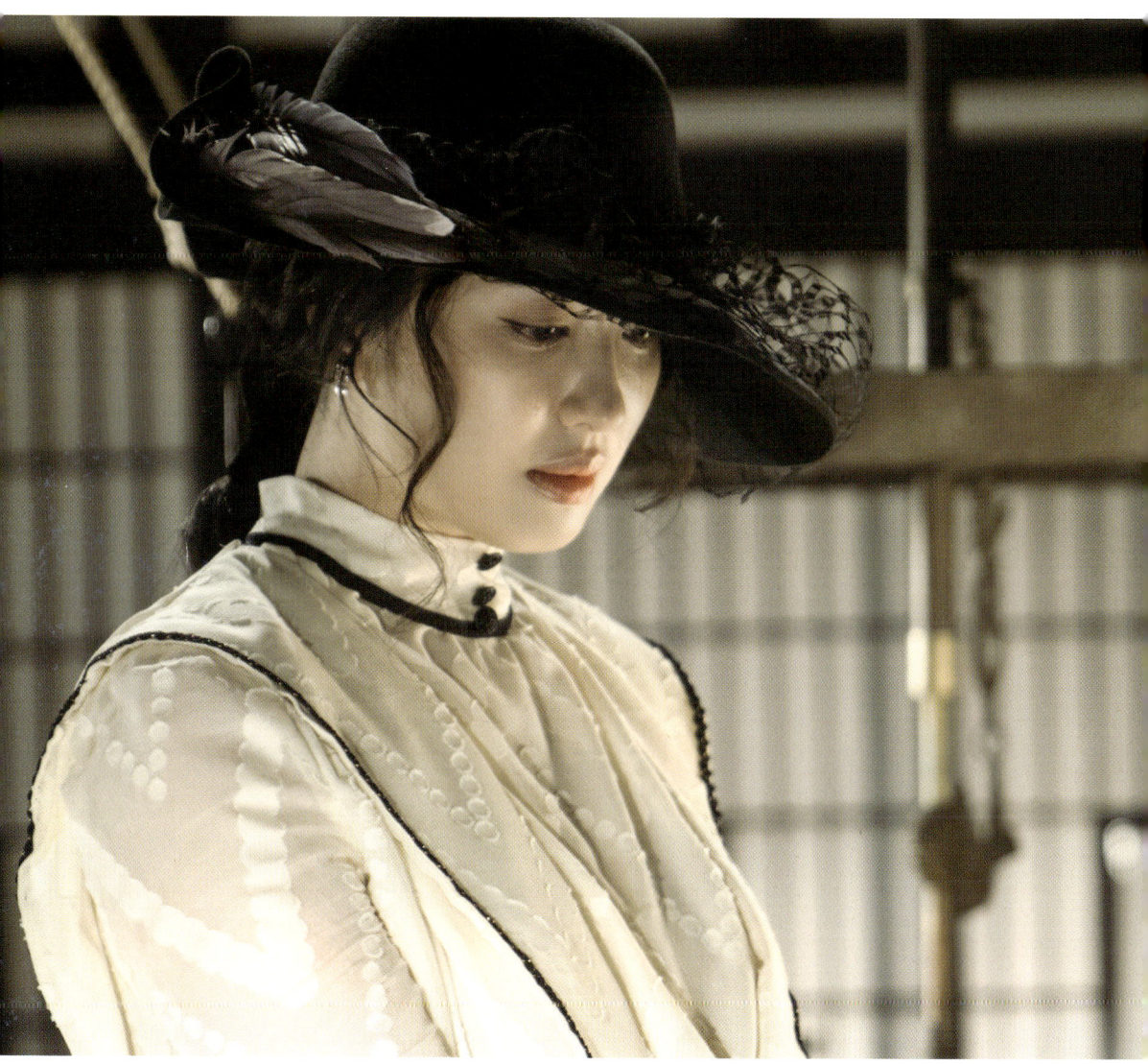

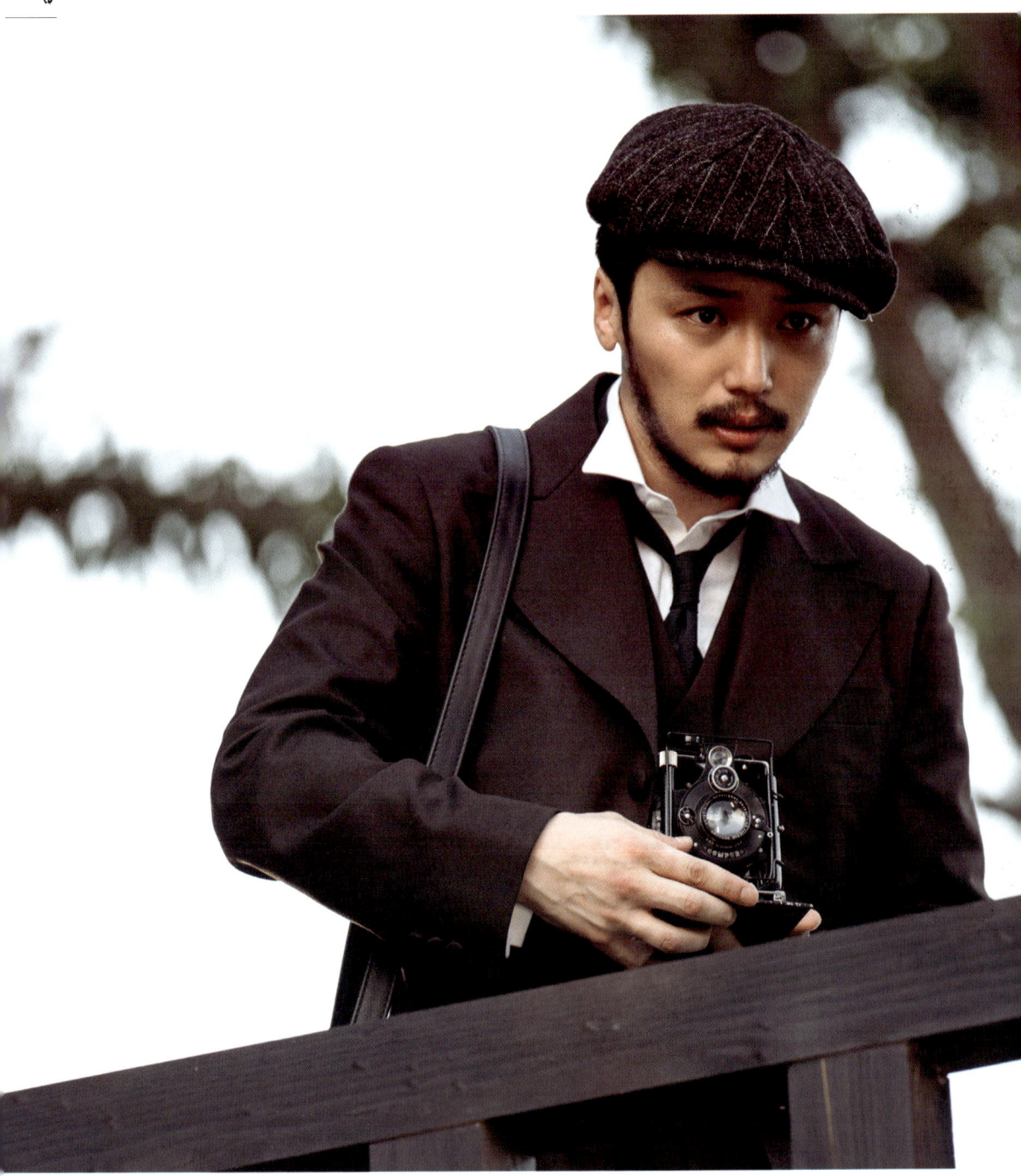

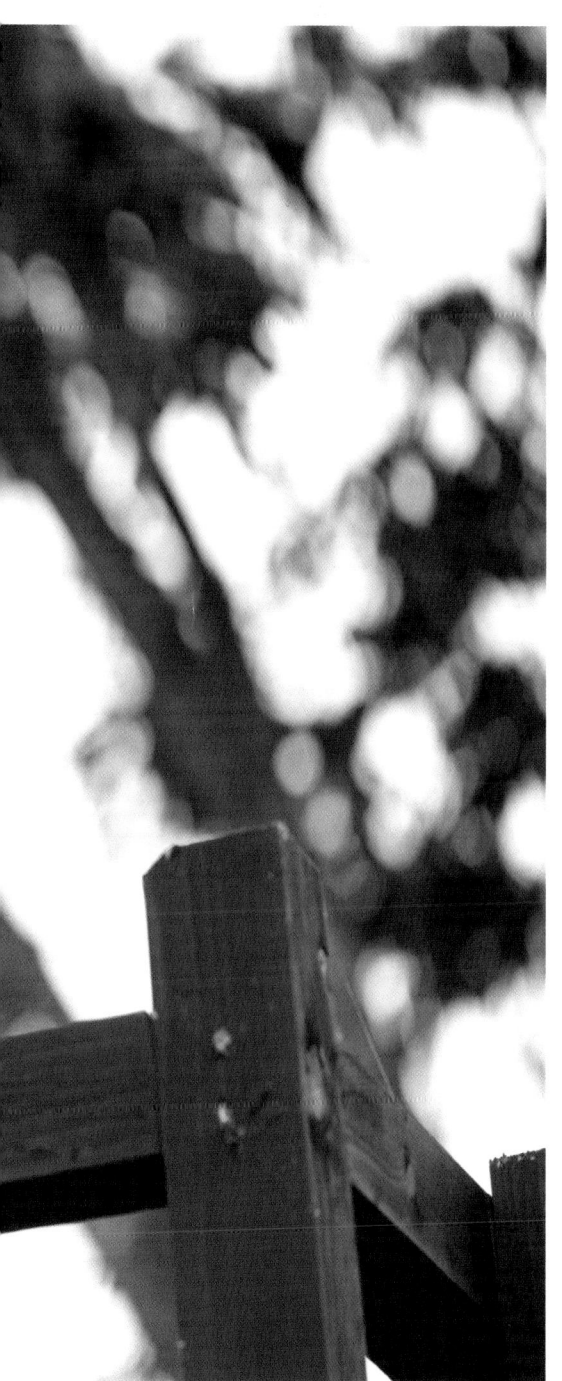

그
대
들
은
영
광
이
었
소

대체 그 일은 왜 도운 거요.
잘 살고 있지 않았소.
위험해질 것도 알았을 것인데.
아, 밥이 안 넘어간게요.

내 걱정은 마시오. 난 못 건드릴 거요.
난 김희성이거든.
부디 몸조심하시오.

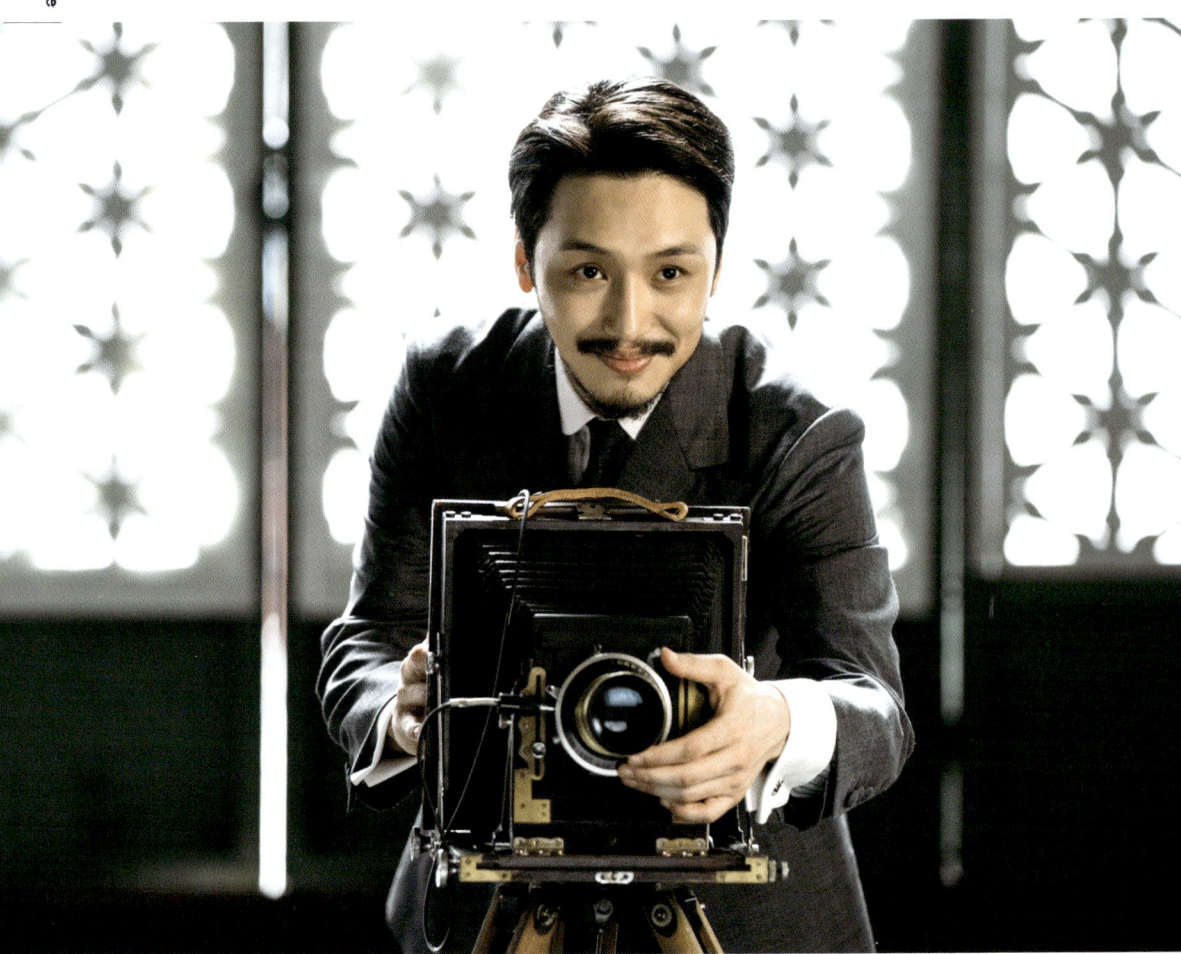

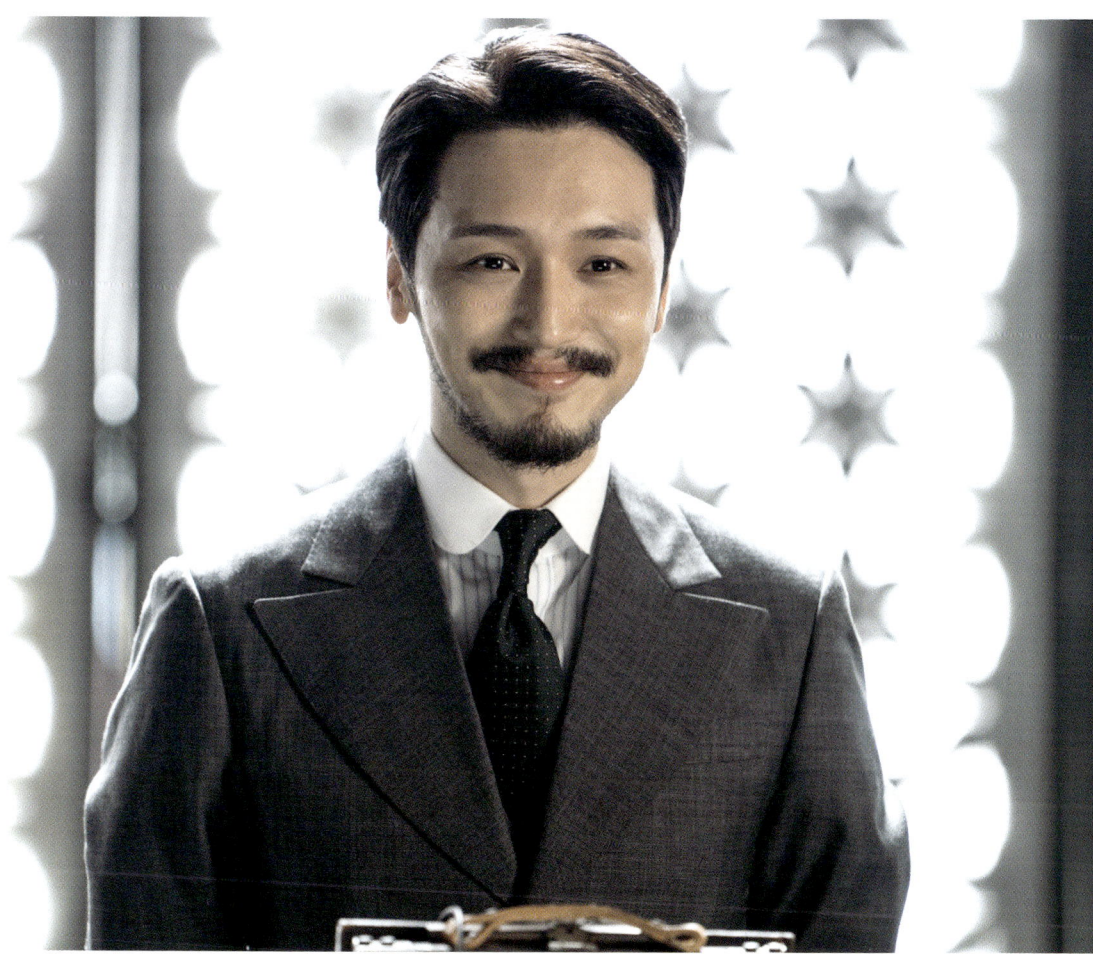

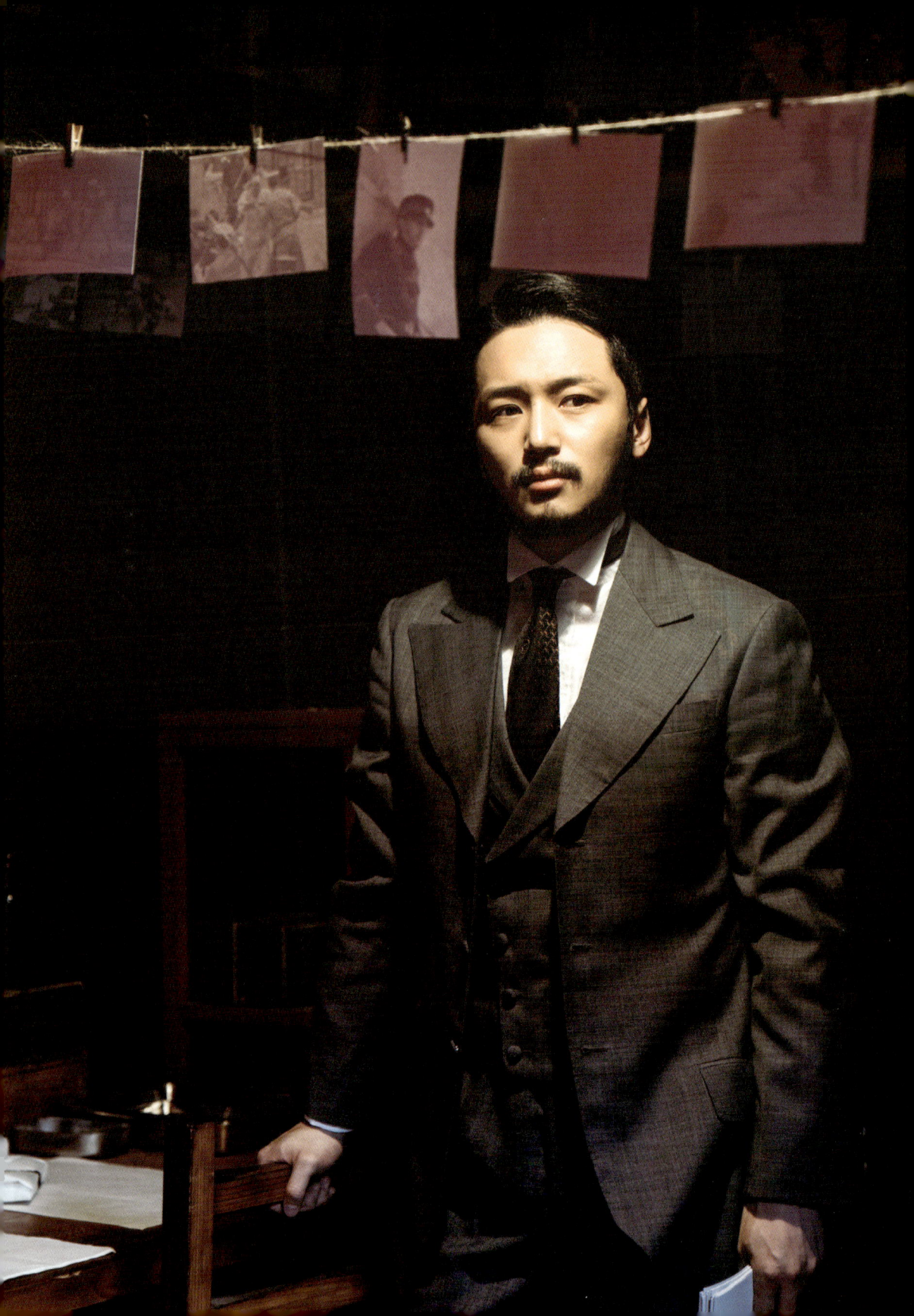

무용하던 내 삶에 그대들은, 영광이었소.

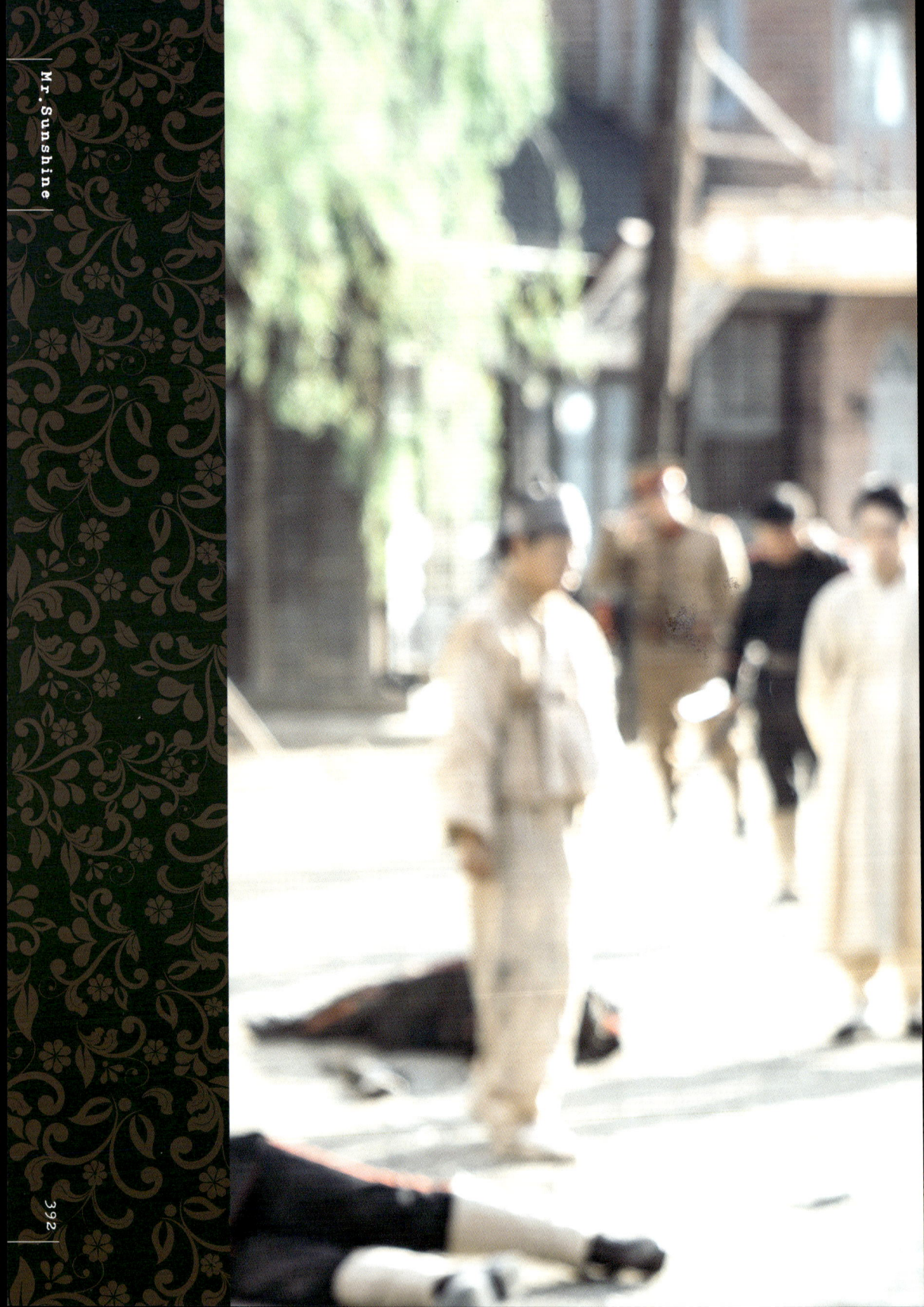

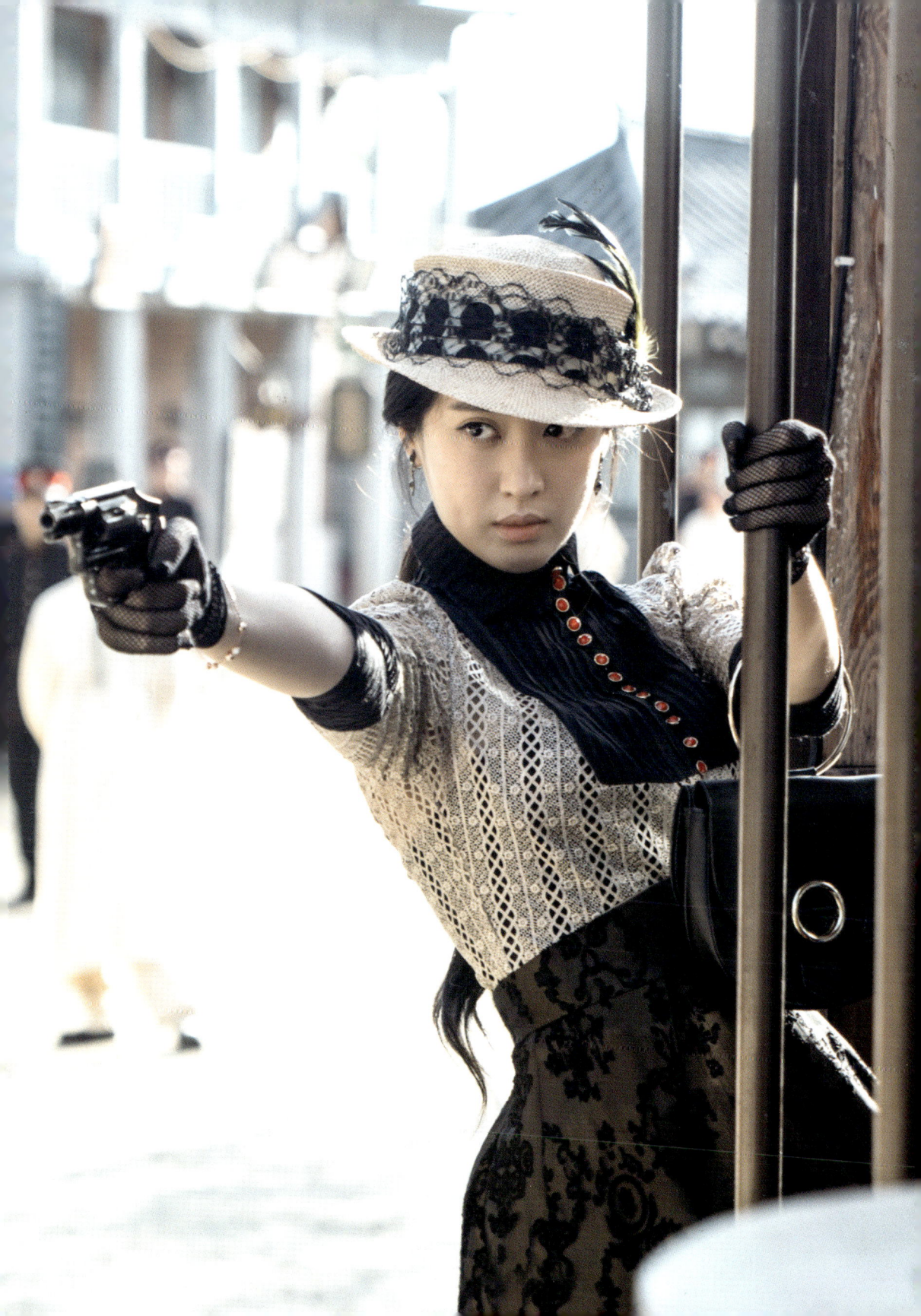

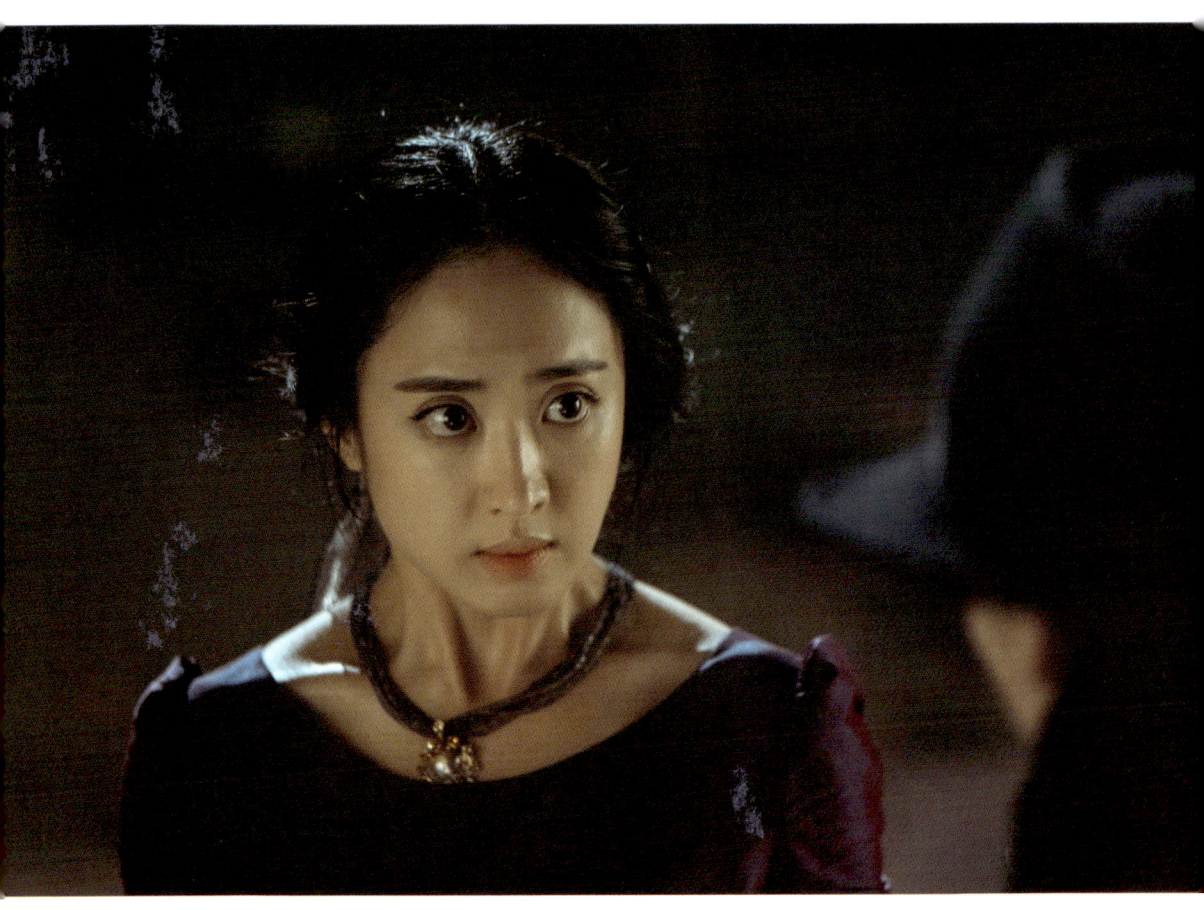

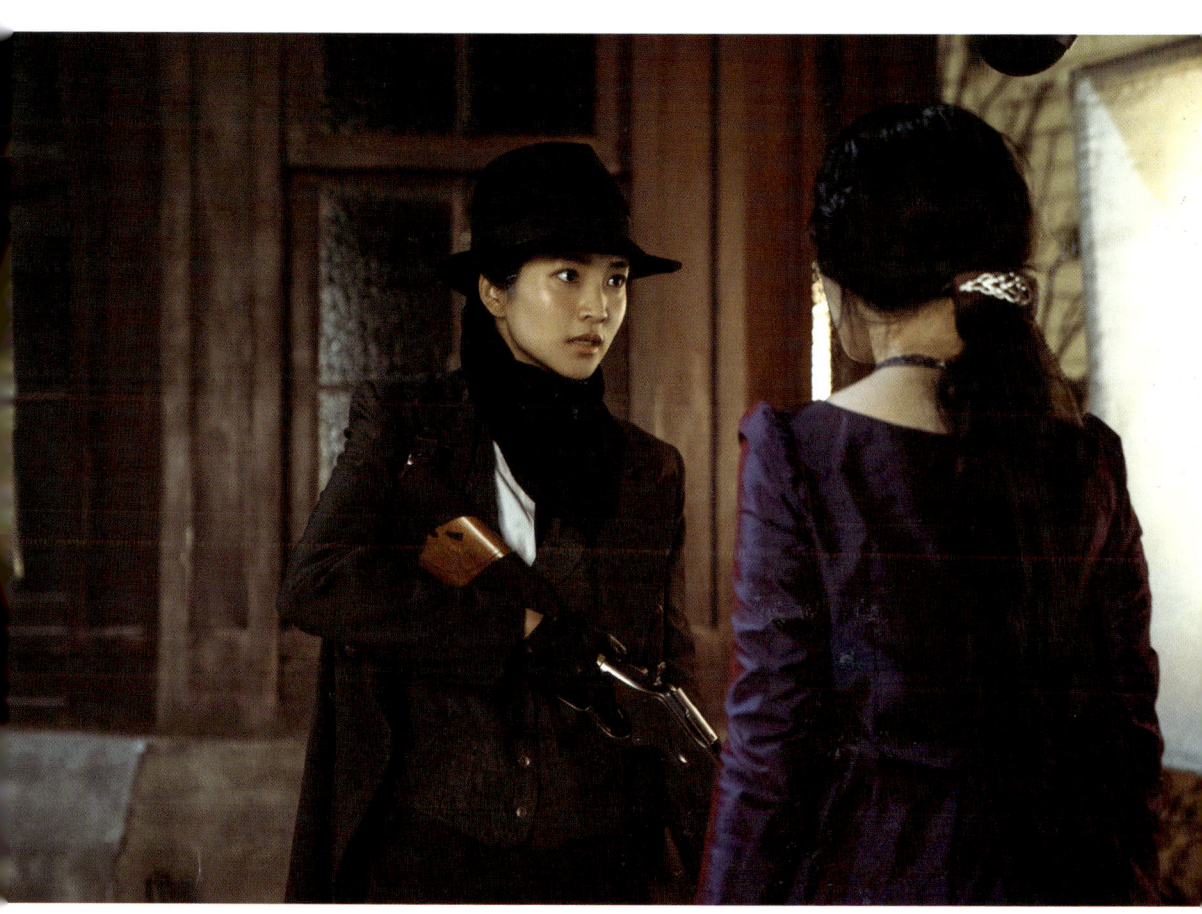

기어이 같은 편으로

제가 피하면 의심을 삽니다.

그럴 작정이면 됐소. 목적은 다르나 목표가 같소.
같이 합시다.
돕는 이들을 보았소. 그 일을 내가 하겠소.
그들이라도 실민, 좋지 않겠소.
적어도 저기서 웃고 있는 자들 중에,
오늘 여길 살아 나갈 자는 아무도 없을 거요.

기어이 이리 편을 만드시네.

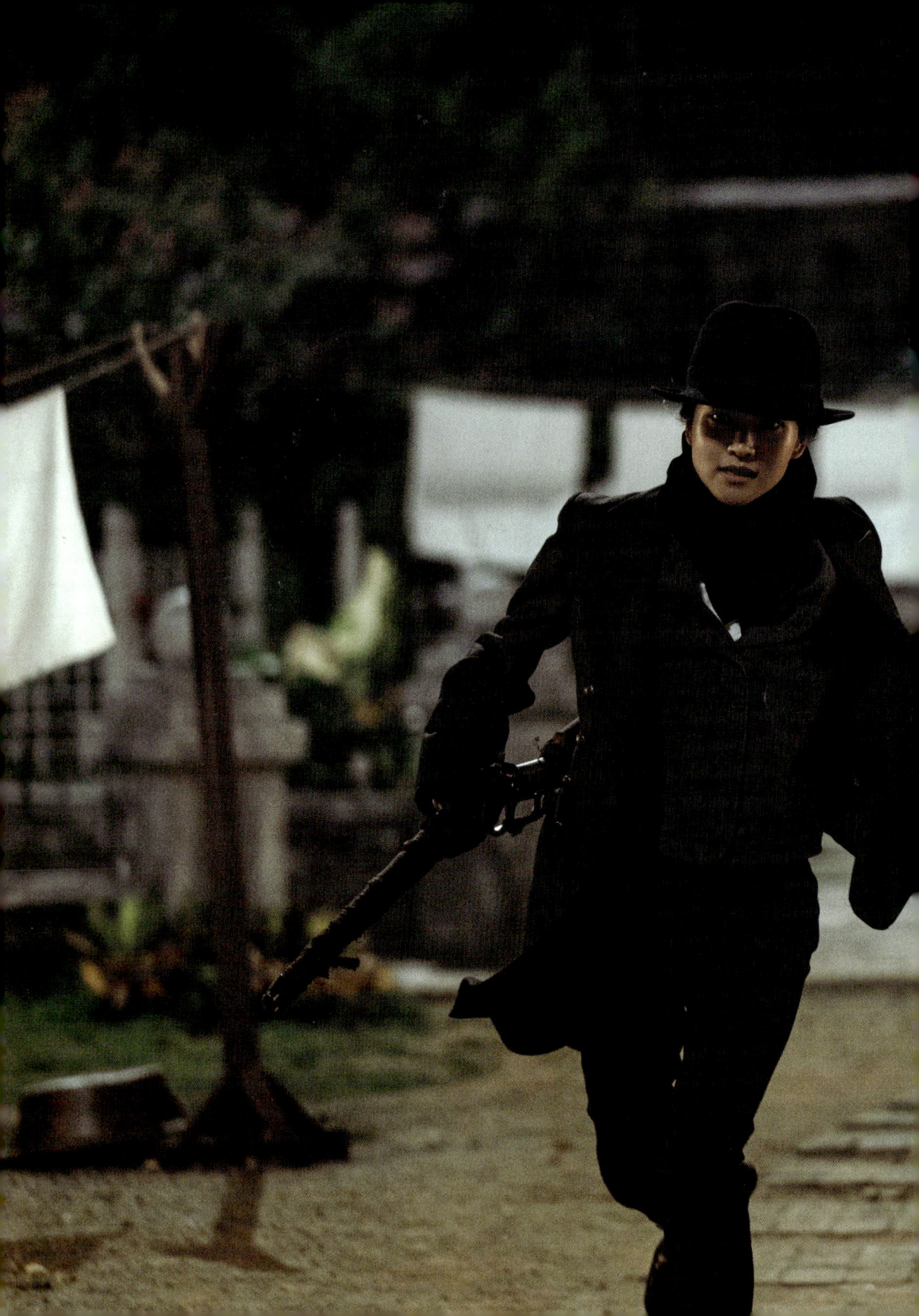

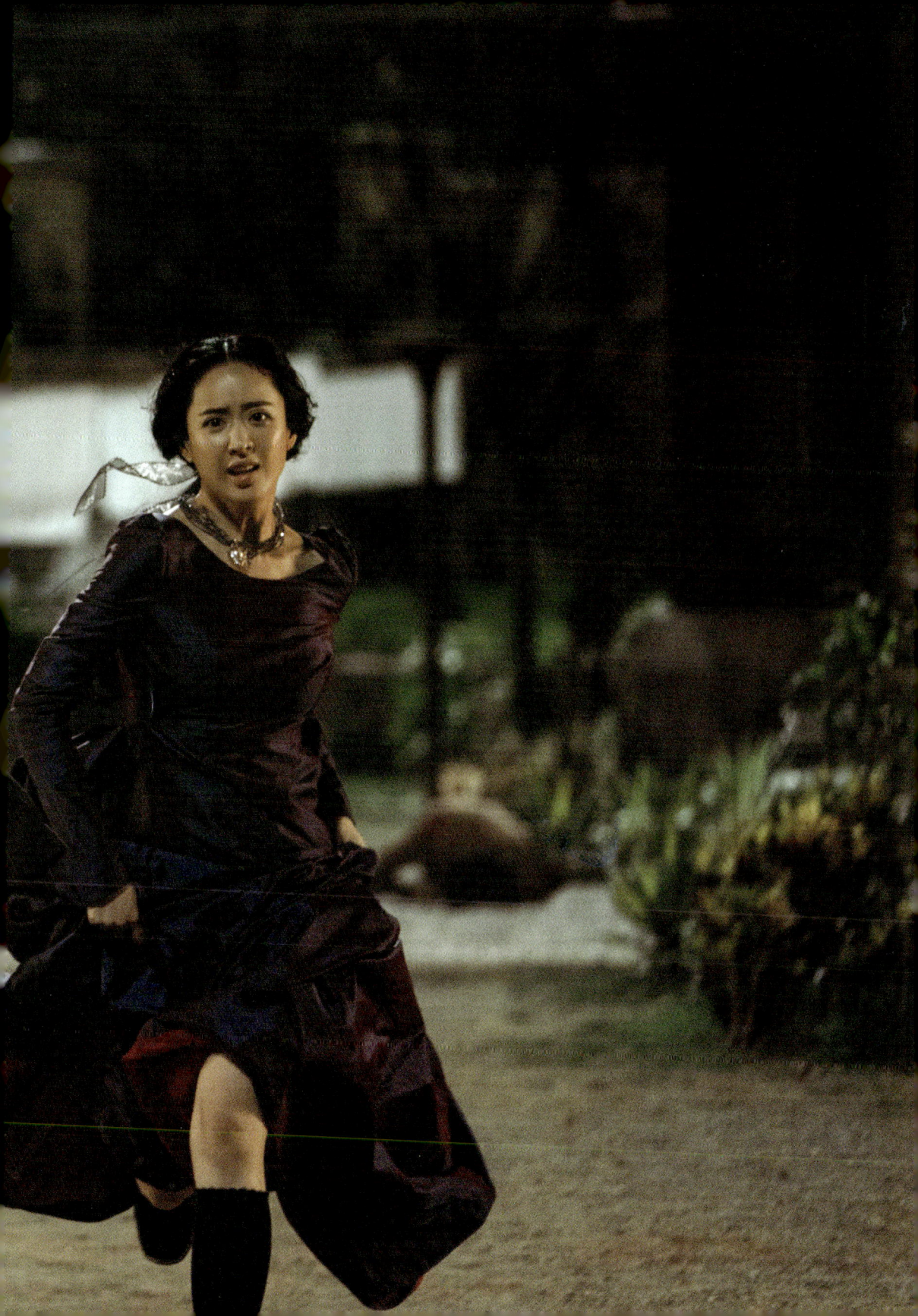

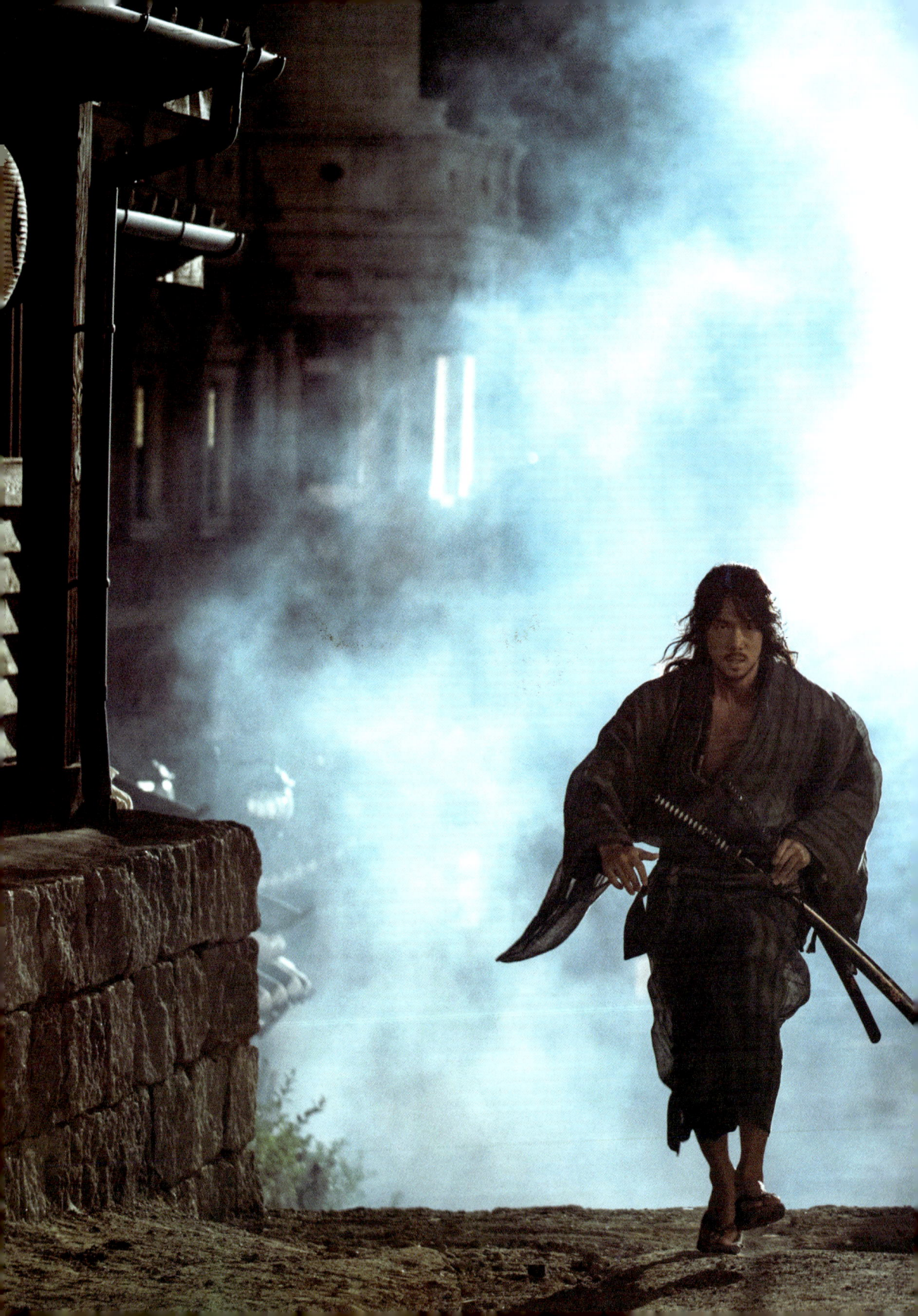

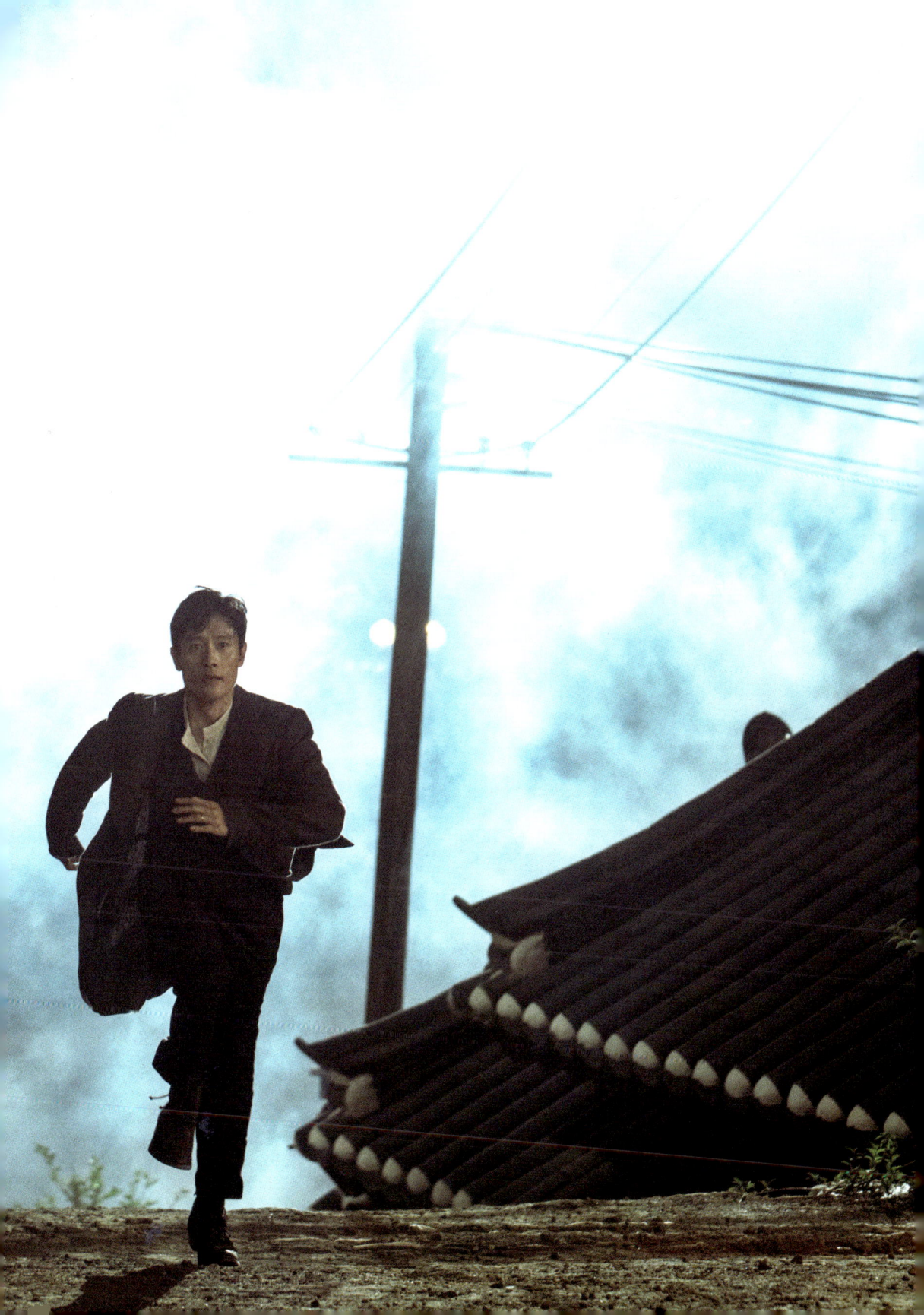

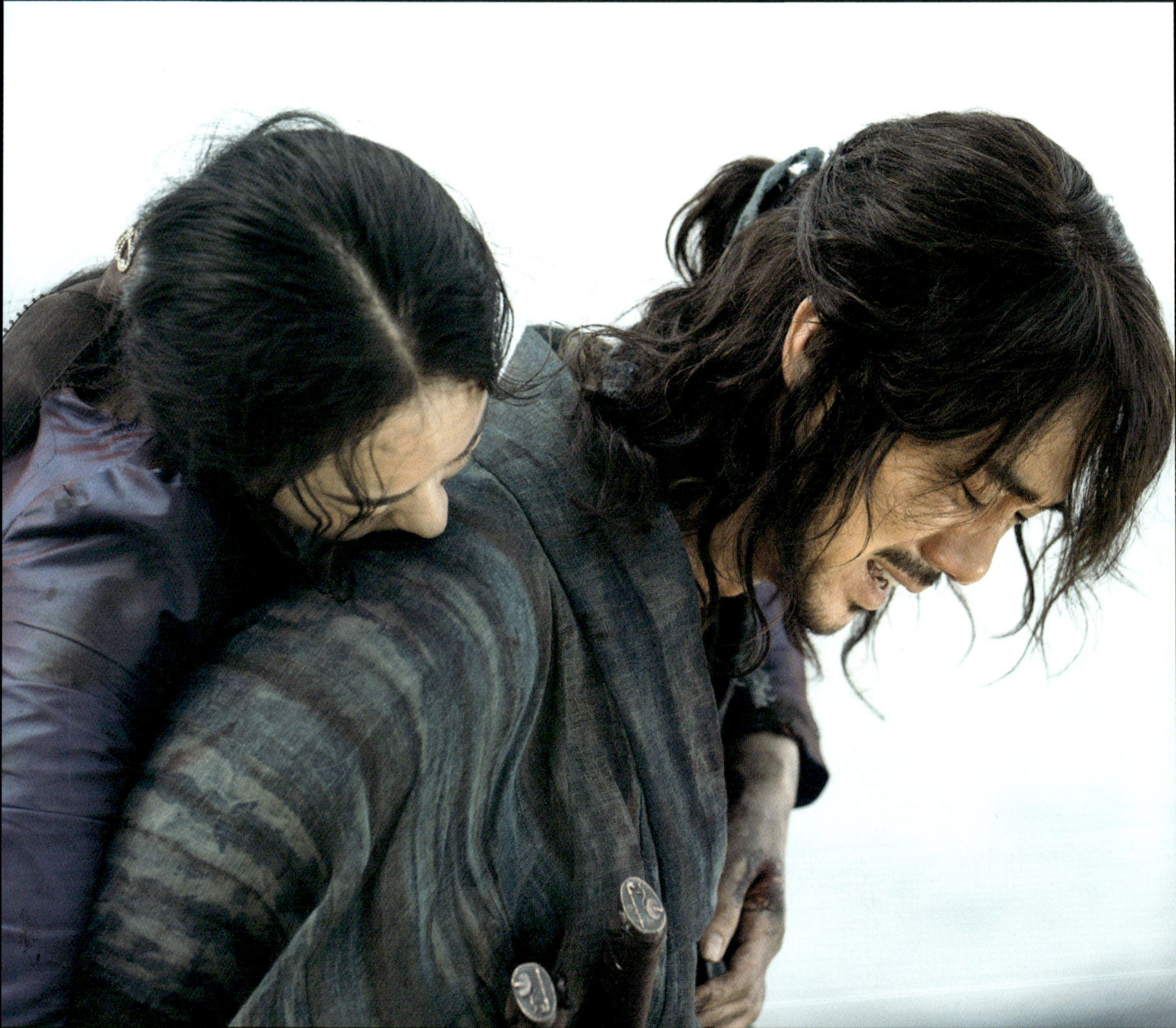

그런 사내를 난 기다렸지

그 사내 이제 내 마음에 없어….
오래전에 보냈어.

몰랐네.
모르더라.

다른 사내를 기다렸지.
호텔 뒷마당에서.
길에서. 전차에서… 그 사내의 방에서….
살아오라고. 꼭 살아오라고….
오직 고애신을 사랑해서, 사랑에 미친,
사랑해서 미친, 그런 사내를… 난 기다렸지.

이 길… 눈 오면 예쁘겠다… 그치.
눈 오면… 나 보러 와… 나 기다린다….

눈 오려면… 아직 한참이야.
그 한참을… 넌 더 살라고. 빨리 오지 말고.

거기선 나… 너 안 기다린다….
양화야… 양화야… 자…?
자고 있어… 거의 다 왔어….

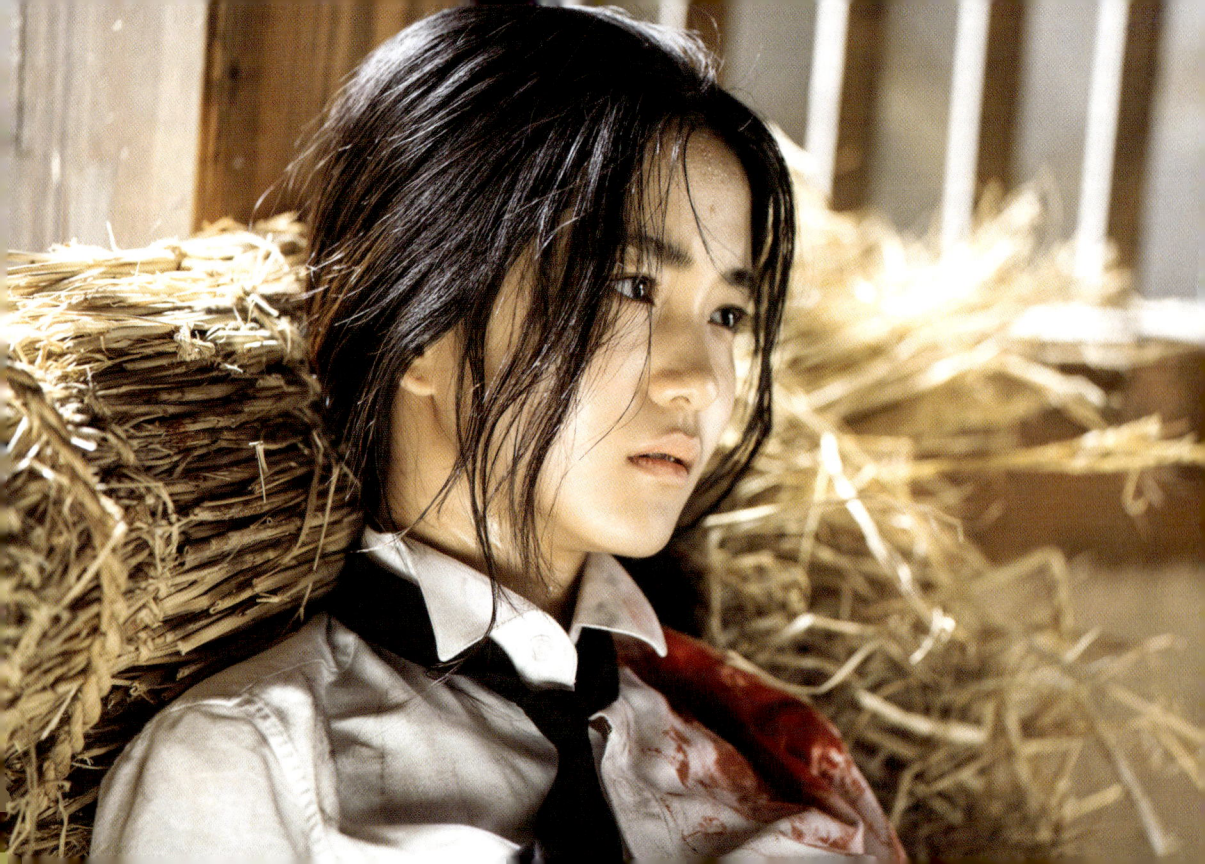

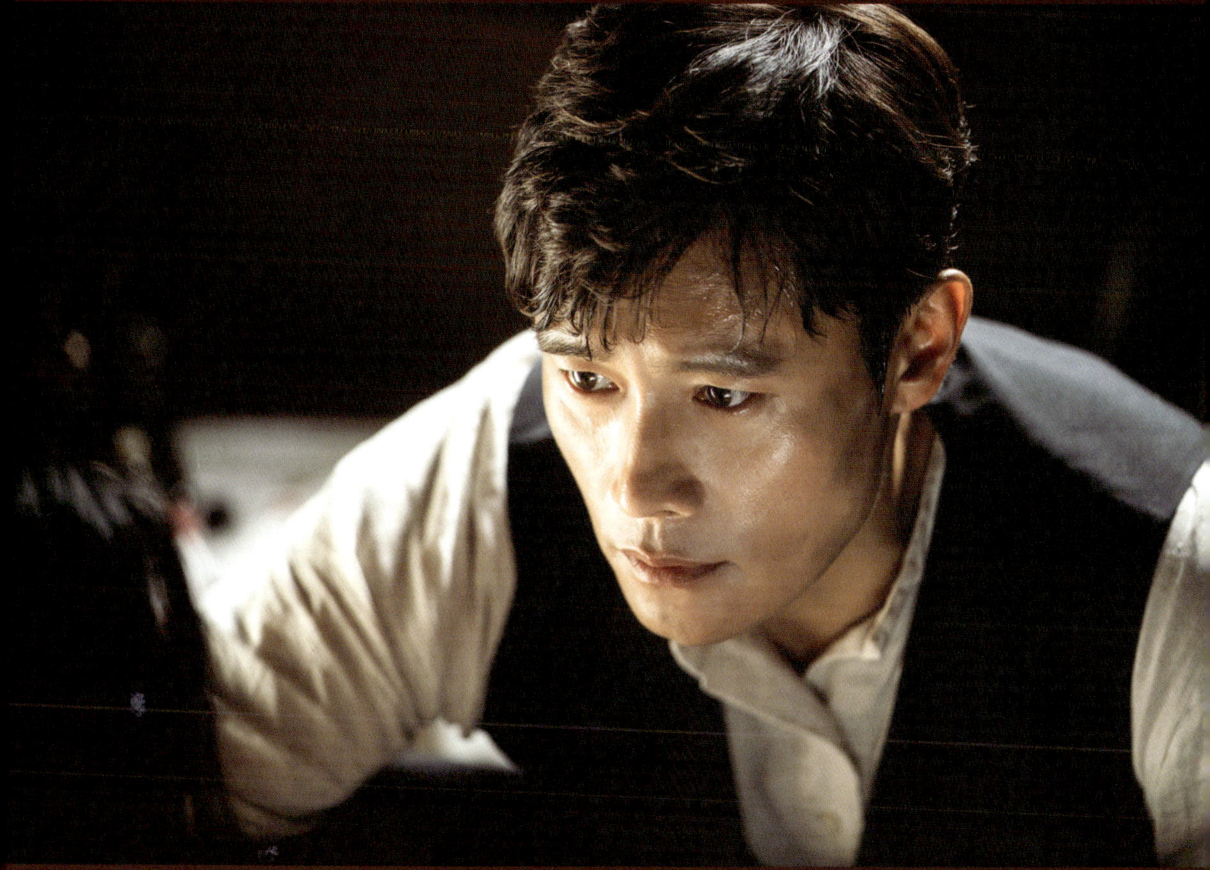

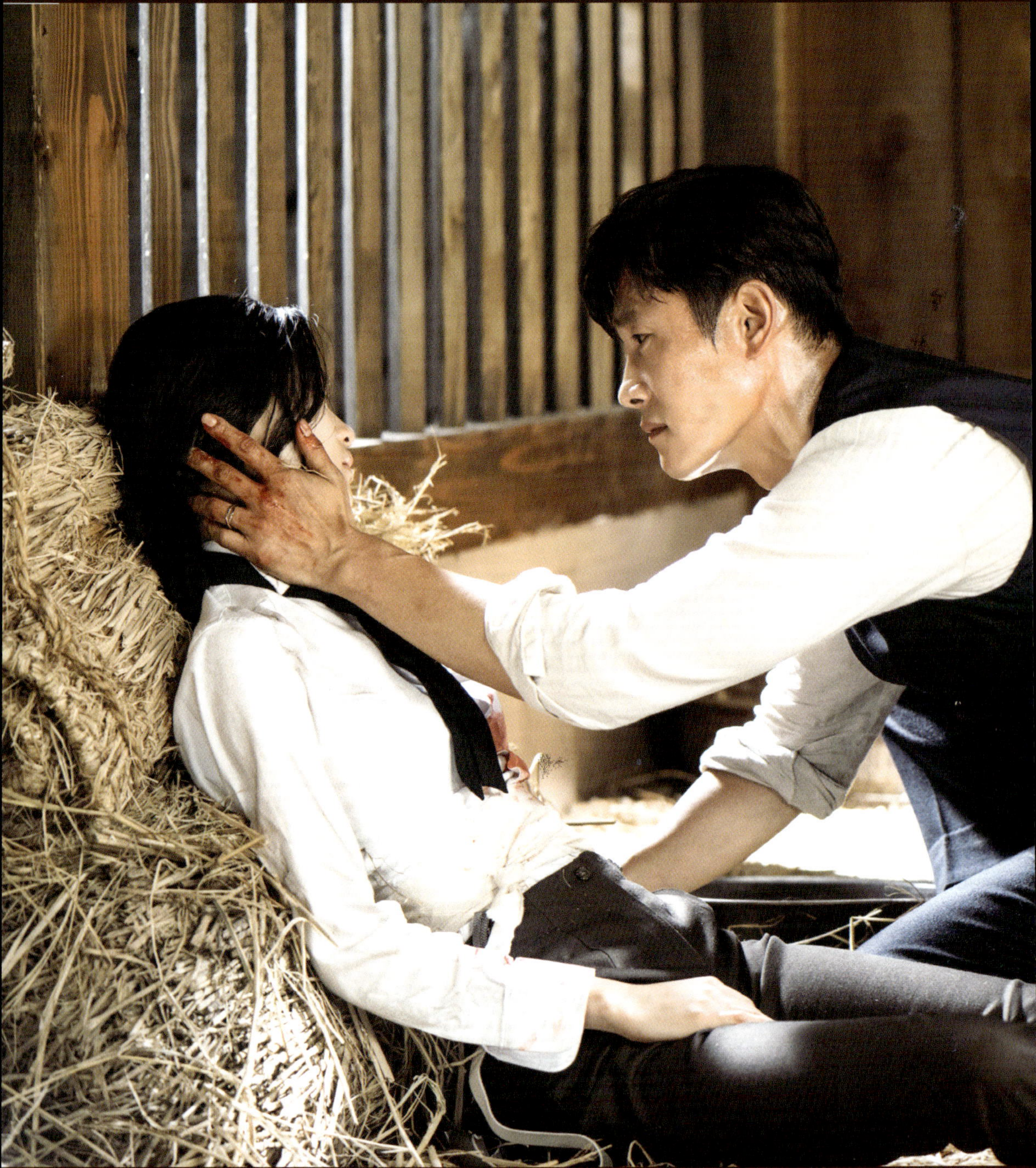

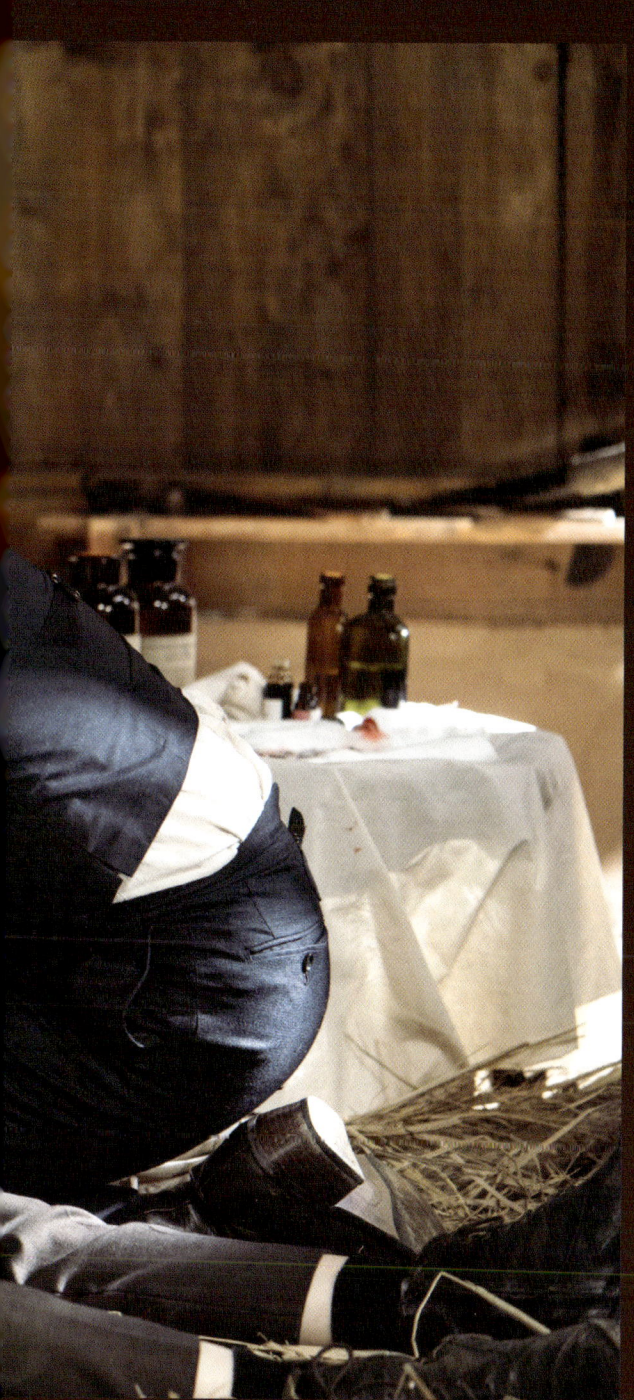

하루라도 잊혀야…

또… 그 꿈이네…
… 살아 왔구려… 다행이오…
수도 없이 꾸었던 꿈이오…
이젠 속지 않소… 귀하는, 조선에 없소…
그러니… 오지 마시오…
조선은 온통 지옥이요…
이리 꿈에도 오지 마시오.
하루라도 잊혀야 내가 살지 않겠소….

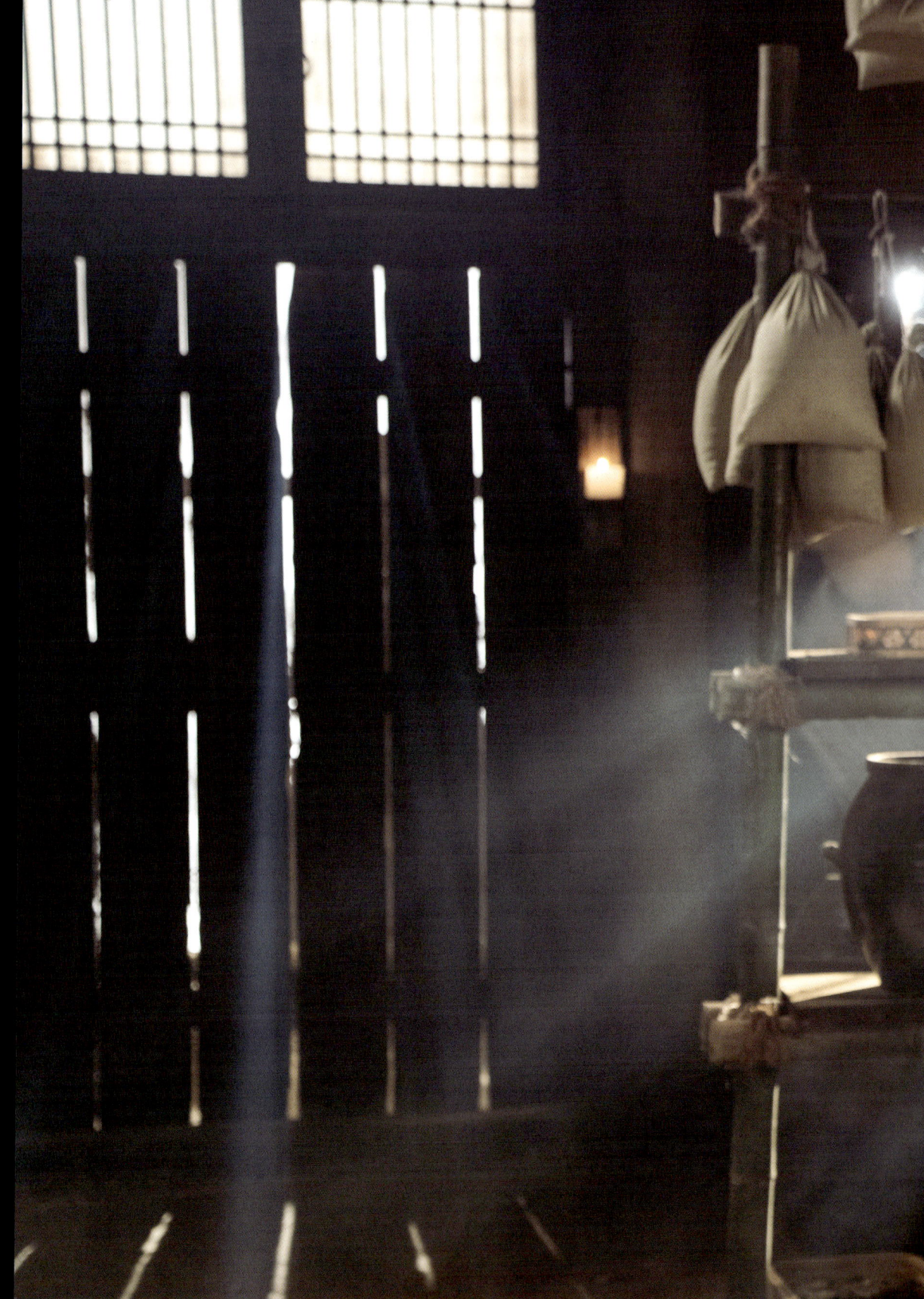

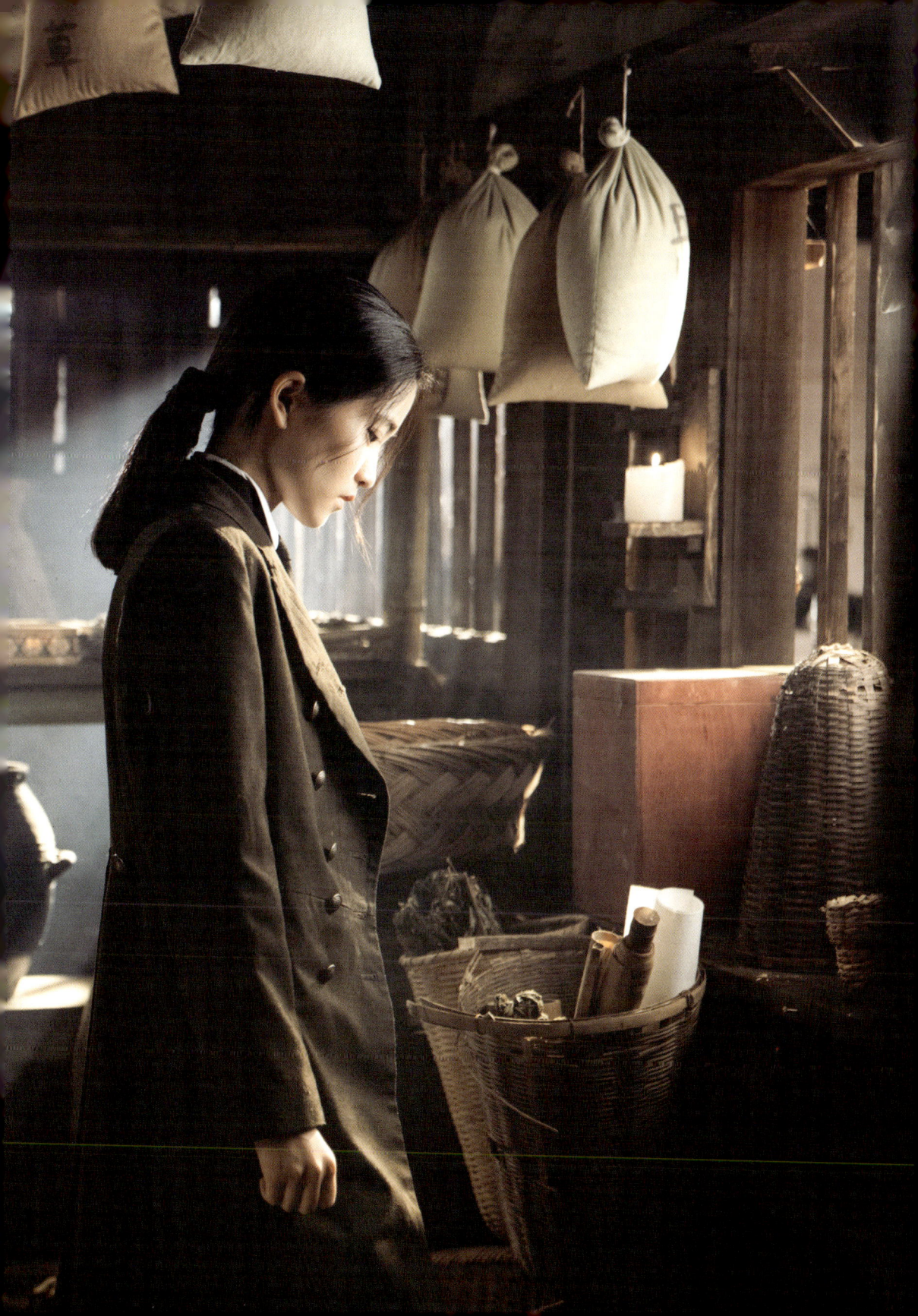

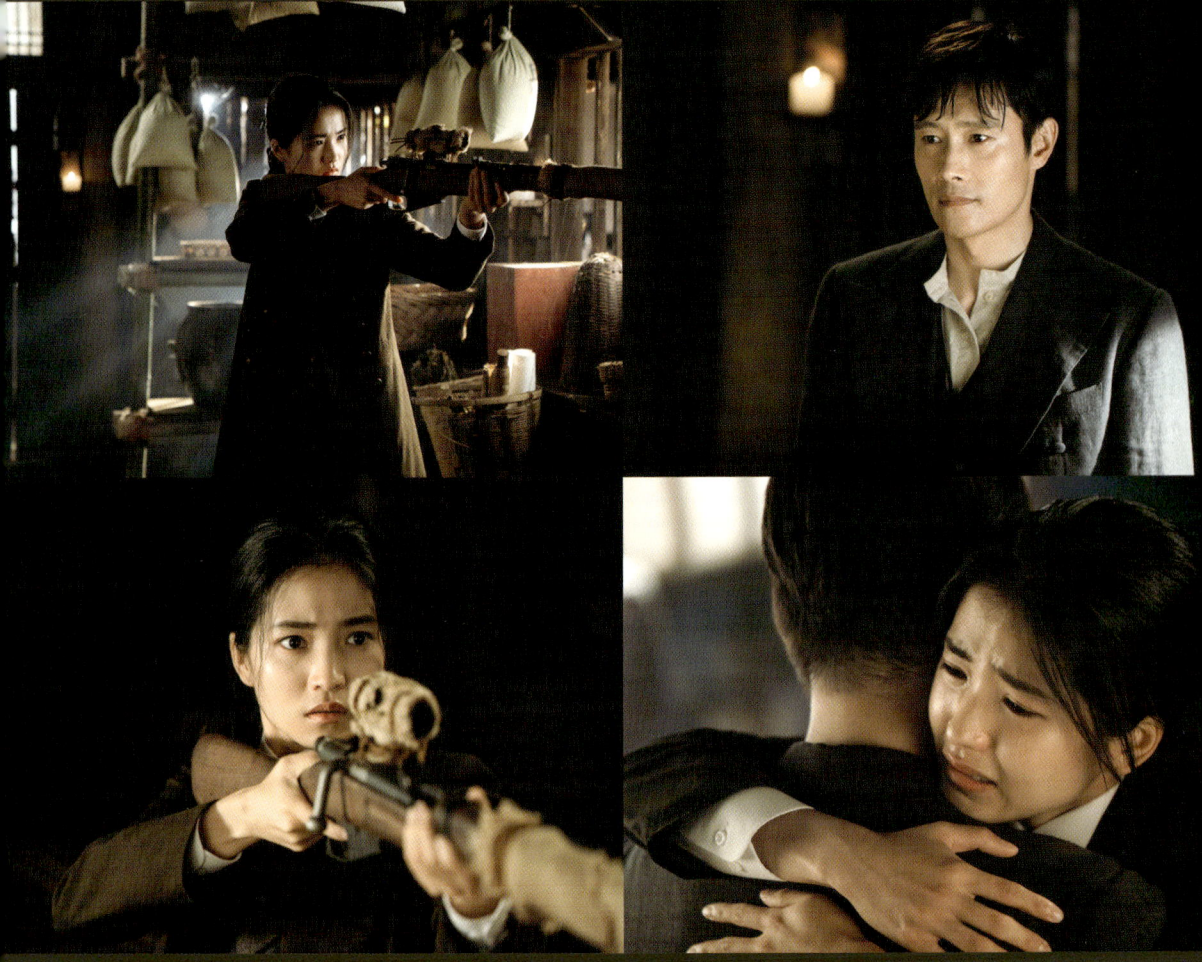

난 당신을 구할 거니까

이럴 거면서 왜 오지 말래.
얼굴 좀 봅시다. 아파하는 얼굴만 봐서.

지금이 더 아프려나.
이리 오면 어떡하오.
진짜 이렇게 눈앞에 있으면 어떡해.

헤어질 때 분명 또 보자고 했는데.
달리 방법이 없었소. 안 돌아올 방법이.
고작 한 뼘 반이었소 내겐.
어찌나 보고 싶던지.

걱정 마시오.
당신은 당신의 조선을 구하시오.
난 당신을 구할 거니까.
이건 내 역사고, 난 그리 선택했소.

내 아버지 요셉의 아버지이신 하나님…
내 남은 생을 다 쓰겠습니다.
그 모든 걸음을 오직 헛된 희망에 의지하였으니,
살아만 있게 하십시오.
그 이유 하나면 저는… 나는 듯이 가겠습니다.

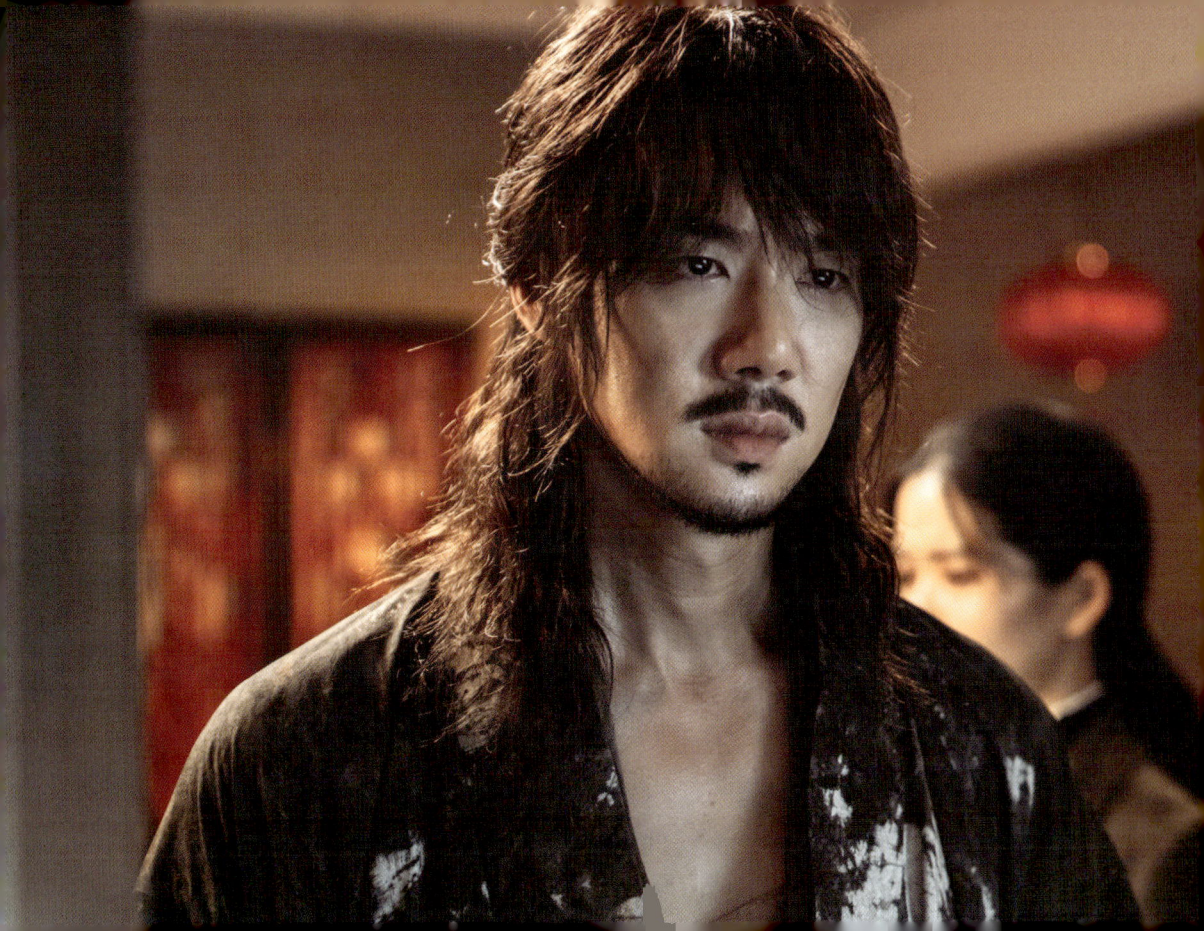

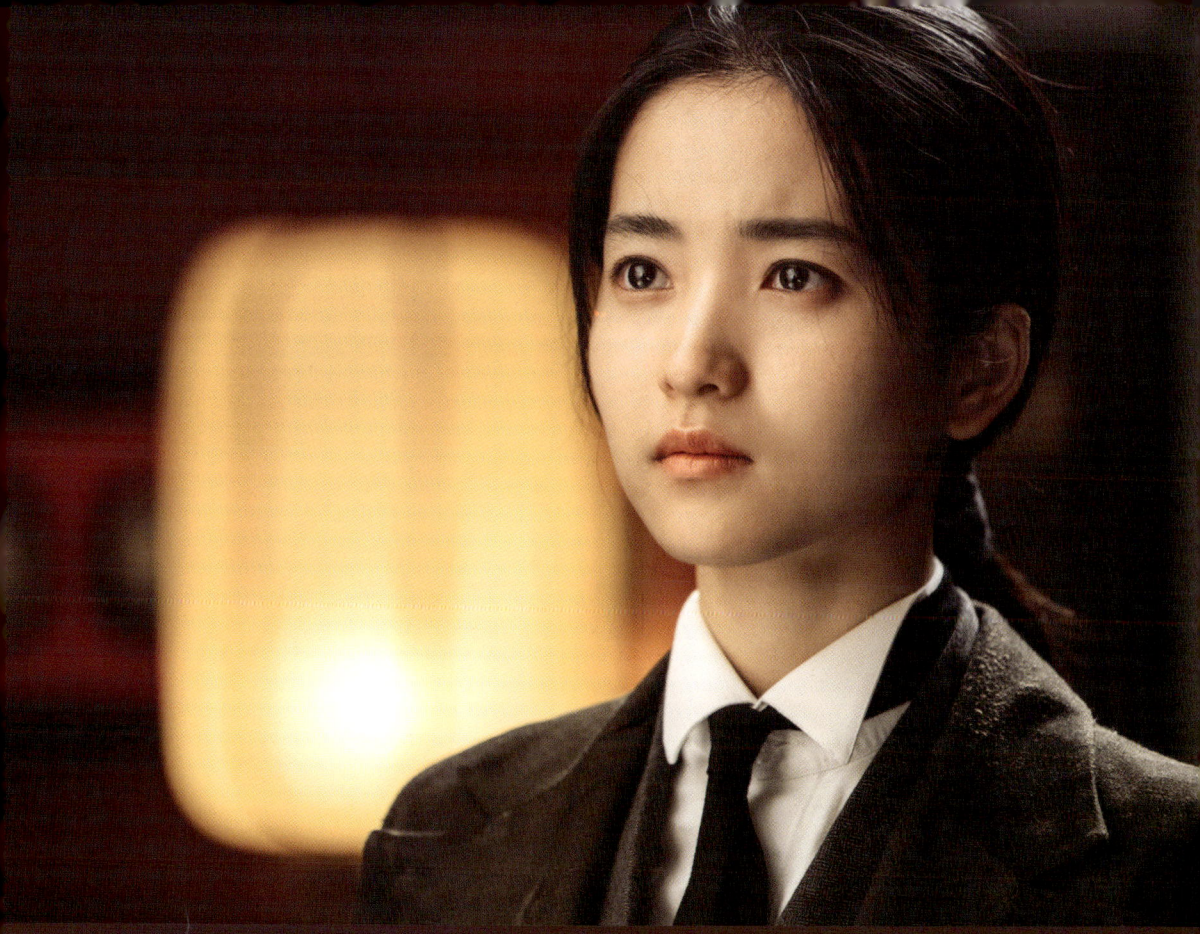

날아오르십시오

못 뵙고 가나 했는데. 보름에도 안 오시길래.
오늘이 마지막 날이거든요.
이제 다 갚으셨습니다. 더는 안 오셔도 됩니다.

떠나려는 겐가.
어디로. 돕겠네.
애기씨는 못 도우십니다.
몸도 성치 않다 들었네. 도움을 받게.

다시 저를 가마에 태우시려는 겁니까. 이번엔 안 타겠습니다 애기씨.
제가 무신회에 첫발을 디딘 순간부터 제 마지막은 이리 정해져 있었던 겁니다.
제가 그 가마에 타면 애기씨 또한 위험해지십니다. 저만 쫓기겠습니다.
애기씬, 이제 날아오르십시오.

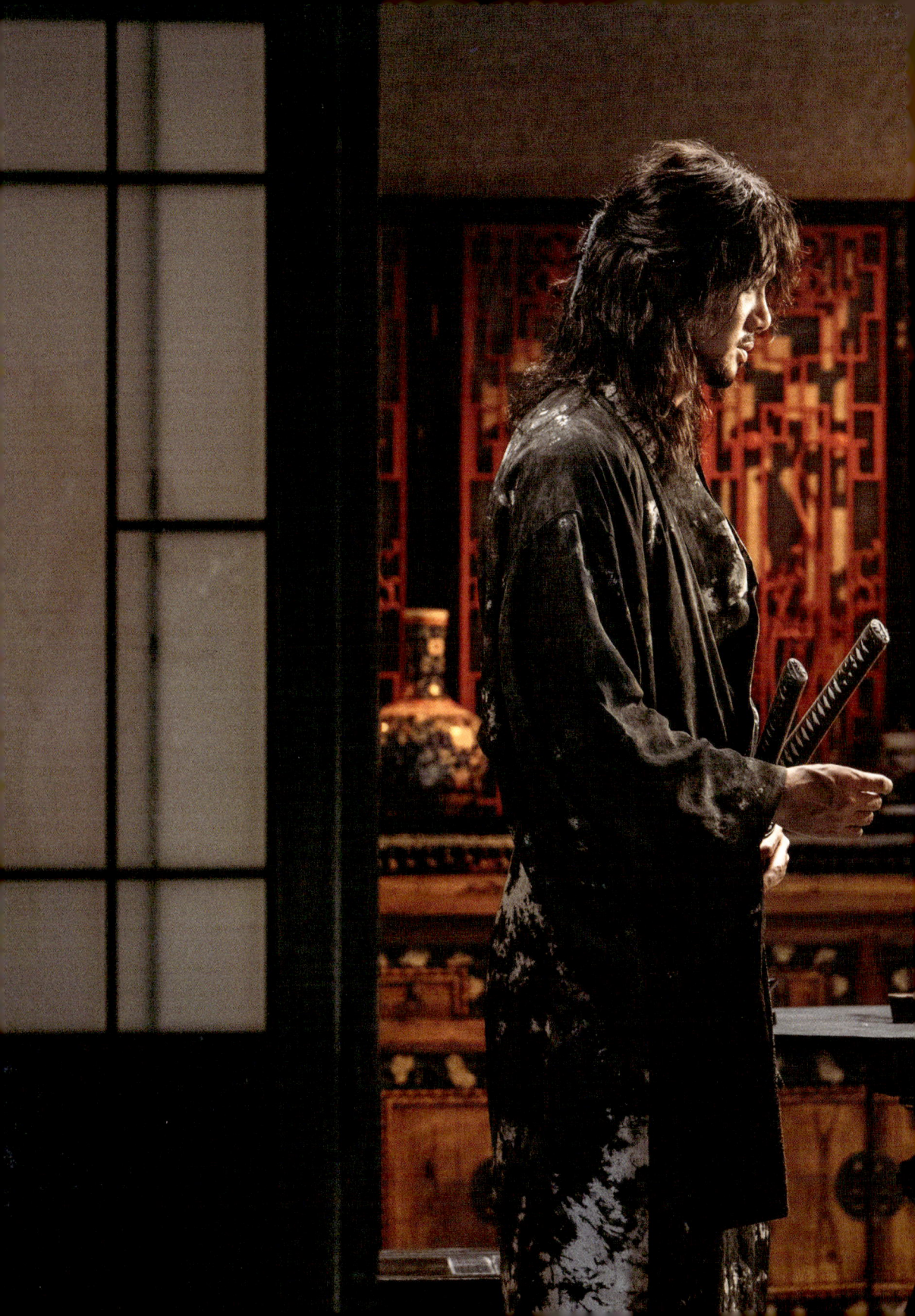

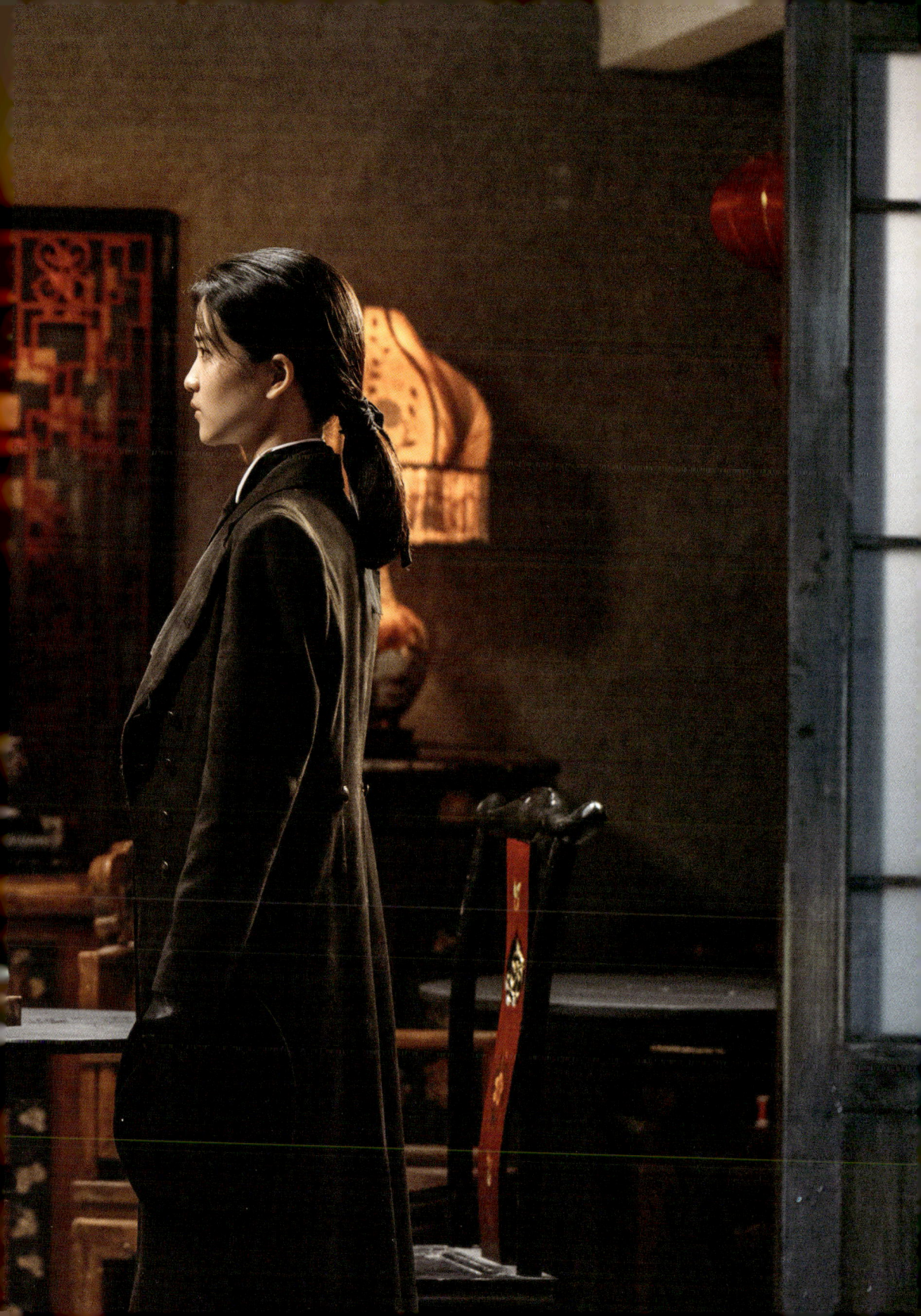

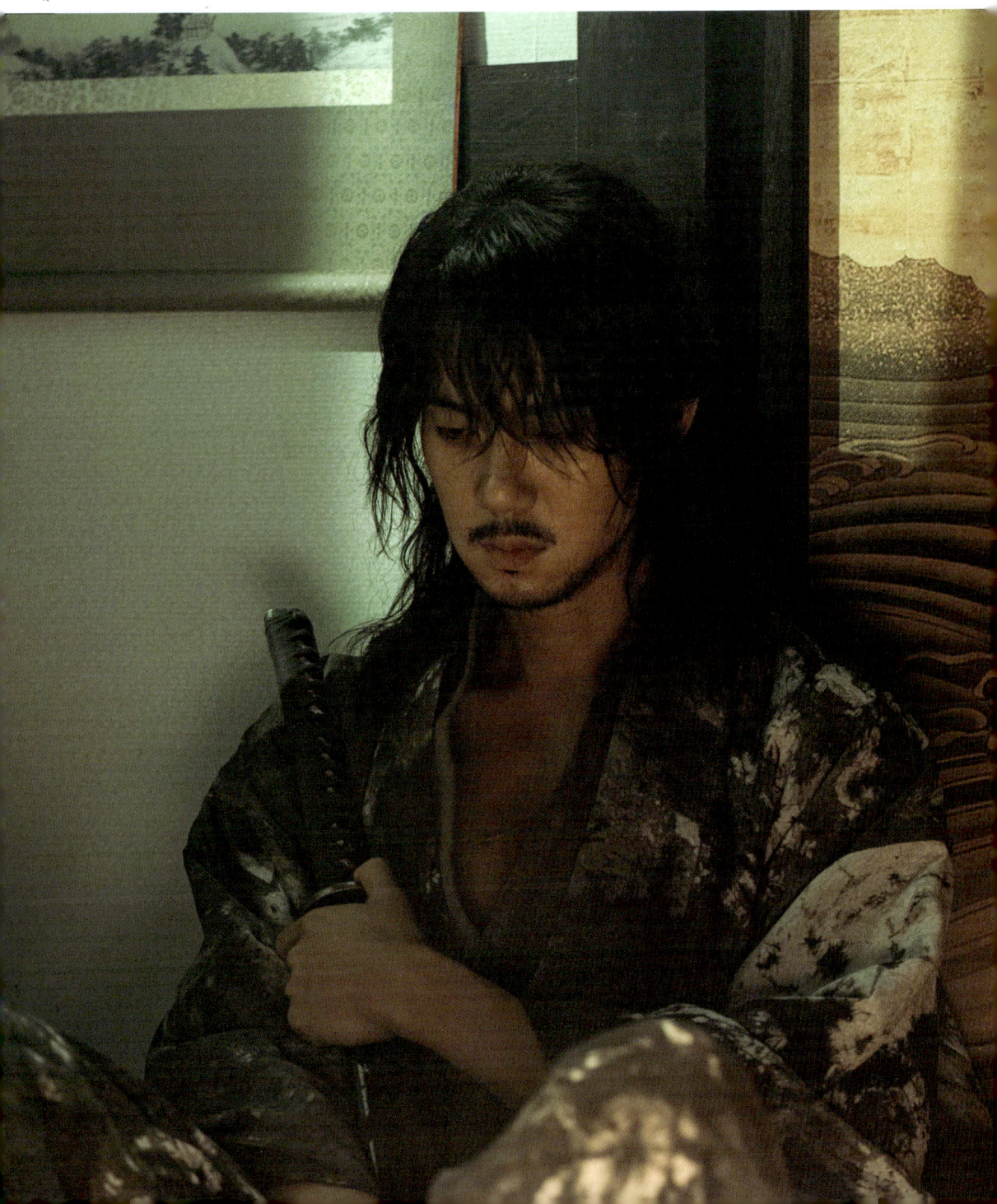

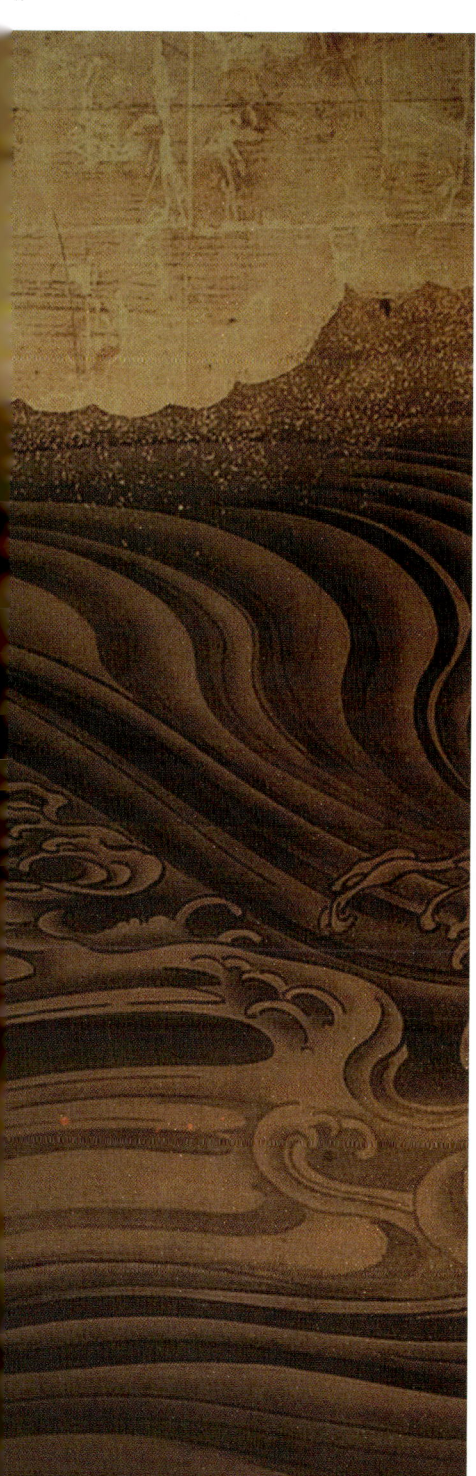

생의 한순간만이라도 가졌다면

호강에 겨운 양반 계집이
나를 얼마나 괴롭혔는지 아는가.

역시 이놈은 안 될 놈입니다.
아주 잊으셨길 바랐다가도…
또 그리 아프셨다니…
그렇기리도 제가
애기씨 생의 한순간만이라도 가졌다면,
이놈은, 그걸로 된 거 같거든요.

혹여나 하늘이 도와,
전신이 나빠 전보가 늦고,
날이 흐려 배가 더디고,
그 모든 걸 감안하더라도

일본에서 내게 닿기까지 고작, 열흘.
그 열흘을…
일 년처럼 살아볼까…

그리 죽어볼까…

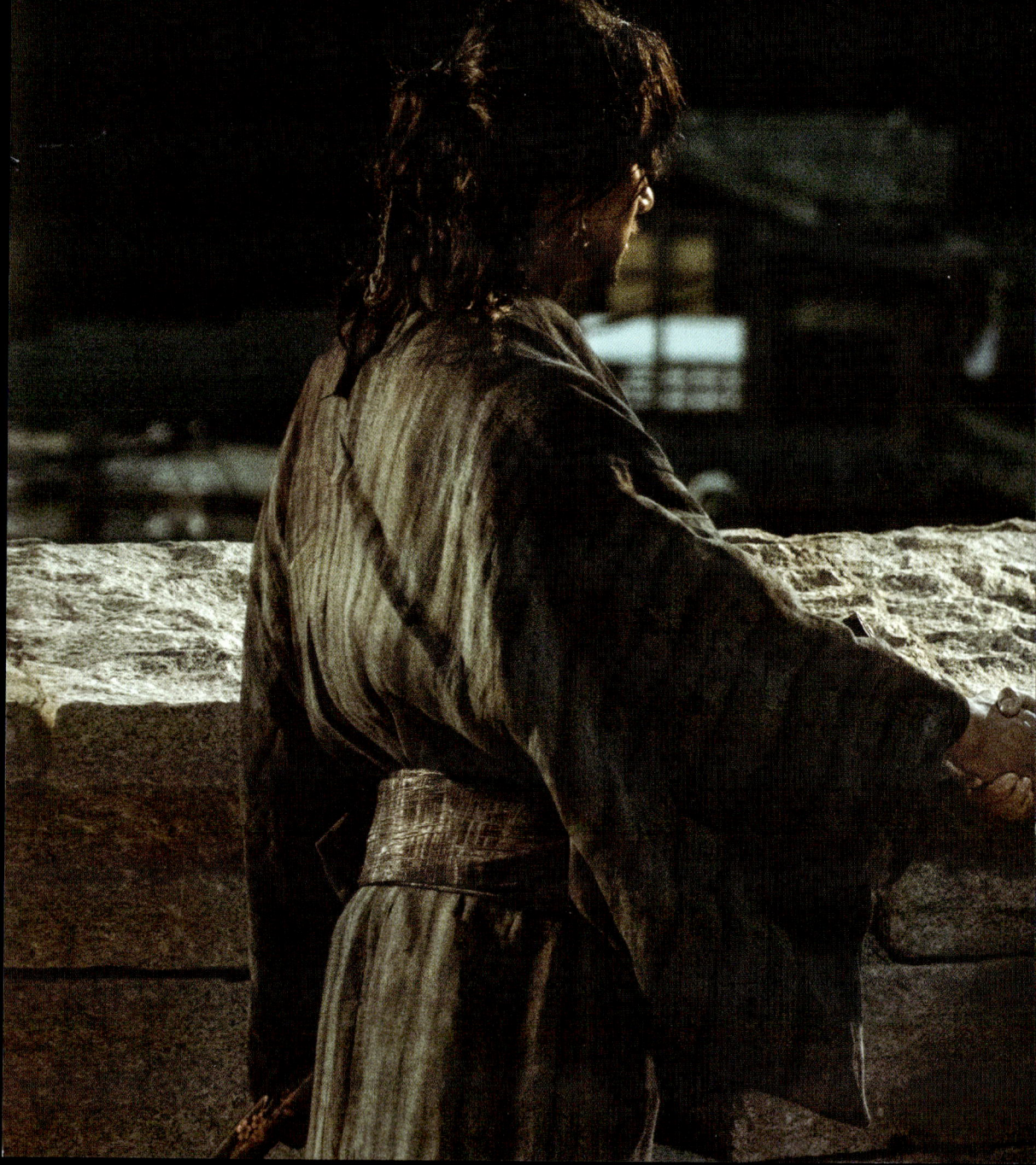

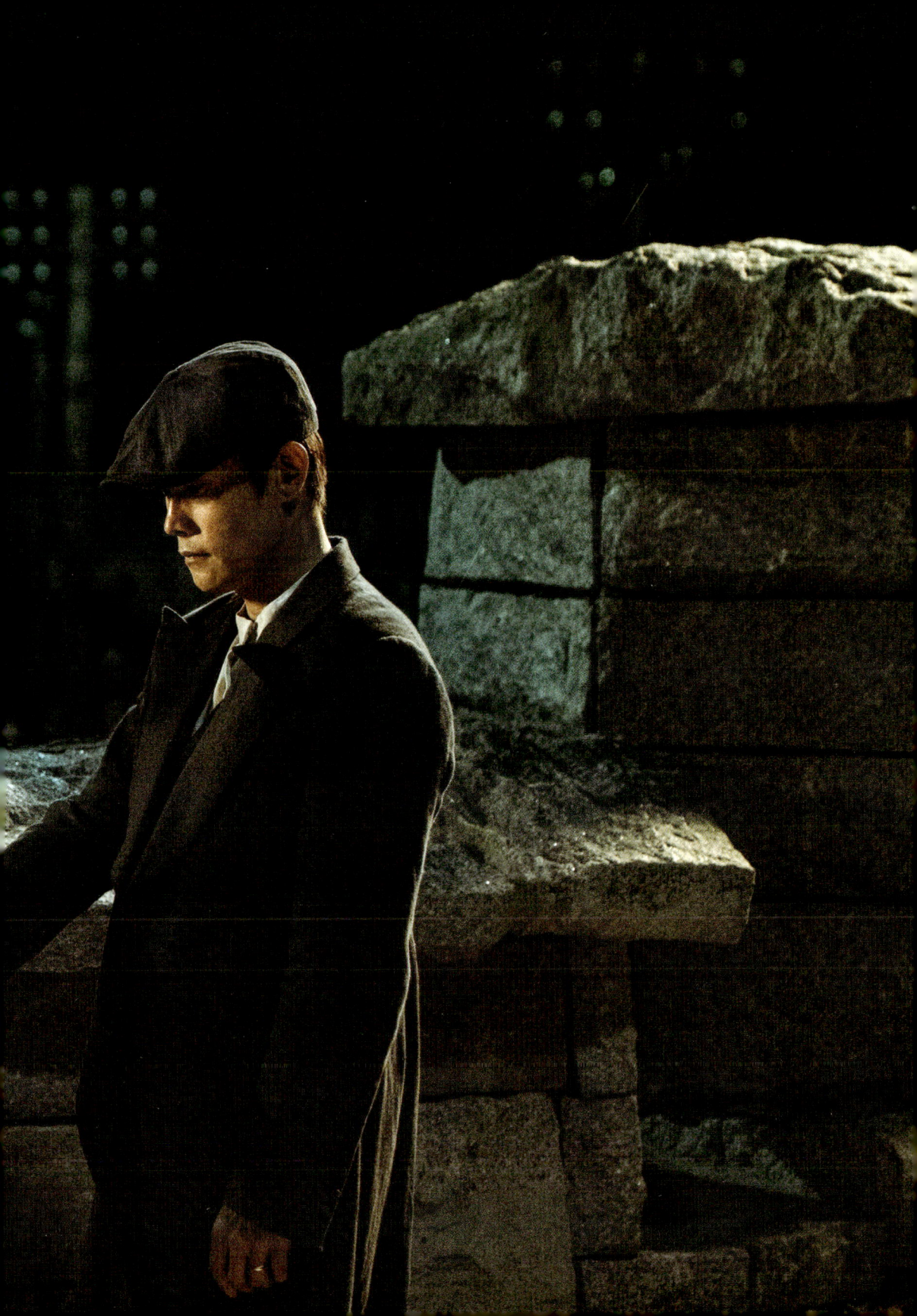

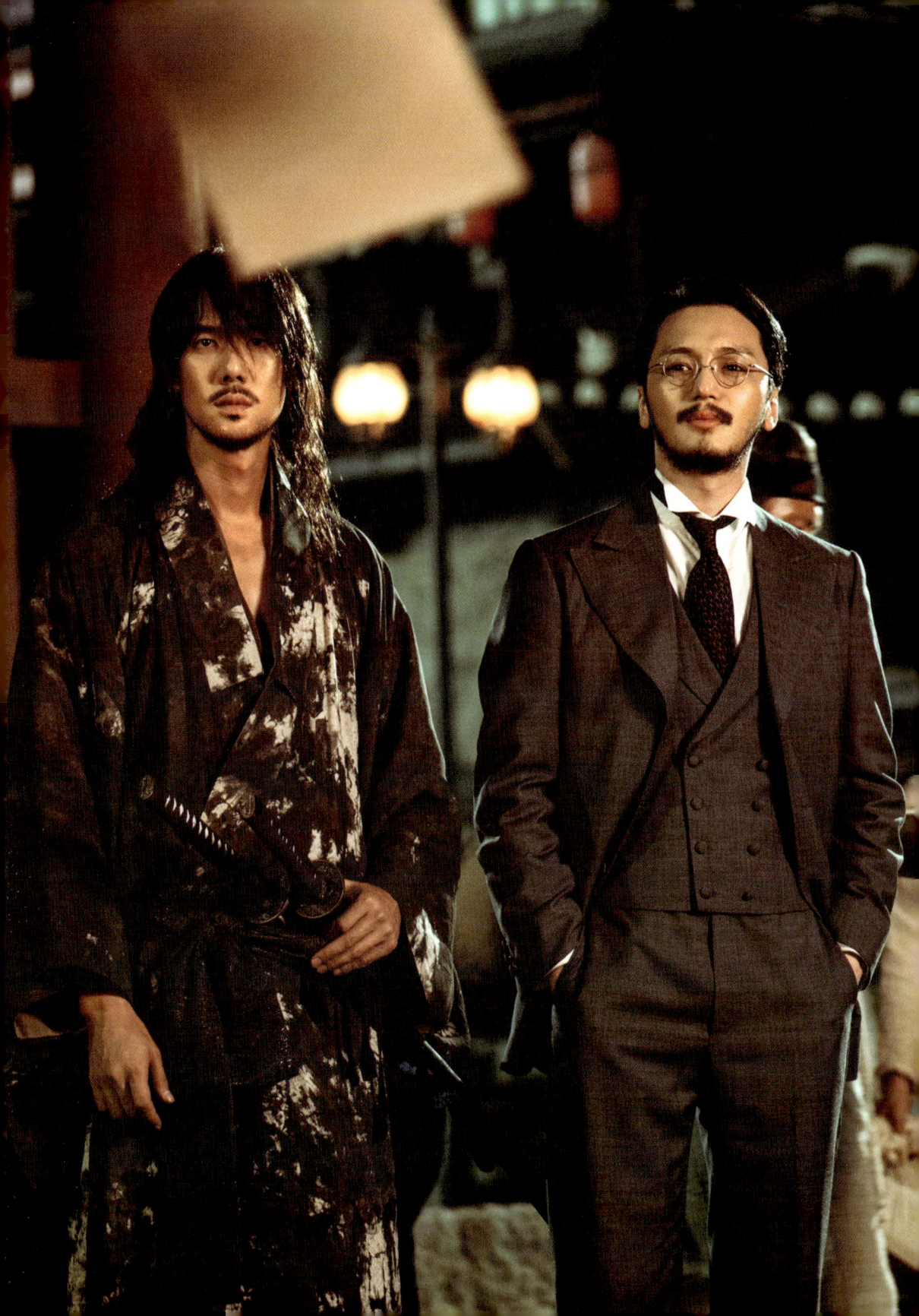

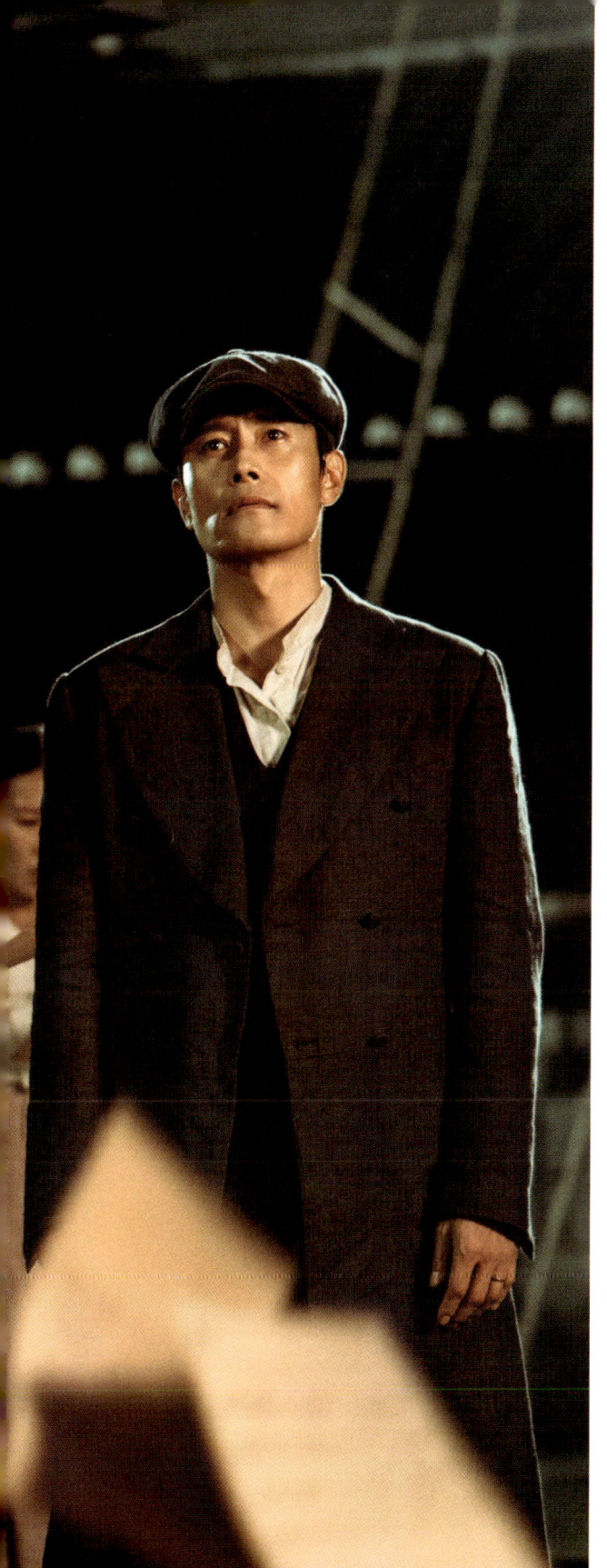

그 사이 어디쯤

우리의 걸음은 우리를 퍽 닮아 있었다.
유서를 대신하여 써내려가는 호외와
부서진 몸속으로 남은 생만큼
타들어가는 아편과
끝끝내 이방인인 자에게
쥐어진 태극기를 들고

우리가 도착할 종착지는
영광과… 새드 엔딩…
그 사이 어디쯤일 것…
멈출 방법을 몰랐거나…
멈출 이유가 없었거나…
어쩌면 애국심이었는지도…
없던 우정도 싹텄던…
덥고, 뜨거운, 여름밤이었으니까.

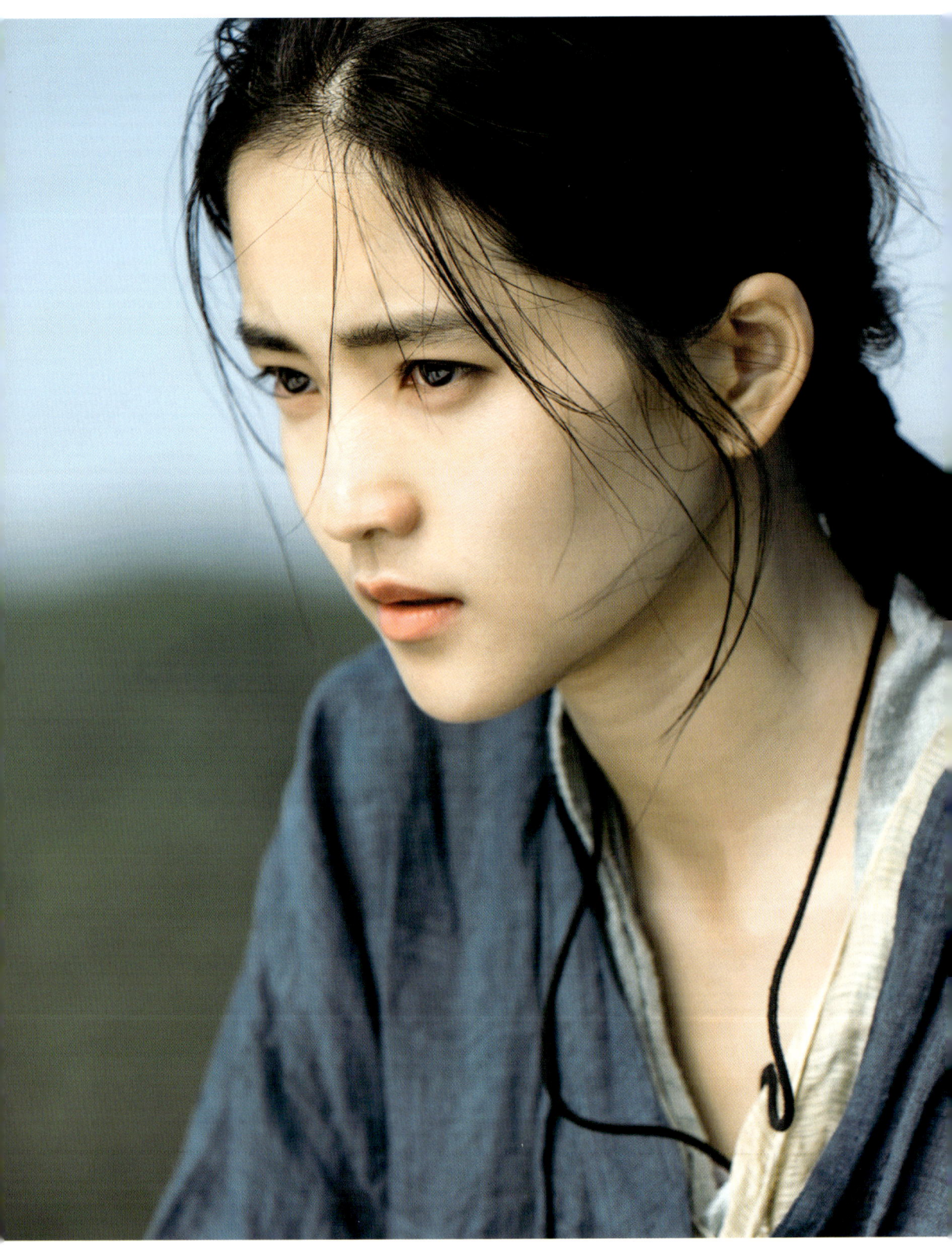

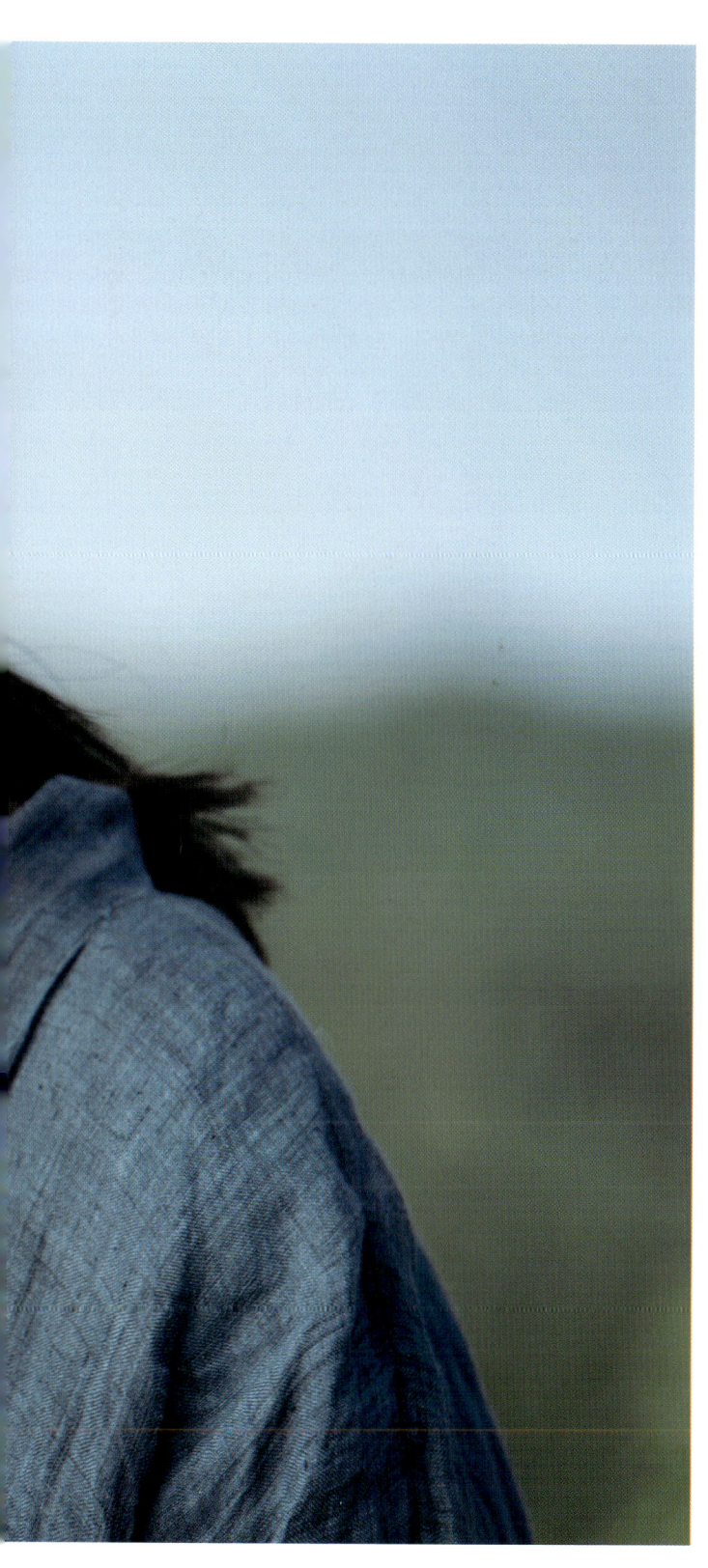

작별 인사

이게 내 질문의 대답인가 봐.
누가 작별 인사를 하나 봐.

아껴둔 핑계였는데…
허니 아프지 마시오…

귀하가 걸으려는 곳이 어디든
난 그 앞에 서 있고 싶었소.
귀하가 날 이별 앞에
세워둘 줄도 모르고 말이오.

그대와 걸은 모든 걸음이
내 평생의 걸음이었소.
그대와 함께한 모든 순간이
내겐 소풍 같았소.
아. 소풍은 피크닉이오, P요.

그대는 여전히 조선을 구하고 있소?
꼭 그러시오.
고애신은 참으로 뜨거웠소.
그런 고애신을 난 참 많이 사랑했고.
그럼, 굿바이.

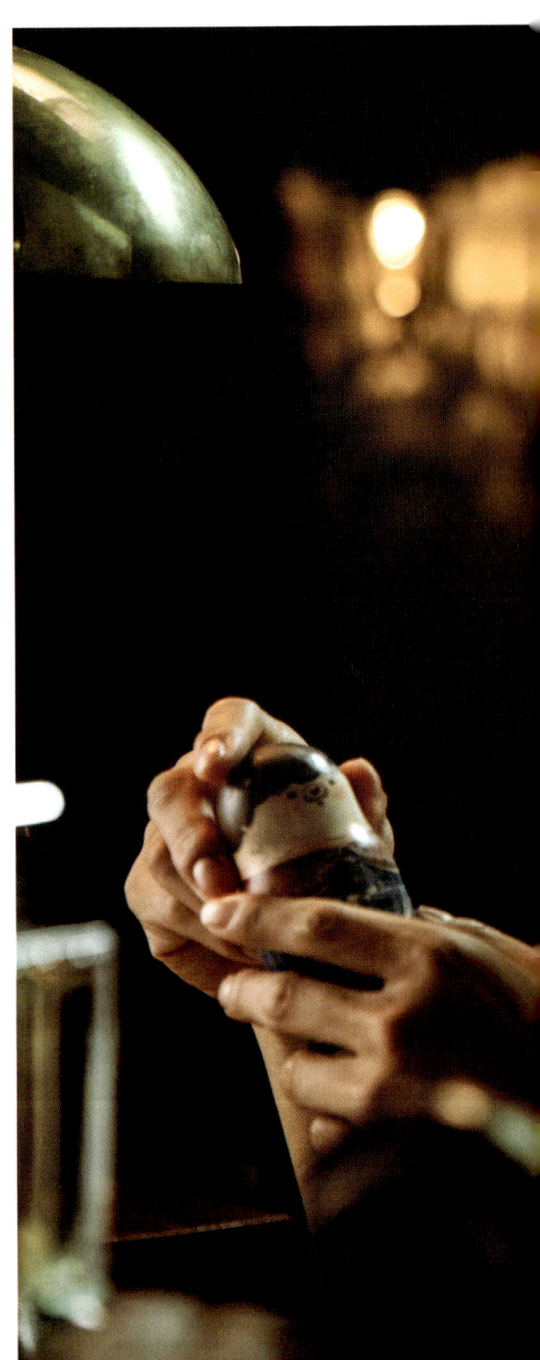

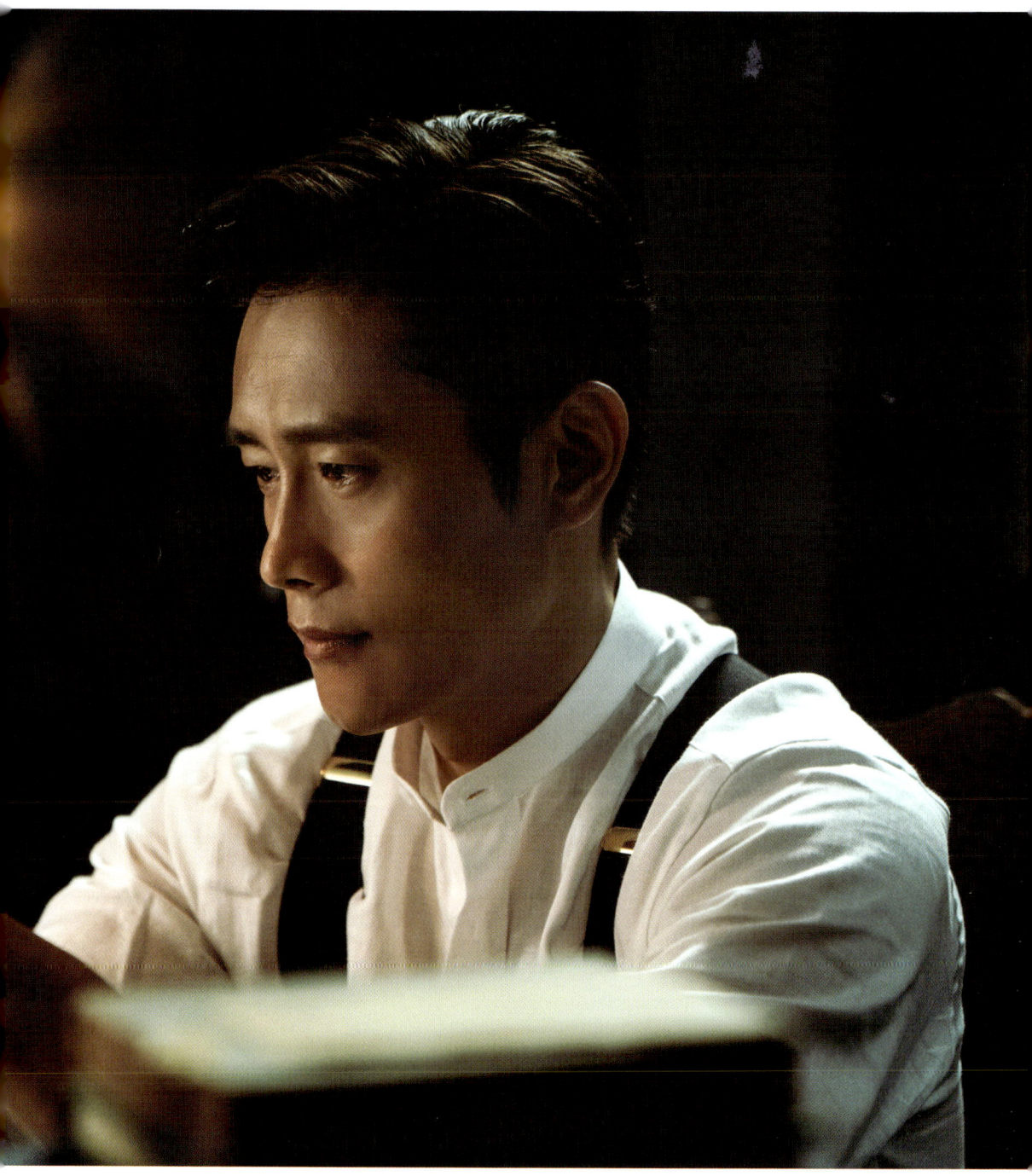

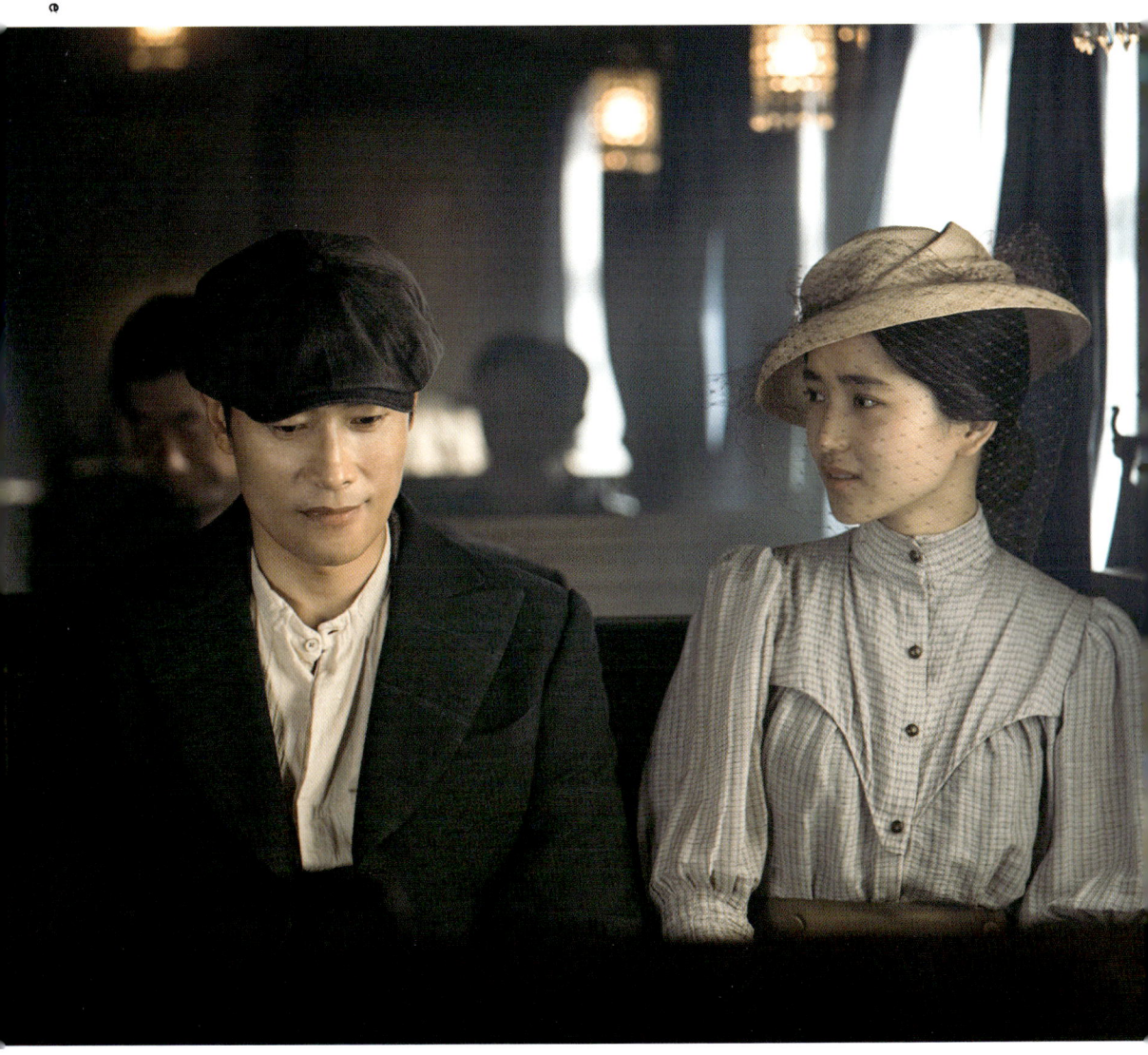

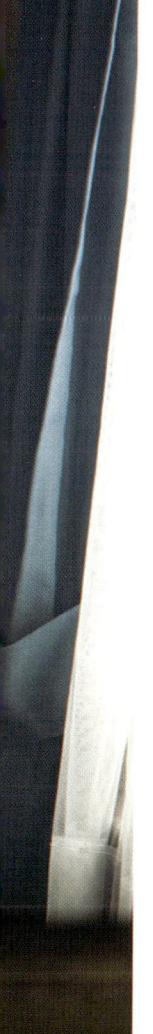

러브 스토리

조선이 조금 늦게
망하는 쪽으로 걷는 중이오.

해서 하는 말인데, 울지 마시오.
이건 나의 history이자 나의 love story요.
그래서 가는 거요.
당신의 승리를 빌며.

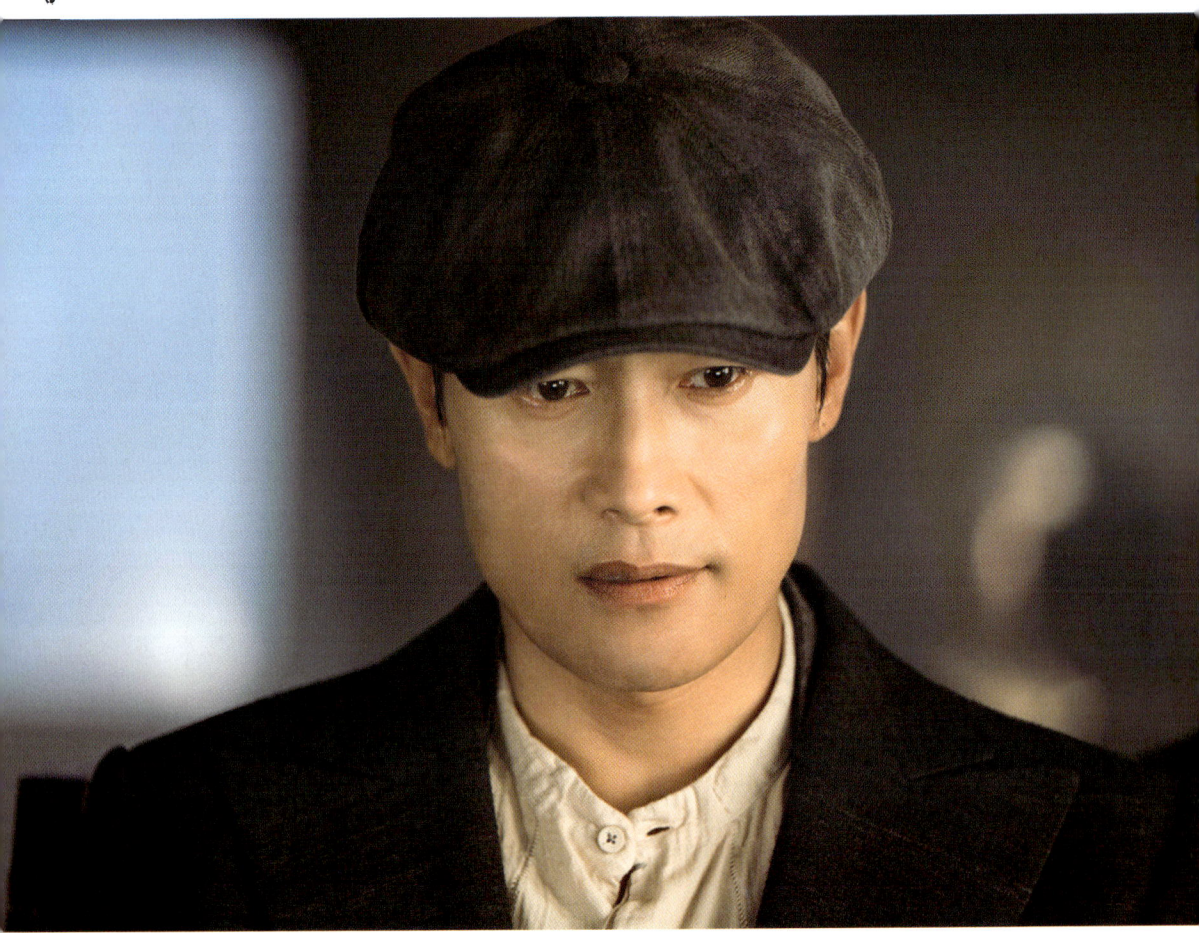

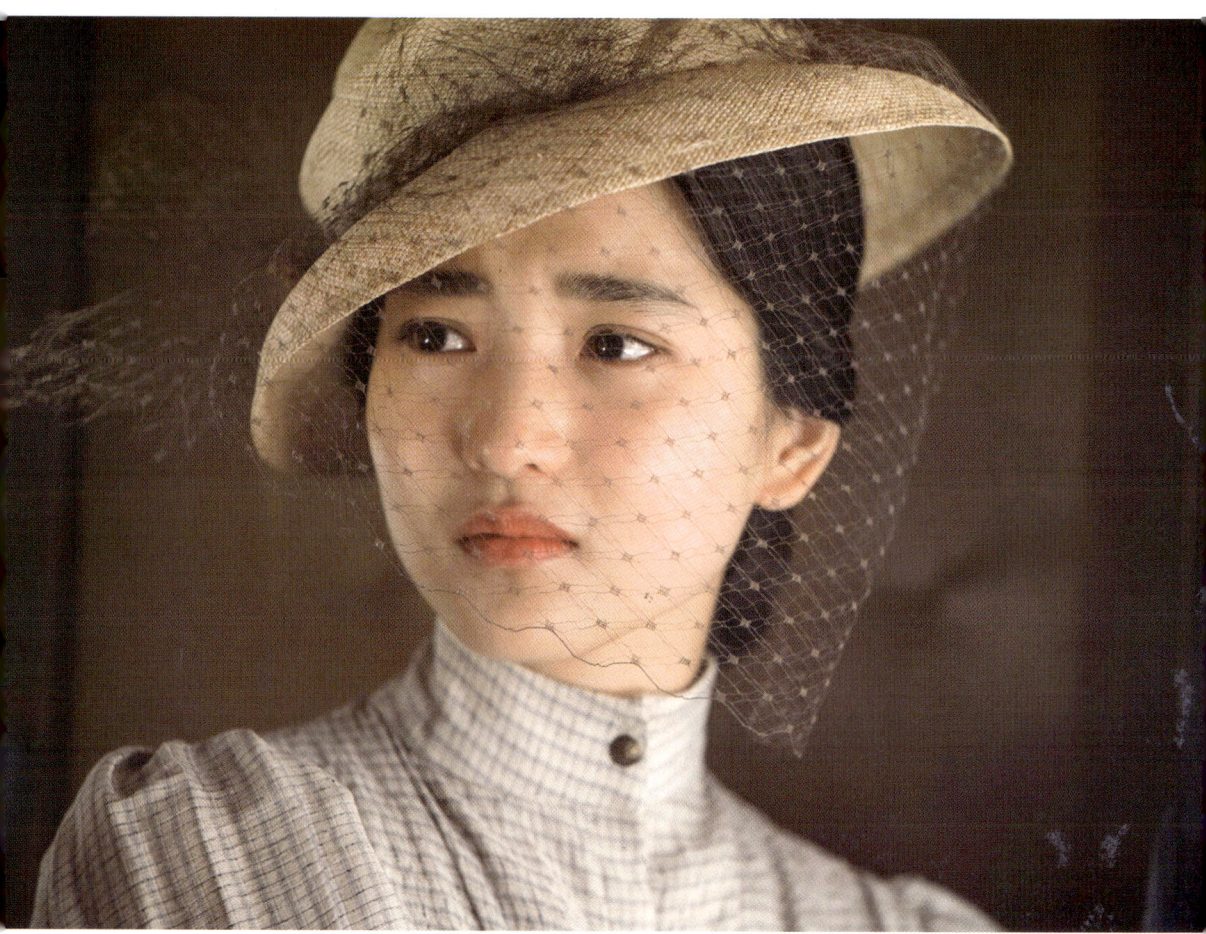

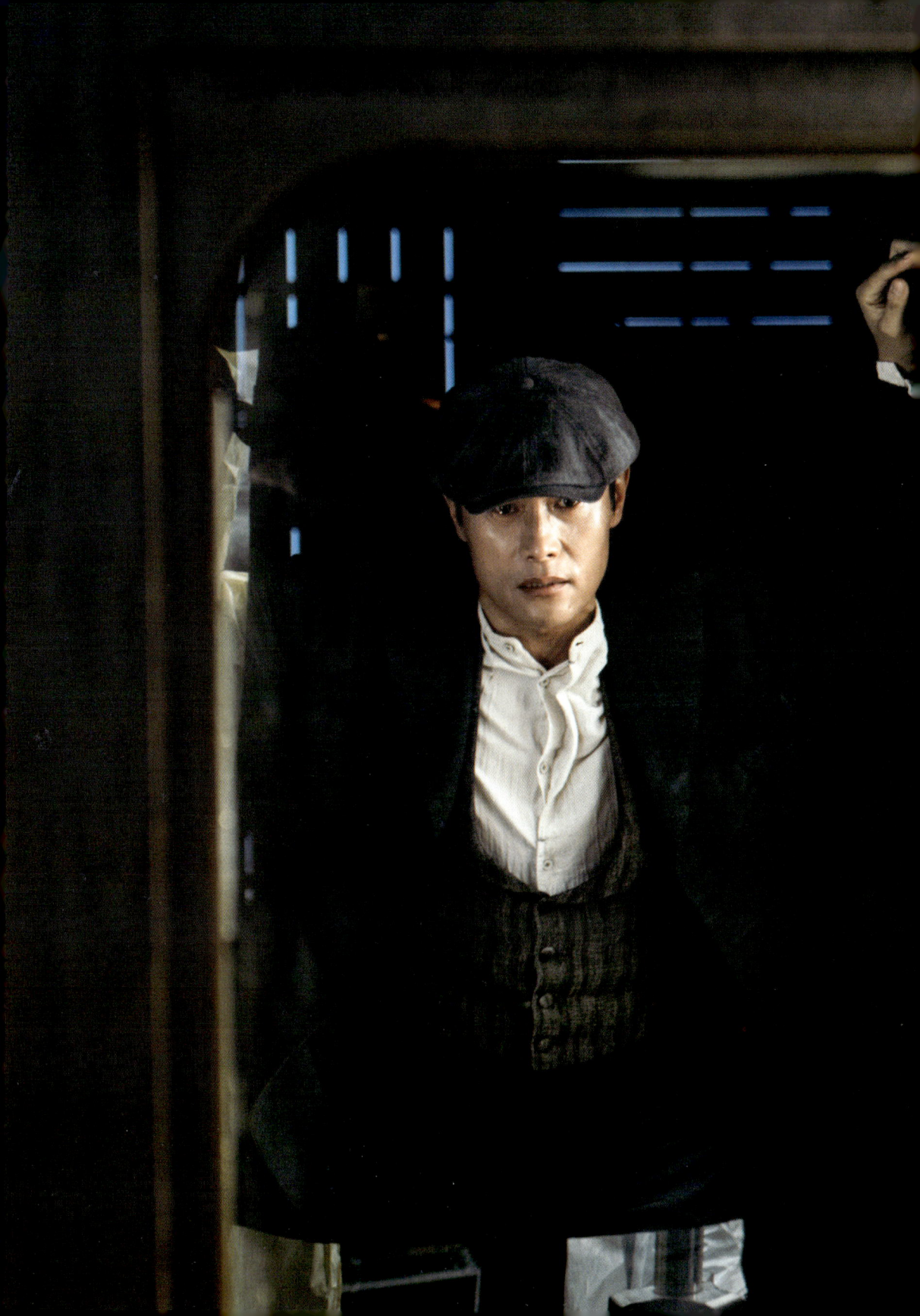

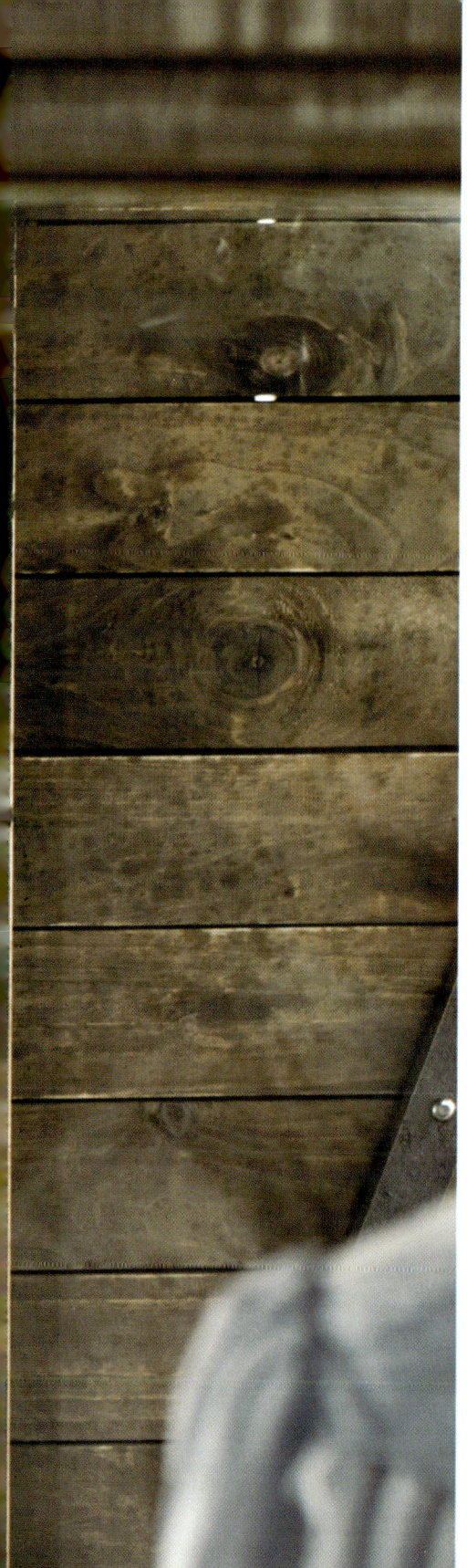

그대는 나아가시오.
나는 한 걸음 물러나니.

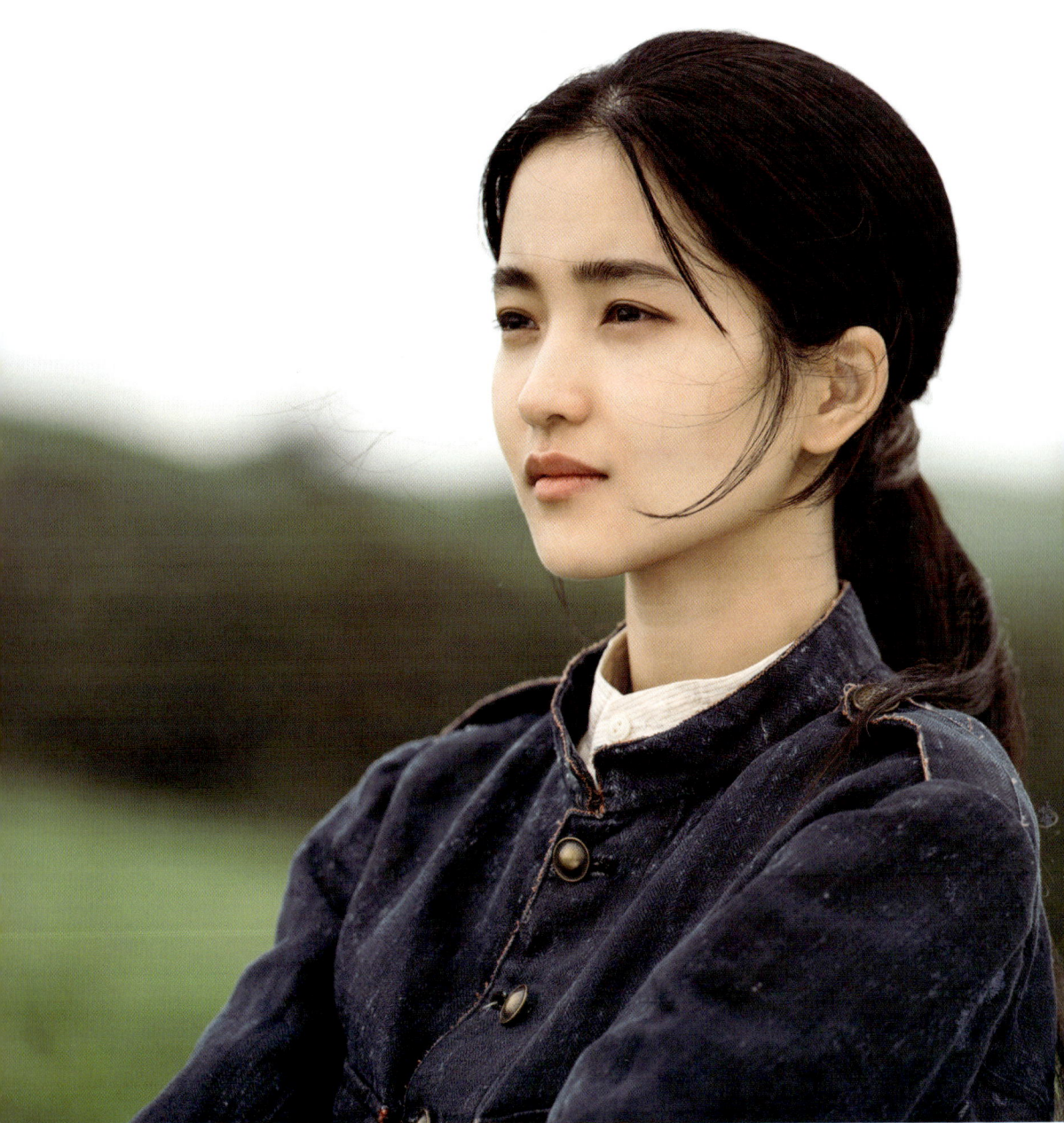

씨유 어게인

눈부신 날이었다.
우리 모두는 불꽃이었고,
모두가 뜨겁게 피고 졌다.

그리고 또 다시 타오르려 한다.
동지들이 남긴 불씨로.

나의 영어는 여직 늘지 않아서
작별 인사는 짧았다.

잘 가요 동지들…
독립된 조국에서… 씨유 어게인.

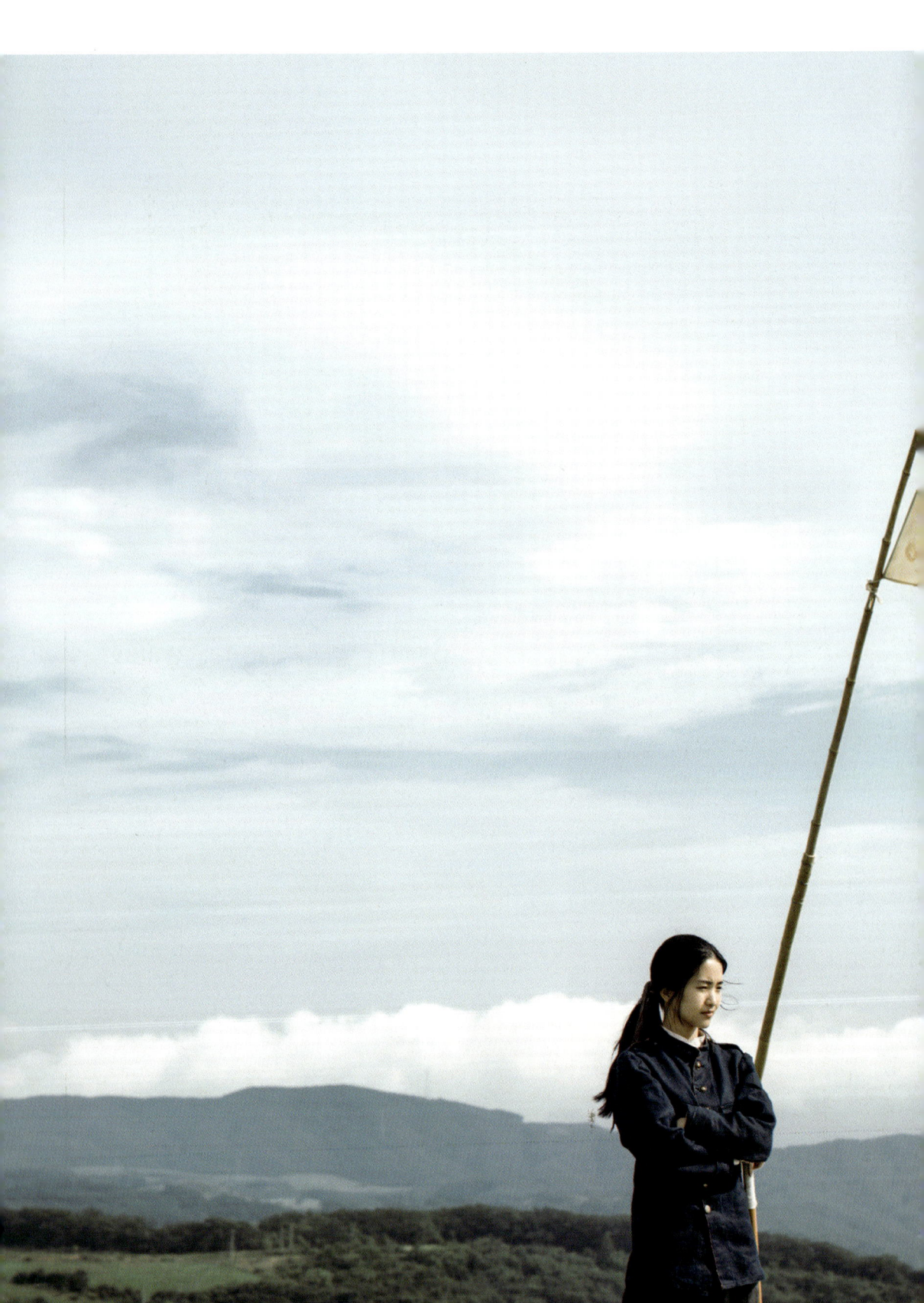

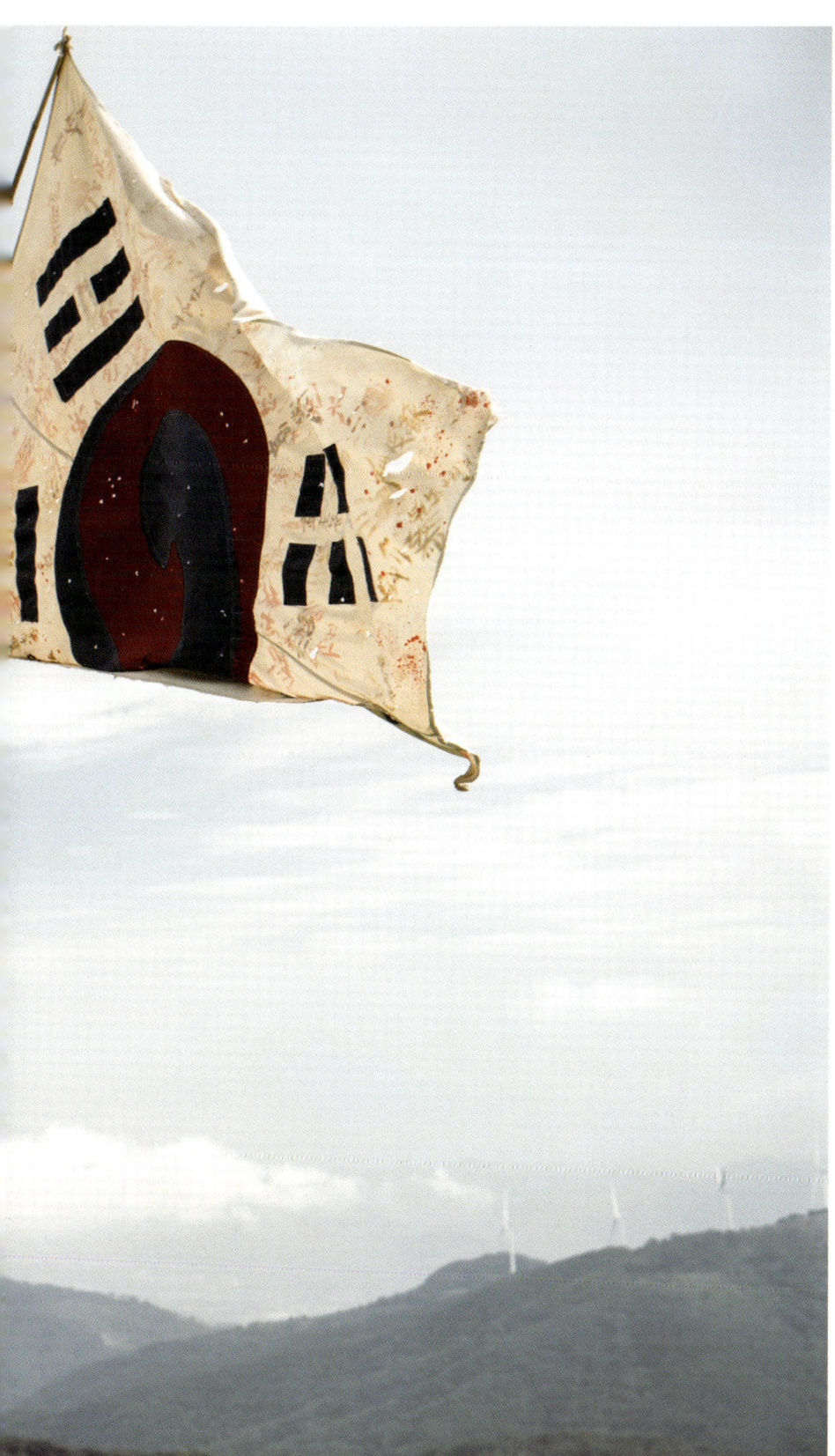

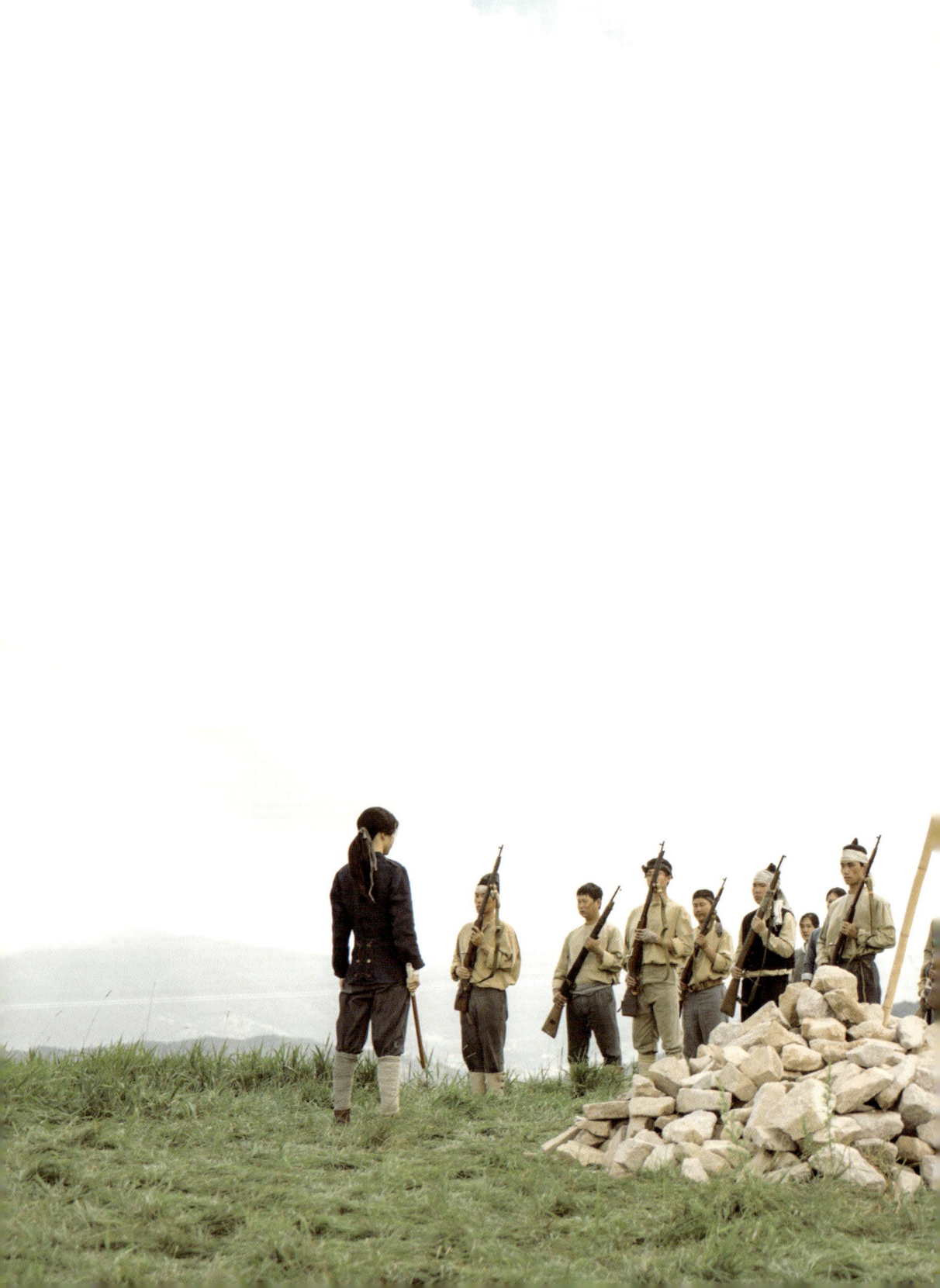

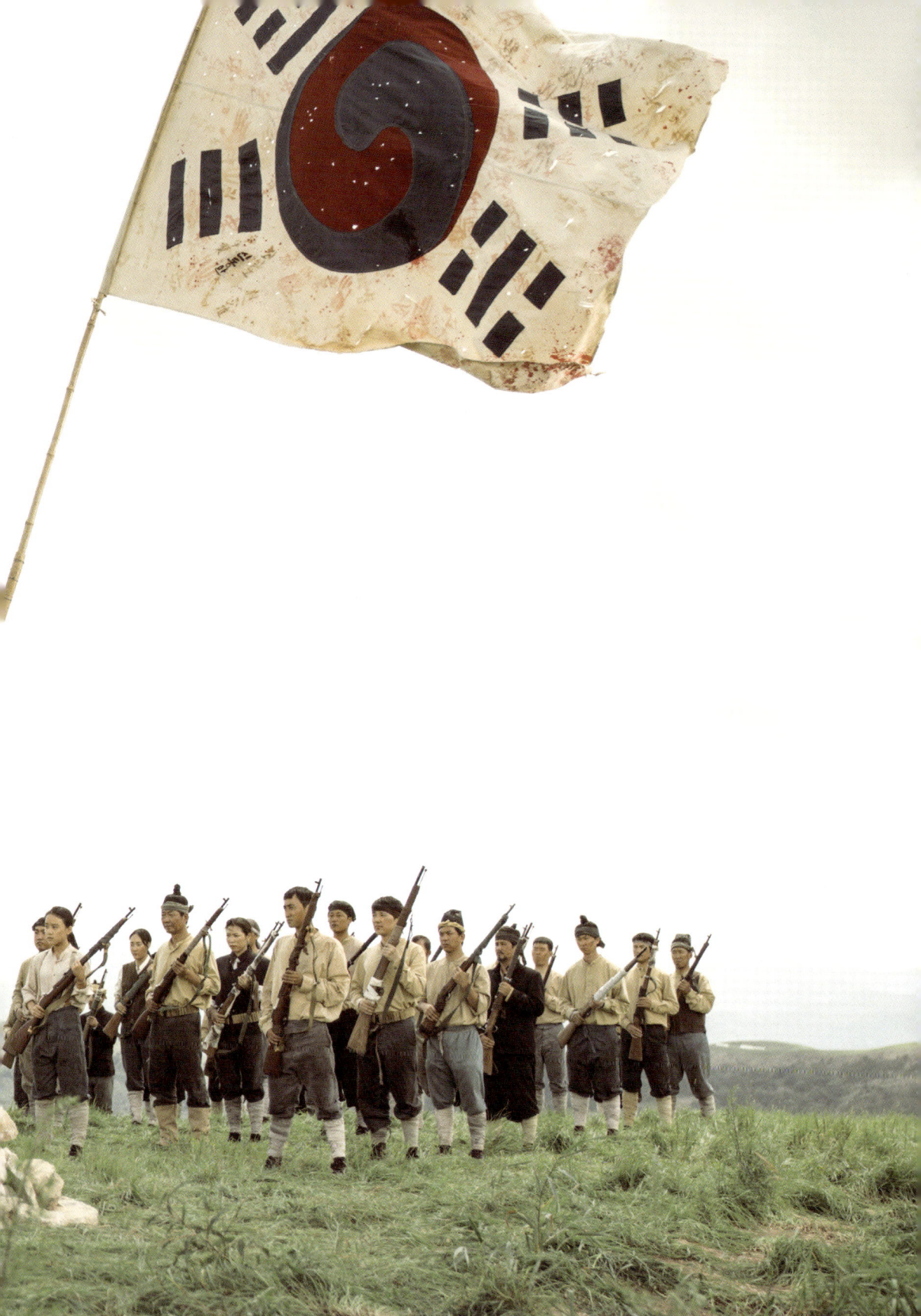

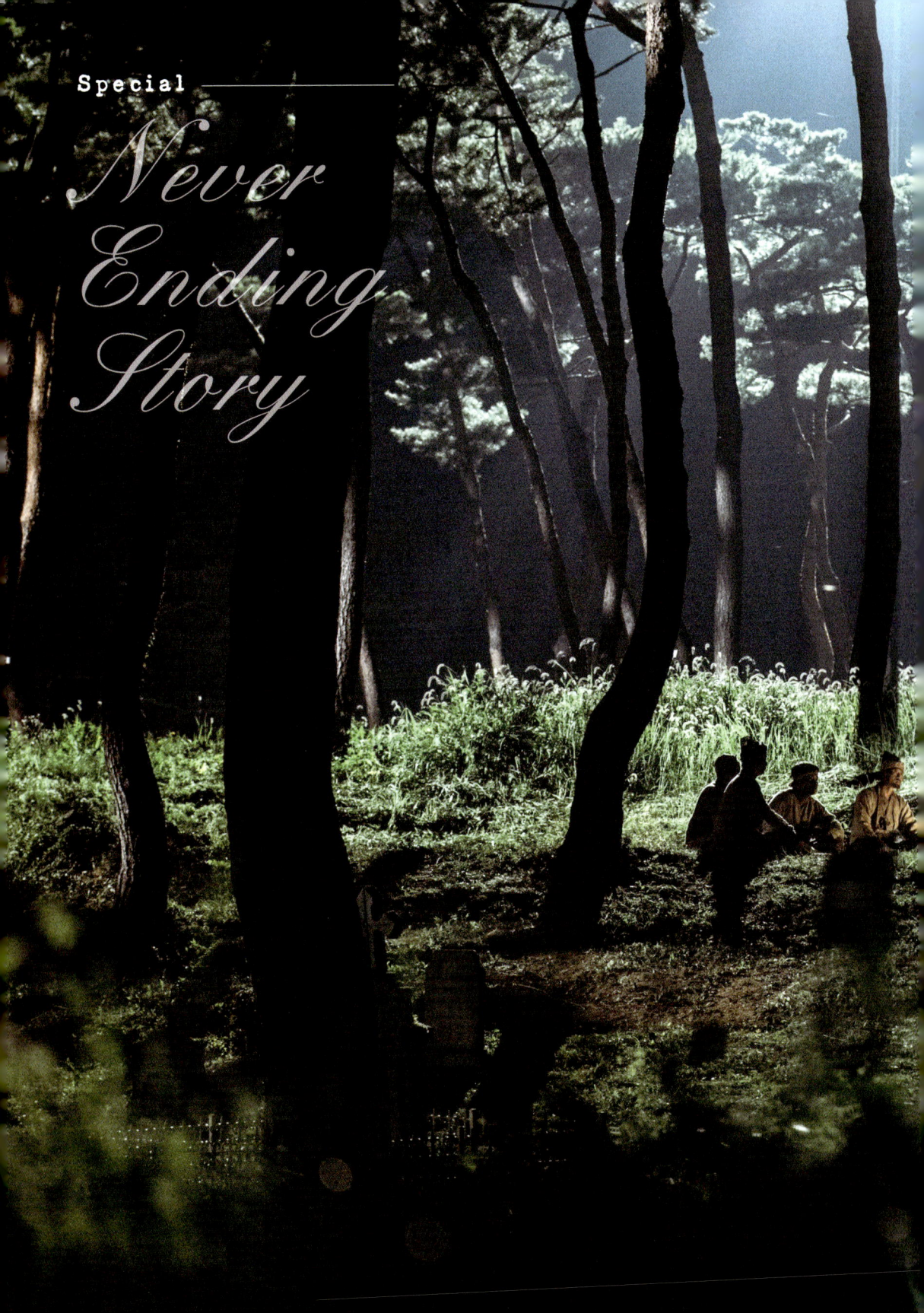

Never Ending Story

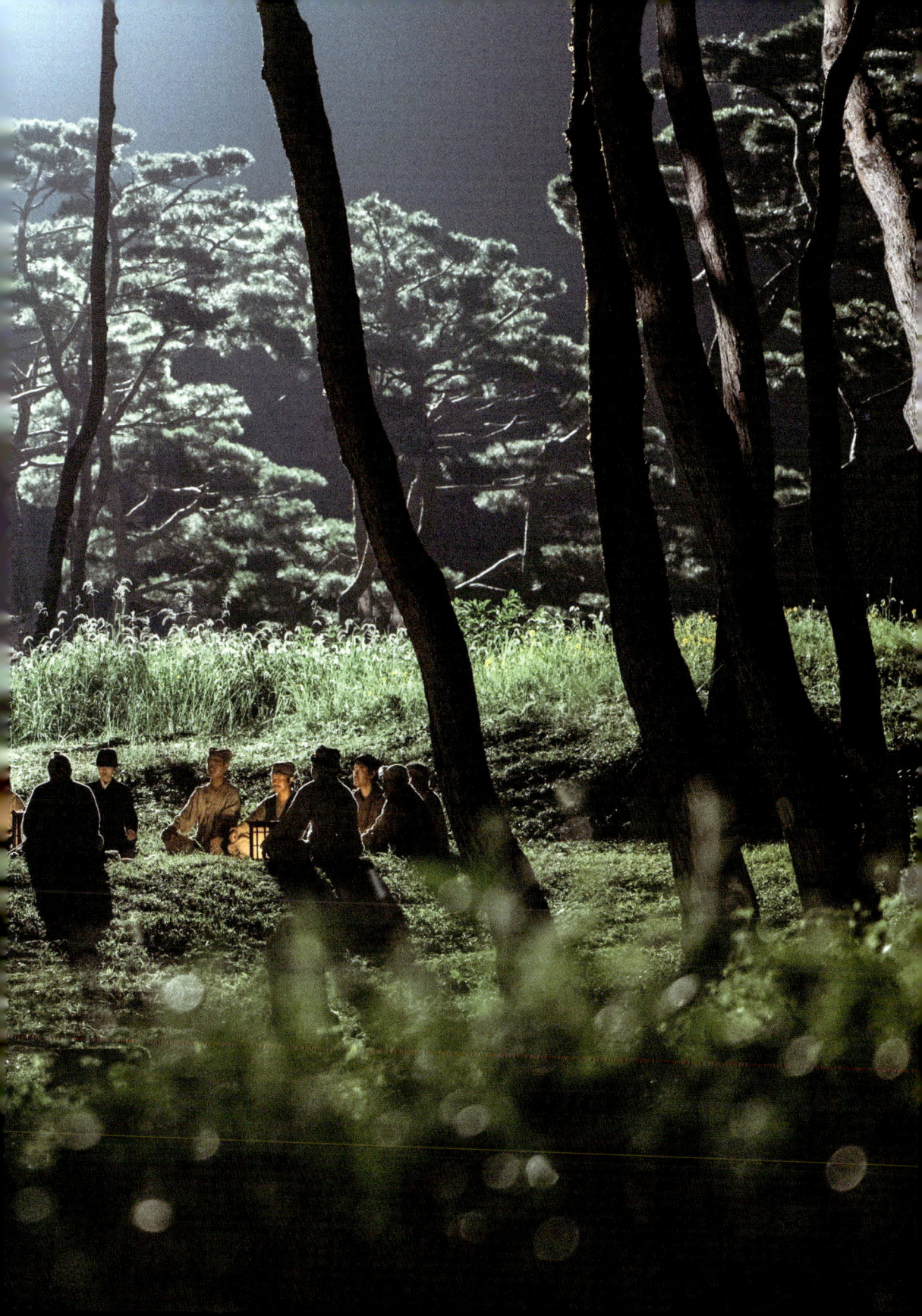

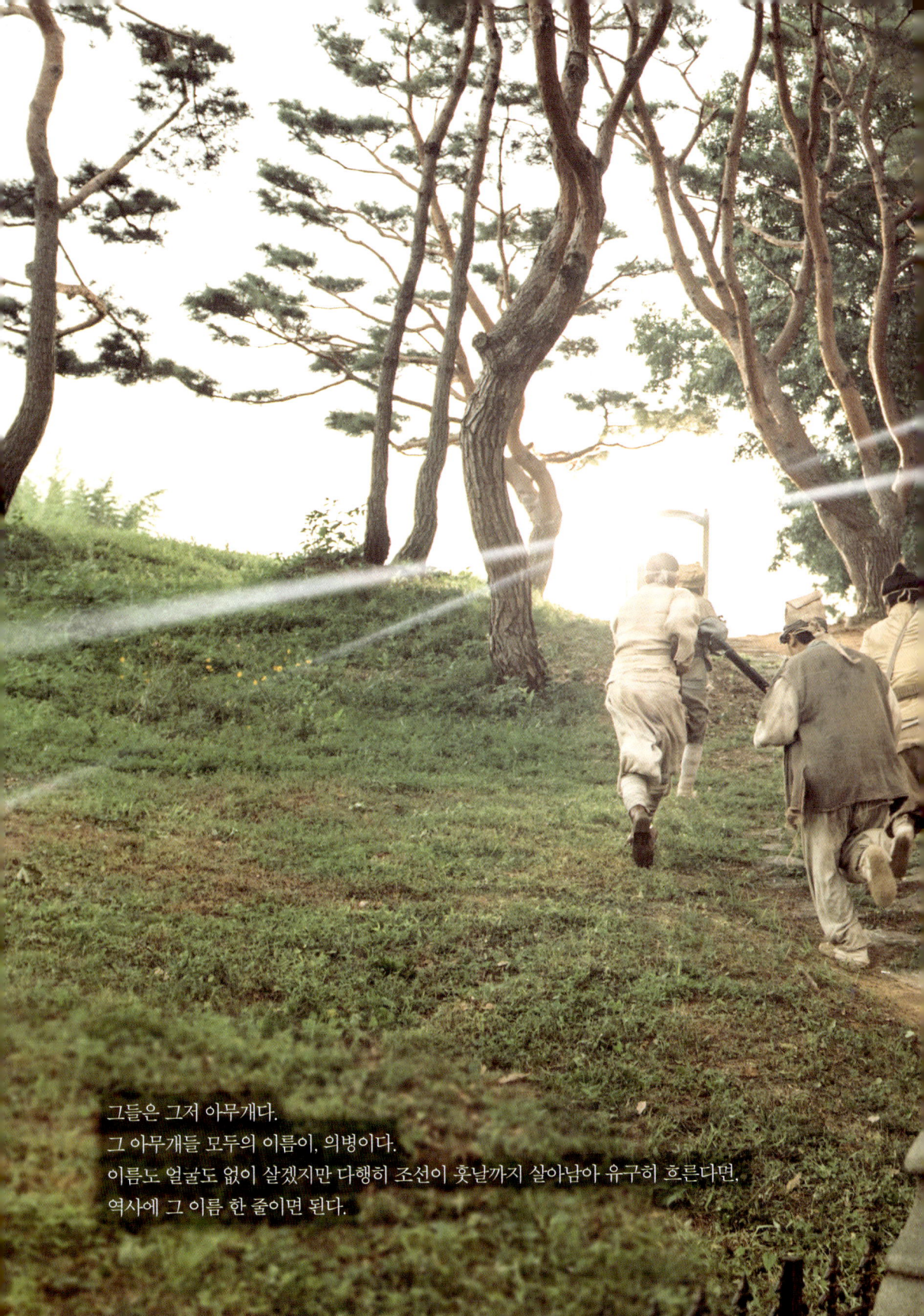

그들은 그저 아무개다.
그 아무개들 모두의 이름이, 의병이다.
이름도 얼굴도 없이 살겠지만 다행히 조선이 훗날까지 살아남아 유구히 흐른다면,
역사에 그 이름 한 줄이면 된다.

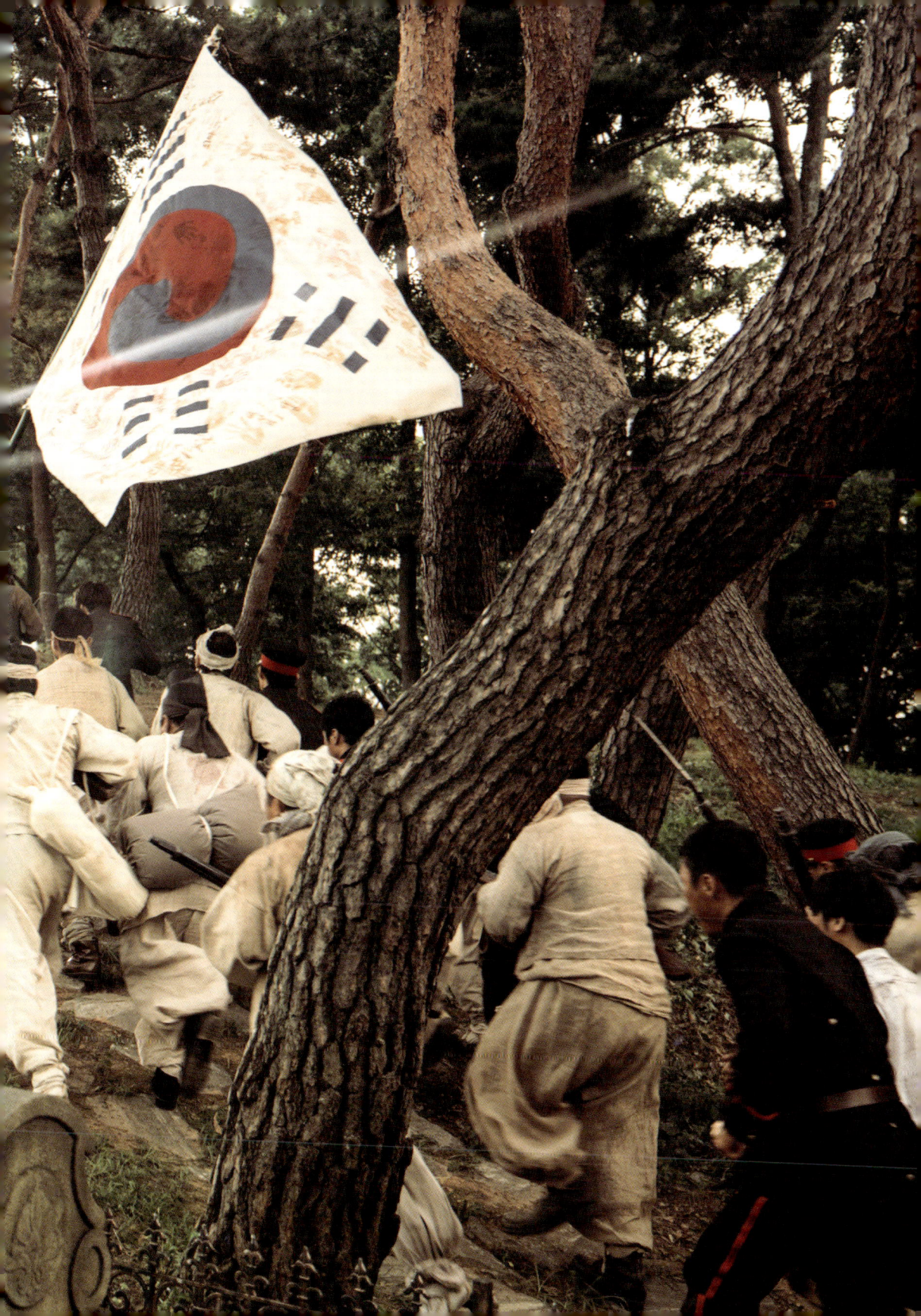

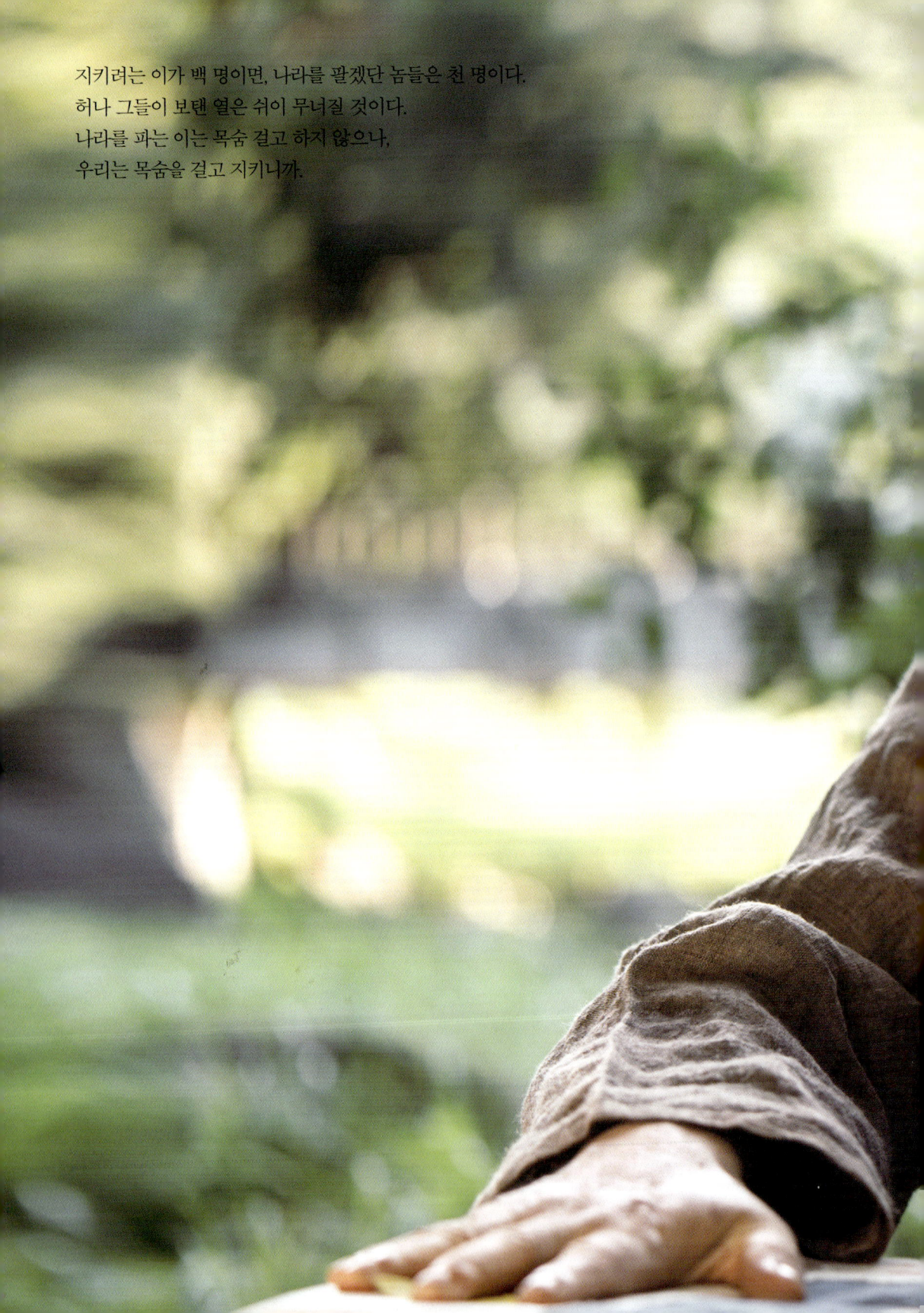

지키려는 이가 백 명이면, 나라를 팔겠단 놈들은 천 명이다.
허나 그들이 보탠 열은 쉬이 무너질 것이다.
나라를 파는 이는 목숨 걸고 하지 않으나,
우리는 목숨을 걸고 지키니까.

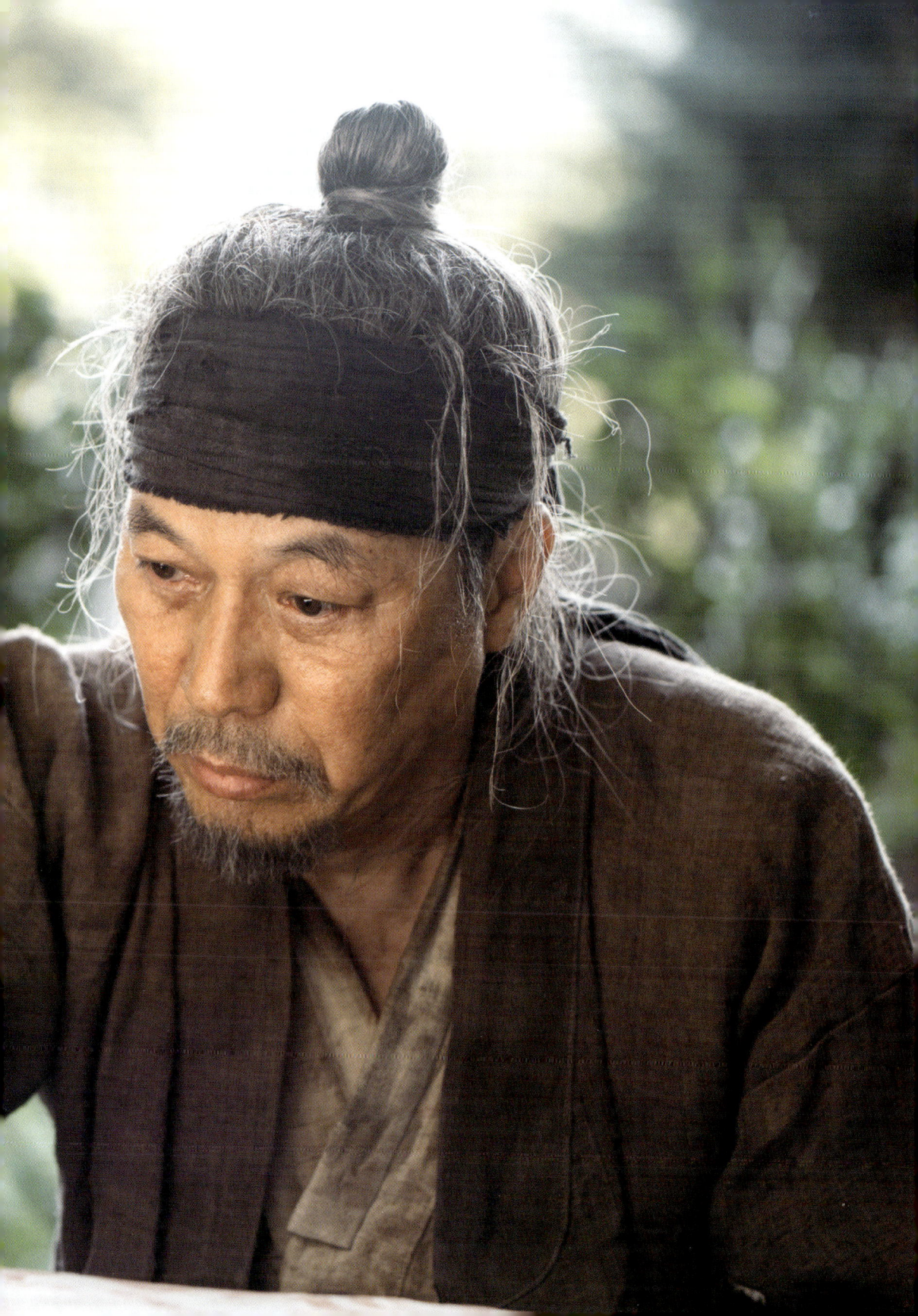

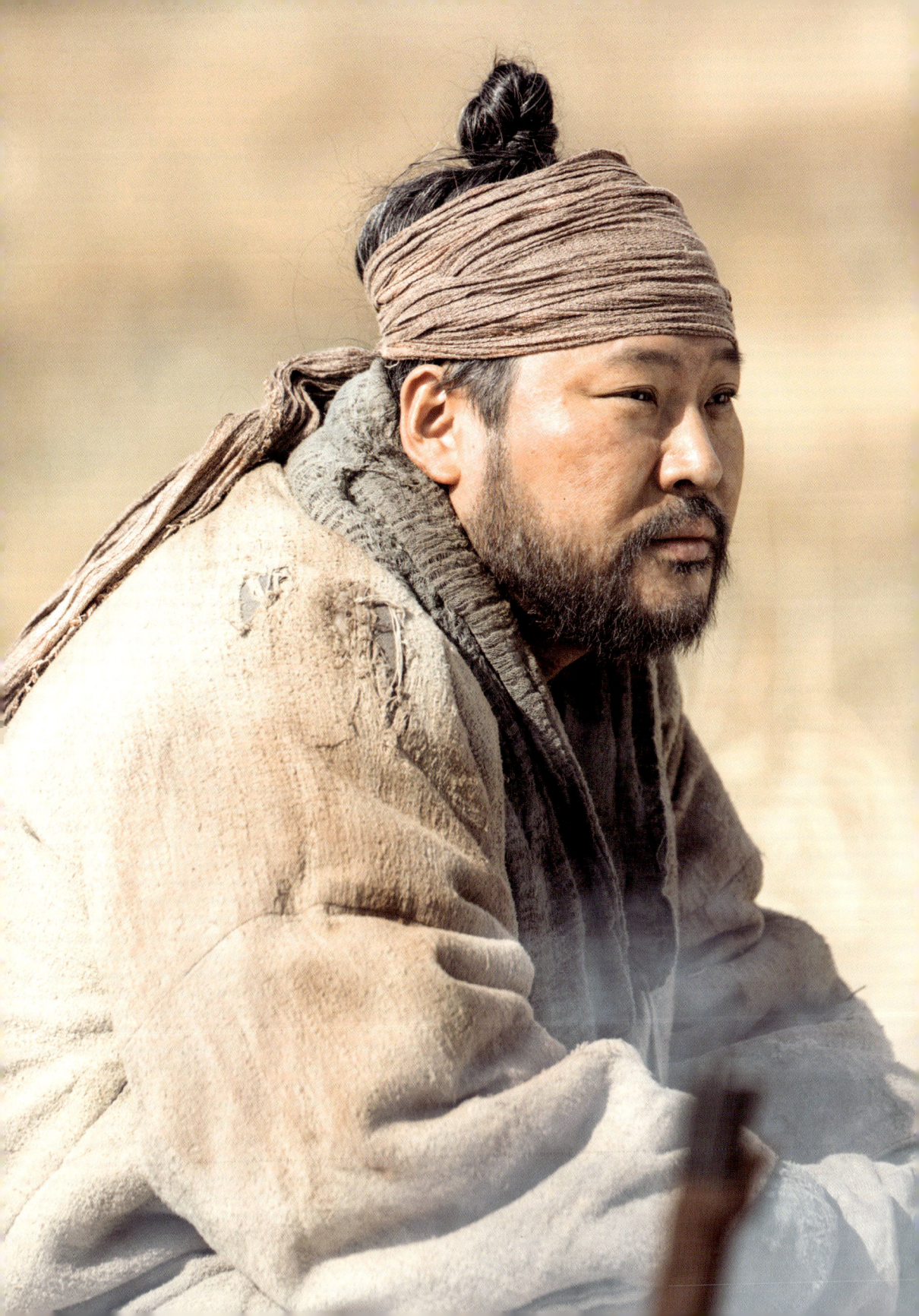

화려한 날들만 역사가 되는 것이 아니다. 질 것도 알고 이런 무기로 오래 못 버틸 것도 알지만 우린 싸워야지. 싸워서 알려줘야지. 우리가 여기 있었고, 두려웠으나 끝까지 싸웠다고.

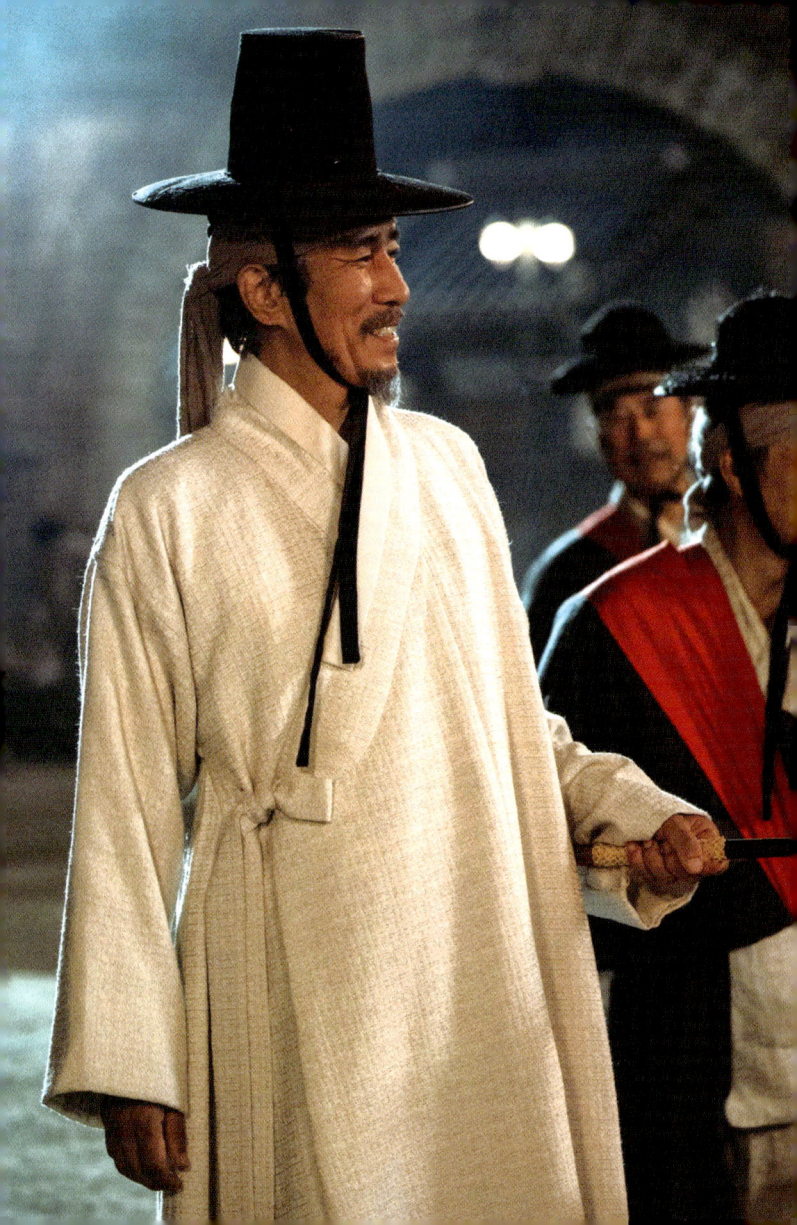

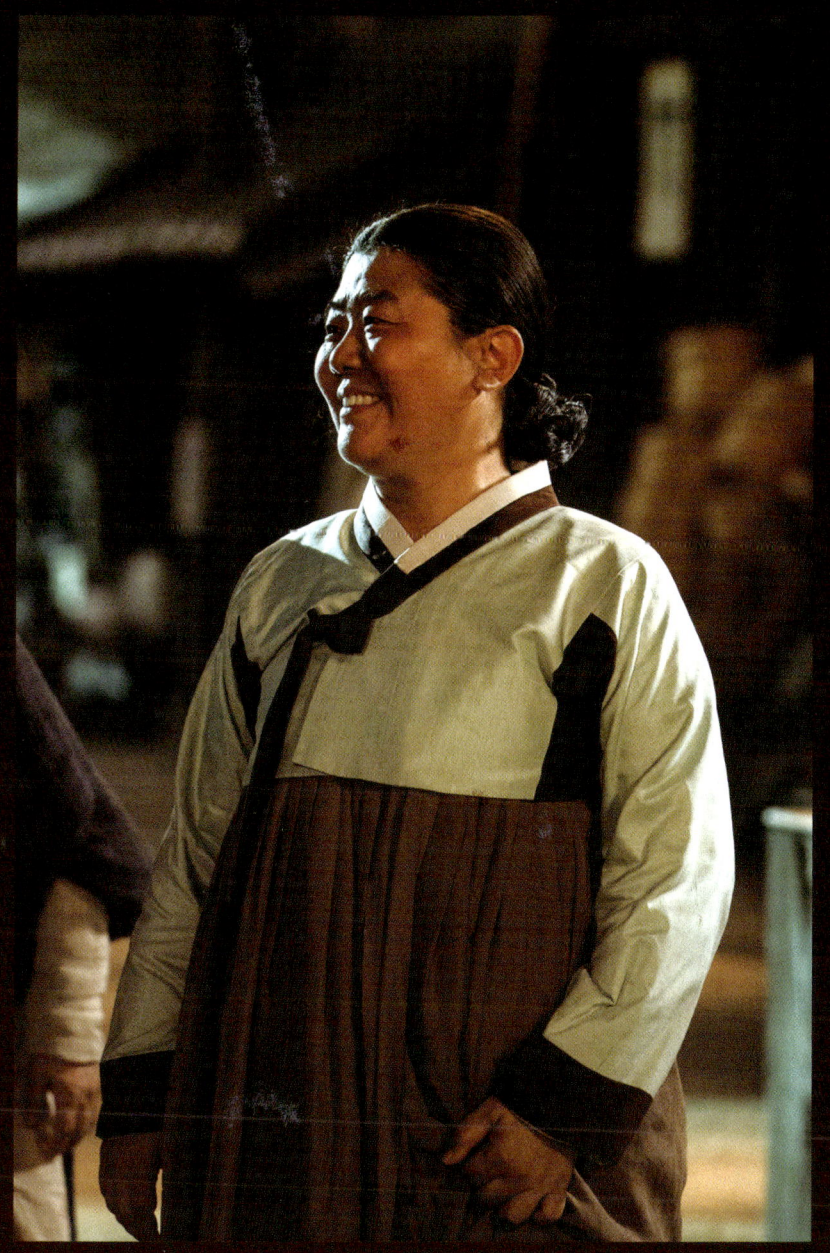

빗속에서 울던 깃닌 애기기   제 품에 와가…
첫 발을 떼고… 새사 환하게 웃고…
그거 지켜보는기… 지가 사는 이유였어예…
그게 지가 죽을 이유이기도 하고예…
이래 얼굴도 뺏으이…
지는 인자 훠이훠이 춤추면서….

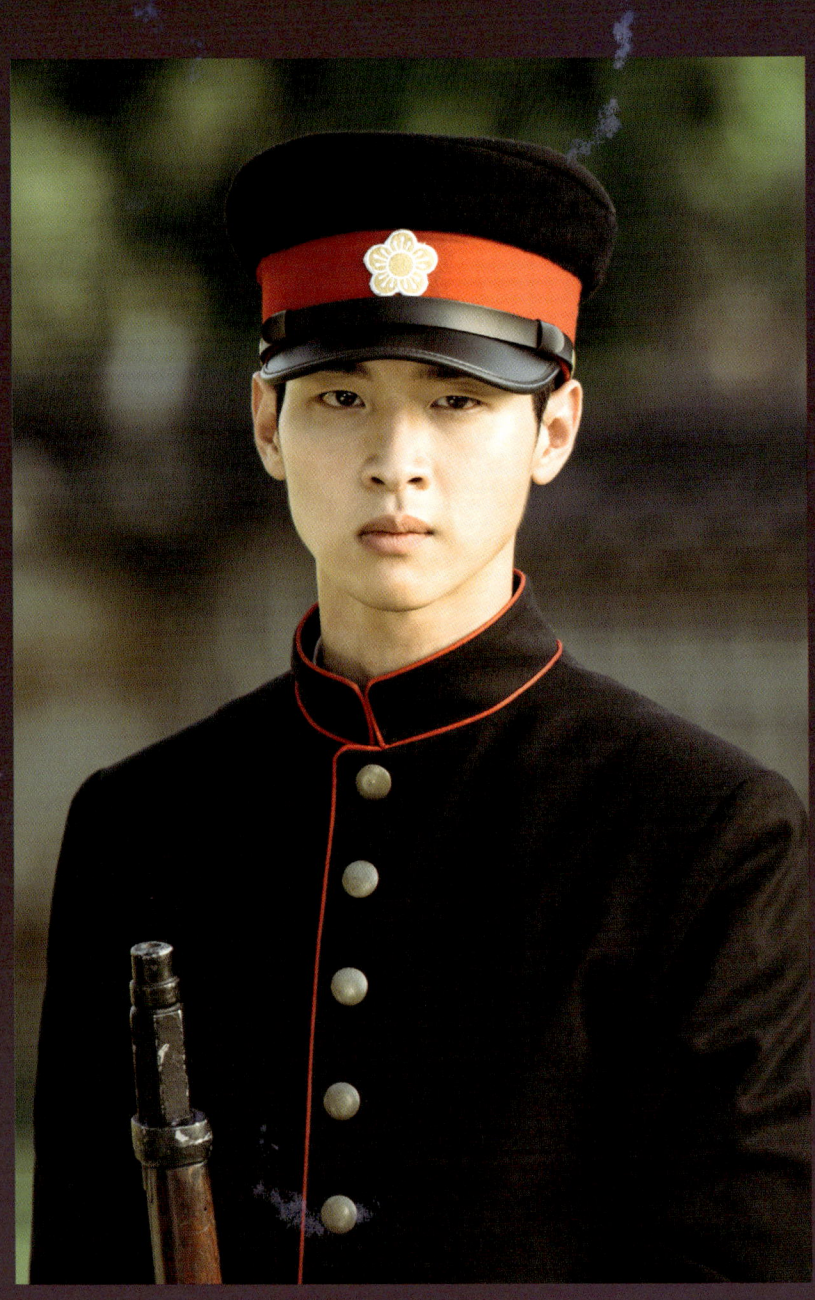

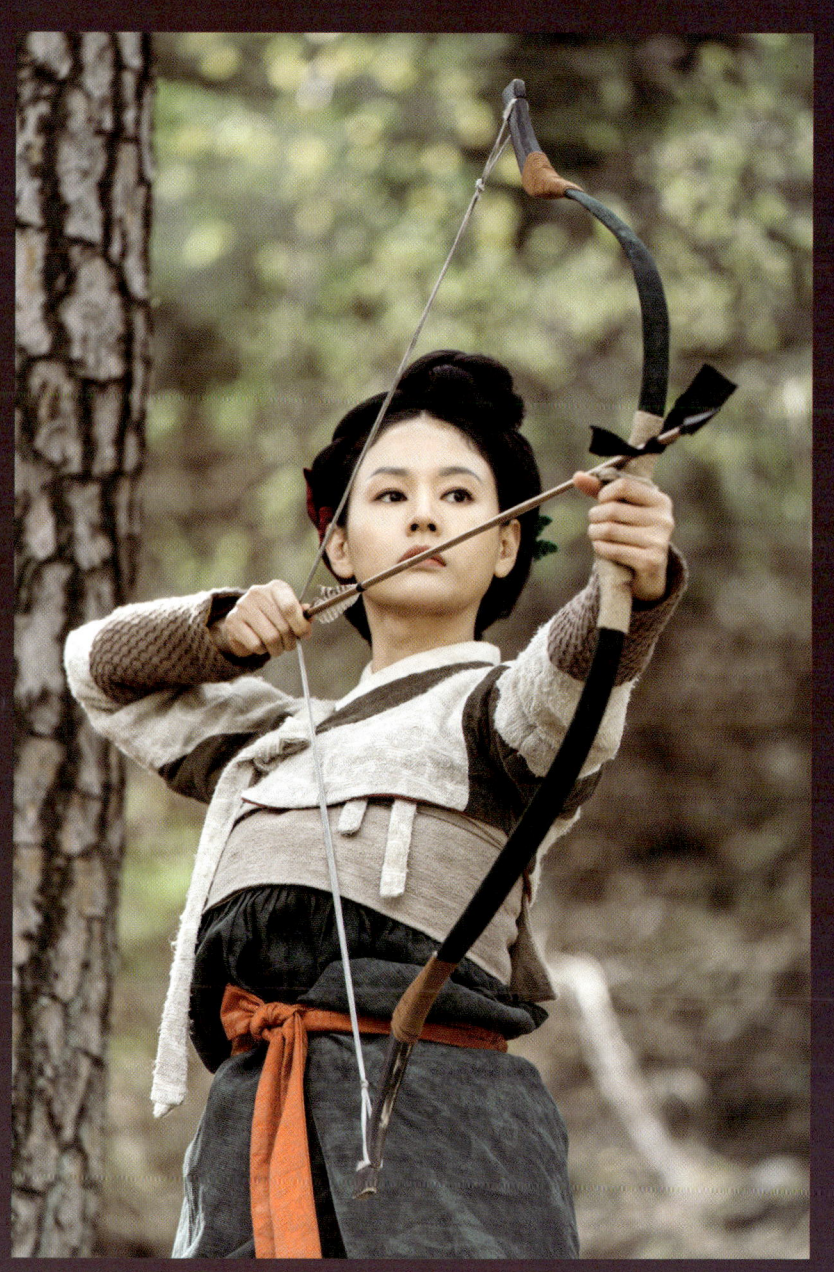

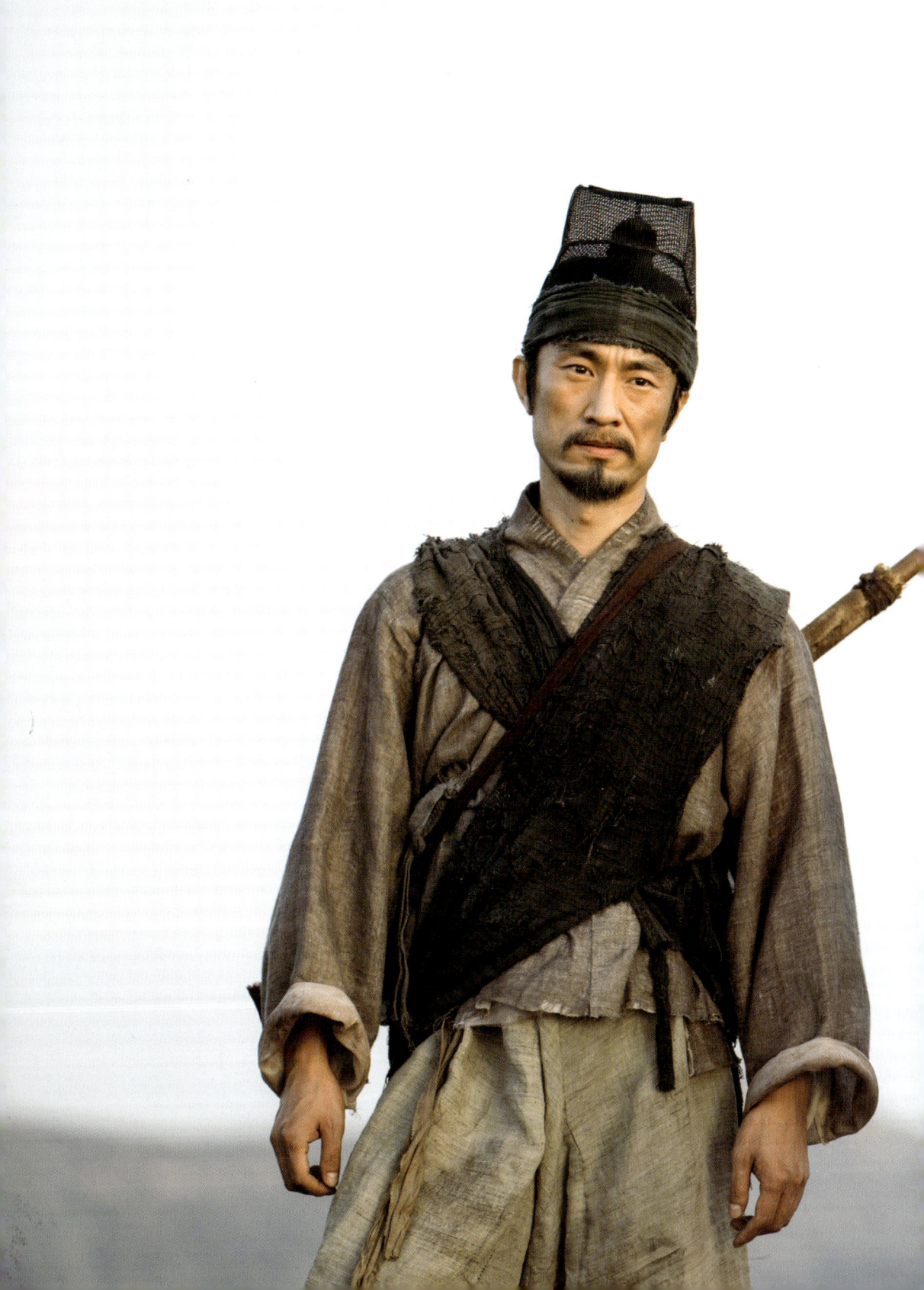

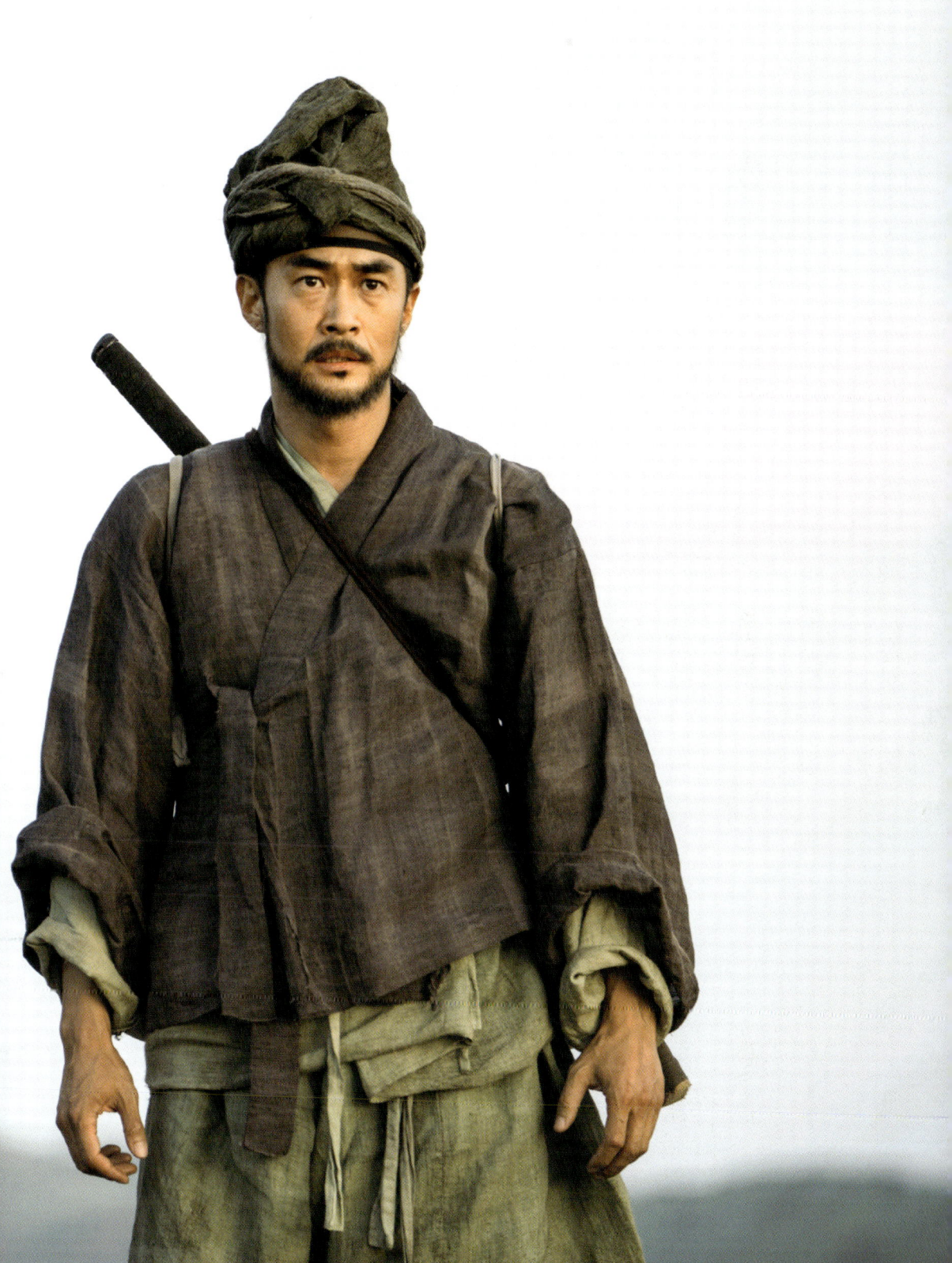

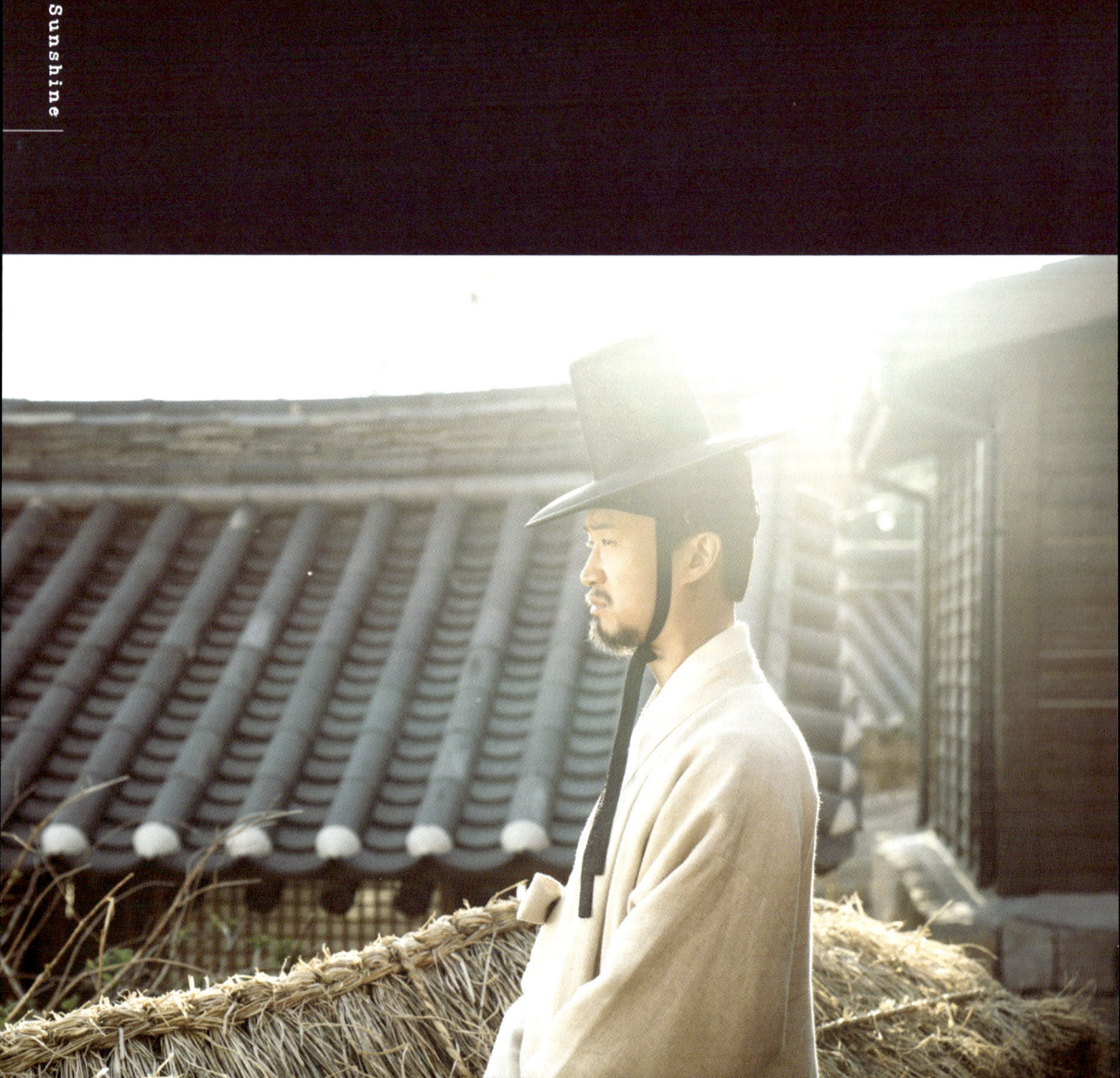

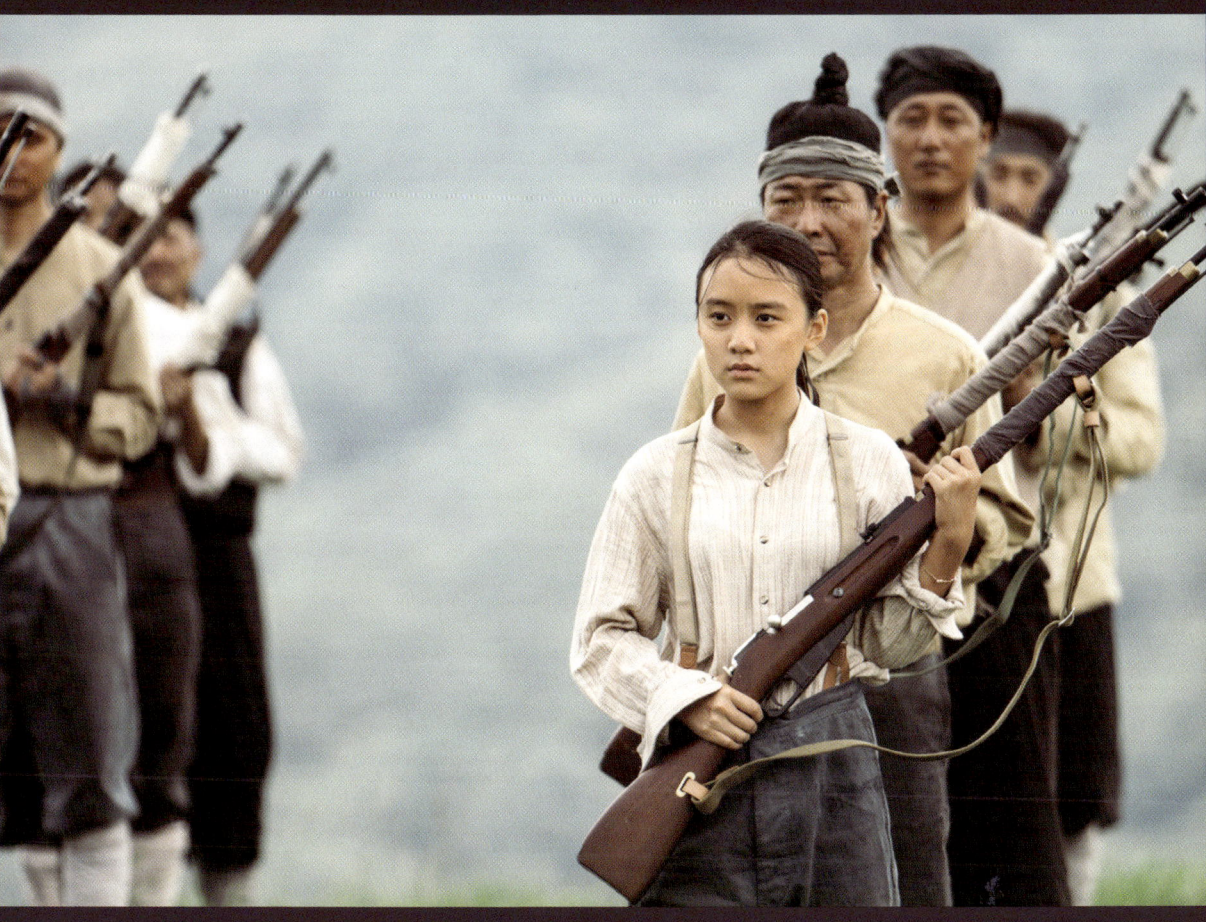

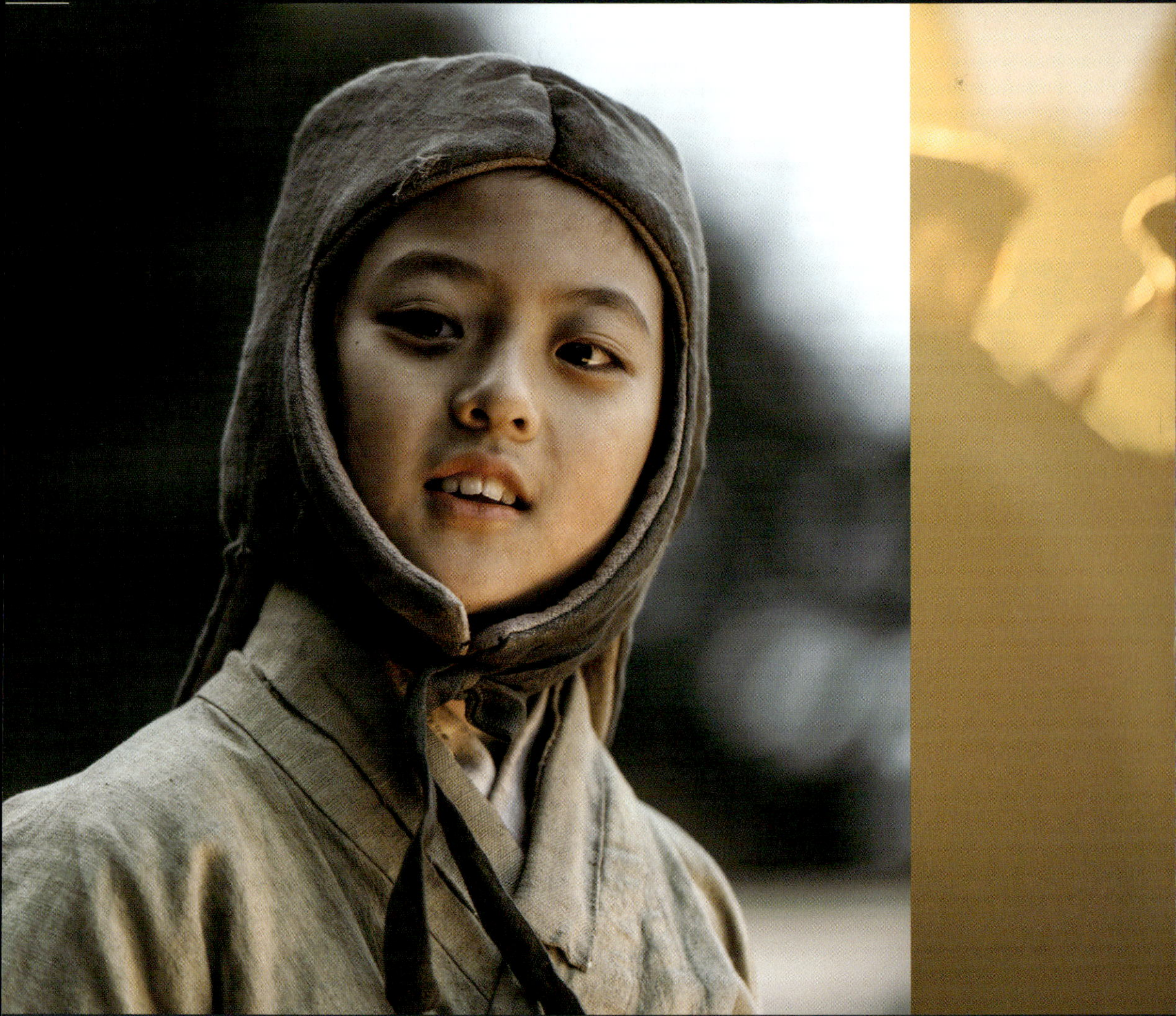

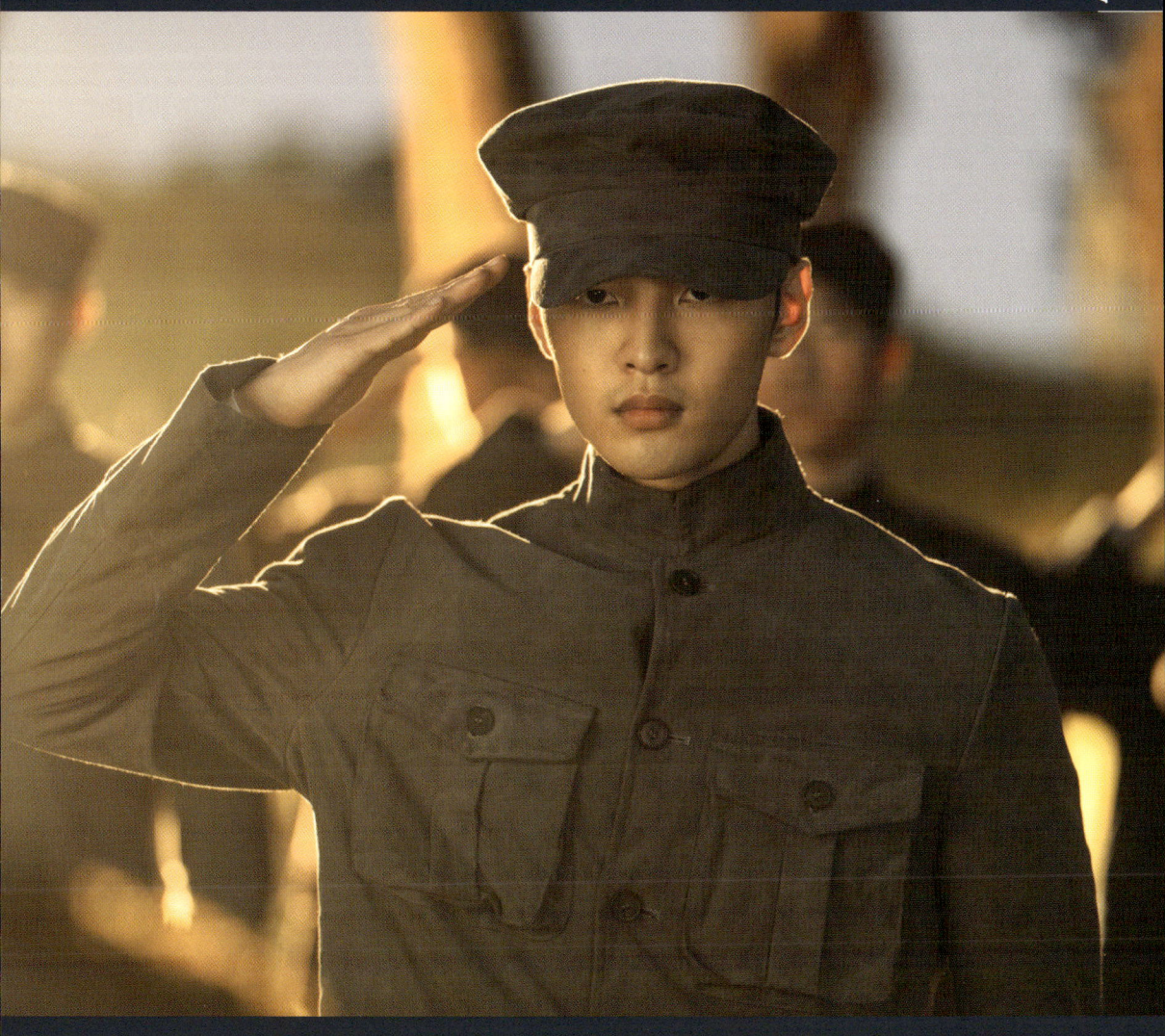

예. 멈추지 않고 가겠습니다.
이건 우리의 싸움입니다, 나으리.

Behind

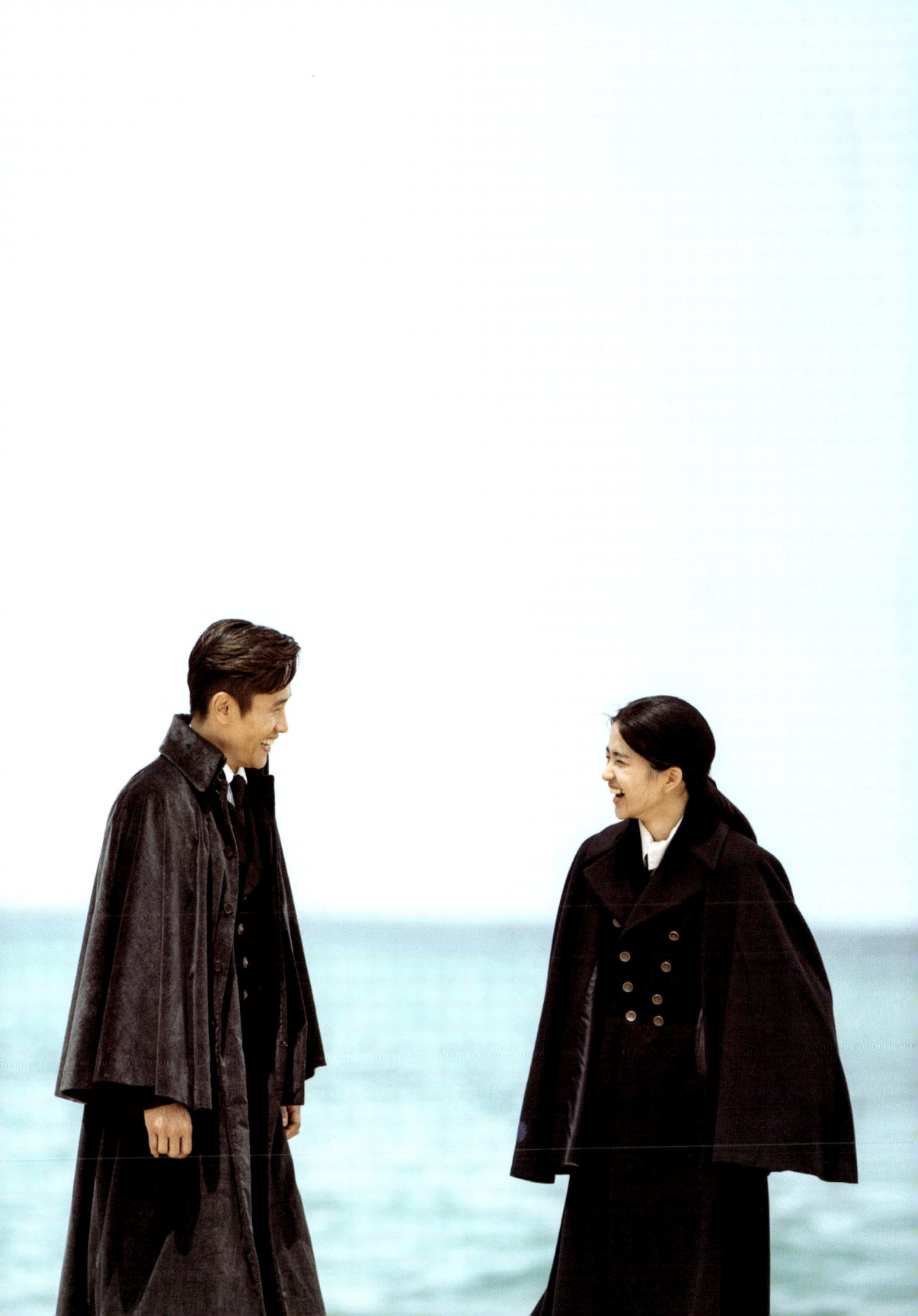

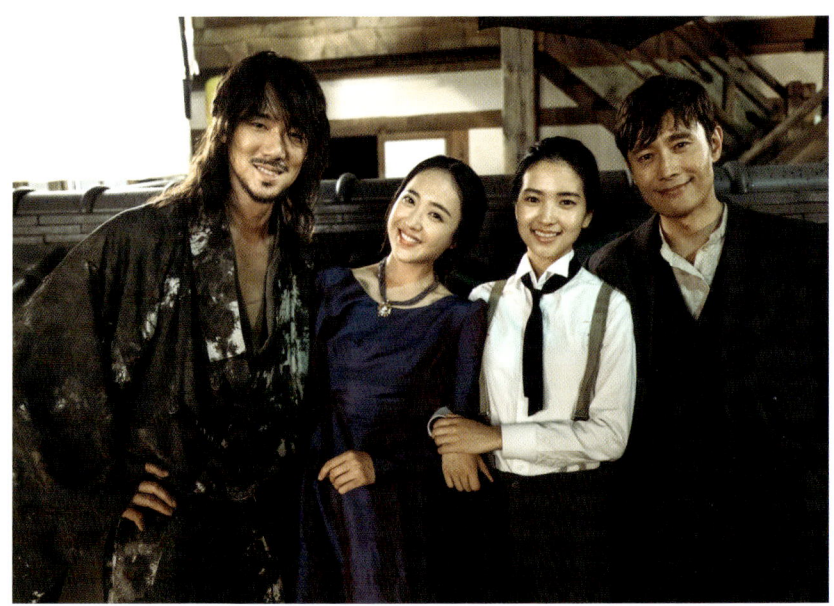

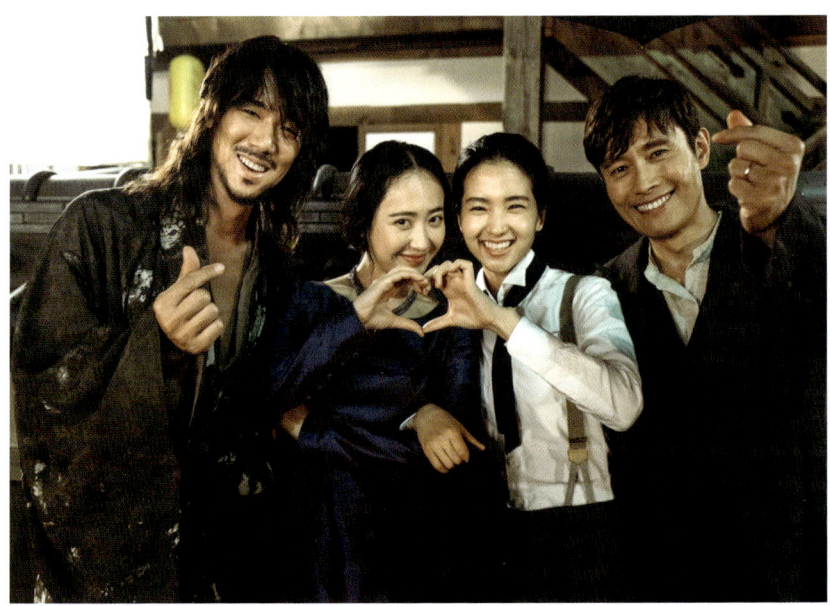

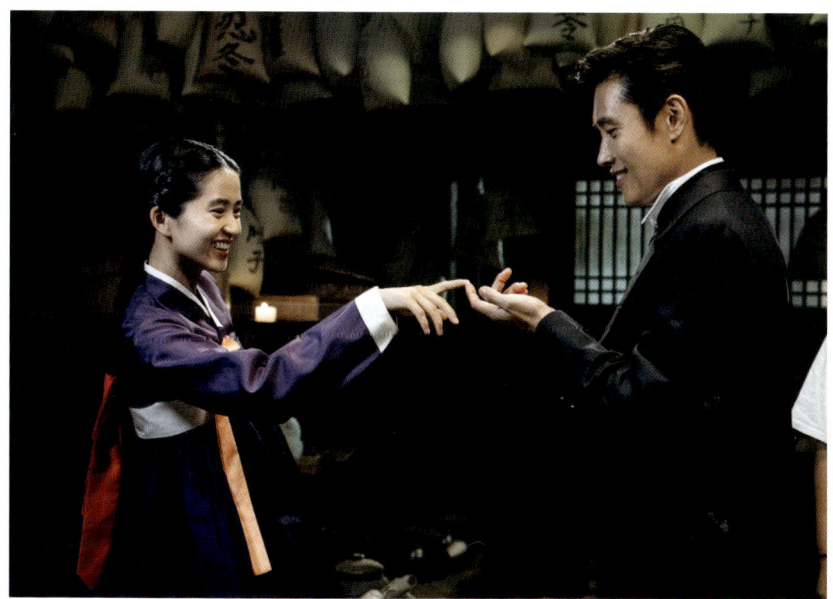

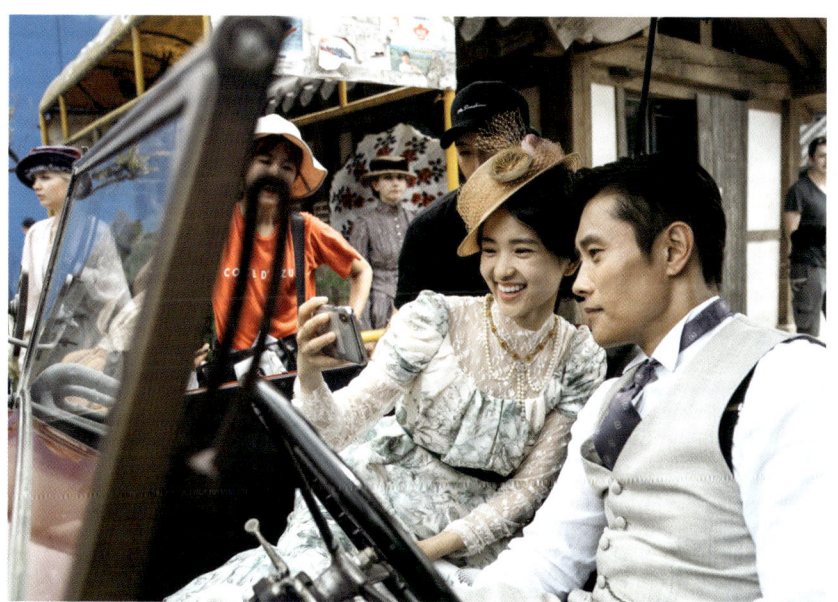

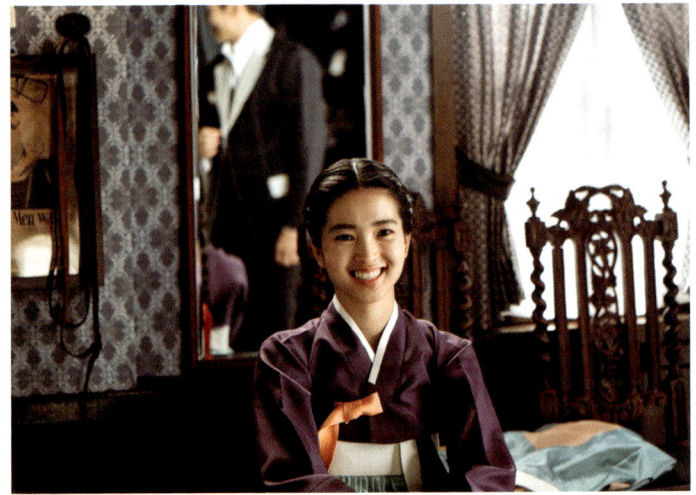

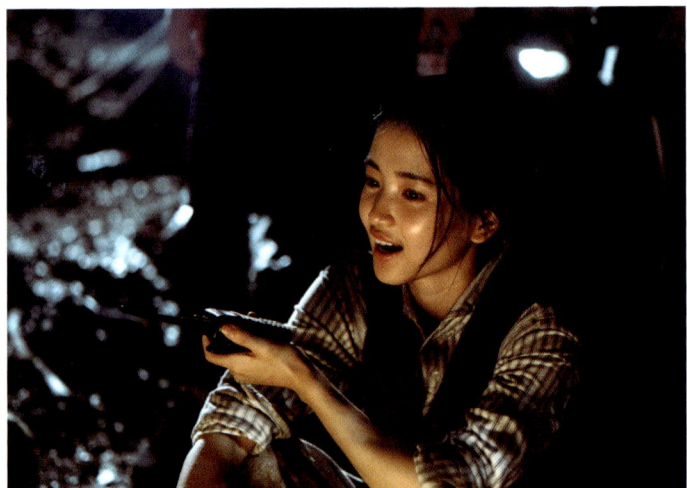

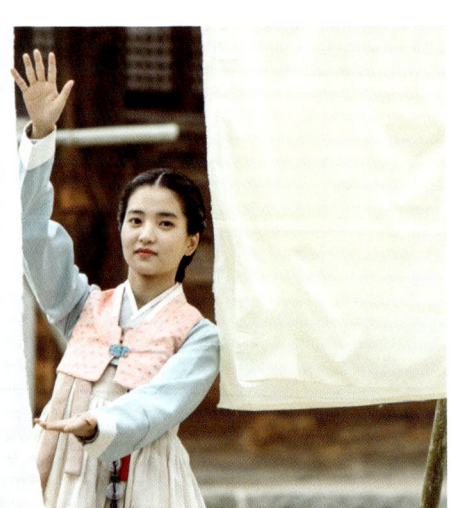

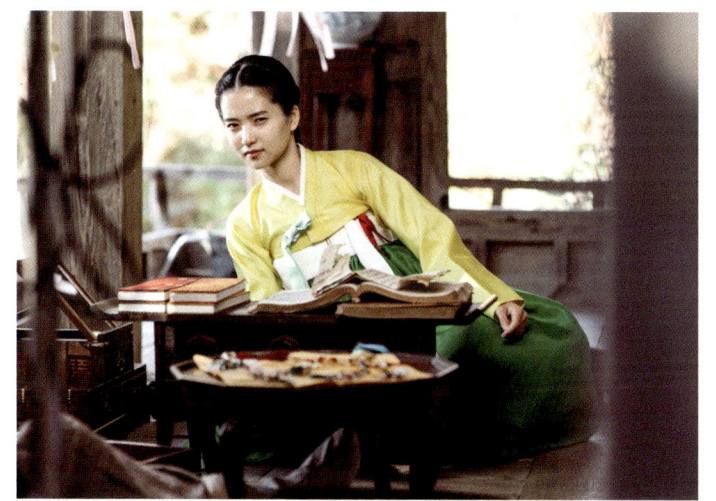

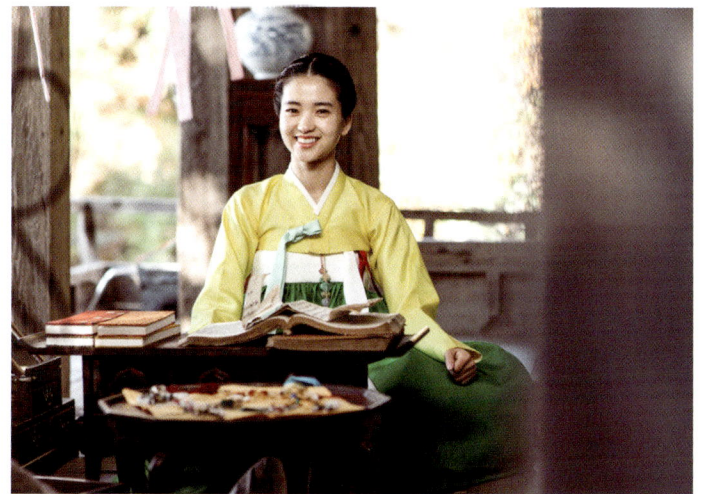

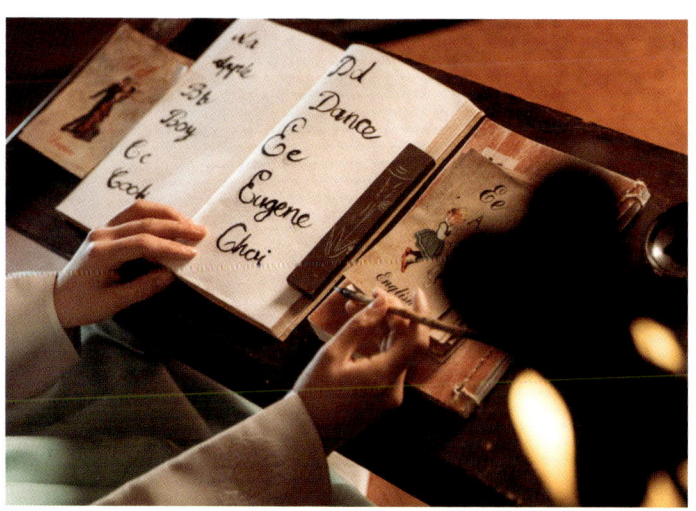

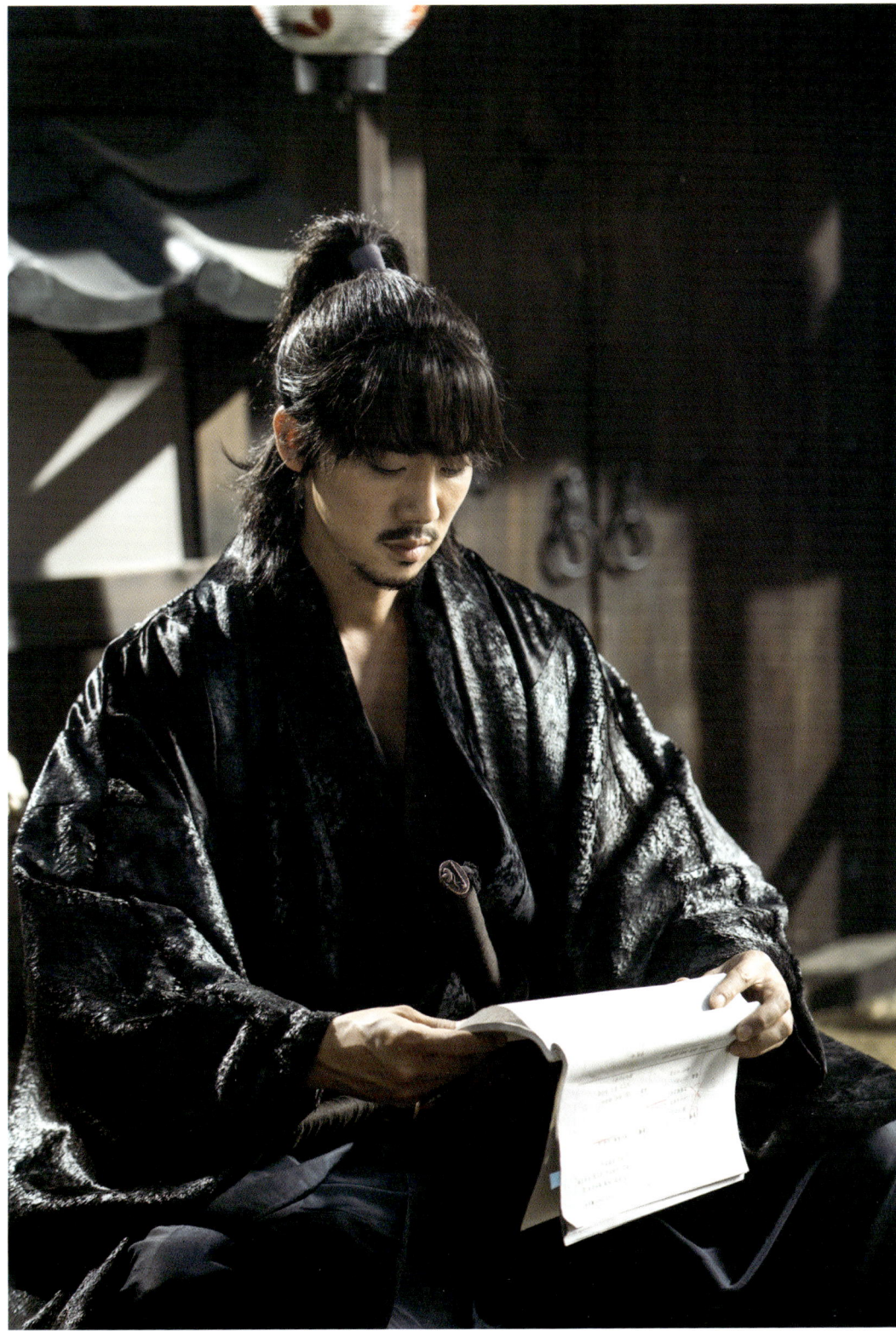

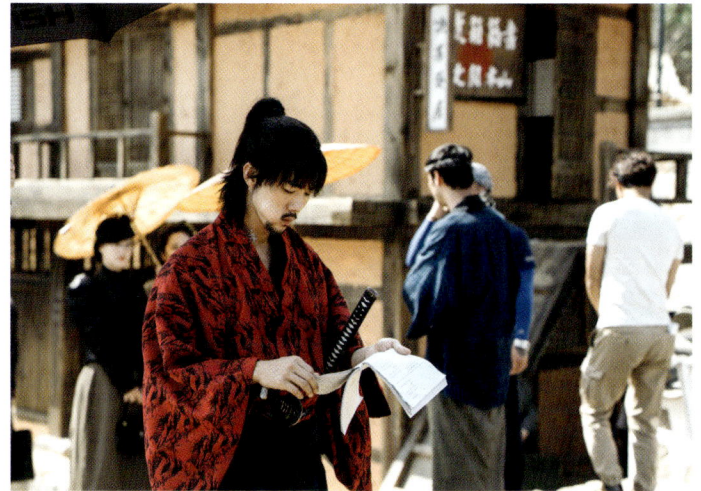

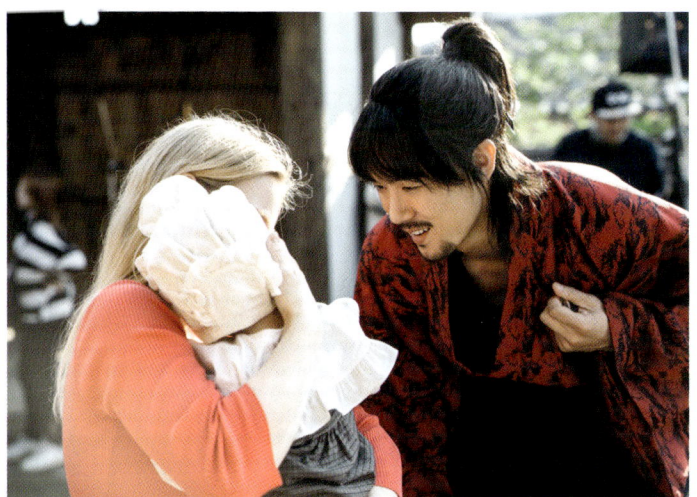

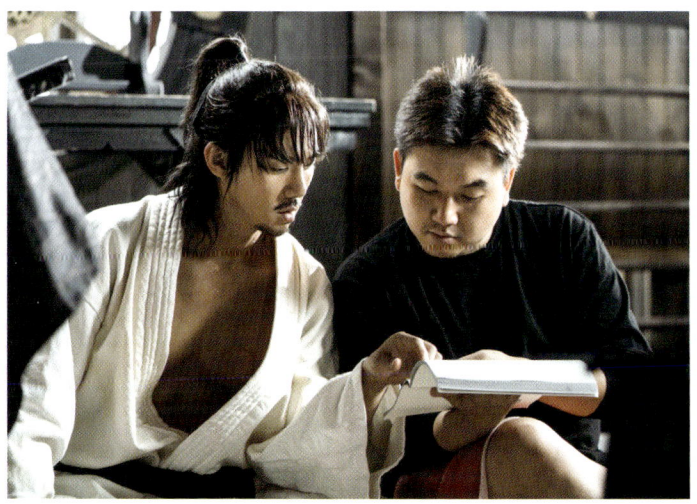

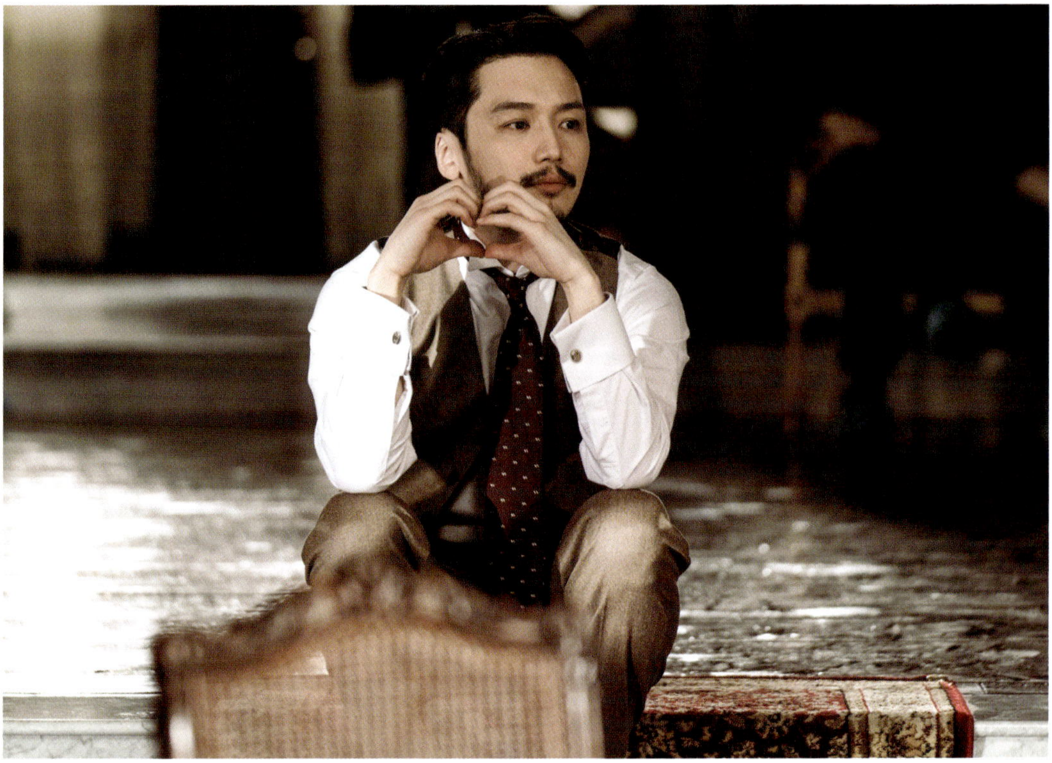

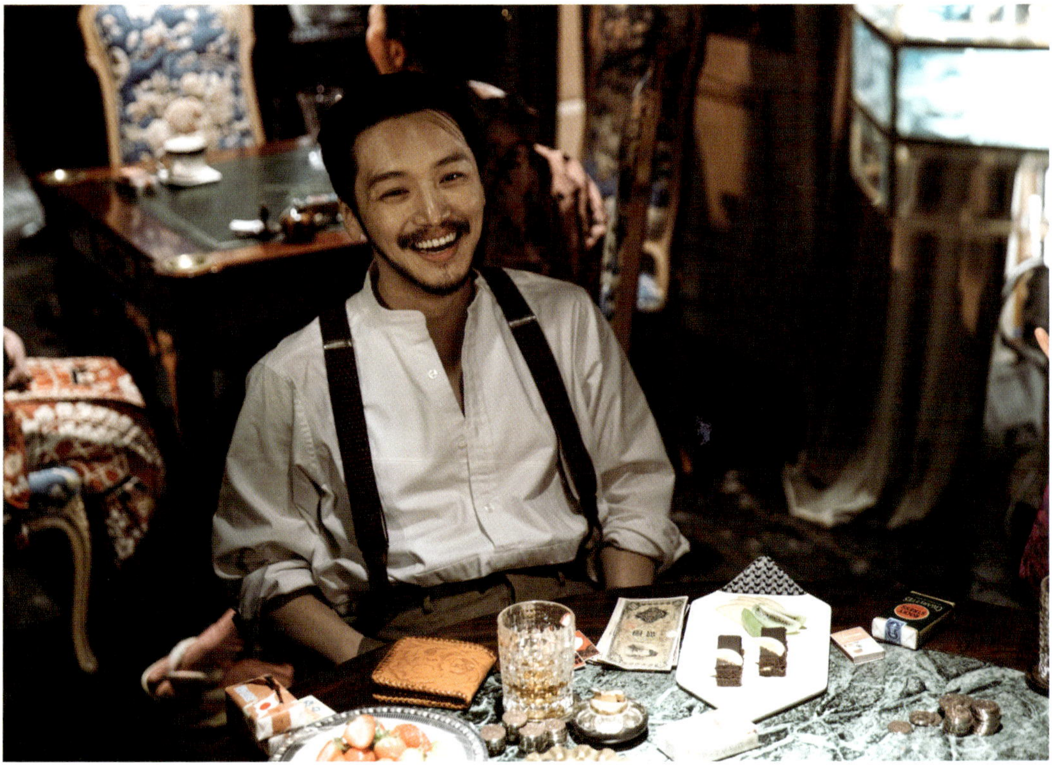

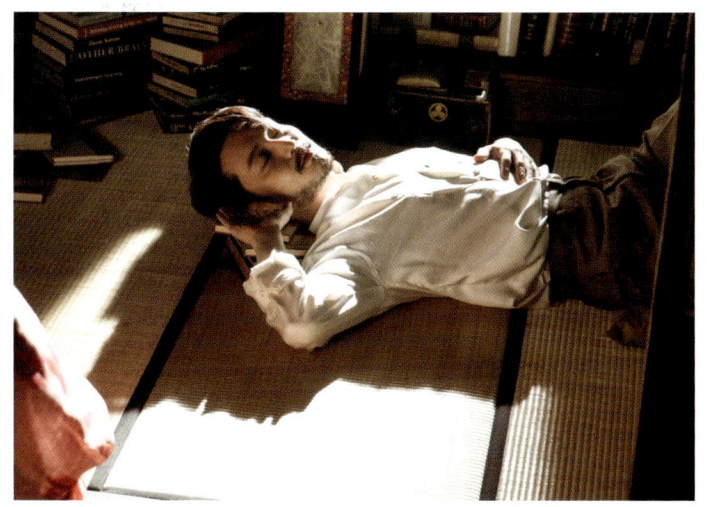

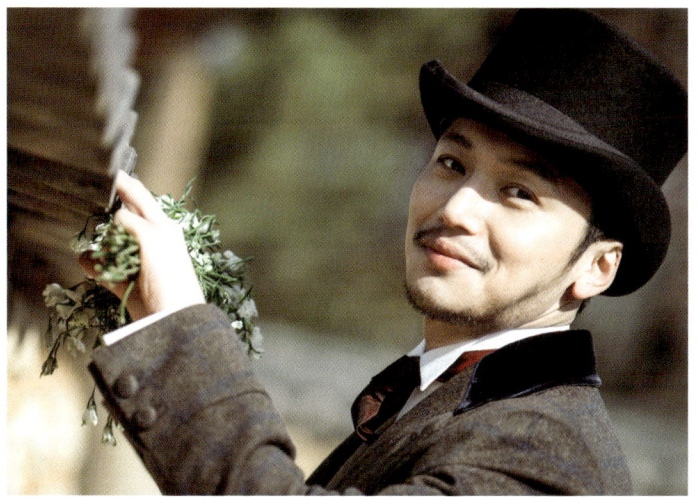

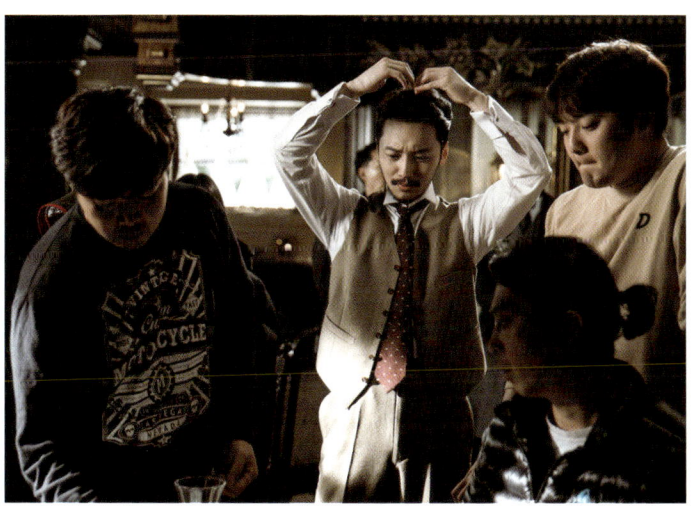

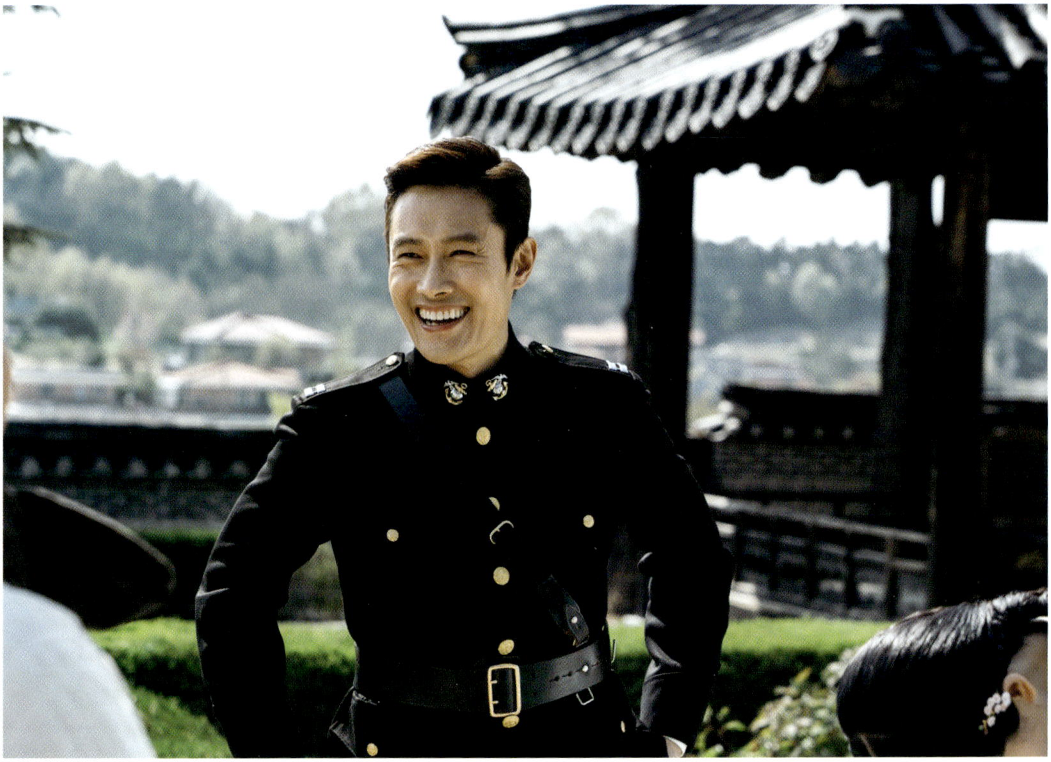

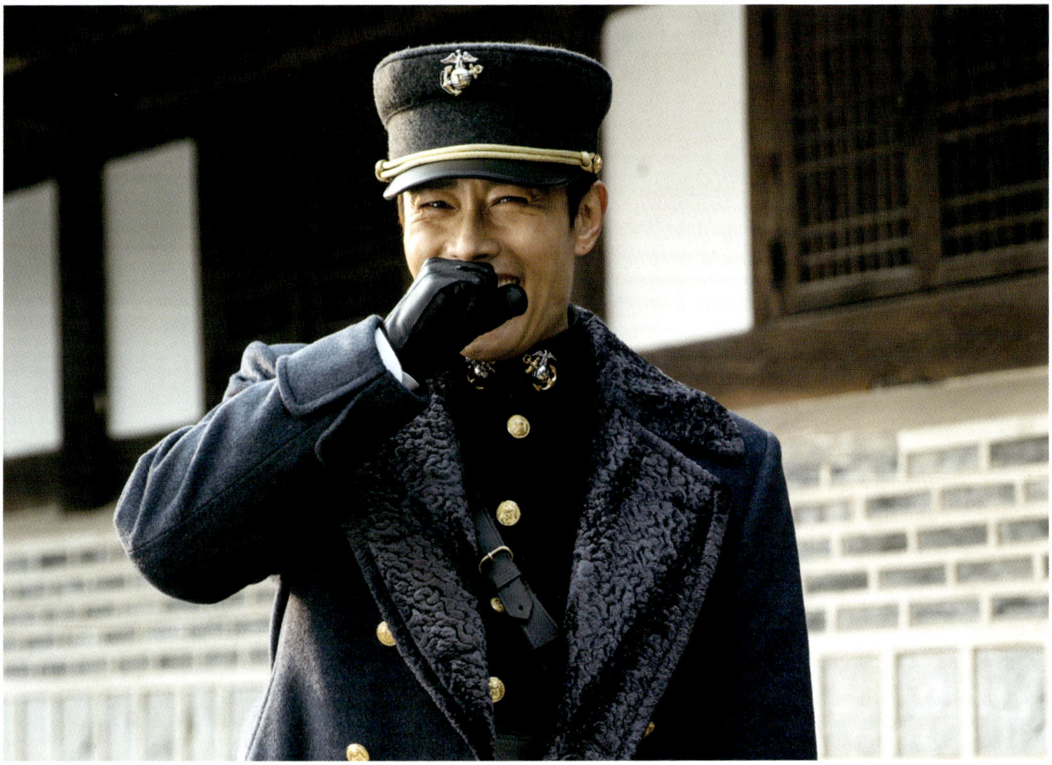

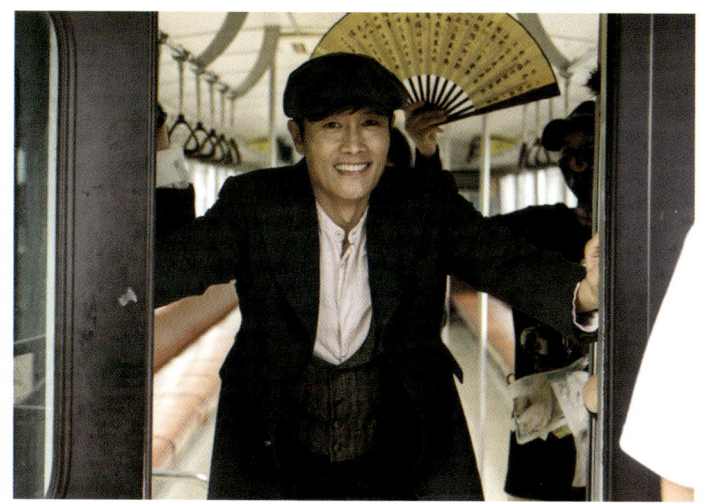

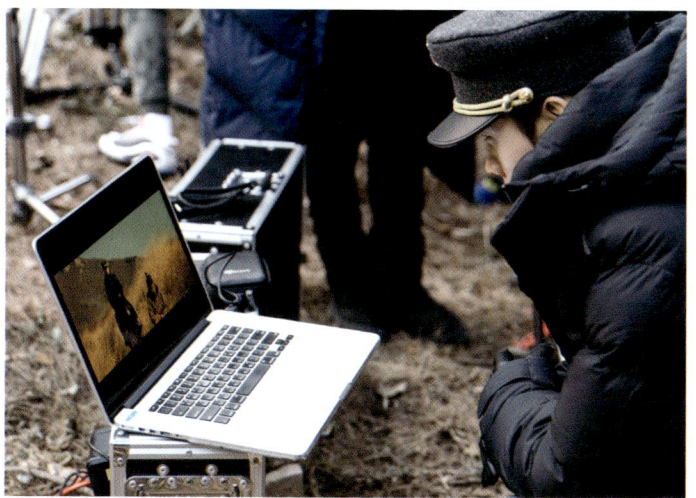

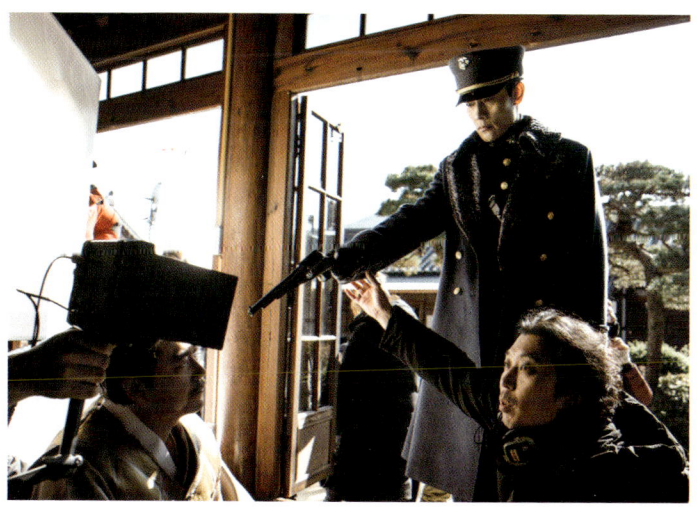

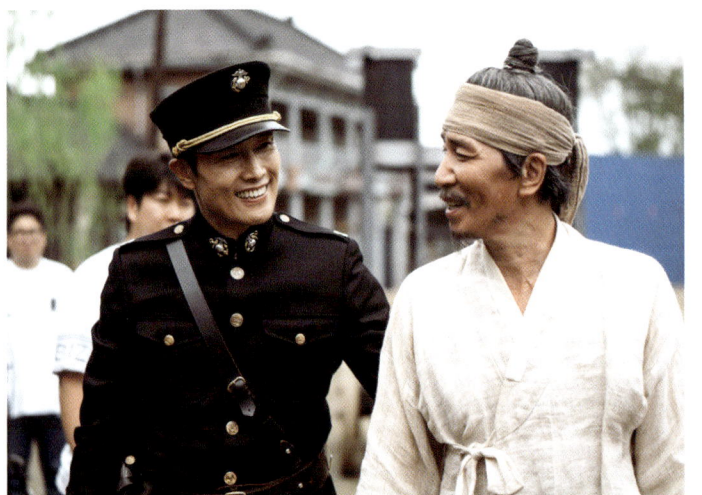

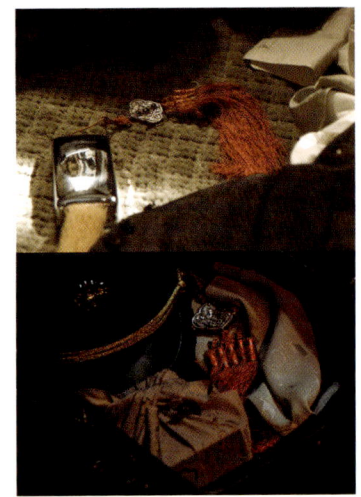

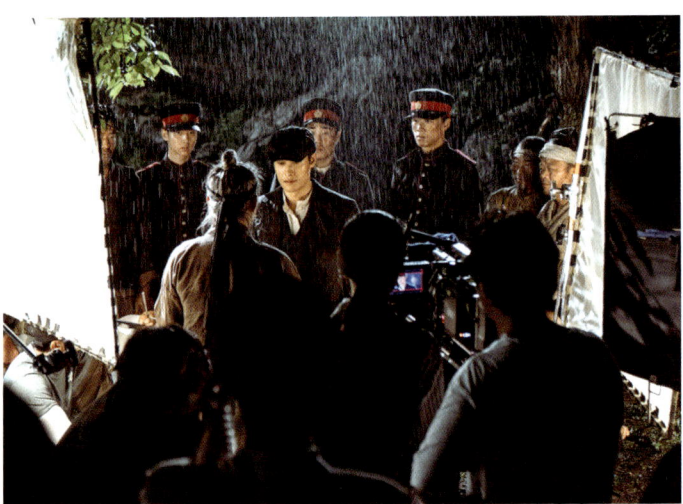

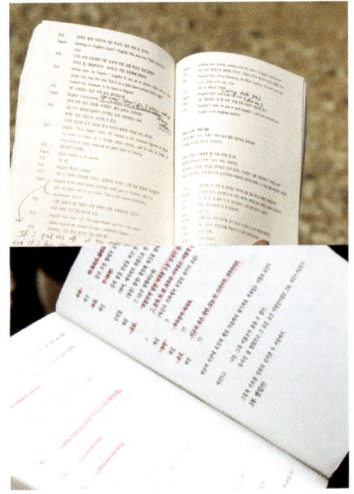

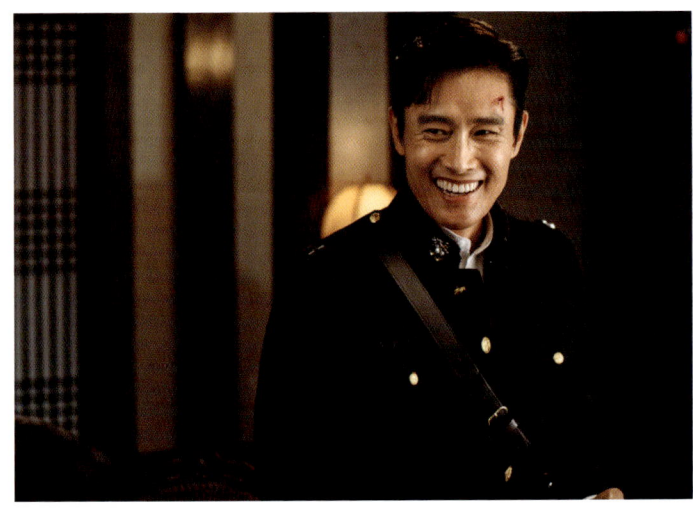

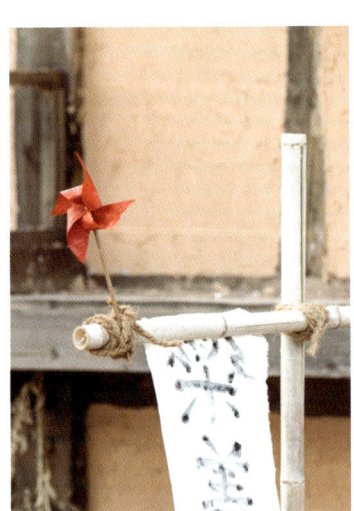

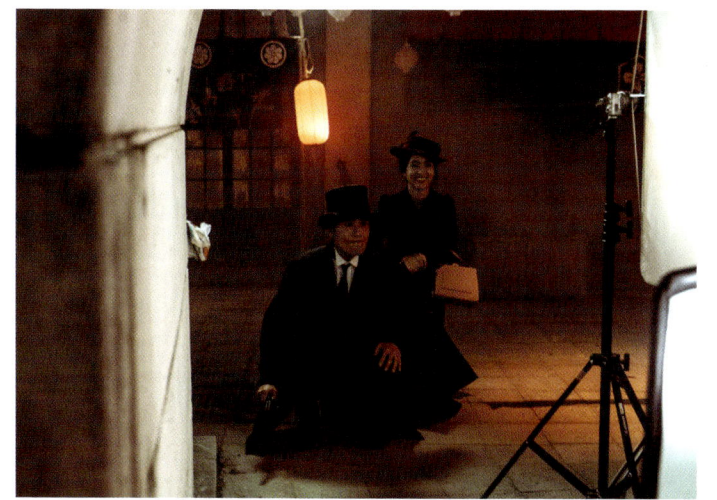

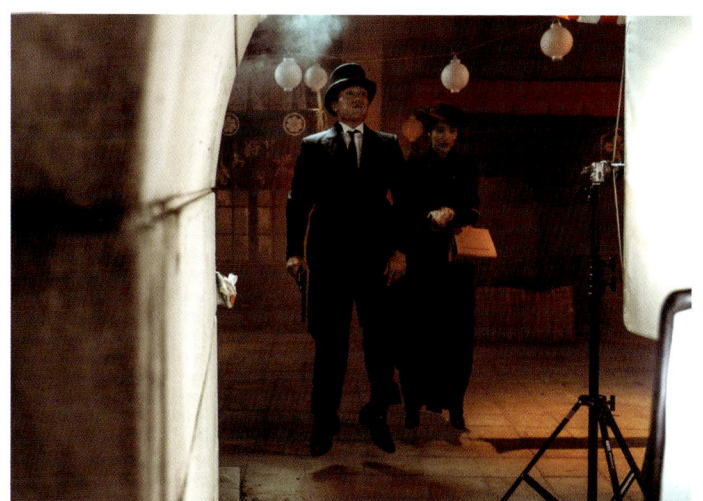

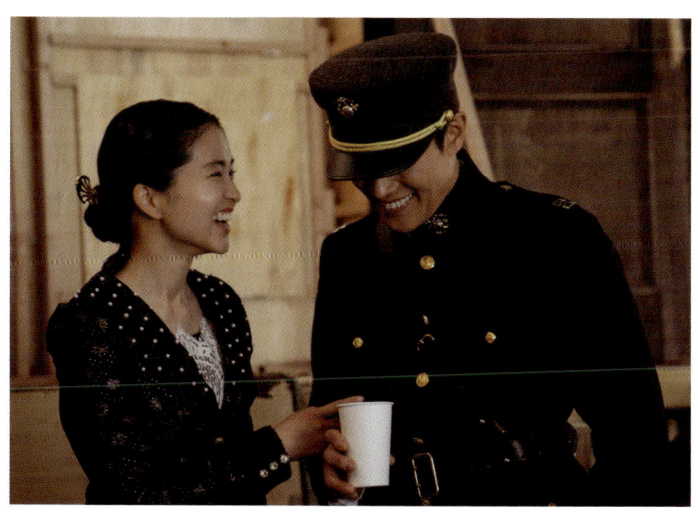

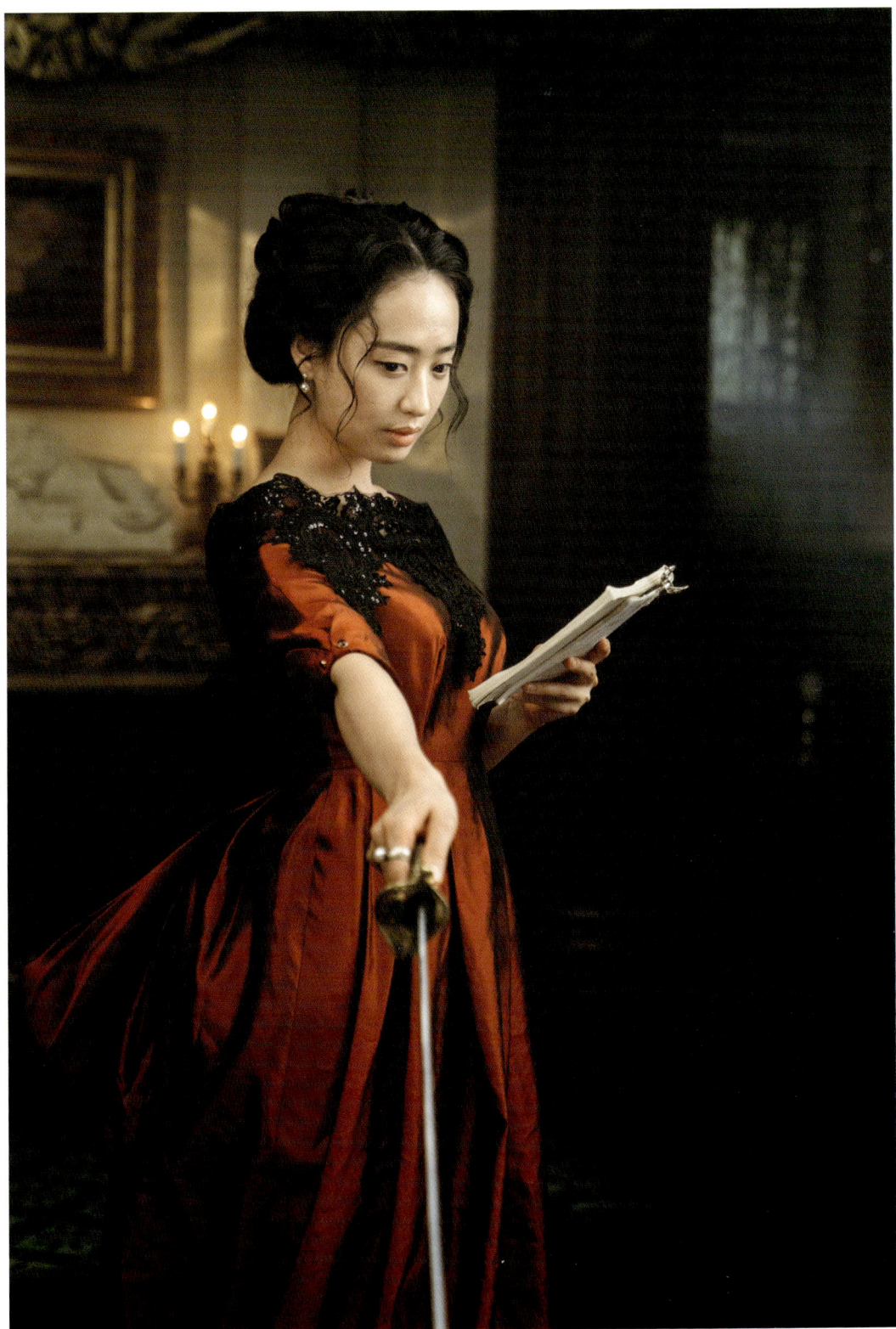

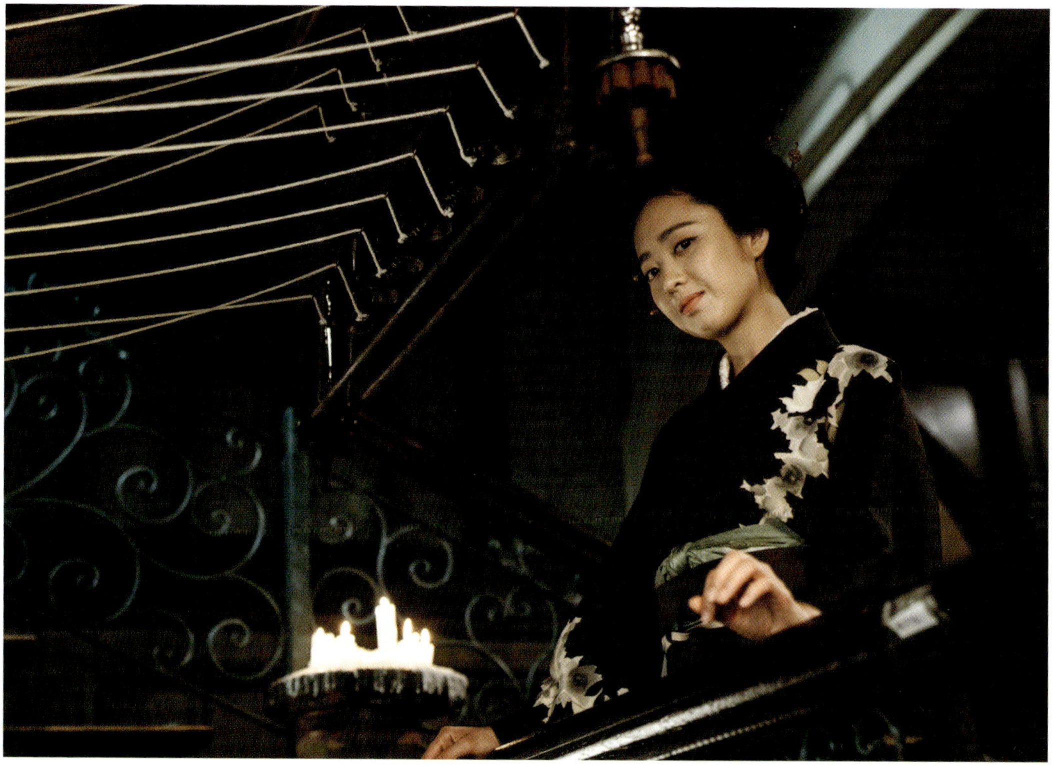

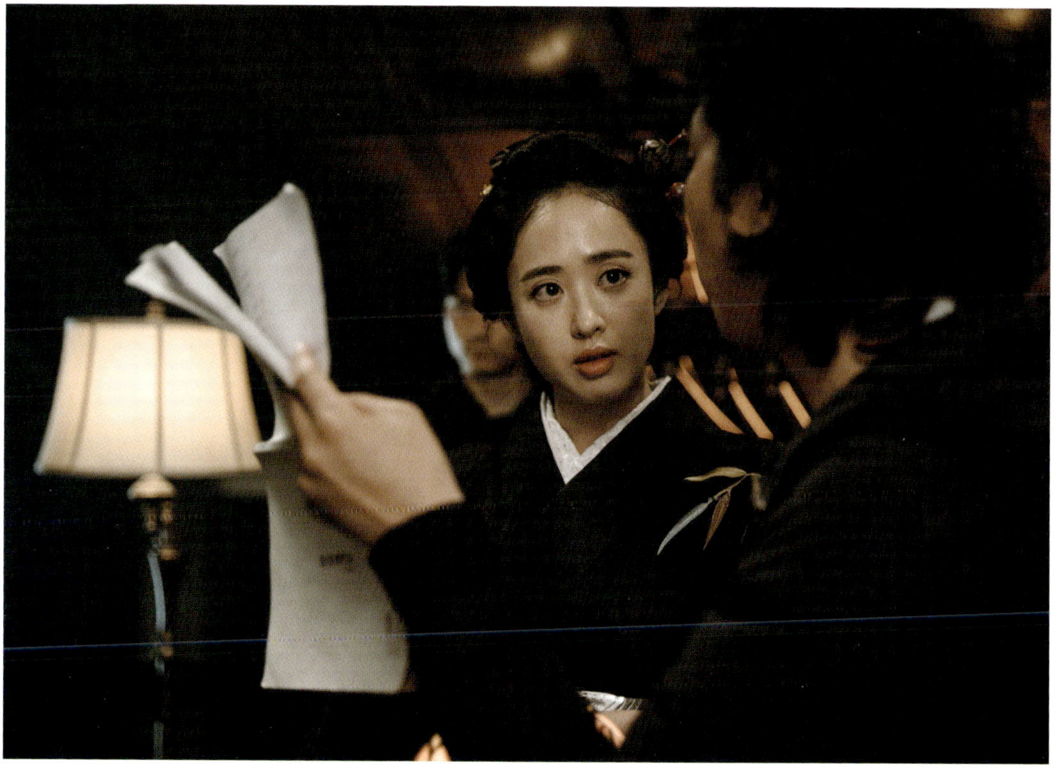

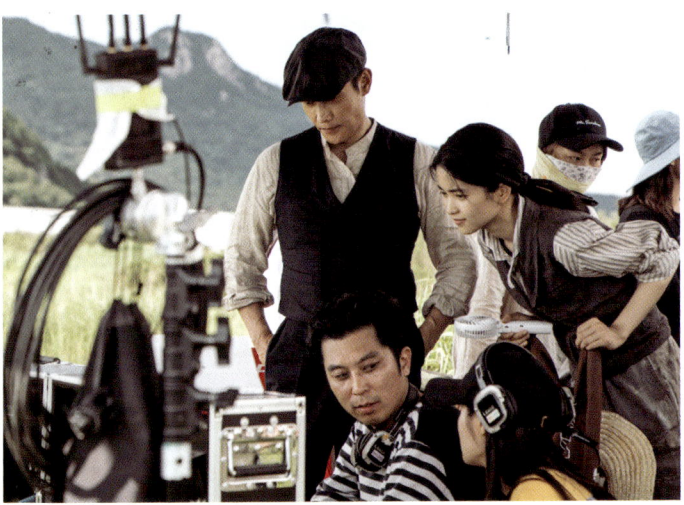

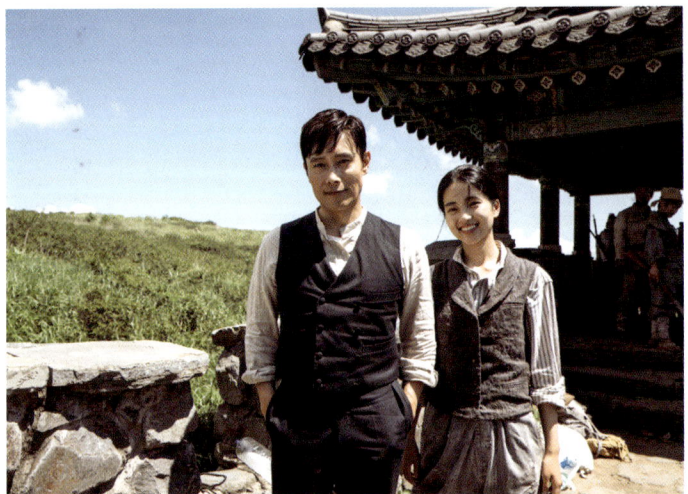

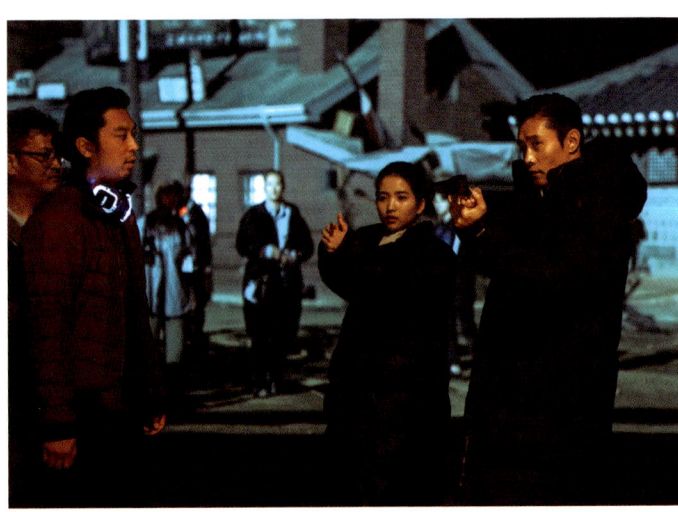

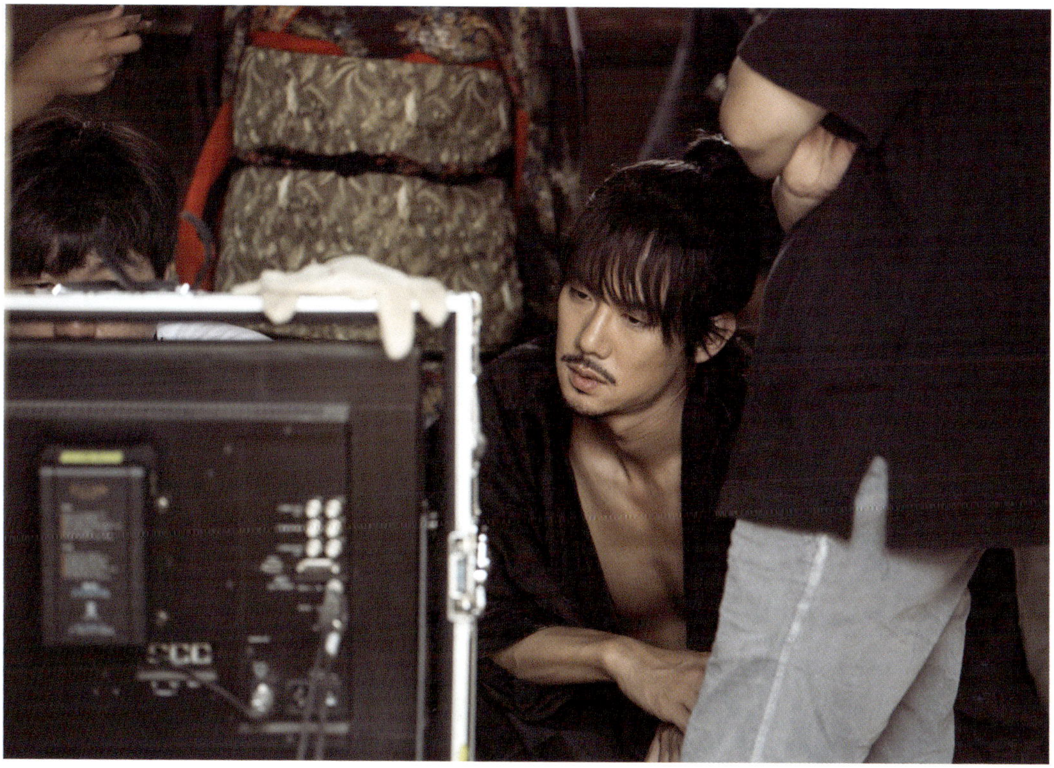

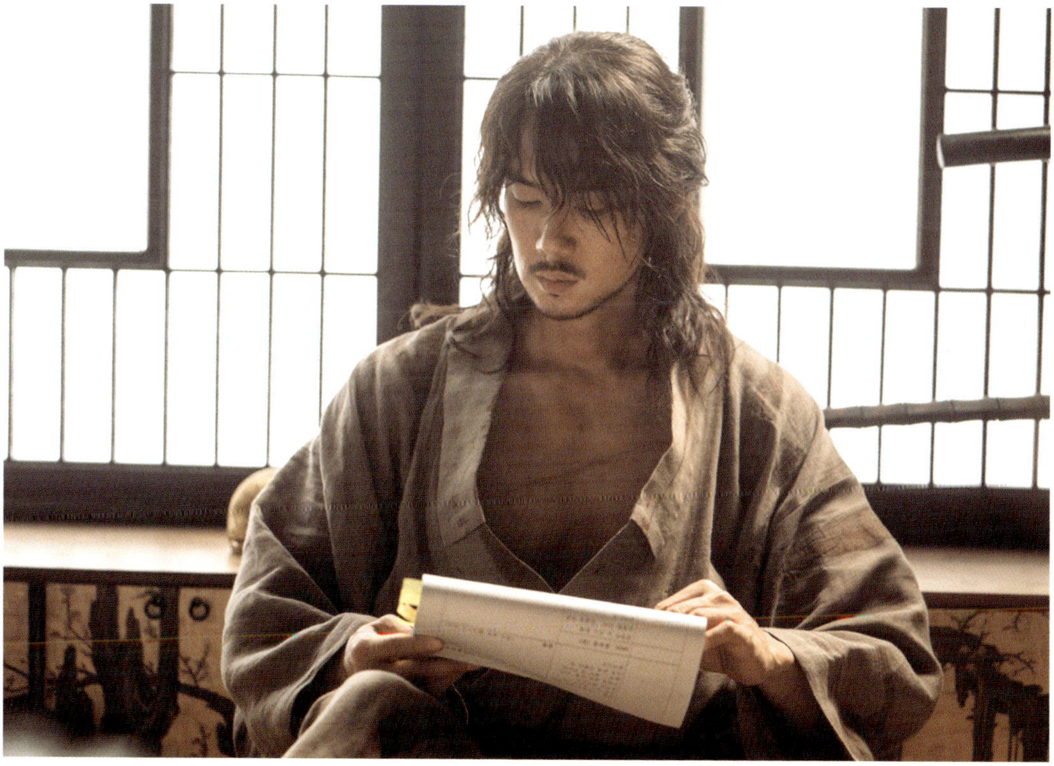

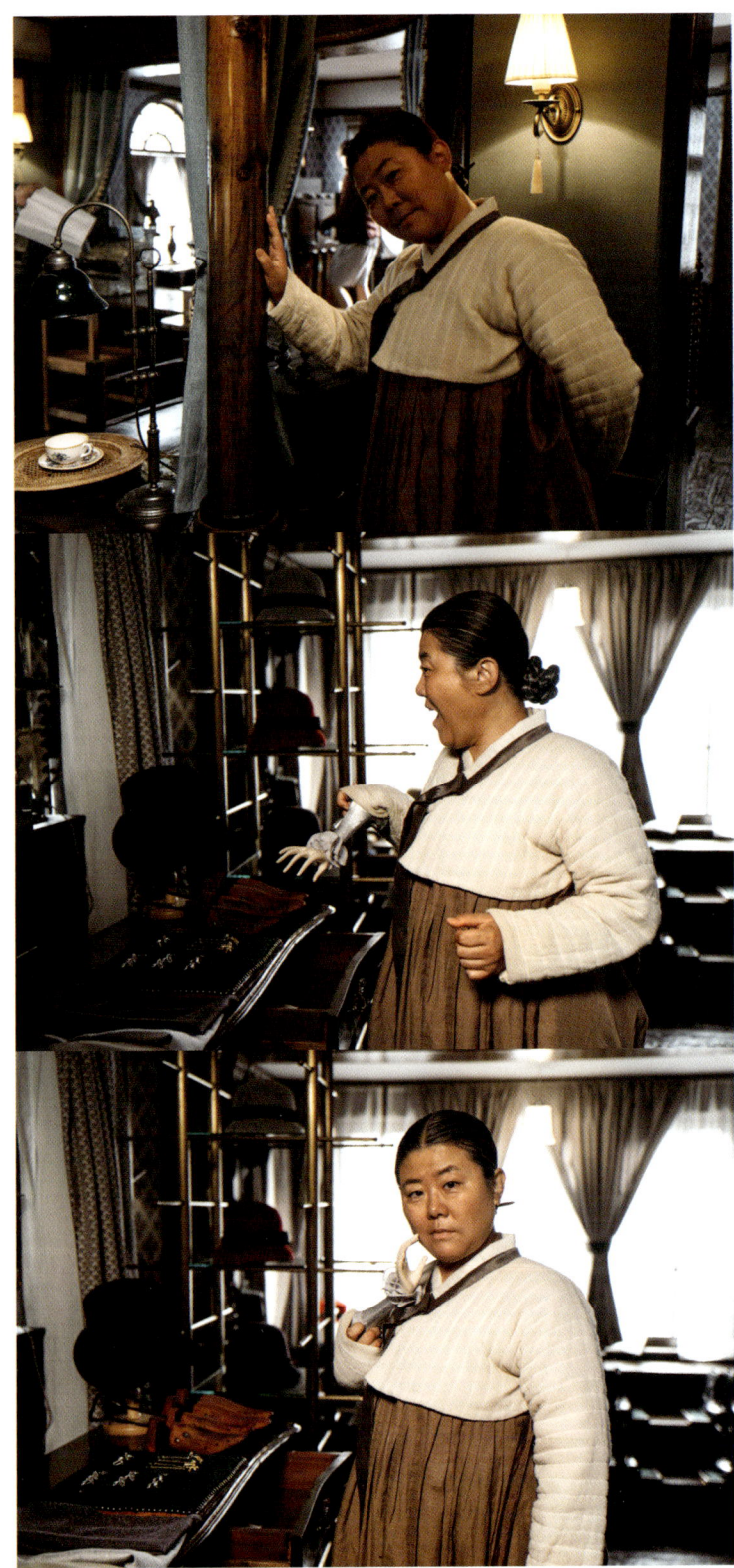

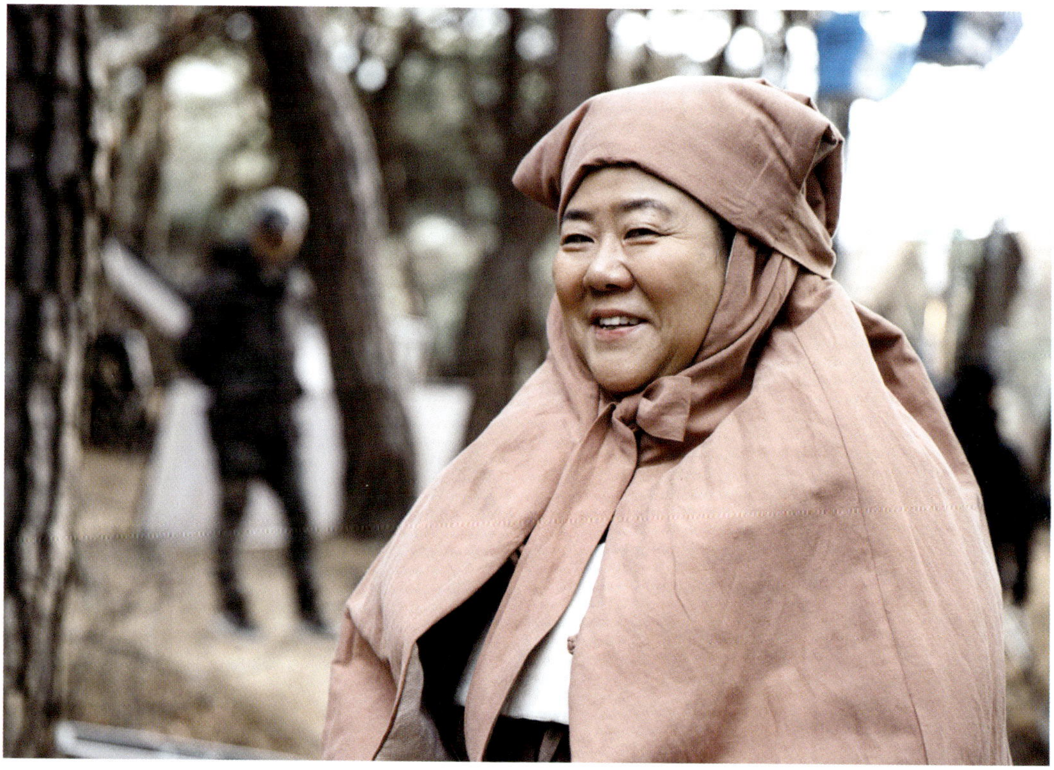

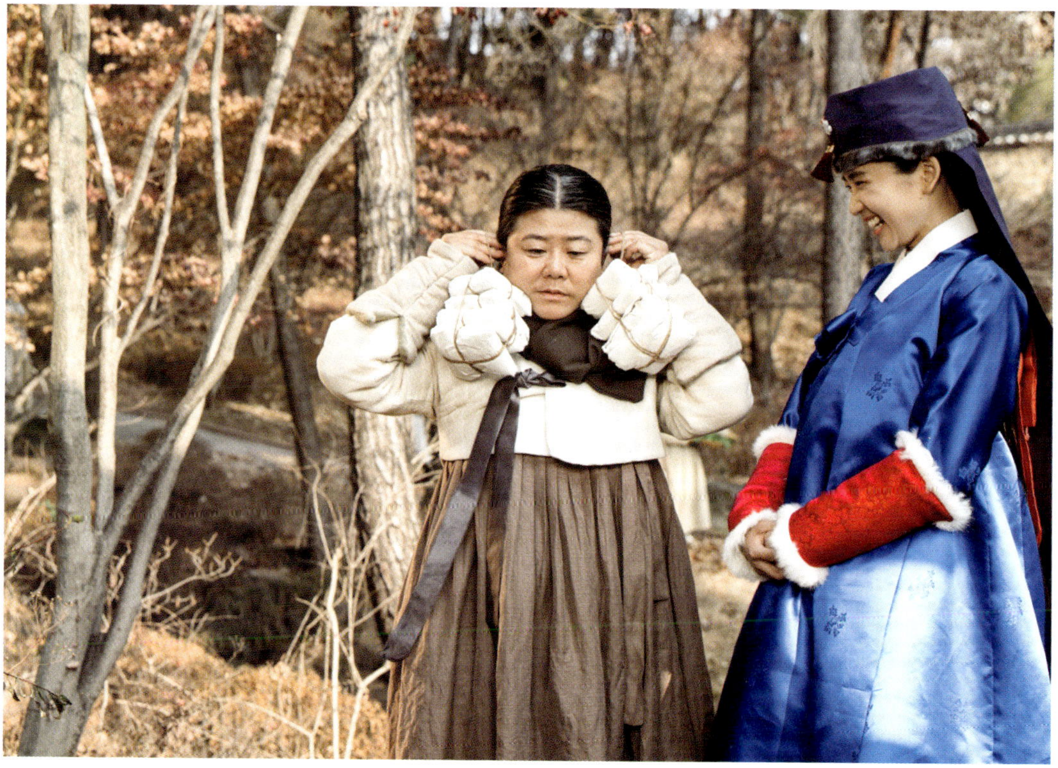

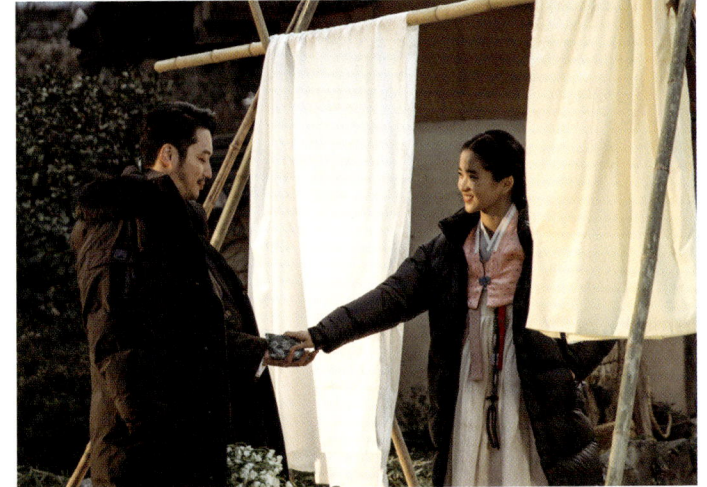

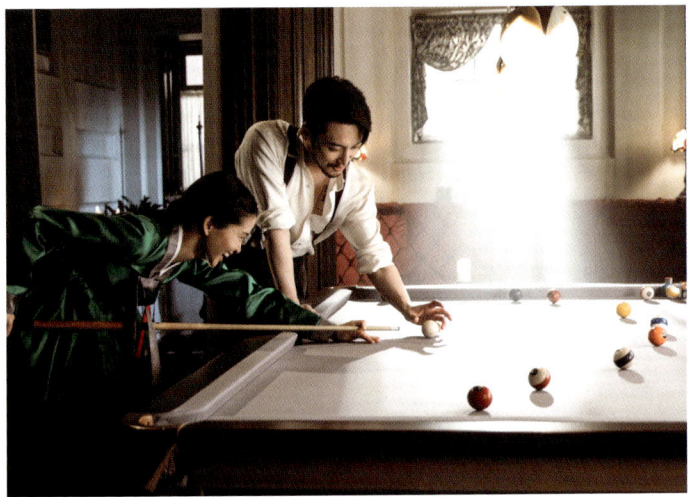

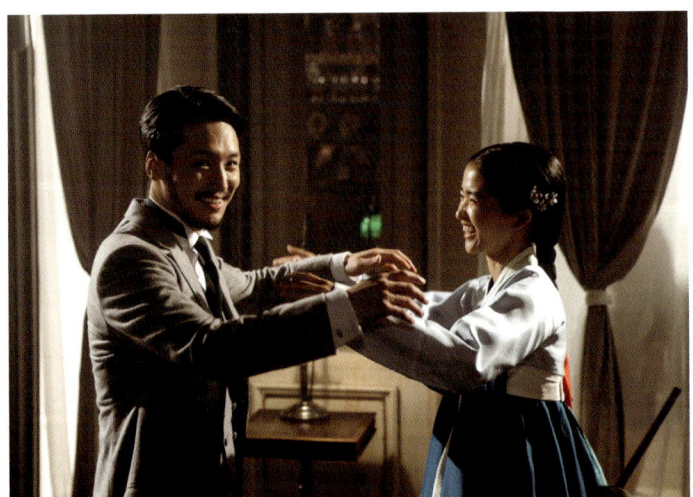

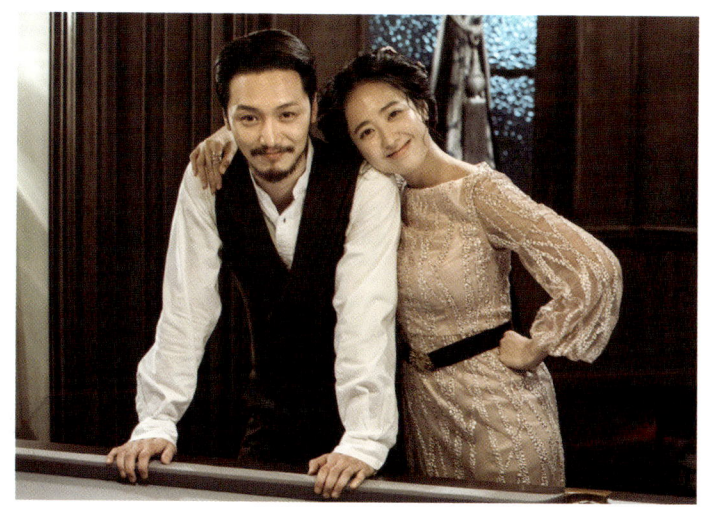

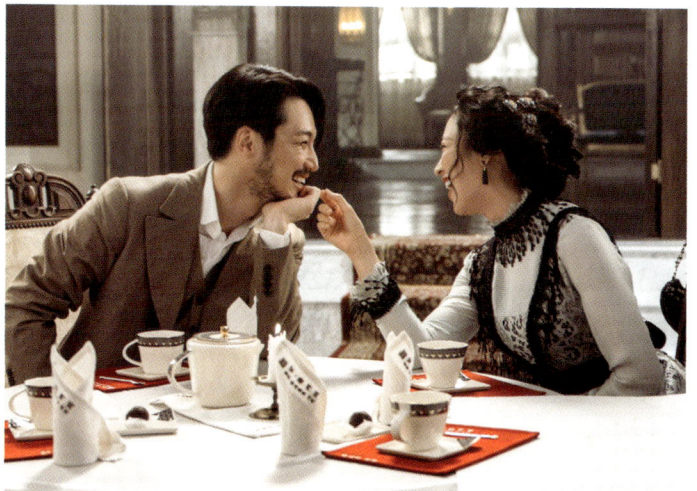

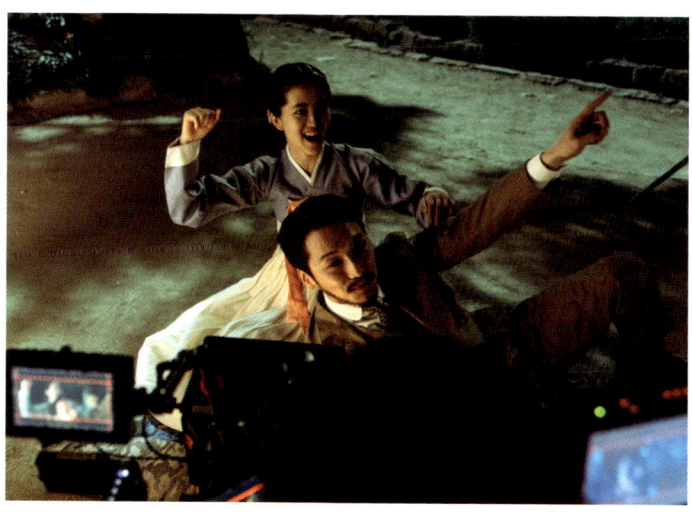

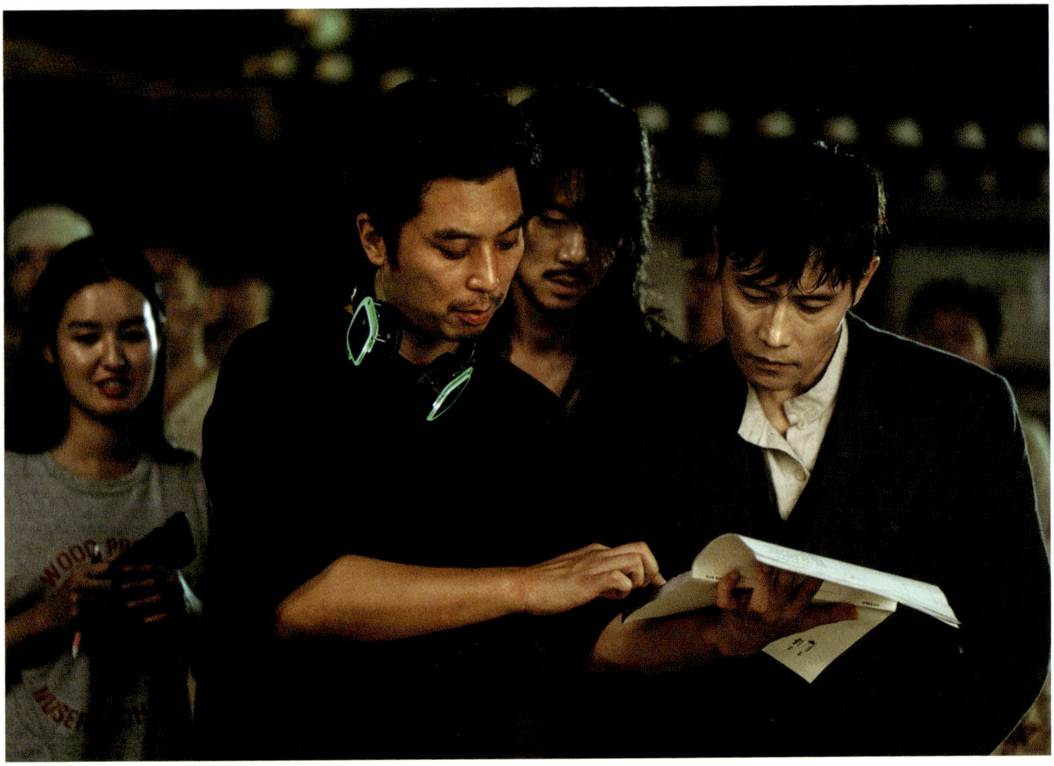

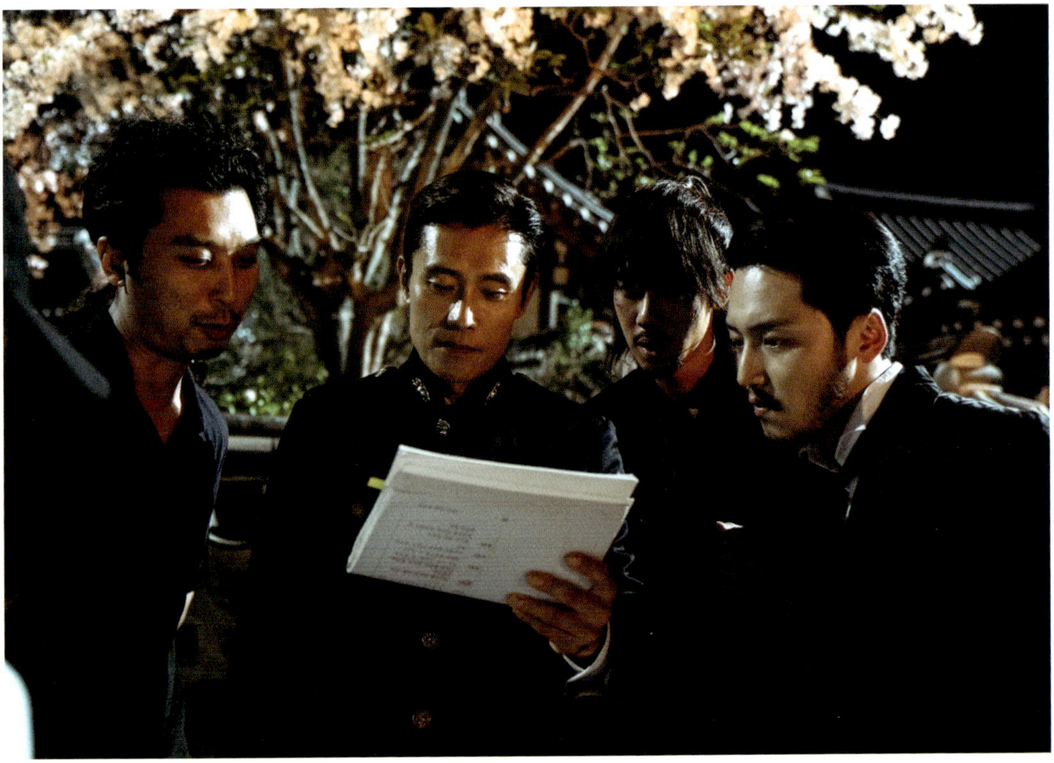

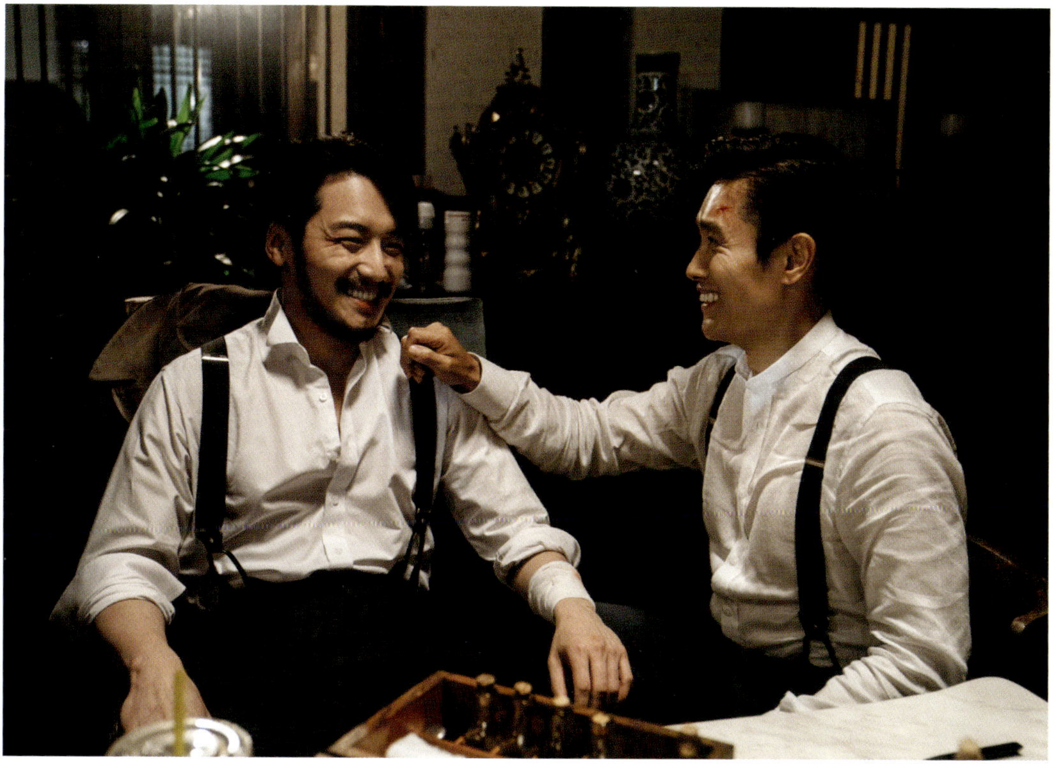

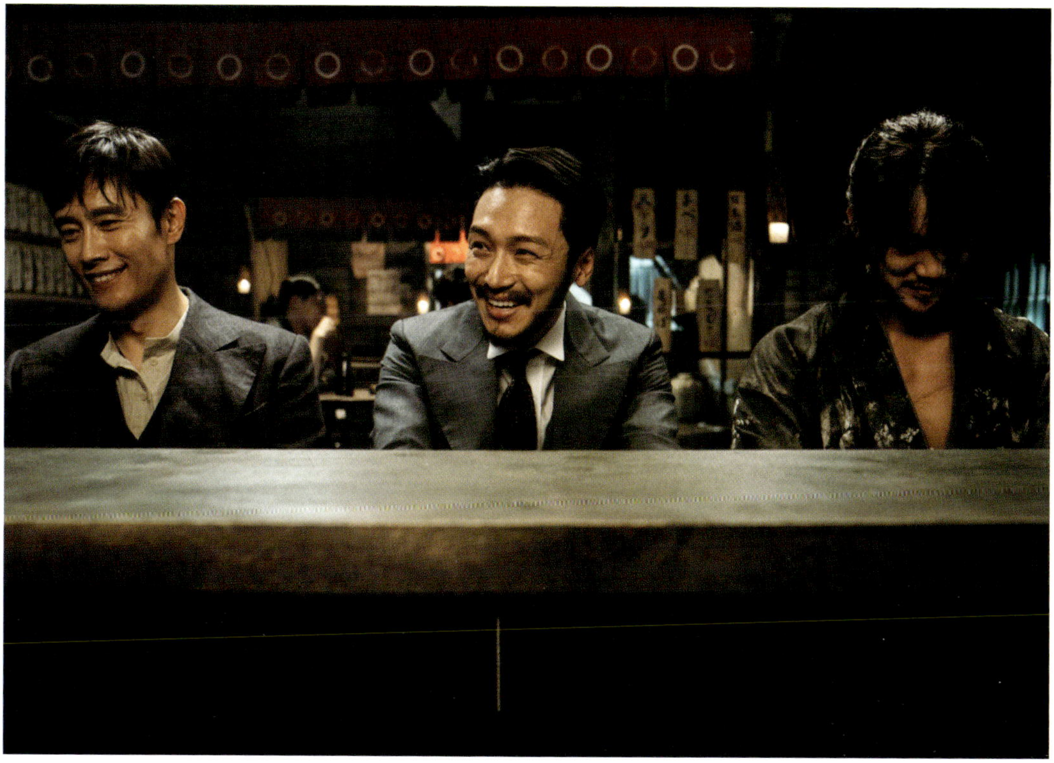

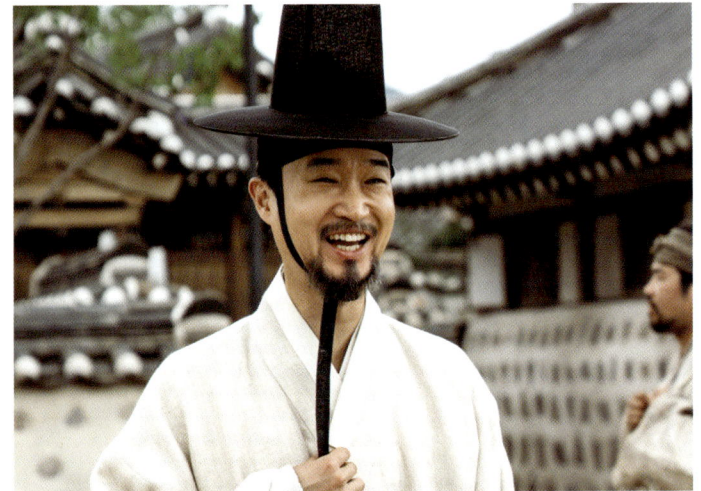

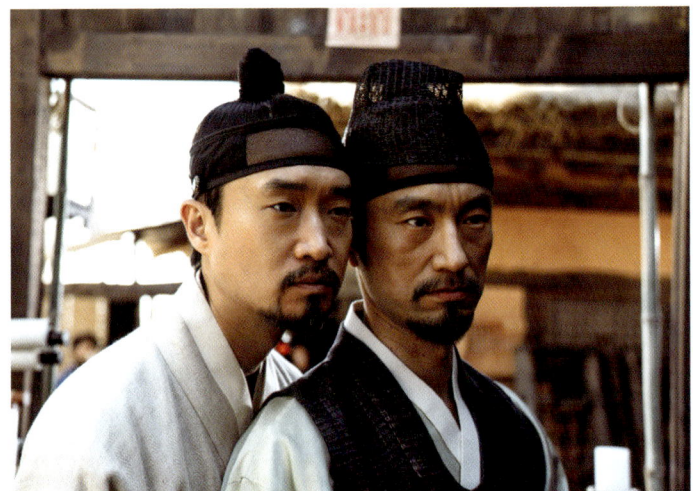

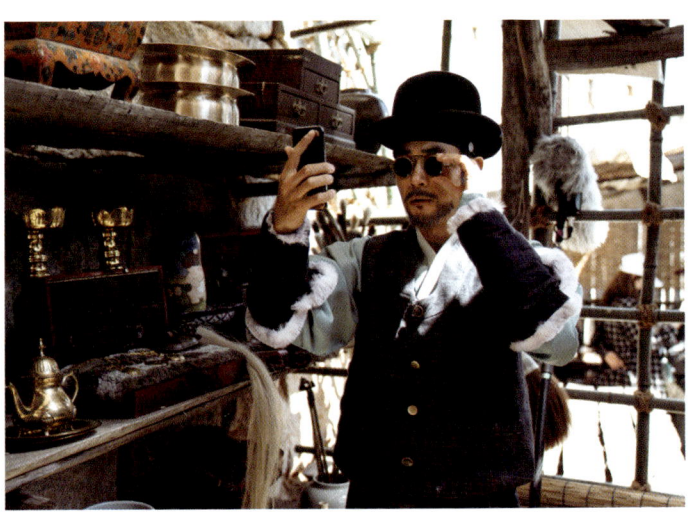

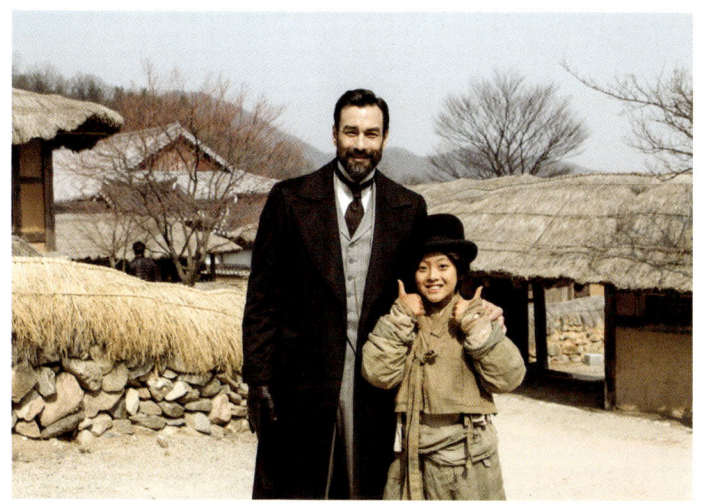

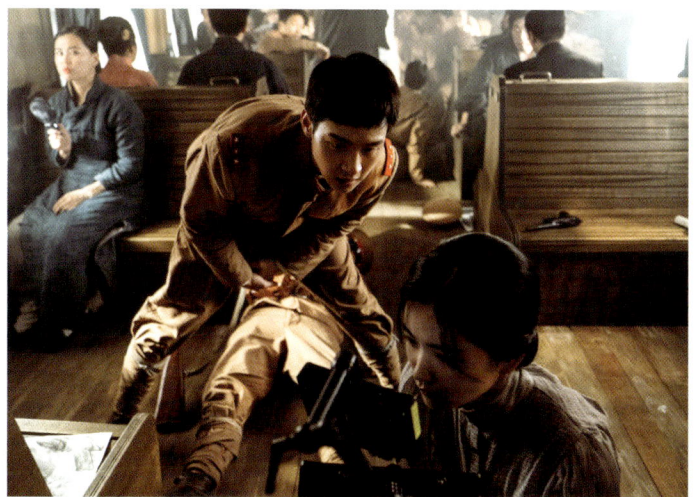

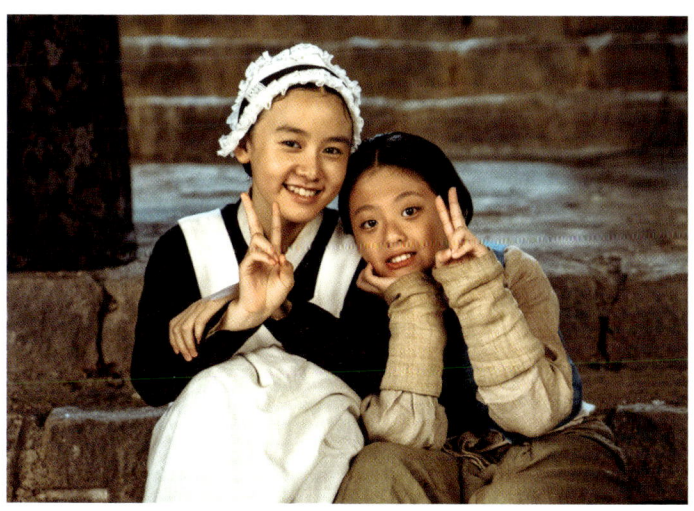

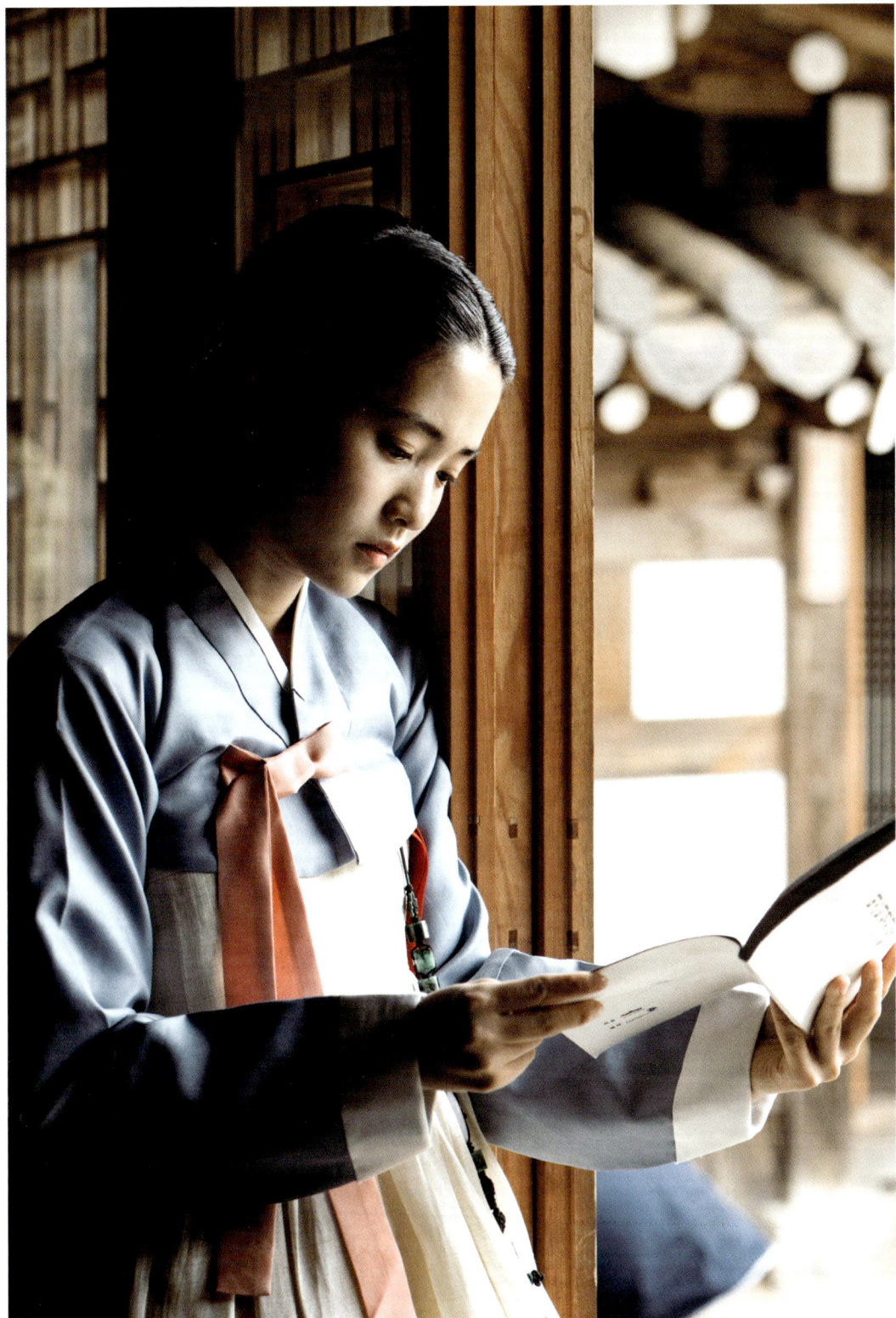

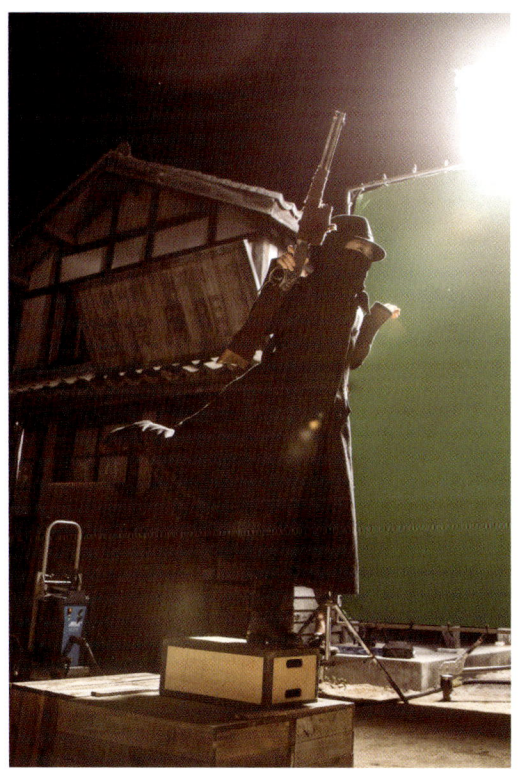
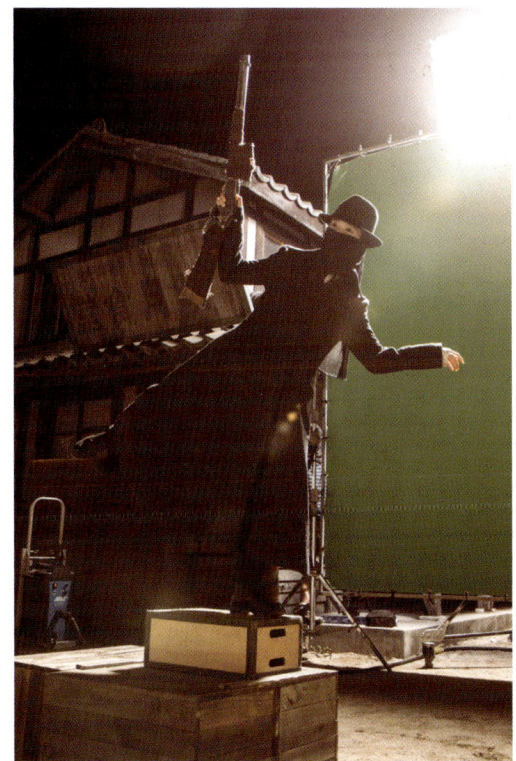

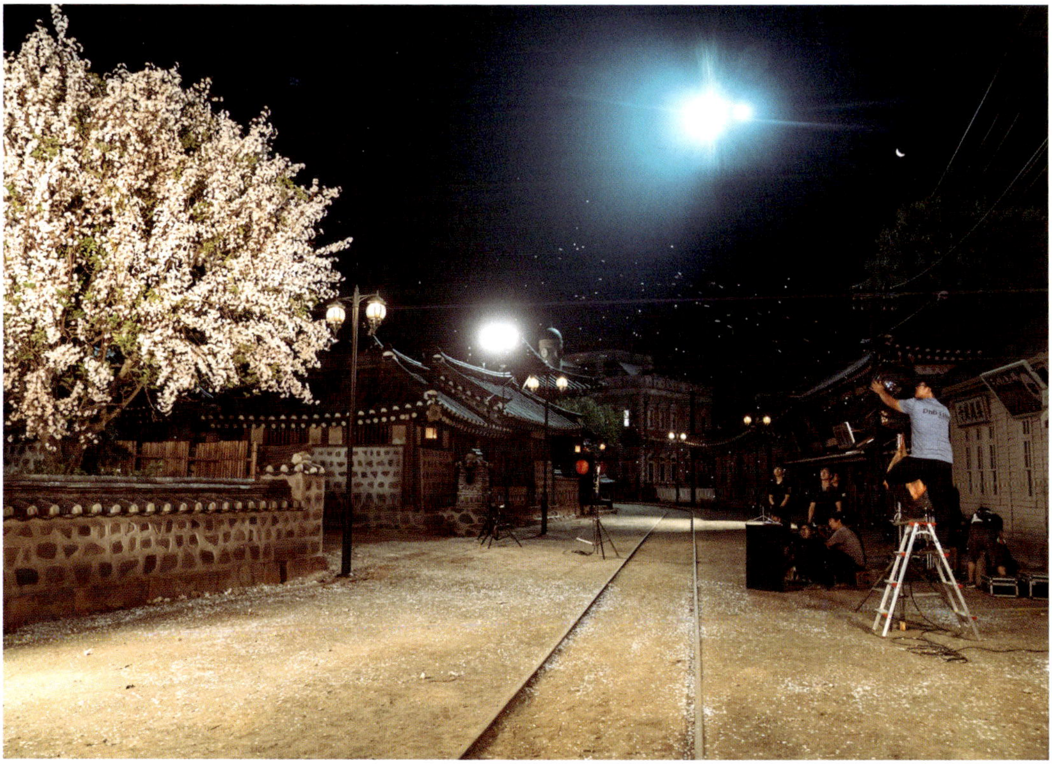

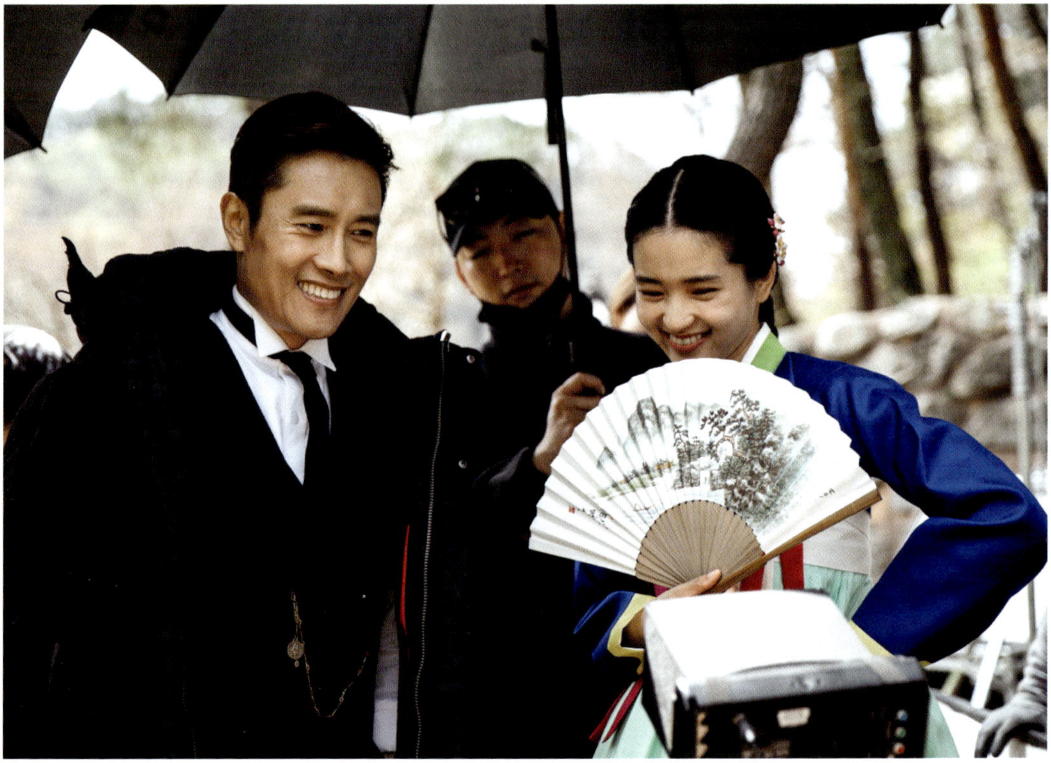

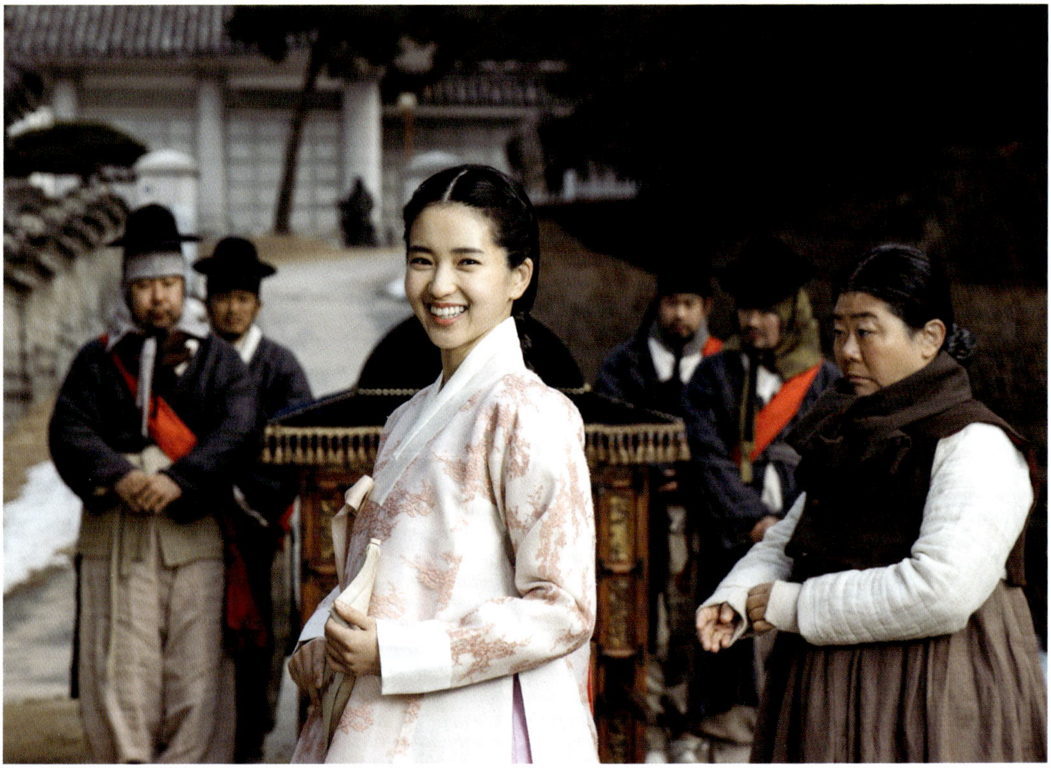

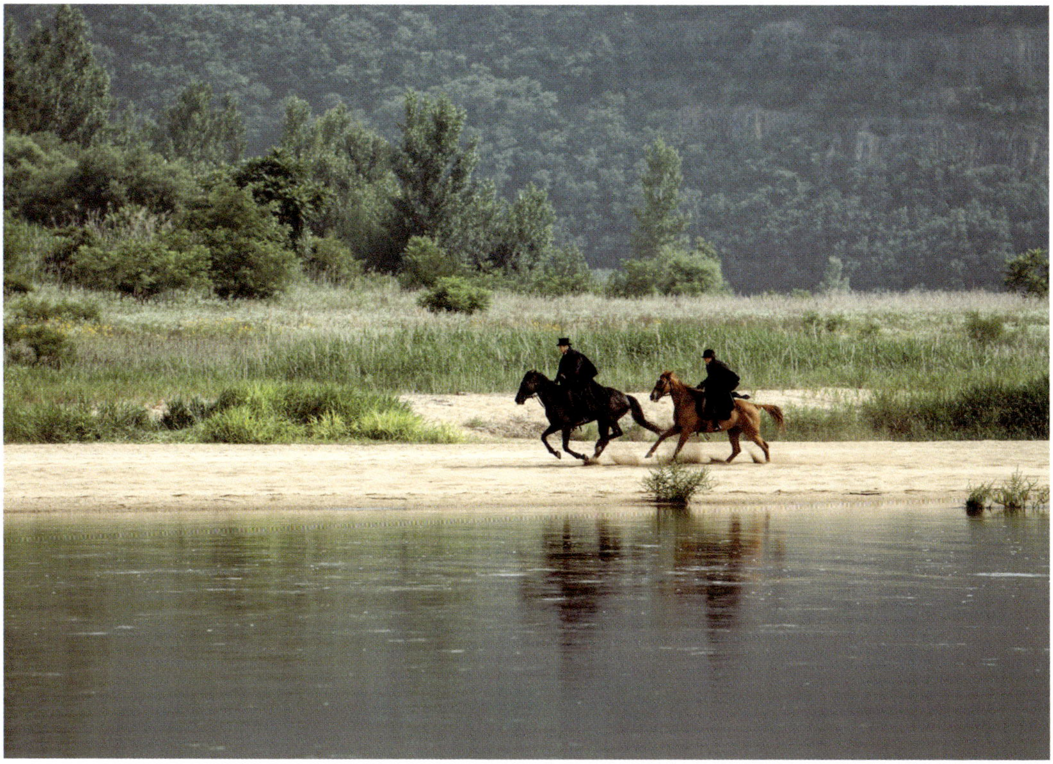

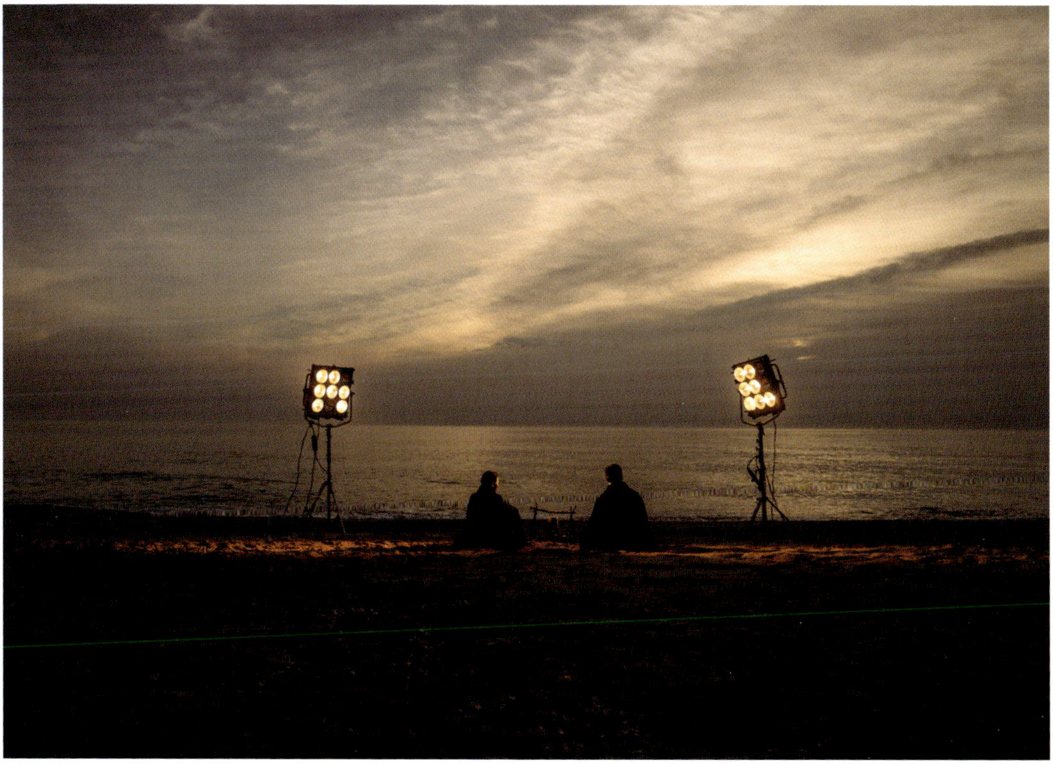

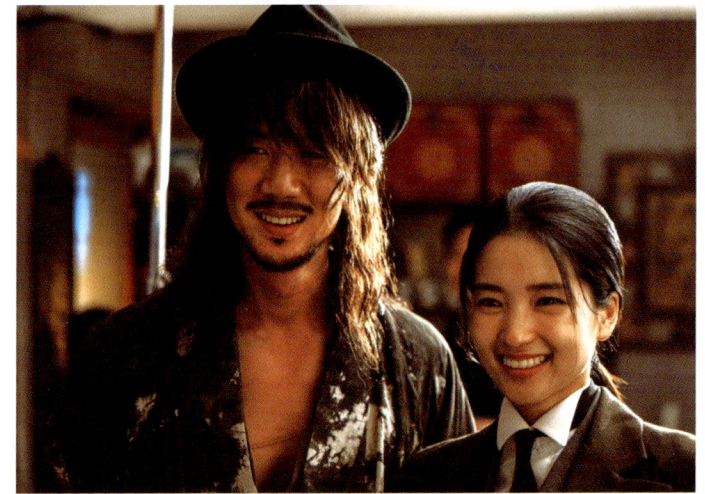

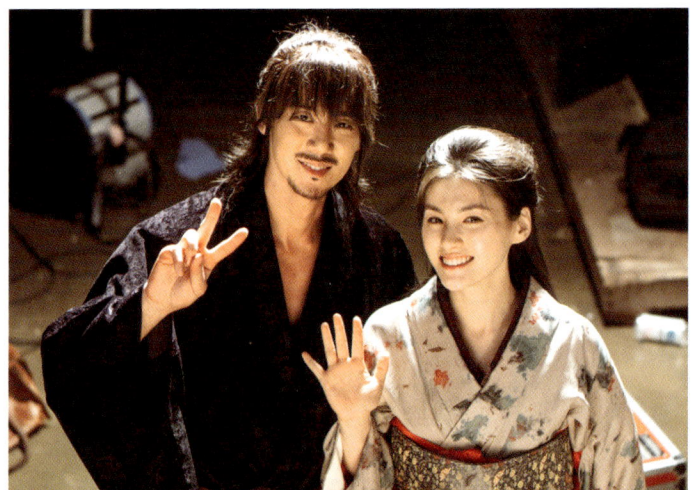

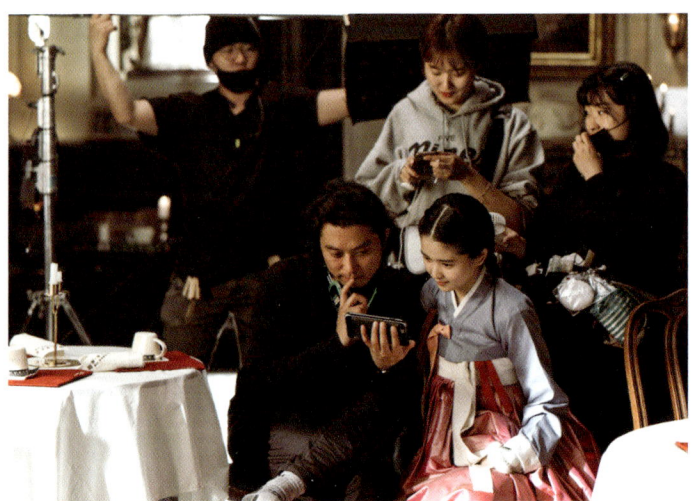

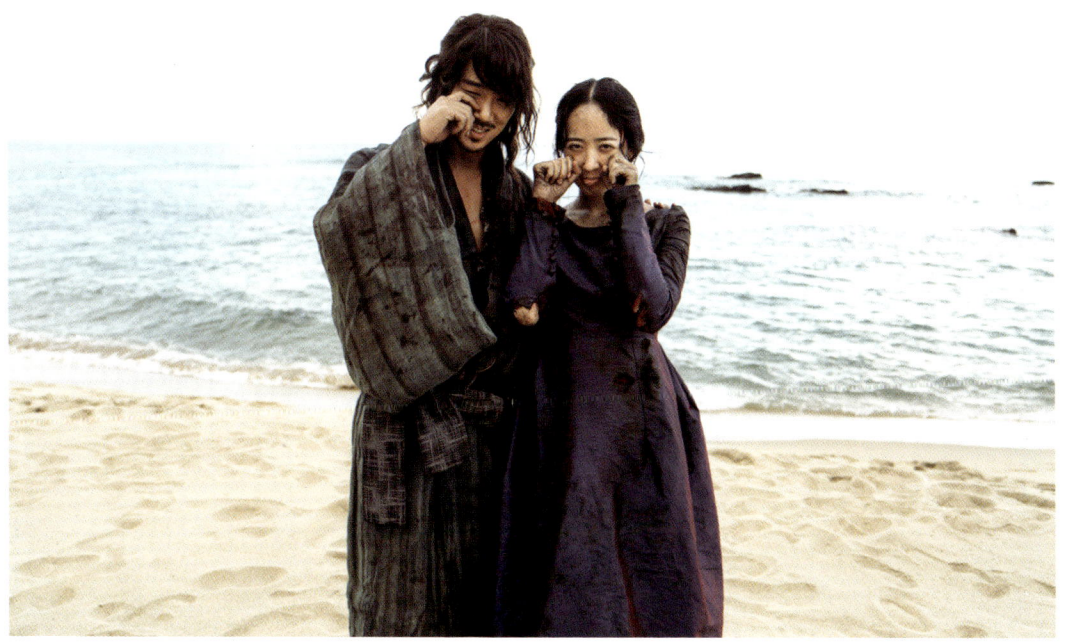

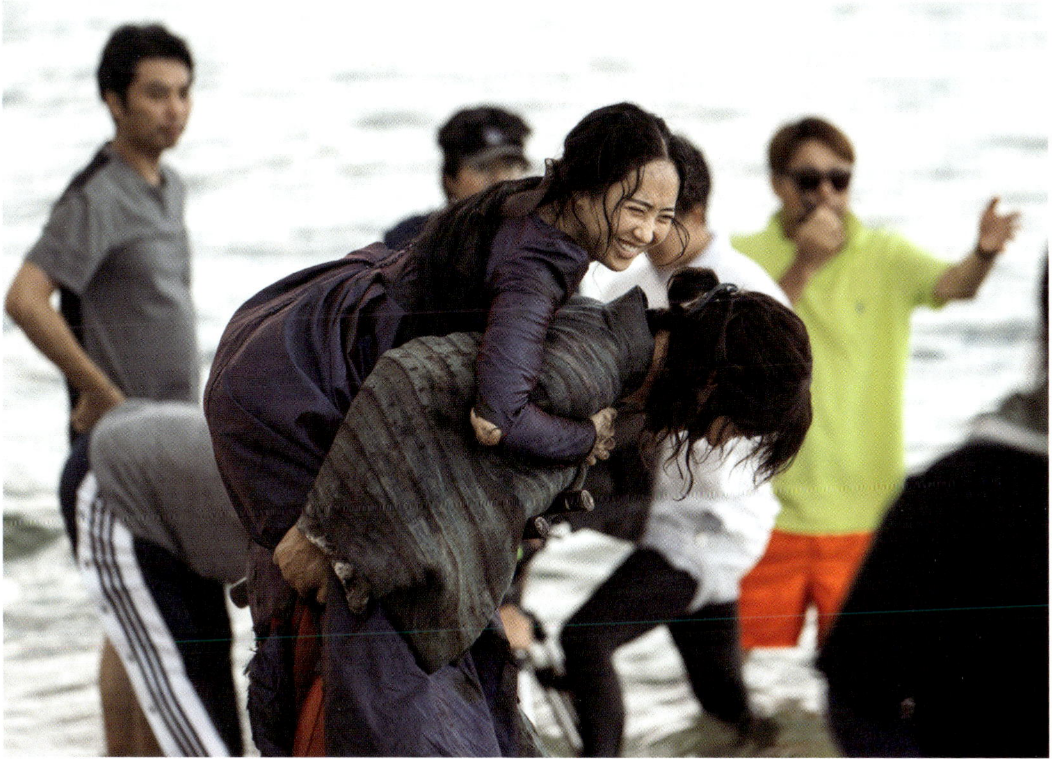

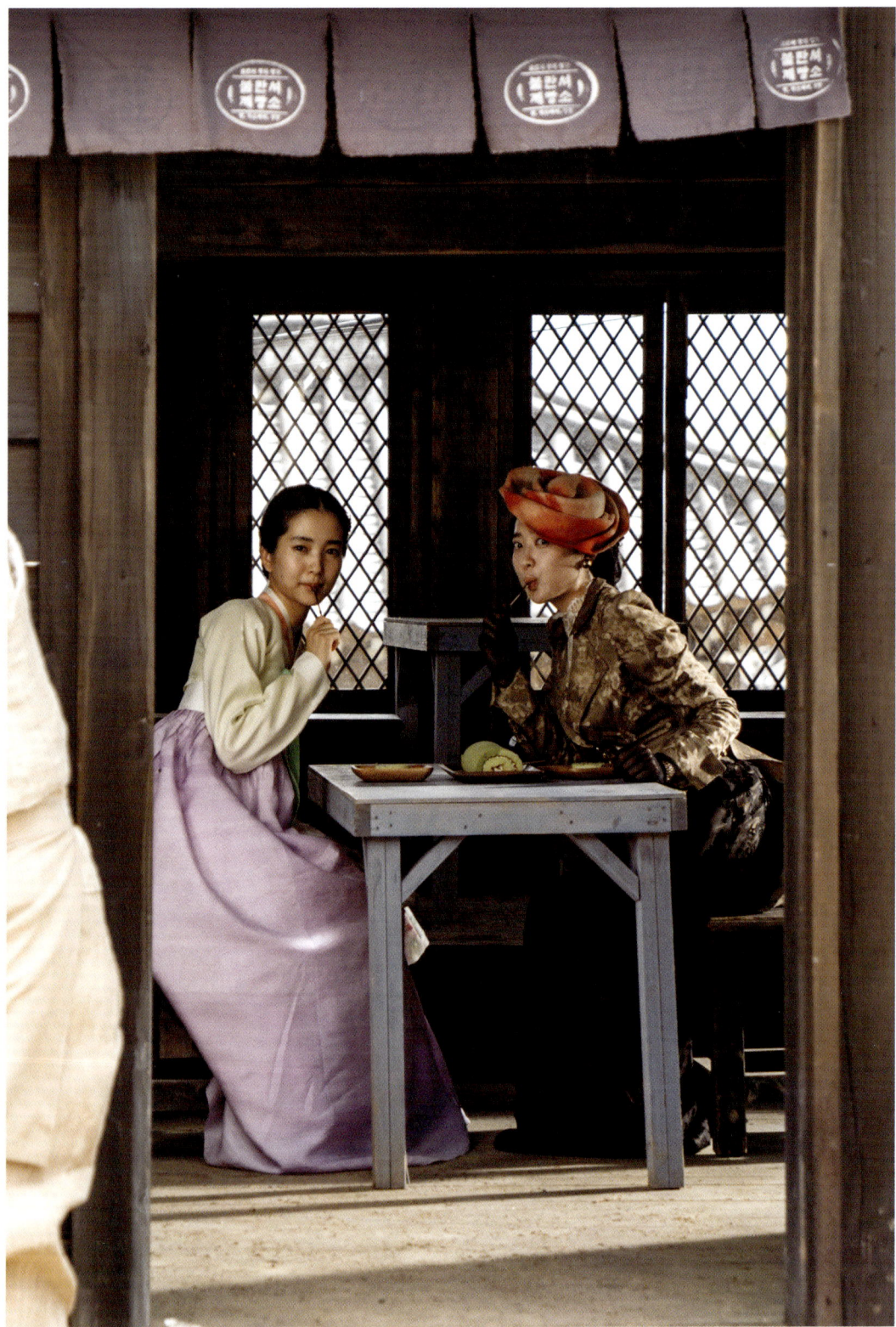

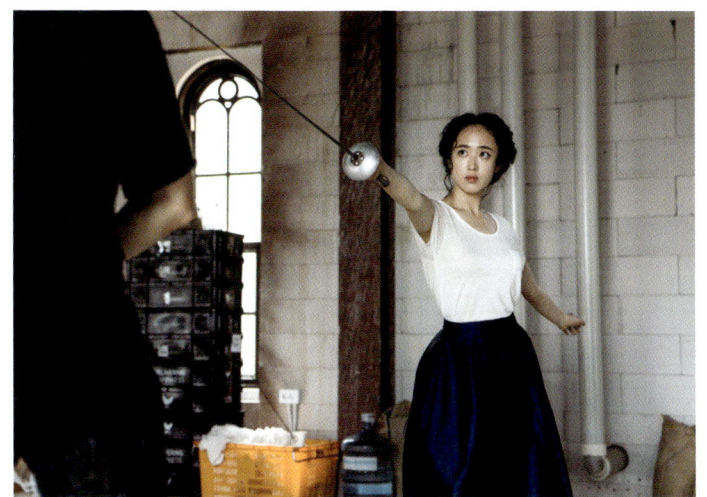

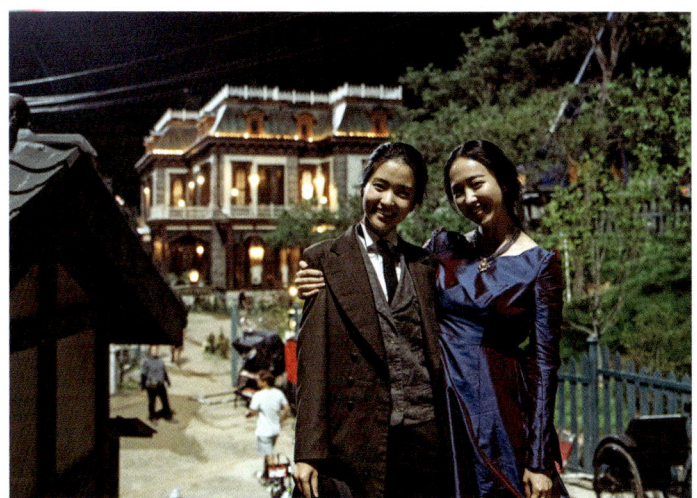

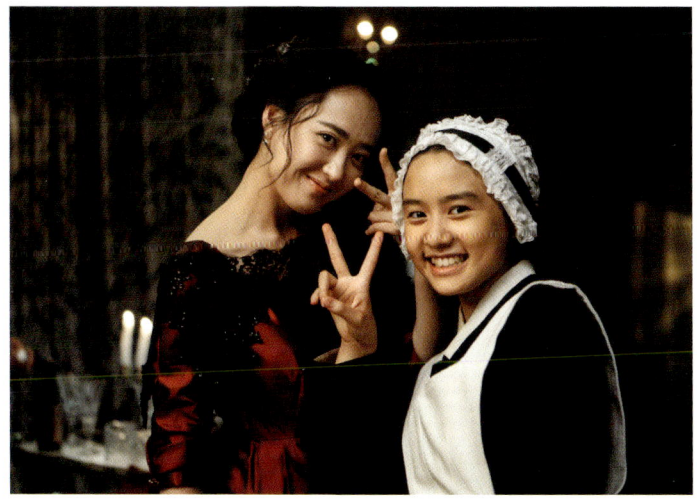

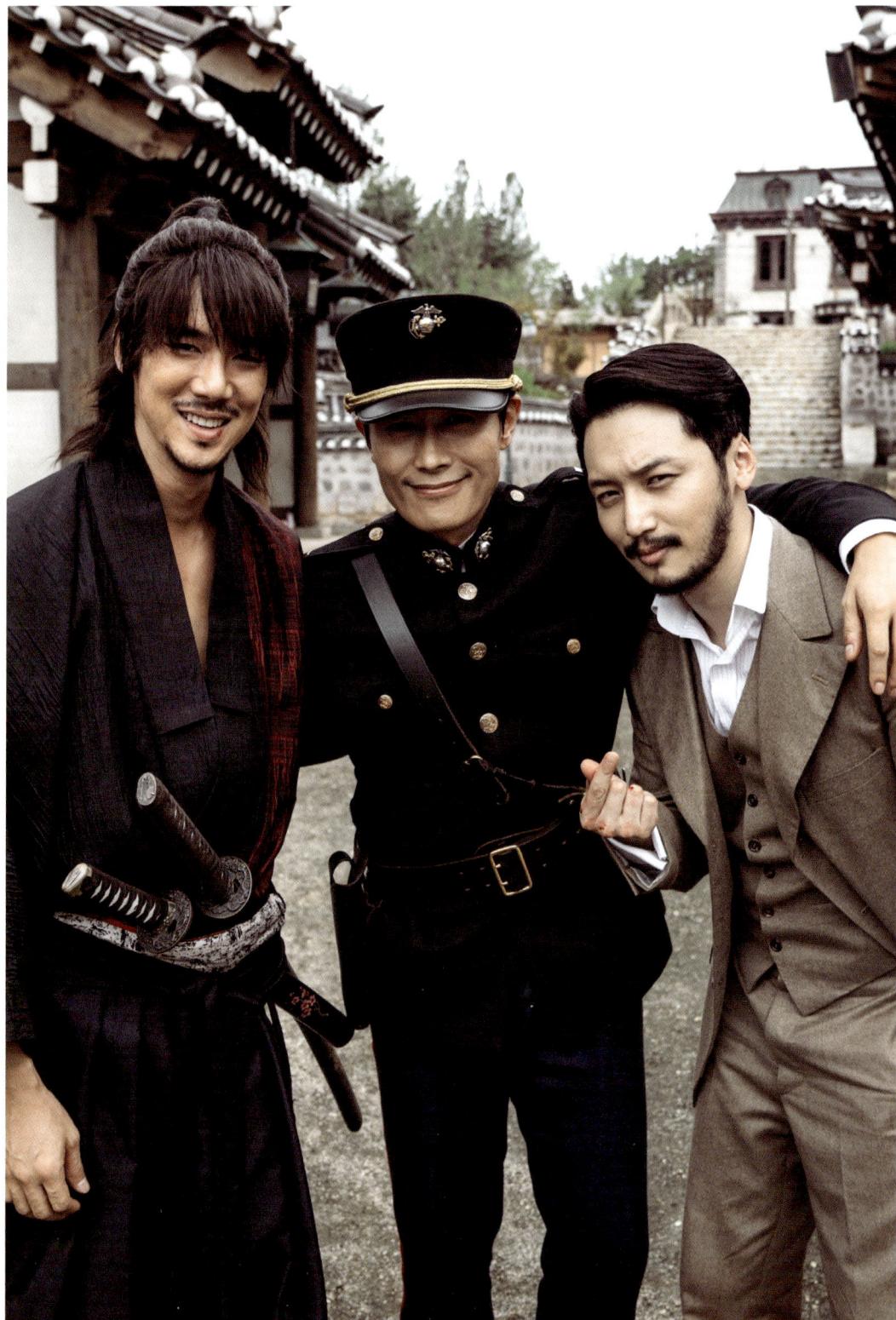

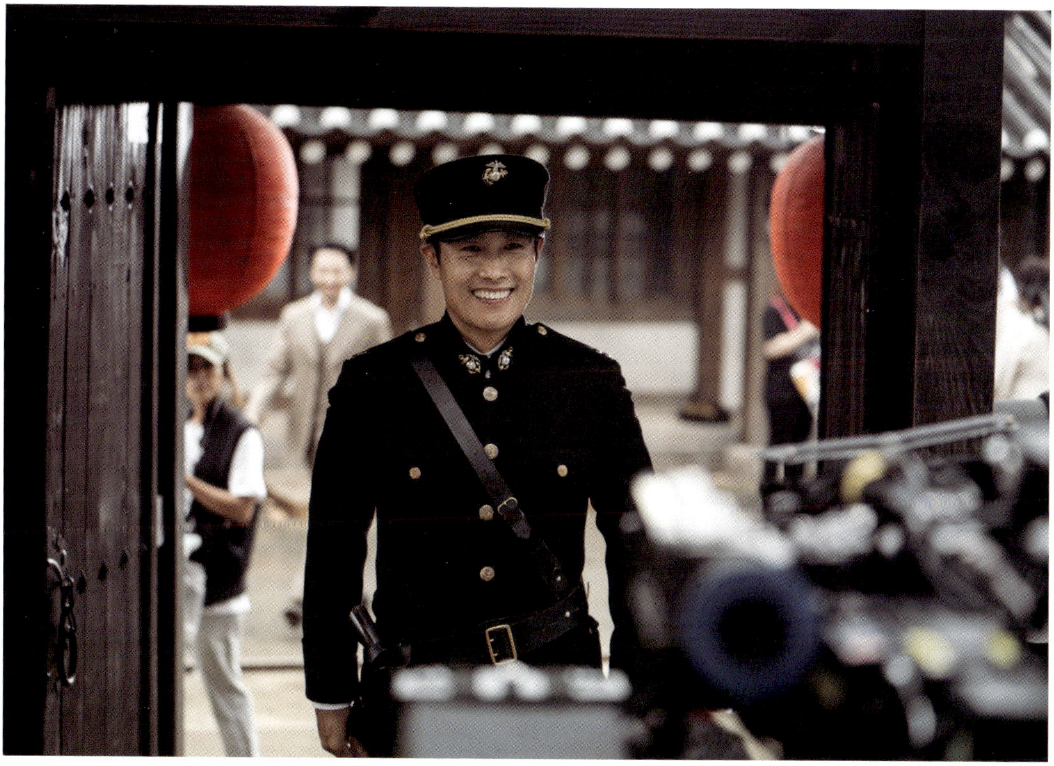

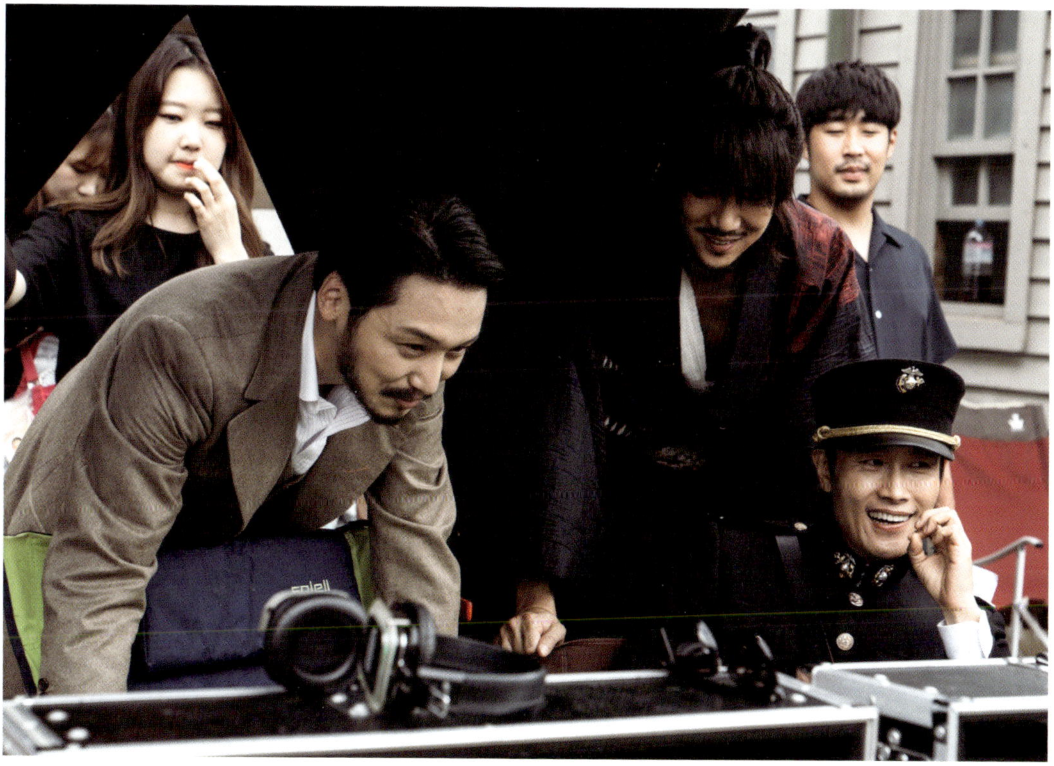

Staff

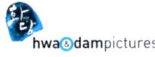 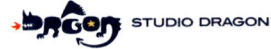 STUDIO DRAGON

제작 윤하림

극본 김은숙 **연출** 이응복 장영우 정지현

출연 이병헌 김태리 유연석 김민정 변요한 김갑수 최무성 이호재 김의성 외

화앤담픽쳐스 기획이사 백혜주 | 제작총괄 김범래 | 제작프로듀서 주경하 | 제작관리 윤지원 이빛나 | 마케팅총괄 이윤아 | 마케팅프로듀서 양수지 강소현 | 라인프로듀서 민영빈 진의량 | **스튜디오드래곤** 기획 최진희 | 책임프로듀서 김영규 | 프로듀서 김민정 | 제작관리 장세정 강아경 김수연 최지은 박지연 김지연 강지원 홍보 김찬혁 | **채널tvN** tvN총괄기획 이명한 | tvN운영총괄 김제현 | 마케팅총괄 김재인 | 마케팅 강옥경 김민재 이주혜 | 편성총괄 이기혁 | 편성 김연경 강상백 진종욱 한다운 국민정 | 운행 손지영 박하린 최윤정 | 심의 홍주리 이지나 윤정아 | ENM 홍보담당 신유용 | 홍보총괄 조영식 | 홍보 이희진 | 웹기획/운영 양희선 신다애 | 법무지원 박도윤 박지혜 | 촬영 [투썸보이즈] 강윤순 유혁준 [bin company] 빈태환 김영국 | 조명 [LIGHT BIRD] 이병관 [아우라] 권준령 | 동시녹음 ㈜사운드디자인 성경환 강원세 | 미술감독 김소연 | 미술팀장 김소연 | 미술팀 고미숙 | 세트제작 ㈜아트인 | 세트총괄 송종태 | 스튜디오세트제작 김승리 | 오픈세트제작 송기경 서정삼 | 논산오픈세트 SBS A&T | 대도구진행 장수창 | 조경 [미스김라일락] | 소품 [지니어스] 이이진 | 분장미용 [메이크업스토리] 최경희 | 의상 [GOMGOM] 조상경 | 편집 이상록 전미숙 | 무술감독 정진근 김선웅 | 데이터 ㈜사운드디자인 | 메이킹필름 ㈜이야기공장 박용두 | 메이킹편집 [제이알미디어랩] | 홍보 [3HW] | 음악감독 남혜승 | 음악 박상희 박진호 신민섭 이소영 | 음악효과 고성필 사운드 | 디자인 서홍식 유석원 배상국 허정현 | 사운드믹싱엠비언트 이동환 | 사운드믹싱 스튜디오 [CSMUSIC&] OST프로듀서 마주희 구본영 김정하 송예진 VFX 이용섭 | 종합편집/색보정 이동환 | 자막 김현민 김민경 | 번역/자막 [아이엔키 미디어] 김준호 권오훈 전유진 김명순 스기야마 히로미 김정하 | 보조출연 [태양기획] 한상일 | 캐스팅 [에이엔캐스팅] 안세실리아 | 외국인캐스팅 노서윤 | 아역캐스팅 [티아이] 박소영 [라온제나엔터테인먼트] 서인철 | 특수효과 [DnDLINe] 도광섭 | 연출봉고 건아렌트카 | 스탭버스 강현석 | 보조작가 유정화 정은비 | 섭외 강예성 | SCR 한소이 조민하FD 김상균 조성현 백민경 김나연 김동협 김현웅 박세연 | 조연출 이상현 김해주 박소현 유아름

스틸 [그라피오드] 박지선

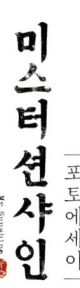

1판 1쇄 발행 2018년 10월 22일
1판 4쇄 발행 2025년 2월 25일

지은이 화앤담픽쳐스 · 스토리컬처
발행인 양원석

펴낸 곳 ㈜알에이치코리아
주소 서울시 금천구 가산디지털2로 53, 20층(가산동, 한라시그마밸리)

편집문의 02-6443-8842 **구입문의** 02-6443-8838
홈페이지 http://rhk.co.kr
등록 2004년 1월 15일 제2-3726호
ISBN 978-89-255-6478-4 03810

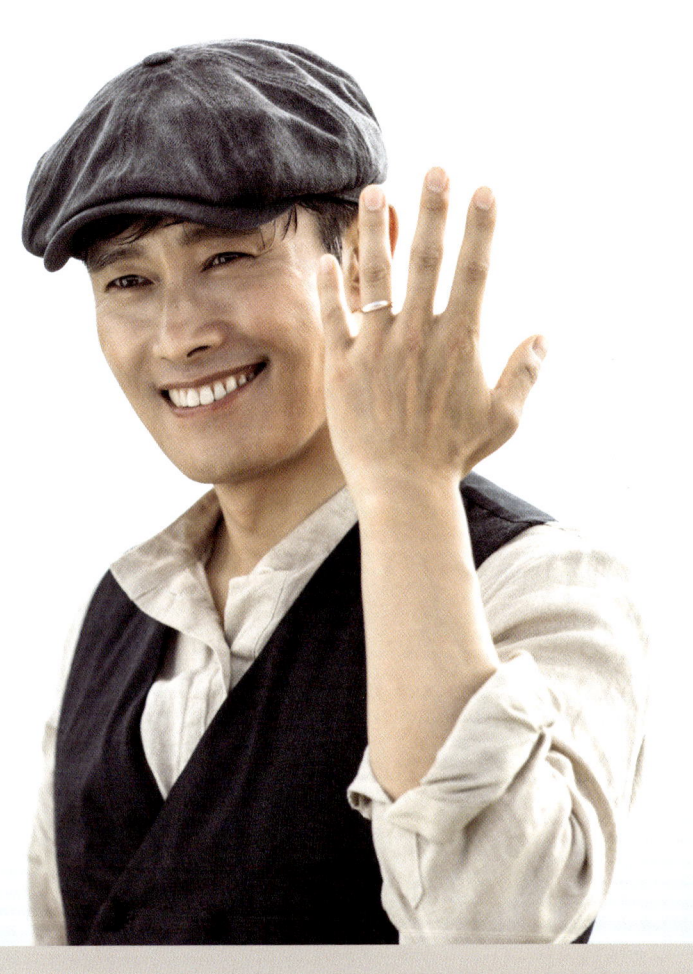

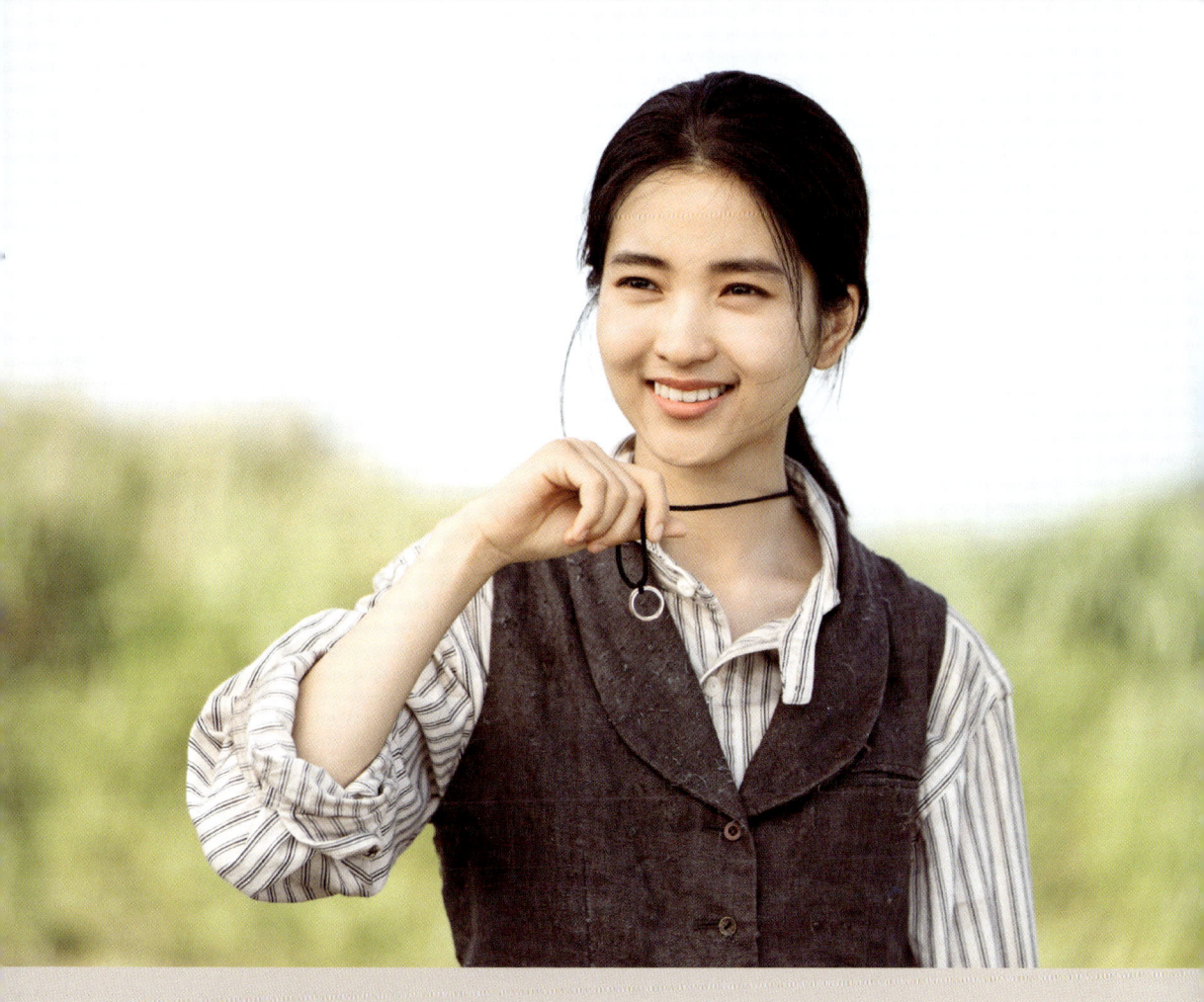

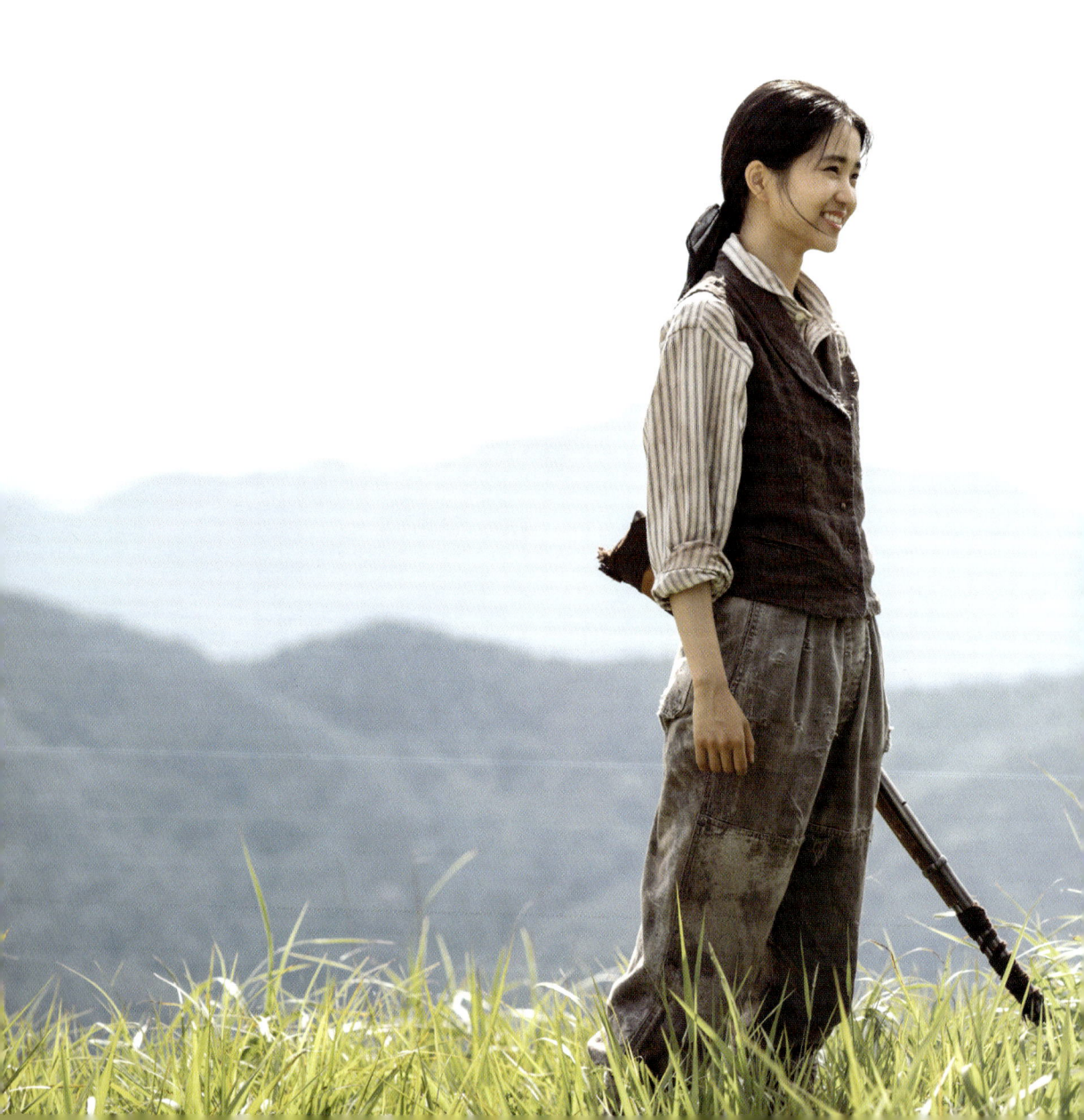

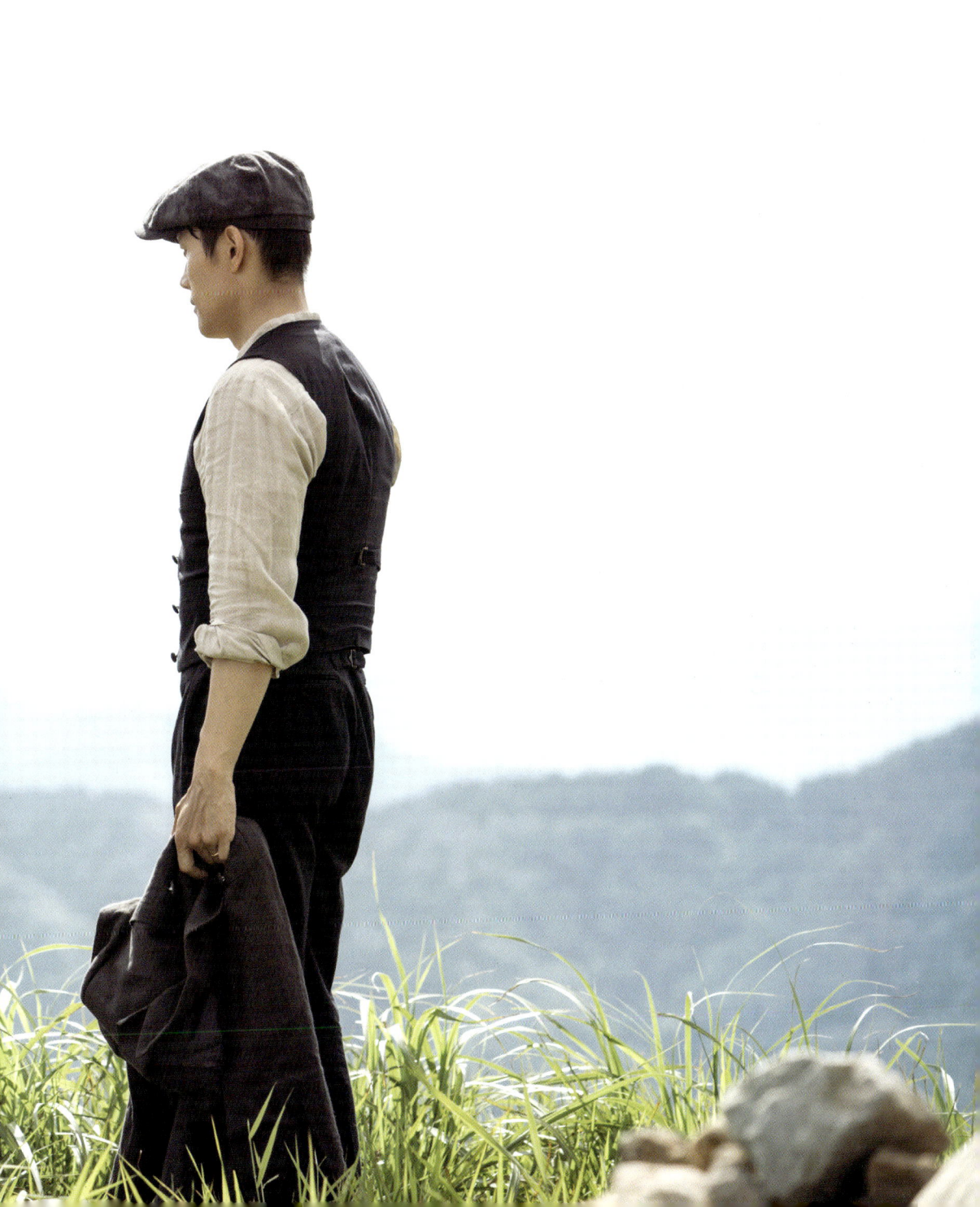

그 여인이 처음 배웠던 영어 단어는
Gun, Glory, Sad ending이었다고 한다.
인생 다 각자 걷고 있지만
결국 같은 곳에 다다를 우리였다.